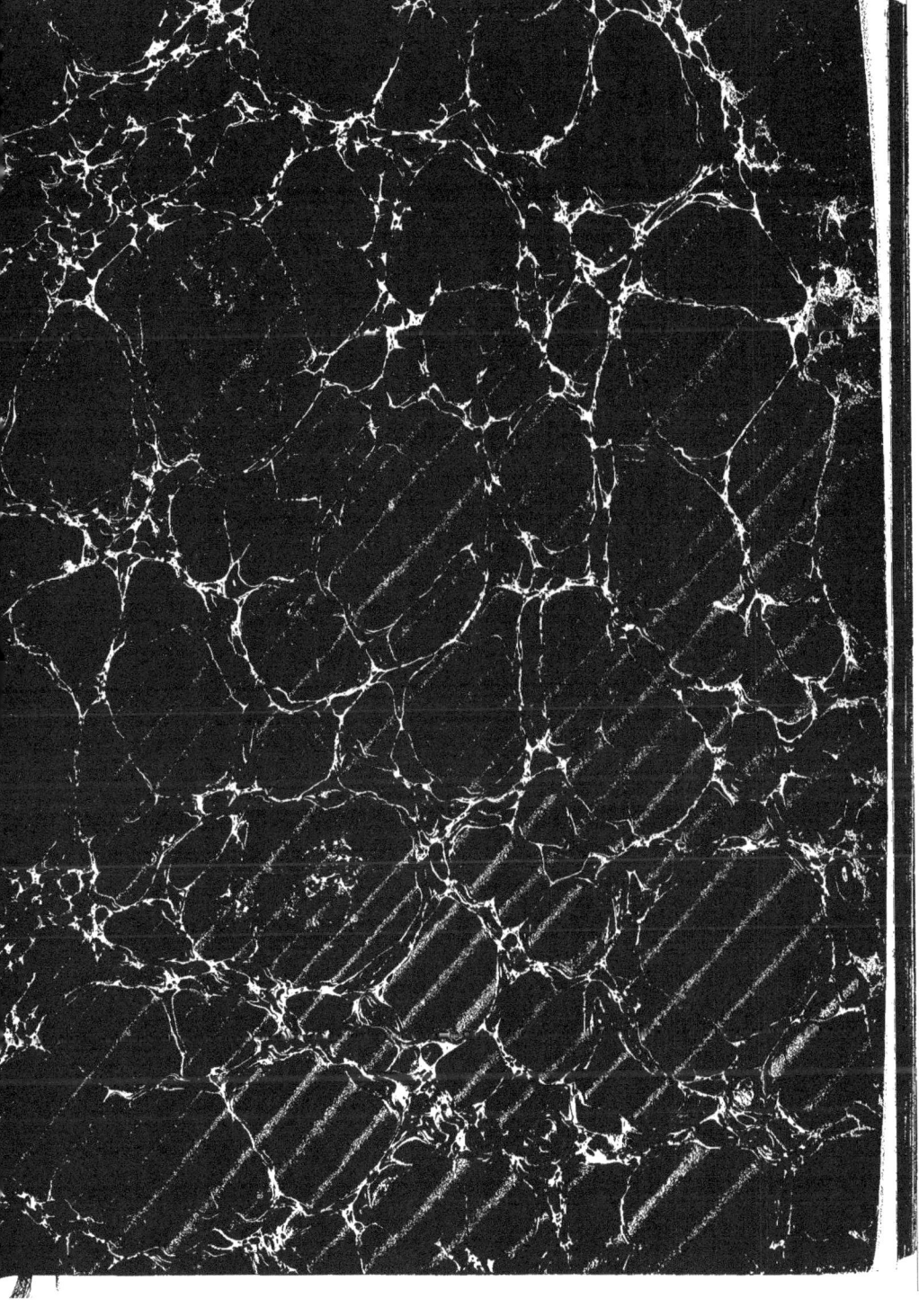

CENTENAIRE

DE L'ÉCOLE

DES

LANGUES ORIENTALES VIVANTES

1795-1895

RECUEIL DE MÉMOIRES

PUBLIÉ

PAR LES PROFESSEURS DE L'ÉCOLE

PARIS

IMPRIMERIE NATIONALE

—

M DCCC XCV

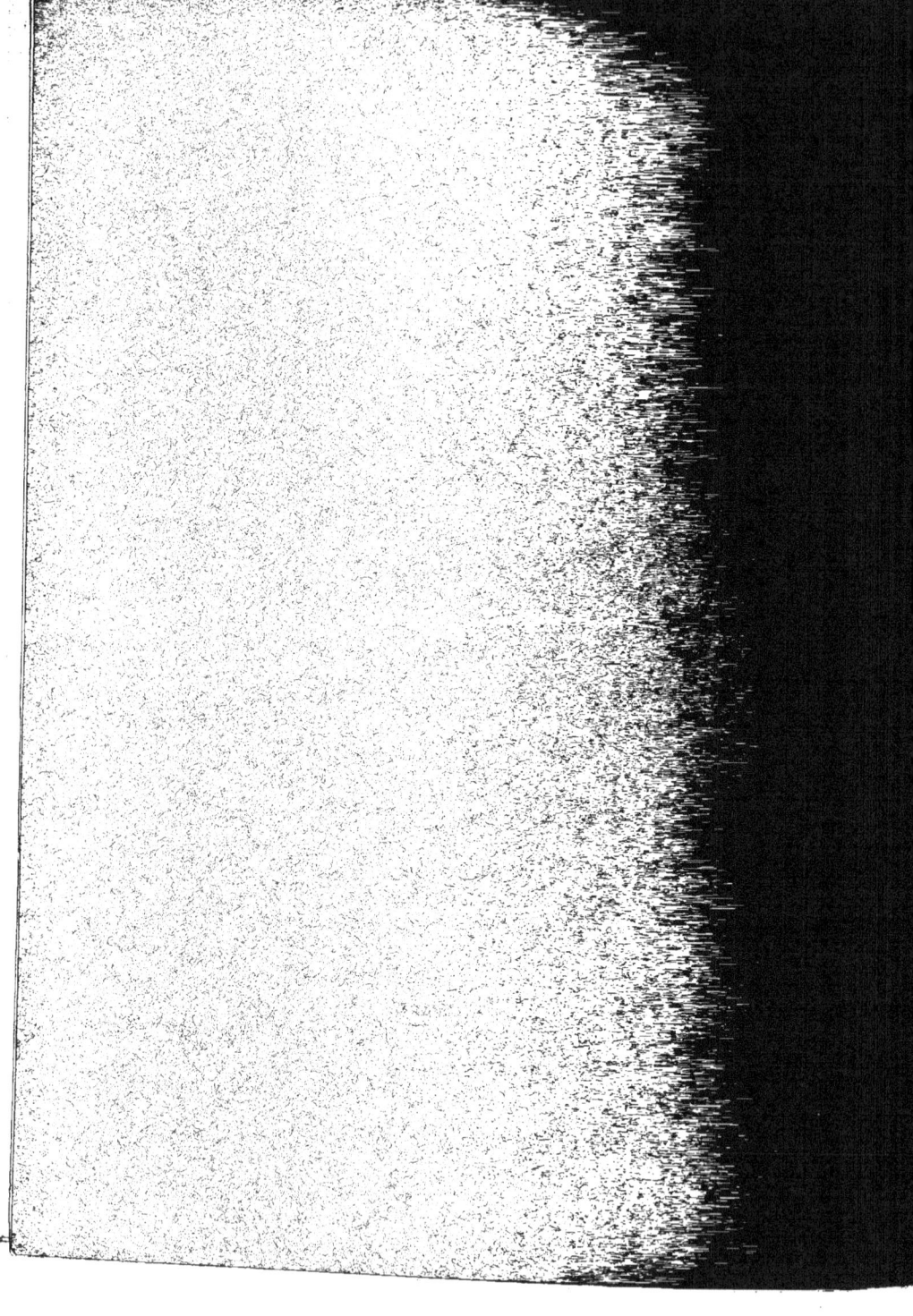

CENTENAIRE

DE L'ÉCOLE

DES

LANGUES ORIENTALES VIVANTES

1795-1895

MÉDAILLE FRAPPÉE À L'OCCASION DU CENTENAIRE DE L'ÉCOLE
DES LANGUES ORIENTALES VIVANTES
1795-1895

CENTENAIRE

DE L'ÉCOLE

DES

LANGUES ORIENTALES VIVANTES

1795-1895

RECUEIL DE MÉMOIRES

PUBLIÉ

PAR LES PROFESSEURS DE L'ÉCOLE

PARIS

IMPRIMERIE NATIONALE

M DCCC XCV

Un siècle s'est écoulé depuis la fondation de l'École spéciale des langues orientales vivantes et elle peut se rendre aujourd'hui le témoignage d'avoir répondu aux espérances de ses créateurs et rempli avec succès toutes les conditions qui lui ont été imposées à ses débuts.

L'École, créée dans un but d'utilité politique et commerciale, a vu ses chaires occupées par les maîtres les plus illustres, et elle a fourni, dans les différents services extérieurs, des fonctionnaires dont les mérites ont été hautement appréciés. Elle a, de plus, répandu dans une large mesure le goût et la connaissance des langues et de la littérature des peuples des pays musulmans et de l'Extrême-Orient. Toutes les grammaires et toutes les chrestomathies, dont le décret constitutif avait recommandé la composition, ont vu le jour et ont servi de modèle aux ouvrages de même nature qui ont été publiés dans la suite.

En jetant les yeux sur les travaux menés à bonne fin dans un intérêt général, les Professeurs de l'École croient de leur devoir de rendre hommage, en ce jour, aux maîtres qui les ont précédés dans la carrière et de consacrer par un souvenir la date de la centième année de l'existence de cet établissement. Ils ont donc réuni, dans ce volume, une série de Mémoires qu'ils espèrent voir accueillis avec intérêt par tous ceux qui font de l'Orient l'objet de leurs études.

Ce 15 octobre 1895.

NOTICE

SUR

LES RELATIONS DES PEUPLES MUSULMANS

AVEC LES CHINOIS,

DEPUIS L'EXTENSION DE L'ISLAMISME

JUSQU'À LA FIN DU XVᴱ SIÈCLE,

PAR

M. CH. SCHEFER.

Cette notice, qui voit le jour à l'occasion du centenaire de l'École spéciale des Langues orientales vivantes, a pour objet de rappeler des travaux dus à la plume de quelques-uns de nos prédécesseurs et d'ajouter certains renseignements à ceux qu'ils nous ont donnés sur les relations que les peuples de l'Asie centrale et occidentale ont eues avec ceux de la Chine, depuis l'extension de l'islamisme jusqu'aux premières années du XVIᵉ siècle.

Des savants qui ont été nos maîtres et dont l'enseignement a jeté un grand éclat sur notre École ont publié, sur ce sujet, des travaux qui ont fixé l'attention des orientalistes et offrent un vif intérêt.

M. Reinaud a fait paraître, en 1845, une nouvelle édition de la *Relation des voyages faits par les Arabes et les Persans dans l'Inde et à la Chine*, dont le texte avait été imprimé en 1811, par les soins de M. Langlès, et dont l'abbé Eusèbe Renaudot avait donné une traduction en 1718 [1]. M. Ét. Quatremère a

[1] *Anciennes relations des Indes et de la Chine de voyageurs qui y allèrent dans le IXᵉ siècle, traduit de l'arabe avec des remarques*, par Eusèbe Renaudot. Paris, 1718. Une traduction italienne de cet ouvrage a paru à Bologne en 1749, sous le titre de : *Antiche relazioni dell' Indie e della China di due Maomettani che nel secolo nono vandarano. Tradotte dall' araba nella lingua francese ed illustrate con Note e Disserta-* zioni dal Signor Eusebio Renodozio ed insieme con queste agginnte fatte italiane per un' anonimo. — *Relation des voyages faits par les Arabes et les Persans dans l'Inde et à la Chine depuis le IXᵉ siècle de l'ère chrétienne, texte arabe imprimé en 1811 par M. Langlès, publié avec des corrections et additions et accompagné d'une traduction française et d'éclaircissements* par M. Reinaud, membre de l'Institut. Paris, 1845. M. Reinaud

IMPRIMERIE NATIONALE.

placé en tête de sa traduction de l'*Histoire des Moyols de Rachid Eddin* une savante préface, et il a inséré, dans le tome XIV des *Mémoires et extraits des manuscrits de la Bibliothèque du Roi*, le journal rédigé par un peintre nommé Ghias Eddin qui accompagna les ambassadeurs envoyés à la cour de Pékin par Mirza Châhroukh, Oulough bek, Mirza Baysangor et d'autres princes de la famille de Timour [1].

A une époque antérieure à l'islamisme, le célèbre Many, obligé de s'enfuir des pays soumis aux princes Sassanides, s'était, dit-on, réfugié en Chine et il en avait rapporté un album de peintures auquel les Persans ont donné le nom d'*Erjeng* ارژنک et qui était conservé dans le trésor de Ghaznah, sous le règne des successeurs du Sultan Mahmoud Yemin Eddaulèh [2].

Mahomet n'a point ignoré le nom de la Chine, car il recommanda à ses disciples d'acquérir la science, dussent-ils aller la chercher en Chine. Il avait eu quelque notion de ce vaste empire, soit par Selman Farsy ou par les membres des colonies persanes établies sur les côtes de l'Arabie, soit par les gens des ports du Yemen qui étaient en rapports fréquents avec les villes du littoral du golfe Persique où abordaient les navires naviguant dans les mers des Indes, de la Malaisie et du sud de la Chine [3].

En l'année 22 de l'hégire (642), Yezdedjird, fils de Chehriar, réfugié à Merv après les défaites de ses armées et poursuivi par el Ahnef, envoya des messagers au Khaqan des Turks, au prince du Soghd et à l'empereur de la Chine pour solliciter leur secours et il songea même à demander un asile à ce dernier souverain. Ibn el Athir, en rendant compte du séjour d'Outbah à Baçrah, nous dit que ce lieutenant du khalife Omar y fut attaqué par les habitants d'Ouboullah qui était, à cette époque, le port où abordaient les navires venant de la Chine (14 = 635).

En 88 (706), Qoteïbah ibn Mouslim eut à combattre les gens du Soghd

a publié en outre, en 1863, un ouvrage ayant pour titre : *Relations politiques et commerciales de l'empire romain avec l'Asie orientale (l'Hyrcanie, l'Inde, la Bactriane et la Chine)*, pendant les cinq premiers siècles de l'ère chrétienne, d'après les témoignages latins, grecs, arabes, persans, indiens et chinois. — M. Lodovico Nocentini a fait paraitre dans la première livraison de l'*Oriente*, *rivista trimestrale pubblicata a cura dei professori del R. Istituto Orientale in Napoli* (1894), un article intitulé : *Le Antiche Relazioni della Cina*.

[1] *Notice de l'ouvrage persan qui a pour titre :* Mathla Assadeïn ou Madjma al bahreïn *et qui contient l'histoire des deux sultans Schah Roukh et Abou Saïd*, par M. Quatremère.

[2] Kitab el Edian, dans le premier volume de la *Chrestomathie persane*, publiée par Ch. Schefer. Paris, 1883, p. 137-143.

[3] On peut consulter, sur les colonies persanes des côtes de la mer Rouge, l'*Histoire de Djeddah*, par Abd oul Qadir ibn Ahmed el Khatib.

et de Ferghanah conduits par leur chef Kour Nebaghoun qui avait épousé une princesse chinoise.

Quelques années plus tard (96 — 714), Qoteïbah ibn Mouslim, dans le cours d'une expédition contre Kachgar, se trouva en rapport avec le gouverneur chinois, et Ibn el Athir nous donne de curieux détails sur les entrevues du chef arabe avec ce vice-roi.

Enfin en l'année 133 (750), Hobeïch, fils de Chibl, seigneur de Khoutal, fuyant devant Abou Daoud, se réfugia en Chine.

Beladory nous apprend qu'au commencement du règne du khalife Omeyyade Omar ibn el Aziz, Djerrah el Hakemy, gouverneur du Khorassan, envoya dans la Transoxiane Abdallah ibn Moammer el Yachkoury. Celui-ci s'enfonça dans l'Asie centrale et forma le projet de pénétrer en Chine; mais au bout de quelques jours de marche, il fut entouré par les tribus turkes et obligé de revenir sur ses pas, après avoir payé une forte rançon.

Nous possédons de précieux renseignements qui seront donnés plus loin sur les navigations des Arabes dans les mers de l'Inde, de la Malaisie et de la Chine; mais les documents sur les immigrations en Chine des habitants de l'Asie centrale et des provinces soumises à l'autorité des Khalifes nous font à peu près défaut. Un écrivain persan du viie siècle de l'hégire, Nour Eddin Mohammed Oufy, qui avait fait ses études à Boukhara et avait beaucoup voyagé, a rapporté, dans son recueil d'anecdotes intitulé : *Djami oul hikayat ou levami' our rivayat* (Recueil d'anecdotes et splendeurs de récits), le fait suivant recueilli par lui dans d'anciens ouvrages arabes. Une colonie de Seyyds, descendants du Prophète, établie sur les confins de la Chine, fournissait à l'empereur des messagers ou des intermédiaires pour ses relations avec les États étrangers. Oufy nous fait connaître en ces termes les motifs qui poussèrent les descendants du khalife Aly à se fixer dans une contrée si éloignée de leur pays natal :

Tout près de la ville de Tchin, dit-il, coule un très grand fleuve au milieu duquel est une île; au centre de cette île s'élève une place très forte habitée par des Seyyds, des descendants d'Aly et des Musulmans. Ceux-ci servent d'intermédiaires entre les Chinois et leurs coreligionnaires; les négociants se rendent dans la localité où ils résident et leur font voir leurs marchandises; elles sont expédiées par eux en Chine, et ces Musulmans en rapportent d'autres en échange. Voici la cause qui a déterminé ceux-ci à s'établir en ce pays.

A l'époque des Omeyyades, un certain nombre de Seyyds et de descendants du prince des Croyants Aly, sur qui soit la paix, émigrèrent dans le Khorassan. L'ardeur déployée par les Omeyyades pour les rechercher leur inspira les craintes les plus vives. Il ne faut point, se dirent-ils, tomber entre leurs mains et périr inutilement. Ils se mirent donc en route et prirent la direction de l'Orient; ils n'osèrent s'arrêter que lorsqu'ils eurent atteint le sol de la Chine. Ils arrivèrent sur les rives d'un fleuve que les gardes placés en surveillance les empêchèrent de franchir. Ne pouvant retourner sur leurs pas, ils se dirent l'un à l'autre : Si nous rebroussons chemin, nous devons craindre le sabre, si nous avançons, il nous faut redouter les serpents.

En effet, le château qui s'élevait sur le bord opposé du fleuve avait dû être abandonné à cause de la multitude de ces reptiles; ils en étaient devenus les maîtres et en avaient éloigné les habitants. Il est plus facile, se dirent les Alides, d'éviter les attaques des serpents que de se soustraire aux coups du sabre. Ils se dirigèrent donc vers le château, tuèrent tous les serpents et les jetèrent à l'eau jusqu'à ce qu'ils en fussent totalement débarrassés. L'empereur de la Chine ne tarda point à reconnaître qu'il n'avait à concevoir aucune inquiétude au sujet des descendants d'Aly, et ceux-ci, dans leur détresse, lui firent leur soumission. Ils reçurent des subsides, et les ressources qui leur permirent de vivre leur furent assurées. Ils se fixèrent dans cette localité et ils eurent une nombreuse postérité qui apprit la langue chinoise. Leurs descendants servent d'intermédiaires entre l'empereur et les autres souverains [1].

Je me bornerai à mentionner très rapidement les relations concernant la Chine qui virent le jour dans le IIIe et le IVe siècle de l'hégire. Les annales de cet empire nous apprennent qu'en l'année 758 de notre ère, une colonie musulmane était établie à Canton et que les Arabes et les Persans profitèrent des troubles qui désolaient la Chine pour se soulever, piller les magasins, incendier les maisons et s'enfuir par mer [2]. Quelques années plus tard, le khalife Haroun Errachid envoya une ambassade qui fut bien accueillie par l'empereur.

Le récit des voyages maritimes entrepris par les Arabes a été, ainsi que je l'ai déjà dit, traduit et commenté, en premier lieu, par Eusèbe Renaudot,

[1] Oufy nous apprend dans un autre passage qu'un ambassadeur fut envoyé à la cour de Chine par un prince musulman et que l'empereur lui prodigua les marques de la plus grande estime et de la plus haute considération. « Je trouvai à la cour de l'empereur, dit cet envoyé, une classe de gens qui étaient circoncis et attachés au service particulier des princes auxquels ils servaient d'interprètes. Le plus grand nombre d'entre eux savaient toutes les langues. De temps en temps, dit l'envoyé, l'un d'eux était dépêché auprès de moi pour me transmettre un message de l'empereur et recevoir ma réponse. »

وقتی یکی از ملوک اسلام رسول فرستاد بنزدیک ملک چین وحکایت کرد که چون ملک چین بیوست اورا تعظم کردند و اینان طلاها در خدمت پادشاه جماعتی دیدم که ایشانرا ختنه کرده بودند و ایشان خواص ملوک بودند و ترجمان ایشان بودند و بیشتر از ایشان هر زبانها بدانستی کنت یکی از ایشان که بنزدیک من آمدی و پیغام خان بکذاردی و جواب من باز بردی

Djami oul hikayat, ms. du British Museum, fol. 368 v°.

[2] Cf. l'*Abrégé de l'histoire chinoise de la grande dynastie Tang*, par le P. Gaubil, dans les *Mémoires concernant l'histoire et les sciences des Chinois*. Paris, t. XVI, p. 84.

puis par de Guignes [1]. Dans la première moitié de ce siècle, M. Reinaud, achevant l'œuvre commencée par Langlès, a donné le texte et la traduction de cette relation intitulée à tort : *Silsilet out tewarikh* سلسلة التواريخ (la Chaine des Chroniques); elle nous fournit le récit d'un marchand arabe nommé Souleyman qui visita, dans la seconde moitié du IVᵉ siècle de l'hégire, l'Inde, les iles de la Malaisie et la Chine; elle a été revue par un certain Abou Zeyd qui a ajouté des détails recueillis par lui de la bouche d'un Qoraïchite nommé Ibn Wahhab, qui, pendant son voyage, fut reçu à Khamdan [2] par l'empereur de Chine. Le marchand Souleyman avait résidé à Khan fou, ville de la province de Tchi Kiang [3]. Khan fou servait de port à Hangtchéou et les Musulmans y étaient assez nombreux pour qu'un magistrat fût chargé de présider tous les vendredis à la prière publique, réciter la Khouthbèh en l'honneur du Khalife Abbasside et juger, d'après les prescriptions du Qoran, les différends qui s'élevaient entre ses coreligionnaires. L'ordre et la sécurité régnèrent dans les provinces méridionales de la Chine jusqu'au commencement du règne de l'empereur Hi tsoung; à cette époque un aventurier que les historiens arabes désignent sous le nom de Yanchou, corruption de celui de Houang tchao, se vit refusé à ses examens et leva l'étendard de la révolte. Il rassembla autour de lui les vagabonds et les gens sans aveu qu'attirait l'espoir du pillage et prit le titre de « grand général qui attaque le ciel »; puis il envahit le Fo kien et le Tchi Kiang et s'empara de Hang tchéou fou et de Khan fou dont les habitants musulmans, chrétiens et guèbres furent passés au fil de l'épée; l'année suivante, il se rendit maître de la province de Si gnan. Ayant sous ses ordres une armée de 200,000 hommes, sans compter les troupes qui suivaient ses lieutenants, il crut pouvoir attaquer la capitale de l'empire. Il l'emporta

[1] De Guignes. *Histoire générale des Huns, des Turcs, des Mogols et des autres Tartares occidentaux.* Paris, 1756, t. II, livre VIII, p. 39.

[2] Les historiens arabes désignent sous le nom de Khamdan la ville de Si gnan fou, capitale de la province de Chen si.

[3] « Khan fou est située sur la côte septentrionale de la baie appelée San Kian Kheou, formée par l'embouchure du Tché Kiang qui donne son nom à toute la province et qu'on nomme aussi Thsian thang Kiang. Une petite rivière venant de Hai yan hian se jette dans ce port. . .

« Khan fou servait déjà, en 306, de mouillage aux navires caboteurs. Sous la dynastie des Thang, vers 720 de notre ère, il y avait une amirauté. Du temps des Yuan ou Mongols de la Chine, le conseiller Yang naï oung qui résidait dans ce port y établit un tribunal de commerce, chargé de juger les différends qui pouvaient s'élever entre les négociants arrivés par mer pour y vendre leur cargaison. » J. Klaproth, *Recherches sur les ports de Gampou et de Zaythoum décrits par Marco Polo*, dans le *Journal asiatique*, t. V, année 1824, p. 40. — Cf. Pauthier, *Le livre de Marc Pol.* Paris, 1865, p. 498. — Col. Henry Yule, *The Book of Marco Polo*, Londres, 1875, t. II, p. 213 et suiv.

d'assaut, après avoir exécuté une marche rapide, massacra les princes de la famille impériale et se proclama empereur. Hi tsoung, qui avait réussi à s'échapper, rassembla dans le Sé tchouen une nouvelle armée et parvint à battre l'usurpateur; mais ses troupes commirent de tels excès que Houang tchao, revenant sur ses pas, leur infligea la plus sanglante défaite. Hi tsoung se vit alors réduit à implorer le secours du chef de la tribu turke des Cha to [1] qui, en 869, avait reçu en récompense des services rendus par lui à la dynastie des Thang le titre honorifique de *Li Koué tchang* (Splendeur de l'empire des Li). Li Koué tchang à la tête de 10,000 Tatars attaqua, dans le courant de l'année 883, Houang tchao qui, poursuivi de province en province, périt de la main de son gendre; celui-ci fit avec toute sa famille sa soumission à Li Koué tchang [2].

Tous les faits dont je viens de donner un résumé ont été recueillis par un écrivain dont tous les ouvrages attestent la variété et la profondeur des connaissances. Aboul Hassan Aly, plus connu sous le nom de Maçoudy, né à Bagdad dans les dernières années du IIIe siècle de l'hégire, avait, au commencement du siècle suivant, visité les provinces méridionales de la Perse et de l'Inde. On peut même inférer d'un passage écrit avec peu de clarté, qui se lit dans son ouvrage des *Prairies d'or*, qu'il avait vu les îles de la Malaisie et atteint peut-être les côtes du Sud de la Chine. Il avait consigné dans deux de ses ouvrages aujourd'hui perdus : *Les histoires du temps et les annales des peuples anciens* et le *Livre moyen*, tout ce qu'il avait pu apprendre au sujet des contrées de l'Extrême-Orient.

Maçoudy donna la seconde édition de son ouvrage des *Prairies d'or* en 332 (943), deux ans avant sa mort; il nous dit qu'à cette époque, l'empereur

---

[1] Le P. Gaubil, de Guignes, Klaproth et M. Reinaud, ont émis l'opinion que le nom de Cha tho désigne la tribu turke des Tagazgaz qui étaient les maîtres des pays s'étendant depuis le Khorassan jusqu'à la Chine. On peut consulter, sur les Tagazgaz, Maçoudy. *Les Prairies d'or*, trad. par M. Barbier de Meynard, t. I, p. 214, 288, 299 et *Abou Dolef Misaris ben Mohalhal de itinere Asiatico commentarium recensuit et nunc primum edidit Kurd de Schloezer*, Berlin, 1845. p. 11.

[2] Ibn el Athir a donné également quelques détails sur la révolte de Houang tchao qui eut lieu en 264 de l'hégire (877). Cf. *El Kamil fit*

tarikh, éd. de M. Tornberg, t. VII, p. 221. Ibn el Athir, ainsi que Maçoudy, donne à l'empereur de la Chine le titre de Baghbour qu'il traduit par Fils du Ciel ابى السما. *Bagh* dans l'ancien persan a la signification de divinité, de souverain et *pour* celle de fils. L'empereur de la Chine est désigné par les auteurs orientaux sous le nom de Faghfour, nom qui a été ensuite donné à la porcelaine. On lit, dans le *Mafatih oul ouloum d'Abou Abd Allah Mohammed ibn Ahmed ben Youssouf el Kharezmy*, publié par M. G. van Vloten وذلك يسمون الملك بغ وهكذا الامام والسيد وبه سمى ملك الصين بغبور اى ابن الملك. Leyde, 1895, p. 116.

de la Chine n'exerçait sur les gouverneurs des provinces qu'une autorité nominale et qu'il résidait dans la ville de Khamdan. Il nous apprend aussi que, dans la première moitié du IVe siècle de l'hégire, les jonques chinoises abordaient à Oman, à Siraf, sur la côte du Bahreïn et celle de la Perse et remontaient le Chatt el Arab jusqu'à Ouboullah. Les navires partis des ports du golfe Persique se rendaient dans les ports du Sud de la Chine, à Khan fou et à Zeïtoun [1], après avoir relâché à Kallah qui se trouvait à peu près à la moitié du chemin.

Maçoudy nous fait aussi savoir que la route qui mène du Khorassan à la Chine était fréquentée. Tous les ans, dit-il, au retour de la belle saison, les gens qui se disposaient à entreprendre le voyage de l'Extrême-Orient se réunissaient dans le Soghd, dans une vallée s'ouvrant entre les montagnes qui produisent le sel ammoniac et se prolongent pendant l'espace de 40 ou 50 milles. Là, ils faisaient marché avec des porteurs qui se chargeaient, moyennant un prix élevé, du transport de leurs bagages qu'ils plaçaient sur leurs épaules. Ils tenaient à la main un bâton avec lequel ils stimulaient le voyageur marchant devant eux, de crainte que, vaincu par la fatigue, il ne vînt à s'arrêter et à périr dans ce passage dangereux.

La distance du Khorassan à la Chine, en suivant la route de terre, était d'environ quarante journées de marche, en passant alternativement par des pays bien cultivés et par des déserts, par des terres fertiles et des plaines de sable.

Il y avait aussi, ajoute-t-il, une autre route qui pouvait être franchie par les bêtes de somme dans l'espace de quatre mois; les voyageurs devaient, pour leur sécurité, se placer sous la protection des chefs des tribus turques. J'ai rencontré à Balkh, ajoute Maçoudy, un beau vieillard aussi distingué par son discernement que par son esprit, qui avait fait plusieurs fois le voyage de la Chine sans jamais prendre la voie de la mer. J'ai connu également dans le Khorassan plusieurs personnes qui s'étaient rendues du pays de Soghd au Tibet et en Chine par les mines d'ammoniac [2].

Les détails fournis par Maçoudy sur la Chine sont en grande partie empruntés à la relation de Souleyman et d'autres ont été ensuite recueillis par lui

---

[1] Zeïtoun est la corruption du nom chinois de Tseu thoung. Cette ville avait reçu cette dénomination, dit Klaproth, parce qu'au temps de la construction de son enceinte, on y planta en dehors des épines ou *tseu* et des arbres appelés *thoung*. Tseu thoung est resté depuis cette époque le nom vulgaire de la ville (*Recherches sur les ports de Gampou et de Zaithoum*) et le nom officiel de Tseu thoung est Tsiouen tchéou.

On peut consulter sur ce point *The Book of Marco Polo*, publié par le colonel Yule qui a résumé dans une note substantielle tous les renseignements qu'il a pu recueillir. *The Book of Marco Polo*, Londres, 1875, t. II, p. 219 et suiv. — *Voyages d'Odoric de Pordenone*, Paris, 1891, p. 274-281.

[2] *Les Prairies d'or*, trad. par M. Barbier de Meynard, t. I, p. 347 et suiv.

de la bouche d'Abou Zeyd, fils de Mohammed, qui était venu se fixer à Baçrah en l'année 303 (915). Les renseignements donnés par Maçoudy ont été, pour la plus grande partie, reproduits par les géographes et les historiens qui l'ont suivi. Nous aurions, sans doute, aussi trouvé des notions fort étendues et fort curieuses dans le volumineux ouvrage portant le titre de : *Description des routes destinée à faire connaître les différents pays*, composé à la fin du IX⁰ siècle ou au commencement du X⁰ siècle de notre ère, par Abou Abdallah el Djeihany qui fut le vizir de l'émir Samanide Nasr ibn Ahmed; malheureusement cet ouvrage n'est pas parvenu jusqu'à nous.

Tous les écrivains orientaux qui se sont occupés de la Chine sont unanimes à vanter l'habileté des Chinois dans toutes les industries, et surtout dans la peinture, la sculpture et la fabrication des étoffes les plus riches et les plus fines.

Les rapports commerciaux ne furent interrompus ni pendant les troubles qui désolèrent la Chine, ni pendant les guerres qui ensanglantèrent l'Asie centrale à l'époque de la chute de la dynastie des Samanides. On voit en effet mentionnés dans les anciennes relations les tissus délicats, les ouvrages en ivoire et les curiosités de la Chine qui étaient importés dans le Khorassan [1]. Lorsque le chef Seldjoucide Toghroul bey releva les ruines de Rey, qui avait été la résidence de l'émir Bouide Medjd Eddauleh, il trouva dans le palais de ce prince des selles en or enrichies de pierreries et deux vases de Chine remplis de pierres précieuses (434 = 1042) [2]. Nous voyons aussi figurer dans l'inventaire des trésors du Khalife Fatimide Mostancir billah des pièces de porcelaine et des objets de prix qui avaient été apportés dans les ports de la mer Rouge par des navires faisant le voyage de la Chine.

Un écrivain né à Cordoue, Aboul Qassim Said, qui mourut dans cette ville en 462 (1069), a écrit un traité intitulé : *L'explication relative aux différentes*

---

[1] « On trouve chez eux toutes sortes d'étoffes dont quelques-unes sont apportées dans le Khorassan, avec de merveilleuses curiosités. Leurs marchandises consistent en résine, en encens, en ambre jaune provenant du pays des Slaves. C'est une résine que rejette la mer des Slaves. » *Djamé oul kikayat*, fol. 368 v°.

وینزدیك ایضان انواع جامهاست كه بعضی از آنها بلاد خراسان آرند با انواع ظرایف عجیب ومتاع ایشان عاج وراسد وكندر وكهربای قصوص صقلبی وآن صمغ درجنبیست از دریای صقلبیه

[2] « Toghroul bek donna l'ordre de rebâtir la ville de Rey, qui avait été ruinée. On trouva dans le palais du gouvernement des selles en or ornées de pierreries, deux grands vases de Chine pleins de pierres précieuses et des richesses considérables. »

وامر طغرلبك بعمارة الری وكانت قد خربت فوجد فی دار العارة مراكب ذهب بجوهرة ودرنجتین صینی مملوة جوهرا ومالا كثیرا

Kamil fit tarikh, t. IX, p. 348.

classes des nations التعريف بطبقات الامم. Il a consacré un chapitre à l'origine des Chinois, à leurs qualités et à leur habileté de mains pour les travaux artistiques. Un autre écrivain, compatriote et contemporain de Saïd, Abou Amr Youssouf ibn Abd el Barr el Nemry, plus connu sous le nom de Hafiz el Gharb, a rédigé, de son côté, un traité d'ethnographie qu'il a fait paraître sous le titre de : *El qaçd ouel amem fit ta'arif biouçoul enssab il arab ouel adjem oue men ewwel tekallama bil arabiëh min el oumem* « Le dessein et le projet de faire connaître les origines des races arabes et étrangères et le peuple qui le premier a parlé la langue arabe » القصد والامم فى التعريف باصول انساب العرب والعجم

.ومن اول من تكلم بالعربية من الامم

Je crois devoir mettre sous les yeux du lecteur le texte et la traduction du chapitre consacré aux Chinois, car il me paraît contenir une allégation relative au culte des ancêtres déjà émise par Maçoudy, ainsi qu'un passage pouvant faire supposer que les Musulmans ont eu quelque notion des Aïnos et des peuples habitant le Nord de la Chine.

La Chine, dit Abd el Barr, est une vaste contrée renfermant, assure-t-on, plus de trois cents grandes villes toutes bien peuplées, sans compter les bourgs et les villages. Quand on se rend en Chine, on est obligé de traverser sept mers dont la première est la mer du Fars; chacune de ces mers a une couleur, des vents et des poissons qui lui sont particuliers. La Chine est un pays rempli d'innombrables merveilles. Sa population doit son origine à une branche de la famille des Beni Amour, fils de Japhet, qui se dirigea vers la Chine. Amour construisit un navire pareil à l'arche de son aïeul Noé, sur qui soit la paix; il s'y embarqua avec sa femme et son fils et navigua jusqu'à ce qu'il eut atteint les côtes de la Chine. Lui et son fils fondèrent des villes, promulguèrent des lois et créèrent de délicates et charmantes industries; ils exploitèrent des mines d'or et firent naître des merveilles de toute sorte. Le règne d'Amour dura trois cents ans; son fils Sayn régna pendant cent ans. C'est lui qui donna à son empire le nom de Syn. Il fit enfermer le corps de son père dans une statue d'or qu'il plaça sur un trône de même métal autour duquel on marchait processionnellement. Cette cérémonie est devenue obligatoire pour tous les souverains qui ont régné en Chine; on traça ensuite leurs images qui furent placées dans les temples. Les Chinois suivaient alors la religion des Sabéens, puis ils adorèrent les idoles et adoptèrent ensuite les pratiques des Indiens. Mais précédemment, ils avaient adoré leurs souverains dont les corps étaient enfermés dans des statues d'or et devant lesquelles ils se prosternaient.

Ils ont eu parmi eux des savants qui ont disserté sur l'astronomie, la médecine, les arts et un grand nombre des sciences de l'Inde. La capitale de l'empire porte le nom de An-çou; elle est située à la distance de trente journées de marche de Khan fou, où viennent aborder les navires marchands. Les habitants de la Chine ont le teint blanc tirant sur le jaune et le nez épaté. Ils ne considèrent pas l'adultère comme un acte illicite. Dans la répartition des héritages, les filles sont avantagées au détriment des garçons. Lorsque le soleil entre dans le signe du Belier, les Chinois célèbrent une fête dont la durée est de sept jours; ils se livrent alors à des excès de nourriture et de boisson. Les parures les plus estimées parmi eux sont faites avec la corne du rhinocéros qui, lorsqu'on la coupe, présente à l'œil des figures singulières et variées. Les Chinois en font des plaques de ceinture qui atteignent le prix de 1,000 miqqals d'or. Ils accordent si peu de valeur à l'or qu'ils l'emploient à orner les brides de leurs chevaux et à faire des chaînes pour leurs chiens. C'est en Chine que sont tissées les étoffes brodées d'or.

Au delà de Sin Essin, on rencontre des peuplades qui vont complètement nues et n'ont que leurs cheveux pour couvrir leur corps; d'autres ont la peau couverte de poils, d'autres enfin sont glabres et ont la peau lisse. Une de ces peuplades a le teint rouge et les cheveux roux. Quelques-unes d'entre elles se réfugient dans des cavernes et, par crainte de la chaleur du soleil, y demeurent tant que cet astre n'est pas sur son déclin. La nourriture de ces peuples consiste en un végétal ressemblant à la truffe, en poisson de mer et en herbes. Ces tribus ont pour voisins du côté du Nord des hommes au teint blanc, aux cheveux roux, vivant en état de nudité et s'accouplant quand ils y sont incités par leurs désirs comme des animaux, sans que personne essaye de l'empêcher [1].

ذكر ملوك الصين ÷ قالوا بلد الصين واسع بعد ان فيه ثلثمائة مدينة وبها عامرة كلّها سوى القرى والرساتيق ومن خرج اليها قطع سبعة ابحر لكلّ بحر منها لون ورح وسمك ليس فى غيره اوّل بحورهم بحر فارس وفى الصين عجائب كثيرة والاصل فى ذلك ان قومًا من بنى عامور بن يافت قطعوا الى ناحية الصين وكان عامور قد عمل فلكٌ حكى به سفينة جدّه نوح صلّى الله عليه وسلّم فركب فيها هو واهله وولده وقطع البحر الى الصين فبنى هو وولده المدائن وعملوا لحكم ورفاتى الصناعات ولطيفها واثاروا معادن الذهب وعملوا العجائب وملكهم ثلثمائة سنة وملك بعده انه بنى مائة سنة وبه سميت الصين لجعل جسد ابيه فى تمثال ذهب على سرير من ذهب فأقاموا يطوفون به فصار ذلك رسم كل ملك يملكهم وصوّروا صورهم فى عيدكلهم فهم على دين القدائنين سمر عبدوا البددة بعد ذلك اقتفاء بافعال الهند ومن فعل ذلك عبدوا ملوكهم وكانوا يجعلون احسادهم فى تماثيل من ذهب ويجعدون لها وفيهم حكاء نكلموا فى الفلك وفى الطبّ والصنعة وكثير من علوم الهند ومدينتهم الكبرى التى يقال لها انصوا بينها وبين خانفوا التى ينزلها مراكب التجار ثلثون يومًا واهل الصين بيض الى الصفرة فطس يبكون الزنج ولا ينكرون شبه منه ويوزنون الانى الاكثر من

[1] Les Aïnos ont été, depuis quelques années, l'objet de nombreux travaux intéressants. Je citerai parmi eux : L. de Rosny, Mœurs des insulaires de Yeso et des îles Kouriles. Extrait des ouvrages japonais et des relations des voyageurs européens. Paris, 1857. — Mermet de Cachon, missionnaire, Les Aïnos, origine, langue, mœurs, religion. Paris, 1863. — Duchateau. Notice sur les Aïno, insulaires de Yezo et des îles Kouriles.

Paris, 1874. — Heinrich von Siebold, Ethnologische Studien über die Aino auf der Insel Yesso. Berlin, 1881. — Dr B. Scheube, Die Aino. Yokohama, 1882. — Mac Ritchie, The Ainos. Leyden, 1892. — Rev. John Batchelor. The Ainos of Japan, religion, superstitions and general history. London, 1892. — A. H. Landor Savage. Alone with the hairy Aino. London, 1893.

الذّكر ولهم عيد عند دخول الشمس للحمل باكلون كثيرا فيه ويشربون سبعة ابام واشرت حليهم
من قرن الكركدن لانها متى قطعت قرونها ظهر فيها صور عجيبة مختلفة فيتخذون منها مـنـاطـق
تبلغ المنطقة منها اربعة الاف مثقال ذهب والذهب عندهم هين عليهم حتى يتخذون مـنـه لجـم
دوابهم وسلاسل كلابهم ولهم ثياب للحرير المنسوجة بالذهب ووراء صين الصّين امم عراة ومنهم امة
يلتحفون بشعرهم وامم زعر لا شعر لهم وامم حمر الوجوه شعر الشعور وامم اذا طلـعـت الـشـمـس
هربوا الى مغارات يأوون اليها من حرّ الشمس ولا يخرجون حتى تدور الشمس الى الجانب الـغـربى
واكثر ما ياكلون نبات يشبه الكاة وسمك البحر وحشاش الارض وبجاربهم من ناحية الشمال امم بيض
شعر عراة يتناكحون كما تناكح البهايم ويجتمع للجماعة على الواحد لا يمنع احد ممن يريد ان ينالها

Sam'any, dans son *Kitab oul Enssab* ou *Livre des lignages et des attributions*, nous a conservé le nom de trois personnages qui avaient résidé en Chine; l'un était Ibrahim ibn Ishaq, originaire de Koufah, qui avait demeuré dans l'Empire du milieu pour les intérêts de son commerce et avait été surnommé Siny (le Chinois); l'autre était Aboul Hassan Saad el Khaïr el Ançary, Espagnol de naissance, qui s'était rendu du Maghreb en Chine. Aboul Hassan Saad el Khaïr était un jurisconsulte doué de rares qualités, maître d'une grande fortune et qui avait étudié les traditions sous la direction d'Aboul Khattab ibn Bouthr. Aboul Hassan Saad el Khaïr mourut en 541 (1146). Enfin le troisième était Abou Amr Hamid ibn Mohammed Echcheïbany, plus connu sous le nom de Hamid le Chinois. Il était versé dans la science des traditions; Sam'any déclare ne pas savoir si le surnom de Siny lui a été donné parce qu'il était né en Chine ou parce qu'il y avait fait un voyage [1].

Les renseignements relatifs à la Chine recueillis par les écrivains musulmans deviennent plus abondants et plus précis, à partir de l'époque où Djenguiz Khan parut sur la scène du monde. Les expéditions de ce conquérant dans les provinces du nord de la Chine, celles de ses fils et de ses petits-fils, l'établissement en Chine de la dynastie mogole dont Qoubilay Qaàn fut le premier souverain et celui des Ilkhanys de Perse dont Houlagou Khan, frère de

---

[1] Yaqout a reproduit mot pour mot l'article de Sam'any et l'a inséré dans son *Moudjem oul bouldan*, t. III, p. 444 *sub voce* الصّين.

L'Espagne est désignée par les anciens géographes chinois sous le nom de Moulau pl, le pays des Mourabit ou Almoravides. On peut en induire que, pendant la durée de cette dynastie (448-541 = 1056-1147), les ports de la Chine étaient fréquentés par de nombreux Musulmans originaires de l'Espagne et du Maghreb. *Die Länder des Islam nach chinesischen Quellen von Prof. D' Friedrich Hirth*, dans le V° volume du T'oung-Pao. Leyde, 1894.

2.

Qoubilay, fut le fondateur, ont été exposés dans plusieurs histoires officielles écrites par l'ordre de ces princes. Je citerai en premier lieu le *Djihan Kouchay* جهان كشاى (annales du conquérant du monde), rédigé par Ala Eddin Atha Melik qui, sous le règne des premiers princes Ilkhanys, fut employé dans l'administration et devint gouverneur des provinces de l'Iraq et du Khouzistan dont Bagdad était la capitale. Chihab Eddin Abdallah, fils de Fazl Allah, auquel le sultan Oldjaïtou accorda le titre honorifique de Vassaf oul Hazret (le panégyriste de la majesté royale), écrivit ensuite, en un style très relevé, un ouvrage auquel il donna le titre de *Tedjziet oul emçar ou tezdjiet oul a'çar* تجزية الامصار وتزجية الاعصار (le partage des grandes provinces et le succès des temps). Enfin, en l'année 700 de l'hégire (1300-1301) le sultan Mahmoud Qazan Khan chargea le vizir Fazl Allah Rachid Eddin de rédiger l'histoire des tribus mogoles et turkes, non seulement d'après les documents historiques écrits en langue et en caractères mogols conservés dans les archives de l'État, mais aussi d'après les renseignements qui lui seraient donnés par les lettrés chinois, indiens, qiptchaqys et ouïgours établis à sa cour. Rachid Eddin se conforma à cette injonction et donna à son ouvrage le titre de *Djami out tewarikh* جامع التواريخ (le livre qui réunit toutes les annales). Il nous apprend dans sa préface que son ouvrage n'était point terminé d'après les renseignements fournis par les savants de l'Inde et de la Chine, quand Qazan Khan mourut le 11 chewal 703 (17 mai 1304); il y mit la dernière main pendant le règne d'Oldjaïtou [1].

[1] Un écrivain persan, Aboul Qassim Abdallah ibn Aly el Kachany, qui a écrit une *Histoire d'Oldjaïtou* dont je possède un exemplaire, revendique en ces termes la composition du *Djami out tewarikh* : «Le vendredi dix du mois de chewal 704, le Ministre de l'Iran, le Khadjeh Rachid Eddin soumit à l'appréciation de l'Empereur, par l'intermédiaire de juifs maudits, l'ouvrage du *Djami out tewarikh* que j'avais rédigé, moi qui suis voué à l'infortune. Le Khadjeh reçut en récompense la valeur de 50 toumans en domaines, villages et propriétés foncières. Il touche tous les ans en argent une somme de 20 toumans libre de toute charge, provenant des revenus et des redevances de ces propriétés. Violant la promesse qu'il m'avait faite, il ne me donna point un dirhem, malgré tous mes efforts et tous mes soins pour rassembler les matériaux de cet ouvrage pendant le cours de plusieurs années. J'ai supporté beaucoup de peines et de fatigues, mon maître se les est attribuées et a fait disparaître mon nom. Il a été l'objet de grandes marques de faveur et il a recueilli les gratifications.»

وآدينه دم شوال ۷۰۴ دستور ايران خواجه رشيد الدين كتاب جامع التواريج كه تاليف ومصنف ابن ميجباره بود بدست جهودان مردود بر راى پادشاه عرضه كرد وجائزة آن يكجاه تومان مال از املاك وديه وضياع بستد وهر سال از محصول مستدركات وربوع ارتفعات آنجا بيست تومان نقد عشرا صغرا بوى مى رسد و با وجود وعدة يك درهم به موئف ومصنف آن نداد كه سعى بليغ وجهد انجيع نموده بود وسالها جمع كرده رنج من برده ول بخدوم من آن نام خويشتن بردار كرد وفراوان نواخت وسيورغامشى يافت

Tarikhi Oldjaïtou, fol. 10.

Ce prince, après avoir lu l'ouvrage qui lui fut présenté par son vizir et en avoir corrigé quelques passages, lui fit observer qu'il avait auprès de lui un grand nombre de lettrés, d'astronomes et de personnages versés dans les sciences historiques, originaires de la Chine, de l'Inde, du Kachmir, du Tibet et du pays des Francs. Chacun de ces savants possédant les annales de sa patrie, il lui semblait opportun de faire composer un abrégé de l'histoire générale de toutes ces nations. Rachid Eddin se rendit au désir de son maître et rédigea pour son *Djami out tewarikh* un appendice contenant dans sa première partie l'histoire des prophètes, des rois et des tribus arabes jusqu'à la la chute de la dynastie des Abbassides; l'autre partie, dit Rachid Eddin, fait connaître, avec les détails les plus circonstanciés, la déterminaison précise des limites assignées à chacun des sept climats, la division et l'étendue des vastes parties du globe, ainsi que la description exacte de la plupart des villes, des mers, des lacs, des vallées et des montagnes, avec l'indication des longitudes et des latitudes. « Pour rédiger cette partie de notre travail, ajoute-t-il, nous ne nous sommes pas contentés de recueillir avec critique et discernement ce qui se trouvait consigné dans les meilleurs ouvages de géographie; nous avons interrogé les hommes les plus instruits et ceux qui avaient vu par eux-mêmes les différentes contrées; nous avons inséré dans notre narration les renseignements que nous ont fournis les savants de l'Inde, de Tchin, de Matchin et du pays des Francs et qui sont extraits fidèlement des ouvrages écrits dans les langues de ces différentes nations, en sorte que nous pouvons nous flatter de n'offrir à nos lecteurs que des choses parfaitement vraies. Enfin nous avons eu soin d'indiquer exactement la position des lieux de poste (*iam*) afin d'en faire dessiner la figure[1]. »

La portion la plus intéressante du complément du *Djami out tewarikh* est, sans aucun doute, après la partie géographique, celle qui est consacrée à l'histoire des dynasties chinoises. Les relations littéraires entre les pays musulmans et ceux de l'Extrême-Orient étaient nulles; Rachid Eddin nous apprend que lorsque Houlagou quitta l'ordou de son frère Mangou Qaân pour marcher contre les Ismayliens et renverser le trône du dernier Khalife Abbasside, il était accompagné par des lettrés et des astronomes chinois; après la prise du château d'Alamout, il donna l'ordre à Nassir Eddin Thoussy, vizir de Khourchâh, le dernier des chefs des Ismayliens, de composer une table astronomique en s'aidant des connaissances d'un astronome nommé Fo men djy

---

[1] *Histoire des Mogols*, traduite par M. Ét. Quatremère, Préface, p. 63.

auquel l'étendue de son savoir avait fait donner le surnom de Singsing, c'est-
à-dire versé dans toutes les sciences [1]. Notre auguste souverain, ajoute Rachid
Eddin, ayant donné l'ordre de composer le présent ouvrage, a voulu que
l'histoire de la Chine y fût insérée et il a chargé deux lettrés nommés Li ta
tchy et Koum Kasan, qui sont versés dans la connaissance de la médecine, de
l'astronomie et de l'histoire et possèdent un grand nombre de volumes historiques, de rédiger un abrégé pouvant figurer dans cet ouvrage. Cet abrégé
fut composé en prenant pour base les annales écrites par trois auteurs dont
l'exactitude défie toute critique. Ils se nommaient l'un Fohin Khochang; Fohin
est son nom et Khochang un mot qualificatif qui a la signification de lama.
Il était né dans la ville de Tayneman djou. Le second s'appelait Fi djou Khochang et était originaire de Fin djou. Le troisième était Sen djoun Khochang,
et il avait vu le jour à Lao Kin. Après avoir parlé dans les termes les plus
flatteurs de l'œuvre de ces trois écrivains, Rachid Eddin nous fait connaître
les procédés xylographiques dont les Chinois se servaient pour l'impression de
leurs livres, procédés qui, par conséquent, étaient connus en Perse dans les
premières années du XIV⁰ siècle. Il nous apprend enfin que les Chinois placent
les portraits des empereurs les plus célèbres au-dessus de leurs noms et que,
dans son livre, il se conformera à cet usage. Le *Djami out tewarikh* a eu le
sort de tous les ouvrages volumineux. Il a été abrégé et une édition de ce travail, due à la plume d'Abou Souleyman Daoud, plus connu sous le nom de
Fakhri Benaket (la gloire de Benaket) et auquel le Sultan Qazan avait donné
le titre de *Mélik Echchouara* (roi des poètes), parut en 717 (1317) une année
avant la mort tragique de Rachid Eddin [2].

Si l'influence des lettrés chinois, mogols et ouïgours se fit sentir à la cour
des princes Ilkhanides, celle des Musulmans de la Perse et de l'Asie centrale
fut, pendant une assez longue période, prépondérante auprès de Qoubilay
Qaàn. Cette influence s'était déjà manifestée à l'époque de Djenguiz Khan. Ce

---

[1] Rachid Eddin a donné sur la chronologie
des Chinois des détails qui ont été reproduits par
Benakety dans son abrégé du *Djami out tewarikh*. Cf. l'*Historia sinensis*, d'André Muller, p. 7
et 8 du texte persan et p. 10 de la *Traduction
latine*. Le P. Gaubil a écrit un *Traité de la chronologie chinoise*, divisé en trois parties, et publié
en 1814 par les soins de M. Silvestre de Sacy.

[2] Abraham Muller, fils d'André Muller, a
fait paraître à Iéna en 1689, sous le titre de :

Historia sinensis, le texte du chapitre consacré
à la Chine par Benakety. André Muller attribuait à tort au Qadi Nassir Eddin Abou Sayd
Abdallah Beidhawy la composition de l'ouvrage dont il donnait un extrait.

M. Quatremère qui a relevé cette erreur n'a
point eu à sa disposition l'abrégé de Benakety :
il a traduit dans la Préface de l'*Histoire des
Mogols*, p. 75 et suivantes, le texte donné par
André Muller.

conquérant avait épargné, dans les massacres qui suivirent la prise des villes de la Transoxiane et de la Perse, les savants et les artisans dont les connaissances ou l'industrie lui semblaient pouvoir être utiles aux peuples soumis à sa domination. Ses fils et ses petits-fils, de leur côté, admirent à leur service des étrangers venus de tous les pays et les Musulmans étaient, parmi eux, les plus nombreux et les plus considérés. Ils fournirent des ministres, des généraux, des gouverneurs de provinces, des médecins, des astronomes et des savants versés dans toutes les branches des connaissances humaines [1]. Ils occupèrent à la cour de Qoubilay Qaàn et à celle de ses successeurs des situations considérables. Ce prince avait confié le pouvoir à deux ministres dont l'un était Chinois, l'autre Musulman. Celui-ci nommé Ahama (Ahmed) était originaire de la ville de Benaket. Il réussit par ses intrigues à amener la disgrâce de son collègue et à provoquer sa mort. Grâce à lui, Qoubilay Qaàn témoigna aux Musulmans une faveur spéciale et prodigua à leurs savants les marques de sa bienveillance. Leur pouvoir excita la jalousie des sectateurs des autres religions et l'un d'eux, auquel le Qaàn avait accordé la parole dans une de ses audiences, eut la hardiesse de lui dire : « Les Musulmans sont les mortels ennemis de Votre Majesté, car leur prophète considère comme obligatoire le meurtre de tous ceux qui ne sont point soumis à ses lois. On lit, en effet, dans leurs livres : « Combattez jusqu'à la mort ceux qui donnent un associé à la « divinité. Comment peuvent-ils vous aimer en obéissant à de pareils préceptes? » Ces paroles inspirèrent à Qoubilay Qaàn une profonde aversion pour les Musulmans et il les soumit à toutes sortes de vexations : mais Hamid Eddin Samarquandy, un des savants les plus illustres de son temps, obtint par l'intermédiaire du vizir Ahmed Benakety une audience du Qaàn et il parvint à lui persuader que les paroles de Mahomet s'appliquaient aux polythéistes de l'Arabie et de la Perse et non point aux Mogols.

Hamid Eddin fut comblé de cadeaux à la suite de cette audience et Qoubilay témoigna de nouveau une grande bienveillance aux Musulmans [2].

Les annales chinoises et Marco Polo nous apprennent que deux ingénieurs, nommés Ala Eddin de Mossoul et Ismayl de Hillèh ou de Hérat, prirent une

---

[1] Qoubilay Qaàn fonda en 1289 à Tatou, nom chinois de Khan-Baligh, un collège dont la direction fut confiée à des Musulmans. (Le R. P. Gaubil, *Histoire de Gentchiscan et de toute la dynastie des Mangous ses successeurs, tirée de l'histoire chinoise.* Paris, 1739, p. 210.)

[2] Selon d'autres auteurs, la colère de Qoubilay Qaàn contre les Musulmans fut provoquée par le refus fait par quelques-uns d'entre eux de toucher à des mets que l'empereur leur avait envoyés de sa table.

part active au siège de Sangyang en 1269, et contribuèrent à la prise de cette
ville. Nous voyons en 1283 le prince Siantar (Djihandar), suivi des généraux
Nasoulating (Nassir Eddin), fils d'Omar, de Qouly et d'autres officiers des pays
de l'Occident, se rendre, à la tête d'une armée de la province du Yunnan, dans
le royaume de Mien (le Pégu). Un autre Musulman, nommé également Nassir
Eddin, était, à peu près à la même époque, intendant des finances, et en
l'année 1302, pendant la septième lune, Oupouting (Qouthb eddin) fut
nommé ministre d'État [1].

Dans la première moitié du XIVe siècle un fonctionnaire, attaché à la chan-
cellerie du Kafil es Salthanèh ou vice-roi de la Syrie, composa une très volu-
mineuse encyclopédie à laquelle il donna le titre de *Messalik oul abçar fi me-
malik il emçar* (les chemins des yeux pour parcourir les provinces des grands
États). Cet ouvrage, dont un exemplaire à peu près complet est conservé dans
une des bibliothèques de Constantinople, compte plus de trente volumes. Il y
en a deux qui, sous le rapport géographique, offrent une réelle importance.

L'auteur, Aboul Abbas Ahmed Chihab Eddin el Omary, était né à Damas et
faisait remonter sa généalogie jusqu'au khalife Omar. Son père, Yahia Mouhy
Eddin, remplit les fonctions de vizir à la cour des sultans Bibars et Qelaoun.
Appelé au Caire pour y être mis à la tête du bureau de la correspondance
secrète pour l'Égypte, il mourut dans cette ville en 737 (1338), à l'âge de
93 ans. Son fils Chihab Eddin lui succéda dans ses fonctions; mais, tombé en
disgrâce, il fut exilé à Damas où il mourut en 749 (1343).

Ahmed Chihab Eddin a recueilli tous les renseignements qu'il donne sur la
Chine de la bouche soit des marchands, soit des gens de loi de l'Iraq, de la
Perse et de la Transoxiane qui avaient visité cet empire. Nous trouvons dans
son récit la preuve que, sous la dynastie mogole, il était largement ouvert au
commerce et aux investigations des Musulmans [2].

---

[1] Rachid Eddin nous apprend que le Qaân
fit venir de Damas un ingénieur qui fut accompagné par ses trois fils, Abou Bekr, Ibrahim et
Mohammed, ainsi que par ses ouvriers. Il fit
construire sept grandes machines de guerre
qui battirent la place forte de Sayan fou, sur
la frontière de Manzi, et amenèrent sa reddition. Je place à la fin de cette notice la reproduction d'une monnaie chinoise représentant
une de ces machines de guerre et l'ingénieur
qui la manœuvre.

[2] Les historiens orientaux nous apprennent

que les marchands musulmans conduisaient en
Chine des chevaux et y portaient des oiseaux
dressés pour la chasse, des bijoux et même
des verreries émaillées d'Alep.

Chihab Eddin rapporte le fait suivant :

وحكى ل الفاضل نظام الحين ابو الفضائل يحيى بن
حاكم قال قصد رجل منكو مور قآن بزجاج عمل حلب
وصل اليه فقدم له فشرب ف بعض اوانيه فكيمه ماخذق
من جوهر الزجاج عن جرة الشراب

« L'éminent Nizam Eddin Aboul Fadhail Yahia
ibn el Hakim m'a raconté qu'un individu alla

« Nous avons rapporté, dit Chihab Eddin, que le Grand Qaân est le successeur du trône de Djenghiz Khan. Il a pour capitale, aux extrèmes confins de l'Orient, la ville de Khan Baligh dans le Khita. Il est le plus puissant des souverains du Touran qui fut, dans l'antiquité, le berceau de la race turke. C'est aussi dans ces régions ou dans leur voisinage que vécut Afrasyab.

« Le Qaân ne compte cependant plus au nombre de ses possessions les pays qui forment actuellement l'apanage de ses deux cousins dont nous avons déjà parlé. Ceux-ci le consultent toujours et il est comme leur Khalife. S'il se produit dans leur pays un événement important tel qu'une bataille ou, en punition de ses fautes, l'exécution d'un grand émir, ils lui transmettent toujours leur rapport ou leur jugement, non pour lui demander une autorisation, mais pour suivre un usage scrupuleusement observé par eux.

« L'éminent Nizam Eddin Aboul Hakim, secrétaire au service du sultan Abou Saïd, dit que le Grand Qaân écrit encore aux trois souverains de sa famille pour leur recommander l'union et la concorde. Dans sa correspondance, son nom précède toujours le leur, et quand ils lui répondent, ils commencent toujours par écrire le sien. Ils reconnaissent en tout sa prééminence.

« On emploie dans le Khita, en guise de monnaie, des morceaux d'un papier de forme allongée fabriqué avec des filaments de mûriers sur lesquels est imprimé le nom de l'empereur. Lorsqu'un de ces papiers est usé, on le porte aux officiers du prince et, moyennant une perte minime, on reçoit un autre billet en échange, ainsi que cela a lieu dans nos hôtels des monnaies, pour les matières d'or et d'argent que l'on y porte pour être converties en pièces monnayées.

« Les Chinois sont des artisans merveilleux qui produisent des ouvrages d'une finesse remarquable. C'est un talent qui leur est reconnu par toutes les nations. Tous les livres renferment tant de récits à ce sujet que nous nous dispensons d'en parler.

« Les maîtres ouvriers de ce pays ont l'habitude, quand ils ont fabriqué un objet remarquable, de le porter au seuil du palais impérial où ils le suspendent pour y être exposé pendant un an aux regards du public. Si cet objet échappe à toute critique, son auteur est comblé de faveurs; au contraire, s'il est l'objet d'une juste critique, il est déconsidéré à tout jamais. Dans le cas enfin où dans le seul but de nuire à l'artisan, quelqu'un se permettrait de faire une observation imméritée, il serait immédiatement mis à mort.

porter à Mangou Timour Qaân des verreries fabriquées à Alep : il arriva à la cour de ce prince et les lui présenta. Celui-ci but dans un de ces vases qui lui permit d'apprécier la couleur rouge du vin à travers la limpidité du verre. » *Messalik oul abçar*, p. 72.

« Telles sont les histoires que l'on raconte à leur sujet; mais voici, en
revanche, ce que je tiens d'un témoin oculaire, le Sadr Bedr Eddin Hassan
el Ach'argi le négociant. Un ouvrier confectionna très habilement avec des
boyaux de bœuf une selle qu'il recouvrit de vernis. Il la présenta au Grand
Qaân qui l'admira et ne douta pas qu'elle ne fut en bois comme toutes les
autres. L'ouvrier ayant alors demandé si on savait quel était ce bois, on
répondit négativement; il fit voir qu'elle était faite uniquement de boyaux de
bœuf. On admira beaucoup la beauté et la finesse de son travail.

« Un autre ouvrier avait fabriqué une étoffe pour vêtements avec des feuilles de
plantes et l'avait vendue à des marchands en leur disant que c'était du damas de
soie du Khita. Ceux-ci ne se doutèrent de rien; quand il les vit bien convaincus
de la sincérité de ses affirmations, il leur fit connaître la vérité et leur surprise
fut complète.

« Bedr Eddin Hassan ajoute : J'ai vu chez eux, en fait de travaux de ce
genre, des choses qui confondent l'esprit et dépassent l'imagination.

« Voici maintenant ce que je tiens du noble Seyyd Tadj Eddin Hassan ben
el Khallal, originaire de Samarqand. C'est un homme digne de créance; il a
voyagé dans bien des pays et a pénétré dans la Chine qu'il a parcourue en
tous sens.

« La ville de Khan Baligh est la capitale de ce royaume. Elle se divise en ville
ancienne et en ville nouvelle. Celle-ci a été construite par Daïdou, un de leurs
souverains, et elle porte son nom[1]. Au milieu d'elle se trouve la résidence
du Grand Qaân. C'est un immense palais appelé Gueuk Thaq, ce qui signifie,
en mogol, le château vert; en effet Thaq veut dire *château* et Gueuk, *vert*,
contrairement au mot turk qui a le sens de bleu clair.

« Les émirs sont logés autour du Qaân en dehors du palais.

« Voici maintenant l'organisation de ce gouvernement : Auprès du Qaân se
trouvent deux émirs qui sont ses ministres. Tous ceux qui remplissent ces

[1]: La ville de Khan Baligh, dit Rachid
Eddin, appelée en chinois Tchoung dou, ancienne capitale des souverains de ce pays, était
leur résidence d'hiver. Elle avait été ruinée
par Djenguiz Khan; Qoubilay Qaân avait
résolu de la rebâtir : mais il préféra pour perpétuer sa gloire fonder une nouvelle ville près
de l'ancienne et il lui donna le nom de Daïdou : ces deux villes sont contiguës. Le mur
de cette ville est flanqué de sept tours et il

y a entre chacunes d'elles la distance d'un
fersakh... Qoubilay Qaân fit bâtir pour lui,
au centre de la ville, un vaste palais auquel il
donna le nom de Qarchy.

Vassaf décrit ce palais dont les salles étaient
dallées avec des pierres de jade. (Vassaf, éd.
de Bombay, 1269 = 1852, p. 23-24.)

Ibn Batouta visita le palais du Qaân pendant son séjour à Khan Baligh. On trouvera
plus loin le récit qu'il en fait.

fonctions sont appelés *Djing San* جنكساﻥ (Tchéng Siang). Après eux viennent les deux *Bidjan* بجاﻥ (Pin Tchang), puis les deux *Zoudjin* زوجين (Tso Tchen), ensuite les deux *You djin* يوجين (Yeou Tchen) et enfin le *Landjoun* لنجوﻥ (Lang Tchang), chef des écrivains et secrétaire du souverain.

« Le Qaân tient chaque jour séance au milieu d'un vaste édifice appelé *chen* شن (Cheng) qui a, chez eux, beaucoup d'analogie avec notre Palais de justice.

« Les émirs se tiennent debout autour de lui, rangés à droite et à gauche, suivant les règles de la préséance. Après eux vient le chef des écrivains ou Landjoun dont nous venons de parler. Quand un plaignant ou un requérant se présente, il remet sa supplique à ce dernier fonctionnaire qui en prend connaissance et la passe à l'un des deux émirs du grade le moins élevé qui en donne connaissance à son collègue. Ils les remettent ensuite à leurs supérieurs immédiats, et ainsi de suite jusqu'à ce qu'elle parvienne entre les mains du Grand Qaân qui donne alors sa décision, toujours basée sur la justice la plus stricte et l'équité la plus grande.

« Ce Grand Qaân est un puissant souverain et ses troupes sont nombreuses. Je sais, ajoute Tadj eddin, qu'il y a 12,000 fauconniers montés et 20 tomans de troupes mogoles, ce qui représente 80,000 cavaliers.

« Quant aux troupes du Khita, elles sont innombrables.

« La Chine contient mille villes dont j'ai visité un grand nombre.

« La route de Samarqand à Khan Baligh se décompose de la manière suivante :

« De Samarqand à Yenguy Kent on compte vingt journées de marche. Yenguy Kent se compose de quatre villes qui sont séparées l'une de l'autre par une distance d'une parasange. Chacune d'elles a un nom particulier. L'une se nomme Yenguy Kent, la seconde Yenguy baligh, la troisième Goundjouk et la quatrième Talan. De Yenguy Kent à Almâliq, on compte vingt journées de marche, d'Almâliq à Qara-Khodja, et de là à Qantchéou qui est la première ville du Khita, quarante journées et autant de Qantchéou à Khan Baligh. De cette dernière ville à El Khinsa, il y a deux routes, l'une par terre et l'autre par mer, qui exigent toutes deux quarante journées de marche ou de navigation.

« El Khinsa mesure en longueur une journée de marche et en largeur une demi-journée. Il y a, au milieu de la ville, un marché qui en occupe toute l'étendue d'une extrémité à l'autre. Les rues et les marchés sont dallés. Les maisons, construites en pièces de bois reliées par des clous, comptent cinq étages superposés. Les habitants boivent de l'eau de puits. Ils sont très malpropres. Leur nourriture se compose de viande de buffle, de canards et de poules, de riz, de bananes, de cannes à sucre, de citrons et de quelques gre-

3.

nades. La température ressemble à celle du Caire et le climat y est le même. Les prix y sont modérés. On y importe des moutons et du blé, mais en petite quantité. Les chevaux y sont rares et on n'en trouve que chez les habitants notables. On n'y voit point de chameaux et quand, par hasard, il en vient un dans le pays, il est considéré comme un animal étrange [1].

« Ce même Chérif dit encore : Khan Baligh est une ville agréable, les vivres y sont abondants et à bas prix. L'eau gèle en hiver et fond en été; elle est généralement fraîche. Un fleuve traverse la ville de Daïdou. On trouve à Khan Baligh plusieurs espèces de fruits. Le raisin y est rare. Il n'y existe ni oranges, ni citrons, ni olives. On y fait du sucre candi [avec les cannes] que l'on importe de Médinet-Zeytoun. Les céréales et les animaux, chameaux, chevaux, bœufs et moutons s'y rencontrent en quantités innombrables.

« De Khan Baligh à Médinet-Zeytoun on compte un mois de marche environ.

« Médinet-Zeytoun est un port sur la mer environnante et le dernier point du monde habité.

« Qaraqorum est une ville importante dans laquelle se trouve la plus grande partie des troupes du Grand Qaân. On y fabrique de très belles et délicates étoffes. Les artisans y sont fort adroits. C'est de cette ville que l'empereur fait venir presque tout ce dont il a besoin, parce que c'est un centre industriel renommé pour l'habileté des ouvriers et la beauté des produits [2].

« La Chine, ajoute le Chérif, est très peuplée et les villages s'y succèdent sans interruption.

« La monnaie des Chinois est faite de billets fabriqués avec l'écorce du mûrier. Il y en a de grands et de petits. Quelques-uns ont la valeur de 1 dirhem, d'autres de 2, d'autres de 5; d'autres enfin valent 30, 40, 50 et même 100 dirhems. On les fabrique avec des filaments tendres du mûrier et, après y avoir apposé un sceau au nom de l'empereur, on les met en circulation. Lors-

[1] M. Ét. Quatremère a donné, dans une note de la préface à l'Histoire des Mongols, les notices consacrées à Khinsa par Vassaf, par Hamd Allah Mustaufy dans son Nouzhet oul Qouloub et par Chihab Eddin, p. 87-89.

[2] « Pour ce qui est de la cité de Caracarum vostre Majesté sçaura qu'excepté le palais du Cham, elle n'est pas si bonne que la ville de S. Denis en France, dont le monastère vaut dix fois mieux que tout le palais mesme de Mangu. Il y a deux grandes ruës, l'une dite des Sarrazins où se tiennent les marchés et la foire et plusieurs marchands y vont trafiquer à cause de la Court qui y est souvent et du grand nombre d'ambassadeurs qui y arrivent de toutes parts. L'autre ruë s'appelle des Cathayens où se tiennent tous les artisans. »

Voyage de Rubruquis en Tartarie, publié par Pierre Bergeron dans la Relation des voyages en Tartarie. Paris, 1634, p. 207. Guillaume de Rubruck rencontra à Qaraqorum un orfèvre, Guillaume de Paris, qui avait fait pour le Qaân une pièce d'argenterie dont il donne une longue description.

qu'ils sont usés après avoir longtemps servi, on les porte au Trésor, qui fait subir au détenteur une perte légère et les échange contre de nouveaux.

« Une des observations les plus curieuses faites par moi, continue Samarqandy, dans l'empire du Grand Qaân, qui est pourtant un païen, est celle-ci : les Musulmans qui y résident en nombre considérable sont traités avec honneur et considération. Quand un idolâtre tue un Musulman, non seulement le meurtrier, mais tous les siens subissent le dernier supplice et tous leurs biens sont confisqués. Si, au contraire, c'est un Musulman qui fait périr un idolâtre, il n'est pas mis à mort, mais seulement astreint à payer le prix du sang de la victime; il consiste chez eux en un âne.

« J'interrogeai le Chérif sur le caractère de gravité et l'adresse des Chinois. Il me répondit qu'ils dépassaient encore tout ce qu'on en pouvait dire. Nous nous trouvions plusieurs personnes en présence de notre seigneur le Cheikh qui, seul de ses contemporains, a recueilli l'héritage de la science et des décisions juridiques, Chihab Eddin Abouth Thena Mahmoud el Isfahany, lorsque Samarqandy, prenant la parole, nous dit : Je vais vous raconter ce qui m'est advenu :

J'avais une dent molaire qui me faisait extrêmement souffrir. Un individu que je fréquentais en Chine m'ayant rencontré pendant que j'éprouvais des élancements violents me demanda ce que j'avais. Je me plaignis de ma dent; cette personne fit aussitôt venir un homme de petite taille, bûcheron de son état, et elle lui dit : Examine donc un peu ce pauvre homme; celui-ci examina ma bouche et après avoir tâté un moment mes dents avec ses doigts, il arracha celle qui était malade et la moitié d'une autre, sans que j'eusse ressenti la moindre douleur. Il tira ensuite d'un sac dont il était porteur des dents entières, des moitiés, des tiers et des quarts de dents qu'il tenait toujours prêtes pour remplacer celles qu'il arrachait; il m'en essaya successivement quelques-unes et finit par remplacer celles qu'il m'avait enlevées. Il procéda ensuite à quelques instillations qu'il fit suivre d'une friction avec un onguent qui provoqua une cicatrisation immédiate. Il me recommanda enfin de ne pas boire d'eau de toute la journée. Je me conformai à ses indications, bien qu'il me semblât que je n'eusse rien fait arracher [1].

« Samarqandy nous montra alors ses dents et nous pûmes constater qu'elles étaient en parfait état avec cette restriction pourtant que l'on reconnaissait que la nouvelle dent n'était pas de la même espèce que les autres et que la moitié de la dent réparée ne ressemblait pas à la première moitié.

« L'éminent Nizam Eddin Aboul Fadhail Yahia ben el Hakim m'a raconté que les Chinois sont doués d'un esprit très pondéré et ont une remarquable

---

[1] Maçoudy nous apprend ce fait curieux que le Khalife Osman se faisait aurifier les dents. ‏محدود الاسنان بالذهب‏ *Kitab el tenbih wal ischraf*, éd. de Gœje. Leyde, 1894, p. 292.

adresse de main. Ils ont l'habitude de dire que les Francs sont borgnes et les autres hommes aveugles. Ils veulent ainsi exprimer que ce qui sort des mains des Francs semble être l'œuvre d'un borgne, tandis que le produit du travail des autres hommes paraît façonné par des aveugles ne voyant pas ce qu'ils font.

« Il m'a cité également des faits qui indiquent l'existence, chez ce peuple, d'une intelligence remarquable, d'une excellente organisation et d'une grande bonne humeur dans les affaires. Il m'a parlé entre autres choses de cuisines existant en Chine et dans lesquelles les clients de qualité trouvent les mets les plus recherchés et les boissons les plus exquises, dignes d'être servis sur la table des rois.

« Si un de ces clients désire traiter une personne de considération, il envoie prévenir le propriétaire de ces cuisines que tel jour, à telle heure, il se propose d'offrir un dîner composé de telle et telle façon. Au jour et à l'heure indiqués, on lui apporte tout ce qu'il a commandé et si, par hasard, il ne dispose pas d'un local convenable, le maître cuisinier lui en prépare un pourvu de tentures, de sièges, de vaisselle et même des serviteurs indispensables, dans les limites du prix qui lui a été fixé par l'amphytrion. Le restaurateur ajoute son bénéfice au montant des diverses choses fournies par lui et il établit ainsi un compte déterminé par des règles fixes; ce compte n'impose qu'une dépense relativement modérée à celui qui a fait la commande.

« Le noble Chérif Aboul Hassan Aly el Kerbelay, le négociant, que Dieu l'ait en sa miséricorde, a vu le Qaàn ainsi que les rois de beaucoup d'autres pays, et il a pu ainsi se rendre compte de l'étendue du pouvoir de ce souverain, de la soumission de ses sujets et de la sécurité dont ils jouissent.

« Il m'a dit que le Qaàn avait quatre ministres qui exerçaient le pouvoir dans tout l'empire, sans presque jamais consulter leur maître. Celui-ci ne sort qu'en litière et ne paraît en public qu'une fois par an, à l'anniversaire de sa naissance, par exemple. Ce jour, qui est considéré comme férié, il monte à cheval et se rend dans une plaine où il offre un copieux banquet à son peuple.

« Le Sadr Bedr Eddin Abd el Wahhab ben el Haddad el Baghdady, le négociant, m'a raconté qu'il était allé jusqu'à El-Khinsa. Il m'a décrit la grandeur des édifices de cette ville et son importance considérable. La vie y est pourtant très facile et les bénéfices y sont considérables. On y trouve également, à bon compte, ainsi que dans tout le pays, de beaux esclaves. Les habitants se font un point d'honneur d'avoir de nombreuses concubines, et il n'est pas rare de voir des marchands et de simples particuliers en entretenir quarante et quelquefois davantage. »

Chihab Eddin el Omary nous a conservé, comme on vient de le voir, les détails qui lui ont été fournis sur la Chine du Nord par des voyageurs originaires de la Perse et de l'Asie centrale; le célèbre voyageur maghrebin Ibn Batouta visitait, quelques années plus tard, les provinces méridionales de la Chine[1]. Sa relation ne nous offre que peu de faits dignes de fixer l'attention. Il nous apprend cependant, que la porcelaine se fabriquait principalement dans les villes de Zeïtoun et de Sin Qalan (Canton), qu'on l'exportait dans les Indes et même au Maghreb, où son prix était inférieur à celui de la poterie; il est surtout frappé par les égards et les marques de considération à lui prodigués par ses coreligionnaires et il note avec soin les noms et qualités des personnages qui vinrent lui faire visite à Zeïtoun; ce furent : le cadi Tadj Eddin el Ardebily, le cheikh Kemal Eddin d'Ispahan, un riche négociant de Tebriz, nommé Cherif Eddin, enfin un ascète, Bourhan Eddin Kazerouny qui vivait retiré dans un ermitage aux environs de la ville.

Ibn Batouta fait remarquer que, dans toutes les villes de la Chine, il se trouve toujours un cheikh oul islam et un cadi chargés de juger en dernier ressort toutes les contestations qui s'élèvent entre les Musulmans. Le juge qui lui donna l'hospitalité à Sin Qalan était le jurisconsulte Aouhad Eddin, originaire de la ville de Sindjar. Pendant son séjour à Ken djan fou (Si gnan fou), Ibn Batouta y fit la rencontre d'un de ses compatriotes, le légiste Qiwam Eddin Essebty (natif de Ceuta) et celle d'El Bochry, qui avait accompagné en Chine son oncle Aboul Qacim de Murcie.

Pendant son séjour dans l'Empire du Milieu, il se borna à fréquenter ses coreligionnaires. « Sa vue, nous dit-il, était constamment choquée par le spectacle de choses que ses principes lui faisaient considérer comme blâmables et il ne se déterminait à sortir qu'à la dernière extrémité ». Parti de Ken djan fou, Ibn Batouta gagna la ville de Khinsa où il fut reçu en grande pompe par le cheikh oul islam, le cadi Afkhar Eddin et les descendants d'Osman, fils d'Affan l'Égyptien.

La ville de Khinsa était gouvernée par l'émir Mogol Qir Thay et la colonie musulmane y était fort nombreuse : le quartier spécial qui lui était affecté était peuplé, ce me semble, par des artisans persans envoyés de l'Iraq, du Khorassan et de la Transoxiane, par Djenguiz Khan et ses descendants et qui n'avaient point encore été libérés de l'esclavage. Ibn Batouta les désigne sous

---

[1] Le texte et la traduction des voyages d'Ibn Batouta ont été publiés par M. Ch. Defrémery et le Dʳ Sanguinetti. Paris, 1853-1859, 5 volumes.

les noms persans de Kechtiouanan كشتبانان (pilotes) et Douroudgueran درودكران (menuisiers). Les archers ou gens de trait étaient appelés Sipahièh سپاهیه et les gens de pied. Piadèh پیاده (piétons). Il faut aussi noter ce fait singulier que, dans tous les banquets offerts à Ibn Batouta par le fils de l'émir Qir Thay, les chansons que l'on entendait étaient des chansons chinoises, arabes et persanes; les convives paraissaient prendre le plus grand plaisir à écouter celles-ci et le texte de l'une d'elles est même donné par Ibn Batouta.

L'émir Qir Thay avait reçu du Qaän l'ordre de faire conduire notre voyageur à Khan Baligh; le voyage depuis Khinsa jusqu'à Khan Baligh ne lui offrit aucune particularité digne d'être signalée.

A son arrivée à Khan Baligh, il reçut l'hospitalité du Cheikh Bourhan Eddin Essaghardjy, auquel le Qaän avait accordé, avec le titre de Sadri Djihan (le juge suprême du monde), l'autorité absolue sur tous les Musulmans de ses États. Ibn Batouta ne vit point le Qaän; ce prince avait quitté sa capitale pour marcher contre son cousin Firouz qui s'était révolté à Qaraqoroum. Il put visiter le palais et nous apprenons, par la description qu'il en donne, que les emplois des fonctionnaires étaient désignés par des mots persans. Le gouverneur est désigné par le mot Koutoual كتوال; les huissiers étaient appelés Perdehdarièh پردہداریه, les archers, Sipahièh سپاهیه, les gens armés de lances, Nizèhdarièh نیزهداریه et les porte-glaives تیغداریه Tighdarièh. Les troubles qui suivirent la mort du Qaän déterminèrent Ibn Batouta à regagner les provinces méridionales de la Chine et il s'embarqua à Zeitoun pour retourner une dernière fois dans l'Inde.

Les noms et les faits cités soit par les historiens chinois, soit par Vassaf, par Chihab Eddin el Omary et par Ibn Batouta, suffisent à prouver l'importance acquise par les Musulmans dans l'Empire du Milieu pendant la durée de la domination des Mogols. Chaque titre honorifique chinois avait son équivalent en arabe et en persan. Le premier ministre était qualifié de Seyyd Edjell سید اجل « le Seigneur le plus glorieux », le général en chef celui de Nouyyn Azhem نویین اعظم « le général le plus grand ». Les princes de la maison impériale portaient, outre leur nom mogol, des titres d'honneur chinois et arabes. Je puis en citer un nouvel exemple, car je possède, grâce à l'obligeance de M. Devéria qui en a fait pour moi l'acquisition à Pékin, un calendrier composé, au mois de Rebi oul Akhir 768 (1366), par un astronome originaire de Samarqand et qui était probablement de l'école de Nassir Eddin Thoussy. Cet ouvrage, conservé dans une bibliothèque chinoise où il était catalogué sous le n° 59, a été composé à la demande d'un prince descendant de Djenguiz Khan. J'en ai fait reproduire les premières pages dont je donne ici la traduction :

Au nom d'Allah, le clément, le miséricordieux.

Louanges à Allah qui a créé le soleil pour illuminer le jour et la lune pour éclairer la nuit. Il a lancé ces astres dans l'espace alors que l'homme n'avait point paru. Il a divisé le cours de la lune en degrés afin de faire connaître le nombre des années et le comput des dates, et, dans sa sagesse et son équité, il a fait parcourir ces degrés à cet astre en moins d'un mois. C'est par l'esprit pur que Dieu a procédé à la création, car il en est inséparable. Dieu a établi les voûtes célestes, il leur a imprimé le mouvement de rotation et en a rendu le cours manifeste à tous les yeux. Il leur a donné pour ornement les planètes et les étoiles fixes. Il a voulu qu'elles fussent le principe de tous les biens, la source de l'abondance, la demeure des âmes pures, le point vers lequel s'élèvent les vœux et les invocations du genre humain. Que les prières soient sur les prophètes choisis par Dieu, sur l'envoyé qu'il a élu, sur Mohammed qu'il a, pendant la nuit, élevé au sommet de l'empyrée et qu'il a rapproché de lui à la distance de deux portées d'arc! Que les bénédictions soient répandues sur tous les siens qui sont les astres indiquant la bonne voie et ceux qui foudroient les pervers! Que ses amis participent à ces bénédictions, eux qui sont les clefs des temples des hauts lieux et les flambeaux qui dissipent l'obscurité. Ce sont eux qui, d'un œil attentif, ont observé l'univers dans ses changements, ont fait de la création du ciel et de la terre l'objet de leurs études et de leurs méditations et ont conclu par l'existence d'un créateur sachant tout, tout sage et tout-puissant.

Voici les paroles du serviteur faible et pauvre qui a mis tout son espoir en la bonté du Dieu qui est, par excellence, riche, compatissant et omniscient, Abou Mohammed Atha, fils de Mohammed, fils de Khadjèh Ghazy, originaire de Samarqand, domicilié à Sen djeou fou. Que Dieu daigne lui accorder son pardon à lui et à ses parents et les combler de toutes ses grâces! Dieu m'ayant, dans son omniscience et sa bonté, accordé l'honneur de connaître la noble science de l'astronomie, j'avais pris la résolution de composer un traité à l'usage de ceux de mes amis auxquels je désirais dévoiler une partie de ce que j'avais appris.

J'ai désiré maintes fois réaliser ce projet; mais ma paresse me l'a toujours fait abandonner, car la composition d'un ouvrage est une entreprise considérable exigeant de la suite et de la persévérance.

J'ai, bien à tort, laissé s'écouler les années; en dépit des ennuis et des obstacles éprouvés par moi, j'ai persisté dans ma résolution, et malgré les mois et les années que je lui ai consacrés, mon travail n'est point exempt de défauts. A la suite de tous les voyages que j'ai faits, ma vue s'est affaiblie, mon esprit a éprouvé de la fatigue; j'ai depuis longtemps dépassé la cinquantaine et j'ai atteint l'âge de 76 ans. J'ai observé les éclipses du soleil et celles de la lune, j'ai étudié les étoiles visibles et celles qui présagent des catastrophes épouvantables jusqu'au jour où j'ai vu venir vers moi le très noble et très juste prince qui désirait ardemment être initié à cette science de l'astronomie et en comprendre les règles. Il se rendait de la ville de Djou djeou, au canton connu sous le nom de Pou ti Khan fou. Il porte le titre de Djing Sy Fou Sang Ouang et le nom de Tiba et est le fils du roi le plus glorieux ayant le titre de Liang Ouang et le nom de Douqobal, fils du roi le plus favorisé par la victoire et le plus illustre, ayant le titre de Djing Sy Fou Sang Ouang et le nom de Hachian, fils du roi le plus élevé, revêtu du titre de Sy Ping Ouang et nommé Timour bogha, fils du roi le plus sublime ayant le titre de Sy Ping Ouang et le nom de Oghourqtchy, fils du roi illustre, du Qaân glorieux, maître de tous les peuples, le plus équitable des souverains parmi les Arabes et les Persans, Setchan Qaân, fils du roi Touly, fils du roi des rois le plus élevé en dignité et en pouvoir, le Sultan dominateur Djenguiz Khan. Que Dieu affermisse les piliers de son pouvoir et en consolide les fondements! Il m'a fait l'honneur de m'entretenir et a daigné m'accorder sa bienveillance. J'ai obéi à ses demandes pressantes et j'ai accepté de composer un ouvrage pour que mon souvenir soit conservé par lui pendant ma vie et après ma mort. J'ai donc mené à fin cette œuvre avec l'aide du maître qui me protège.

Je n'aborderai point maintenant le sujet des relations de l'émir Timour Gourekan, parvenu au faîte de sa puissance, avec les empereurs de la dynastie des Ming; les prétentions des empereurs à faire reconnaître leur suzeraineté par l'émir, et à en recevoir un tribut, avaient déterminé celui-ci, à la fin de sa carrière, à marcher contre l'Empire du Milieu, et à renouveler les exploits de ses ancêtres. La mort le surprit à Otrar en 807 (1405). Quinze ans plus tard, en 822 (1419), ses fils et petits-fils Mirza, Châhroukh, Mirza Baysongor, Oulough bek, Mirza Siourghatmich et le seigneur de Badakhchan résolurent d'envoyer à Pékin une ambassade collective, dont les membres furent accompagnés par plusieurs indigènes du Khita qui retournaient dans leur patrie.

Un peintre attaché à cette mission reçut l'ordre de tenir un journal exact de tout ce qu'il observerait, et sa relation forme un des chapitres les plus intéressants de l'ouvrage intitulé : *Le lever des deux astres heureux et le confluent des deux mers*, مطلع السعدين ومجمع البحرين, ouvrage qui retrace les événements des règnes de Châhroukh et d'Abou Saïd, et qui est dû à la plume de Kemal Eddin Abderrezzaq Samarqandy. Cette relation du peintre Ghias Eddin renferme sur le voyage et le séjour de l'ambassade à Pékin, des détails curieux, et je crois devoir insérer ici un résumé très succinct de l'excellente traduction qu'en a donnée M. Ét. Quatremère.

L'ambassade quitta Samarqand le 10 du mois de Safer (mars) 822 et arriva à Qamil le 21 du mois de Redjeb (juillet-août). Elle rencontra, dans le désert qu'elle dut traverser en sortant de cette ville, des chameaux sauvages et des Qouthas (yaks) et elle atteignit la ville de Souktchéou, vaste cité défendue par une forteresse carrée, puis celle de Kamtchéou. Les ambassadeurs franchirent le Qaramouran, traversèrent Satinfou et le huitième jour du mois de Zilhidjèh (16 janvier), ils arrivèrent à Pékin. Ghias Eddin donne des détails qui méritent d'être notés sur l'audience que l'empereur accorda aux envoyés des princes de la lignée de Timour; l'empereur prit place sur un trône d'or auquel on accédait après avoir gravi cinq marches en argent; il était de taille moyenne, son visage n'était ni grand, ni petit, ni imberbe, mais deux ou trois cents poils de sa barbe étaient d'une telle longueur qu'ils formaient trois ou quatre anneaux sur sa poitrine. A ses côtés, se tenaient deux jeunes filles avec une feuille de papier et un pinceau pour noter les paroles qui sortiraient de sa bouche. Un émir ou mandarin s'étant agenouillé devant le trône, exposa que des ambassadeurs envoyés par Châhroukh et ses fils étaient arrivés d'une contrée lointaine pour offrir à Sa Majesté des présents et frapper devant elle la terre de leur front.

Le cadi Hadji Youssouf, un des officiers attachés à la personne de l'empereur et chef de l'un des douze conseils impériaux, s'avança alors accompagné par plusieurs Musulmans ayant la connaissance de différentes langues. Il enjoignit aux ambassadeurs de se prosterner et de frapper trois fois la terre de leur front. Ceux-ci firent une profonde inclination, sans cependant laisser leur tête toucher le sol, puis ils présentèrent en les élevant les lettres de Châhroukh, de Mirza Baysongor et des autres princes : chacune d'elles était enfermée dans une bourse de satin jaune, car il est de règle dans le Khita que tout ce qui est destiné à l'empereur soit enveloppé dans une étoffe de cette couleur.

Après les avoir reçues des mains du cadi Hadji Youssouf, l'empereur les remit à un eunuque et adressa quelques questions aux ambassadeurs. Le sujet qui parut l'intéresser le plus vivement fut de savoir si Qara Youssouf enverrait bientôt son tribut et s'il lui serait possible d'envoyer à ce prince un ambassadeur chargé de ramener de bons chevaux.

Ghias Eddin fait remarquer dans sa relation que l'empereur avait fait construire une mosquée à Khan Baligh et que les ambassadeurs des descendants de Timour, suivis d'un nombreux cortège de Musulmans, s'y rendirent pour faire les prières canoniques de la fête des sacrifices.

La mission musulmane fit à Pékin un séjour de cinq mois, pendant lesquels ses membres assistèrent à de nombreux banquets et furent comblés de cadeaux et de marques de considération. Cependant un incident vint, tout à coup, changer les bonnes dispositions de l'empereur.

Châhroukh lui avait fait offrir un cheval ayant appartenu à l'émir Timour; pendant une partie de chasse cet animal que montait l'empereur s'abattit et le fit rouler à terre. Vivement irrité de cet accident, il donna l'ordre d'arrêter les ambassadeurs, de les charger de chaînes et de les reléguer dans les provinces orientales de la Chine. L'intervention des mandarins et les supplications du cadi Hadji Youssouf parvinrent à calmer l'empereur dont la santé fut bientôt gravement altérée par l'impression que lui causèrent la mort d'une de ses favorites et l'incendie d'un de ses palais. Cette catastrophe avait été prédite par les astrologues. Les rênes du gouvernement furent alors confiées à son fils qui accorda leur congé aux ambassadeurs de Châhroukh et d'Oulough bek. Ils quittèrent Khan Baligh le 15 du mois de djoumazi oul ewwel de l'année 824 (19 mai 1421) et le 15 du mois de Ramazan (4 septembre) de l'année suivante, ils arrivèrent à Hérat où ils rendirent compte à Mirza Châhroukh du succès de leur mission.

La relation écrite par Ghias Eddin abonde en détails intéressants sur le voyage des ambassadeurs, sur les coutumes, les mœurs des Chinois, et sur

4.

l'organisation de la Cour impériale; nous ne saurions avoir une trop grande obligation à M. Quatremère pour avoir publié un document aussi curieux.

C'est au milieu du XVᵉ siècle et dans les premières années du XVIᵉ, que furent fondus les bronzes ornés de la profession de foi musulmane ou de traditions des prophètes, et fabriqués ces vases, bols et plats de porcelaine, portant avec le nom de celui qui les avait commandés, des versets du Qoran et des adages arabes ou persans.

J'attribue aussi à la même époque les requêtes rédigées en langue persane qui font partie d'un volume conservé à la Bibliothèque nationale, inscrit sous le titre de : *Ecritures des peuples tributaires de la Chine*, et catalogué sous le nᵒ 9560 du fonds chinois. Le P. Amyot a donné, dans le tome XIV des *Mémoires concernant l'histoire, les sciences, les arts, etc. des Chinois*, une traduction de ces suppliques, faite sur le texte chinois. Les copies de ces pièces rédigées d'après une formule unique, fourmillent de fautes, et accusent la plus complète ignorance de la langue persane; je crois devoir cependant donner une analyse très sommaire de certaines d'entre elles, et faire remarquer que tous les personnages nommés, et auxquels le titre turc de Khan est invariablement accordé, ne me paraissent pas avoir été des envoyés revêtus d'un caractère diplomatique. Ils me semblent être plutôt des négociants porteurs de lettres de recommandation destinées à faciliter leur entrée en Chine et à recevoir des marchandises dont la nature est soigneusement spécifiée.

Voici le résumé de quelques-unes de ces requêtes dont j'ai fait reproduire le texte; le lecteur les trouvera à la suite de cette notice :

Ahmed Khan, envoyé de Thourfan, se prosterne neuf fois au seuil de la résidence impériale à l'exemple des anciens serviteurs. Il présente dix pièces d'étoffes de laine, vingt paires de lunettes et cinq chevaux mogols. صون ده قطع عينك بيست فو معول اسب بيج سر. Il se flatte de l'espoir de voir ce cadeau agréé par la Cour et il demande qu'on lui donne du drap d'or à fleurs, du satin, du thé et autres choses. زر بفت كلدار توار جامه وديكر جيمر.

Hassan, envoyé spécial de l'esclave Mohammed Khan du pays de Qamil, frappe neuf fois de son front le seuil doré; il offre deux cents men de pierre de jade et trois cents petits couteaux. دسمه صد صد دارد خرد من درصد سمك بسم تقديم. Il espère qu'ils seront acceptés et que l'on voudra bien lui donner du brocart, du satin, de la toile de lin, des remèdes chauds, du thé et autres objets. زر بفت توار كنان كرم دارو جامه وديكر جيمر.

On lit sur le couvercle d'un encrier : Avez une belle écriture, car c'est une des clefs de la subsistance journalière عيلكم جسر لقذ فذ من معدي ايزل et sur les côtés : عم درجست نبيست ويمت حوف درست تخذ درزمت La science est une perle d'un prix considérable; l'igno-

rance est une maladie qui n'a point de remède, et sur une jardinière en porcelaine on lit : النبوى تلبل Le croyant est comme le myrte qui ne se flétrit pas et l'hypocrite est comme la rose (qui n'a que peu de durée).

Hafiz Khan, venu de Samarquand, se prosterne neuf fois sur le seuil doré; il offre un cheval arabe, un cheval mogol, des diamants et d'autres objets اسب تازی اسب معول الماس. ودیکر چیمز. Il compte recevoir du brocart à fleurs, du papier à semis d'or کاغذزر, de la mousseline شاش et d'autres objets.

Dervich Khan de Boukhara présente deux chevaux arghoumaq et deux chevaux arabes. Il sollicite le don de satin, de tharqou [1] طرقو et de thé.

Cheref Eddin Khan, envoyé de Thourfan, offre deux chevaux arabes, un dji ou file de chameaux. Il se berce de l'espoir qu'on lui donnera du brocart, du satin, des bols et des plats de porcelaine de couleur bleue زر بغت توار کاسه وطبق لاجوردی.

Hafiz Khan, envoyé de Samarqand, présente six chevaux arabes et cent petits couteaux. Il espère qu'on voudra bien lui donner du brocart, du satin et du thé.

Tadj Eddin Khan, venu du pays de la Kaabah, offre cent cinquante men de jade et deux chevaux arabes سنك يوشم بك صد وينجاه من اسب تازی دو سر; il espère recevoir des pièces de tharqou, du thé, ainsi que des bols et des plats en porcelaine bleue کاسه وطبق لاجوردی طرقو چايه [2].

La teneur de ces différentes requêtes confirme le récit du derviche Aly Ekber surnommé Khitay, qui visita la Chine dans les dernières années du xvᵉ siècle. J'ai donné dans un autre recueil la traduction du chapitre consacré par lui aux étrangers qui se rendent dans l'Empire du Milieu; ils amènent, dit-il, des chevaux, et apportent des étoffes de laine, du drap, c'est-à-dire de l'écarlate de Venise, du jade et du corail...

Les Chinois reçoivent aussi volontiers des chevaux de charge qu'ils donnent aux soldats chargés de la garde des frontières. Les chevaux de prix sont, avec leurs maîtres, conduits à Khan Baligh.

La situation des Musulmans en Chine avait attiré l'attention d'Aly Ekber, et il leur a consacré quelques passages de son Khitay Namèh.

« Des idolâtres, dit-il, des adorateurs du Veau, des chrétiens et des juifs ont jadis pénétré en Chine et s'y sont établis. Les lois de cet empire permettent à tous ceux qui se présentent venant des différents pays, de s'y fixer après en avoir fait la déclaration. Si ceux qui arrivent ne souscrivent pas tout d'abord à cette condition, et s'ils disent être des marchands ou des ambassadeurs, on ne leur permet pas de résider dans le pays. Le nombre des Musulmans qui, ayant consenti à être les sujets de l'Empereur, ont fixé leur résidence dans ses états, est fort considérable. Il y a, assure-t-on, dans la ville de Ken djan

---

[1] Le tharqou est une étoffe faite avec le poil de chameaux blancs et dont la pièce valait jusqu'à 50 dinars.

[2] Je donne en outre, après la requête de Hafiz Khan de Samarqand, le fac-similé d'une supplique présentée par Khadjéh Hemdouna Khan (Abdoullah) de Damas, dont le sens me parait bien peu clair.

fou, trente mille familles musulmanes, et l'empereur a fait construire quatre mosquées à Khan Baligh.

« Les Chinois n'ont de sentiments hostiles contre qui que ce soit, sous prétexte de religion; ils ne manifestent à ce sujet aucune inimitié, surtout aux Musulmans, et c'est pour leur croyance qu'ils manifestent le plus de goût et de penchant.

« On rapporte que les hauts fonctionnaires présentèrent à l'empereur une requête, pour lui exposer que des milliers de familles musulmanes vivaient au milieu de la population, et y étaient comme l'ivraie au milieu du blé. Ne serait-il pas possible, disaient-ils, de nous en débarrasser. Il faut remarquer, en outre, ajoutaient-ils, que les Musulmans ne versent aucune somme au trésor. L'empereur fit une réponse en trois points : Mes ancêtres, dit-il, n'ont point agi dans ce sens, comment pourrions-nous ne pas nous conformer à leur conduite? Mon autorité a le droit de s'exercer sur leurs actes publics, mais comment m'est-il possible de m'occuper de leurs sentiments intimes? Plaise au Ciel, dit-il en terminant, que nous puissions jouir du même bonheur qu'eux, et pratiquer l'Islamisme! Certaines actions du Khaqan font supposer qu'il a adopté secrètement les doctrines de l'Islamisme, mais qu'il n'ose en faire publiquement profession. »

Les bornes assignées à ce Mémoire ne m'ont pas permis de lui donner toute l'étendue que j'aurais désiré et de faire connaître le texte et la traduction de certains passages d'ouvrages encore inédits. J'ose espérer qu'il me sera accordé de les publier un jour.

J'ai voulu rappeler dans cette notice les travaux des professeurs qui nous ont précédés et ceux des savants qui, après avoir profité de leurs leçons à l'École des Langues orientales vivantes, ont acquis, par leurs publications sur l'histoire et la littérature des peuples de l'Orient, une notoriété bien méritée.

藏字號五十九張

وا مولانا عبد الحواله المكي ورابا
لمولانا ناصر الدين المحرو لكم علاجها
ار يوحي علي يده بذكر لا اله الا الله
حي احمد كي عبد وعبد ذلك كل الله

بسم الله الرحمن الرحيم
الحمد لله الذي جعل الشمس ضياء والقمر نورا
ما حرامه في العالم والانسان لكل
سام كرا و وارج هما ذل لعلمه
عدد السنن والحساب وسه بها
دون سهم على طريق الحكمة والصواب
ما حلوا ابده كل لا الحواد الحقه
على عنه سمه عن الحلق

وهو الذى سيح الادراك واد ادها
وادمع سلطها واكمارها فى دهها
بالسارات الماسا وصرها
محل الاردا و مهزل المركات
ومم العوس الطاهرات وملا
لخلماسه الرعوات والصلوع
على به المضطفى ورسوله
الحسى محمد المسرى الى الملا

الاهلى وكارياب وسر اقم اد و دعلى الد
حوم الهدى ورحوم الدرى ولهمائم معائح
العلى ومعائح البكى وبم الدرس طرووا
وعالم الكور المساد وس الاعساد
ولهدوا رعملو السمول والاومن بالمصائر
والابصار واسملوا على صائح عالم
حكتهمجار وسد رسول العد الصعف
القصر الراحى الى وحمداس الحى اللطم والحسا
ار محم وعطار لحمد محمد حولهم عارى
السمم هدى للسعجسى عمرالله كرولوالله
ولحسر الها اوالله لما سرعى ايد الحسر
اللطم كد الحلم السرف والعمر المسف
والوح الطرف تمسلى راملى بد رامنه

علي اصحابي و احسن اراسريهم طا قا ما لي
ولمكنت عرف علمه مرارادي بوابتت صرارا
ادا الماليستي عطم الاكاد سيسر وسمهم
وابصت علي هداسيرولم اكر مر المحسس
بوا كترع سرح ساني و حد ساني الف
وهدا العرجا محمدار و برلف فه هميم
وصرا وكرني حلاعر ادري بهاوب قم
علي كر سهمع ومرسسه والان سجه
وصحف يصري وكل حاطري وبطري وصرا
ابرسب وسيعوسر وحلاعلي اكم مرحمسس
وراس الكسو ياب الكبه والحسني ايم المنجم
وولراس الكوكب والحمه مع اللوسب اللواف

حتى يوم على دوراعاني ووودن على ودد اناني المكر
الاعزالاعدل طالد هدا الهحد او حاطسه ياليوم
وكداوكدا من بلدبحوجحولالى الكمي المدكمة
ويعاسومويوالملف حكل بي ووسكاواك
المسمى يرمان المكر الاسمى الملف لناتكراك
المسمى دودال والمكرل لاطها الاسمر الملف
حكل بي ووسكواك المسمى جوسان انالمكر
الاسمى الملف سكواك المسمى موربعا
والمكرلاعلى الملف سكواك المسمى
اعزدفحى المكر الاحطم وان الملمجم ماكرويات
الاسم اعلاالسلاطرفى الدب والمجم
سحان قال سالمكر المسمى وفى كر السمسا؟
العالى السلطاراولالى جحكم خا ر

سبيل الدار كاله وحمير بسا ده وحصصي
ملاق اله وحصصي يراعاله فالمس سكي
وامر داوعرعلي والح فصل بسا ربه
واسقلى اساربه كثيرغير في حمول وبدك
بدروبالى دبرعب في ياكمه اكباب بحوب
لى الحرب لاوها وكسب الكتا على قسمب
القسم لاول في معرمه الموادح وبعوم الكر
والسرور واسعلو بها دبولا ده اول
الما للوح بعوم الوليح والهبا
وبولا ده يصول القصل الاول وموجل
الموادح القصل الثاني وسم الجما
الموادح الثلاثه الفصل الثالث في اعا
الخطاسه وبعوم الكبل الما
اللي وبعر د بعوم الدارس وبعوم الدرر وبولارم
بيول القصل الخلح بعوم الكراس

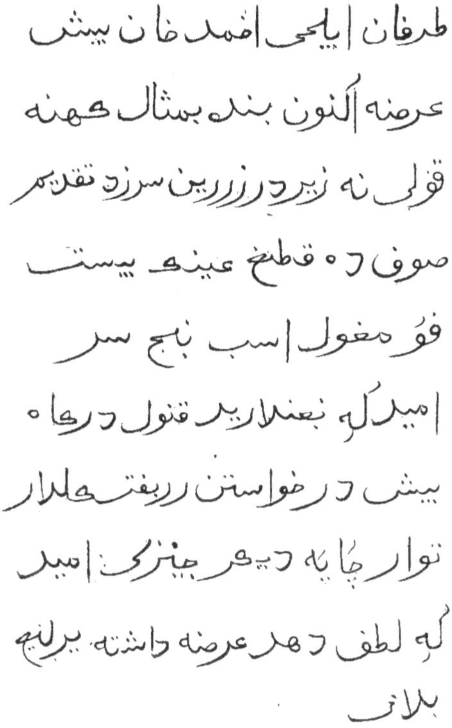

طرفان ایلمی احمد خان بیش

عرضه اکنون بنده بمثال کهنه

قولم نه نبرد رزرین سرزد تقدیم

صوف ده قطع عینه بیست

فو مغول اسب نبج سر

امیدکه بعنلارید قنول درکاه

بیش در خواستن دریغت هلار

نوار چایه دیهر جنرک امید

که لطف دهد عرضه داشته برلنج

بلان

قامل دیار بنده محمد خان
بیش عرضه اکنون علی الخصوص
فرستاد ایلجی حسن نه زیر در
زرین سرزد تقدیم بنامم
سنه دو صد من فرد جارد
سه صد سنه میرله بغداد در
قبول درگاه بیش در خواستن
دریفت نوار جان هر مرد او جا به
دیگر جیرک میرله لطف دهد
عرضه داشته برلنج بلانت

سمرقند دیار بند حافظ

خان بیش عرضه اکون بمثال

کهنه قول نه زرد زرین سر زرد

تقدیم تازی اسب مغول اسب

الساس دیگر جیزی امید که

بعنرا بر قبول درگاه بیش در

خواستن رریفت حلدار نوار

کاغذ زر شاش دیگر جیزی امید

که لطف د هد عرضه داشته برلنه

بلانن

Requête de Hafiz Khan, envoyé de Samarqand.

طرفان ايلجى شرف الدين خان

بيش تقديمر تازك اسب

دو سر اشتر بش جى

اميدكه بعضاريد قبول در

خواست ريفت نوار (امورديى

خاصه لامورديى طق اميدكه

لطف دهد عرصه داشته برلنج

بلانى

مماكت شعمه ايلحى تاج الدين
خان بيش تقديم بيشام
سنك يق صد نجاه من
نازكـ اسب د و سر د ر
غواستن لاى قطمع جا به
لاجوردك ـ ه اسه لاجوردك طق
اميد كه لطف د ه د عرصه داشتاه
برلنيح بلانـ

Requête de Tadj Eddin Khan, envoyé du chérif de la Mekke.

سمرقند ایلچی حافظ خان

بیش تقدیم تاریخ است

شش سر ضرب دارد یہ سد

دسته امیدله بعضی ارید قبول

درخواستن زریعت نوار جابه

امیدله لطف دهد عرضه داشته

یرلیج بلان

Requête de Hafiz Khan, envoyé de Samarqand.

دمشق ديار خواجه همدونا خان

بيش عرضه بنده ازانرو درويشان

قرآن اكنون جهار زيادت سال

نه بايسته بخار اتش نعمت

همين بايسته ميوه هار اكنون

امير شاهى لطف رحم فرمايند داد

بند به حافظ نامهار هرجان ساخته

اطراق رفته وبرود عاهويند شاهى

عمر تمن تمن سالهى

Requête de Hamdouna Khadjèh (Hamdoullah Khan), envoyé du gouverneur de Damas.

UN DOCUMENT TURC

SUR

LA CIRCASSIE

PAR

M. A.-C. BARBIER DE MEYNARD.

AVANT-PROPOS.

Le traité de Kutchuk-Qaïnardjé (1774), en ouvrant à la Russie la libre navigation de la mer Noire, éclaira la Porte sur la nécessité d'opposer une digue aux empiètements de sa puissante rivale sur le rivage oriental de cette mer. La Circassie, où les sultans ottomans n'avaient eu jusqu'alors qu'une autorité nominale, devenait leur alliée naturelle : il importait de s'y établir à poste fixe, de se concilier les tribus tcherkesses et de tourner au profit des armes ottomanes leur instinct d'indépendance et leur humeur belliqueuse. Telle fut la tâche confiée à un fonctionnaire d'une haute valeur, Ferah 'Ali pacha, dont l'énergie, la loyauté et le génie organisateur tranchent avec les bassesses et les corruptions du règne d'Abdul-Hamid Ier. En moins de quatre années, Anapa devenait un port militaire de premier ordre; des tribus tartares étaient appelées de Crimée et échelonnées le long de la côte jusqu'à Batoum; en un mot la colonie militaire se développait à vue d'œil quand la fatalité qui s'acharnait contre toutes les entreprises de l'Empire fit échouer celle du valy organisateur. Le souvenir même de sa noble tentative aurait péri si son secrétaire Mohammed Hashem efendi n'avait eu le soin d'en relater fidèlement les vicissitudes dans un mémoire dont la première partie est consacrée à la description du pays. Le manuscrit original dormait depuis longtemps dans la bibliothèque d'un ancien Sheïkh ul-islam, quand le savant historien de la Turquie moderne, Djevdet pacha, eut la bonne fortune de le retrouver et l'heureuse idée de l'insérer dans le tome troisième de sa Chronique. Mais c'est encore comme s'il était resté inédit pour le lecteur européen : aussi avons-nous pensé qu'un document digne de confiance autant par sa date que par la sincérité de son auteur serait accueilli avec inté-

*rêt, même en la forme abrégée où nous sommes obligé de le produire. Nous l'avons
contrôlé sur les relations des voyageurs occidentaux auxquelles il ajoute plus
d'une particularité digne d'être signalée, et nous y avons joint les quelques éclaircissements que le style parfois confus et les termes techniques du texte turc rendaient indispensables.*

I

Voici la délimitation que Hashem efendi donne à la Circassie. Si peu scientifique qu'elle soit, elle a pourtant le mérite de présenter de la configuration
de ce pays une image assez exacte.

« En partant du port de Ṣoukhoum-Qaleh sur la mer Noire et en suivant la
côte jusqu'au golfe de Qezel-tach où se déverse le fleuve Qoubân, après avoir
traversé la grande plaine de Djemety, on compte cent heures de marche; —
en remontant le cours du fleuve jusqu'à Ḥadjilar-Qalèsi, en face du Qabartaï
où le fleuve prend sa source au pied de l'Elbrouz, cent heures; — de là, en
suivant la région montagneuse qui sépare le territoire des Lezgui de celui des
Abazes, cent heures. » Ce qui donne, on le voit, à la Circassie proprement dite,
la forme d'un triangle dont chaque côté aurait 100 sa'at ou heures de longueur[1].

Cette étendue de territoire est peuplée au Nord par les tribus tcherkesses,
au Sud par les Abazes et quelques familles tcherkesses : en outre, des tribus
d'origine étrangère sont mêlées à ces deux groupes principaux. Hashem efendi
n'en cite que six, sans nommer leurs ramifications. Ce sont les *Kemurghoï*,
كموركوى, les *Temourghoi Ademi* de Dubois de Montpéreux, qui évalue leur
nombre à 125,000 âmes; — les *Besneï*, بسنى qui répondent aux *Bezleniè* de
Klaproth, nommés par Dubois de Montpéreux *Bezleneï*, et *Besteneï* par d'autres
voyageurs; — les *Natoukhadj*, نخاج, Natoukhadj chez Dubois de Montpéreux
qui en compte 60,000; — les *Shabshikh*, شابشيخ, ou *Shapsoughes*; — les
Abazikh ابازخ, Albezach de Peysonnel, *Albedzekh* chez Dubois de Montpéreux[2].

---

[1] Sur les frontières naturelles de la Circassie proprement dite, voir Élisée Reclus,
Géographie, t. VI, p. 99 et suiv.

[2] *Voyage autour du Caucase*, etc., par
F. Dubois de Montpéreux. Paris, 1839-1843,
6 vol. in-8°; voir t. I, p. 105. L'auteur de ce
rare et précieux ouvrage ne compte pas moins

de quinze tribus dont la première, dans le voisinage d'Anapa, est celle des *Shegaki*, séparée
de la tribu des *Natoukhadj* par la petite rivière
de Shapsin. Les *Bezleneï* habitent la plaine le
long du Qoubân; les *Shapsikh* s'étendent depuis Pchade jusqu'à l'*aoul* ou campement de
Mamaï et le long du Qoubân. Le revers de la

On sait que Kiatib-Tchélébi, dans son célèbre traité de géographie connu sous le nom de *Djihán-numá*[1], après avoir constaté certaines analogies de mœurs entre les Juifs et les Circassiens, en conclut que ces derniers devaient leur origine à l'émigration, dont il ne fixe pas la date, de trois tribus d'Israël. Peut-être le géographe turc s'est-il borné à rapporter quelques vagues légendes répandues dans le pays. Quoi qu'il en soit, Djevdet n'hésite pas à rejeter cette ethnographie de fantaisie. « Outre, dit-il, que l'on ne trouve rien de semblable dans le Mémoire de Hashem efendi, la raison suffit pour la repousser. Partout où les Juifs se sont répandus, ils ont conservé le souvenir très vivant de leur nationalité, souvenir qu'on chercherait en vain parmi les tribus de Circassie dont plusieurs, comme les Lezgui, les Géorgiens et les Tcherkesses, sont, depuis une haute antiquité, domiciliées dans ces contrées. »

Après avoir mentionné, sans y insister, l'existence de quelques tribus vivant à l'état sauvage dans l'Elbrouz, Hashem efendi rappelle qu'il y avait dans la région comprise entre la rivière d'Anapa et celle de Boudjghaz une horde de Cosaques maraudeurs en lutte avec les Tcherkesses qui faisaient de fréquentes incursions sur leur territoire et réduisaient en captivité leurs femmes et leurs filles. Lorsque les Russes eurent étendu leur domination sur la Crimée et le Tamán, de nombreuses familles tartares chassées de ces deux contrées vinrent s'établir en Circassie[2]. Un peu avant l'époque de la mission de Ferah 'Ali pacha, les Turcs ne possédaient que la forteresse de Soughoudjouq dont la faible garnison, commandée par un certain Guelich bey, n'osait s'aventurer hors de l'enceinte fortifiée. Quant à la place d'Anapa, elle était complètement abandonnée et tombait en ruines.

Hashem distingue trois castes dans les tribus circassiennes : 1° les *pshi*, پشی, c'est-à-dire les princes ou beys; 2° la caste moyenne nommée *euzdèn*, اوزدن ;

chaine est occupé par les *Albedzekh* qui possèdent une bande de 130 verstes, soit environ 132 kilomètres. Toutes ces tribus étaient réunies sous le nom de *Adighè* اديغه qui peut se traduire par « amis » ou « compatriotes »; Klaproth, *Reisen in den Kaukasus*, p. 560. Voir aussi Loewe, *A Dictionnary of the Circassian language*. London, 1854, préface.

[1] *Le Miroir du monde*, titre de la célèbre compilation géographique due à Hadji Khalifah, plus connu, dans la littérature turque, sous le nom de *Kiatib Tchélébi*. On sait que la partie orientale qui est la plus importante du livre a été imprimée à Constantinople en 1732 : c'est un des premiers ouvrages sortis des presses du renégat Ibrahim. Armain en a donné une traduction (insérée dans le tome III des *Découvertes géographiques* de Vivien de Saint-Martin), qui aurait besoin d'être retouchée sur bien des points.

[2] L'émigration des Tartares de Crimée eut lieu en 1777. Les Noghaï accueillis par Ferah 'Ali pacha furent, plus tard, transportés en masse, par ordre du Gouvernement russe, dans les steppes qui s'étendent à l'ouest du Don.

3° la caste populaire, *țoqav*, طوقاو. Mais chez les Abazeh et les Abazikh la première dignité n'existe pas et les principaux de cette tribu appartiennent à la
caste des *euzdèn*. Chez les Tcherkesses la caste moyenne forme la cavalerie
féodale des beys, répondant aux *sipahis* des Turcs, et, parmi les Abazeh, cette
même classe a à peu près le rang et les privilèges des émirs[1]. Cette division
par caste est d'une importance capitale dans la question des mariages et en
écarte toute mésalliance. Ainsi les nobles appartenant aux tribus Abazeh et
Abazikh ne peuvent prendre femme que parmi la classe moyenne des Circassiens. C'est grâce à cette coutume toujours fidèlement observée que le privilège
de la naissance est resté sans atteinte et qu'une distance considérable, au point
de vue de la hiérarchie et même de la langue, sépare la caste des princes de
celle des *țoqav*.

Les détails donnés par Hashem efendi sur les croyances religieuses et les
superstitions des Tcherkesses et des Abazeh forment une des parties les plus
intéressantes de sa relation et complètent sur plus d'un point le récit des voyageurs européens. Nous croyons devoir reproduire intégralement les fragments
cités par Djevdet. « Dans les montagnes connues sous le nom de *Ghouya*, اوغ
entre Soukhoum et Soughoudjoug se trouve un arbre gigantesque de la famille
du chêne, qui paraît formé par la réunion de plusieurs troncs de la même
espèce. On le nomme *qodosh*. Une fois par an, un énorme taureau, d'allure et
d'aspect formidables, sort de la montagne, vient poser sa tête sur l'arbre sacré
et se laisse égorger sans la moindre résistance. Après l'avoir immolé, ils ré-
pandent de la bière [2] et du raki sur sa tête et sur ses yeux, puis tenant leur
qalpaq[3] à la main, ils se prosternent autour du chêne en disant : « Dieu grand
« et tout puissant, la faveur que tu accordes à tes serviteurs est infinie et sans
« limites! » Après quoi, ils se partagent la chair et la peau de la victime avec
force actions de grâce. Avant d'entreprendre une expédition en mer sur leurs
pirogues ou une razzia dans les ports environnants, ils n'oublient jamais de
promettre au *qodosh* un fusil, une cotte de maille ou quelque autre objet que
les intempéries de la saison ne peuvent détériorer, s'ils reviennent vainqueurs.
Voilà pourquoi on voit une foule d'ex-votos de ce genre suspendus aux

---

[1] Cette répartition en trois castes est en général celle des Relations européennes. Il existait
aussi, sous le nom de *tleouch*, des associations
fraternelles ou confréries dévouées entre elles
jusqu'à la mort. (Cf. Reclus, t. VI, p. 105.)

[2] Boisson fermentée faite avec du millet,

connue sous le nom de *bouza*, qui est le *bosa*
ou *bousan* des anciens voyageurs en Orient.

[3] Ou plus exactement le *pâkho*; c'est une
espèce de calotte bordée d'une large bande de
pelisse à longs poils qui pendent sur le front
(Dubois de Montpéreux, t. I, p. 119.)

branches de l'arbre, et personne ne songe à les dérober, car une mort inévitable et prochaine serait le châtiment du voleur.

« L'arbre sacré a des représentants dans les autres parties du pays; c'est ce qu'ils nomment le *ḍaghalik*. Ils choisissent, à cet effet, le plus beau des arbres qui ombragent leurs demeures, l'entourent d'une barrière et ornent son sommet d'une espèce de coiffure de feuilles et d'herbes attachées avec des cordes. Le *ḍaghalik* est chargé de protéger leurs semailles : ils se présentent souvent devant cet arbre, au lever du soleil, et tenant leur bonnet dans leurs mains lui adressent cette prière : « Nos moissons nous nourrissent nous et nos « hôtes : elles ont été peu abondantes l'année dernière, nous te supplions de « les accroître cette année. » Ils accompagnent leur requête du sacrifice d'un mouton ou d'une chèvre qu'ils arrosent de bière ou de raki. La récolte faite, si leurs vœux ont été exaucés, ils viennent remercier leur idole; dans le cas contraire, ils lui adressent de vifs reproches, déracinent le *ḍaghalik* et le jettent au feu. Puis ils lui donnent un remplaçant auquel ils rendent les mêmes hommages, mais lui rappelant le sort de son prédécesseur, ils le menacent du même châtiment, s'il se montre sourd à leurs prières. Cette singulière cérémonie est une des plus anciennes coutumes du pays. »

Certains souvenirs à demi effacés de la religion musulmane subsistaient encore au moment de l'arrivée du pacha colonisateur et frappèrent l'attention de son secrétaire. On n'ignore pas que, depuis trois siècles environ, les souverains de la race de Djenguiz-Khân confiaient leurs enfants en bas âge à des familles circassiennes qui les ramenaient après le sevrage. Ces allées et venues avaient eu pour résultat quelques conversions parmi ces dernières, peut-être même une certaine propagande religieuse avait-elle été essayée par elles. Il est du moins avéré qu'on remarquait parmi les Tcherkesses un petit nombre de pratiques dont l'origine musulmane est incontestable. Tels étaient, par exemple, le jeûne annuel, la coutume du gâteau 'achoura au quatrième mois de l'année, la récitation du *mevloud*[1] par des Khodjas sachant l'arabe et venus tout exprès du Ṭamân pour accomplir cette cérémonie. Le gendre du prophète lui-même comptait quelques fidèles parmi les tribus : du moins, s'il faut en croire Hashem, c'est 'Ali qu'on doit reconnaître sous le nom de *pit*, بيت auquel certaines familles rendaient hommage dans des réunions où de vagues souvenirs du culte shiite se mêlaient aux plus bizarres pratiques du

---

[1] Le gâteau *'achoura*, mélange de gruau, de viandes et d'épices, se prépare le 10° jour du mois moharrem. Le *mevloud* ou fête de la nati- vité du Prophète, qu'on célèbre le 12 du mois rebi ul-evvel, donne naissance à des hymnes et sermons de circonstance.

fétichisme. Enfin, une divinité infernale ou tout au moins néfaste, le *Sarpou-rouq*, que Hashem assimile au nom d'Abou Djehl maudit par les Musulmans, était l'occasion d'une fête qui offrait quelque ressemblance avec la Pâques chrétienne et l'usage des œufs rouges. Peut-être aussi, ces semblants de pratiques chrétiennes peuvent-ils remonter au moyen âge même, c'est-à-dire à l'époque où les navires génois fréquentaient les côtes tcherkesses; mais aucune preuve historique ne vient démontrer l'existence de missions catholiques dont l'expansion aurait d'ailleurs été étouffée de bonne heure par le progrès des conquêtes ottomanes.

Il est incontestable que l'arrivée des Turcs à la fin du XVIIIe siècle et l'action énergique exercée par 'Ali pacha contribuèrent beaucoup à l'affaiblissement du paganisme local. Au bout de quelques années, le culte du *qodoḥ* était complètement oublié, ou ne subsistait que dans les pratiques superstitieuses du *ḍaghalik*; et encore n'était-ce que dans les régions où l'influence musulmane n'avait pas pénétré, comme le district de Ghouya. Il y a cependant une croyance moitié mythique, moitié religieuse qui résista plus longtemps; elle mérite d'autant plus une mention qu'elle présente de fréquentes analogies avec les légendes de la région persane du Démavend. Voici comment elle est rapportée dans notre Relation.

« Dans les montagnes de l'Elbrouz, non loin de Hadjilar-Qalèsi, se trouve une caverne dans l'intérieur de laquelle vit un prisonnier qu'ils nomment *Zohak aux serpents*. Un jour, un villageois des environs qui chassait dans la montagne aperçut cette caverne et pensant qu'elle pourrait servir de parc aux moutons, il y pénétra. Un bruit effrayant arrêta ses pas. Ses yeux s'étant habitués peu à peu aux ténèbres, il vit une figure étrange, un homme ayant au cou, à la ceinture et aux pieds de lourdes chaînes de fer; ses mains étaient garrottées étroitement. La frayeur qu'il ressentit à ce spectacle s'étant un peu calmée, il s'approcha et, pendant qu'il regardait le prisonnier, celui-ci lui adressa ces paroles : « Frère, n'aie pas peur, j'attends le moment fixé pour ma « délivrance et je subis mon sort. Va, apporte-moi une perche semblable à « celle dont se servent les blanchisseurs; si je réussis à décrocher le glaive qui « est suspendu en face de moi, mes chaînes tomberont, je deviendrai libre et « je te comblerai de bienfaits. » Le villageois se prêta aux désirs du prisonnier et alla couper une branche qu'il apporta. Mais, malgré tous ses efforts, le malheureux, dont les mains étaient étroitement liées, ne put réussir à faire tomber l'arme pendue au-dessus de lui. « Hélas, s'écria-t-il, l'heure de la délivrance « n'est pas venue! » et il brisa la perche comme un fétu de paille. Le chasseur se hâta de regagner son village et raconta cette aventure à ses parents et amis; mais sa frayeur avait été si grande qu'il tomba malade et mourut au bout de quatre ou cinq jours. Les Tcherkesses ont une peur superstitieuse de la mort : ils s'empressèrent de répéter partout que si cet homme n'avait pas rencontré l'hôte mystérieux de la caverne, il aurait vécu plus de cent ans, comme son père et ses aïeux. D'un commun accord ils convinrent de ne jamais aller dans ces parages maudits et les entourèrent d'un large fossé et d'une sorte de parapet. L'enceinte interdite existe encore; elle est remplie d'animaux et de gibier de toute sorte : renard, martre, vison, castor; on y voit aussi la grue, l'outarde, le cavran, le cygne, le coq de bruyère et le faisan : tous ces animaux vivent en liberté et sans craindre l'atteinte du chasseur. La légende est restée populaire dans le pays. Quand on veut faire taire un enfant qui pleure, on lui dit : « Prends garde, l'homme de la caverne va venir! » Enfin, il paraît qu'on entend quelquefois pendant la nuit un grand bruit de chaînes. » Hashem efendi ajoute que, peu confiant dans la véracité des gens qui lui firent ce récit, il interrogea plus tard une dizaine de voyageurs et que tous le lui confirmèrent presque dans les mêmes termes, mais il termine son récit par la phrase consacrée « Laissons-en la responsabilité au narrateur », formule qui met en repos la conscience du critique oriental et qu'on ne rencontre que trop souvent chez les annalistes les plus sérieux du monde musulman.

Djevdet, à son tour, a tenu à faire son enquête sur la fameuse légende. Il a interrogé plusieurs émirs tcherkesses et les a trouvés d'accord sur les faits principaux, et ne variant que sur certains points secondaires qu'il résume brièvement. Aucune divergence en ce qui concerne l'existence de la caverne et du prisonnier, non plus que sur le glaive enchanté qu'il essaye vainement d'atteindre, mais un détail nouveau : une fois par an, la montagne est secouée avec une violence telle que les bêtes sauvages et les oiseaux qui l'habitent s'enfuient épouvantés. Quant au personnage mystérieux, il prend, dans cette seconde version, une physionomie plus débonnaire; à ceux qui viennent le visiter, il demande, par exemple, si la récolte du chanvre sera bonne, si leurs enfants sont assidus à l'école, et autres questions familières. Il les supplie ensuite de l'aider à détacher l'arme suspendue, en lui apportant une branche « de l'arbre qui fleurit le premier et qui donne les fruits les plus tardifs[1] ». Mais les visiteurs, soit qu'ils ne trouvent pas l'arbre en question, soit qu'ils redoutent de laisser

---

[1] Djevdet fait remarquer dans une note marginale (p. 177) qu'il s'agit du cornouiller, en turc *qezeldjeq âqhadjeu*. D'après Dubois de Montpéreux, qui décrit en détail la flore de ces parages, t. I, p. 26, cet arbre est très répandu aux environs de Guélindjik.

l'épée magique entre les mains du prisonnier, lui apportent une gaule quelconque que, furieux, il brise sur leur dos. Les mêmes voyageurs signalent dans
le voisinage de la caverne une source d'eau vive dans laquelle le gibier blessé
par les chasseurs, s'il y tombe, retrouve aussitôt ses forces et s'enfuit à tire
d'aile. D'ailleurs, les abords de la source sont inaccessibles, car, sitôt qu'on
tente de s'en approcher, un ouragan terrible se déchaîne qui chasse au loin les
visiteurs téméraires.

Le portrait que Hashem efendi fait du caractère des Tcherkesses est assez
flatteur et s'accorde sur plusieurs points avec les témoignages plus modernes :
« Les tribus de ce pays se distinguent par leur intelligence et leur aptitude naturelle, par leur droiture, leur énergie et leur courage. Elles ne mentent jamais
et ne font point de faux serments. Quels que soient l'instinct d'indépendance
et le mépris de toute autorité innés chez les Tcherkesses, s'ils ont juré de servir
un maître et de lui obéir, ils observent fidèlement leur parole ; mais il faut avoir
bien soin de stipuler avec précision chaque terme de l'engagement et d'en faire
l'objet d'un serment spécial. Ils pratiquent généreusement l'hospitalité. Le maître
de la maison fût-il prince et son hôte un homme de la basse classe, le premier
ne s'assied jamais devant celui qu'il reçoit, mais le sert debout et passe la nuit
armé de pied en cap pour veiller sur sa sécurité. Il ne mange pas avec son hôte
et lui sert, entre autres mets, une poule dont la tête n'est pas séparée du corps,
comme s'il voulait lui faire entendre par là qu'il est prêt à sacrifier sa vie pour
le protéger ». Ils portent tous le même costume, et rien dans leur extérieur ne
distingue le pauvre du riche, ou, pour mieux dire, il n'y a chez eux ni pauvre
ni riche ; car ils vivent en frères et celui qui possède ne repousse jamais
celui qui implore sa générosité. Ils montrent la même libéralité dans leurs
transactions et marchés et ne se plaignent point d'avoir vendu à trop bas prix
ou acheté trop cher.

« Leur principale ressource consiste dans les incursions qu'ils font sur le territoire russe ; ils réduisent en captivité tout ce qui tombe entre leurs mains,
bêtes et gens. Ils déploient dans ces expéditions une bravoure extraordinaire et
un seul Tcherkesse peut tenir tête à dix Tartares Noghaï. Les injures et les voies
de fait sont chose inconnue entre eux et ils pratiquent la même douceur de
mœurs à l'égard de leurs esclaves, pourvoyant avec sollicitude à leur entretien,
nourriture et vêtements. Le vol et le brigandage passent chez eux pour des actions héroïques : ils méprisent et ne considèrent pas comme des hommes ceux
qui ne peuvent s'illustrer par des exploits de ce genre. Bien qu'aucun lien politique ne réunisse leurs tribus entre elles, elles professent un grand respect pour

les anciens de la famille et reconnaissent leur autorité. En temps de guerre, un des leurs, choisi toujours parmi les plus nobles, est placé à la tête de la tribu et exerce un commandement absolu. Comme ils n'ont pas de localité spéciale pour la concentration des troupes et que leurs habitations sont isolées dans la montagne, en cas de danger et dans toute circonstance grave, ils se transmettent de proche en proche le signal particulier que les Tartares appellent *ichqereq* ايش قيريق [1] à l'aide duquel ils se rassemblent au lieu convenu et délibèrent sur leurs affaires. C'est dans ces assemblées qu'ils désignent le chef qui doit diriger l'opération militaire; mais bien qu'ils promettent de lui obéir sans réserve, leur indépendance naturelle reprend bien vite le dessus et le désordre qui en résulte, au cours de l'expédition, en paralyse presque toujours les résultats.

« Si bons serviteurs de la Porte qu'ils puissent devenir un jour, ajoute Hashem, ils sont encore d'humeur trop farouche, leur manière de vivre se rapproche trop de l'état sauvage pour qu'un étranger puisse pénétrer dans leur pays sans s'exposer à de grands dangers. Il est absolument nécessaire qu'il se place sous la protection d'un guide que, dans la langue du pays, on nomme *shaghri* شاغرى; celui-ci doit être d'un rang assez élevé pour que sa parole soit respectée. »

Pour établir des relations d'amitié avec les tribus et obtenir la faculté de circuler parmi elles, il faut d'abord devenir le *nourrisson* d'un personnage appartenant à l'aristocratie du pays. Voici comment on procède en pareil cas. L'étranger qui veut acquérir ce privilège doit se munir d'une pacotille comprenant une pièce de toile ou de cotonnade, quelques morceaux de cuir ou de basane et des objets de menue mercerie : fil, aiguille, dé à coudre, etc. Il fait choix ensuite d'un guide auquel il donne une pièce de toile à titre de bonne main, se fait conduire à la maison du chef qu'il a choisi et offre ses présents à la famille. Lors même que le maître serait absent et que sa femme serait une jeune fille mariée de la veille, l'étranger va droit à elle, pose ses lèvres sur son sein et fait le simulacre d'y puiser du lait, en lui disant ou lui faisant dire par son interprète : « Je deviens l'hôte de tes père et mère et ton nourrisson ». Conformément à l'usage, la femme lui effleure le dos d'un geste caressant pour lui faire entendre qu'elle l'accepte comme tel et lui permet ensuite de se re-

---

[1] Du verbe tartare *eshqermaq* « siffler ». D'après l'*Abouchqa*, le signal en question est donné à l'aide d'un instrument particulier, une espèce d'outre munie d'un robinet et d'ouvertures dans ses flancs. Pavet de Courteille, *Dictionnaire turk-oriental*, p. 115.

lever[1]. Dès que son mari est de retour, elle lui présente le nouvel hôte en disant : « Celui-ci est mon *nourrisson* », et lui donne sa main à baiser. On prépare alors un festin où l'on invite les parents et les voisins; à la fin du banquet qui est pour eux l'occasion de bruyantes réjouissances, on présente le nourrisson aux invités qui ne se retirent qu'après lui avoir témoigné une grande amitié comme à un proche parent. Il devient dès lors le protégé de toute la tribu, peut aller où bon lui semble en toute liberté, et se livrer à son commerce sans avoir besoin d'autre protection pour sa personne et ses biens. S'il rencontre un voleur, il n'a qu'à lui dire : « Je suis le *nourrisson* d'un tel » pour être à l'abri de toute exaction. La loi indigène est formelle à cet égard et si le voleur, n'en tenant pas compte, s'est emparé de la personne et des marchandises du voyageur, dès que le père nourricier [2] en est informé, il se met en campagne et tire le prisonnier des mains du malfaiteur. Ce dernier, en vertu d'une ancienne coutume, est en outre tenu de payer neuf fois la valeur de chaque objet soustrait. S'il n'a pas les moyens de s'acquitter de cette amende, on le vend comme esclave, et loin de chercher à fuir, il se livre lui-même, parce que la violation des usages consacrés par le temps est pour eux ce qu'il y a de plus infâme. Cependant, s'il a des filles et que le père nourricier y consente, il peut se racheter en livrant deux d'entre elles qui sont vendues à sa place.

« Le meurtre est rare dans ce pays et la loi le punit sévèrement en fixant à un taux élevé le prix du sang. La valeur en est réglée d'après la classe à laquelle appartient le coupable; il y a, par conséquent, une différence considérable entre la rançon d'un bey et celle d'un *toqav*. Pour la caste des *euzdèn* qui tient le milieu entre les deux autres, la rançon a aussi une valeur moyenne eu égard à celle de ces deux classes. Elle se compose de vingt parts (ou *top*) réparties de la façon suivante : 1° cinq esclaves mesurés à l'empan; 2° cinq chevaux représentant chacun un esclave; 3° cinq cottes de maille ayant la même valeur; 4° un lot comprenant un sabre circassien *shoushqa*[3], un fusil et un

---

[1] « L'étranger qui se met sous la protection d'une femme ou qui peut effleurer son sein du bout des lèvres est à l'instant garanti comme un frère, fût-il un ennemi de la famille et même le meurtrier d'un parent ». (*Voyage autour du Caucase*, t. I, p. 127.)

[2] Ou le père adoptif, átaleq اتالق; on donnait ce nom au chef de famille qui avait pris l'étranger sous sa protection, et, dans un sens plus général, au précepteur qui se substituait

au père, pour élever l'enfant, le dresser à la chasse, à l'équitation et l'associer de bonne heure aux incursions à main armée. (É. Reclus et *Voyage autour du Caucase*, t. I, p. 104 et 116.)

[3] Espèce de sabre attaché au côté comme le cimeterre turc; son nom est *tchacheka* dans Dubois de Montpéreux; *ibid.*, p. 119, et *tchekhshua*, chez Klaproth, *Kaukasische Sprachen*, p. 238.

arc évalués à cinq parts; total vingt parts. Il est bon d'expliquer ce qu'on entend par esclave mesuré à l'empan. Comme la monnaie courante n'existe pas
dans le pays, on fixe le prix de toute chose d'après la mesure de l'*empan*. Quand
il s'agit de prisonniers de guerre, on ne tient nul compte de leur conformation
physique au point de vue de la beauté ou de la laideur, mais seulement de
leur taille. Le minimum de rigueur, en pareil cas, est de six empans; au-dessous
de ce chiffre, l'esclave est considéré comme incomplet et celui qui le vend ou
le cède à titre de prix du sang est obligé de parfaire ce qui manque à la taille
exigée en fournissant d'autres objets. C'est en grande partie à cette coutume
qu'on doit attribuer l'abondance des esclaves que la Circassie déverse sur les
marchés étrangers.

« Quand ils font des prisonniers cosaques sur le territoire russe, ils les marient avec leurs esclaves et les enfants qui naissent de ces unions sont destinés
à la vente. Cet usage porte le nom de *shalqa* شلقا. Une coutume analogue
existe dans la tribu tartare nommée *Djamboïlouq* où les enfants nés de femmes
esclaves sont mis en vente : en outre, leurs mirzas s'adjugent les filles orphe-
lines ou les veuves. Sous prétexte qu'elles appartiennent au fisc, ils les marient
aux Cosaques pris à la guerre et vendent les enfants sous le nom de *doqma*
طوقمه. Quant à leurs propres enfants, ils ne les vendent que si leur femme
est convaincue d'adultère, auquel cas mère et enfants sont envoyés en bloc
au marché. Par exemple, lorsqu'une femme a été prise en faute, son mari
se rend sans tarder chez ses beaux-parents, leur raconte ce qui s'est passé et
leur dit : « Votre fille est une créature indigne, je n'en veux plus, reprenez-la
« et rendez-moi le prix que je vous en ai fourni au moment du mariage ». Mais
ceci n'est que pour la forme, les parents refusant toujours de restituer la dot.
Le mari, après avoir obtenu leur consentement, la charge sur un chariot
(*arabah*), elle et ses enfants considérés comme bâtards, et les vend à un marchand d'esclaves. Ce qu'il y a de singulier, c'est que la femme coupable ne se
répand jamais en reproches ni récriminations; elle ne revendique jamais sa
qualité d'épouse légitime, pas plus qu'elle ne se plaint d'avoir été calomniée.
Au contraire, dans une attitude calme et silencieuse, elle se soumet à la rigueur de la loi et se console en disant : « C'est la destinée, je ne pouvais pas
« plus l'éviter que mon ombre! » Une fois le marché conclu et la somme payée
par le marchand d'esclaves, le mari s'en retourne chez lui et, chemin faisant,
il distribue à ses frères et à ses amis tout ce qu'il a reçu de celui-ci en payement. Dès le lendemain de son retour, il se rend, accompagné de quelques
anciens, au quartier habité par le séducteur et lui envoie un délégué chargé

du message suivant : « J'ai vendu la femme à tel prix : la coutume des tribus
« est formelle, je réclame mon dû ». En effet, le coupable paye aussitôt au
messager le prix intégral de la vente, mais il est obligé, en outre, de fournir
neuf fois la valeur de cette vente à titre d'amende. Si le coupable n'est pas en
mesure de la payer et si personne ne lui vient en aide, ce sont ses propres
parents qui le garrottent et le livrent au mari offensé, en disant : « Tiens, voilà
« ce qui t'appartient. » Ce dernier prend possession de son prisonnier, mais
comme les injures et les voies de fait sont absolument interdites parmi eux, il le
conduit au marché non seulement sans lui adresser le moindre reproche, mais
en le traitant avec toutes sortes d'égards et de politesse. Arrivé au bazar, il le
met aux enchères et en touche le prix. Si pourtant il veut donner une marque
particulière de son chagrin ou de son mépris, il le cède à la première offre
comme pour faire entendre que cet homme ne vaut pas davantage, et toute
aussitôt, il distribue en sa présence la somme qu'il vient de recevoir, sans en
garder la plus minime partie. Mais il faut ajouter qu'il se fait payer ensuite le
reste de l'amende par la famille du coupable.

« Le crime de sodomie est particulièrement réprouvé et, par conséquent, très
rare parmi ces tribus. Si, par hasard, un jeune homme nouvellement admis dans
la famille est reconnu coupable d'une infamie de ce genre, il devient un objet
d'opprobre pour tous et ne trouve d'asile nulle part. Il n'a d'autre ressource
que de descendre à la côte et là, s'adressant au premier capitaine ou matelot
qu'il rencontre, il lui baise les mains et le supplie de le prendre comme esclave
et de l'embarquer pour le vendre à Constantinople ou en Égypte. De toute
façon, le mépris dont on l'accable l'oblige à s'expatrier, heureux s'il n'est pas
mis à mort par les gens de sa tribu. En un mot, l'adultère et les autres crimes
de cette sorte ont des conséquences si graves que ces peuples s'en rendent très
rarement coupables et que la pureté des mœurs s'est maintenue chez eux. »

Avant l'arrivée de Ferah 'Ali pacha, le mariage n'avait pas encore, il est
vrai, une forme légale, mais ils avaient reconnu depuis longtemps la nécessité
d'établir un lien solide et durable entre l'homme et la femme. Une sorte de
code conjugal en réglait les conditions et tous s'y soumettaient pour éviter
d'être traités comme adultères, et de perdre leur liberté. « Voici comment
l'usage a fixé les préliminaires du mariage et c'est ainsi qu'il se pratique encore
aujourd'hui. Le jeune homme se rend dans la maison de la jeune fille, s'entretient avec elle et, s'ils s'agréent, il revient, quelques jours après, accompagné
de ses parents et de ses amis chez le futur beau-père. Là, par l'entremise d'un
tiers, il convient du payement, lequel est établi d'après la différence des

castes et les règles adoptées pour le prix du sang. Ensuite quelques-uns de ses amis viennent offrir de sa part au père de la future, qui une cotte de mailles, qui un sabre, qui un cheval d'une valeur stipulée, le gendre prenant l'engagement d'acquitter plus tard le surplus de la dot. L'entrevue terminée de la sorte, ils regagnent leurs domiciles, mais le jeune homme revient de temps en temps chez celle qui doit être sa femme, ils se rencontrent et causent ensemble. Profitant du moment où les grands-parents sont absents il obtient d'elle un rendez-vous, par exemple pour le troisième ou le quatrième jour de la lune nouvelle, au premier chant du coq et au pied de tel arbre. Le jour convenu, à l'heure dite, il vient et se poste sous l'arbre désigné avec vingt ou trente cavaliers, tous vaillants champions et passés maîtres en l'art de voler. Il trouve là sa fiancée qui l'attend, ayant réussi à venir au rendez-vous à l'insu de ses parents. Alors le cavalier de la troupe qui la voit le premier se précipite sur elle, l'enlève, la prend en croupe et la conduit chez lui. Dès lors, elle devient pour celui-ci comme une fille adoptive et l'usage interdit le mariage entre ses propres enfants et ceux qui naîtront d'elle jusqu'à la septième génération. Mais dès que les parents de la future et les gens de la tribu sont avertis de sa fuite, ils montent à cheval, se mettent à la poursuite des ravisseurs et un combat acharné s'engage entre les deux partis. Car, bien que le père ait déjà donné son consentement en acceptant la valeur de la dot dont une partie lui a été remise, ce serait un déshonneur pour lui d'abandonner son enfant au fiancé sans engager une lutte qui est d'ailleurs en parfaite conformité avec les habitudes de rapt et de pillage qui règnent chez eux. La bataille terminée, le gendre, qui n'a rien reçu de ses beaux-parents en retour de la dot fournie par lui, se met en quête d'une cabane de berger qui lui servira de demeure; il se procure une marmite, un seau, une écuelle de bois et, jusqu'au jour où il a organisé complètement son ménage, il réside en qualité d'hôte chez le ravisseur de sa future femme. »

La religion musulmane, qui commença à se répandre dans les tribus à la suite de l'occupation ottomane, ne modifia que faiblement ces coutumes. Le mariage s'accomplit, il est vrai, d'une façon plus régulière en présence d'un imam, mais plus d'un ancien préjugé a subsisté malgré les efforts de Ferah 'Ali pacha. Ainsi, le mari après avoir enlevé celle qu'il veut épouser ne doit plus retourner chez le père de celle-ci, ni fréquenter aucun membre de la famille à laquelle elle appartenait et, de son côté, la jeune femme, bien qu'elle se laisse conduire chez ses nouveaux parents ne peut jamais prendre ses repas avec eux ni en leur présence.

Les dernières pages que Hashem efendi a consacrées à la description du pays et aux mœurs de ses habitants présentaient sans doute un certain désordre auquel on voit que Djevdet n'a pu remédier. Je me bornerai donc à en citer les passages les plus saillants.

« Le climat de la Circassie est salubre; les saisons s'y succèdent régulièrement; le sol est fertile et produit une végétation abondante. Mais les Tcherkesses ont, comme les Tartares, une grand répugnance pour les végétaux et prétendent que la viande est la seule nourriture qui convienne à l'homme. Tout ce qu'ils sèment pousse vite et bien : le tabac surtout, dont on voit des plants nombreux autour de leur demeure, croît à merveille et donne une riche récolte. Comme la monnaie n'existe pas chez eux, ils échangent le tabac contre d'autres objets à raison de vingt-cinq paras l'ocque. La rhubarbe et le séné se trouvent en abondance ainsi qu'une plante médicinale nommée en arabe « vomitif du renard » مقوى الثعلب [1]: elle croît aux environs d'Anapa. La région maritime jusqu'à Ṣoukhoum est très riche en légumes et en fruits. Dans les districts de Tchopsin, Ghouya et Ṣotcha croissent l'olivier, le châtaignier et l'arbre à thé : ces mêmes localités sont entourées de massifs de buis qui sont l'objet d'une exploitation importante. Des légions de travailleurs y débarquent pour se livrer à la coupe de ce bois, mais leurs bateaux sont exposés aux attaques des indigènes qui se livrent à la piraterie sur des embarcations nommées khatchapa (voir ci-après, p. 64): pour se livrer à la coupe du buis en toute sécurité, il est indispensable de fournir caution aux beys du pays. Le sel est une denrée étrangère d'un prix élevé qui arrive par bateau; ils l'échangent contre le miel, la cire et les fourrures, en plaçant ces objets dans un des plateaux de la balance et un poids égal de sel dans l'autre plateau. On trouve en Circassie toute espèce de gibier. La chasse du loup cervier, dont la fourrure est si estimée, est une occupation exclusivement réservée aux femmes. Elles pratiquent, à cet effet, une sorte de piège au pied d'un arbre où elles placent de la viande, la bête se jette sur l'appât et se fait prendre. Une vieille superstition veut que le corps soit écorché et dépouillé de sa toison par un homme dont la taille est égale à celle de l'animal. »

Hashem efendi termine ce chapitre par quelques réflexions sur l'état moral des tribus, leur aversion pour tout métier manuel, l'abandon de la culture

---

[1] Je n'ai pas réussi à identifier le nom de cette plante dont l'orthographe régulière serait مَقَئَ الثعلب; elle n'est pas mentionnée dans le Dictionnaire des simples d'Ibn el-Baïṭar ni dans le Dictionnaire de médecine français-arabe de Mahmoud Rouchedy.

qui suffit à peine à leur entretien. Il constate que le morcellement du pays et l'isolement dans lequel vivent les tribus maintiennent chez elles ces instincts de sauvagerie qui sont un obstacle sérieux à tout progrès. « Mais, ajoute-t-il, si l'on parvenait à les grouper par agglomération d'une vingtaine de familles, à construire des habitations plus confortables, à les doter de mosquées et d'écoles, leurs aptitudes naturelles aidant, le pays changerait bientôt d'aspect et la civilisation s'y développerait aisément. »

II

Civiliser la Circassie, l'arracher par l'action bienfaisante de l'islamisme à la barbarie de la vie sauvage et préparer ainsi une alliance efficace au gouvernement ottoman dans sa lutte sans trève contre la Russie, tel fut, en effet, le but à la fois social et politique que Ferah ʿAli pacha se proposait d'atteindre. Il avait tout ce qu'il fallait pour réussir. Doué d'un esprit sagace et prudent, d'une énergie de cœur tempérée par une bonhomie séduisante, vaillant soldat et pieux musulman avec une tendance au soufisme qui augmentait son prestige, ʿAli pacha aurait triomphé de tous les périls et renversé tous les obstacles que la jalousie des ministres de la Porte semait sur sa route. Mais ses jours étaient comptés : il fut enlevé en moins de quatre années, en pleine activité, au cœur de la colonie qui était son œuvre, œuvre inachevée, mais qui prouvait combien celui qui l'avait conçue était à la hauteur de sa tâche. Le récit fidèle que son secrétaire Hashem efendi a laissé de cet essai de colonisation si rare dans les fastes de l'histoire ottomane n'est pas la partie la moins curieuse du document retrouvé par Djevdet pacha. Obligé d'en donner un simple résumé pour ne pas dépasser les limites qui nous sont imposées, j'appelle sur le texte turc l'attention des orientalistes, avec la conviction qu'il mériterait d'être traduit intégralement.

Il est à peine besoin de rappeler combien il était important pour la Turquie, après le désastreux traité de Kutchuk-Qaïnardjé, d'étendre sa sphère d'action dans la région du Caucase. La conquête de la partie occidentale, en fournissant à la Porte 80,000 auxiliaires habitués à la vie guerrière, pouvait seule l'indemniser de la perte de la Crimée et opposer une digue aux empiètements de la Russie en Asie Mineure. Ce plan politique, qui parait remonter à l'année 1192 de l'hégire (1778) et dont l'initiative est due à Djanikli ʿAli pacha et au Qapoudan pacha, resta à l'état de projet pendant trois ans. C'est en 1195 de l'hégire (1781) seulement qu'après de longues délibérations, le Divan impérial

8.

l'adopta définitivement et en confia l'exécution à Ferah 'Ali pacha. La réputation que ce dernier s'était acquise depuis qu'il avait été au service de Qodja
'Ali pacha en qualité de secrétaire, sa valeur sur les champs de bataille, la
mise en état de défense de la place de Shoumla due à son initiative, tous ces
mérites le désignaient au choix du grand Conseil. Il fut mandé en toute hâte
d'Ismid où il exerçait les fonctions de *mutesarrif* ou sous-gouverneur du district
de Qodja-ili, se présenta devant le Conseil, y fit un exposé complet de son
plan de campagne et se déclara prêt à le réaliser à la condition qu'on lui ac-
corderait, dans la mesure la plus large, les subsides en troupes, numéraire et
ravitaillement qui devaient en faciliter l'exécution.

Il quitta Constantinople au commencement de l'année 1782, s'arrêta à Sinope pour se procurer du bois de construction et d'autres approvisionnements
et, dans les premiers jours d'avril, jeta l'ancre devant le port de Soughoudjouq. A son grand étonnement, les saluts des canons du bord restèrent sans
réponse : la forteresse¹ n'avait plus de défenseurs. Les malheureux soldats que
la Porte y avait jetés, oubliés par elle et privés du ravitaillement ordinaire,
étaient morts de faim ou de maladie. Il n'y restait plus qu'un soldat et sa
femme qui, en utilisant la poussière de farine laborieusement recueillie par eux
au fond des sacs, avaient pu prolonger leur misérable existence. Le pacha,
informé de cette cruelle situation par les quelques émissaires qu'il avait envoyés
en avant, exigea d'eux le secret le plus absolu, les renvoya dans la place avec
des vivres pour les deux survivants de cette triste garnison et fit tirer pour la
forme quelques coups de canon de l'intérieur du fort, en réponse à son signal
d'arrivée. Ce n'est qu'après l'accomplissement de ses ordres qu'il autorisa le
débarquement. Avant d'entrer en contact avec les indigènes, il interrogea le
soldat qu'il venait d'arracher à la mort et en obtint d'utiles indications. Il fallait d'abord trouver un drogman exercé et fidèle pour se mettre en communication avec les tribus, faire demander en mariage pour le pacha la fille d'un
Bey tcherkesse, en accompagnant cette demande de riches présents, armes,
chevaux, étoffes, etc.; se renseigner exactement sur la caste et le rang de
ceux auxquels il avait affaire et régler là-dessus ses rapports avec la population.
Il importait d'user d'une extrême condescendance, surtout au début, pour les
habitudes de pillage invétérées dans le pays et se montrer conciliant et généreux dans la question du rachat des prisonniers turcs qui viendraient à être

---

¹ Dubois de Montpéreux en a vu les ruines en 1833; cf. la description qu'il donne de la ville
et de ses anciennes défenses. (*Voyage autour du Caucase*, I, p. 8 et 9.)

enlevés par les indigènes. Ces conseils, fruits d'une longue résidence dans ces contrées, 'Ali pacha sut les mettre en pratique avec la discrétion et l'habileté qu'il apportait à toutes ses entreprises.

Un officier du corps des *Serden-guetchdi* [1] nommé Mehemed Agha, chassé de Crimée par l'invasion russe, s'était réfugié dans la tribu des Shapsikh qui l'avait adopté comme *nourrisson* (voir ci-dessus, p. 54). Parlant facilement plusieurs des dialectes du Caucase, il parcourait librement les montagnes tcherkesses où son métier de colporteur gagne-petit lui avait créé de nombreuses relations. C'était un interprète tout trouvé pour l'armée turque. 'Ali pacha le fit venir, l'interrogea, et ayant reconnu en lui un homme intelligent dont les services lui seraient précieux, il le décida à venir résider à Soughoudjouq avec sa famille et une vingtaine de Tartares émigrés comme lui de Crimée et qui avaient une entière confiance en lui. Le pacha fit à ses nouveaux hôtes un accueil empressé et promit de leur rendre bientôt les emplois civils ou militaires qu'ils avaient exercés en Crimée. En attendant, il leur assigna un logement spacieux et d'abondantes rations (*ta'în*). La nouvelle de cette hospitalité libérale ne tarda pas à se répandre et de tous côtés affluèrent des groupes d'exilés de Crimée empressés d'offrir leurs services à un protecteur qui se montrait si généreux.

Avant de commencer les opérations militaires, 'Ali pacha réunit ses troupes hors de la place dans une plaine nommée *Khaznadar-tchechmèsi* « fontaine du trésorier » et les passa en revue. Il promut un de ses meilleurs officiers, Hadji Hasan Agha, au grade de kiahya-bey, distribua des grades et des sabres d'honneur aux plus distingués, et après avoir récité la *Khotba*, ou prière du vendredi, à la façon des prédicateurs musulmans, il prononça une longue et paternelle allocution dont la teneur a été conservée par Hashem efendi. Il y fait appel au courage et au dévouement de ses soldats, exalte l'importance politique et religieuse de l'œuvre qu'ils vont accomplir et la récompense qui attend leurs efforts dans ce monde et dans l'autre. Il termine en disant que, autant ils peuvent compter sur son équité et sur sa sollicitude, autant la défection et les manquements à la discipline le trouveront inexorable. Ce langage à la fois énergique et bienveillant fut accueilli avec enthousiasme : les troupes défilèrent devant leur chef et jurèrent fidélité entre ses mains, lui promettant une obéissance absolue et, s'il le fallait, le sacrifice de leur vie.

---

[1] Ou les *Enfants perdus*; on donnait ce titre à des compagnies de corps francs recrutées ordinairement parmi les janissaires; il y avait aussi un corps de cavalerie du même nom.

Fort des dispositions de son entourage et confiant dans l'esprit qui animait ses troupes, le pacha rechercha aussitôt une alliance parmi les Shapsikh et fit demander au prince de cette tribu la main de sa fille. Son lieutenant, le kiahya Hasan Agha, fut chargé de cette négociation et partit sur-le-champ avec un détachement d'hommes qui avaient revêtu la grande tenue. Partout sur leur route, fidèles aux instructions données par le pacha, ils fraternisèrent avec les montagnards qui accouraient de tous côtés, au signal connu sous le nom de *qeshqereq* (voir ci-dessus, p. 53), et leur prodiguèrent les marques de la plus vive amitié en y ajoutant ces petits cadeaux d'armes et de mercerie dont les indigènes sont si avides. Le jour des fiançailles par procuration, le kiahya qui avait apporté des vivres en abondance donna un grand festin, lequel fut suivi d'une fête circassienne où les chants et les danses se prolongèrent jusqu'au matin. A ces réjouissances succéda l'accomplissement des devoirs que l'islam exige de tout vrai croyant. Au rapport de Hashem, le chant du muezzin, le silence et le recueillement des troupes en prière firent une vive impression sur ces âmes naïves et y frayèrent la voie à l'adoption du monothéisme. Le lendemain, le kiahya-bey réunit en un même lieu les cadeaux de toute sorte qu'il avait apportés et, s'adressant à la foule assemblée : « Voici, dit-il, le *sarga* « le présent » que notre magnifique maître le Sultan, suzerain et protecteur de toutes les tribus tcherkesses, a chargé son vizir Ferah 'Ali pacha, de vous remettre en son nom, à l'occasion de l'alliance qui va cimenter entre nous une amitié sincère. C'est votre bey, le beau-père futur de notre pacha, qui se chargera de les répartir entre vous tous. » Ces paroles, fidèlement traduites par l'ancien colporteur promu aux fonctions de drogman, firent le meilleur effet. Le bey des Shapsikh procéda au partage conformément aux anciennes règles du pays, partage d'un caractère si fraternel que, tous les cadeaux étant épuisés, il ôta de sa tête son propre qalpaq enrichi de broderies d'or et le donna à un pauvre homme qui n'avait rien reçu. Puis on alla quérir la fiancée en grande pompe. Au bruit des salves d'artillerie entremêlées d'épithalames circassiens, elle fut installée sur l'*arabah* d'honneur envoyé pour la circonstance, et conduite triomphalement à Şoughoudjouq où son entrée fut saluée par tous les canons de la place. Le pacha alla à sa rencontre, l'escorta jusqu'à sa nouvelle demeure et félicita ses délégués du succès de leur mission.

C'était en effet une tribu entière qu'il venait de conquérir et cette première victoire, toute pacifique, était d'heureux augure pour le succès de ses projets ultérieurs.

Les troupes ne tardèrent pas à suivre l'exemple donné par leur chef. Ses encouragements, la promesse qu'il leur fit de pourvoir de ses deniers aux dépenses des fiançailles et, argument plus irrésistible encore, la beauté des femmes tcherkesses triomphèrent de tous les scrupules. En peu de mois, les mariages mixtes se comptaient par centaines dans les tribus du voisinage. Tout marchait donc à souhait. Cinq compagnies de *yamaq*, soldats auxiliaires du service des forts, venaient de débarquer à Şoughoudjouq au moment où les travaux de construction étaient en pleine activité. Charmés de trouver le pacha au milieu des maçons et des charpentiers, travaillant avec eux ou stimulant leur zèle avec sa familière bonté, les nouveaux arrivants se mirent de tout cœur à l'ouvrage et bientôt une ville nouvelle s'éleva comme par enchantement avec son *qonaq* (hôtel du gouvernement), ses mosquées, ses *hammam*, en un mot, tout ce qui constitue la vie d'une cité musulmane.

Une sédition qui heureusement fut étouffée dans son germe faillit, en menaçant la vie du pacha, compromettre sa tâche civilisatrice. L'hiver, si rude dans ces montagnes, était arrivé avec ses tristesses et ses privations; les communications avec la capitale étant interrompues, la vie de garnison devenait plus monotone; la règle militaire paraissait plus dure, la discipline plus inflexible. Une poignée de mécontents soufflèrent la révolte parmi leurs camarades et les décidèrent à tenter un coup de main. On se jetterait sur deux grands *ṭoumbaz* [1] ancrés dans le port, puis on gagnerait le large à la grâce d'Allah. Par bonheur, le pacha fut averti à temps; les employés civils de son palais, les *guedikli* [2], lui révélèrent le complot. Ordre fut donné de désemparer les deux bateaux, mais déjà les mutins s'y entassaient, ils allaient lever l'ancre. Il n'y avait plus à hésiter : sur l'ordre du maître, Hèzar-fenn Ḥuseïn Agha court aux batteries du fort, pointe ses pièces sur les deux navires et ses boulets emportent mâture et gouvernail. Les débris en tombant font plusieurs victimes; le désordre se met parmi les rebelles. Convaincus alors qu'il n'y a plus à espérer de pardon, ils se précipitent sur le palais pour massacrer le gouverneur. Mais le gros de la garnison est resté fidèle, l'assaut de ces furieux est repoussé et ils sont réduits à merci. Ferah 'Alî pacha était naturellement porté à l'indulgence; il aurait sans doute accordé amnistie pleine et entière, si son

---

[1] Barque à fond plat et d'un faible tirant d'eau, de forme arrondie à la poupe.

[2] Ce mot a plusieurs significations; il s'appliquait jadis aux fonctionnaires de la Porte et du Palais impérial qui jouissaient du revenu des fiefs sans être astreints au service militaire. Plus tard, il devint synonyme de *salariè* et fut donné aux commis d'administration, tant à la Porte que dans les vilayets. Cf. D'Ohsson, *Empire othoman*, VII, p. 161.

kiahya-bey, vieux soldat d'humeur farouche et inflexible sur le code militaire, ne lui eût représenté qu'il importait de faire un exemple. On choisit parmi les meneurs neuf hommes des plus compromis auxquels, pour faire nombre rond, on adjoignit un innocent, et séance tenante, ils furent passés par les armes. Hashem efendi, en relatant cette exécution, en rejette tout l'odieux sur le kiahya qui, dit-il, resta sourd aux instructions que son maître lui avait données et refusa de surseoir à l'exécution.

Dès que l'ordre fut rétabli, le pacha reprit avec ardeur le cours de ses travaux. En multipliant, au prix de sacrifices onéreux, les mariages entre ses soldats et les filles du pays, son but n'était pas seulement de rendre plus facile et plus prompte la soumission de la Circassie, il savait aussi que la propagande religieuse trouverait dans le zèle des jeunes épouses nouvellement converties à l'islamisme et dans l'influence qu'elles exerçaient sur leur ancienne famille une coopération des plus efficaces. Son attente ne fut pas trompée : les Tcherkesses, que la curiosité tout autant que les liens du sang attiraient souvent à Şoughoudjouq, ne résistèrent pas longtemps aux sollicitations de leurs filles et de leurs sœurs. Le Coran eut facilement raison des pratiques fétichistes. Les indigènes de toute classe vinrent réclamer d'eux-mêmes le privilège d'être catéchisés par les mollas; bientôt les conversions devinrent si nombreuses qu'il fallut faire venir de Constantinople un habile chirurgien qui, revêtu du costume circassien, allait de village en village y pratiquant les rigoureuses formalités de la *sunnet* (circoncision) selon les exigences du *chery'at* ou loi religieuse. Comme salaire, il recevait un bœuf par groupe de dix néophytes. Cette innovation en amena naturellement une autre. Jusque-là, les Circassiens aimaient à se donner le nom de fauves ou d'animaux domestiques : l'enfant, au moment de sa naissance, recevait du *ṭamaṭa* طاطاط, espèce de druide, à la suite d'une consécration bizarre, le surnom de lion, de tigre, de loup, etc. Le chien (*ḥâ*) jouait un rôle important dans l'onomastique tcherkesse : on y trouvait des *ḥâpaq* « chien heureux », *ḥâpraq* « chien agile », *ḥâpitch* « chien frisé », *ḥârjour* « chien hargneux ». La religion nouvelle fit disparaître ces sobriquets barbares et leur substitua les noms respectés de Mohammed, 'Ali, Hasm, Huseïn. Mais comme ces noms se gravaient difficilement dans la mémoire de leurs nouveaux titulaires, il fallut au début les inscrire sur un billet qu'ils serraient dans leur poche et présentaient à première réquisition.

Une réforme plus importante suivit cette mesure. De temps immémorial, les Tcherkesses, montés sur des bateaux en forme de gabarres, longs de 16 à 17 mètres, qu'ils nommaient *khatchapa* خچبا, infestaient les côtes de Şoukhoum et de Baṭoum, tombaient sur les navires de commerce et enlevaient équipage et cargaison [1]. ʻAli pacha décréta au nom du Sultan l'interdiction rigoureuse de la piraterie. Deux familles, les Hajôn et les Boughanat, issues de la tribu de Ṭoqraï, donnèrent le premier signal de la soumission en brûlant et coulant leurs pirogues; leur exemple fut bientôt suivi sans hésitation par d'autres tribus.

Ces deux familles comptaient d'ailleurs parmi les auxiliaires les plus dévoués du pacha. Elles occupaient une passe difficile dans les montagnes à quatre heures de Ṣoughoudjouq et pouvaient couper toute communication entre cette ville et Anapa. ʻAli pacha sut se créer des intelligences parmi elles, en mariant dans la tribu un jeune Albanais de sa maison militaire. Ce serviteur nommé *Sélim*, aussi dévoué qu'intelligent, lui rendit de réels services quand, dans le cours de la même année 1197 (1783), il releva de ses ruines la vieille cité génoise d'Anapa et en fit une place forte capable de couvrir Guélindjik et la côte jusqu'à Baṭoum [2]. Deux cents Tartares, recrutés par ses ordres parmi les plus vigoureux de la tribu des Noghaï et recevant une paye journalière de 10 paras, construisirent le long de la langue de terre qui commande l'entrée du port, sur une étendue de 222 coudées, une ligne non interrompue de retranchements et de redoutes. Un autre fort fut bâti dans le voisinage d'Anapa, sur la rive droite du Boukhour qui forme la frontière du Ṭamân et se jette dans la mer Noire. Djevdet pacha a retrouvé et inséré dans sa Chronique un des *bouyourouldou* (ordres viziriels) que le pacha adressait à ses agents pour activer les travaux de défense. Cette pièce est courte : elle est intéressante par son style, mélange de turc ottoman et de tartare, et, à ce titre, nous croyons devoir la donner ici avec une traduction littérale.

[1] Dubois de Montpéreux (I, p. 142) donne un nom différent à ces embarcations : « Elles s'appellent en tcherkesse *Kat* ou *Konata* et aussi *Kamara*; chez les Abkhases, *akhbat*, et en nogaï *ghemet*. » Cette dernière forme, si elle est exactement citée par l'auteur, peut être rapprochée de l'osmanli کمی *guemi*. Il est bon de mentionner également la forme *chap* en ostiaque, qui offre un peu plus de ressemblance avec celle de notre Relation.

[2] Les travaux furent poussés avec tant d'activité qu'au bout d'une année la ville possédait trois mosquées, des bains, cinq cent cinquante boutiques, des cafés, etc. Grâce à des conduites habilement aménagées, l'eau du fleuve Boukhour répandait la fertilité dans la banlieue; les fruits et les légumes y venaient en si grande abondance que, dès l'année suivante, on put en exporter sur les marchés de Constantinople. En outre, des puits furent creusés en ville pour que l'eau ne fît jamais défaut en temps de siège. Hashem efendi ajoute qu'en creusant le sol on trouva un grand nombre d'antiquités, statuettes, poteries, bas-reliefs « avec des figures d'oiseau », qui furent vendues à des marchands européens.

* بویولدی صورتی *

حالا جنی نهری بیشکاهنده كانٌ تبش قولی وبنون پادشاه خلفنك باشبوغ كتخدامز الحاج
حسن اغا وعلمالری افندیلر وفارط وباش مبرزالری وسائری انها اولنورکه الله تعالی حضرتلرینك
عنايتله آركونده كثيبارد كزك باردملرېله انابه قلعسی بوردنده طوحطهيهجق طوغان وجووقلوزك
حراميدن صاغ اولملری ايجون خندقی بو قدرجه يابوب باردمجبارك قوللرينه كونلكسی
ورپلوب قبافلرينه صالندی انشاه الله تعالی قيش كلوب د قميغان بولندن بتون مال وباش
وارتاتلرکر ايجنده طوحطامق اوزره سنكه باشبوغ موسی اليه سين جله خلق ابله قولكسی بر
صالوب بولندبغك برك اطرافنه اوج قبو واوج طابیه رسم اولندبغی اوزره بوكوندن سکز كونه قدر
حفر وقبولرينك وجسربنك وضع اولندبغی كوربك ايجون طرفمزه ايلجی صالهسن بولدن بركون
اینش كبوو قالمقدن باشكدن زياده قورقه سن ۞

COPIE DE L'ORDRE VIZIRIEL.

Au chef qui gouverne actuellement les tribus étrangères et tous les sujets du Sultan
résidant à l'embouchure du fleuve Djemeti, notre kiahya Elhadj Ḥasan Âgha, aux Oule-
mas efendi, aux mirzas vieux et jeunes, et à tous autres, il est fait savoir que : Grâce à
la protection divine et avec l'aide de nos gens, en peu de jours des retranchements ont
été creusés autour de la place d'Anapa pour que tous, grands et petits, puissent y résider à l'abri des voleurs. Le travail ayant été terminé pour cette année, les ouvriers ont
été licenciés après avoir reçu leur paye journalière. S'il plaît à Dieu, avant l'arrivée de
l'hiver et des gelées et pour que vous puissiez être en sécurité, vous et vos biens, dans
vos demeures, toi qui es le chef susdit tu vas employer tes gens et serviteurs à construire
autour du lieu de ta résidence trois portes et trois bastions sur le plan établi. D'ici huit
jours tu m'enverras un exprès pour m'informer que ces travaux ont été exécutés et que
les portes et le pont ont été établis. Veille avec plus de sollicitude sur ta tête à ce qu'il
n'y ait pas un jour de perdu.

Les deux dernières années de la vie d'Ali pacha furent marquées par une
série de mesures aussi utiles à la défense du pays qu'au développement de la
colonie. Guélindjik, le meilleur port de la côte [1] et par conséquent le plus

_____

[1] «La baie de Guélindjik est sans contredit le plus beau port de la côte de Circassie et de
l'Abkhazie.» (D. de Montpéreux, Voyage autour du Caucase, t. I, p. 20.)

exposé aux coups de main du côté de la mer d'Azof, reçut des aménagements
suffisants pour loger une nombreuse garnison. La grande tribu tartare Noghaï,
peut-être à l'instigation des émissaires turcs, résolut d'émigrer en masse du
Qabarṭaï et de venir se mettre sous la protection directe de la Porte. Le pacha
sachant tout le parti qu'il pourrait tirer, en temps de guerre, de la coopération de cette race belliqueuse, leur ouvrit l'accès de la Circassie et les ré-
partit ainsi : 10,000 à Ḥadjilar-Qalèsi; 10,000 à l'embouchure du fleuve
Laba; 10,000 à Khatouqaï, et le reste de la horde dans une vallée riche en
sources de naphte, à deux heures d'Anapa. En outre, il choisit parmi eux un
corps d'élite qu'il organisa en milice locale sous le nom de « garde militaire
du Qoubân ». De nombreuses familles tziganes colportèrent parmi les Tcherkesses leur éternelle industrie de métallurgistes. Il réussit à créer chez eux
sous le nom de *tchery-bashi* « chef de troupe » des préposés qui prélevaient
une redevance annuelle, sorte de capitation mitigée, dont le taux ne devait
pas dépasser 100 paras par tête. Enfin des artisans arméniens, changeurs, tail-
leurs, etc., attirés par ses soins dans les faubourgs d'Anapa, contribuaient à la
prospérité matérielle de cette ville dont la population était presque entièrement militaire.

C'est au moment où le succès allait couronner son œuvre, que la cupidité
et la jalousie des ministres ottomans firent cause commune pour en saper
les bases, à l'aide des plus perfides accusations. Vainement Khalil, l'unique
défenseur et l'ami du pacha au grand Conseil, démontra la fausseté de ces
rumeurs et obtint pour lui, à titre de réhabilitation, le grade de vizir, la ca-
lomnie suivit ses voies habituelles. 'Ali pacha n'envoyait ni cadeaux ni esclaves
circassiennes : on le taxa d'avarice; on répéta partout qu'il amassait des trésors
pour équiper une armée et s'affranchir de l'autorité du Sultan. Il venait justement de proposer à la Porte l'exploitation de mines d'or et d'argent découvertes aux environs de Laba dans le Qoubân; ce fut un aliment nouveau aux
dénonciations dont il était victime. Deux prétendus Mahdis comme le monde
musulman en voit surgir à chaque période de crise provoquaient alors quelque
agitation dans l'empire; leurs menées, quoique peu dangereuses et promptement déjouées, furent exploitées aussi contre le gouverneur de la Circassie.
Ses ennemis réussirent ainsi à le perdre auprès du sultan 'Abd ul-Ḥamid dont
l'âme loyale n'était pas à l'abri de pareilles surprises. Tout accablait à la fois
le malheureux pacha, la mort d'une fille qu'il chérissait fut le coup de grâce.
Sa santé s'altérait rapidement, la lutte devenait impossible. En pieux musulman, en fidèle disciple de la communauté de derviches dont il avait été jadis

9.

l'hôte assidu au tekyé de Yeñi-bagtché, il chercha désormais dans la prière et la rêverie mystique l'oubli et la consolation de ses chagrins.

Au commencement du mois shawal 1199 (août 1785) il se fit construire une *turbé*, chapelle funéraire dans le style turc, au seuil de la grande mosquée d'Anapa. C'est là qu'il passa les dernières heures de sa vie. Il donnait encore la journée entière aux affaires publiques et au règlement de sa succession où les pauvres ne furent pas oubliés; le soir venu, il allait s'enfermer dans le mausolée en compagnie de sa femme effrayée et édifiée à la fois de cette retraite au séjour de la mort. Vers le quarantième jour, la maladie fit de rapides progrès; d'abondantes saignées restèrent sans résultat; un bélier noir fut sacrifié sans plus de succès. 'Ali pacha sentant que son dernier jour était arrivé réunit ses officiers et ses serviteurs autour de son tombeau : il leur donna de sages instructions, appela sur eux les bénédictions du ciel et rendit le dernier soupir en proférant le nom ineffable que répètent les derviches dans leurs rondes extatiques[1]. La légende ne pouvait manquer de s'emparer d'une mémoire aussi édifiante. Le pieux pacha devint un *vély*, un saint comblé des faveurs divines, et pendant longtemps on vint en pèlerinage recueillir un peu de terre autour de son tombeau, pour conjurer la fièvre et d'autres maux.

Achevons rapidement l'historique d'une tentative qui, mieux secondée, pouvait exercer une si heureuse influence sur les destinées politiques et militaires de la Turquie. A son lit de mort, 'Ali pacha avait adressé au Sultan une lettre touchante pour le supplier de lui donner comme successeur un homme capable d'occuper un poste que les prévisions d'une guerre prochaine rendaient chaque jour plus important. On n'en fit rien. Le gouvernement de la Circassie fut confié à un certain Bidjàn-Oghlou 'Ali qui, de simple janissaire, s'était élevé par l'intrigue et même par le crime au grade de *mirmirán* ou gouverneur général, avec les insignes des deux queues de cheval. A peine installé à Anapa (12 moharrem 1200, 15 novembre 1785) il fit assassiner l'ancien kiahya Ḥasan Agha, le conseiller et l'ami du pacha défunt. La suite de ce règne éphémère fut digne de pareils débuts. Par toutes sortes de confiscations et de moyens iniques, ce despote créa à son profit le monopole de la vente des esclaves. Hashem efendi, qui conservait bien à contre-cœur ses fonctions de secrétaire du Divan, lui rappelait un jour les belles qualités qui avaient rendu le nom de son prédécesseur si populaire : « Fort bien, s'écria le cynique per-

---

[1] *Ya hou* « Ô lui, celui qui est! » proclamation éternelle d'Allah. Cf. Mouradgea d'Ohsson, *Tableau général de l'Empire othoman*, t. IV, p. 643.

sonnage, tu m'apprends à *donner,* mais tu ne m'indiques pas les moyens de *prendre!* » Hashem comprit que sa vie était menacée auprès d'un pareil maître, il sollicita et obtint de la Porte l'autorisation de retourner à Constantinople; sage résolution, car, à peine arrivé, il apprit que la population poussée à bout avait chassé son indigne gouverneur.

Le Divan turc fut mieux inspiré cette fois et sans doute les conseils de Hashem efendi, qui se trouva plus directement mêlé à ces événements, ne demeurèrent pas étrangers à la nomination de Moustafa pacha. Le nouveau valy d'Anapa était un homme intègre et bien intentionné. Les mesures qu'il prit dès son entrée en fonctions, soit pour conjurer une révolte des Tcherkesses, soit pour mener à bonne fin les travaux de défense, prouvent que, mieux soutenu, il eût été à la hauteur de sa tâche. Mais, argent, vivres, munitions de guerre, tout manquait et, à ses pressantes sollicitations, le Divan turc ne répondait que par de vagues promesses. Sur ces entrefaites, la guerre fut déclarée à la Russie et Battal pacha prit comme général en chef la direction des mouvements militaires en Crimée et dans la région occidentale du Caucase. Tous les pouvoirs furent concentrés entre ses mains et le gouverneur d'Anapa dut s'estimer heureux d'être déchargé d'une tâche que l'indifférence de la Porte et la pénurie du Trésor rendaient désormais irréalisable.

Ici finit la relation proprement dite de Hashem efendi; le reste appartient à l'histoire générale de la lutte entre la Turquie et la Russie. La possession d'Anapa fut longtemps l'objectif de cette dernière puissance, parce qu'elle lui donnait la clef du Caucase et assurait sa domination sur les tribus tcherkesses. De là, les vicissitudes de ce port militaire entre 1791 et 1812. A cette date, Anapa tomba définitivement au pouvoir du Tzar, et peu à peu, par suite surtout des dangers de sa rade, elle fut abandonnée au profit de Tomrouk, chef-lieu du Taman. Longtemps avant les décrets de 1864 qui ont eu une si grave influence sur les destinées de la Circassie, rien ne survivait de l'œuvre du pacha turc et, sans les notes recueillies par un secrétaire dévoué, son nom même n'aurait pas été sauvé de l'oubli.

LES CROISADES

D'APRÈS

LE DICTIONNAIRE GÉOGRAPHIQUE DE YÂKOÛT

PAR

M. HARTWIG DERENBOURG.

Les hasards de l'ordre alphabétique ont dispersé dans le Dictionnaire géographique de Yâkoût quelques notices sur les Francs de Syrie et sur les croisades. Il a paru utile de grouper ces renseignements pour en contrôler la valeur. Ce sont des documents isolés, séparés les uns des autres par des lacunes béantes, et dont le rapprochement ne modifiera point d'une manière essentielle notre conception des événements qui mirent l'Orient musulman en contact avec les formations de l'Orient latin. Les deux féodalités se pénétrèrent par les combats opiniâtres sur les champs de bataille, par les relations pacifiques nouées grâce au voisinage persistant et aux intérêts communs.

Yâkoût, né en Asie Mineure en 1179, affranchi à Ḥamâ après des années d'esclavage en 1199, établi à Baghdâd dans l'intervalle de ses longs et nombreux voyages, mourut dans la banlieue d'Alep le 12 août 1229 [1]. Les témoins oculaires vivaient encore pour raconter ce qu'il avaient vu des luttes entre Francs et musulmans. Le théâtre des événements s'était seulement un peu déplacé. Mais on entendait dans la résidence des 'Abbasides l'écho de ce qui

[1] Ibn Khallikân, *Biographical Dictionary*, IV, p. 9-24; F. Wüstenfeld, *Die Literatur der Erdbeschreibung bei den Arabern*, p. 22-24, extrait de la *Zeitschrift für vergleichende Erdkunde* (Berlin, 1842); Jacut's *Moschtarik*, herausgegeben von F. Wüstenfeld (Göttingen, 1846); Hammer-Purgstall, *Literaturgeschichte der Araber*, VII (Wien, 1856), p. 472-474; F. Wüstenfeld, *Jâcût's Reisen*, dans la *Zeitschrift der deutschen morg. Gesellschaft*, XVIII (Leipzig, 1864), p. 397-493; du même, *Der reisende Jâcût als Schriftsteller und Gelehrter*, dans les *Nachrichten von der Königl. Gesellschaft der Wissenschaften* (Göttingen, 1865); Jacut's *Geographisches Wörterbuch*, herausgegeben von F. Wüstenfeld (Leipzig, 1866-1870), 6 vol.; F. Wüstenfeld, *Die Geschichtschreiber der Araber* (Göttingen, 1882), p. 111, n° 310.

se passait en Égypte. D'ailleurs Yâḳoût, presque contemporain des faits qu'il relate, s'enquiert plutôt de leur exactitude que de leur influence sur la civilisation générale : il se préoccupe avant tout de bien voir, d'être informé sur les pays et les endroits qu'il parcourt, d'énumérer les faits que sa curiosité en éveil lui a fait connaître, les hommes qui, à cause de leur naissance, de leur éducation ou de leur séjour, ont été rattachés par leur dénomination ethnique aux diverses contrées, aux villes, grandes et petites.

L'encyclopédie géographique de Yâḳoût est une mine si riche qu'un critique éminent en a extrait, pour les exploiter au profit de la science, des documents précieux sur les « restes du paganisme arabe »[1]. C'est un autre filon, de moindre valeur, que je vais suivre, et, à défaut de richesses massives, je me contenterai de recueillir et de mettre en évidence quelques humbles paillettes.

I

PREMIÈRE CROISADE.

(1095-1099.)

La première grande armée des croisés, descendue de l'Asie Mineure au nord de la Syrie, établit sa base d'opération à Bagrâs[2] afin de ne pas être inquiétée dans le siège et la conquête d'Antioche (Anṭâkiya)[3]. « Cette ville musulmane, annexée à l'empire byzantin [par Nicéphore Phocas] en 353 de l'hégire (964 de notre ère), après que les Grecs se furent emparés des places frontières Al-Miṣṣiṣa, Tarse et Adhana, resta entre leurs mains jusqu'à ce qu'elle leur fût enlevée par Soulaimân, fils de Ḳoutloumisch, l'aïeul des princes Seldjoûḳides actuels, en 477 (1084-1085). Scharaf ad-Daula Mouslim, fils de Ḳouraisch, se rendit d'Alep vers Soulaimân pour lui enlever Antioche, mais fut tué par celui-ci en 478 (1085-1086). Alors Soulaimân écrivit au sultan Djalâl ad-Daula Malik-Schâh, fils d'Alp Arslân, pour lui annoncer la prise d'Antioche. Le prince en fut réjoui et ordonna que les instruments de musique retentissent joyeusement.... Sa situation s'y affermit et Antioche

---

[1] Wellhausen, Reste Arabischen Heidenthums (Berlin, 1887), 3ᵉ fascicule de ses Skizzen und Vorarbeiten, p. 8.

[2] Kamâl ad-Dîn Ibn Al-ʿAdîm, Zoubda, dans Roehricht, Beiträge zur Geschichte der Kreuzzüge, I, p. 219, et dans Historiens orientaux des croisades, III, p. 578.

[3] Tous les passages, dont la traduction est placée entre guillemets, ont été empruntés au Mouʿdjam al-bouldân, c'est-à-dire au Dictionnaire géographique de Yâḳoût, que je cite d'après l'édition de M. F. Wüstenfeld, désignée dans l'annotation par la lettre M. Voir donc M. I, p. 386-387.

Ils passèrent au fil de l'épée les musulmans pendant une semaine. Les survivants se réfugièrent dans la Mosquée Extrème (*al-djámi' al-akṣá*). Les Francs y tuèrent plus de 70,000 musulmans, et prirent au Dôme de la Roche (*aṣ-ṣakhra*) quarante et quelques lampes en argent, chacune d'elles pesant autant d'argent que 3,600 dirhems, ainsi qu'un lustre (*tannoúr*) en argent, dont le poids était de 40 livres (*raṭl*) syriennes, sans parler de richesses innombrables. Ils firent du Dôme de la Roche et de la Mosquée Extrème un abri pour leurs cochons[1]. »

Le jour même où les Francs étaient venus camper devant Jérusalem, le 7 juin 1099[2], Tancrède faisait son entrée à Bethléem, où il était accueilli comme un libérateur par les chrétiens de Syrie, que de pieux souvenirs avaient attirés vers le lieu de la Nativité. Bien que l'abbé Ekkehard d'Aura prétende qu'en 1101 « la Maison du pain des anges était devenue une étable pour les troupeaux[3] », j'oppose à son témoignage celui de Yâkoût[4], qui dit de Bethléem : « C'est une ville connue jusqu'à l'époque actuelle[5]. Les Francs ne l'ont pas dévastée lorsqu'ils se sont emparés des contrées. »

II

PÉRIODE ENTRE LA PREMIÈRE ET LA DEUXIÈME CROISADE

(1099-1147.)

Deux conquêtes syriennes des Francs en 494 (1100-1101) sont mentionnées par Yâkoût, la prise de Ḥaifâ et celle d'Arsoûf. « Ḥaifâ est une forteresse sur la côte de la mer Méditerranée (*baḥr asch-schám*), dans le voisinage d'Acre. Elle ne cessa pas d'appartenir aux musulmans jusqu'à ce que Godefroy de Bouillon (*Koundafarí*), roi de Jérusalem, s'en emparât en 494[6]. » De même, « Arsoûf est une ville sur la côte de la mer Méditerranée. Elle est située entre Césarée et Jaffa... Elle ne cessa pas d'appartenir aux musulmans jusqu'à ce qu'elle fût soumise par Godefroy de Bouillon, seigneur de Jérusalem, en 494. Les Francs y sont restés les maîtres jusqu'à ce jour[7]. »

Deux années se sont écoulées. « Djoubail est une ville connue à l'est de

[1] M, IV, p. 599.
[2] Comte Riant, *Études sur l'histoire de l'église de Bethléem*, I, p. 11.
[3] Ekkehardi, *Hierosolymita*, ed. Hagenmeyer, p. 58.

[4] M, I, p. 780.
[5] Entre 1223 et 1229, ainsi que je l'ai indiqué, p. 73, note 1.
[6] M. II, p. 381.
[7] M, I, p. 207.

Bairoût, dont elle est séparée par une distance de huit parasanges. Conquise par [le kalife Oumayyade] Yazid [fils de Mou'âwiya], fils d'Aboù Soufyân, elle resta entre les mains des musulmans, jusqu'à ce que le Franc Saint-Gilles (*Şandjîl*[1]), qu'Allâh le maudisse! vint camper sous ses murs et l'assiégeât, avec l'appui sur mer de navires appartenant à d'autres populations. Saint-Gilles envoya traiter avec ses défenseurs, auxquels il fit quartier sur la foi du serment, et qui, en conséquence, la lui livrèrent en 496 (1102-1103). Lorsqu'ils furent ainsi tombés en sa possession, il leur dit : « J'ai promis aux maîtres des navires dix mille dînârs, que je veux recevoir de vous. » Et il leur prenait les pièces d'orfèvrerie, en comptant trois *mithķâls* pour un dînâr, et l'argent, en évaluant soixante-dix dirhems à un dînâr. Ce fut par de tels procédés qu'il les ruina[2]. » Un passage qu'il faut rapprocher de celui-ci est le suivant, article Şandjila[3] : « Un historien a dit que c'était le nom d'une ville dans les régions des Francs et que Şandjîl le Franc fut siegneur de Laodicée, puis de Tripoli, qu'il se nommait Maïmoûnd (pour Raïmoûnd = Raimond) et que Şandjîl n'était qu'une manière de le dénommer d'après cette ville[4]. »

L'année suivante est assignée par Yâķoût à la prise d'Acre ('*Akķa*). « Cette ville était une ancienne possession des musulmans, lorsqu'elle fut enlevée par les Francs, ayant à leur tête Baudouin [Ier], seigneur de Jérusalem[5], à Zahr ad-Daula Bannâ Al-Djouyoûschi. Celui-ci était appelé Al-Djouyoûschi d'après l'Émir des armées (*amîr al-djouyoûsch*) Badr Al-Djamâlî, ou d'après son fils [Al-Afḍal]. Il y exerçait l'autorité de la part des Égyptiens. Les Francs firent l'attaque par terre et par mer en l'an 497 (1103-1104). Les habitants se défendirent jusqu'à ce qu'ils fussent impuissants à résister, les renforts étant insuffisants et les Égyptiens ne les soutenant pas efficacement. Ils livrèrent la ville aux Francs qui firent des massacres considérables et envoyèrent nombre de prisonniers au delà de l'Océan. Zahr ad-Daula prit la fuite, parvint à Damas, puis retourna en Égypte[6]. »

Yâķoût ignore la première conquête de Laodicée par les Normands de Tancrède en 1102[7]. Celui-ci, devenu prince d'Antioche en 1104 par suite du départ de Boémond Ier, qui s'était rendu en Europe pour réveiller l'élan

---

[1] Raimond de Saint-Gilles, oncle de Guillaume Jourdain, comte de Cerdagne.

[2] M, II, p. 32-33.

[3] M, III, p. 420. Şandjîla est le château de Saint-Gilles, élevé par lui dans un faubourg au sud de Tripoli; voir Hartwig Derenbourg, *Vie d'Ousâma*, p. 75.

[4] Saint-Gilles était un bourg du Languedoc, dont le nom s'est conservé dans le département de la Haute-Garonne.

[5] Baudouin Ier, roi de Jérusalem.

[6] M, III, p. 708.

[7] Guillaume de Tyr, dans *Historiens occidentaux des croisades*, I, p. 435-436.

assoupi de la croisade, avait résolu de reprendre aux Grecs le port important
de Laodicée, dont ils s'étaient emparés et qu'il conquit de nouveau en 1106[1].
« Les Francs s'en étaient rendus maîtres, en même temps que d'autres endroits situés sur la côte (as-sâhil) vers l'année 500 (1106-1107)[2]. »

Fakhr al-Moulk Ibn 'Ammâr, dépossédé de Tripoli par Tancrède en 1109,
s'était sauvé, sans attendre la capitulation, pour se réfugier à Djabala, ville
maritime située à peu de distance au nord de son ancienne résidence. « Les
Francs lui enlevèrent Djabala le 22 dhoù 'l-ka'da 502 (23 juin 1109)[3]. »

Le roi de Jérusalem Baudouin Iᵉʳ s'empara l'année suivante de Bairoùt :
« Bairoùt ne cessa pas de prospérer sous la domination musulmane jusqu'au
moment où Baudouin le Franc, roi de Jérusalem, vint camper devant cette
ville à la tête de ses troupes, l'assiégea, y pénétra de vive force le vendredi,
21 schawwâl 503 (13 mai 1110)[4]. »

De Djabala, Tancrède avait quitté le littoral pour s'enfoncer dans l'intérieur
des terres. Son point de mire était la Forteresse des Kurdes (hişn al-akrâd),
qui fait face à Émesse (Homş), sur l'autre rive de l'Oronte. Il l'enleva à Ķa-
râdjâ, seigneur d'Émesse, en 503 (1109-1110)[5]. « C'est une citadelle puissante, fortifiée, sur la montagne qui regarde Émesse du côté de l'ouest, montagne appelée Al-Djalil, qui est une ramification du Liban, entre Ba'lbek et
Émesse. Un des émirs de Syrie avait construit sur son emplacement une tour,
et y avait installé, pour faire le guet entre lui et les Francs, une garnison de
Kurdes qu'il avait pourvus de vivres. Ceux-ci répartirent leurs contingents dans
la tour; puis, craignant d'être mis en danger de mort par quelque expédition, ils commencèrent à la fortifier, jusqu'à ce qu'elle devint une citadelle
solide, barrant la route aux Francs dans nombre de leurs incursions. Les Francs
assiégèrent cette citadelle que les Kurdes leur vendirent pour s'en retourner
dans leurs contrées. Les Francs s'en emparèrent et elle est entre leurs mains
jusqu'à présent. Elle n'est qu'à une journée de distance d'Émesse, dont le
seigneur est impuissant à la leur arracher.[6] »

[1] B. Kugler, Albert von Aachen, p. 345.
Lorsque j'ai adopté la date de 1108 dans ma
Vie d'Ousâma, p. 75, note 3, je ne connaissais
point le passage de Yâķoùt.

[2] M. IV, p. 340.

[3] M, II, p. 26. Sur l'inexactitude de cette
date, qui doit être remplacée par le 23 juillet
1109, cf. ma Vie d'Ousâma, p. 81, note 4.

[4] M, I, p. 785.

[5] Sibţ Ibn Al-Djauzi, Mir'ât az-zamân, dans
Hist. or. des croisades, III, p. 539; B. Kugler,
Boemund und Tankred, p. 43; Rey, Les colonies
franques de Syrie, p. 129.

[6] Il s'agit d'Asad ad-Din Schirkoùh, fils de
Mohammad, fils de Schirkoùh, qui était seigneur d'Émesse en 626 (1228-1229); cf. Ibn
Al-Athir, dans Hist. or. des croisades, II, t.
p. 106 et 179.

En 1115, Baudouin Ier se préoccupa de fermer ses États aux invasions qui les menaçaient du côté de l'Arabie Pétrée et des régions situées au sud-est de la mer Morte. Il fut ainsi amené à construire, au nord de la Vallée de Moïse, aux confins de la Syrie et de l'Arabie, sur une colline qui fut, en son honneur, dénommée le Mont Réal (*mons regalis*), une forteresse redoutable par sa position et par les travaux d'art qu'il y accumula sur une vaste étendue [1]. La géographie orientale appelle ce site Asch-Schaubak, nom que porte encore aujourd'hui le village bâti sur son emplacement [2]. « Asch-Schaubak est un château fort puissant, à l'extrémité de la Syrie, entre ʿAmmân, Aila et Al-Ḳoulzoum, dans le voisinage d'Al-Karak. Yaḥyà, fils de ʿAli, At-Tanoùkhi, a dit dans sa Chronique [3] que Baudouin, roi des Francs [4], se rendit en l'an 509 (1115-1116) dans les pays des Ṭayyites de Rabîʿa, c'est-à-dire à Yâḳ (?) [5], à Asch-Scharâ, à Al-Balḳâ, à Al-Djibâl et à Wâdi Moùsâ. Baudouin campa devant un ancien château fort en ruines, appelé Asch-Schaubak, voisin de Wâdi Moùsâ. Il le rebâtit et y installa ses troupes. Le passage d'Égypte en Syrie, à travers le désert peuplé d'Arabes, fut intercepté grâce à la construction de cette forteresse [6]. »

« [Le poète du Nil] Aboù 'l-Ḥasan ʿAli, fils de Moḥammad, Ibn As-Sâʿâti [qui mourut au Caire en 604 [7] (1208)], passa dans la région de Sidon (*Ṣaidâ*), alors qu'elle appartenait aux Francs... » Elle était en leur possession depuis que, « en l'an 504 (1110-1111), Baudouin [Ier] [8], maître de Jérusalem, s'était dirigé, à la tête d'une armée nombreuse, vers Sidon, qui s'était rendue à lui par capitulation, dont il avait pressuré les habitants [9] ».

Nous arrivons à l'an 513 (1119-1120) et aux événements, dont Hébron (*Al-Khalîl*), qui appartenait aux Francs depuis la conquête de Jérusalem en 492 [10] (1098-1099), fut alors le théâtre. Je donne le fragment de Yâḳoùt tel

---

[1] Guillaume de Tyr, dans *Hist. occid. des croisades*, I, p. 499-500.

[2] Chauvet et Isambert, *Syrie, Palestine*, p. 67; (Socin), *Palestine et Syrie*, p. 317.

[3] Ḥâdjî Khalîfa, *Lexicon bibliographicum*, II, p. 102, n° 2091.

[4] Au lieu de بقدور, الذى ملك الفرس, lisez بـخـديـوى الذى ملك الغرب; cf. ma *Vie d'Ousâma*, p. 261, note 4.

[5] Conjecture proposée dans M, V, p. 276.

[6] M, III, p. 332. Le nom de la Syrie Sobal pour désigner la région du Mont Réal me paraît provenir d'une lecture الصوبل pour الشوبك.

Voir les textes réunis par Quatremère, *Histoire des sultans mamlouks*, II, 1, p. 238.

[7] Ibn Khallikân, *Biographical Dictionary*, II, p. 328.

[8] بغدوى, ainsi que la variante مغدوى, sont d'autres prononciations pour بغديوى « Baudouin », avec la permutation bien connue entre le *mîm* et le *bâ*. Voir une autre altération de ce nom propre, note 4.

[9] M, III, p. 439 et 441.

[10] Ibn Misâr, *Histoire d'Égypte*, dans *Hist. or. des croisades*, III, p. 463; Sibṭ Ibn Al-Djauzî, *Mir'ât az-zamân*, *ibid.*, p. 518.

M. HARTWIG DERENBOURG.

quel, pour qu'on puisse le comparer avec les extraits plus copieux, prove[...]
également de 'Alî Al-Harawî, tels qu'ils ont été traduits ailleurs [1] : « Al-H[...]
dit : J'entrai à Jérusalem (al-ḳouds) en l'an 567 (1171-1172). Dans cet[...]
et aussi à Hébron (madînat al-khalîl = La Ville d'Abraham), j'eus des ent[...]
avec des schaikhs, desquels je tiens qu'en 513 (1119-1120), à l'époque [...]
roi Baudouin II (Bardawîl), une excavation se produisit dans la caverne d'H[...]
bron. Le roi autorisa quelques Francs à y entrer. Ils y trouvèrent Abrah[...]
Isaac et Jacob (sur eux soit la paix!), dont les linceuls étaient tombé[...]
lambeaux et dont les corps étaient adossés à une paroi, des lampes [...]
montant leurs têtes nues. Le roi fit renouveler leurs linceuls, puis bouch[...]
brèche [2]. »

Yâḳoût assigne la date de 518 (1124-1125) à la prise de Tyr (Ṣoûr) [...]
les Francs : « Les musulmans s'en étaient emparés aux temps de 'Omar [...]
d'Al-Khaṭṭâb (qu'Allâh lui soit favorable!), et cette ville ne cessa pas de [...]
spérer sous leur domination jusqu'en 518. Ce fut alors que les Francs vin[...]
camper devant elle, l'assiégèrent, la bloquèrent jusqu'à ce que ses prov[...]
fussent épuisées. Le maître de l'Égypte, Al-Âmir, avait envoyé des vivres p[...]
la ravitailler. Mais le vent souffla avec violence sur la flotte qu'il ramen[...]
Égypte. Elle fut ainsi empêchée d'arriver à temps, et aborda moins de [...]
jours après la reddition de la place, trop tard pour son salut. Les déf[...]
la livrèrent par capitulation. Les musulmans en sortirent et il n'y rest[...]
des mendiants incapables de se mouvoir. Les Francs en prirent possession [...]
fortifièrent et l'administrèrent. Elle est entre leurs mains jusqu'à ce jour [...]

Deux passages de Yâḳoût, où il n'est fait mention d'aucune année, pa[...]
raissent se rapporter encore de l'époque qui précède la deuxième croisade. I[...]
sont relatifs aux châteaux forts, où s'était retranché l'ordre religieux et mil[...]
taire du Temple, fondé en 1118 par son premier grand maître Hugues d[...]
Payens, si l'on en croit la plupart des historiens [4], après 1123 par ce mêm[...]
chef, si l'on accepte la conclusion au moins spécieuse de M. Hans Prut[...]

[1] Ch. Schefer, Extraits d'Aly el Herewy, dans les Archives de l'Orient latin, I (1881), p. 607 ; Paul Riant, Invention de la sépulture des patriarches Abraham, Isaac et Jacob à Hébron le 25 juin 1119, ibid., II, 1 (1884), p. 413-414 ; Guy Le Strange, Palestine under the Moslems (London, 1890), p. 317-318.

[2] M, II, p. 468.

[3] M, III, p. 433.

[4] E. Rey, dans Ducange, Les famill[...] tremer (Paris, 1869), p. 869; B. Kugler, G[...] schichte der Kreuzzüge (Berlin, 1880), p. 111; A. Chassaing, Cartulaire des Templiers du Puy-en-Velay (Paris, 1882), p. VI, etc.; E. Rey, L'ordre du Temple en Syrie et à Chypre (Aris-sur-Aube, 1888), p. 1 et 11.

[4] H. Prutz, Kulturgeschichte der Kreuzzüge (Berlin, 1883), p. 551.

« Ḥadjar Schouglân est une forteresse dans la région du mont Al-Loukkâm, près d'Antioche, au-dessus du lac Yagrâ. Cette forteresse appartient à ceux des Francs qu'on nomme les Templiers (ad-dâwiyya). Ce sont des hommes qui se sont consacrés à la lutte contre les musulmans et qui ont fait vœu de célibat. Ils se divisent en moines et en chevaliers[1]. » Cette forteresse, juchée sur le roc (hadjar), si elle ne doit pas être identifiée avec Bagrâs (cf. le lac de بغرا et la ville de بغراس), figurait certainement parmi les défenses de cette place, l'une des premières qui furent concédées comme fiefs à l'ordre nouveau.

« La forteresse des Templiers (Ḥiṣn ad-dâwiyya), nommée d'après eux, soit qu'on les appelle dâwiyya ou daiwiyya, est un château fort très solide, dans la province de Damas (asch-schâm). Les Templiers sont une catégorie de Francs qui se consacrent à la guerre sainte contre les musulmans, qui s'abstiennent du mariage et des autres jouissances, qui se prêtent main-forte les uns aux autres, qui manient les armes et qui ne subissent l'hégémonie de personne[2]. » Il ne saurait être question dans cette notice du Templum Domini, résidence des Templiers dans la Mosquée Extrême (al-masdjid al-aḳṣâ) de Jérusalem. La topographie, pour vague qu'elle soit, semble appropriée au premier château de Saphet, construit en 1140 au nord de Tibériade, sur la route qui relie cette ville à Damas. Les Templiers s'y sont installés à plusieurs reprises pour défendre le royaume chrétien de Jérusalem contre les incursions des sultans Seldjoûkides et de leurs alliés, les seigneurs musulmans de la Syrie septentrionale et les émirs Damascéniens[3].

Au moment où l'Europe s'épuisait par l'effort de la deuxième croisade, « Roger (Roudjâr), seigneur de Sicile, envoya une armée en Afrique pour qu'elle prît possession d'Al-Mahdiyya. Al-Ḥasan [, fils de ʿAli, fils de Yaḥyâ, fils de Tamîm, le Ṣinhâdjite, prince d'Afrique], en sortit et alla rejoindre ʿAbd al-Mouʾmin, fils de ʿAli. Les Francs conquirent les contrées de l'Afrique, et cela en l'an 543 (1148-1149)... Ils en restèrent possesseurs pendant douze années jusqu'à l'époque où ʿAbd al-Mouʾmin s'y avança et les délivra de leur domination le jour de la ʿâschoûrâ 555 (21 janvier 1160)[4]. »

[1] M, II, p. 214.
[2] M, II, p. 276.
[3] E. Rey, Les colonies franques de Syrie, p. 445; R. Rœhricht, Studien zur mittelalterlichen Geographie und Topographie Syriens, dans

la Zeitschrift des deutschen Palästina-Vereins, X, p. 268, note 3.
[4] M, I, p. 329. Ce passage a échappé à M. Amari, qui ne l'a pas inséré dans sa Biblioteca Arabo-Sicula.

III

DEUXIÈME CROISADE.

(1147-1149.)

Yâkoût ne parle ni de l'empereur d'Allemagne Conrad III, ni du ro̶̶
France Louis VII, ni de Baudouin III, roi de Jérusalem, coalisés en j̶
1148 pour enlever Damas aux musulmans. Cette tentative aboutit à la r̶
des croisés. Les musulmans achetèrent leur succès au prix de pertes d̶
reuses. Voici deux épisodes sur deux martyrs illustres de cette campa̶

« Ḥalḥoûl est un village entre Jérusalem et le tombeau d'Abraham ̶
bron... C'est d'après Ḥalḥoûl qu'est désigné 'Abd ar-Raḥmân, fils de ̶
Allâh, fils de 'Abd ar-Raḥmân Al-Ḥalḥoûlî Al-Dja'dî, un traditionniste ̶
né et élevé à Alep, qui fit des voyages. A la fin, il s'était retiré pi̶
dans une mosquée située aux abords de Damas. Or, en l'an 543 (114̶
Francs campèrent devant Damas, qu'ils assiégèrent. Ce schaïkh sorti̶
retraite, à la tête de quelques hommes. Il fut tué. Puisse Allâh avoir p̶
lui et de nous![1] »

« Findalâw est, je suppose, une ville dans le Magrib, d'après laqu̶
dénommé Yoûsouf, fils de Dournâs[2] Al-Findalâwî Al-Magribî Aboû l-Ḥa̶
djâdj, le jurisconsulte Mâlikite. Il se rendit en Syrie, pour y accompl̶
pèlerinage, séjourna quelque temps à Panéas, dont il fut le prédicateur (̶
De là il se rendit à Damas, y fixa sa résidence et y enseigna la doctrine̶
Mâlik, ainsi que les traditions... Pieux, d'humeur gaie, il était ferme̶
attaché à l'islamisme. Or, les Francs étaient venus camper devant Dama̶
mercredi, 2 de rabî' Ier 543 (21 juillet 1148) et s'étaient établis sur le t̶
ritoire de Ḳainiya[3], au côté du tournant qui va de l'Allée des cailloux ̶
ḳâḳ al-ḥaṣâ) [jusqu'aux alentours de l'Hippodrome vert[4]]. Ils battirent ̶
retraite le samedi 6 du même mois (25 juillet 1148). Les défenseurs ̶
Damas étaient sortis pour les combattre. Al-Findalâwî était au nombre ̶

---

[1] M, II, p. 316.

[3] Les variantes de ce nom sont énumérées dans ma *Vie d'Ousâma*, p. 213, note 4.

[3] Au lieu de كتيبة, lisez كنيبة, nom d'un village qui faisait face à la Porte Petite (*al-bâb aṣ-ṣaguîr*) de Damas; cf. M, IV, p. 219;

l'article Findalâw de M dans le manuscrit 22̶
de la Bibliothèque nationale, fol. 33̶2 v̶; Ibn̶
'Asâkir, *Histoire de Damas* (manuscrit 2137 d̶
même dépôt, fol 41 v̶); Ibn Al-Athîr, *Chro̶
con*, VIII, p. 471.

[4] Ajouté d'après Ibn 'Asâkir, *ibid.*, loc. cit̶

ceux qui étaient sortis. L'émir [Anar[1]], qui commandait les forces musulmanes, l'aperçut ce jour-là, marchant péniblement avant le choc des deux armées. Il lui dit : « Ô toi, vieil imâm, retourne en arrière. Car tu es dispensé, en raison de ton grand âge. » — Al-Findalâwî répondit : « Je ne reculerai pas. Nous avons vendu; et lui (Allâh), il a acheté ce que nous avons vendu. » Il faisait allusion à cette parole d'Allâh le Tout-Puissant : *Certes Allâh a acheté aux croyants leurs personnes et leurs biens pour leur donner le Paradis en retour. Ils combattront dans le chemin d'Allâh* [2]. La journée ne fut pas achevée sans qu'Al-Findalâwî obtint le martyre qu'il avait souhaité. Cette citation est tirée d'Ibn 'Asâkir [3]. »

Le seul résultat positif de la deuxième croisade, ce fut la conquête de Lisbonne sur les musulmans par Alphonse Ier Henriquez[4] le 25 novembre 1147, grâce à la coopération accidentelle d'Anglais, de Frisons et peut-être de Néerlandais, qui, pour se rendre en Syrie, avaient jugé à propos de longer la côte occidentale de la péninsule Ibérique. Leur concours fortuit délivra Lisbonne de l'occupation arabe, qui s'y était maintenue depuis 716. « Les Francs s'étaient emparés de Lisbonne (*Laschboûna*) en 543 (1148)[5], et, à ce que je crois, cette ville leur appartient jusqu'à présent [6]. »

IV

PÉRIODE ENTRE LA DEUXIÈME ET LA TROISIÈME CROISADE.

(1149-1189.)

L'échec infligé aux Francs devant Damas en 1148 ne fut compensé par une revanche qu'en 1153, lors de la prise d'Ascalon (*'Asḳalân*), qui appartenait au khalife Fâṭimide d'Égypte, Aṭh-Ṭhâfir Billâh. Les chevaliers de Baudouin III, roi de Jérusalem, s'emparèrent d'Ascalon après une lutte acharnée.

---

[1] Mou'in ad-Dîn Anar. Ajouté d'après Ibn 'Asâkir, *Histoire de Damas* (manuscrit 2137 de la Bibliothèque nationale), loc. cit.

[2] *Coran*, IX, 112.

[3] D'après Ibn 'Asâkir (manuscrit cité, fol. 41 r°). Al-Findalâwî aurait été tué à An-Naîrab, village situé d'après M, IV, p. 855, à une demi-parasange de Damas. Le passage entier a été traduit d'après M, III, p. 919.

[4] Au lieu de الخرج, le manuscrit 2231 de la Bibliothèque nationale, fol. 98 v°, porte الغريق, c'est-à-dire العنريق, transcription en caractères arabes de Henriquez.

[5] Lisez cette date légèrement inexacte, au lieu de 573, d'après le manuscrit cité, loc. cit., ainsi que M. Edmond Benoist a bien voulu me le communiquer.

[6] M, IV, p. 356.

Ils réalisaient ainsi ce qui, avant eux, avait été tenté à plusieurs reprises avec
plus de gloire que de profit. L'une de ces batailles antérieures, probablement celle du 12 août 1099 [1], est l'objet d'une allusion dans le Dictionnaire
géographique de Yâḳoût : « Et Al-Ma'zimân [2] (les deux défilés) est un village
à une parasange à peu près d'Ascalon [3], où fut livré un combat célèbre entre
les Kinânites [4], défenseurs d'Ascalon, et les Francs [5]. » Ascalon « fut conquise
par les Francs (puisse Allâh les reléguer!) le 27 djoumâdâ II 548 (19 septembre 1153 [6]). »

En 558 (1162-1163), les Francs avaient demandé à Noûr ad-Dîn une trêve
que, d'après Ibn Al-Athír, il leur aurait refusée [7]. Qu'un traité ait été conclu
ou non, il y eut une suspension des hostilités. Car le célèbre professeur de
Soûfisme, Aboû 'n-Nadjíb 'Abd al-Ḳâhir As-Souhrawardî quitta Bagdâdh et
parvint à Damas en l'an 558, dans l'intention de visiter pieusement Jérusalem.
Mais cette chance ne lui fut pas accordée, la trêve entre les musulmans et
l'ennemi ayant été rompue [8] ».

« Il advint en l'an 564 (1168-1169) que les Francs vinrent camper devant
le Caire (al-ḳâhira). On incendia Miṣr, pour que l'ennemi ne pût pas s'en
emparer; car l'on n'était point en forces pour lui résister [9]. »

L'intervention de Saladin (Ṣalâḥ ad-Dín) dans les affaires de Syrie se manifeste pour la première fois dans le Dictionnaire géographique à l'article Baït
al-aḥzân « Séjour des chagrins » : « C'est une ville entre Damas et le littoral.
Les Francs l'avaient construite et y avaient bâti une citadelle formidable... Le
Roi Victorieux (al-malik an-nâṣir) Yoûsouf, fils d'Ayyoûb [Saladin], l'assiégea
en l'an 575 (1179-1180), la conquit et la détruisit [10]. »

Les campagnes des années suivantes ne sont représentées que par l'expédition de Saladin à 'Ain al-Djâloût (Source de Goliath), après que, le 14 août
1183, il eut quitté Alep et le nord de la Syrie, pour aller au sud combattre
les chrétiens de Palestine [11]. « 'Ain al-Djâloût est un bourg charmant, entre

---

[1] Hagenmeyer, *Peter der Eremite*, p. 270-
272.

[2] Je lis الماعزمان avec notre manuscrit 2231,
fol. 124 r°. Cf. peut-être *Deir Musim*, dans E. de
Rozière, *Cartulaire du saint Sépulcre de Jérusalem*, p. 114.

[3] Lisez عسقلان avec le manuscrit.

[4] El-Macrizi's *Abhandlung über die in Aegyp-
ten eingewanderten arabischen Stämme*, herausgegeben und übersetzt von F. Wüstenfeld, p. 70.

[5] M, IV, p. 392.

[6] M, III, p. 674.

[7] Ibn Al-Athir, dans *Hist. or. des croisades*,
I, p. 532, II, 11, p. 211.

[8] M, III, p. 204; cf. Ibn Khallikân, *Biographical Dictionary*, II, p. 151.

[9] M, III, p. 900.

[10] M, I, p. 775.

[11] Bahâ ad-Dîn Ibn Schaddâd, dans *Hist.
or. des croisades*, III, p. 73.

Baisân et Naplouse... Les croisés (*ar-roûm*) y avaient dominé pendant un certain temps. Puis Saladin le leur enleva en l'an 579 (1183-1184)[1]. »

Quatre ans plus tard « la bataille de Ḥiṭṭin, une bénédiction pour les croyants[2] », un triomphe pour Saladin, un désastre pour le royaume latin de Jérusalem, clôt une période d'accalmie, où les belligérants s'étaient contentés de se mesurer dans des escarmouches légères sans conséquences graves. « Ṣalâḥ ad-Din Yoûsouf, fils d'Ayyoûb (Saladin), eut une rencontre décisive, exceptionnellement vigoureuse, avec les Francs au milieu du second rabi' en l'an 583 [le 17] (26 juin 1187). Il y remporta sur les rois des Francs une victoire qui lui assura la conquête des régions maritimes (*bilâd as-sâḥil*). Il tua le Pharaon des Francs, Renaud de Châtillon (*Arnâṭ*)[3], seigneur d'Al-Karak et d'Asch-Schaubak. Et cela se passa dans un endroit nommé Ḥiṭṭin, entre Tibériade et Acre, à deux parasanges de Tibériade[4]. »

Les villes de la Palestine chrétienne, à l'exception de Tyr, durent capituler successivement devant le vainqueur de Ḥiṭṭin. Je citerai celles dont Yâḳoût rapporte la capitulation à l'année 583 (1187-1188), et aussi celles dont il indique la prise par Saladin sans donner de date, alors que la date de 583 est certaine. En voici la liste, dans l'ordre de leur évacuation par les Francs, autant que j'ai pu suivre les étapes de cette campagne[5]. « Saladin s'empara d'Acre ('*Akka*) [le 1er de] djoumâdâ Ier 583 (9 juillet 1187) et munit la place d'hommes, de défenses et de vivres[6]. » Vinrent ensuite Al-Bîra, « entre Jérusalem et Naplouse, que Saladin saccagea aussitôt qu'il l'eut repris aux Francs[7] »; Jaffa (*Yâfá*)[8], dont son frère Al-Malik Al-'Âdil s'empara pour lui; Ḥaifâ dévasté par ses troupes[9]; Sidon (*Ṣaidâ*)[10]; Bairoût[11]; Ḳal'at Abi 'l-Ḥasan, « grande forteresse maritime, voisine de Sidon, que Saladin conquit et donna en fief à Maimoûn Al-Ḳaṣri pendant quelque temps, puis à un autre de ses lieutenants[12] »; Djoubail, « où Saladin établit une garnison de

---

[1] M, III, p. 760.

[2] Bahâ ad-Din Ibn Schaddâd, dans *Hist. or. des croisades*, III, p. 92.

[3] Au lieu de بلاط, lisez ارناط.

[4] M, II, p. 291.

[5] J'ai été singulièrement aidé dans ma recherche par le beau travail de M. Rœhricht, *Die Kämpfe Saladin's mit den Christen in den Jahren 1187 und 1188*, dans ses *Beiträge zur Geschichte der Kreuzzüge*, I, p. 113-208.

[6] M, III, p. 708.

[7] M, I, p. 787, sans date, mais certainement en même temps que Naplouse.

[8] M, IV, p. 1003.

[9] M, II, p. 381, où il faut corriger 573 en 583, d'après notre manuscrit 2228, fol. 62 v°.

[10] M, III, p. 441.

[11] M, I, p. 785.

[12] M, IV, p. 162, sans la date, qui est donnée par Aboû Schâma, *Kitâb ar-rauḍatain*, II, p. 88, l. 36. Sur l'émir Fâris ad-Din Maimoûn Al-Ḳaṣri, plus tard gouverneur de Naplouse, mort

Kurdes [1] »; Ar-Ramla [2], Ad-Dâroûm, qu'il saccagea [3]; Ascalon ('A...
« que les Francs avaient possédé pendant trente-cinq années [4] »; 'Athl...
Citadelle rouge (al-ḥiṣn al-aḥmar), comme les musulmans l'appellent, le C...
teau-Pèlerin des chrétiens [5]; Aṭ-Ṭaroûn, « forteresse entre Jérus...
Ar-Ramla [6] »; Bait Djibrìn, « bourg entre Jérusalem et Gaza..., que Sa...
s'empressa de dévaster [7] »; enfin Jérusalem, « où les Francs s'étaient ma...
pendant quatre-vingt-onze années [8] ».

En 584 (1188-1189), Saladin continua, plus au nord, le déme...
des colonies latines de Syrie. Tour à tour, il sut soustraire à la domina...
Francs (et je m'en tiens à ce que rapporte Yâḳoût) Djabala, « qu'il re...
capitulation le 19 djoumâdâ II (16 juillet 1188) et qui n'a pas ce...
partenir aux musulmans [9] »; Laodicée (Lâdhiḳiyya), dont Yâḳoût ra...
seulement que, de son temps, en 620 (1223), les musulmans y...
prédominance [10]; Ṣihyaun, sur le littoral, dans la province d'É...
« l'une des premières conquêtes des Francs jusqu'à ce qu'elle fût réc...
par Saladin en faveur des musulmans qui l'ont conservée jusqu'à ce jo...
Barzoûya, « forteresse voisine de la côte méditerranéenne, sur le somm...
montagne élevée [au-dessus des Lacs d'Apamée], forteresse dont les dé...
étaient devenues proverbiales dans tous les pays des Francs, avec les fo...
rents qui l'entouraient de toute part, avec ses 570 coudées de hauteur...
Bagrâs [13]; Kaukab, « forteresse sur la montagne qui domine la ville de Ti...
riade, aux remparts solides, puissants, au-dessus de la vallée du Jourda...

Deux des endroits, où Saladin établit ses campements pendant ses...
pagnes de Syrie, sont encore mentionnés par Yâḳoût, sans aucune date...
addition d'aucun renseignement historique. Ce sont, au nord d'Alep, ...
ḥiṣâr [15]; au sud d'Alep, entre cette ville et Laodicée, Tell Kaschfahân...

à Alep en ramaḍân 610 (janvier 1214), voir
Bahâ ad-Din Ibn Schaddâd, dans *Hist. or. des
croisades*, III, p. 365; Ibn Al-Athîr, *ibid.*, II,
I, p. 58, 89 et 99; Aboû 'l-Fidâ, *ibid.*, I, p. 74,
78, 79, 87.

[1] M, II, p. 33.
[2] M, II, p. 819.
[3] M, II, p. 525, où, au lieu de 584, je
propose de lire 583.
[4] M, III, p. 674.
[5] M, III, p. 616; cf. I, p. 156.

[6] M, III, p. 534.
[7] M, I, p. 776, sans date; cf. II, p. ...
[8] M, IV, p. 599.
[9] M, II, p. 26.
[10] M, IV, p. 340.
[11] M, III, p. 438.
[12] M, I, p. 565.
[13] M, I, p. 694.
[14] M, IV, p. 328, sans date.
[15] M, IV, p. 44.
[16] M, I, p. 869.

V

TROISIÈME CROISADE.

(1189-1192.)

Les Francs de Syrie, réduits à la principauté d'Antioche, au comté de Tripoli et à la seigneurie de Tyr, résolurent de frapper un grand coup en concentrant leurs efforts sur Acre. Les dissensions intestines s'étaient apaisées devant le danger commun; l'on était même parvenu à un semblant de réconciliation entre Guy de Lusignan et Conrad de Montferrat, tous deux prétendants à la royauté de Jérusalem, à un trône que Saladin avait renversé. L'accord général des croisés éveilla les sympathies de l'Europe, dont les trois princes les plus puissants, Frédéric Ier Barberousse, empereur d'Allemagne, Philippe Auguste, roi de France, et Richard Cœur-de-Lion, roi d'Angleterre, se résolurent à quitter leurs États pour apporter leurs concours à la chrétienté d'Orient, dont l'existence était menacée.

Des événements qui se déroulèrent pendant le siège d'Acre, Yâkoût ne connaît que quelques épisodes et le dénouement. On lit à l'article Schafra'amm : « C'est un bourg considérable, sur la côte de Syrie, à 3 milles d'Acre. Ce fut là que Saladin établit son quartier général contre Acre en 586 (1190) dans la lutte contre les Francs qui campèrent devant Acre et qui l'assiégèrent[1]. » Leur victoire est ainsi résumée : « Les Francs revinrent à la charge, campèrent devant Acre, creusèrent un fossé en avant de leurs lignes. Saladin se dirigea vers eux, campa plus loin qu'eux et séjourna autour de[2] leur camp retranché pendant trois années, jusqu'au moment où les Francs reprirent de force Acre aux musulmans le 17[3] de djoumâdâ II 587 (12 juillet 1191). On fit comparaître les prisonniers musulmans, au nombre de 3,000 environ. Les Francs se précipitèrent à la fois sur eux tous et les massacrèrent jusqu'au dernier. Acre appartient aux Francs jusqu'à ce jour[4]. » Les pourparlers entre Saladin et les Francs avaient eu lieu par l'entremise de 'Adl Az-Zabadâni, qui avait la spécialité de telles missions diplomatiques auprès d'eux[5].

---

[1] M, III, p. 304-305. Le texte porte 86, abrégé de 586.

[2] Lisez حوالَيْهِم.

[3] Lisez سابع عشر.

[4] M, III, p. 708-709.

[5] M, II, p. 913. Sur cet ancien affranchi de Saladin, que le sultan honorait de sa confiance, voir Bahâ ad-Din Ibn Schaddâd, dans *Hist. or. des croisades*, III, p. 235, 270, 344-347, 351.

Deux mois plus tard, « les Francs se rendirent maitres de Jaffa en 587 [1], au milieu de scha'bân 587, vers le 10 septembre 1191 [2]. Le sultan, pour venger ces pertes, « détruisit Ar-Ramla [au commencement de ramadân] 587 (fin septembre 1191), de peur que les Francs ne s'en emparassent une deuxième fois. La ville ne s'est pas relevée de ses ruines [3]. » Le même sort ne tarda pas à frapper Ad-Dâroûm, « citadelle, devant laquelle on passe, après avoir quitté Gazza pour se rendre en Égypte. Celui qui s'y arrête voit la mer à la distance d'une parasange environ [4] ».

VI

QUATRIÈME ET CINQUIÈME CROISADES.

(1192-1229.)

Saladin mourut à Damas le 4 mars 1193. « Son tombeau s'y trouve dans la Kallâsa, qui fait partie de la grande mosquée [5]. » Les événements des années suivantes ont à peine laissé leur trace dans les notices de Yâkoût. Il nous apprend seulement que les Francs « achetèrent Djoubaïl en 593 (1196-1197) aux Kurdes qui l'occupaient et qui s'en allèrent on ne sait où. Depuis lors, Djoubaïl n'a pas cessé d'appartenir aux Francs [6] ». La même année, « Al-Malik Al-'Âdil Aboû Bakr, fils d'Ayyoûb [frère de Saladin], enleva une nouvelle fois aux Francs Jaffa, qu'il détruisit [7] ». Cela se passait en schawwâl 593, entre le 17 août et le 14 septembre 1197 [8]. Le démantèlement de Kaukab par ce même Al-Malik Al-'Âdil, nombre d'années plus tard, en 609 (1212-1213), est indiqué par Yâkoût comme un fait accompli, sans que ni le destructeur, ni le millésime soient mentionnés [9].

Tandis que la quatrième croisade, dirigée surtout contre l'empire de Constantinople et contre sa capitale, a passé inaperçue pour Yâkoût, il a recueilli

[1] M, IV, p. 1003.

[2] 'Imâd ad-Dîn Al-Kâtib, Conquête de la Syrie et de la Palestine (éd. Landberg), p. 385 et 388; Ibn Al-Athîr, dans Hist. or. des croisades, II, 1, p. 50,

[3] M, II, p. 819.

[4] M, II, p. 525, sans aucune date pour la démolition; Bahâ ad-Dîn Ibn Schaddâd donne celle du 29 djoumâdâ II 588 (12 juillet 1192); cf. Hist. or. des croisades, III, p. 320.

D'après Ibn Al-Athîr, la destruction aurait été l'œuvre des Francs (ibid., II, 1, p. 60).

[5] M, II, p. 597; cf. Quatremère, Histoire des sultans mamlouks, II, 1, p. 288.

[6] M, II, p. 33.

[7] M, IV, p. 1003.

[8] Ibn Al-Athîr, dans Hist. or. des croisades, II, 1, p. 84.

[9] M, IV, p. 328; cf. Ibn Al-Athîr, ibid.; II, 1, p. 108.

les échos de la cinquième croisade, qui renouvela contre l'Égypte les anciennes tentatives, jadis avortées, des rois de Jérusalem Baudouin Ier et Amaury.

« La forteresse de Damiette (*Dimyât*), construite par Al-Moutawakkil [1], resta entre les mains des musulmans jusqu'à ce qu'arrivât le mois de dhoû 'l-ḳa'da 614 (du 30 janvier au 28 février 1218). Les Francs s'étaient alors avancés d'au delà des mers et avaient attaqué Al-Malik Al-'Âdil Aboû Bakr, fils d'Ayyoûb [frère de Saladin], tandis qu'il était campé auprès de Baisân. Il s'enfuit à leur approche jusqu'à Khisfîn. Quant aux Francs, ils retournèrent à Acre, y séjournèrent pendant plusieurs jours et en sortirent pour aller assiéger Thabor (*Aṭ-Ṭoûr*), où Al-Malik Al-Mou'aṭhṭham ['Îsâ], fils d'Al-Malik Al-'Âdil, avait construit à grands frais [2] une forteresse formidable. Les Francs l'assiégèrent pendant quelque temps. Parmi ses défenseurs fut tué un émir d'entre les émirs, nommé Badr ad-Dîn Moḥammad, fils d'Aboû 'l-Ḳâsim, Al-Hakkârî. D'autre part, un comte d'entre les comtes des Francs, personnage considérable et célèbre parmi eux, fut tué. Ils en tirèrent de mauvais présages pour la prolongation de leur séjour devant Thabor et rentrèrent dans Acre.

« Il y eut des divergences d'opinions. Le roi des Hongrois (*al-hounkour* [3]) dit : « Mon avis est que nous nous rendions à Damas pour l'assiéger. Lorsque nous y dominerons, la Syrie sera à nous. » — Le roi persévérant (*al-ḳawwâm* [4]) prit alors la parole. On ne l'appelait ainsi, m'a-t-on dit, pour aucun autre motif que pour sa persévérance [5] en face de toute citadelle qu'il assiégeait, jusqu'à ce qu'il l'eût prise. En d'autres termes, il était patient lors du blocus des forteresses. Il se nommait [Léopold] d'Autriche (*Dastaridj* [6]), ce qui signifie celui qui a des plumes (*risch*) pour emblèmes, parce que son blason se distinguait par des plumes [7]. Le roi dit : « Nous irons en Égypte. Car les armées sont groupées autour de [Al-Malik] Al-'Âdil, tandis que l'Égypte est dégarnie

[1] En 238 de l'hégire (852-853 de notre ère), Dja'far Al-Moutawakkil étant khalife de Bagdâdh, 'Anbasa ibn Isḥâḳ Aḍ-Ḍabbî étant préposé par lui au gouvernement de l'Égypte; voir M, II, p. 603; Ibn Al-Athîr, *Chronicon* (éd. Tornberg), VII, p. 45 et 51.

[2] Lisez : مرِّم, d'après Wüstenfeld dans M, V, p. 190.

[3] André II, roi de Hongrie (1205-1235). Sur sa participation à la cinquième croisade et sur sa retraite précipitée, voir surtout *Der Kreuzzug des Königs Andreas II. von Ungarn* (1217), dans R. Rœhricht, *Studien zur Ge-*

schichte des fünften Kreuzzuges (Innsbruck, 1891), p. 21-36.

[4] Au lieu de النزّام, lisez القوّام et comparez *Coran*, IV, 38 et 134; V, 11.

[5] Au lieu de يَنُوم, lisez يَقُوم.

[6] Au lieu de دَستَرِج, lisez avec un manuscrit (M, V, p. 190) دَستَريج. Il s'agit du comte Léopold VI d'Autriche, surnommé le Glorieux.

[7] Ce calembour repose sur un renseignement exact. Les anciens archiducs d'Autriche avaient dans leurs armes une queue de paon au naturel; voir Rietstap, *Armorial général*, p. 86.

de troupes ». Ce dissentiment amena le roi des Hongrois à retourner furieux
dans son pays.

« Les autres armées des Francs se dirigèrent vers Damiette. Elles y
vinrent en ṣafar 615 (du 29 avril au 27 mai 1218), tandis que [Al-Malik]
Al-'Âdil était campé devant Kharibat al-louṣoûṣ en Syrie. Il avait renvoyé
partie de ses soldats en Égypte. Quant à son fils Al-Malik Al-Aschraf Moûsa,
fils de [Al-Malik] Al-'Âdil, il était campé à Madjma' al-mouroûdj, entre Se-
lamiyya et Émesse (Homṣ), par crainte d'un acte d'hostilité des Francs dans
ces parages. A ce moment même, le roi des Grecs (malik ar-roûm), [petit-fils
de Ḳilidj Arslân [1], se mit en campagne dans la région d'Alep et y conquit les
forteresses considérables, Ra'bân, Tell Bàschir et Bourdj ar-raṣâṣ, toutes trois,
pendant rabî' Ier de cette même année (du 28 mai au 26 juin 1218). Son armée
arriva aux environs de Bouzâ'a. Al-Malik Al-Aschraf en fut informé, s'avança à
la tête de ceux qui se joignirent à lui parmi les combattants de l'armée d'Alep
et livra bataille entre Manbidj et Bouzâ'a à son adversaire, dont il mit en pièces
l'armée, dont il fit prisonniers les principaux lieutenants, sauf à leur accorder
ensuite la vie sauve. Cela se passait en rabî' II (du 27 juin au 25 juillet 1218).
Le roi des Grecs, Ḳaiḳâwous, fils de [Ḳai Khosroû, fils de] Ḳilidj Arslân,
informé de ces événements, alors qu'il était campé devant Manbidj. Un témoin
oculaire a affirmé l'avoir vu, dans son trouble, frissonner comme dans un
accès de fièvre, puis vomir quelque chose de semblable à du sang. Il partit
précipitamment pour retourner dans ses États, poursuivi par les armées
ennemies. Son départ eut lieu le 11 djoumâdà Ier 615 (5 août 1218), après
qu'il eut passé en Syrie deux mois entiers depuis son arrivée. [Al-Malik Al-
Aschraf] soumit incontinent Tell Bàchir, Ra'bân et Bourdj ar-raṣâṣ [2], dont les
habitants le rejoignirent, regagnant leurs habitations dans chacune des trois
villes fortifiées, qu'ils avaient livrées par capitulation. Cependant Al-Malik
Al-Aschraf réunit les hommes formant l'une de leurs avant-gardes, et les
abandonna dans une des maisons du faubourg de Tartoùsch [3], à laquelle il
mit le feu. Presque aucun d'eux n'échappa à l'incendie. Khouwâns_
d'Ibrâhim, seigneur de Mar'asch, réussit à retourner dans cette ville, mais il
ne tarda pas à y mourir. Son successeur fut son frère qu'il avait retenu captif
dans sa prison.

« Quant à Al-Malik Al-Aschraf, lorsqu'il eut obtenu la restitution de ce

---

[1] Ce roi, qui va être nommé, est Ḳaiḳâwous.

[2] Substituez برج اللصوص à برج الرصاص.

[3] Texte douteux; cf. les variantes dans M.
V, p. 190.

trois forteresses, qu'il s'en fut retourné [1] dans la direction d'Alep et qu'il fut entré sur le territoire de cette ville, il apprit la mort de son père Al-Malik Al-'Âdil Aboû Bakr, fils d'Ayyoûb, qui avait expiré, dans son campement [2] de Kharibat al-loușoûș, le dimanche 7 de djoumâdâ Ier 615 (31 août 1218). Al-Malik Al-Aschraf dissimula cette nouvelle et n'en laissa rien paraître, jusqu'à ce qu'il eût transporté son camp au dehors d'Alep. Les hommes vinrent lui apporter leurs condoléances pendant trois jours.

« Pour ce qui est des Francs, ils s'étaient postés devant Damiette en șafar 615 (du 29 avril au 27 mai 1218). Ils restèrent devant la place jusqu'au 27 scha'bân 616 (8 octobre 1219), s'en emparèrent après avoir fait souffrir aux habitants la famine et d'autres calamités, et les emmenèrent en captivité.

« Alors Al-Malik Al-Mou'aṭhṭham envoya ravager Jérusalem et vendre ce qui s'y trouvait en fait d'ornements. Les habitants émigrèrent. Al-Malik Al-Aschraf en fut informé. Il partit pour Mauṣil afin d'apaiser un dissentiment qui s'était produit à ce sujet entre Lou'lou' et Mouṭhaffar ad-Dîn [Koûkbouri], fils de Zain ad-Dîn ['Alî Koûdschek]. Lorsque leur différend fut réglé, il se dirigea vers Mauṣil. Son frère Al-Malik Al-Kâmil y faisait face aux Francs à cette époque. Al-Malik Al-Aschraf arriva à Mauṣil et l'arracha des mains des Francs en radjab 618 (du 21 août au 19 septembre 1221). On accorda la vie sauve aux Francs, après qu'ils furent tombés entre les mains des musulmans.

« A ce moment même était venu d'au delà des mers un comte, qui s'était établi à Damiette. On craignit que, si l'on n'accordait pas la vie sauve aux Francs, la venue de ce comte, qui était juste arrivé, ne devînt pour les musulmans un souci constant. On s'accorda au sujet de Damiette, qui fut rendu aux musulmans [3]. »

Les deux fragments qui vont suivre font jusqu'à un certain point double emploi avec le morceau qui précède. Ils en complètent utilement les données, tant sur Thabor (Aṭ-Ṭoûr) que sur Jérusalem.

« Thabor (Aṭ-Ṭoûr) est le nom propre d'une montagne qui domine le Jourdain au-dessus de Tibériade, à quatre parasanges de cette ville. Sur le sommet du Thabor était une vaste église (bî'a), solidement construite, aux murailles massives. Dans son enceinte se tenait chaque année un marché très fréquenté. Plus tard, Al-Malik Al-Mou'aṭhṭham 'Îsà, fils d'Al-Malik Al-'Âdil Aboû Bakr, fils d'Ayyoûb, bâtit à ce même endroit une citadelle formidable,

---

[1] Au lieu de رجع, lisez avec notre manuscrit 2228 ورجع.

[1] Lisez بمنيته avec notre manuscrit 2228.

[3] M, II, p. 604-605.

pour la construction de laquelle il dépensa les sommes les plus fortes et dont il
s'efforça de rendre la masse aussi imposante que possible. Lorsque vint l'année
615 (1218-1219) et que les Francs sortirent de leurs contrées au delà des
mers pour récupérer Jérusalem, Al-Malik Al-Mou'aththam ordonna de détruire
la citadelle de Thabor, qu'il laissa comme elle avait été la veille de sa construction. Il comprit Jérusalem dans son œuvre de dévastation. Les deux cités
sont demeurées en ruines jusqu'à ce jour [1]. »

« Actuellement, Jérusalem appartient aux Ayyoûbites, et celui d'entre eux
qui y détient le pouvoir est Al-Malik Al-Mou'aththam 'Îsâ, fils de [Al-Malik]
Al-'Âdil Aboû Bakr, fils d'Ayyoûb. Les Ayyoûbites avaient consolidé, recon-
struit et restauré les murailles de la ville. Lors de la campagne des Francs en
616 (1219-1220), après qu'ils eurent conquis Damiette, Al-Malik Al-Mou'aththam présida à la destruction des murailles de Jérusalem : « Ce n'est point, dit-il,
par les remparts que nous protégerons les villes, nous ne les protégerons que
par les épées et par les cavaliers [2]. »

Le même système, qui consistait à anéantir les ouvrages dont l'ennemi
pourrait profiter, amena le démantèlement de Laodicée. « Cette ville n'a pas
cessé d'appartenir aux musulmans. Cette année-ci, en dhoû 'l-ka'da 620 (du
26 novembre au 25 décembre 1223), l'armée d'Alep est venue s'y établir
et y est restée quelque temps, jusqu'à ce qu'elle eût achevé de détruire et
de raser la citadelle, par crainte que les Francs ne fissent une incursion pour
l'assiéger, pour couper Laodicée des pays musulmans et pour s'en emparer par
les moyens qui leur sont habituels [3]. »

A cette même date ou à peu près, Yâkoût constate que Ṭarṭoûs (variante
d'Anṭarṭoûs), « une ville de Syrie, qui domine la mer dans le voisinage d'Al-
Marḳab et d'Acre, est entre les mains des Francs [4] ». Or, Anṭarṭoûs leur avait
été repris par Saladin le 6 juillet 1188, et nous ignorons à quelle époque il
le rétrocéda aux Francs. Ce fut sans doute dans la seconde moitié de 1191,
après qu'ils eurent fini par s'emparer d'Acre.

Yâkoût mourut le dimanche 20 ramaḍân 626 (12 août 1229) aux environs d'Alep [5]. Jusqu'au dernier jour de sa vie, il ne cessa pas de retoucher

---

[1] M, III, p. 557.
[2] M, IV, p. 599-600.
[3] M, IV, p. 340.
[4] M, III, p. 529.

[5] Plus haut, p. 71; Ibn Khallikân, Biographical Dictionary, IV, p. 22, où le 21 ramaḍân
provient d'une inadvertance dans la traduction
de يوم الاحد العشرين.

d'augmenter, de compléter son Dictionnaire géographique [1]. Les notes ajoutées à la marge pénétrèrent facilement dans un recueil de matériaux plutôt agglomérés que mis en œuvre. De ces menus détails accumulés, que nous devons à l'érudition et aux voyages de Yâḵoût, le narrateur ne tire aucune vue d'ensemble sur le naturel et sur l'attitude des Francs, sur leurs relations guerrières et pacifiques avec les musulmans, sur les avantages et les préjudices qui résultèrent pour les uns et les autres des croisades. Il enregistre ce qu'il a entendu et ce qu'il a remarqué, aussi indifférent et aussi impassible comme auditeur que comme spectateur. Ses paragraphes détachés n'ont pas entre eux la cohésion que leur aurait donnée quelque impression personnelle, vérifiée successivement dans les différents milieux sur des événements dont les plus récents se déroulèrent devant lui, comme devant un contemporain. La seule fois où il s'essaye à une caractéristique des Francs, c'est la perception superficielle de son esprit qu'il caractérise plutôt, c'est un certificat d'incapacité à observer autre chose que les apparences qu'il se décerne naïvement, sans avoir en aucune façon conscience de ce qu'il nous révèle lui-même sur son infériorité à juger et à conclure.

Ce passage, relatif aux Baschkirs (*Bâschguird*), musulmans de Hongrie, et à une colonie de leurs émigrants qui habitait Alep, a été signalé précédemment par Fræhn [2] et par Reinaud [3]. « Me trouvant dans la ville d'Alep [4], j'y rencontrai une troupe nombreuse de gens qu'on appelait les Baschkirs (*al-bâschguirdiyya*). Ils avaient les cheveux et les visages d'un roux très vif. Leurs études se portaient sur la jurisprudence, d'après la doctrine d'Aboû Ḥanîfa. J'interrogeai l'un d'entre eux et je lui demandai de me renseigner sur leur pays et sur leur genre de vie. Il répondit : « Pour ce qui est de nos contrées, « elles sont situées au delà de Constantinople, dans le royaume d'un peuple « franc qu'on nomme les Hongrois (*al-hounkour* [5]). Nous sommes des musul-« mans, sujets de leur roi. À l'extrémité de ses États, nous occupons environ « trente villages, presque des petites villes. Seulement, le roi des Hongrois ne « nous autorise à entourer aucun d'eux de murs, dans la crainte que nous nous « révoltions contre lui. Nous sommes placés au milieu des territoires chrétiens,

---

[1] Wüstenfeld, *Der Reisende Jâkût als Schriftsteller und Gelehrter*, p. 8-10.
[2] *Mémoires de l'Académie de Saint-Pétersbourg*, VIII (1821), p. 622-623.
[3] Reinaud, *Géographie d'Aboulféda*, p. 294, note 5.

[4] De 625 à 626 (1228-1229); cf. M, II, p. 309; Ibn Khallikân, *Biographical Dictionary*, IV, p. 22; F. Wüstenfeld, *Jâcût's Reisen*, dans la *Zeitschrift der deutschen morg. Gesellschaft*, XVIII (1864), p. 493.
[5] Plus haut, p. 87.

« ayant au nord les pays des Slaves (*aṣ-ṣaḳâliba*), au sud ceux du pape (et qui a
« avec Rome (*ar-roûmiya*) pour capitale . . . . . [1], à l'ouest l'Andalousie (l'Esp...
« septentrionale, la France et l'Espagne), à l'est les régions des Grecs (
« *roûm*), Constantinople (*ḳousṭanṭîniyya*) et les autres provinces. » Il ajout
« Notre langue est la langue des Francs, notre costume est leur costume,
« servons dans les rangs de leurs armées et nous attaquons avec eux tout a
« saire, vu qu'ils ne combattent que les ennemis de l'islamisme. »

    « Je demandai alors à mon interlocuteur la cause de leur islami...
milieu des infidèles qui les entouraient de tous côtés. — Il me répondit :
« entendu rapporter par plusieurs de nos anciens qu'à une époque éloign...
« arriva dans nos contrées sept musulmans, venant de la Bulgarie, qui s...
« blirent parmi nous. Ceux-ci s'appliquèrent à nous démontrer quel était...
« égarement et nous conduisirent dans la bonne voie, qui est la religi...
« l'islamisme. Allâh nous a dirigés; et (gloire à Allâh!) nous nous fîmes...
« musulmans et Allâh a ouvert nos cœurs à la foi [2]. Nous nous rendons...
« ces régions-ci pour devenir des jurisconsultes. Lorsque nous serons rent...
« dans nos pays, les habitants nous y honoreront et nous chargeront de l...
« affaires religieuses. »

    « J'interrogeai encore ce même Baschkir : « Pourquoi rasez-vous votre bar...
« à la manière des Francs ? » — Il répliqua : « Ce n'est parmi nous l'usage q...
« des hommes exerçant le métier des armes et revêtant l'uniforme mili...
« Il n'en va pas de même des autres [3]. »

---

[1] Voici la parenthèse sur le pape, qui coupe les détails topographiques : « Et le pape est le chef des Francs, le vicaire du Messie à leurs yeux, comme est l'émir des croyants aux yeux des musulmans. Son autorité s'exerce sur tous les Francs dans l'ensemble de ce qui se rapp... à la religion. »

[2] Expression empruntée au Coran, vi, 1...; xvi, 108; xx, 26; xxxix, 23; xcv, 1.

[3] M, I, p. 469-470.

MADJAPAHIT ET TCHAMPA

PAR

M. ARISTIDE MARRE.

Si l'on demandait à nos jeunes bacheliers ès lettres ce que signifient ces deux mots : *Madjapahit* et *Tchampa*, mis en tête de ce bref Mémoire, il se pourrait qu'ils demeurassent fort embarrassés pour répondre à cette question. Cela serait assez pardonnable, d'ailleurs, car beaucoup de nos journalistes, de ceux-là qui traitent *de omni re scibili*, comme de nouveaux Pic de la Mirandole, seraient probablement hors d'état de nous le dire. Et pourtant *Madjapahit* fut la capitale d'un puissant empire javanais, et le royaume de *Tchampa* domina sur une grande partie des contrées qu'on appelle aujourd'hui l'Annam, le Tonquin, la Cochinchine et le Cambodge. Mais *Madjapahit* et le *Tchampa* n'existent plus; les empires et les royaumes disparaissent, comme les individus, de la scène du monde, et leurs noms mêmes sortent de la mémoire des hommes. Que reste-t-il aujourd'hui de la ville de *Madjapahit?* Des ruines qui couvrent un espace de plusieurs milles, au milieu des immenses forêts de tecks qui s'élèvent le long des rives du *Kediri!* Que reste-t-il de *Bal*, l'ancienne capitale du *Tchampa?* Rien! On ne connait pas même son emplacement! Que nous ont appris les écrivains de l'Occident sur l'histoire de ces contrées lointaines, qui ont vu naitre, grandir et mourir des nations supérieures aux générations actuelles? Presque rien! C'est donc dans les annales des Malais, des Javanais, des Chinois et des Annamites qu'il faut chercher les épaves de l'histoire de ces peuples.

MADJAPAHIT.

L'empire javanais de *Madjapahit* s'étendait, à l'époque de son apogée, depuis l'extrémité méridionale de la presqu'ile malaise jusqu'à l'archipel des Moluques et probablement jusqu'aux Philippines; il comprenait une partie de Bornéo, et exerçait des droits de suzeraineté sur le *Tchampa*, c'est-à-dire sur les pays de la Cochinchine et du Cambodge, présentement soumis au protectorat de la France. Les plus savants javanistes néerlandais, MM. Kern, Veth, Groenveldt, Vreede, van der Lith, etc., ne sont pas tout à fait d'accord sur l'origine de *Madjapahit*. On sait seulement, d'après les récits javanais, que le Souverain de Kediri ayant concédé une immense forêt au jeune prince de Toumapel Radèn Widjàya, celui-ci y fonda une ville qui devint fameuse sous le nom de *Madjapahit*, nom qui lui fut donné parce que sur son emplacement, en pleine forêt, on avait trouvé un arbre appelé *madja*, chargé de fruits amers (*pahit*)[1].

En ce qui concerne la fondation de Madjapahit, dit M. Van der Lith, professeur à l'université de Leyde, nous nous trouvons sous plusieurs rapports dans le doute. Il y a, en effet, deux traditions; selon l'une d'elles, le fondateur serait venu de Padjadjaran; selon l'autre, de Pasourouan. La date de la fondation n'est pas plus certaine. Selon les traditions indigènes, elle aurait été fondée en 1299 de notre ère, mais cette indication est inexacte, car il existe une inscription mentionnant *Madjapahit*, datée de l'année 1294 de l'ère chrétienne, ou 1216 de l'ère Saka. Quelques savants javanistes pensent que la ville a dû être fondée entre 1280, époque où le célèbre voyageur Marco Polo visitait le *Tchampa*, et l'année 1293. Il est vrai qu'un document daté de 840, qui cite le nom de *Madjapahit*, a été produit; mais le Dr Brandes, de la Société des arts et des sciences de Batavia, n'admet pas l'authenticité de cette pièce, ou tout au moins, l'exactitude de la date qu'elle indique, et se fondant sur des documents de provenance chinoise, il estime que c'est bien vers l'année 1294 de notre ère que la ville de *Madjapahit* fut fondée. L'éminent professeur Kern, de l'université de Leyde, estime de son côté que la date de fondation de *Madjapahit* doit remonter à une époque plus ancienne que la fin du xiiie siècle, et nous nous rangeons à son avis. Dans ses précieuses *Notes sur les pays malais, compilées d'après les sources chinoises*, M. Groenveldt de Batavia nous a appris, en effet, « qu'en l'*année 1293*, une expédition chinoise envahit Java, par ordre de l'empereur Chi-Tsou-Koubilaï-Khan, le premier souverain de la dynastie mongole, et que deux grandes batailles furent livrées

[1] En malais, comme en javanais, l'adjectif qualificatif *pahit* signifie *amer;* d'où le malgache *ma-faitra* (amer). Remarquons, en passant, qu'une foule de noms de royaumes, de villes et de lieux dans tous les pays malais n'ont pas d'autre origine étymologique que celle des noms d'arbres tout d'abord rencontrés par les fondateurs; exemple : Madjapahit, Tchampa, Malaka, Poulo Pinang, Poulo Wariugin, Sounda Kalapa, Pisang, Atchèh, Poulo-Pertcha, etc. Cette remarque s'applique également à la plupart des noms de lieux dans l'archipel des Philippines.

sur le sol de Java, la première dans le delta de Sourabaya, près de l'embouchure du Kediri, et *la seconde sous les murs de Madjapahit*. Victorieux dans ces deux batailles, les Chinois restèrent environ quatre mois en Java, et s'en retournèrent, au bout de ce temps, chargés d'un riche butin. »

Les chroniques malaises ne contiennent malheureusement aucune date, mais il est parfois possible de fixer très approximativement, à l'aide de synchronismes, le temps où se passèrent les événements qu'elles rapportent. Ainsi l'on sait que le célèbre voyageur arabe Ibn Bathouthah visita la cour de Samoudra et celle de Pasey (en Sumatra) en 1345 ou 1346, sous le règne du sultan Melek el Thahir, et l'*Histoire des rois de Pasey* (*Hikâyat râdja Pasey*) nous raconte comment, sous le sultan Ahmed, petit-fils de Melek el Thahir, le pays de Pasey tomba au pouvoir du roi de *Madjapahit*. C'est donc dans la seconde moitié du XIVᵉ siècle que dut avoir lieu cette conquête, à la suite d'événements tragiques racontés longuement par l'auteur du *Hikâyat râdja Pasey*, et que nous nous contenterons de résumer ici :

Toun Abd el Djelil, second fils du sultan Ahmed, roi de Pasey, était admirablement beau. A la vue de son portrait, la princesse Radèn Galouh Gamarantchang, fille du roi de *Madjapahit*, en tombe éperdument éprise. Avec l'agrément du roi son père, elle part pour Pasey sur un navire chargé de trésors et splendidement décoré. Mais au bruit de son arrivée, le sultan Ahmed, poussé par la jalousie et par ses instincts criminels, se hâte de faire périr son fils Abd el Djelil; il ordonne qu'on jette son cadavre à la mer, dans les eaux de Djambou Ayer, tout près de Pasey. La princesse, à la nouvelle de cet horrible événement, éclate en sanglots et s'écrie : « Ô Seigneur! ô mon Dieu! faites-moi mourir, je vous en prie! Engloutissez mon navire dans cette mer de Djambou Ayer qui a vu périr mon bien-aimé! Faites, je vous en conjure, que je me rencontre avec Toun Abd el Djelil! » Et, par la volonté de Dieu le Très-Haut, le navire qu'elle montait fut englouti dans la mer avec elle.

La flotte qui avait accompagné la princesse revint alors à la terre de Java. En apprenant l'affreuse nouvelle, le roi et la reine de *Madjapahit* fondirent en larmes; oppressés de sanglots, ils perdirent l'un et l'autre connaissance. Revenu de son évanouissement, le roi fit rassembler immédiatement une grande flotte qui cingla vers Pasey, sous le commandement du *Senapâti Englâga*[1]. Après de nombreux combats, dont le dernier dura trois jours et trois nuits, le féroce sultan Ahmed fut vaincu et perdit son royaume. Les troupes de *Madjapahit* mirent à la voile pour revenir dans leur pays, célébrant leur victoire par des acclamations et des cris de triomphe. Après avoir navigué pendant un certain temps, elles arrivèrent à *Djambi* et à *Palembang*, et s'y arrêtèrent. Ces deux villes livrèrent leurs armes et payèrent tribut. Le *Senapâti Englâga*, de retour à *Madjapahit*, présenta à son souverain les richesses et les armes prises à Djambi et à Palembang, comme

[1] C'est le titre, en javanais, du généralissime des armées de terre ou de mer.

tribut provenant de ces deux pays [1]. Quant aux prisonniers de guerre amenés de Pasey, ils eurent la permission, sur l'ordre du roi, de s'établir en la terre de Java partout où cela leur fit plaisir.

Quelque temps après, le roi de *Madjapahit*, révéré par toute la terre de Java, résolut une nouvelle expédition plus importante encore que la première. La flotte comptait six cents bâtiments, avec trois commandants généraux choisis par le souverain. C'étaient Temonggong Matchan Nagara, Démang Singa Perkouâsa et Senâpati Englâga [2]. Ils soumirent tous les pays dénommés ci-dessous, et dont voici la liste, tracée en suivant pas à pas le texte de l'auteur malais du *Hikâyat râdja Pasey* :

Houdjong Tánah.	Negri Poulo Tinggi.
Negri Tambâlan.	Negri Pemanggilan.
Negri Siyâtan.	Negri Karimâta.
Negri Djamâdj.	Negri Bilitong.
Negri Bangôran.	Negri Bangka.
Negri Sarâsan.	Negri Lingga.
Negri Souwâbi.	Negri Riou.
Negri Poulo Lâout.	Negri Bintan.
Negri Tiyouman.	Negri Boulang.

Après cela, la flotte passa à la côte de la terre ferme [3], soumettant au tribut :

Negri Sambas.	Negri Bandjar Masin.
Negri Mampawa.	Negri Pâsir.
Negri Soukadana.	Negri Koutei.
Negri Kôta Waringin.	Negri Beroumak.

Dans une troisième expédition, la flotte mit de nouveau à la voile, et se dirigeant vers l'Est, elle cingla vers :

Negri Bandân.	Negri Karantouk.
Negri Sirân.	

[1] D'après Marsden (*History of Sumatra*), p. 362, le langage du roi de Palembang et de sa cour est le javanais, et les chefs du gouvernement ainsi qu'une grande partie des habitants de la ville sont originairement venus de Java.

[2] Le *Temonggong*, à la cour des rois malais et javanais, est un des grands dignitaires de la couronne; *Matchan nagara* signifie « tigre du pays ».

Le *Démang* est un chef de district, et *Singa perkouâsa* signifie « lion fort, vaillant. »

Quant au *Senâpati Englâga*, ce titre, qui dé-

signe généralement le général commandant en chef d'une armée, est composé de *sena* (intrépide) *pati* (la mort) et *anglâga* (dans la bataille), c'est-à-dire « intrépide jusqu'à la mort dans la bataille ».

[3] L'auteur malais appelle ici *terre ferme*, la grande île de Bornéo, de même que les Javanais appellent *tanah Jawah* (terre de Java) l'île de Java, et les Malgaches *Tany be* (grande terre) l'île de Madagascar. Les pays de Sambas, Mampawa, Soukadana, Kôta Waringin, Bandjarmasin, Pasir, Koutei et Beroumak sont situés sur les côtes de l'île de Bornéo.

Toutes ces terres à l'Est avaient été autrefois tributaires du roi de *Madjapahit;* elles furent de nouveau soumises à payer tribut. Enfin la flotte revint en rangeant :

Negri Bíma.	*Negri Báli.*
Negri Sambáwa.	*Negri Belambangan.*
Negri Selaparang	

Ces pays furent soumis au tribut, et la flotte tout entière arriva à *Madjapahit.* Les chefs présentèrent au roi les tributs et les offrandes, en quantité si considérable qu'il serait impossible de les énumérer. Il y en avait de toutes sortes et de toutes couleurs : objets en or et en argent, pierres précieuses, armes, étoffes, espèces monnayées, cire, nids d'oiseaux, nattes de rotins et bannes en si grand nombre, qu'il était impossible de les compter.

Le prince était renommé pour son amour de la justice, et dans ce temps-là le pays était prospère, la population était très nombreuse, et les vivres partout abondants. C'était une allée et une venue continuelles des gens des contrées tributaires. Il serait impossible de dire tous ceux qui venaient des royaumes d'outre-mer, aussi bien que de l'intérieur de la terre de Java, tant ceux de la mer occidentale, que ceux de la mer orientale, et ceux de la côte qui longe la mer du Sud. Tous venaient en la présence du roi, apportant leurs tributs et leurs offrandes. Ceux de l'Est venaient de Bandán, de Siràn et de Karantouk, chacun avec ses offrandes. C'était de la cire, c'était du bois de santal, c'était du baume, c'était de la cannelle, c'étaient des muscades, c'étaient des clous de girofle par monceaux, et aussi beaucoup d'ambre et de musc[1].

Dans la ville de *Madjapahit* se pressait une population considérable, on y entendait continuellement le bruit des tambours et des gongs. Il y avait une foule de bateleurs jouant sur toutes sortes d'instruments de musique les airs les plus joyeux. On y voyait une variété infinie de jeux et de spectacles : théâtres de fantasmagorie, théâtres de marionnettes, représentations dramatiques avec acteurs masqués, chœurs de danseuses et magiciens habiles. Nuit et jour, la ville était en fêtes et réjouissances, les vivres y abondaient, et des visiteurs, en nombre incalculable, y affluaient de toutes parts.

Tel est le riant et brillant tableau tracé par l'auteur du *Hikáyat rádja Pasey,* de la puissance et de la prospérité de *Madjapahit.*

Cette ville, moins ancienne que plusieurs autres capitales de Java, les avait toutes éclipsées, à cette époque, et s'était élevée au premier rang. D'après Raffles (*History of Java,* t. II, p. 86), la connaissance des sciences et des arts dans l'île avait dû atteindre son apogée vers le vi^e ou le viie siècle de notre ère, et les Annamites, dans leurs annales, ont enregistré le souvenir

---

[1] Quand même les îles de *Bandán* et de *Ceram* ne seraient pas nominativement désignées dans la liste donnée plus haut, on serait autorisé à conclure de ce passage du *Hikáyat rádja Pasey,* que les Moluques faisaient partie des pays tributaires de *Madjapahit.*

d'expéditions maritimes, et de l'envahissement des côtes indo-chinoises par les Malais et les Javanais, dans le courant du VIIIe siècle.

Voyons maintenant ce que dit de *Madjapahit* le livre des chroniques nationales des Malais, le *Sadjarah malayou*, composé en 1021 de l'hégire, ou 1613 de notre ère.

Au chapitre II, l'auteur raconte qu'au pays de Palembang, en Sumatra, régnait autrefois un radja puissant, du nom de *Demang Lebar Daoun*, qui descendait d'un roi de l'Inde. La contrée qui lui était soumise était arrosée par le *Mouaratatang* et son affluent, la *Songay Malayou* (rivière Malayou). Près de la source de cette dernière rivière s'élève la montagne de Sagantang Maha Mirou, montagne sacrée pour les Malais, car c'est là le berceau de leur race. *Sangsapourba*[1], le chef de ce pays, descendait, d'après notre chronique, d'Alexandre le Grand et d'une princesse de l'Inde. Par son mariage avec Ouann Sondari[2], fille de Demang Lebar Daoun, il devint roi de Palembang. C'était un prince colonisateur; il quitta bientôt Palembang et, naviguant vers le sud, il arriva après six jours et six nuits à *Tandjong poura*, au pays de Java. Il s'y fit proclamer roi. Bientôt on apprit à *Madjapahit* qu'un prince descendu de la montagne Sagantang Maha Mirou se trouvait à Tandjong poura, et le batara vint l'y visiter. A cette époque, le batara était un roi très puissant et de très haute extraction, descendant de Poutra Samara Ningngrat[3]. Sangsapourba le reçut gracieusement et lui donna en mariage sa fille Tchondra Devi, dont la sœur ainée avait été mariée au roi de Chine. Après son mariage, le batara retourna à *Madjapahit*, et c'est de ce mariage que sont descendus les rois de *Madjapahit*.

A Tandjong Poura, Sangsapourba, laissant un de ses fils pour lui succéder, passa dans l'île de Bintan, y plaça un autre de ses fils, Sang Nila Outama, sur le trône et devint roi lui-même à Menangkabau[4], après avoir délivré le pays d'un énorme serpent, le fameux et légendaire Sakatimouna.

---

[1] *Sangsapourba*, nom qui se compose de trois mots de la langue kâwi (ancien javanais), de *sang*, qui se place devant les noms des princes et des hauts personnages, de la particule *sa*, qui se place également devant les noms, avec le sens de « tout, entier », et de *pourba* ou *pourwa*, qui signifie « puissant, fort ».

[2] *Sondari* est le nom, en javanais, d'une sorte d'arbalète ou de harpe éolienne qui, attachée à une branche d'arbre et mue par le vent, produit un son imitant le gazouillement des oiseaux.

[3] *Poutra Samara Ningngrat*. Ce nom ou titre vient du kâwi, où *poutra* signifie « enfant de prince, prince », et *ningngrat*, « terre, pays »; *samara* ou *sapara*, « une portion, une partie. »

[4] Ce nom, d'origine javanaise, signifie « victoire du buffle » et rappelle un combat célèbre raconté par différents chroniqueurs malais.

C'est de Sangsapourba que descendent toutes les générations de rois qui ont régné à Pagar-rouyong. Son fils Sang Nila Outama [1] quitta bientôt son petit royaume de Bintan et s'en alla fonder au pays de Tamasak la ville de Singapour. Il y régna pendant de longues années, sous le nom de Sri-Tri-Bouwâna.

Au chapitre v, on lit que le batara [2] de *Madjapahit* avait eu de Tchondra Devi [3], fille de Sangsapourba, deux fils : le premier, nommé *Radèn Enou Martawongsa* [4], devint roi de *Madjapahit*, et le second, nommé *Radèn Emas Paméri* [5], devint également roi dans *Madjapahit*, car, dit le chroniqueur, « *Madjapahit* est un pays de grande étendue ».

Dans ce même chapitre v, on rapporte qu'une armée javanaise vint attaquer Singapour, mais sans succès. Elle fut obligée de s'en retourner sans avoir pu triompher de l'énergique résistance des habitants.

Au chapitre x est racontée l'histoire de la conquête de Singapour par les Javanais de *Madjapahit*, introduits dans le fort par la trahison du ministre Sang Randjouna Tapa, qui se vengea ainsi de la mort ignominieuse de sa fille que le roi avait fait empaler.

Au chapitre xiv, le batara de *Madjapahit* meurt sans enfant mâle, laissant une fille nommée *Radèn Galouh Wi Kousouma* [6]. Celle-ci, grâce à l'appui du premier ministre de son père, monte sur le trône. Elle s'éprend d'amour pour un jeune homme, fils du roi de Tandjong Poura, descendant des anciens rois de Sagantang Maha Mirou, et l'épouse.

De ce mariage naît une fille d'une beauté merveilleuse, Radèn Galouh Tchondra Kirana [7]. Le fameux sultan Mansour Chah, de Malâka, vient à la cour de *Madjapahit* demander la main de la jeune princesse, et l'obtient. Les fêtes de son mariage durent quarante jours et quarante nuits.

Le chapitre xxiii fournit la dernière mention de *Madjapahit*. On y rapporte

---

[1] Ce nom ou titre, est formé de trois mots de la langue kâwi. *Nila* signifie « bleu foncé », et *outama*, « parfait ».

[2] Le titre de *batara* que portaient les souverains de *Madjapahit* vient du sanscrit et signifie « Seigneur, divinité, dieu ».

[3] *Tchondra Devi* = Lune-déesse.

[4] *Radèn* (prince); *Enou* (voie); *Marta* (qui soulage, qui rend heureux); *Wongsa* (la famille).

[5] *Radèn* (prince); *Emas* (or); *Paméri* (porté en cérémonie).

[6] *Radèn Galouh Wi Kousouma*. — *Galouh*, en kâwi, est un synonyme de *Radèn* et signifie « princesse »; *Wi* signifie « excellente, éminente », et *Kousouma*, « fleur ».

[7] *Radèn Galouh Tchondra Kirana*. — *Tchondra* signifie « lune », et *Kirana* s'entend, en kâwi, de la sculpture, de la gravure et de la ciselure, plus généralement de l'art plastique; *Tchondra Kirana* pourrait signifier « image de la lune ».

la fin tragique de Radèn Galang, fils du sultan Mansour Châh, de Malâka, et de la princesse Radèn Galouh Tchondra Kirana, de *Madjapahit*. Ce jeune prince mourut transpercé par le kriss d'un homme qui courait l'amok; mais Mansour Châh avait d'autres fils, et notamment Padouka Meniyamout, qu'il avait eu de la princesse Hang Lipô, la fille du roi de Chine.

Je trouve dans les *Notes sur les pays Malais, compilées d'après les sources chinoises*, par M. Groeneveldt, qu'en l'an 1410 Palembang était encore sous la dépendance du batara de *Madjapahit*, mais que le sultan de Malâka prétendait faussement avoir reçu de l'empereur de Chine l'autorisation d'en réclamer la possession. L'empereur, informé, écrivit au batara une lettre ainsi conçue : « Quand dernièrement l'eunuque Wou-Pin revint ici, il rapporta que vous aviez traité les ambassadeurs impériaux de la manière la plus respectueuse. Maintenant je viens d'apprendre que le roi de Malâka a réclamé de vous le pays de Palembang, et que vous avez été fort étonné, craignant que cela eût été fait par ma volonté. J'agis toujours avec stricte droiture, et, si je l'avais autorisé à se conduire ainsi, certainement je lui aurais envoyé un ordre formel. Ainsi donc, vous n'avez aucun motif de crainte, et, si de méchantes gens se servent de fausses prétentions, vous ne devez pas les croire à la légère. »

En 1436, des ambassadeurs de *Madjapahit* étant allés à la cour impériale en revinrent porteurs d'une lettre de l'empereur de Chine; elle était adressée au batara, et ainsi conçue : « Vous, ô Roi, vous n'avez jamais manqué d'accomplir le devoir d'envoyer le tribut au temps où régnaient mes prédécesseurs, et maintenant que je suis parvenu au trône vous avez encore envoyé des ambassadeurs à ma Cour. Je suis pleinement convaincu de votre sincérité, etc. »

Cette suprématie de la Chine, qui s'affirme si nettement ici, paraît avoir été généralement admise sans opposition par les rois malais et javanais de la presqu'île de Malâka, de Sumatra et de Java. Jusqu'à la fin du xve siècle, les empereurs de la Chine n'avaient jamais douté que le premier rang parmi les souverains de la terre leur appartînt, en fait et en droit. *Tiadalah radja didalam alam ini yang terlébéh besar deripada Kita* [1], « Il n'y a pas de roi dans ce monde qui soit plus grand que Nous ! » Voilà ce qu'écrivait l'empereur au sultan de Malâka, Mansour Châh, son allié. Mais, avant la fin de ce siècle, des signes précurseurs d'un monde nouveau apparaissaient déjà à l'horizon : le vieux monde de l'Extrême-Orient était ébranlé, Java était inondé sous le flot mu-

[1] Voir chapitre xv du *Sadjarah malayou*.

sulman, *Madjapahit* tombait pour ne plus se relever. En 1478 de notre ère sonnait l'heure fatale de la destruction de la glorieuse métropole javanaise !

Si la date de sa naissance n'est pas encore connue, la date de sa mort ne fait aucun doute; elle est fixée d'une manière absolument certaine, et ces mots du *Tchondra Sangkala* (énigme de la date) l'ont, pour ainsi dire, incrustée dans la mémoire des Javanais :

<blockquote>
Sirna hilang kerta ning boumi
Est détruite, anéantie, la prospérité du pays !
</blockquote>

Ces mots ont pour valeur numérique 1400 (de l'ère Saka) qui correspond exactement à l'année 1478 de notre ère. Voici l'explication qu'en donne l'abbé Favre, dans une note au bas de la page 5 de son *Dictionnaire javanais-français* :

« Les Javanais ont dix listes de mots dont chacune répond à un chiffre. Lorsqu'ils veulent indiquer une date, ils prennent dans ces listes des mots qui, par leur valeur numérique, indiquent la date désirée, et qui, par leur sens littéral, font connaître le fait dont on a voulu donner la date; par exemple, ils indiquent la date de la destruction de Madjapahit par les mots :

<blockquote>
ꦱꦶꦂꦤꦲꦶꦭꦁꦏꦼꦂꦠꦤꦶꦁꦧꦸꦩꦶ
Sirna ilang kerta ning boumi
</blockquote>

dont le sens littéral est : « détruit et perdu a été l'œuvre (la gloire) du pays [1] »

« Or on peut voir dans le *Dictionnaire*, au mot ꦱꦶꦂꦤ, *sirna* (sengk, zéro), c'est-à-dire que la valeur numérique de ce mot est zéro. Il en est de même de *ilang; kerta* répond à quatre, et *boumi* à un. Ces quatre mots répondent donc aux quatre chiffres 0041, qui, étant lus de droite à gauche, indiquent l'année 1400 comme date de la destruction de cette capitale et de l'empire. »

[1] A cette traduction du *sangkala* commémoratif de la destruction de Madjapahit, nous préférons celle donnée postérieurement par M. Veth, de Leyde, l'auteur du magistral ouvrage intitulé *Java*. Cet illustre savant vient d'être enlevé à la science et à son pays au moment même où j'écris ces lignes. La traduction qu'il a donnée du *sangkala* est celle-ci : « *Est détruite, anéantie, la prospérité du pays !* » (Voir *Java*, t. I, p. 510, par le Dr Veth.)

TCHAMPA.

Le nom de *Tchampa* est encore plus ignoré en Europe que celui de *Madja-pahit*, et l'on peut dire avec L. Delaporte, l'auteur du *Voyage au Cambodge*, que la presqu'île indo-chinoise était restée inconnue jusqu'à nos jours.

Je n'ai point la présomptueuse pensée d'éclairer toutes les obscurités qui couvrent l'histoire du *Tchampa*, je veux simplement donner ici quelques renseignements utiles, et surtout mettre au grand jour un document important, de provenance malaise, tout un chapitre de la Chronique nationale des Malais, le *Sadjarah Malayou*, exclusivement consacré aux rois du *Tchampa*.

Le nom de *Tchampa* (چمڤ) est malais, hindoustani et sanscrit. On l'écrit *Tchampá* en hindoustani, et *Tchoumpa* en sanscrit. C'est le nom d'un arbuste que les naturalistes appellent *Michelia Champaka*, et qui donne une belle fleur jaune d'une odeur suave.

Selon toute vraisemblance, les habitants du royaume de *Tchampa* furent une colonie d'origine malayo-javanaise, qui s'implanta dès les premiers siècles de l'ère chrétienne, d'abord sur le littoral de la basse Cochinchine, et de là dans le Cambodge. Cet établissement dans l'Indo-Chine d'étrangers insulaires, si différents par la langue, la religion et les mœurs des peuples de l'Annam et du Tonquin, fut combattu à outrance pendant des siècles, surtout par les Annamites. « Pendant cinq cents ans, du Xᵉ au XVᵉ siècle, dit M. Aymonier, les Annamites eurent pour objectif la conquête du *Tchampa*. Ayant enfin réalisé cette conquête, ils assimilèrent énergiquement les vaincus, du XVᵉ siècle à nos jours. Le *Tchampa*, qui avait dominé sur une grande partie de l'Indo-Chine, finit par être vaincu, démembré, à peu près anéanti par les Annamites en 1471 de notre ère. » Ce grand fait historique précéda donc de sept ans seulement la destruction de *Madjapahit*. Truong-Vinh-Ky, l'auteur d'un *Cours d'histoire annamite*, publié à Saïgon en 1875, rapporte « qu'en cette année 1471 le roi de l'Annam, profitant des querelles intestines auxquelles le royaume de *Tchampa* était en proie, investit la capitale avec une armée formidable, la prit d'assaut, passa quarante mille hommes au fil de l'épée, fit trente mille prisonniers et réduisit le royaume à un état de faiblesse et d'impuissance dont il ne se releva plus jamais ».

Au moment où la France fondait sa colonie d'Extrême-Orient, un de nos compatriotes, Alexandre-Henri Mouhot, né à Montbéliard, venait d'appeler l'attention sur cette contrée, jadis le siège d'une civilisation brillante. A Londres parut en 1864, trois ans après sa mort, un livre des plus intéressants intitulé : *Travels in the central parts of Indo-China, Siam, Cambodia and Laos.* C'est l'œuvre consciencieuse d'un naturaliste français qui, pendant les quatre dernières années de sa vie (1858-1861), put explorer toutes ces contrées, grâce aux subsides et aux encouragements des Anglais.

Mouhot attribue nettement une origine malaise aux habitants du *Tchampa;* il s'exprime ainsi :

> As for the Malays, or *Thiâmes, as the Cambodians call them, they are the same as the ancient Tsiampois;* but these, whence came they? What is the origin of this strange people, whom the conquests of the Annamites drove back, doubtless from the south of Cochinchina to Cambodia, but who form alliances with neither of the races whose country they share, and who preserve their own language, manners and religion? These singular people have retained none of the power ascribed to them by ancient tradition, according to which they have held sway over Cambodia, Cochin China, Tong King, and even Pegu, as far as the province of Canton. Their governor has to pay a small tribute, but remains as much ruler over his own people as before the conquest.

Plus loin (t. II, pp. 33 et 34), Mouhot revenant sur ce sujet qui l'intéresse vivement, même au milieu de ses recherches sur l'histoire naturelle, dit, en parlant des Thiâmes ou Isiampois (*sic*) :

> They themselves declare that their present religion was brought to them *from Malaisia,* that priests still come to them from thence and visit them from time to time. The Thiâmes must formerly have occupied several important districts in Cambodia, principally on the banks of the tributary of the Me-Kong. Thus, on the shores of *Touli-Sap,* or the great lake, not far from Battambong, is a place called *Campong Thiâme.* More to the south is an island called *Island of Thiâmes.* According to tradition, the whole banks of the river, as far as Penom-Penh, were formerly inhabited by these people.

Un autre Français, le lieutenant de vaisseau *Moura,* dans le tome Ier de son livre intitulé *Le royaume de Cambodge,* a donné un tableau synoptique d'environ cent cinquante mots usuels, qu'il a recueillis dans le Cambodge même. Ce sont tous des mots purement malais, ainsi que je vais le montrer. Pour cela faire, il suffira d'écrire en regard les mots malais de même signification, et, malgré la différence d'orthographe dans la transcription en caractères latins, ce fait apparaîtra évident à tous les regards.

Faisons observer tout d'abord que, dans les mots cités par Moura, la voyelle *u* doit se prononcer *ou,* qu'en malais *g* a toujours le son dur de *gue,* et que *s* ne se prononce jamais comme *z*.

MOTS FRANÇAIS.	MOTS MALAIS AU CAMBODGE (D'APRÈS MOURA).	MALAIS PUR.	OBSERVATIONS.
Acheter.	Bli.	Beli.	
Aimer.	Rase.	Rasa.	Rasa signifie « sentir, goûter, savourer ».
Aller.	Porgi.	Pergi.	
Appeler.	Panggal.	Panggil.	
Arbre.	Puhon caju.	Pohon kayou.	
Autrefois.	Dihullu.	Dehoulou.	
Avoir peur.	Tacot.	Takout.	
Bambou.	Bulo.	Boulouh.	
Bananier.	Pucoc pisang.	Pokok pisang.	
Beau.	Bay.	Baik.	
Beaucoup.	Bonhac.	Bañak.	
Blanc.	Pute.	Poutéh.	
Bleu.	Bierru.	Birou.	
Bœuf.	Lambu.	Lémbou.	
Boire.	Minom.	Minoum.	
Bois à brûler.	Caju.	Kayou.	
Bon.	Bay.	Baik.	
Bouche.	Mulot.	Moulout.	
Buffle.	Korbou.	Karbau.	
Canard.	Itec.	Itek.	
Casser.	Pata, pacha.	Patah, petchah.	
Cerf.	Ruso.	Rousa.	
Chat.	Cucheng.	Koutching.	
Chaud.	Panas.	Panas.	
Cheval.	Cudo.	Kouda.	
Chien.	Anjeng.	Andjing.	
Ciel.	Langet.	Langit.	
Cire.	Lilén.	Lilin.	
Cocotier.	Pucoc kalopo.	Pokok kalapa.	
Comprendre.	Dongor bule.	Bouléh dengar (?).	Pouvoir entendre.
Corps.	Diri.	Diri.	
Coton.	Capas.	Kapas.	
Demain.	Bisoc.	Besok.	
Demander.	Mintac.	Minta.	
Descendre.	Turon.	Touroun.	
Dieu.	Nabi.	Allah.	Nabi ne signifie pas « Dieu », mais bien « prophète ». C'est une erreur évidente.
Doigt.	Jari.	Djari.	
Donner.	Bri.	Bri.	
Dormir.	Tidor.	Tidor.	
Eau.	Ayor.	Ayer.	
Église (temple).	Musjet	Mesdjid.	En français : « mosquée ».
Éléphant.	Gojea.	Gadjah.	
Enfant.	Budeac.	Boudak.	
Entrer.	Masoc.	Masok.	
Épouse.	Bini.	Bini.	

MOTS FRANÇAIS.	MOTS MALAIS AU CAMBODGE (D'APRÈS MOURA).	MALAIS PUR.	OBSERVATIONS.
Faire.	Buot.	Bouat.	
Femelle.	Botino.	Betina.	
Femme.	Prampuon.	Perampouan.	
Fer.	Bosi.	Besi.	
Feu.	Api.	Api.	
Feuille.	Dön.	Daoun.	
Figure.	Muko.	Mouka.	
Fille.	Anac prampuon.	Anak perampouan.	
Fils.	Anac loki.	Anak lakilaki.	
Fleur.	Bungo.	Bounga.	
Fleuve.	Sungay.	Soungay.	
Forêt.	Hutan.	Houtan.	
Froid.	Sajoc.	Sedjouk.	
Fumer.	Mudot.	Madat.	*Madat « fumer l'opium ».*
Grand.	Bosar.	Besar.	
Grand-père.	Ninec.	Nênek.	
Hier.	Suatu hari.	Kalamarin.	*Souatou hari signifie « un jour, un certain jour » et non point « hier ».*
Homme.	Orang loki.	Orang lakilâki.	
Jambe.	Koki.	Kaki.	
Jaune.	Ungu.	Kouning.	*Oungou est malais, mais il signifie « violet ».*
Laque.	Gota mira.	Getah merah.	
Loin.	Jof.	Djaouh.	
Longtemps.	Lomo.	Lama.	
Main.	Tangan.	Tangan.	
Maintenant.	Sacarangini.	Sakarang ini.	
Maison.	Ruma.	Roumah.	
Mâle.	Jeantan.	Djantan.	
Manger.	Macan.	Makan.	
Mari.	Loki.	Laki.	
Mère.	Ibu.	Ibou.	
Montagne.	Buket.	Boukit.	
Monter.	Naih.	Naik.	
Mourir.	Mati.	Mati.	
Nez.	Hidong.	Hidong.	
Noir.	Hitam.	Hitam.	
Non.	Tideac.	Tidak.	
Obéir.	Monurot.	Menourout.	
Œil.	Mato.	Mata.	
Œuf.	Talor.	Telor.	
Oiseau.	Burang tarbeang.	Bourong terbang.	*A la lettre : « oiseau volant ».*
Oreille.	Tolingo.	Telinga.	
Oui.	Yo.	Ya.	
Parler.	Kato.	Kata.	
Partir.	Clur.	Kalouar.	
Pays.	Nangri (*sic*).	Nagri, negri.	

IMPRIMERIE NATIONALE.

MOTS FRANÇAIS.	MOTS MALAIS AU CAMBODGE (D'APRÈS MOURA).	MALAIS PUR.	OBSERVATIONS.
Peau.	Kulet.	Koulit.	
Père.	Bopac.	Bapa.	
Petit.	Kechic.	Ketchil.	
Pied.	Koki.	Kaki.	
Pierre.	Botu.	Batou.	
Pleurer.	Ta ngcs (sic).	Tangis.	
Pluie.	Hujean.	Houdjan.	
Poisson.	Ikan.	Ikan.	
Porc.	Bobi.	Babi.	
Porte.	Pintu.	Pintou.	
Poule.	Ajeam.	Ayam.	
Pourquoi.	Bogeay mano.	Bagimana.	
Prendre.	Ambec (sic).	Ambil.	
Près.	Docat.	Dekat.	
Rat.	Ticos.	Tikous.	
Rire.	Tavo.	Tawa.	
Riz.	Bros.	Bras.	
Se battre.	Pucol cavan.	Poukoul kawan.	
Sel.	Goram.	Garam.	
Serpent.	Ulor.	Oular.	
Soie.	Settro.	Soutra.	
Soleil.	Mato hari.	Matahari.	A la lettre : « œil du jour ».
Tabac.	Tambacan.	Tembako.	
Tête.	Capalo.	Kapala.	
Tigre.	Rimau.	Rimau.	
Tonnerre.	Bulo forendu (?).	Gourouh.	
Toujours.	Roto.	Rata.	Rata signifie « entièrement, tout à fait », plutôt que « toujours ».
Vendre.	Juol.	Djoual.	
Venir.	Dolang (?).	Datang.	
Vent.	Angen.	Angin.	
Ventre.	Prot.	Prout.	
Village.	Compong.	Kampong.	
Voir.	Tingoe.	Tengok (regarder).	
Vouloir.	Mao.	Maou.	

TABLEAU DES NOMS DE NOMBRE.

MOTS FRANÇAIS.	MOTS MALAIS AU CAMBODGE (D'APRÈS MOURA).	MALAIS PUR.	OBSERVATIONS.
Un.	Sa ou satu.	Sa ou satou.	
Deux.	Duo.	Doua.	
Trois.	Tigo.	Tiga.	
Quatre.	Ampat.	Ampat.	
Cinq.	Limo.	Lima.	
Six.	Anam.	Anam.	
Sept.	Tujo.	Toudjouh.	
Huit.	Dolopan.	Doulapan.	
Neuf.	Salapan ou sambilan.	Sambilan.	
Dix.	Sa pulo.	Sa pouloh.	
Onze.	Sa blos.	Sa blas.	
Douze.	Duo blos.	Doua blas.	
Treize.	Tigo blos.	Tiga blas.	
Quatorze.	Ampat blos.	Ampat blas.	
Quinze.	Limo blos.	Lima blas.	
Seize.	Anam blos.	Anam blas.	
Dix-sept.	Tujo blos.	Toudjouh blas.	
Dix-huit.	Dolopan blos.	Doulapan blas.	
Dix-neuf.	Sambilan blos.	Sambilan blas.	
Vingt.	Duo pulo.	Doua pouloh.	
Cent.	So ratos.	Sa ratous.	
Mille.	So ribu.	Sa ribou.	

Arrivons maintenant aux précieuses données historiques relatives au *Tchampa*, contenues dans le *Sadjarah malayou*. Au chapitre xi, l'auteur, décrivant avec grands détails le cérémonial en usage à la Cour de Malâka et l'ordre de préséance des dignitaires et hauts fonctionnaires assis dans la salle d'audience en présence du Roi, s'exprime ainsi : *Adapoun nakhoda Tchampa yang pilihan doudouk di Sĕri-baley,* c'est-à-dire « les capitaines de vaisseau du Tchampa qui ont été choisis s'asseyent dans le Sĕri-baley ». Le *Sĕri-baley* est la partie la plus élevée de la salle d'audience, celle sur laquelle prennent place les principaux ministres et les plus grands personnages du royaume.

Le chapitre xxi tout entier est exclusivement consacré aux rois du *Tchampa*. Nous en donnons la transcription en caractères latins et la traduction littérale en français, que nous ferons suivre de quelques observations de nature à faire ressortir les passages les plus intéressants de ce document historique.

SADJARAH MALAYOU.

(EL-KISSAH TCHERITRA YANG KADOUA POULOH SATOU.)

Kata sahib el hikayat maka terseboutlah perkataan radja *Tchampa* (چف) dimikian bouñi-ña ditcheritrakan oulih orang yang pouña tcheritra :

Ada sapohon pinang hampir astana radja *Tchampa*, maka pinang itou bermayang terlabou besar mayang-ña dinantikan mengourey tiada mengourey. Maka kata radja *Tchampa* pada sa'orang hambaña : pandjat oulihmou pinang itou lihat apa dalam mayang pinang itou. Maka dipandjat oulih boudak itou lalou diambilña mayang itou, dibawa-ña touroun; maka oulih radja *Tchampa* dibelah-ña mayang pinang itou; maka dilihat baginda didalam mayang itou sa'orang boudak lakilaki terlalou baik paras-ña. Maka seloudang mayang itou mendjadi kong djebang namaña, maka biri seloudang itou mendjadi sabilah pedang beladou itoulah pedang karadjaan radja *Tchampa*. Maka terlabou kasoukaan radja *Tchampa* beroulih boudak itou; maka dinamâiña radja *Póklong* (فوكلغ). Maka disouroh sousoni pada segala istri radjarâdja dan mantri, tiada iya mahou meñousou; maka ada sa-eikour lembou radja *Tchampa*, boulouña pantcha warna akan lembou itou beranak mouda, maka disouroh baginda 'perah ayer sousou lembou itou dibrikan minoum boudak itou. Maka mahou boudak itou minoum; maka itoulah datang sakarang poun *Tchampa* tiada mahou makan lembou dan membounouh diya.

Hatta maka *Póklong* poun besarlah adapoun radja *Tchampa* itou ada beranak sa'orang perampouan *Póbeyá* (فوبيا) namaña; maka oulih radja *Tchampa* anakda baginda itou didoudoukkan baginda dengan *Póklong* yang kalouar deri mayang pinang itou. Telah brapa lama-ña radja *Tchampa* poun matilah, maka *Póklong*-lah karadjâan menggantikan karadjâan mentouwa baginda, telah *Póklong* diatas karadjâan maka baginda berbouat sabouah negri terlalou besar toudjouh bouah gounong didalamña louas kotaña pada sapenampang sahari berlayar angin tegang kelat; telah soudah negri itou maka dinamâiña *Bal* (بل), pada souatou tcheritra negri *Bal* itoulah yang bernâma *Metakât* (متقاة) negri radja *Sobel* (سوبل) anak radja *Kadlá'il* (قضلاعيل). Telah brapa lamaña maka *Póklong* beranak dengan *Póbeyá* sa'orang lakilaki *Pótri* (فوتري) namâna; telah iya besar maka *Póklong* poun matilah, maka *Pótri*-lah naik radja menggantikan ayahnda baginda. Maka *Pótri* beristrikan anak radja *Kotchi* (كوچي), *Beyásouri* (بياسوري) namâ-ña. Maka *Pótri* poun matilah maka anakña dengan *Beyásouri* sa'orang lakilâki *Pókamá* (فوكما) namaña; itoulah menggantikan karadjâan ayahnda baginda. Maka *Pókamá* poun besarlah maka iya berlangkap hendak menghadap ka *Madjapahit* (مجفاهت), telah soudah langkap maka baginda poun berangkat ka *Madjapahit*. Telah brapa lamâ-ña di djâlan sampeylah ka *Madjapahit*. Telah kadengaran pada batâra *Madjapahit* mengatakan radja *Tchampa* datang hendak menghadap itou, maka disouroh baginda elouelloukan kapada segala orang besarbesar, telah bertemou dengan *Pókamá* maka dengan saribou kamouliâan dibawa masouk ka *Madjapahit*. Oulih batâra *Madjapahit*, *Pókamá* didoudoukkan dengan anakda baginda yang bernama *Raden Gálouh Adjong* (رادين كاله اجغ). Telah brapa lamâ-ña maka *Raden Gálouh Adjong* poun hamillah, telah itou *Pókamá* poun bermouhoun kombali ka negriña; titah batâra *Madja-*

pahit : « baik-lah tetâpi anaḳ hamba tiada hamba bri bawa. » Maka sembah *Pôkamá* : « manah titah tiada patek laloui, djikalau patek tiada mati sigra djouga patek menghadap sampeyan andika batâra. » Maka *Pôkamá* poun bermouhounlah pada istriña *Radèn Gálouh Adjong*, maka *Radèn Gálouh Adjong* berkata : « djikalau anaḳ touanhamba djadi lakilâki apa namaña? » Maka kata *Pôkamá* : « namâkan radja *Djaḳanaka* (جغنك), djikalau iya soudah besar sourohkan mendapatkan hamba ka *Tchampa.* » Maka kata *Radèn Gálouh* : « baik-lah. » Telah itou *Pôkamá* poun naik ka prahou-ña, lalou berlayar kombali ka *Tchampa* peninggâlan *Pôkamá* itou maka *Radèn Gálouh* poun beranaḳ lakilâki, maka dinamaï oulih boundaña radja *Djaḳanaka.* Telah soudah iya besar, maka radja *Djakanaka* bertaña pada boundaña : « Siapa bapakou? » Maka kata *Radèn Gálouh Adjong* : « Adapoun bapamou itou radja *Tchampa Pôkamá* namaña, soudah iya poulang ka *Tchampa.* » Maka segala pasan ayahnda baginda *Pôkamá* itou samouaña dikatakanña oulih *Radèn Gálouh* pada anaḳda baginda. Telah radja *Djakanaka* menengar pasan ayahña itou, maka iyapoun bermouhoun kapada batara *Madjapahit* dan kapada boundaña *Radèn Gálouh Adjong.* Maka titah batâra *Madjapahit* : « baik-lah! » Maka radja *Djakanaka* berlayar ka *Tchampa;* telah brapa lamaña didjâlan sampeylah ka *Tchampa.* Maka radja *Djakanaka* poun masouḳ menghadap ayahnda baginda *Pôkamá;* maka terlalou kasoukâan *Pôkamá* melihat anaḳda baginda datang itou, maka radja *Djaḳanaka* diradjakan ayahnda baginda.

Hatta brapa lamaña *Pôkamá* poun matilah radja *Djakanaka*-lah karadjâan maka baginda beristrikan sa'orang poutri *Pó-Tchi-Bentchi* (فوچي نچي) namaña, beranaḳ sa'orang lakilaki *Pó-Kôboh* (فو كوبه) namaña. Telah *Pó-Kôboh* besar radja *Djakanaka* poun matilah, maka *Pó-Kôboh* lah karadjâan menggantikan ayahnda baginda beristrikan anaḳ radja *Lekiou* (لكيو), *Pó-Tchina* (فوچين) namaña. Maka baginda beranaḳ brapa orang lakilaki dan perampouan ada sa'orang anaḳ baginda perampouan terlalou baik parasña, maka dipinang oulih radja *Kótchi* (كوچي), maka tiada dibri oulih *Pó-Kôboh,* maka diserangña oulih radja *Kótchi,* maka pranglah orang *Kótchi* dengan orang *Tchampa,* terlalou ramey tiada beralahan. Maka pada souatou hari radja *Kótchi* meñouroh pada panghoulou bandahari *Tchampa* dibawaña mouafaḳat dibriña amas dan harta terlalou bañak. Maka panghoulou bandahari *Tchampa* poun kaboullah, serta telah dinihari maka diboukâkanña pintou kôta oulih panghoulou bandahari *Tchampa.* Maka segala orang *Kótchi* poun masouḳlah kadalam kôta *Bal,* maka beramoḳlah dengan orang *Tchampa,* satengah melawan satengah berlepas anak istriña. Maka kôta *Bal* poun alahlah, maka *Pó-Kôboh* poun mati, maka segala anaḳ radja *Tchampa* dengan segala mantri poun larilah membawa diriña kasana kamari tcherereberey tiada berkatahouan.

Maka ada doua orang anak radja *Tchampa,* *Cháh Indra Barma* (شاه اندرا برم) sa'orang namaña, *Cháh Pó-Liang* (شاه فو ليغ) sa'orang namaña, kadouaña berlepas berprahou dengan orang bañak dan anaḳ istriña. Maka *Cháh Pó-Liang* lalou ka *Atchéh* (احچه); iyalah radja aṣal radja *Atchéh* lagi akan kami kiṣahkan perkatâan itou kamoudian. Adapoun *Cháh Indra Barma* lalou ka Malâka (ملك), maka terlalou souka baginda *Solthan Mansour Cháh* (سلطان منصرشاه) melihat segala marika itou dan *Cháh Indra Barma* dengan istriña *Kéni Marnama* (كني مرنم) sangat dipermoulia baginda sakalianña disouroh masouḳ islam, maka sakalianña masouḳ islam. Maka oulih *Solthan Mansour Cháh* akan *Cháh Indra Barma* didjadikan mantri, terlalou sangat dikasihi baginda dan marika itoulah aṣal *Tchampa* di

Maláka aşal beraşal itou deripada anak tchoutchou *Cháh Indra Barma* ou Allah a'lim hil-şouab ou aleyhi el mordjạ ou el mạạb!

SADJARAH MALAYOU.

(CHAPITRE VINGT ET UNIÈME.)

L'auteur s'exprime en ces termes : Voici l'histoire des rois de *Tchampa*, elle est rapportée ainsi qu'il suit :

Il y avait un aréquier près du palais du roi de *Tchampa*. Or cet aréquier avait une grappe florale dont la spathe était d'une grosseur extraordinaire. On attendait qu'elle s'ouvrît, mais elle ne s'ouvrit pas. Le roi de *Tchampa* dit alors à l'un de ses serviteurs: « Grimpe sur cet aréquier, nous allons voir ce qu'il y a dans la spathe ». Le serviteur grimpa sur l'aréquier, prit la spathe et l'apporta en bas. Le roi la fendit en deux et vit dans l'intérieur un petit enfant mâle d'une merveilleuse beauté. C'est avec l'enveloppe de cette spathe qu'on a fait le *gong-djebang* [1]; c'est de sa pointe terminale qu'on a fait un glaive, et c'est là le glaive royal de Tchampa.

Le roi de Tchampa fut rempli de joie de posséder ce petit garçon, et il le nomma *Radja Pó* [2]-*Klong;* ordre de l'allaiter fut donné à des femmes de radja et de mantri, mais l'enfant ne voulut pas téter. Or le roi possédait une vache dont le pelage était de cinq couleurs, et cette vache avait un jeune veau. Le Prince ordonna de traire du lait de cette vache et d'en donner à boire à l'enfant, et celui-ci voulut bien en boire. Voilà pourquoi jusqu'à présent les gens du pays de Tchampa se refusent à manger de la vache et à la tuer. *Pó-Klong* étant devenu grand, le roi de *Tchampa* qui avait une fille nommée *Pó-Beyá* la donna pour épouse à *Pó-Klong*, qui était sorti d'une spathe d'aréquier. Quelque temps après, le roi de *Tchampa* étant mort, *Pó-Klong* devint roi et succéda sur le trône au prince son beau-père. *Pó-Klong* devenu roi fonda une ville très grande renfermant sept collines dans son enceinte; son fort était d'une étendue telle que la longueur de son profil correspondait à une journée de navigation avec vent bon frais. Cette ville une fois construite reçut le nom de *Bal* [3]. C'est cette ville de *Bal* que dans certaine chronique on appelle *Metakát*, ou la cité du roi *Sobal*, fils du roi *Ķadláil*.

Au bout de quelque temps, *Pó-Klong* eut de *Pó-Beyá* un fils nommé *Pó-Tri* [4]. Ce fils étant devenu grand et *Pó-Klong* étant mort, ce fut lui qui succéda sur le trône au prince son père. Alors il épousa la fille du roi de *Kótchi*, nommée *Beyá-Souri.* Celle-ci lui donna

---

[1] En malais *djebang* signifie « bouclier »; le *gong-djebang* devait être le bouclier royal, en forme de *gong.*

[2] Dans le dialecte d'Atchéh, *Pó* (پو) ou *Opo* signifie « Prince, Seigneur, maître. » Dans les *Annales de l'Annam*, où les noms d'origine malaise et javanaise sont défigurés, on trouve *Bó* au lieu de *Pó*, en tête des noms de rois.

[3] *Bal*, nom de la capitale. بال *Bal* en malais, ꦧꦭ *Bala* en javanais, बल *Bala* en sanscrit, signifient « force militaire, armée ». En javanais *abala* (ꦄꦧꦭ) signifie « gouverner, diriger le peuple ».

[4] Les *Annales annamites* mentionnent un *Bó-Tri* (Pó Tri), neveu du roi de Tchampa, à la date de 1203.

un fils nommé *Pó-Kamâ* [1], lequel succéda sur le trône au prince son père. *Pó-Kamâ* devenu grand fit ses préparatifs *pour aller présenter ses hommages à Madjapahit*. Quand tout fut prêt, le Prince partit pour *Madjapahit*. Il y arriva après quelque temps de voyage. A la nouvelle que le roi de *Tchampa* venait lui présenter ses hommages, le Batâra de *Madjapahit* ordonna aux Grands d'aller au devant de *Pó-Kamâ*. L'ayant rencontré en route, ils lui témoignèrent mille respects et l'amenèrent dans *Madjapahit*. Le Batâra lui donna en mariage sa fille nommée *Radèn Gâlouh Adjong* [2]. Quelque temps après, la princesse devint enceinte et *Pó-Kamâ* demanda la permission de retourner dans son pays. Le Batâra de *Madjapahit* dit : « C'est bien, mais je ne vous permets pas d'emmener mon enfant. » Et *Pó-Kamâ* répondit en s'inclinant : « Quels que soient vos commandements, je ne saurais les enfreindre. Si je ne meurs pas, je reviendrai promptement me présenter devant Votre Majesté. » *Pó-Kamâ* prit alors congé de son épouse *Radèn Galouh Adjong*. Celle-ci lui demanda : « Si votre enfant est un garçon, quel sera son nom ? » *Pó-Kamâ* répondit : « Donnez-lui le nom de *Djakanaka* [3], et quand il sera grand, faites qu'il vienne me trouver au pays de *Tchampa*. » — « C'est bien ! » dit *Radèn Gâlouh*. Après cela, *Pó-Kamâ* monta sur son prahou et mit à la voile pour s'en retourner au pays de *Tchampa* qu'il avait quitté. *Radèn Gâlouh* mit au monde un fils qu'elle nomma *Radja Djakanaka*. Quand il fut devenu grand, *Radja Djakanaka* demanda à sa mère : « Qui est mon père ? » *Radèn Gâlouh Adjong* répondit : « Votre père est le roi de *Tchampa*, il se nomme *Pó-Kamâ* et il s'en est retourné au pays de *Tchampa*. » Alors *Radèn Gâlouh* rapporta à son fils les instructions de *Pó-Kamâ*. Après avoir entendu les instructions de son père, *Radja Djakanaka* prit congé du Batâra de *Madjapahit* et de sa mère *Radèn Gâlouh Adjong*. Le Batâra dit : « C'est bien ! » et *Radja Djakanaka* mit à la voile pour le *Tchampa*. Il y arriva après quelque temps de voyage et présenta ses devoirs au Prince son père. *Pó-Kamâ* fut très joyeux de voir arriver son fils auprès de lui, et le fit *radja*. Quelque temps après *Pó-Kamâ* mourut, et *Radja Djakanaka* monta sur le trône. Ce prince épousa une princesse nommée *Pó-Tchi-Bentchi*; il en eut un fils nommé *Pó-Kôboh*. Ce prince était devenu grand lorsque mourut *Radja Djakanaka*; alors *Pó-Kôboh* monta sur le trône et succéda à son père. Il épousa la fille du roi de *Lekiou*, nommée *Pó-Tchina*, et il eut d'elle plusieurs enfants, des fils et des filles. Une de ces dernières était extrêmement belle, elle fut demandée en mariage par le roi de *Kôtchi* [4]. *Pó-Kôboh* ayant refusé de la lui donner, le roi de *Kôtchi* lui fit la guerre. Entre les gens de *Kôtchi* et ceux de *Tchampa* il y eut de fréquents combats, mais la victoire demeurait indécise. Un certain jour le roi de *Kôtchi* envoya au Grand-Trésorier ses propositions d'alliance avec beaucoup d'or et de richesses. Le Grand-Trésorier les accepta, et dès la pointe du jour il ouvrit la porte du fort de *Bal*. Alors les gens de *Kôtchi* y pénétrèrent et coururent l'*amok* [5] contre les gens de *Tchampa*. Une partie de ces derniers fit résis-

---

[1] *Kama*, en kâwi, signifie « amour ».

[2] L'Anglais sir Stamford Raffles et le docteur Veth de Leyde, quoique différant sur les dates, s'accordent pour mentionner une princesse de *Tchampa*, de grande beauté, qui avait épousé *Angha Widjaya*, roi de Java, dans la seconde moitié du xiiiᵉ siècle de notre ère.

[3] *Djaka*, en javanais, signifie « jeune homme », et *Naka* en kâwi (javanais ancien) signifie « or, de l'or ».

[4] Le pays de *Kôtchi* ou *Kôtching* n'est autre que celui que nous appelons Cochinchine.

[5] Le mot malais *amok* s'est introduit dans la plupart de nos langues d'Europe ; il est à

tance, les autres s'échappèrent avec femmes et enfants. Le fort de *Bal* fut pris et *Pô-Kôboh* massacré. Les enfants du roi de *Tchampa* et les ministres s'enfuirent en désordre de côté et d'autre sans savoir où.

Il y avait deux fils du roi de *Tchampa*, l'un nommé *Châh Indra Barma*, l'autre nommé *Pô-Liang*. Tous deux s'échappèrent sur leurs *prahou* [1], avec un grand nombre de personnes, leurs femmes et leurs enfants. *Châh Pô-Liang* passa à *Atchéh*, c'est de lui que descendent les rois d'*Atchéh* dont nous raconterons l'histoire par la suite. Quant à *Châh Indra Barma*, il passa à *Malâka*. *Sultan Mansour Châh* fut extrêmement content de voir arriver tous ces gens, il reçut *Châh Indra Barma* et son épouse *Kéni Marnama* avec beaucoup d'honneurs; il commanda que tous entrassent dans l'islam, et tous entrèrent dans l'islam. *Châh Indra Barma* fut fait *mantri* (ministre ou conseiller d'État) par *Sultan Mansour Châh* qui lui témoigna une grande affection. Telle est l'origine des gens de *Tchampa* établis à *Malâka*; tous sont les descendants des enfants et petits-enfants du *Châh Indra Barma*. « Et Dieu sait parfaitement; c'est en Lui le recours et le refuge! »

Ce chapitre XXI est extrait textuellement du *Selâlat es' Selathin* ou *Peratouran segala radja râdja*, plus connu sous le nom de *Sadjârah malayou*, c'est-à-dire de la Chronique nationale des Malais, une sorte d'arbre généalogique des rois malais qui s'établirent dans les diverses îles de l'archipel d'Asie, dans la presqu'île de Malâka et dans l'Indo-Chine. Ce chapitre, qui a pour titre : *Les rois de Tchampa*, démontre qu'il faut rattacher les rois de *Tchampa* aux rois d'origine malaise et javanaise. Des rapports fréquents d'alliance et de bonne amitié entre le Tchampa, les Malais et les Javanais étaient donc tout naturels. Mais plusieurs faits historiques importants sont mis en lumière par le récit de l'auteur du *Sadjârah malayou*, à savoir : 1° *Pô-Kamâ, roi de Tchampa, était le vassal du batâra de Madjapahit, avant de devenir son gendre.* 2° *C'est auprès du roi de Malâka, qu'au jour de la catastrophe finale et de la destruction du royaume de Tchampa, l'un des fils du dernier roi, nommé Châh Indra Barma, vint chercher un refuge et fonder la colonie dite des « Tchâmes », dans la presqu'île malaise.* 3° *Un autre fils du dernier roi de Tchampa, échappé comme son frère au massacre qui avait ensanglanté le fort de Bal, Châh Pô-Liang, arriva sain et sauf au pays d'Atchéh et devint le premier roi de cette partie de Sumatra.*

Le célèbre malayiste anglais William Marsden, dans son ouvrage intitulé : *Voyage à Sumatra*, fait observer que « les Atchinais diffèrent beaucoup, quant au physique, des autres peuples de Sumatra, étant en général plus grands,

---

peu près francisé. L'on sait aujourd'hui ce qu'on doit entendre par *courir l'amok* ou *faire l'amok*.

[1] Le *prahou* malais est aussi connu que le

kriss et le *kampong*, des lecteurs français. Ces mots sont compris de tout le monde et n'ont plus besoin d'être expliqués.

plus vigoureux, et d'un teint plus brun. Tels qu'ils sont aujourd'hui, dit-il, ils ne paraissent point avoir une même origine, et l'on croit, avec quelque raison, qu'ils sont un mélange de Battas, de Malais et de Maures de la partie occidentale de l'Inde. » Il est possible qu'à une certaine époque, des Maures, ainsi que les appelle Marsden, soient venus de l'Inde continentale à Atchéh, mais ce qui est assuré maintenant, c'est que *le pays d'Atchéh a été peuplé en partie par les fugitifs de Tchampa, et par leurs descendants.*

La différence de constitution physique observée et signalée par W. Marsden, pourrait bien être une des causes naturelles de la résistance vigoureuse et tenace des Atchinais d'aujourd'hui, dans la guerre qu'ils soutiennent contre les forces militaires dont dispose le gouvernement néerlandais. Sumatra, le berceau de la race malaise, ne se range qu'avec une sorte de résignation sauvage sous l'autorité de la Hollande.

Un prochain avenir va nous apprendre à nous-mêmes si, dans l'expédition dirigée contre les Hovas de Madagascar, peuple d'origine malayo-javanaise, nous n'allons pas rencontrer une résistance beaucoup plus énergique que nous ne l'avons supposé tout d'abord, résistance que l'on pourrait attribuer alors au caractère de la race malaise, dont les traits principaux se sont conservés par atavisme chez les Malgaches de l'Imerina.

LES VARIATIONS PHONÉTIQUES

DE LA PRONONCIATION POPULAIRE TAMOULE,

PAR

M. JULIEN VINSON.

Le tamoul est certainement la mieux conservée de toutes les langues dravidiennes, et celle dont l'étude historique est la plus intéressante. Son alphabet,
calqué sur les écritures aryennes, est parfaitement adapté à son phonétisme,
puisqu'il résout le problème difficile de représenter plusieurs sons par la même
lettre, sans mettre jamais le lecteur ou l'écrivain dans l'embarras. Ainsi க se
prononce *ka* au commencement des mots, *ga* au milieu; ainsi encore ற est *r'a*
(r fort), ற்ற *t't'a* (double *t* dental mouillé), ன்ற *n'd'a* (dentales mouillées).

Cependant, là aussi, l'influence du temps s'est exercée et il est arrivé, —
au moins en ce qui concerne les voyelles, — que, dans certains cas, le son
fondamental a fait place à des prononciations secondaires : அ *a* est devenu
généralement *ŏ* (*eu*) à toute autre syllabe qu'à la première du mot; இ *i* et ஈ *í*
passent à *u* et à *ú* (et même à *ŭ*) devant les cérébrales; ஐ *ai* s'est changé en
ei au milieu et à la fin des mots; எ *é* et ஏ *é*, ஒ *o* et ஓ *ó*, initiaux, sonnent
comme s'ils étaient accompagnés de leurs semi-voyelles harmoniques *y* et *w*;
எ *é* devant les cérébrales prend le son de *ŏ* (*eu* long). Ces variations sont reconnues, acceptées et enseignées dans les livres, et c'est en s'y conformant
que les hommes de lettres, les savants ou les pédants du pays communiquent
entre eux ou avec les étrangers.

Mais les gens du peuple, les illettrés, ceux qui ne se piquent ni de correction grammaticale, ni de purisme, ne tiennent pas compte de cette prononciation, classique pour ainsi dire, et parlent suivant les influences de la nature,
et les habitudes éducationnelles de leurs organes. Aussi, est-ce seulement en
étudiant leur langage que l'on peut se rendre compte de l'évolution phonétique
que le tamoul a parcourue. Cette évolution, intéressante par elle-même, donne
en même temps la clef des phénomènes qui différencient non seulement les

variétés locales, les dialectes de la langue, mais même les idiomes congénères. Comme on le verra plus loin, en effet, certains accidents phonétiques du tamoul populaire sont devenus nécessaires, essentiels, grammaticaux, en télinga et dans d'autres langues dravidiennes.

Un séjour de dix ans dans l'Inde, où j'ai fait toute mon éducation, m'a permis d'apprendre le tamoul à la fois littérairement et pratiquement, je l'ai parlé, je l'ai beaucoup entendu parler; en France même, pendant longtemps, mon frère et moi nous avons continué à nous entretenir dans cette douce langue de notre enfance, et j'ai eu assez souvent à Paris l'occasion de rencontrer des Indiens, ou d'anciens habitants de l'Inde, pour ne pas oublier les intonations et les articulations populaires de Pondichéry ou de Karikal. J'ai complété mes observations personnelles par les indications que m'ont fournies plusieurs ouvrages où l'on a cherché, pour diverses raisons, à imiter le parler des gens du peuple. Ainsi, dans certains drames tamouls, les passages en prose reproduisent des contractions, des altérations qui ne s'écrivent pas d'ordinaire; on a voulu évidemment là imiter les dramaturges du Nord, qui font parler prâkrit aux personnages inférieurs. Quelques livres d'enseignement donnent aussi des spécimens du tamoul le plus vulgaire; cf. par exemple : The planter's colloquial tamil Guide, by A. JOSEPH, Munshi (Madras, 1872, in-8°, [ij]-xij-223-xcv p. et p. xvij-xxiij). Un petit livre, fort peu connu et devenu probablement introuvable aujourd'hui, m'a été fort utile à cet égard; j'en ai eu sous les yeux le précieux exemplaire que mon père possède dans sa riche bibliothèque, et qui lui vient d'un ancien collègue de la cour de Pondichéry: l'ouvrage a été composé sans aucune prétention, dans un but essentiellement pratique, et l'auteur a écrit le tamoul à peu près comme il le prononçait, ou plutôt comme il l'entendait, en lettres européennes et à la française : Manuel français-tamoul, divisé en deux parties : 1° Nomenclature des mots les plus utiles, classés par matière; 2° Recueil des locutions, expressions, phrases et questions familières, à l'usage des engagistes d'Indiens, par F. CHENOT, interprète du Gouvernement. Île de la Réunion, typographie de Lahuppe, Saint-Denis. — Décembre 1849, pet. in-8° de 58-(i) p.

On peut considérer le tamoul comme partagé en trois variétés principales: l'idiome ancien et littéraire des vieux ouvrages classiques; l'idiome moderne, littéraire et pédantesque de la prose et des savants contemporains; enfin, l'ensemble des patois populaires dont le vocabulaire et la prononciation présentent des différences locales parfois extrêmement intéressantes. Je ne puis relever ces différences ici, puisque je ne veux qu'esquisser des traits autant que pos-

sible généraux; je me contenterai de signaler la prononciation variable de la
lettre ழ : les dravidistes inclinent à penser que c'était primitivement un *r* cérébral, le ड़ hindi (ɹ en urdû); en dehors du tamoul, on ne retrouve cette
lettre qu'en kanara où sa forme graphique ೞ l'apparentait au *r'* (*r* fort ou
double) ೞ (ఌ télinga, ற tamoul), mais où elle a cessé d'être en usage depuis
trois siècles environ : elle a été remplacée par *ḍ*, *ḷ* et *r*, dans le kanara postérieur. Dans le pays tamoul, ழ se prononce généralement *ḷ*, exactement
comme ॠ (ळ dévanâgari); on pense toutefois que cette consonne est le mieux
articulée par les *Vellâjas* (-modély, -poullé) qui forment l'une des castes dravidiennes les plus pures : ce serait en quelque sorte un mélange de *r*, *j* et *l*.
A Pondichéry et Karikal, au Tandjaour et le long de la côte, on en fait à
peu près un *j* français. A Madras et aux environs, on le supprime tout à fait
comme en Espagne le *d* des participes passés; de même que l'on dit à Madrid
pasao pour *pasado*, de même கீழே « sous » devient *kîé* à Madras au lieu de
kîlé, *kîṛé* ou *kîjé*. C'est sans doute cette prononciation qui a amené des
contractions telles que celle de பொழுது *pojudu* « temps » en போது *pódu*.
Il serait fort intéressant de rechercher ce que sont devenues les racines en ழ
dans les idiomes dravidiens modernes auxquels cette lettre est inconnue;
M. Kittel nous apprend, dans la savante préface qu'il a mise en tête du *Çab-
damaṇidarpaṇa* de *Kéçirâjá*, publié par lui à Mangalore en 1872, que ழ est
remplacé par *ṇ*, *r*, *t*, *l*, *ḷ*, en tulu.

Le tamoul populaire, tel qu'il est parlé par la masse ignorante et illettrée,
diffère beaucoup moins du dialecte littéraire ancien, du langage des vieux
poèmes, qu'on serait tenté de le croire. Par exemple, le mot *véyil* வெயில்
« soleil », qu'on trouve dans ces antiques compositions, est employé journellement par les ouvriers ou les manœuvres sous la forme *véyila* வெயிலு, avec
un *u* d'appui; les prosateurs contemporains et les puristes repoussent ce mot,
et se servent à sa place du sanskrit *súrya* सूर्य, transcrit *çúriyan'*, சூரியன். De
même, pour le mot « lune », ces derniers préfèrent *çandiran'*, சந்திரன், sanskrit
candra चन्द्र, à நிலா *nilá*, நிலவு *nilavu*, familier à la fois aux poètes et aux gens
du peuple qui le prononcent *nélá*. Il est bien évident, quand on étudie les
trois formes du langage que nous avons distinguées plus haut, que celui de
la prose écrite, en apparence l'intermédiaire, est en grande partie conven-
tionnel, et ne correspond pas à un état déterminé d'évolution. Le langage
courant des *coulis*, des manœuvres, des gens de castes inférieures, est au
contraire le résultat spontané du *processus* linguistique. Il est caractérisé par
deux ordres de phénomènes très différents, les uns morphologiques, les autres

purement phonétiques; nous ne nous occuperons ici que des derniers. Je ferai seulement remarquer en passant que les formes de politesse, les formes hono-rifiques ou respectueuses, qui ne sont à proprement parler que les anciens pluriels normaux, sont tombées en désuétude et ont été remplacées, ce qui est parfaitement logique et ce qui s'est produit dans d'autres langues, par les pluriels modernes pléonastiques. On en est même arrivé à employer dans le sens de *vous* « poli » le pronom réfléchi pluriel தாங்கள், *tángaḷ* « eux-mêmes », qui est ainsi devenu l'équivalent de l'*áp* आप hindoustani. On dira aujourd'hui, en parlant à une seule personne : தாங்களெழுதினகாகிதம், *tángaḷ ejudin'a kágidam* « la lettre qu'eux-mêmes ont écrite », pour « que vous avez écrite ». En employant le discours direct, on dirait de même, à la seconde personne : எங்கேபோர்நீங்கள் (pron. *yeṅgé póríṅgö*) « où allez-vous ? ».

Dans cette dernière phrase, on aura observé le remarquable remplace-ment de ர், *r,* par ங், *ṅ* guttural : போர்நீங்கள் est dérivé, en effet, par le suffixe pluriel கள், *gaḷ,* du pluriel primitif போர்நீர், *pór'ír* [pour போகிநீர்; *pógir'ír*] devenu plus tard le singulier honorifique. Mais, en réalité, ce rem-placement n'a pas eu lieu; *போகிநீங்கள், *pógir'íṅgaḷ,* suppose un primitif *போகிநீம் inusité, mais qui a vraisemblablement été jadis en usage. Le pro-nom personnel de seconde personne, dérivé de நீ, *ní* « toi », est bien நீர், *nír* « vous »; mais ceux de première et de troisième réfléchie sont en ம், *m :* நாம், *nám* « nous », dérivé de நான், *nán'* ou யான், *yan'* « moi » et தாம், *tám* « eux-mêmes », dérivé de தான், *tán'* « soi-même ». De même que நீ, *ní,* est vraisemblablement pour நீன், *nín',* de même நீர், *nír,* est pour நீம், *ním,* qui correspond à நாம் et தாம் : la preuve en est dans le pluriel pléonastique நீங்-கள், *níṅgaḷ,* seul usité encore aujourd'hui; on voit que la nasale a été con-servée dans la prononciation ordinaire du peuple *pór'íṅgaḷ.* On trouve du reste dans les patois populaires la forme *nímaru* « vous, poli ». Le kanara avait les trois formes régulières : ಅನ್ *án* « moi », ಅಮ್ *ám* « nous »; ನಿನ್ *nín* « toi », ನಿಮ್ *ním* « vous »; ತಾನ್ *tán* « lui-même », ತಾಮ್ *tám* « eux-mêmes »; dans la langue moderne, le *m* du pluriel est devenu *vu :* ನಾವು *náva,* ನೀವು *níva,* ತಾವು *táva.* Par analogie, le tamoul populaire change également en ங் *ṅ* le ர் *r* pluriel de la troisième personne, et dit, par exemple : போருங்கள் (prononcé *póráṅgö* et même *póráṅga*) pour போருர்கள் *pór'árgaḷ* contracté de போ-கிருர்கள் *pógir'árgaḷ* « ils vont ».

Dans la langue populaire, les finales en அள் *aḷ* ne font pas seulement *á, a* et surtout *ö*; elles en arrivent même à l'*o* franc : சொல்லுங்கள் « dites », *çolluṅgaḷ* et *en'd'ârgaḷ*, என்றார்கள் « ils ont dit », se prononcent *çolluṅgo*, *eṇṇâṅgo;* les auteurs dramatiques écrivent dans ce cas கொள் *goḷ* au lieu de கள் *gaḷ*. Les infinitifs, ou plutôt les gérondifs présents, en *a* அ font de même : ainsi le mot கூட, *kûḍa* « se réunir », qui a pris la place du suffixe ஒடு *ôḍu* « avec », est prononcé couramment *kûḍo*. Les infinitifs servent aussi d'optatifs, mais dans ce cas, ils sont toujours en க்க ou க, *kka* ou *ga*, que le peuple prononce *ko* ou *go;* on peut entendre journellement, dans les rues, un juron obscène terminé par l'optatif *wôjko* pour *ôjkka* ஒழிக்க, qu'on devrait traduire par le mot révéré des Français suivant Voltaire. D'autre part, நங்கள் *naṅgaḷ* « notre, de nous » (oblique de நாங்கள் *nâṅgaḷ*, pluriel exclusif, « nous autres »), devient *nambo* avec la remarquable mutation de *ṅg* en *mb*. On trouve une permutation analogue dans *mar'andupoṭṭên* pour *mar'anduviṭṭên*, மறந்துவிட்டேன் « j'ai oublié »; ici *i* s'est d'abord obscurci en *u* sous l'influence de la cérébrale qui le suivait, puis *u* a passé à *o* pendant que *v* devenait *p*, par l'intermédiaire de *b*, évidemment. Le changement de *i* en *u* est normal devant les cérébrales : மிளகு *miḷagu* « poivre » se prononce *muḷugu*, avec assimilation des voyelles, et même *muḷ'gu; v* initial tombe dans ce cas : வீடு *vîḍu* « maison », et விட்டுப்போகுது *viṭṭuppôgudu* « il va ayant quitté, il quitte, il laisse » (neutre), se prononcent *ûḍu*, *uṭṭudu*. Mais, pour en revenir à notre point de départ, si la forme adjective நங்கள் *naṅgaḷ* devient *nambo*, la correspondante de la seconde personne உங்கள் *uṅgaḷ* « votre, de vous » se réduit ordinairement à *'ṅgo*, *'go :* l'un des jurons les plus communs parmi le bas peuple, le plus ignoble d'ailleurs, commence par *'go tâ* qui représente உங்கள் தாய் *uṅgaḷ tây* « votre mère ». Dans le nord du pays tamoul, les finales verbales de troisième personne se prononcent plutôt *ga*[1] que *gŏ* ou *go*; ainsi அவர்கள் *avargaḷ* « eux, ceux-là » y sonne *avaṅga; செய்கிறார்கள் çeygir'ârgaḷ* « ils font »; இருக்கிறார்கள் *irukkir'ârgaḷ* « ils sont, ils demeurent »; என்றார்கள் *en'd'ârgaḷ* « ils ont dit », se prononcent *çéyrâṅga*, *irukkâṅga*, *eṇṇâṅga*. Dans le sud, on

[1] Un fantaisiste, doublé d'un spéculateur, qui a écrit de nombreux ouvrages sur l'Inde, — où il n'est resté que trois ans : dix-huit mois à Pondichéry, et dix-huit mois à Chaudernagor, — cite quelque part un chant soi-disant philosophique, le refrain d'une ballade populaire tamoule, ainsi conçu : *Ingué va, ingué po, tériman, tériman illé, samy couprenga*, qu'il traduit : « Viens ici, va là-bas, comprends ou ne comprends pas; c'est toujours Dieu qui te mène ». Or, ce sont là seulement des formules d'un usage courant dans la domesticité de la ville blanche, à Pondichéry. *Ingué pô* est incorrect; il faudrait *angé pô*. *Térimân illé* est un barbarisme pour *tériyâdu*. Ces phrases, juxtaposées au hasard, signifient proprement : « Viens ici, va là; sait-on, on ne sait pas; Monsieur appelle ». *Couprenga* représente *kûppurâṅga* pour *kûppiḍugir'ârgaḷ* « ils appellent » et respectueusement « il appelle ».

dit *aviya* (sans doute pour *aviyal*, pour *avigal*, *avugal*, altéré de *avergal*; *avô-gal*), et *çeyráva*, *irukráva*, *eṇṇáva* où *v*, comme nous le verrons plus loin, est une mutation de *g* naturelle à la langue.

Dans *tá* pour *táy*, le *y* final est tombé; c'est ainsi que le mot வாய் *váy* « bouche » (kanara ಬಾಯಿ *báyi*, télinga వాయి *váyi*) est écrit et prononcé *vá* en malayâla. Le *y* tombe également après *á* dans le gérondif *áy*, ஆய் , pour *ági*, ஆகி « étant devenu », qui sert à former des adverbes et des adjectifs : *iromá irkudu*, pour *iramáy irukkudu*, ஈரமாயிருக்கது « il est étant devenu humi-dité, il fait humide ». La finale ஆய் *áy* de la seconde personne singulier des verbes est traitée d'une façon particulière : elle devient invariablement *é* dans la bouche des gens du peuple. Ainsi வருகிறாய் *varugir'áy* « tu viens »; தேடு-கிறாய் *téḍugir'áy* « tu cherches »; பண்ணிறாய் *paṇṇináy* « tu as fait »; வைத்-தாய் *vaittáy* « tu as mis », etc., se prononcent : *varé* ou mieux *varré*, *téḍuré*, *paṇṇé*, *vatché*, etc. Mais, quand cette terminaison est suivie de l'*á* ஆ inter-rogatif, *áy*, ou plutôt *é*, se change en *í* : கழுவிறாயா *kajuvin'áyá* « as-tu lavé? »; வைத்தாயா *vaittáyá* « as-tu mis? »; பேசுகிறாயா *péçugir'áyá* « parles-tu? » se prononcent *kajvuníá* ou *kaḷ'vuníá*, *vatchiá*, *péç'ríá?*

La réduction de *áy* à *é* a pour analogue la simplification en *é* des finales *ei*; on dit par exemple : *yenné* pour என்னை *en'n'ei* « moi » (accusatif); *talé* pour தலை *talei* « tête »; *molé* pour முலை *mulei* « mamelle »; *puḷḷé* pour பிள்ளை *piḷḷei* « enfant », etc. La même permutation peut être constatée lorsqu'on compare le tamoul aux autres langues dravidiennes : *ei* final y correspond d'ordinaire à *e* kanara et *a* malayâla; les noms féminins sanskrits en *á* long font de même *ei*, *e* et *a* dans les trois langues; cf. மலை *malei* « montagne » tam., mal. *mala*; *tandei*, தந்தை « père » tam., kan. ತಂದೆ *tandé*, tél. తండ్రి *tandri*; தலை *talei* « tête » tam., mal. *tala*, kan. ತಲೆ *tale*, tél. తల *tala*; மழை *majei* « nuage, pluie » tam., mal. *maja*, kan. ಮಳೆ *maḷe*; பகை *pagei* « haine », mal. *page*, kan. ಹಗೆ *hage*; ஆணை *áṇei* « serment », kan. *áṇe* ಆಣೆ, etc. Le suffixe de l'accusatif, qui est *ei* en tamoul, devient *e* en malayâla : tam. உங்களை *angalei*, mal. *ningaḷe* « vous ».

Nous avons vu que *a* bref tend à devenir *o*; les finales en *am*, qui sont gé-néralement des transcriptions des finales neutres sanskrites en *a* avec l'*anusvâra*, se prononcent couramment *ō* nasal : on dit *çar'ṇō* pour *çaraṇam*, சரணம்; *marō* pour *maram*, மரம் « arbre »; *pajō* pour *pajam*, பழம் « fruit »; *çaráyō* pour *çaráyam*, சாராயம் « vin, liqueur » (de l'arabe شراب, *saráb*). Des nasalisa-tions analogues se produisent aux terminaisons verbales de première personne en *én*, et de troisième personne masculine en *án* : *porē* pour *pógir'én*, போகி-

Cறேன் « je vais »; *irkurā* pour *irukkir'dn*, இருக்கிறுன் « il est, il demeure ». La troisième personne féminine perd son ள் *ḷ* final : *paṇṇurá* pour *paṇṇugir'áḷ*, பண்ணுகிறள் « elle fait ».

Nous avons également vu que *i* se change en *u* devant les cérébrales; la permutation inverse se produit notamment dans le suffixe du datif qui, écrit கு *ku*, se prononce *ki* après *i*, *é*, *ei* : *dorékki* pour *tureikku*, துரைக்கு « à Monsieur »; *náléki* pour *náleikku*, நாளைக்கு « demain », et *iṇṇikki* pour *in'd'eikku*, இன்றைக்கு « aujourd'hui ». En télinga, le suffixe du datif est régulièrement *ku* après *a*, *u*, etc., et *ki* après *i*, *é* : ainsi *illu* ఇల్లు « maison », fait à l'oblique *inṭi* ఇంటి et par conséquent au datif *inṭiki* ఇంటికి « à la maison », mais le pluriel ఇండ్లు *ynḍlu* « les maisons » fait ఇండ్లకు *ynḍlaku* « aux maisons »; ce suffixe est régulièrement *ku* en malayâla, et *ge* ಗೆ en kanara. *I* se substitue également à *u* dans les finales contractées des prétérits neutres de la troisième personne telles que *pótchi* pour *pótchuda* pour *póyit't'u*, போயிற்று « il est allé, il est parti », ou dans les finales substantives avec des explosives douces : *andji* pour *aindu*, ஐந்து « cinq », *nandji* pour *nañdju*, நஞ்ச « poison ». On peut encore citer des mots tels que *pili* pour *puli*, புலி « tigre »; *pillu* pour *pul*, *pullu*, புல், புல்லு « herbe ».

U passe aussi facilement à *o*; on a vu plus haut *mole* pour *mulei* « mamelle » முலை; citons encore *moḷôkaï* pour *muṟaikai* « coude » முழங்கை, et *kojondé* « petit enfant » pour *kujandei*, குழந்தை, où *a* s'est harmonisé en *o* avec la syllabe initiale; குடை *kuḍei* « parapluie », et துரை *turei* « seigneur, monsieur », se prononcent *koḍé*, *doré*; உரல் *ural* « mortier », fait *oralu* ou plutôt *woralu*, en vertu de la règle générale d'euphonie qui préfixe toujours un *w* aux *o* initiaux. *I* passe de même à *é* : கிழவி *kijavi* « vieille » devient *kéj'vi*; கிணறு *kiṇar'u* « puits » se prononce *kéṇur'u*; திரை *nirei* « rang » fait *néré*. இலை *ilei* « feuille », donne *élé* ou plutôt *yélé*, puisque *é* initial est toujours précédé de *y*, mais *i* reparaît dans *pôlé* pour *puqei ilei* புகையிலை « tabac »; en revanche, *i* devient *u* dans *carippulé* ou *cariappulei* pour *karu* ou *kariyavéppilei* கறு ou கறியவேப்பிலை « feuille de la Bergera kœnigii ». Ces prononciations n'ont lieu que devant les consonnes simples. Le tuḷu remplace souvent par des *o* les *e* des autres langues; il dit par exemple *boḷḷi* « argent » pour வெள்ளி *velḷi*, tam. et ಬೆಳ್ಳಿ *belḷi*, kan.; en tamoul, on peut citer *poṭṭi*, « boîte » pour *peṭṭi*, பெட்டி. Les permutations *u ⇒ o* et *i ⇒ e* sont normales d'une langue à l'autre; cf. tam. *ninei* நினை « penser », qui fait *nene* en malayâla et en kanara; *tiraḷ*, திரள் qui reste tel quel en malayâla, mais qui devient *teraḷu*

ತೆಯಲು en kanara, et *teralu* ತೆಯಲು en télinga; *viḷakku*, விளக்கு « lampe » tam. et mal., qui est *beḷaku*, ಬೆಳಕು en kanara, et *velugu*, ವೆಲುಗು en télinga : le tamoul populaire dit *veḷukku* ou même *veḷ'ku*. Le tamoul உரல், *ural* prononcé *oral*, a même évolué en *rôlu* ರೋಲು en télinga.

Inversement, on dit *kuḍu* pour கொடு *koḍu* « donne »; il y a probablement dans cette mutation l'influence de la cérébrale et de l'*u* voisin.

U se produit phonétiquement dans la composition de l'infinitif en *a* avec la négation *illei*, இல்லே « non », qui sert de voix négative pour le présent et le passé; entre l'*a* final du verbe et l'*i* initial de la négation s'intercale un *v* euphonique, et le groupe *avi* aboutit à *u*. On a, par exemple, *nán çollalé* et *ní vaikulé* pour *nán' çollavillei*, நான் சொல்லவில்லே « je ne dis pas », et *ní vaikkavillei*, நீவைக்கவில்லே « tu ne mets pas, tu n'as pas mis ».

Une contraction du même genre s'observe dans *uttaru* pour *uttaravu*, உத்-தரவு « congé, permission »; c'est évidemment la présence de l'*u* qui a amené la mutation. On sait que l'*u* bref est la moins résistante des voyelles tamoules, la seule qui s'élide, et la plus facile à supprimer. Aussi, comprend-on des ré-ductions telles que les suivantes : *irkudu* « il est », *marpôḍi* « d'autre sorte », *koṇḍá* « apporte », pour *irukkudu*, இருக்குது; *mar'ubaḍi*, மறுபடி; *konḍu vá*, கொண்டு வா, etc. Le suffixe général du génitif dans la langue parlée est உடைய *uḍeiya*, qui se contracte d'ordinaire en *uḍô* : *yennuḍô* « de moi », pour *ennuḍeiya*, என்னுடைய; les écrivains dramatiques écrivent *iḍa*, இட : ainsi, dans la *Çakuntalá* de Râmacandrakavirâya, les disciples Kâlanèmi et Kâlâgni parlent de leur maître, Viçvâmitra, en ces termes : நம்மிட சுவாமி கேட்-டால் *nammiḍa çuvâmi kéṭṭál* « si notre Seigneur entendait ».

Dans plusieurs des exemples ci-dessus, l'*u* n'était pas primitif, et sa sup-pression se comprend d'autant mieux qu'il était adventice et euphonique. C'est pour des raisons de même nature que குதிரை *kudirei* « cheval » se prononce *kudré*, que மிளகு *milagu* « poivre » fait *mul'gu*, que வீட்டிலே *vîṭṭilé* « dans la maison » devient *úṭ'lé*, que தண்ணீரிலே *taṇṇírilé* « dans l'eau (fraîche) » donne *taṇṇilé* par l'intermédiaire de *taṇṇiyilé*, et que l'interjection de fami-liarité *aḍá* masc., *aḍi* fém., qui correspond à peu près à notre vulgaire « dis donc », s'abrège en *ḍá, ḍi* : *yeṇḍá* « quoi donc, ô homme? », pour *en aḍá*, என்னடா; *váḍi* « viens donc, ô femme », pour வா அடி *vá aḍi*. Il est vrai que ce dernier exemple, *yeṇḍá* pour *ennaḍá*, peut être considéré comme un cas de composition syncopée, de *polysynthétisme* : on peut citer également *koṇḍá* pour *koṇḍuvá*, கொண்டுவா « apporte »; *koṇḍara* pour *koṇḍuvara*, கொண்-டுவர « apporter » (l'idiome classique dit கொணர *koṇara*); *irukkôṇum* pour

irukka vêṇum, இருக்க வேணும் « il faut être, il faut demeurer »; *péçáṇḍám*
« il ne faut pas parler », pour *péça véṇḍám,* பேசவேண்டாம்.

Dans le mot que je viens de citer, *taṇṇí* pour *taṇṇir,* தண்ணீர் « eau
fraîche », il n'y aurait pas seulement à signaler la chute du *ñ r* final, mais
encore la modification de sens, la généralisation d'une expression particulière.
L'idiome classique et la langue des livres emploient pour « eau » seulement le
mot *nír,* ou l'un de ses nombreux synonymes; *taṇṇír,* est proprement « eau
fraîche », de *taṇ* « fraîcheur ». Des exemples analogues se retrouvent dans beaucoup de langues.

D'autres variations affectent uniquement les consonnes. Nous avons vu
plus haut un exemple de *ṅg* devenu *mb;* citons maintenant *ṇp* transformé en
mm, probablement par les transitions *ṇb, nb, mb :* பெண்பிள்ளா *peṇpiḷḷei*
« femme », proprement « enfant femelle », se prononce *pommöḷé, pomm'ḷé,* où
il faut noter une série d'altérations intéressantes : le *p* initial du second com-
posant s'est d'abord adouci en *b* sous l'influence de la nasale précédente, puis
il y a eu adaptation de la nasale, et assimilation de l'explosive; la voyelle *e,*
au contact de ces labiales a évolué vers *o,* tandis que l'*i* de *piḷḷei,* prononcé *u*
par l'influence du *l* cérébral, tendait à s'harmoniser avec *o,* et passait à *ö.* On
dit de même *pönjádi* et *ponjádi* « épouse », pour பெண் சாதி *peṇ çádi* « caste
de femme, femme par excellence (?) ». Le changement de *ṇp* en *mm* se retrouve dans le télinga ఠొమ్మిది *tommidi* « neuf », qui est pour *toṇ-padu* « dix
incomplet ».

Une variation consonnantique à signaler est celle de *agappaṭṭuviṭṭén'* ou
agappaḍaviṭṭén', அகப்பட்டுவிட் டேன் ou அகப்படவிட் டேன் « je me suis
trouvé, j'ai été trouvé », qui se prononce *ámbödöpöṭṭén.* Mais peut-être le *m*
n'est-il qu'un reste conscient de அகம் *agam* « profondeur, intérieur », dont
l'oblique *aga* est la première composante du mot, la seconde étant படு *paḍu*
« souffrir », auxiliaire du passif du verbe « trouver ». அகமுடை யாள் « épouse »,
agamuḍeiyáḷ, se prononce *ámbuḍéá.*

La consonne dont les altérations sont les plus remarquables est peut-être le
k, க, régulièrement adouci en *g* lorsqu'il n'est pas initial. Il se supprime quelquefois purement et simplement dans le suffixe de pluralité *gaḷ,* கள்; on dit
par exemple *paṭçiyaḷ,* பட்சியள் pour *pakṣigaḷ,* பக்ஷிகள் « les oiseaux ». Dans
le *Tinnevêli,* on entend demander couramment *kuḍitchiyöḷá* « avez-vous bu? »
et *tiṇṇiyöḷá* « avez-vous mangé? » pour *tin'd'írgaḷá,* தின்நீர்களா et *kuḍittír-
gaḷá,* குடித்தீர்களா.

G médial passe souvent à *v;* en tamoul populaire, on dit *ajavi* « belle femme » *palavé* « planche », *çavar'i* « boue », *kuvé* « caverne, grotte », *pavula* « jour (par opposition à nuit) », *póvádé* « ne va pas », *póvudu* « il va », *óvudu* « il devient » qui prend plus souvent le sens de « c'est fini, c'est passé »; pour அழகி *ajagi*, பலகை *palagei*, சகதி *çagadi*, குகை *kugei*, பகல் *pagal*, போகாதே *pógádé*, போகுது *pógudu*, ஆகுது *águdu*; on peut même entendre dire *taupen* pour *tagappan'*, தகப்பன் « père ». Ici, le second *a* s'est labialisé par le voisinage du *p*; mais ce mot nous donne la clef de la mutation : *g* est d'abord devenu *h*, une aspiration faible, puis a disparu tout à fait, et le *v* s'est alors naturellement produit pour éviter le hiatus. Cependant, il y a eu quelquefois contraction ou combinaison des voyelles en contact; M. Caldwell rattache par exemple பாதி *pádi* « moitié » à பகுதி *pagudi* « part, division », et *çádu* « chariot » à *çagadu* « de même sens ». C'est ainsi que *tagappan'* aboutit à *tóppán'*; on explique de même மோனை *món'ei* « antériorité » par une contraction de முகனை *mugan'ei* « en face »[1]. La mutation *g = v* est normale dans les langues dravidiennes; cf. malayâla *kaḍagu* et tamoul *kaḍavu*, கடவு « porte » (on prononce *kâḍa*); télinga *dgu* et *ávu*, ఆగు et ఆవు « devenir »; il y a de nombreux exemples en télinga où l'inverse a lieu aussi : le sanskrit *prabála*, प्रबाल « corail », y devient పవడము *pavaḍamu*, et పగడము *pagaḍamu*; je citerai aussi *ár'ugaru*, ఆఱుగురు « six personnes », qui correspond au tamoul *ar'uvar*, அறுவர். Un changement de *g* en *v* s'observe encore dans la phrase *vatché vévôlé* « j'ai mis (l'eau au feu); elle ne bout pas » pour *vaittén' végavillei* வைத்தேன் வேகவில்லை.

Un affaiblissement constant se produit aux prétérits des verbes dont le radical est en *i* ou *ei* : le *tt* des transitifs devient *tch*, et le *nd* des intransitifs *ndj*; la cause de ce phénomène est certainement la présence de l'*i* qui provoque le mouillement palatal. On dit *tapitché* « j'ai failli », *paḍitché* « j'ai étudié », *valeindjé* « j'ai grandi, j'ai crû », pour *tappittén'* தப்பித்தேன், *paḍittén'* படித்தேன், et *valeindén'* வளர்ந்தேன். Ce changement n'est pas d'ailleurs limité aux verbes, car on dit *andji* « cinq » pour *aindu*, ஐந்து, *indjé* « ici » pour *ingé*,

---

[1] Je prends cet exemple dans les *Observations* que Chr.-Th. Walther a faites sur la grammaire de Beschi; imprimées à Tranquebar en 1739, un an après celle-ci (58-[ij]p. in-8°), elles y sont ordinairement jointes. J'ai pu, cependant, m'en procurer un exemplaire séparé, comme j'avais pu avoir seule la grammaire de Beschi. Il y a trois ans, j'ai trouvé sur le quai Conti, dans une boite à o fr. 5o, un exemplaire des deux ouvrages réunis; ce volume porte la signature de Legentil, avec cette note caractéristique : « Braemanorum Braminarumq : philosophiæ cultor, *sed christianus* ». Le nom de Walther et son mémoire sont trop oubliés aujourd'hui; il est bon de les rappeler au public lettré. Walther avait étudié le tamoul à fond; il le savait peut-être moins complètement, mais mieux, sans doute, que Beschi. Il cite les deux vieilles grammaires indigènes classiques, le *Tolkâppiyam* et le *Nan'n'ál*.

இங்கே, etc. On constate, du reste, le changement inverse de palatales mouillées en cérébrales : *múṇu* « trois » pour *mún'd'u*, மூன்று, *paṇṇi* « cochon » pour *pan'd'i*, பன்றி, *kaṇṇu* « veau » pour *kan'd'u*, கன்று, *yeṇṇā* « il a dit » pour *en'd'án'*, என்றன், etc. Le groupe *n'd'*, où la première composante seule se prononce mouillée, et où le mouillement est initial (*kan'd'u* sonne par exemple à peu près *kaïndu*), est peu résistant, et la langue a peu d'efforts à faire pour passer de *n'* dental mouillé à ṇ lingual. Cette mutation est régulière en malayâla, où « cochon » se prononce et s'écrit *paṇṇi*; le kanara a *handi*, ಹಂದಿ, et le télinga *pandi*, పంది, avec *nd*, dentales franches. Mais le malayâla va plus loin et fait *nn* (dental) de *nd*, et même de *n'd'* : *irunna* « qui fut », *vannu* étant venu », *ennâl* « si on dit », y correspondent au tamoul *irunda* இருந்த, *vandu* வந்து, et *en'd'ál* என்றல், de même sens. Quant au changement de *tt* en *tch*, il est général en dravidien : cf. tam. *aḍittu* அடித்து « ayant battu », qui est en malayâla *aḍitchu*; *nindittu* நிந்தித்து qui a pour correspondant en kanara *nindiçi*, ನಿಂದಿ et en télinga *nindintchu*, నిందించు. On sait que l'affaiblissement des explosives dures en *tch* ou *ç* est fréquent en tamoul, et ordinaire en télinga. Cf. tam. et kan. *kéḍu*, கெடு, ಕೆಡು, « perte, ruine », mal. *kéḍa*, tél. *tchédu* చేదు; tam. *çévi*, செவி « oreille », tél. *tchévi*, చేవి, kan. *kivi*, ಕಿವಿ; tam. *çéy* செய் « faire », tél. *tchéyi* చేయి, kan. *géyu*, ಗೆಯು. A son tour, *ç* s'affaiblit en *y*, surtout dans les patois méridionaux où *ariçi*, அரிசி « riz décortiqué cru » se prononce *ariyi*; c'est en vertu de cette tendance phonétique que le dravidien primitif *pesar* « nom » (kan. ಹೆಸರು *hesaru*) est devenu en tamoul பெயர் *péyar*, qui s'est contracté plus tard en *pêr*, par chute de *a* et réduction de *ey* à *é* allongé par compensation. Inversement, on trouve *uçir* pour *uyir* « vie », உயிர்.

La permutation *kk=tch* est commune en tamoul; cf. *vaitcha* « mettre, mettant », pour வைக்க *vaikka*; *étchirán* pour *eykkir'án* எய்க்கிறன் « il trompe », etc.

Certains changements sont d'ordre plus simple et plus naturel; ainsi *nit'-kirár*, நிற்கிறீர் « il se tient » (forme honorifique) se prononce *nikrár*, par assimilation des explosives, pour *nikkir'ár*.

Une modification moins naturelle est celle de *y* en *v*, dans *vavur'u* « ventre », et *kavur'u* « corde » (prononcés même *vaur'u* ou *baur'u* et *kaur'u*), pour *vayir'u* வயிறு, *kayir'u* கயிறு. Ici, le *v* a été amené à remplacer le *y* après le changement de *i* en *u*, produit sous l'influence du *r'u* suivant.

J'ai fait voir plus haut que *y* et *r* tombent quelquefois à la fin des mots. Il en est de même du *l* dans le mot *kál*, கால் « temps » (du sanskrit *kála*) devenu suffixe conditionnel verbal. La conjonction « si » se traduit en effet dans le langage populaire par une construction participiale toute particulière : on ajoute *ká* au participe passé précédé du pronom sujet; on dit ainsi *aven vandàkká* « s'il vient », *ni pón'àkká* « si tu vas », pour *avan' vanda kál,* அவன் வந்த கால் « au moment où il est venu », et *ni pón'a kál,* நீ போன கால் « au moment où tu es allé ». Le suffixe *kál,* tronqué en *ká,* est devenu presque un enclitique, et il s'est tellement incorporé au participe, qu'il a amené le redoublement irrégulier du *k* initial, et qu'il a produit sur l'*a* final du participe un accent secondaire grâce auquel cet *a,* qu'on devrait prononcer *ŏ,* a repris sa prononciation naturelle *a.*

Que conclure des faits qui viennent d'être exposés? Simplement que l'étude du langage populaire est d'une extrême importance en linguistique, et qu'elle peut, en révélant des phénomènes nouveaux, donner la solution de questions controversées et imparfaitement résolues. Les quelques indications laissées à cet égard par les écrivains qui nous ont précédés ne suffisent-elles pas pour élucider certains points d'un haut intérêt? Peut-on admettre un seul instant; par exemple, que les Grecs prononçaient leur belle langue à la moderne, quand on voit le vieux poète Cratinus représenter par βῆβῆ le bêlement du mouton? Comprendrait-on l'émotion des Romains qui assistaient au départ de Crassus allant combattre les Parthes, lorsqu'ils entendirent le cri malencontreux du marchand de figues, *Cauneas,* si l'on ne savait que ce cri équivalait à peu près à la phrase fatidique *Cave ne eas ?* Le langage du peuple est toujours spontané et naturel; l'écrivain adapte son langage aux habitudes conventionnelles d'une société factice. Plus une nation est avancée, au point de vue de la civilisation générale, et plus la distance est grande entre les diverses catégories sociales. La dernière devient alors la plus intéressante pour le savant et l'observateur : de bas en haut, il refait ainsi tout le chemin parcouru par l'humanité, et il peut contempler dans la réalité saisissante l'œuvre progressive d'une longue série de siècles.

LES CONSTRUCTIONS PARTICIPIALES

DANS LES LANGUES DE L'INDE MODERNE,

PAR

M. JULIEN VINSON.

On sait que, dans les langues morphologiquement inférieures, la distinction entre les formes nominales et les formes verbales est beaucoup moins marquée que dans les langues supérieures. Les idiomes les plus imparfaits, au point de vue de la grammaire, sont à cet égard fort remarquables : le nom et le verbe y sont presque identiques et se comportent de la même façon, à cela près que les dérivés verbaux peuvent exprimer de plus que les autres une idée temporelle. Cette idée, à laquelle correspond un suffixe particulier, ou qui paraît résulter de l'ordre relatif des composants, est d'ailleurs généralement concrète, et ne représente que le passé ou le présent aoristique c'est-à-dire indéterminé. Quant à l'idée d'action ou d'état qui est également propre au verbe, elle tient au radical lui-même et à la manière dont il est employé dans la proposition; ainsi les substantifs peuvent exprimer cette idée et devenir verbes en prenant les suffixes pronominaux, tandis que les verbes peuvent devenir substantifs en prenant les suffixes qui indiquent les relations d'espace. Les terminatives personnelles, en effet, peuvent être ajoutées aux thèmes avec deux fonctions opposées : considérées objectivement, elles marquent la possession, *atya-m* « mon père » en magyare, ou אֵלִי *él-i* « mon Dieu » en hébreu; considérées subjectivement, elles marquent l'état, அடியேன் *aḍi-y-én* « je suis aux pieds », c'est-à-dire « je suis esclave », en tamoul, ou *agha-bin* « je suis père », en yakoute. Il s'agit là de thèmes purement nominaux désignant des êtres ou des objets réels ou virtuels; s'il s'agissait de thèmes verbaux exprimant une action, les suffixes pronominaux indiqueraient, dans le premier cas, le sujet ou le complément du verbe, comme dans *du-zu* « vous l'avez » en basque, *bó-lǎn* « je parle » en hindoustani, ou *s'baq-tá-ni* « tu as abandonné moi » en araméen; dans le second cas, ils indiqueraient que la forme verbale est substantivée, comme dans le tamoul வந்திர்க்கு *vandir-k-ku* « à vous qui êtes venu ». J'appelle l'attention sur ce dernier exemple où l'on voit une forme verbale déclinée, c'est-à-dire modifiée par un suffixe de relation; elle ne peut être traduite en français que par un pronom suivi du « qui » conjonctif. Entre *vandír* « vous êtes venu », et *vandír* « vous qui êtes venu », la différence est purement fonctionnelle; le cas est exactement le même pour la phrase suivante, dont je reparlerai plus loin : புலிகொன்றாயானை *pulikon'd'ayán'ei;* elle peut être traduite soit « l'éléphant qui a tué le tigre », soit « l'éléphant qu'a tué le tigre ».

Les langues où ces phénomènes sont le plus apparents sont celles du second groupe, les langues agglutinantes; les locutions verbales y présentent la double particularité d'exprimer une idée temporelle assez peu précise, et de ne point différer morphologiquement des locutions nominales. C'est pourquoi, dans ces idiomes, il n'y a pas d'infinitifs, mais seulement des noms verbaux; il n'y a pas de participes comparables aux nôtres, mais des adjectifs verbaux; et c'est pourquoi les gérondifs, ou participes invariables et impersonnels, jouent dans beaucoup d'entre eux un rôle si considérable. Ce système est particulièrement celui des langues dravidiennes, et aussi celui des très curieux idiomes qu'on a appelés *kolariens,* géographiquement intermédiaires entre l'Inde aryenne et le groupe dravidien, et qui, au point de vue linguistique, sont antérieurs et inférieurs à ce dernier organisme.

Le procédé grammatical qui confond les formes nominales et les formes verbales est habituel aux idiomes aryens modernes de l'Inde. L'ont-ils emprunté aux Dravidiens ? L'ont-ils développé spontanément, par un *processus normal,* sous les seules influences du milieu, du climat, etc.? Je ne crois pour ma part, ni à l'imitation, ni à l'emprunt entre des idiomes aussi différents, quant à leur nature, leur âge, la mentalité de ceux qui les parlent, que l'hindoustani et le tamoul par exemple. En ce qui concerne la phonétique notamment, il serait tout à fait inexact de prétendre que les dialectes septentrionaux ont pris les consonnes cérébrales aux Dravidiens; ces consonnes se sont développées chez eux seulement sous des influences locales, les mêmes qui en avaient provoqué la formation dans les patois originaux préaryens. Les Kolariens en font un grand usage. Aussi comprend-on que le sanskrit classique n'ait pas admis le *l, ऌ* du védique, tandis que ce *l* est essentiel en tamoul; que, d'autre part, l'hindou contemporain fasse un si grand usage du *r* cérébral habituel au kolarien, mais que ne connaît pas, ou que ne connaît plus le dravidien; le kanara, d'ailleurs, a moins de cérébrales que le tamoul, et le télinga en a moins encore que le kanara. Certains amateurs avaient vu, dans la prononciation contemporaine du y chez les Basques du Guipuzcoa, un emprunt à l'espagnol; or, cette prononciation n'existe précisément pas sur la zone limitrophe. On avait dit aussi que la *jota* espagnole venait de l'arabe; mais les mots empruntés à l'arabe ne l'ont pas, et elle n'est qu'un dérivé du *l* latin mouillé. Un témoignage intéressant à cet égard est fourni par la vieille grammaire arabe de Pedro de Alcala, imprimée à Grenade en 1505. Il y est dit expressément que le castillan n'a le son ni du ث, ni du خ; le *x* y sert à transcrire le ش, et le *j* y remplace le ج [1].

La conjugaison est aujourd'hui surtout périphrastique et participiale dans les langues du nord de l'Inde. L'emploi des participes est tellement de rigueur dans ces idiomes, que l'hindi a développé un très remarquable participe futur qui est un véritable hybride, composé d'une forme personnelle et d'une terminaison substantive : de *bólûn*, بولون « je parle », on forme بولونگا *bólûngá* masc. et بولونگی *bólûngí*, fém. « (moi) devant parler »; de *bóló*, بولو « vous parlez » on dérive بولوگی *bólógé* masc. et بولوگین *bólógín* fém. « (vous) devant parler ». Au surplus, dans la conjugaison participiale, l'auxiliaire personnel est le plus souvent supprimé; on dit : *wuh boltá*, وه بولتا « lui parlant » pour « il parle », *máin bólá*, مین بولا « moi parlé » pour « je parlai », *tum bólté thé*, تم بولتی تهی « vous parlants étés », pour « vous parliez », *wé ʿauratén bóléngín*, وی عورتین بولینگین « ces femmes devant parler », pour « ces femmes parleront ».

Le participe passé est celui dont l'usage est le plus fréquent. Ce participe — qui est terminé en *á, yáu, yó, ó, é*, ajoutés au radical, suivant les dialectes — dérive directement, quant à sa fonction grammaticale, du participe

---

[1] *Arte para ligezamēte saber la lēgua arauiga. Vocabulista arauigo en letra castellana.* Par le Fr. PEDRO DE ALCALA. Imprimé à Grenade par Juan Varela, de Salamanque, et daté du 5 février 1505. — Petit in-8° de 96-172 p. n. ch. — Au commencement de la *Grammaire*, l'auteur dit : « Las letras arauigas... todas se pueden suplir con nuestras latinas o castellanas, de manera que para la comun algarauia no ay necessidad de las saber ni conocer todas, mas solamente quatro conuiene saber, خ ka, د dil, ث ce, ع ay, cuyos sones no tenemos en nuestro ABC latino, ni menos con letras latinas se pueden suplir buenamente », et il explique un peu plus loin que le ع est comme « la *h* entre nos, saluo que la *h* suena blanda y aspiradamente entre nos, y esta letra suena rezia y apretada-

mente, ante del gallillo de la parte de arriba ». Il appelle ج gim, et explique que ث doit être prononcé « como la *ç* de los ceceosos ». Dans les préliminaires du vocabulaire, il revient sur ces prononciations, en ces termes : « خ *h* con dos puntos tiene el sonido de la *h*, avn que mas aspero y rezio, sonando fuerte cabo el gallillo assi como si pusiessemos una *g* ante de la *h* ». Quant au ج, c'est, dit-il, un *h* analogue à celui de *hazer*, et il cite *hamd* (حمد, louange). Je relève entre autres dans le vocabulaire les mots suivants : « camello de vna corcoba, jémel, gimil (جمل); diablo, ginn, جن; escuadra, jamáʿa (جمع); ombre, rajul, rigil (رجل); tornasol, julinár, جنبار; diablo, xaitán (شیطان); juyzio, huqm (حكم); rey, kalifa (خليفة); julepe o xarope, xaráb (شراب) ».

passé passif sanskrit en *ta*, dont on connaît l'importance; les grammairiens hindous l'emploient dans bien des cas où ils devraient se servir de formes personnelles, et ils en arrivent ainsi à rendre par la tournure passive des propositions nettement actives, en sous-entendant une forme personnelle du verbe « être ». C'est ainsi que तेन कथितं *téna kathitaṃ* « par lui dit, *ab illo dictum*, correspond à « il dit », et कुक्कुरेन पानीयं पीतं *kukkuréna pánÍyaṃ pÍtaṃ* « par le chien l'eau bue » à « le chien a bu l'eau ». De pareilles constructions se rencontrent même dans le Rig-Vèda : यमेन दत्ता: *Yaména dattáḥ* « donnés par Yama », au lieu de « Yama a donné »; mais elles sont surtout fréquentes dans la période ultérieure de la littérature sanskrite; M. D. Whitney cite les phrases suivantes de l'*Hitópadéça* : तच् छ्रुत्वा जरद्गवेनोक्तं *tac chrutvá Jaradgavénóktaṃ* « ayant entendu cela, par Jaradgava (il fut) dit », et एवमुक्त्वा तेन सर्वेषां बन्धनानि छित्तानि *évam uktvá téna sarvéṣáṃ bandhanáni chittáni* « ayant parlé ainsi, par lui les liens de tous (furent) coupés ». Il faut remarquer le rôle grammatical du gérondif dans ces deux exemples, car il a pour sujet un nom ou un pronom à l'instrumental, sujet réel de l'action, mais transformé en régime indirect par la construction passive.

Cette construction passive est à peu près la règle absolue en hindi occidental, en népali, en panjabî, en sindhî, en gujaráti et en maráthi. Les grammairiens indigènes distinguent, pour la proposition active dont le verbe est à un temps passé, trois constructions ou *prayógas* : *kartá* « agent », *karma* « œuvre », *bháva* « essence », que M. Beames appelle « subjective, objective, impersonnelle », et que j'ai proposé d'appeler « directe, inverse, attributive ». M. Hoernle appelle les deux dernières « passive » et « impersonnelle ». M. Beames les fait parfaitement comprendre au moyen des exemples latins suivants :

> *directe* . . . . Rex urbem condidit.
> *inverse* . . . . A rege urbs condita est.
> *attributive* . . . . . A rege urbi conditum est.

Les deux dernières constructions sont normales et ordinaires en hindoustani où l'on dira par exemple : *máin né wuh laṛkí dékhí*, مین نی وہ لڑکی دیکھی « par moi cette fille (a été) vue » ou bien مین نی اس لڑکی کو دیکھا *máin né us laṛkí kó dékhá* « par moi à cette fille (il a été) vu », pour « j'ai vu cette fille ». Ces constructions ne sont employées qu'avec des verbes transitifs, et à des temps composés où ne figurent que des participes passés; cependant les verbes بکنا *baknâ* « murmurer », بولنا *bólná* « parler », بھولنا *bhúlná* « oublier », et لانا *láná* « apporter », ne peuvent être mis qu'à la construction directe, parce que leur signification fondamentale est intransitive; ainsi *lánà* est proprement une contraction de لے لا *lé ánà* « venir après avoir pris ». De même, جانّا *jánnà* « connaître » emploie la tournure inverse seulement lorsque le régime est simple et représenté par un seul mot; پانا *pánà* « obtenir, gagner » ne l'emploie pas quand il est composé avec un autre verbe; *dénà*, دینا « donner », non plus, quand il est joint à des noms verbaux en *ái* : دکھای دیا وہ *wuh dikhái diyá* « il a apparu »; enfin on conseille de n'appliquer à سمجنا *samajnà* « comprendre » que la construction directe, surtout à Lakhnaù et dans le Décan, où il est ordinairement pris avec le sens de « penser, réfléchir ».

Dans la construction attributive, le régime direct est au datif : on sait que l'hindou moderne n'a plus ce cas qui s'est confondu avec l'accusatif; ils sont l'un et l'autre caractérisés par le même suffixe, *kó* en hindoustani, *ké-táin* dans les patois du sud, *káun, kahan, kahun,* etc., en vieil hindi, ou plus exactement en hindi moyen, car la chaîne n'est pas continue entre les idiomes modernes et les vieux pràkrits. L'accusatif est donc devenu un cas indirect, et il en arrive ainsi dans d'autres langues; on sait par exemple que l'espagnol joint la préposition *á* au régime direct personnel du verbe actif : *quiero á mi madre*. Avec les deux constructions inverse et attributive, le sujet est à l'instrumental dont la particule propre est en hindi *né*, en panjabi *nái*, en maràthî *nén* et autres, en gujaràtì *é*, en népali *lé*. Le sindhi n'a pas d'instrumental, et se sert, à sa place, de l'oblique général ou du thème. C'était le procédé ordinaire aux vieux poètes hindis. M. Beames cite ces exemples de l'épopée de Tchand Bardàï qui vivait au XIIᵉ siècle de notre ère : जिहि हत्यौ व्रप्प मो तात गर, *jihi hatyó çrapp mó tát gar* « celui (par) qui (fut) tué le serpent sur le cou de mon père » (*Prithìráj ráyasá*, I, 49); dans cette phrase, *jihi* est à l'oblique, et *hatyó* au nominatif s'accorde avec *çrapp*.

Dans le *Rámáyaṇa* de Tulsidàs, qui est du XVIᵉ siècle, l'instrumental *né* n'est jamais employé. Au singulier, le sujet réel ne se trouve pas modifié, puisqu'il n'y a pas, à ce nombre, de terminaison spéciale pour l'oblique, mais au pluriel, il prend la forme de l'oblique. M. Kellogg cite les exemples suivants : सीतहि चितर् कहौ प्रभु बाता *Sítahi citai kahó prabhu bátá* « regardant Sità, le Seigneur dit cette parole »; हरिचरित सुहायें भांति अनेक मुनीसन गायें *Haricarit suháyé bhánti anék munísan gáyé* « les sages ont chanté d'innombrables façons les illustres exploits de Hari »; जो प्रभु विपिनि फिरत तुम देखा *jo prabhu vipini phirat tum dékhá* « le Seigneur que vous avez vu errant dans la forêt ». Tulsidàs emploie la construction directe beaucoup plus souvent que l'hindi moderne : ते देखे दोउ भाता *té dékhé dóu bhrátá* « ils virent les deux frères », बेलपात तीनि सहस

17.

समवत से खाई *bélpât tíni sahas samvat sé khâi* « elle mangea des feuilles de बेल (ægle marmelos) pendant mille ans ». Le dialecte de Bradj omet aussi très souvent la particule de l'instrumental : सन्याखियन मेरे बिल तें सब धन काढ़ि लियौ *sanyásiyan méré bil tén sab dhan kâṛhi liyâu* « les pénitents ont ôté toute la provision de mon trou ». Il faut remarquer que le dialecte de Bradj se rattache à l'hindi occidental, mais que celui de Tulsidás est au contraire plutôt oriental; et l'hindi oriental contemporain n'emploie que la construction directe.

M. Beames croit que c'est aux xvie et xviie siècles qu'on a commencé à faire usage d'une particule spéciale pour l'instrumental; il suppose que cette particule était originellement une post-position du datif. Elle n'aurait donc rien de commun avec l'instrumental *éna* du sanskrit.

L'inversion a pour conséquence le changement du sujet en instrumental, en régime indirect; elle fait du régime direct un nominatif avec lequel s'accorde le participe. Cette fonction de l'instrumental traduisant un nominatif sujet est tellement habituelle au langage dans l'Inde que les grammairiens en ont fait un cas spécial qu'ils appellent *agent*, c'est-à-dire « cas sujet »; beaucoup d'entre eux font de *máin né* « par moi », et *rájá né* « par le roi », de simples nominatifs dans ces phrases : میں نے لڑکی دیکھی *máin né laṛkí dékhí* « j'ai vu la fille », c'est-à-dire « la fille (a été) vue par moi »; *rájá né hukm diyá*, راجا نے حکم دیا « le roi a donné l'ordre », c'est-à-dire « l'ordre (a été) donné par le roi ». Des Indiens m'ont énergiquement soutenu que le *né* marque le nominatif actif, que *máin né* « par moi » est un nominatif ne différant de *máin* « moi » que parce qu'il est sujet d'un verbe actif au passé, et ils avaient une telle habitude; pour ainsi dire innée, de la passivité du verbe, qu'aucune raison, aucun argument ne pouvait les convaincre de leur erreur. Ils n'expliquaient point d'ailleurs l'anomalie de forme qu'on peut constater entre *máin kartá*, میں کرتا « je fais, je suis faisant », et *máin né kiyá*, میں نے کیا « j'ai fait, cela a été fait par moi ».

Cette fausse interprétation a été adoptée et défendue par beaucoup d'Européens et notamment par John Gilchrist, qu'on peut surnommer à bon droit l'inventeur de l'hindoustani. Non seulement il ne comprenait pas la construction passive instrumentale, mais encore il déclarait, avec une ténacité digne d'une meilleure cause, que c'était là une hypothèse souverainement absurde. La polémique qu'il soutint en 1820 dans l'*Asiatic Journal* est intéressante à lire; on me permettra de la rappeler et de résumer les arguments de Gilchrist. Il commence par faire remarquer combien est commode cette particule *né* qui caractérise le sujet, quelque tournure que l'on donne à la phrase; ainsi, pour

traduire en hindoustani « l'homme a battu le soldat », on pourra dire, soit
مارا سپاهی نی مرد *mard né sipáhí márá*, soit *sipáhí márá mard né*, soit *márá mard né
sipáhí*, soit *márá sipáhí mard né*, ce qui rappelle la « belle marquise » de M. Jourdain, et le sens ne sera jamais douteux, parce que *né* indiquera toujours le
sujet réel, tandis qu'en anglais par exemple, si quelque poète écrivait : « a
man a soldier beats », le sens exact serait incertain. Il explique alors que cet
usage vient certainement d'un besoin de précision, et qu'il a été généralisé
pour distinguer nettement le sujet du régime. Puis, s'attaquant à la théorie
« nouvellement proposée », qui fait de *né* une post-position de l'instrumental,
il la qualifie ironiquement de « lumineuse », il déclare qu'elle fait violence à la
fois au nom et au verbe, qu'elle est contraire au bon sens, et que, si elle paraît
avoir une apparence de raison dans l'accord du verbe avec le régime (*larkón né
larkí mári*, لڑکوں نی لڑکی ماری « les garçons ont battu la fille »), cet appui même
lui est enlevé par l'usage non moins courant de la tournure impersonnelle (لڑکوں
لڑکی کو مارا نی *larkón né larkí kó márá*). Un argument, qui lui paraît irrésistible-
ment victorieux, est celui-ci : jamais un Indien, conversant avec un Persan, ne
dira بیسرکنیزک زده شود *ba-pisr kanízak zada șúd*, pour traduire لڑکی نی لڑکی ماری
larké né larkí mári « le garçon a battu la fille », mais bien زد را پسرکنیزک *pisr
kanízak rá zad*, de même qu'il dira instinctivement پسران کنیزک را زدند *pisrán
kanízak rá zadand*, et non پیسران کنیزک زده شود *ba-pisrán kanízák zada șúd*, pour
larkón né larkí kó márá; je n'insiste pas sur la faiblesse de ce raisonnement. Gilchrist d'ailleurs ajoute, comme argument décisif, que les lettrés natifs du collège
de Calcutta l'ont autorisé à définir *né* « le signe du sujet d'un prétérit actif »,
ماضی متعدّی کا فاعل کا حرفِ لازمی *mádi múta'addi ké fá'il ká harf-i lázimí*. Sa conviction est tellement forte qu'il somme ses adversaires d'expliquer, dans leur
théorie, des faits qu'il n'explique point dans la sienne : l'accord du verbe et
du régime supprimé quand le régime est accompagné de *kó*, la suffixation de
né au nominatif et non à l'oblique des pronoms personnels de première et
seconde personne. Il ne ménage pas les expressions envers ses contradicteurs :
orgueil, prétention, sophisme tenace, manège pareil à celui de certains animaux
silly qui cachent leurs oreilles ou leur queue, sont leurs moindres défauts, et
le champion de l'hindouisme moderne termine par le classique : *risum teneatis,
amici !*

 Pour Gilchrist, *né* est si peu instrumental, que le vrai signe de ce cas est,
dit-il, *sé*, سی. Il est exact, en effet, que *sé* joue quelquefois le rôle de l'instrumental; M. Kellogg donne ces exemples : ہم سی نہیں بنیگا *ham sé nahín banégá*,
« cela ne sera pas fait par nous », et *un ká bal mujh sé nahín sambhálá játá*, उस

का बल मुज से नहीं संभाला जाता « leur force ne peut être soutenue par moi », mais il fait remarquer que cette tournure n'est employée qu'avec des verbes neutres ou au passif. La particule *sé* veut dire principalement « de (*ex*), avec, parmi, quant à, à (datif) » et est proprement le suffixe de l'ablatif; on regarde *sé* et *sé* variantes comme des représentants du sanscrit *saṃgé*, संवे « dans la réunion », ou सम् *sam* « avec », tandis que *né*, qui est *lé* en népali, viendrait du sanskrit *lagya*, ख्य « attacher, tenir à ».

Les contemporains et les successeurs de Gilchrist n'ont pas été tous aussi absolus que lui. Beaucoup ne disent rien et laissent le lecteur se tirer seul d'affaire; d'autres ont compris la véritable fonction de *né*, mais ils l'expliquent assez mal. M. Garcin de Tassy, dans ses *Rudiments* (1re édition, 1829, p. 59; 2e édition, 1863, p. 39, note 2), s'exprime en ces termes : « La préposition *né* (qui signifie littéralement « par »et qui répond au cas instrumental sanscrit) accompagne le sujet des verbes actifs aux temps passés; dans ce cas, le verbe est en concordance avec l'objet, si le nom qui l'exprime est au nominatif (cas direct); mais il reste invariablement à la 3e personne masculin du singulier, si l'objet est placé à un cas oblique, ou si c'est un membre de phrase ». Les mots que j'ai mis entre parenthèses, ne figurent pas dans la première édition; là où celle-ci a le mot « nominatif » la seconde porte « cas direct ». Dans la première édition, la note se termine par cette réflexion qui a été supprimée en 1863: « On voit que cette construction a beaucoup de rapport avec celle de notre participe passé, lorsqu'il est accompagné du verbe *avoir* ».

La vieille grammaire publiée par les Pères de la Propagande à Rome en 1778, et réimprimée en 1805, est à la fois plus simple et plus claire : « Os preteritos perfeitos e plusquam perfeitos querem os casos dos verbos passivos a saber, accusativos com a preposiçaõ, nè, que vale tanto, como a proposiçaõ *per*. E por isso quando dizemos *eu fiz este serviço*, naõ diremos, mem quià, se naõ, memnè quià cam, ou memnè quia tha, eu tinho feito » (1778, p. 46; 1805, p. 52).

Les grammairiens contemporains expliquent fort bien l'usage de l'instrumental ou « agent » en *né*, lorsqu'il s'agit de la construction inverse; mais ils ne se rendent généralement pas compte de la raison d'être de la forme attributive. Pour ne pas multiplier les exemples, je citerai seulement Platts qui dit (*A grammar of the hindústáni language*, London, 1874, p. 248-249) : « When the verb of a sentence is transitive, such that its perfect participle has a passive character, and the tense employed is one which is formed with this participle, the structure of the sentence (owing to the nature of the par-

ticiple) takes a *passive* form, the near or direct objet (the accusative) is made
the *subject* of the verb, and the agent of the act is put in the *agent case*...
But if, for any reason, the object is constructed with کو *kó*, or in other words
takes the Dative form, the concord between it and the verb is broken, and
the construction becomes impersonal, the subject, in the form of the pronoun
of the *third person singular masculine*, being implied in the verb ». Une des
dernières grammaires hindoustanies publiées en Europe, celle de M. Camillo
Tagliabue, professeur d'hindoustani à l'Institut oriental de Naples, dit la même
chose, dans les mêmes termes, et en citant les mêmes exemples : « Quando il
verbo di un sostantivo è transitivo, e in un tempo formato dal participio pas-
sato, la struttura della proposizione prende una forma passiva; l'oggetto diventa
soggetto del verbo ed il soggetto o agente si mette nel *caso agente*... Ma se,
per qualche ragione, l'oggetto prende la forma *kó*, کو del dativo, la concor-
danza fra esso ed il verbo è rotta, e la costruzione diventa impersonale, il
soggetto — nella forma del pronome della *terza persona singolare maschile*,
— essendo compreso nel verbo » (*Grammatica della lingua indostana o urdù*,
Napoli e Roma, 1892, p. 124-126).

Comme on le voit, les grammairiens n'ont pas compris la raison d'être de
la construction attributive impersonnelle, et la « règle » qu'ils formulent a le
défaut capital de prendre la cause pour l'effet, et *vice versa :* ce n'est pas parce
que le régime est accompagné de *kó* que le verbe est invariable, mais c'est
parce que le verbe est invariable et absolu que le complément direct prend le
signe de l'accusatif-datif. Nous avons là un nouvel exemple de ces fausses con-
ceptions, de ces explications censées pratiques, qui remplissent les livres em-
piriques, compliquant énormément la grammaire, et conduisant à des règles
d'accord étranges. Pour ne citer qu'un autre exemple, la variabilité de la particule du génitif, *ká* کا, *ké* کے, *ki* کی, ne se comprend que si l'on sait que
c'est proprement un adjectif, une forme du participe *kŗta* « fait », comme l'a
démontré M. Hoernle; il est donc tout naturel que cette particule, ou plutôt
cet adjectif, s'accorde avec le nom qu'il détermine : *laŗki ká báp*, لڑکی کا باپ « le
père de la fille », et راجا کی بیٹی *rájá ki béṭi* « la fille du roi ».

Il y a d'ailleurs, dans l'emploi de l'instrumental *né* et de la tournure passive,
des anomalies remarquables. Ainsi, quand le verbe مارنا *márná* « frapper,
battre, tuer » est accompagné du nom même de l'objet qui a servi à frapper, le
participe passé ne s'accorde plus avec le régime, mais avec le nom de l'instrument, et le régime est mis au génitif; M. Kellogg donne ces exemples :
« il m'a frappé de son épée », *us né méri talwár mári*, उस ने मेरी तलवार मारी,

et « il l'a battu de sa propre main », *us né us ká thappaḍ márá,* उस ने उस का
थप्पड़ मारा. De même, on trouve جواب میرا *jawáb mérá* « ma réponse, la réponse de moi, la réponse mienne », pour « la réponse à moi, la réponse qui
m'est faite ».

En maráṭhî, paraît-il, la construction inverse n'est pas exclusivement limitée
aux prétérits. Il en est de même en népali, où l'on dit par exemple : *anhéna
lé man phiráunan* « ils changeront d'idée, ils se repentiront ». En népali,
d'ailleurs, malgré la présence de l'instrumental *lé*, le verbe prend des terminaisons personnelles : « je mange, tu manges, vous mangez », se disent *mái lé
kháyán, tái lé kháïs, timí lé kháyáu,* et ainsi de suite. Il faut avouer que ces
singularités sont faites pour encourager les partisans du cas « agent nominatif »,
de même que les phrases telles que la suivante, où le gérondif se rapporte
au sujet suivi de *né :* اسنی هنسکر بولا *usné hanskar bólá* « il sourit et dit, il
dit ayant souri », proprement : « par lui, ayant souri (il fut) dit ». Nous y
reviendrons.

M. Platts fait observer que lorsque plusieurs phrases ont un sujet commun,
et que les unes doivent prendre la construction passive, et les autres la construction active, ce qui arrive par exemple si les verbes sont transitifs pour
les premières, et intransitifs pour les secondes, dans ce cas le nominatif devrait
être répété, mais en réalité il ne l'est pas, et c'est celui de la première phrase
qui est seul conservé. Ainsi pour traduire : « un serviteur prit ma main et se
mit à me parler », on dira : ایک خادم نے میرا ہاتھ پکڑا اور مجھ سی کہنی لگا *ék khádim né mérá háth pakṛá áur mujh sé kahné lagá ;* on pourrait éviter cette irrégularité grammaticale par l'emploi du gérondif : *ék khádim méré háth kó pakar majh
sé kahné lagá* « un serviteur, ayant pris ma main, etc. ». M. Platts en conclut
que, pour les Indiens, le cas en *né* est absolument équivalent à un nominatif,
et que, lorsqu'ils disent par exemple : میں نے روٹی کھائی *máin né róṭi kháyí,* ils
prétendent dire : « j'ai mangé le pain », et non « le pain a été mangé par
moi ». Ce n'est pas douteux, mais qui ne verrait, au point de vue du *processus*
mental, la différence qu'il y a entre : « j'ai mangé le pain », et « j'ai le pain
mangé »?

Comment l'usage de la tournure passsive a-t-il pris naissance et s'est-il
généralisé dans les idiomes aryens occidentaux de l'Inde? Il ne s'est rien produit
d'analogue chez les Kolariens ou chez les Dravidiens. Y a-t-il donc là une
influence locale, une action de milieu, ou est-ce seulement le résultat d'une
mentalité particulière? Pour s'expliquer la prépondérance de l'idée passive
aux temps passés, il faut d'abord se rendre compte que de toutes les formes

temporelles du verbe, celles du passé sont les seules qui expriment une époque définie, précise et exacte. D'autre part, parmi les trois éléments essentiels de toute proposition, le sujet, qui est le premier, le principal, peut, dans l'esprit de celui qui parle, devenir la préoccupation accessoire, et l'objet peut, au contraire, souvent prendre une importance prépondérante parce qu'on a en vue surtout le but, l'effet, le résultat de l'action. C'est pourquoi, par exemple, le tamoul a fait du verbe தெரி « savoir, connaître », un intransitif, et rend « je sais » et « je ne sais pas », par எனக்குத்தெரியும் én'akku tériyum, et என் க்குத்தெரியாது én'akku tériyâdu « à moi se connaît (est connu) », « à moi ne se connaît pas (n'est pas connu) ». J'ai mis « est connu, n'est pas connu » entre parenthèses, parce qu'il n'y a là rien de passif; aussi le sujet est-il au datif, et non à l'instrumental. La tournure passive suppose une évolution plus avancée, plus complète; une subordination générale et absolue du sujet au complément. Aussi ne saurait-elle, à mon avis, se rencontrer que dans les langues ayant beaucoup vécu, et dont la syntaxe a fortement subi l'action du temps.

Je ne crois pas, en effet, que les langues encore jeunes, que les organismes rudimentaires où chaque élément de la conjugaison conserve son individua- lité, où les formes dérivées sont aussi complexes que nombreuses, expriment normalement l'action par le passif. C'est pourquoi je ne saurais admettre la théorie proposée par quelques linguistes d'outre-Rhin pour l'explication du verbe basque. Le verbe basque est incorporant, et, de plus, sous sa forme contemporaine, il est périphrastique; le vaste édifice de sa conjugaison repose sur la composition avec divers auxiliaires de noms ou d'adjectifs verbaux dé- clinés. Pour « je vous le donne », on dit : « je l'ai à vous en action de donner », *ematen dautzut;* pour « il me verra », on paraphrase : « il a moi à ou pour voir », *ikhusiko nau. Dautzut* et *nau* sont interprétés par M. Hugo Schuchardt entre autres « il est eu à vous par moi », et « je suis eu par lui ».

L'un des arguments les plus importants que M. Schuchardt invoque à l'appui de sa théorie, est l'existence en basque de deux nominatifs. Tous les dérivés substantifs en effet y ont, au singulier du moins, deux formes de cas direct : la première, qui sert de sujet aux verbes intransitifs, ou de complément direct aux verbes transitifs, est le thème simple, *gizon* « homme » ou, avec l'article, *gizona* « l'homme »; la seconde, qui sert seulement de sujet aux verbes tran- sitifs, ne diffère de l'autre que par l'addition du suffixe *k,* qui est en apparence, sinon en réalité, identique au suffixe général de pluralité, *gizonek* « homme » ou *gizonak* « l'homme ». Au pluriel défini, — car le pluriel n'existe pas sans l'article, — certains dialectes ont deux formes : *gizonak* « les hommes » (forme

IMPRIMERIE NATIONALE.

simple), et *gizonek*[1] (forme active); mais la plupart disent *gizonak*, dans les deux cas. Ce qui a frappé les partisans de l'hypothèse dont je parle, c'est l'emploi pour ainsi dire absolu du nominatif actif dans certaines phrases participiales telles que *gizonak ikusia* et *nik egin lana*, qu'on peut traduire : « la (chose) vue par l'homme, le travail fait par moi », et où *gizonak* et *nik*, nominatifs actifs, semblent jouer le rôle d'un instrumental particulier, analogue à celui de l'agent *né* en hindi. Mais ce n'est là qu'une apparence; en réalité, le sens est : « la (chose) que l'homme a vue, le travail que j'ai fait »; ce sont des phrases conjonctives où le pronom conjonctif est remplacé par une tournure participiale. Ces tournures sont habituelles au basque, et le même dérivé participial, *duena* par exemple, signifiera, suivant les cas, « celui qu'il a » ou « celui qui l'a ». Je lis dans un des plus anciens écrivains basques, Axular (*Gvero*, 1643, p. 185), *miretsicoago duçuna* « ce que vous avez à admirer le plus », et (p. 191) *çuhaitz... fruituric iasaiten eztuena* « l'arbre qui ne porte pas de fruits ». Je prends au hasard dans Liçarrague (traduction du *Nouveau Testament*, 1571, Luc, XI, 2 et 3) : *Iauna vnctatu çuena* « celle qui avait oint le Seigneur », et *hic maite dudna* « celui que tu aimes ». Ces exemples sont significatifs.

De pareilles constructions sont habituelles aux langues qui n'ont pas de pronoms relatifs; en tamoul par exemple, மனன் கண்ட புலி *magan' kaṇḍa puli* peut signifier : « le tigre qui a vu l'homme » et « le tigre qu'a vu l'homme » ou « le tigre vu par l'homme ». Le sens résulte du contexte; pour préciser d'ailleurs, il suffirait dans le premier cas de faire usage du suffixe de l'accusatif dont l'emploi n'est pas de rigueur, *magan'ei*. Le second sens, où le sujet comme on voit, peut être traduit par l'instrumental, devient indubitable quand le sujet est un pronom personnel dont l'oblique, ou forme adjective, diffère du nominatif : நான் கண்ட புலி , *nân' kaṇḍa puli*, ne peut signifier que « le tigre que j'ai vu » ou « le tigre vu par moi ».

Ces analogies n'expliquent pas, il est vrai, pourquoi le basque — et quelques autres langues — ont un nominatif actif indiqué par un suffixe spécial; mais *gizon* et *gizonek* ne sont point l'un à l'autre comme مرد *mard* est à مردِ *mard né* en hindoustani : il y aurait plutôt entre eux le rapport des thèmes adjectifs sanskrit रै *rái*, गो *gó*, कवि *kavi*, aux nominatifs रास् *rás*, गौस् *gáus*, कविस् *kavis*.

Quoi qu'il en soit, pour bien comprendre ces constructions participiales relatives, il faut d'abord définir exactement ce qu'on doit entendre par « participe ».

[1] Dans *Gizonek* « homme », actif singulier indéterminé, l'*e* est euphonique; *e* est organique dans *gizonek* « les hommes » actif pluriel défini.

Dans toutes les langues de l'Inde, aryennes ou non, le verbe possède, en dehors des formes personnelles, un certain nombre de dérivés ayant plus ou moins un caractère général impersonnel, et qui comprennent ce que les grammairiens appellent des *infinitifs*, des *supins*, des *gérondifs*, des *participes*, etc. Il convient de les classer, en raison de leurs fonctions, en trois catégories distinctes :

1° Les expressions essentiellement nominales telles que les prétendus infinitifs hindous en *ná*, بولنا *bólná* « parler », کرنا *karná* « faire », qui peuvent varier en genre et en nombre et sont déclinables : *bólní*, *bólné kó*, *bólnín*, etc. On peut citer ces exemples : مري نماز جاني شروع هوي *méri namáz jání ṣurú húí* « ma prière commençait à finir » (Táubhat un Naçûkh, de Maulvi Ahmed Khán) et بهت باتيں بنانيں مجى خوش نهيں اتيں *Bahut bátên banánín mujé khúṣ nahîn átín* « Il ne me vient pas agréable qu'on parle beaucoup » (Bágh ò bahár); dans ces phrases, *jání* et *banánín* sont les féminins singulier et pluriel de *jáná* جانا « aller » et *banáná* « faire, préparer » qui sont employés adjectivement, et se rapportent à *ṣurá'* شروع et *bátên* باتيں avec lesquels ils s'accordent.

Ce sont proprement des *noms verbaux* tout à fait analogues aux dérivés verbaux tamouls : *péçugir'adu*, பேசுகிறது « parler »; செய்தல் *çeydal* « faire »; காண்பது *kaṇbadu* « voir »; ou plus exactement « l'action de parler, l'action d'avoir fait, l'action de devoir voir », etc.

2° Les participes absolus qui correspondent aux dérivés sanskrits en *tvá*, *ya*, *tví*, *tvaya*, ou aux participes présents invariables du français : « voyant cela, elle s'élance », « étant arrivés, ils se reposèrent ». Je préfère donner à ces formes le nom de *gérondifs;* il y en a pour tous les temps, mais ceux du passé sont les plus employés. Les grammairiens regardent le gérondif sanskrit comme l'instrumental d'un nom verbal dérivé; c'est le complément déterminatif logique de l'action marquée par le verbe personnel : il indique une action qui a précédé celle-ci, et qui lui est corrélative.

3° Les *participes* proprement dits, qui sont de véritables adjectifs, et qu'il importe de bien distinguer des gérondifs.

Les gérondifs sont d'un très grand usage dans toutes les langues de l'Inde; au lieu de : « je suis venu, j'ai lu, j'ai écrit et je me suis promené », un Indien dira : « étant venu, ayant lu et ayant écrit, je me suis promené ». L'hindí ne connaît que le gérondif du passé, il le forme en ajoutant au radical, *kar, ké, karké, é; kar* est le radical « faire », *ké* est l'oblique du suffixe génitif c'est-à-dire

du participe « fait », *é* est l'oblique du participe passé qui se trouve ainsi correspondre à l'ablatif absolu latin, sauf que dans la phrase indienne le gérondif se rapporte au sujet et non au complément. Le radical lui-même sert de gérondif en hindi, où « étant venu » se dit par exemple non seulement اکر *âkar*, اکے *âkê*, اکرکے *âkarkê*, اے *âyê*, mais encore ا *â* ۱ simplement. M. Whitney a fait remarquer l'usage excessif du gérondif dans le sanskrit postérieur, et il cite cet exemple de l'*Hitopadêça* : ततः शब्दाद् अभिज्ञाय स व्याघ्रेण हतः *tataḥ çabdâda abhijñâya sa vyâghrêṇa hataḥ* « alors, (il fut) tué par le tigre, l'ayant reconnu par le bruit », pour « le tigre, l'ayant reconnu au bruit, le tua ». Nous retrouvons ici ce que nous avons déjà vu plus haut, c'est-à-dire la construction inverse, la tournure passive, avec le gérondif régi par le complément indirect qui est le sujet réel de la phrase. L'hindi fait exactement de même, en remplaçant l'instrumental par le suffixe *né;* on voit par là ce que valaient les objections de Gilchrist.

Les congénères de l'hindi font un usage aussi fréquent du gérondif : le panjabi a les mêmes suffixes; l'uriyâ fait *i, kari, ilé;* le bangali, *ilé, iyâ;* le sindhi, *í, é, yó, ió, karé;* le gujarâti, *i* ou *í;* le marâṭhi, *ún* ou *ón,* que M. Benfey regarde comme dérivé du mahârâṣṭri *ún* pour *tûṇ* pour le sanskrit *tvâm* accusatif de *tvâ* (Lassen, p. 367). Les prâkrits avaient leurs gérondifs en *ia, iâ* : सुणिअ *çuṇiâ* « ayant entendu », दइअ *daia* « ayant donné »; le vieil hindi faisait *aya, ya,* et *i* : किय *kiya* « ayant fait », लय *laya* « ayant mis », सुनि *suni* « ayant entendu ».

Les langues dravidiennes connaissent les trois gérondifs; le plus employé est également celui du passé, qui est essentiellement formé par la suffixation du signe temporel sans éléments personnels. Le tamoul செய்தேன் *çeydén* « j'ai fait », a pour gérondif செய்து *çeydu* où *çéy* est le radical « faire », et *da,* avec *u* euphonique d'appui, le signe du temps passé. Dans les autres langues et pour les autres temps, les suffixes sont trop variés et trop nombreux pour que nous les rappelions ici. Il suffira de dire que le gérondif présent est souvent employé là où nous mettrions l'infinitif en français. Les grammairiens tamouls appellent le gérondif வினையெச்சம் *vin'eiyétcham* « défectuosité du verbe », c'est-à-dire « verbe qui doit être complété (par un autre) ».

Dans les idiomes kolariens, les gérondifs, que les grammairiens appellent « participes absolus » ou « adverbiaux », sont également très usités. Leur terminaison générale est *khan : duledekhan em chikaea* « le battant, que pouvez-vous faire ? ».

Les participes proprement dits sont caractérisés en hindi par les terminaisons *tá, té, ti, tín*, suivant le genre, le nombre et le cas, pour le présent; *á, é, í, in*, pour le passé; *ángá, úngí, égá, égí*, etc., pour le futur. Ils servent surtout à marquer les nuances temporelles à l'aide des auxiliaires « être » et « devenir », qui sont le plus souvent sous-entendus : *máin bólá thá* « moi parlé été » مَين بول ته correspond au plus-que-parfait « j'avais parlé ».

Les grammairiens tamouls appellent le participe பெயரெச்சம் *peyarétcham* « défectuosité du nom », c'est-à-dire « nom à compléter (par un autre nom) ». La terminaison générale dravidienne est *a* ajouté au signe du temps; on a par exemple en tamoul *çey-gir'-a* செய்கிற « faisant, qui fait », *çéyda* செய்த « fait, qui a fait », et en kanara *báluva*, ಬಾಳುವ « devant vivre, qui vivra ». M. Caldwell les appelle « participes relatifs »; leur fonction principale est, en effet, de remplir dans la proposition le rôle des pronoms conjonctifs, mais ils le remplissent doublement, c'est-à-dire qu'ils peuvent se rapporter au sujet ou au complément du verbe. Comme je l'ai déjà dit plus haut, le tamoul புலிகொன்றுயானை *pulikon'd'ayán'ei* peut être pris dans le sens de « l'éléphant qui a tué le tigre » ou de « l'éléphant qu'a tué le tigre », mais le second sens est le plus naturel et le plus ordinaire. Le tuḷu dira de même *nama táyi mara* « l'arbre que nous avons vu ». Dans sa *Grammaire télinga* (2° édition, *Madras*, 1857, in-8°), M. Ch.-Ph. Brown explique fort bien, par de très nombreux exemples, le rôle et la fonction des participes dravidiens (p. 247-248) :

« When two nouns are connected, one being the agent and one the subject, the English phrase varies thus : from విరుగుట *viruguṭa*, v. n. « to break », కాలువిరిగినవాడు *kálaviríginavádu*, « a man whose leg is broken », lit. « a leg broken man ». From వాచుట *vátchuṭa*, v. n. « to swell », చెయ్యవాచినది *tcheyyavátchinadi*, « a woman whose hand is swollen », lit. « a hand swollen one ». And the same words may mean : « the hand is swollen ». From చేయ్యుట *tchéyyuṭa*, « to do », నీవుచేశేపని *nívutchéçépani*, « the work thou dost ». From ఉండుట *uṇḍuṭa*, « to be », నీవుండేవూరు *nívuvuṇḍévúra*, « the town in which thou livest ». From చదువుట *tchaduvuṭa*, « to read », నేనుచదివినగ్రంథమండు *nénutchadivinagranthamandu*, « in the book which I was reading. [From వచ్చుట *vatchuṭa*, « to come »], నీవురావలసినవేళ *nívarávalasinavéḷu*, « the time at which you must come ». From చనుట *tchanuṭa*, « to go », వాడుచన్నమరునాడు *váḍutchannamarunáḍu*, « the day after his going there ». From పోవుట *povuṭa*, « to go », వాడుపోనాకార్యము *váḍu nákóraku póyna káryamu*, « the matter regarding which he went on my account ». From ఉండుట *uṇḍuṭa*, « to be », నీవువున్నటిగా *nívuvunnatigá*, « as if you were there ». From సరుకుట *sarukuṭa*, « to cut », చెట్టువరికినగొడ్డలి *tcheṭṭunarikina goḍḍali*, « the axe with which he felled the tree » : here both nouns are in the Nominative form though one has the Instrumental sense. From చచు ట *tchatchuṭa*, « to die »,

తండ్రిచచ్చినపిల్ల *tanḍritchatchinapilla*, « a child whose father is dead » or తండ్రిచచ్చిన *tanḍritchatchinadi*, « she whose father is dead »; here though the verb is masculine (చచ్చినాడు *tchtchinaḍu*), the form is neuter. From అప్పగించుట *appagintchuṭa*, « to deliver »,

ఇవిమీతండ్రిగారు అప్పగించినవి *ivimîtanḍrigâru nâku appagintchinavi*, « there are the things which your father committed to me ». — Whose two similar nouns are thus connected, one of them may be translated by the Intrumental or locative case. Thus ఎవ్వరు లేనియిల్లు *évvaruléniyllu*, « a house wherein is nobody », lit. « any one not house »; పేరుచెక్కనిముద్ర *pérutchekkanimudra* « a seal where upon no name is engraven (a blank seal) », lit. « a name ungraven seal », for చెక్కని is the negative relative participle of చెక్కుట *tchekkuṭa*, « to engrave ». — The participle is often translated by a tense, particularly when followed by అప్పుడు *appuḍu*, « then » or any word of reference. Thus కనుట *kanuṭa*, « to see », but కనినప్పుడు *kaninappuḍu*, « when he perceived »; నేనువచ్చినవిమ్ముట *nénuvatchinavimmuṭa*, « after I came ». — The past relative participle is sometimes used as a gerund and translated « of » or « for », as అదివ్రాసినతొందర *adivrâsinatondara*, « the trouble of writing it », ఇల్లుకట్టినసంగతి *illakaṭṭinasangati*, « the circumstance of (his) building the house ».

Le kolarien emploie ses participes de la même façon, par exemple : *darleṭ hoṛ e ṛuaṛ ena* « l'homme qui s'était enfui est revenu », *nelekantahēkan hoṛ aguepe* « amenez l'homme qui le voyait ».

Ces exemples sont caractéristiques; ils font bien voir que les participes dravidiens ou kolariens peuvent être pris objectivement ou subjectivement, si ces expressions ne sont pas trop prétentieuses; le tamoul *kollum*, par exemple, qui signifie « devant tuer », peut être employé pour dire « qui tue, qui a tué » ou « qu'on tue, qui est tué, qui a été tué ». De pareilles constructions ne paraissent pas trop surprenantes aux personnes qui ont l'habitude des langues agglutinantes. On se rappelle notamment les remarquables constructions pronominales du magyare : *Izrael nép-e* « Israël son peuple » c'est-à-dire « le peuple d'Israël », *Europa s a többi vilagrészek földirat-a* « géographie de l'Europe et des autres parties du monde », littéralement « l'Europe, etc., sa géographie ».

Les pronoms conjonctifs ou relatifs, tels que les ont développés les idiomes indo-européens, n'existent pas, on le sait, dans les langues du second groupe. Quelques-unes ont fait servir à cette fonction leur pronom interrogatif. Quant aux langues sémitiques, elles n'ont qu'un pronom relatif imparfait, qui est proprement un démonstratif, et qui est à peu près invariable. Ce pronom ne s'emploie d'ailleurs que dans le cas où le sujet est déterminé ; j'emprunte les exemples suivants à M. Friedrich Müller. Ainsi le pronom arabe *'alladí*, الَّذِى, ne s'emploie pas dans les phrases indéterminées. On traduira cette phrase « l'homme qui est malade » avec le pronom : « l'homme lequel lui malade » « *al-rajulu -lladí huwa marídun*, الرَّجُلُ الَّذِى هُوَ مَرِيضٌ, « l'homme que j'ai vu dans la maison » devient « l'homme lequel je l'ai vu à la maison », الرَّجُلُ الَّذِى رَأَيْتُهُ فى الدَّارِ, *'al-rajulu -lladí ra'aitu-hu fi-l-dári;* « les hommes que j'ai vus hier » fait « les hommes lesquels je les ai vus hier »; الرِّجَالُ الَّذِينَ رَأَيْتُهُم أَمْسَ *'al-rijálu -lladína ra'aitu-hum 'amsa,* etc. Il y a cependant des cas où le sens du pronom paraît s'être élargi, et où le verbe n'indique pas le régime ; ainsi, on trouve en arabe : الكِتَابُ الَّذِى أَنْزَلَ اللهُ *al-kitâbu -lladí 'anzala -lláhu* « le livre que Dieu a inspiré », où *'anzala* « il a inspiré » est pour *'anzala-hu* « il l'a inspiré », qui eut été régulier. Au demeurant, ce pronom relatif *alladí* est une sorte de conjonction impersonnelle ; l'hébreu affecte à ce rôle la particule אֲשֶׁר *'acher*, qui signifiait originellement « place, lieu » et auquel on donne à peu près le sens de « où » ; il dit par exemple : *hâ-'ês 'acher bethôkh hag-gán,* הָעֵץ אֲשֶׁר בְּתוֹךְ הַגָּן « l'arbre qui est au milieu du jardin », c'est-à-dire « l'arbre où dans le milieu du jardin » (*Genèse*, III, 3).

Dans le cas où le sujet est indéterminé, le pronom n'est pas employé, et l'idée conjonctive n'est pas phonétiquement exprimée. Ainsi, en arabe, on a : مَرَرْتُ بِرَجُلٍ أَبُوهُ نَائِمٌ *marartu bi-rajulin 'abú-hu ná'imun* « j'allai vers un homme dont le père dort », c'est-à-dire « j'allai vers un homme, son père dormant » ; رَأَيْتُ رَجُلًا يَنُومُ *ra'aitu rajulán yanúmu* « je vis un homme qui dormait », c'est-à-dire « je vis un homme, il dormait ».

Pour se rendre compte de ces constructions, il convient de rappeler que dans beaucoup de langues, et surtout dans les idiomes agglutinants anaryens, le verbe « avoir » n'existe pas. L'idée de possession est rendue par le verbe « être », et par la tournure inverse : « l'homme a une maison », se rend « à l'homme est une maison ». Il est opportun de rappeler aussi les tournures comme les suivantes de l'hindoustani : *mérá jawáb* « la réponse de moi », pour « la réponse à moi, la réponse qui m'est faite »; *us né mérí talwár mári* « par lui de moi épée frappée », pour « il m'a frappé de l'épée, il m'a donné un coup d'épée ».

Les observations qui précèdent, pour être convenablement interprétées, doivent être non seulement considérées en elles-mêmes, et dans leur ensemble, mais encore ordonnées et classées suivant la nature et l'âge des idiomes dans lesquels elles ont été prises. Ces idiomes appartiennent à trois catégories différentes, les groupes agglutinants, le groupe flexionnel sémitique et le groupe flexionnel aryen. Du premier au dernier, nous constatons une évolution extrêmement intéressante dans l'ordre des éléments de la proposition, et surtout dans leur importance relative. C'est le sujet, l'auteur ou la cause directe de l'action qui a été d'abord la préoccupation principale; puis l'objet, le but, l'effet a pris sa place dans la pensée de l'orateur et, enfin, l'action elle-même est devenue son objectif immédiat. En même temps, la proposition se compliquait. Dans les langues agglutinantes, la phrase est simple, et si chacun des termes peut être nuancé par des qualifications ou par l'expression de circonstances extérieures, ces nuances ne revêtent dans la proposition que des formes nominales. Plus tard, comme dans les idiomes sémitiques, les incidentes se sont précisées sous la forme plus concrète d'une proposition secondaire rattachée à la principale par un lien grammatical imparfait, qui est devenu le pronom conjonctif des langues aryennes. Aux deux extrémités de cette série évolutive, se trouvent le basque et l'hindoustani, les deux langues que j'ai le plus étudiées depuis un assez grand nombre d'années, réalisant ainsi l'une des fantaisies les plus singulières de Théophile Gautier. On se rappelle en effet le chapitre VII de *Fortunio* (publié en 1838), où deux jeunes femmes à la mode, après avoir dérobé le portefeuille d'un mystérieux inconnu, vont soumettre à deux graves professeurs du Collège de France les documents orientaux qu'elles y ont trouvés; malheureusement, le professeur de chinois, M. V..., ne connaît que le bas-breton, et le professeur « d'indostani » n'a jamais su que « la langue eskuara ou patois basque », qu'il enseigne à un Allemand naïf « seul élève de son cours ».

大南國朝廷並諸部院衙門

LA COUR DE HUÉ

ET

LES PRINCIPAUX SERVICES

DU GOUVERNEMENT ANNAMITE,

PAR

M. JEAN BONET.

RÉSUMÉ HISTORIQUE.

L'histoire des premiers temps de la nation est très fabuleuse. Les annales, qui se confondent souvent avec la légende, donnent comme ancêtres des Annamites les *Giao chi* 交 趾 [1], peuple à demi barbare, établi aux époques les plus reculées au sud de la Chine, sur les territoires qui forment actuellement le Tonkin septentrional, et probablement même, sur une partie de la

---

[1] Le caractère *giao* 交, signifie «mêler, unir, joindre, être contigu à»; le caractère *chi* 趾 ou *chi* 阯, comme on l'écrit aussi, veut dire «pieds, orteils, base d'un mur, fondation»; les deux réunis forment une expression assez vague, qui peut se traduire par pieds mélangés, orteils croisés ou opposables, orteils écartés, ligne de faîte, ligne de partage, etc. Se trouve-t-on en présence d'un désignatif anthropologique, ou bien faut-il y voir une dénomination purement géographique? Ce point a déjà été l'objet de nombreuses investigations, et il serait intéressant de pouvoir le fixer d'une façon définitive. Malheureusement, les meilleurs lettrés annamites eux-mêmes ne sont pas d'accord.

Les uns, s'appuyant sur de vieux documents chinois qui représentent les premiers Annamites comme se baignant ensemble, hommes et femmes, sans distinction de sexes (*nam nữ đồng xuyên nhi vịnh* 男 女 同 川 而 泳), pensent que ce nom de *Giao chi*, avec la signification de pieds mélangés, donné d'abord par dérision, aurait pu à la longue devenir le nom même de la race, ce qui serait assez séduisant, il faut le reconnaître, si en pareille matière on pouvait se contenter d'un à peu près. D'autres, donnant aux caractères 交 et 趾 la signification de ligne de faîte ou de partage, penchent plutôt pour un désignatif géographique. D'autres enfin, admettant, sans aucun fondement sérieux

province de Canton. Environ deux cents ans avant notre ère, sous la grande dynastie chinoise des *Hán* 漢, les Célestes envahirent la contrée et la gouvernèrent, d'une manière plus ou moins directe, pendant plus de dix siècles. Au cours de cette longue période, plusieurs formidables soulèvements refoulèrent l'envahisseur au delà des frontières. Mais ces succès furent invariablement suivis de nouvelles immigrations. En dépit d'une sourde opposition qui dégénéra souvent en révolte ouverte, le gouvernement impérial organisa sa conquête. Le vainqueur des *Giao chî* était un politique habile. Dès le début de l'occupation, il imposa ses institutions, ses lois, ses mœurs. Sa littérature s'implanta peu à peu dans la contrée, et la civilisation chinoise jeta de profondes racines dans toutes les parties du pays soumis à sa domination [1]. Cependant la race annamite, douée déjà de l'admirable ressort qu'on lui connaît, gardait son génie particulier, maintenait son idiome national, ne se laissait pas entièrement absorber par le vainqueur, et, après dix longs siècles de servitude, pouvait recouvrer son indépendance. Les circonstances étaient d'ailleurs singulièrement favorables [2]. L'empire du Milieu, en proie aux compétitions dynastiques, se débattait contre l'anarchie. Le peuple vaincu se leva en masse, chassa l'étranger, redevint maître de ses destinées. Mais, affranchi de la domination chinoise, des difficultés d'ordre intérieur l'attendaient. Le territoire était alors partagé en douze *châu* 州, ou districts. Les chefs de ces *châu* se

d'ailleurs, que leurs ancêtres pouvaient avoir les pouces des pieds croisés ou opposables comme les singes, croient à la possibilité d'un nom anthropologique. Sur les trois hypothèses, cette dernière nous paraît la moins rationnelle et, par suite, la moins admissible. En effet, la conformation des pieds des descendants des *Giao chî* ne présente aucune particularité anatomique pouvant servir de base à une semblable opinion. En l'absence de preuves irréfutables, nous ne croyons pas devoir nous prononcer d'une manière absolue, mais il paraît ressortir assez clairement de l'ensemble des recherches auxquelles nous venons de faire allusion que c'est bien le peuple qui a tiré son nom du territoire qu'il habitait, et non le territoire qui a pris le nom du peuple. Pour de plus amples détails, voir *Quelques observations au sujet du sens des mots chinois « Giao chî »*; par M. A. des Michels, dans le *Recueil de textes et de traductions, publié par les professeurs de*

l'École des langues orientales. Tome I, Paris, Leroux, 1889.

[1] C'est durant cette longue occupation que les signes phonétiques dont se servaient les *Giao chî* 交阯 commencèrent à faire place à l'écriture imposée par le conquérant, écriture qui, sous le nom de *chữ nhu* 字儒 « caractères littéraires », est encore en usage aujourd'hui dans tout l'Annam, pour la rédaction des pièces administratives ou officielles. Toutefois, et chose digne de remarque, la langue primitive, malgré l'adjonction d'un grand nombre d'expressions d'origine chinoise, s'est maintenue pure de toute altération. La construction annamite est la contraire de la construction chinoise, les deux syntaxes sont absolument opposées l'une à l'autre, ce qui prouve bien que l'idiome actuel existait avant la première invasion des Célestes, et qu'il était parlé par la race autochtone.

[2] C'était sous la dynastie des *Tóng* 宋, la Chine était ravagée par les Tartares.

disputèrent le pouvoir suprême, et le fléau de la guerre civile se déchaîna sur le pays. A ce moment apparut une grande figure historique, sorte de Cromwell ou de Louis XI asiatique qui, brisant les chefs, détruisant les partis, étouffant toute autorité rivale de la sienne, rétablit l'unité politique du royaume, depuis les frontières de la Chine, jusqu'au sud de la province de *Hà tịnh* 河 靜 [1]. Les princes qui se succédèrent purent faire respecter le territoire; un calme relatif régna à l'intérieur. Toutefois, en dépit de nombreux et brillants avantages remportés sur les Chinois qui revenaient sans cesse à la charge, la paix au dehors ne fut jamais complètement assurée [2]. La dernière grande invasion chinoise date du commencement du xve siècle; l'occupation dura seize ans (de 1412 à 1428 [3]). Depuis, malgré une sorte de vassalité plutôt morale qu'effective envers sa puissante voisine, la nation annamite a vécu de sa propre vie et en pleine souveraineté.

Dans l'espace compris entre le nord de la province de *Quảng bình* 廣 平 et la Cochinchine française actuelle, vivait un peuple remuant et belliqueux qui était presque toujours en guerre avec l'Annam, les Ciampois (*Người chiêm thành* 得 占 城). Tout en tenant tête à l'éternel ennemi du nord dont les irruptions étaient sans cesse renouvelées ou menaçantes, les Annamites voulurent jouer envers ce peuple le rôle que la Chine s'attribuait depuis de longs siècles à l'égard de leur propre pays, et ils réussirent, après quelques expéditions heureuses contre le Ciampa (*Đất chiêm thành* 坦 占 城 ou *Đất chiêm ba* 坦 占 笆), à s'emparer de la région qui forme aujourd'hui les provinces de *Quảng bình* 廣 平, de *Quảng trị* 廣 治, de *Quảng đức*

---

[1] Ce personnage, connu sous le nom de *Đinh tiên Hoàng* 丁 仙 皇, a été le fondateur de la première dynastie royale de l'époque historique moyenne de l'Annam (963), dynastie qui n'a fourni que deux souverains. En 981, elle fut remplacée par celle des *Lê* 黎 antérieurs. *Đinh* 丁 est considéré comme un homme providentiel. Excellent administrateur autant qu'habile politique, il réorganisa les services publics, il régla avec la plus grande minutie le cérémonial de la cour. Sa cruauté avant la pacification est restée légendaire. Il avait fait mettre des chaudières pleines d'huile bouillante, et des tigres dans une des cours de son palais, avec cette inscription au portail : « Les coupables seront cuits ou dévorés ». Les

fauteurs de désordres, frappés de terreur, se le tinrent pour dit et ne bougèrent plus.

[2] La nation annamite passait alors son temps à repousser les invasions. D'après les notes chronologiques, cette nation se serait élevée, à cette époque, à un certain degré de puissance militaire. Encore maintenant, les Annamites savent combattre et mourir avec courage.

[3] C'est pendant la durée de cette courte occupation que l'usage de porter les cheveux longs fut imposé aux Annamites par les conquérants chinois qui ne pouvaient se douter alors que, quelques siècles plus tard, leurs descendants à eux, seraient à leur tour contraints par d'autres conquérants de se raser la tête.

廣 德 ou *Thừa thiên* 承 天 (*Hué* 化 [1]). Vers le commencement du
XIVe siècle, à la suite de nouvelles guerres et de négociations bien conduites,
deux autres provinces furent annexées. A partir de ce moment, les Annamites
marchèrent, non sans quelques revirements de fortune, de succès en succès,
et, malgré les embarras toujours renaissants que leur créait la Chine à la
frontière, malgré une lutte de tous les instants contre les *Mọi* 每, les *Làò* 牢
et autres tribus voisines ou vassales, ils s'étendirent successivement et peu à
peu jusqu'aux extrêmes limites du royaume de Ciampa. L'absorption était
complète, ce royaume ne devait plus exister que de nom. A la fin du XVIIe siècle,
la Cochinchine actuelle, alors aux Cambodgiens, subissait le même sort.
Ces nombreuses conquêtes, venant s'ajouter à l'antique patrimoine national,
constituèrent le grand empire d'Annam tel que la France le trouva en 1859
lorsqu'elle planta pour la première fois son drapeau à Saigon.

LOI FONDAMENTALE DE LA NATION.

Le gouvernement du pays est une monarchie absolue. Le souverain appelé
communément *vua* 希, roi, porte aussi le titre de *hoàng đế* 皇 帝, empereur. Il est à la fois chef politique, et chef rituel; il est, par ordre même du
destin, le père et la mère de son peuple (*dân chi phụ mẫu* 民 之 父 母), et
il qualifie ses sujets de *xích tử* 赤 子, enfants rouges, par allusion à la couleur
des nouveau-nés, qu'un père affectionne d'autant plus qu'ils sont plus faibles.
En principe, son action est paternelle, les lois fondamentales de l'empire étant
basées sur le gouvernement de la famille; il est essentiellement bon, sage,
vertueux, et il possède obligatoirement et à un degré éminent les cinq vertus
capitales: *nhơn* 仁, *nghĩa* 義, *lễ* 禮, *tử* 智, *tín* 信, c'est-à-dire l'humanité,
la justice, l'observance des rites, l'esprit de sagesse et de droiture, la confiance
et la bonne foi [2].

Il n'y a ni parlement ni aristocratie d'aucune sorte. Le monarque trône seul
au sommet de l'édifice social, dominant tout. Lui en haut, le peuple en bas,

---

[1] Cet important fait historique se produisit
sous le règne de *Lý thành Tông* 李 聖 宗 (de
1054 à 1072). Le roi du Ciampa, *Chế Củ*, qui
avait été fait prisonnier, abandonna au roi
d'Annam ce vaste territoire, pour sauver sa vie
et recouvrer la liberté.

[2] Dans la pratique, cette action du souverain ne diffère pas sensiblement du despotisme absolu des autres potentats de l'Asie.
Les annales font néanmoins mention d'un
grand nombre de rois qui se sont montrés
bons, humains, secourables, inquiets de la dure
existence du peuple et préoccupés d'améliorer
son sort.

dit un vieux précepte gouvernemental qui se traduit souvent en langue vulgaire (*vua ở trên dân ở dưới* 希 於 達 民 於 爺). C'est un despotisme patriarcal et tout personnel, un despotisme très particulier qui, passant sur la tête des classes élevées, va s'appuyer directement sur les couches profondes du peuple.

Les fonctions publiques sont accessibles à tous les citoyens, et il n'y a pas d'autres distinctions sociales que celles qui résultent de ces fonctions.

Pour récompenser les services exceptionnels ou les actes d'héroïsme, il existe, comme en Chine, certains titres honorifiques; mais ces titres ou dignités n'ont rien de commun avec les degrés du mandarinat, et ils ne sauraient par conséquent donner droit, du moins officiellement, à aucune part d'influence dans les affaires de l'État. Ces titres sont au nombre de cinq; ils se transmettent héréditairement, mais en perdant un degré à chaque génération, ce qui rendra toujours impossible la formation d'une caste à part, ou la constitution d'une noblesse, dans le sens propre du mot. Les voici par ordre hiérarchique, en commençant par le rang le moins élevé, et avec l'assimilation que la fantaisie européenne se plaît parfois à leur donner : *nam* 男 (le mâle dans l'espèce humaine, homme par opposition à femme), « baron »; *tử* 子 (fils, preux, héros), « vicomte »; *bá* 伯 (homme plus âgé, aîné), « comte »; *hầu* 侯 (suivre, servir, assister un supérieur), « marquis »; *công* 公 (juste, équitable, loyal), « duc ». Ce dernier titre est souvent porté par les plus hauts dignitaires de la couronne, et par les princes de la famille royale [1]. Mais, comme il a été dit plus haut, à part un droit de préséance aux réunions officielles de la cour et dans les cérémonies rituelles ou publiques, aucun privilège spécial, aucun avantage particulier et en dehors du droit commun n'est attaché à ces dignités [2].

[1] L'un des meilleurs princes de l'Annam moderne, l'empereur *Gia Long* 嘉隆, fondateur de la dynastie actuellement régnante des *Nguyễn* 阮, voulant récompenser les serviteurs fidèles et dévoués qui l'avaient aidé à reconquérir ses États, avait institué, dès le commencement de son règne, et sous le titre de *minh ngãi công thần* 明義功臣 « mérite et fidélité éclatants », un ordre nobiliaire avec titres transmissibles devant durer autant que la dynastie elle-même. Mais son fils et successeur *Minh Mạng* 明命, qui prit sur beaucoup de questions la contre-partie de la politique paternelle, abolit purement et simplement ces titres de noblesse, dont il ne reste plus aujourd'hui que le souvenir.

[2] Les privilèges fondés sur des distinctions de naissance n'existent pas légalement, il est vrai; mais, par faveur royale, des exemptions d'impôts et autres dispenses sont accordées aux descendants des mandarins méritants. Ces avantages procurés par la faveur royale, sont essentiellement révocables; ils vont en décroissant, et se perdent après quelques générations. Les bénéficiaires font partie de la catégorie dite *phong tặng* 封贈 « honneurs conférés par le roi », et ils ont les titres de *tập ấm* 襲蔭 « héritier des mérites du père »,

La succession au trône appartient, légalement, au premier des enfants mâles de la famille royale, c'est-à-dire à celui qui, portant le titre de *hoàng thái tử* 皇 太 子, prince héritier, est l'aîné de la femme de premier rang appelée *bà hoàng hậu* 妃 皇 后 ou *hoàng qúi phi* 皇 貴 妃 (impératrice ou précieuse compagne impériale[1]).

En cas de minorité, le conseil de régence est formé par les principaux dignitaires de la couronne, auxquels se joignent, mais seulement pour veiller aux intérêts privés du jeune souverain, quelques membres influents de la famille royale.

Les femmes, inhabiles de par la loi et de par les rites à rendre le culte des ancêtres tant qu'il y a des descendants mâles, sont exclues du trône, mais non du conseil de régence [2].

LA COUR ET LE HAREM.

Triều đình tịnh nội cung 朝 廷 並 內 宮.

Hué 化, capitale de l'empire, chef-lieu de la province royale de *Quảng đức* 廣 德 « extension de la vertu », et de la préfecture de *Thừa thiên* 承 天

et de *nhiêu âm* 饒 蔭 « bénéficiaire de la protection ». Il ne faudrait donc pas conclure de ce qui est dit plus haut, sous forme d'exposé de principes, que l'égalité règne positivement chez les Annamites. En un pays où le pouvoir absolu tient dans sa main les intérêts, les droits, les volontés, l'âme même des citoyens, ce mot d'égalité ne saurait être qu'une vaine formule, une expression vide de sens, à peine traduisible en sa signification exacte.

[1] Cet ordre légal de primogéniture pour la succession au trône a été souvent transgressé au cours de l'histoire de l'Annam. Il suffit, pour s'en convaincre, de jeter un coup d'œil sur les annales du pays, qui font mention de cas nombreux où le souverain a choisi son successeur selon son bon plaisir, même parmi les fils de simples concubines. C'est surtout en Annam qu'il y a loin de la théorie à la pratique.

[2] Le conseil de régence qui dirige les affaires du royaume pendant la minorité du jeune roi actuel (*Thành Thái* 成 泰) fait le plus grand cas de l'opinion et des avis de l'impératrice douairière, dont l'influence est prépondérante à la cour. Épouse de *Thiệu Trị* 紹 治 et mère de *Tự Đức* 嗣 德, le dernier souverain indépendant de l'Annam, l'impératrice douairière a été mêlée de très près à toutes les intrigues sourdement menées par la cour de *Hué* contre l'action française en Indo-Chine, depuis près de quarante ans; mais aujourd'hui elle conseille plutôt, dit-on, la soumission et l'entente. Quoi qu'il en soit, son omnipotence universellement acceptée, en fait, au point de vue de notre politique en Extrême-Orient, une personnalité de premier ordre. La grande impératrice, ou *Hoàng thái hậu* 皇 太 后, comme on l'appelle, passe d'ailleurs pour une femme remarquablement intelligente; elle est originaire de *Gò công* 公, Cochinchine française, où elle est encore connue par son nom de jeune fille qui est *Cù Hàng* 姑 行.

天 « obéissance aux volontés du Ciel », est le siège de la cour et du gouvernement.

Dans l'intérieur d'une grande enceinte fortifiée et entourée d'eau, se trouvent les palais, les temples, les ministères, les grands tribunaux, les administrations, les magasins, les casernes, etc. On y pénètre par de nombreuses portes surmontées chacune d'un petit pavillon en briques rouges servant de mirador. Ce vaste quadrilatère porte le nom de *Phú xuân* 富 春 « riche printemps ». La façade principale percée de deux entrées donne sur le fleuve *Trường tiên* 場 先 « face antérieure ». Une deuxième enceinte, placée au centre de la première, renferme les palais et les jardins à l'usage privé du souverain, le harem, le trésor, et un grand nombre d'autres constructions servant de logement au nombreux personnel de la cour. Les portes de cette seconde enceinte, gardées nuit et jour avec le plus grand soin, sont sévèrement interdites à toute personne étrangère au service particulier du roi ou des hauts dignitaires qui l'environnent [1].

Comme tous les monarques de l'Asie, le souverain de l'Annam a un grand nombre de femmes. Il nous a paru intéressant, ou tout au moins curieux, de donner à cette place quelques renseignements encore peu connus, si ce n'est des initiés, sur la composition du harem et sur les divers services de la cour intérieure.

Les mœurs du pays mettant une barrière infranchissable entre les deux sexes, l'entourage royal présente deux physionomies bien distinctes : il y a en quelque sorte une cour féminine et une cour masculine. Des deux côtés, les lois de l'étiquette (*phép trong triều* 法 冲 朝), bien que très compliquées, sont observées avec la dernière rigueur.

La cour féminine (*nội cung* 內 宮 ou *cung phi* 宮 妃) n'a qu'un caractère purement cérémonial ; elle se compose : 1° des trois reines ; 2° des femmes du harem ; 3° des princesses royales ; 4° des femmes de mandarins jouissant du haut privilège des entrées libres aux palais impériaux.

Les femmes du harem ont une hiérarchie à part. En tête, figure le trio sacré des épouses rituelles ou légitimes (*tam cung* 三 宮). La première, comme

[1] Les personnes qui peuvent librement entrer et sortir de cette enceinte sont tenues de porter ostensiblement une petite planchette munie d'un cordon en soie rouge, et que l'on suspend ordinairement comme une décoration à l'un des boutons de l'habit. Cette planchette, sur laquelle se trouvent quelques caractères pour indiquer le titre ou le grade de celui qui la porte, est en ivoire pour les grands mandarins (*bài ngà* 牌 牙) et en corne pour les mandarins inférieurs (*bài sừng* 牌 牒).

il a été dit précédemment, est appelée *bà hoàng hậu* 妃 皇 后 « impératrice », ou *hoàng qúi phi* 皇 貴 妃 « précieuse compagne impériale ». Les deux autres portent simplement le titre de *phi* 妃 « compagne » précédé, soit d'un mot purement euphonique, soit d'un qualificatif honorifique, aimable ou galant, qui change selon le caprice de l'auguste maitre [1]. Après les *phi* 妃 sont les *tiếp dư* 婕 予 « belles personnes » qui, comme les *phi* 妃, ont chacune la jouissance d'un palais particulier [2]. Après les *tiếp dư* 婕 予 viennent les *qúi nho'n* 貴 人 « précieuses personnes », les *tài nho'n* 才 人 « habiles personnes », et enfin les *cung nho'n* 宮 人 « femmes du harem ». Les dames appartenant à ces dernières catégories de concubines impériales occupent avec leurs servantes des appartements séparés dans un grand palais constamment gardé par de nombreux et vigilants eunuques (*hoạn thần* 宦 臣 ou *hoạn quan* 宦 官).

Il y a, en dehors du harem, plusieurs autres catégories de femmes. Les *thống sự* 統 事, matrones messagères privées du souverain, intendantes gardiennes de la cassette royale; les *thị nữ* 侍 女, jeunes filles attachées

[1] L'empereur *Tự-Đức* 嗣 德 avait donné à ses trois épouses légitimes, les titres de *khiêm hoàng hậu* 謙 皇 后, *thiện phi* 善 妃, et *học phi* 學 妃, c'est-à-dire, et respectivement, « modeste compagne impériale, douce compagne, studieuse compagne ». On sait que ce souverain, malgré le nombre de ses femmes, n'a pas eu d'enfants. Frappé dès son jeune âge d'une grande faiblesse constitutionnelle à la suite d'une variole grave dont son pâle et doux visage portait les traces, il n'était au milieu de son sérail qu'un sultan purement honoraire, et il ne maintenait cette institution que pour se conformer aux rites et aux mœurs de son pays. Ce prince, très fin lettré et philosophe, était aussi un homme d'esprit. On raconte qu'il ne cherchait pas à cacher son état quelque peu humiliant pour un monarque asiatique, et que, faisant allusion à l'ironie du sort, il aimait à se dire, en causant avec ses familiers, l'homme le plus chaste de son empire. D'un naturel triste et mélancolique, d'une santé très délicate, très précaire, ce souverain avait une affection très vive et toute particulière pour sa première femme,

l'impératrice *Khiêm hoàng hậu* 謙 皇 后. Aussi, pour bien marquer ce sentiment et perpétuer le souvenir de sa royale tendresse, voulut-il que le titre de sa chère compagne servit d'inscription au magnifique mausolée qu'il se fit bâtir de son vivant, selon l'usage des rois d'Annam, aux environs de *Huế*. C'est à l'intérieur de ce monument funéraire, véritable palais, que reposent sous la garde pieuse des royales veuves les restes d'un prince de perfection morale très grande, mais soupçonneux à l'excès à l'égard des Européens et qui, plus perspicace ou mieux conseillé, eût pu, par une entente loyale avec la France, éviter les malheurs d'une guerre à son pays.

[2] *Tiếp dư* 婕 予. Ces deux mots ont chacun une signification à peu près identique; on peut les traduire séparément par « beau, bon, excellent ». Réunis, ils forment une expression employée en Chine à l'époque des *Hán* 漢 pour désigner une certaine classe de fonctionnaires féminins chargés de surveiller le harem et de diriger les diverses cérémonies des palais privés. Il se peut qu'il en soit encore de même à la cour de *Huế*.

au service personnel de l'empereur, véritables pages féminins; les *thuận cần* 順 勤, sortes d'amazones concourant avec les eunuques à la garde du sérail.

Tel est le personnel qui forme le harem et les divers services féminins de la cour intérieure. Les jours de réception ou de grande cérémonie, ce personnel s'augmente des princesses royales (*công chúa* 公 主), des femmes de hauts dignitaires ayant rang de *dường quan* 堂 官 « attaché à la cour », et des femmes de mandarins pourvues du titre honorifique de *mạng phụ* 命 婦 [1].

La cour masculine (*triều đình* 朝 廷 ou *đình thần* 廷 臣) comprend les princes du sang (*hoàng tử* 皇 子 et *quận vương* 郡 王), les princes ordinaires (*tôn thất* 尊 室), les grands censeurs des palais impériaux (*đại học sĩ* 大 學 士), appelés aussi colonnes de l'empire (*quốc trụ quan* 國 柱 官) [2], les maréchaux (*quan tướng quân* 官 將 軍), les ministres (*quan thượng thơ* 官 尚 書) et, en général, tous les fonctionnaires civils et militaires de la capitale, du rang de *dường quan* 堂 官 « attaché à la cour ». Les princes du sang, fils et petits-fils du souverain (*hoàng tử* 皇 子 et *quận vương* 郡 王), font naturellement partie de l'entourage royal; mais les descendants de ces princes ne peuvent en faire partie que s'ils ont satisfait à certaines obligations leur permettant de prendre part aux fonctions publiques, c'est-à-dire d'avoir un rang dans le mandarinat.

Il y a à la cour un corps de troupes spécialement chargé de garder et de défendre le souverain. Ce corps, qui n'est pas exclusivement militaire, est recruté parmi les membres des familles ayant donné des preuves d'attachement et de fidélité à la dynastie, ou à la personne du souverain. Il porte le titre de *thị vệ xứ* 侍 衛 處 « garde impériale », et il est composé de la manière suivante : un haut dignitaire du grade de *thống chưởng* 統 掌 « général en chef », un *thống quản* 統 管 ayant rang d'Excellence, deux *quản lãnh* 管

[1] *Mạng phụ* 命 婦, qui désigne les femmes titrées eu général, signifie exactement « vie, sort, condition de l'épouse ». Les appellations honorifiques des femmes de mandarins sont ainsi graduées : 1ᵉʳ et 2ᵉ degrés *phu nhơn* 夫 人 « éminente dame »; 3ᵉ degré, *thục nhơn* 淑 人 « vertueuse dame »; 4ᵉ degré, *cung nhơn* 恭 人 « révérendissime dame »; 5ᵉ degré, *nghi nhơn* 宜 人 « convenable dame »; 6ᵉ et 7ᵉ degrés, *an nhơn* 安 人 « paisible dame »; 8ᵉ et 9ᵉ degrés,

nhu nhơn 儒 人 « savante dame » ou « studieuse dame ».

[2] Ces hauts dignitaires sont principalement chargés à la mort du roi de recevoir ses dernières volontés et d'assurer en paix et régulièrement la succession au trône; ils ont d'ailleurs d'autres fonctions à remplir, soit comme présidents des ministères, soit comme membres des divers conseils supérieurs de l'empire.

領 ayant également rang d'Excellence, quatre *hiệp lãnh* 恊領, et une soixantaine de *thị vệ* 侍衛 « officiers-gardes », divisés en cinq classes, auxquels viennent s'ajouter vingt *ngân bài* 銀牌 « tablettes d'argent », et quarante *nha bài* 牙牌 « tablettes d'ivoire », soit un total de cent trente gardes de tous grades environ.

Les titres des princes sont nombreux. Ils sont classés hiérarchiquement et soumis aux mêmes règles que les dignités conférées au mérite personnel. Comme ces dignités, ils diminuent d'un degré à chaque génération. Ainsi, le fils aîné d'un *quận vương* 郡王, ne sera que *huyện công* 縣公, et le fils aîné d'un *quốc công* 國公 ne portera que le titre de *huyện hầu* 縣侯. Les autres enfants de ces princes seront appelés *công tử* 公子, si ce sont des garçons, et *công nữ* 公女, si ce sont des filles. Leurs petits-fils seront des *công tôn* 公孫, et leurs petites-filles, des *tôn nữ* 孫女. Après quatre générations, tous les descendants des princes du sang deviennent des *tôn thất* 尊室, c'est-à-dire des membres ordinaires de la famille royale[1].

Comme vocables princiers, il y a encore : *thân vương* 親王, *thân công* 親公, *quận vương* 郡王, *quận công* 郡公, *hương công* 鄉公, *hương hầu* 鄉侯, *kì nội hầu* 畿內侯, *kì ngoại hầu* 畿外侯, *đình hầu* 廷侯, *trợ quốc khanh* 助國卿, *tá quốc khanh* 佐國卿, *phụng quốc khanh* 鳳國卿, *trợ quốc úy* 助國尉, *tá quốc úy* 佐國尉, *phụng quốc úy* 鳳國尉, *trợ quốc lang* 助國郎, *tá quốc lang* 佐國郎, *phụng quốc lang* 鳳國郎. Tous ces désignatifs de rang ou de fonction, sont réunis sous la dénomination générale de *tôn tước* 尊爵, qui signifie « dignités princières ».

A différentes époques de l'histoire annamite, le personnage le plus puissant du royaume, après le roi, a porté le titre de *tể tướng* 宰相, ou commandant en chef.

GOUVERNEMENT.

Triều đình 朝廷 (en langue vulgaire *Nhà nước* 茹䕯).

L'organisation politique et administrative du pays, exactement calquée autrefois sur celle de la Chine, n'en présente pas moins aujourd'hui un carac-

---

[1] Il y a actuellement en Annam neuf branches de *tôn thất* 尊室 qui descendent probablement des neuf princes du sang, frères de l'empereur *Gia Long* 嘉隆 et que l'on désigne par l'expression de *cửu hệ* 九系 (les neuf liens de parenté royale).

tère particulier. Le principe de la séparation des pouvoirs n'existe pas. Le gouvernement, désigné comme la cour par l'expression de *triều đình* 朝 廷, se confond par certains côtés avec l'entourage royal. Mais le pouvoir propre- ment dit n'appartient qu'aux ministres en exercice. Ces personnages, au nombre de six, forment un conseil dirigeant et exécutif appelé *lục bộ* 六 部 « les six ministères », et mènent, sous l'autorité suprême de l'empereur, les affaires de la nation. Chacun d'eux a la direction supérieure d'une partie bien déterminée des services publics. Les titulaires de ces importantes fonctions peuvent occuper cumulativement différentes charges honorifiques auprès de la personne de l'empereur ou de celle du prince héritier, et, en cas de minorité royale, comme cela existe actuellement, ils se trouvent tout naturellement indiqués pour faire partie du conseil de régence [1]. Ce haut personnel gouvernemental est souvent recruté parmi les princes du sang et autres membres de la famille royale ayant suivi la filière du mandarinat; mais les exemples de personnes parties du bas de l'échelle sociale et arrivant à en atteindre le sommet ne sont pas rares, car en Annam les examens littéraires, accessibles à tous, conduisent aux situations les plus élevées, et il serait facile de citer un grand nombre d'hommes éminents actuellement en fonctions qui proviennent des rangs les plus infimes de la société annamite [2]. Tout comme en Europe les capacités supérieures s'imposent,

[1] Le souverain actuel, âgé de 15 ans, gou- verne sous la tutelle d'un conseil de régence et d'un conseil de famille. Sa Majesté se nomme exactement *Nguyễn phước Chiêu* 阮 福 昭. Les Annamites se font de la royauté une conception si haute, si excessive, que le fait de prononcer ou d'écrire le nom privé du roi est considéré comme un véritable sacrilège. Le caractère *chiêu* 昭, qui signifie éclat du soleil, lumineux, resplendissant, etc., sera donc banni de l'usage courant pendant toute la durée du règne actuel. Il est déjà remplacé par le carac- tère 炤 (clarté du feu) qui se prononce aussi *chiếu*, mais sur le mode aigu, un changement de ton ayant en cette langue rigoureusement tonique la valeur d'un changement de mot. Le chiffre ou nom de règne du jeune roi, très approprié aux circonstances, est *Thành Thái* 成 泰, « grandir et prospérer ». *Thành Thái* est fils de *Dục Đức* 育 德, dépossédé de son trône et mort en prison, de faim a-t-on dit, à cause des sympathies qu'il avait osé montrer

pour la France à une époque où toute la cour était contre nous. Au nombre des prédécesseurs du souverain actuel on peut citer aussi *Hiệp Hoà* 恊 和, qui mourut empoisonné après sept mois de règne, et *Hàm Nghi* 咸 宜, que notre ennemi acharné le *Tôn thất Thuyết* 尊 室 說 avait assis sur le trône et qui est actuellement interné à Alger.

[2] Le haut mandarin *Nguyễn văn Tường* 阮 文 祥, premier ministre de l'empereur *Tự Đức* 嗣 德 et principal signataire du traité de 1874, avec qui nos gouverneurs de Cochin- chine eurent tant de démêlés pendant les pre- mières années de l'occupation française, était issu d'une pauvre famille d'artisans et avait eu dans la carrière du mandarinat des débuts extrêmement pénibles. — Le 3ᵉ régent actuel, S. E. *Nguyễn trọng Hiệp* 阮 仲 合, diplomate remarquable, venu tout récemment en France comme chef de mission et l'un des personnages les plus influents de l'Annam d'aujourd'hui, aurait aussi une origine des plus modestes, ce

et, bien que l'opinion publique soit une quantité à peu près négligeable chez les Annamites, il peut se présenter telles circonstances où le souverain, si absolu qu'il soit, ne saurait se dispenser d'appeler certains hommes à la direction des affaires de l'État. D'ordinaire les membres du gouvernement demeurent très longtemps en place. Dans un pays où la tradition est souveraine cette stabilité au pouvoir donne aux ministres une autorité morale très grande sur le peuple qui les considère à bon droit comme les véritables gardiens des institutions, des coutumes et des rites, et qui les honore à l'égal des princes du sang, quelquefois même davantage, car la popularité, il faut le dire, n'est pas toujours le privilège exclusif des membres de la famille royale.

LES SIX MINISTÈRES.

Lục bộ thượng thơ 六 部 尙 書·

Les ministères ou grands conseils sont au nombre de six, savoir :

Lại bộ 吏 部 « ministère de l'intérieur »;

Hộ bộ 戶 部 « ministère des revenus publics ou des finances »;

Lễ bộ 禮 部 « ministère des rites »;

Binh bộ 兵 部 « ministère de la guerre »;

Hình bộ 刑 部 « ministère des peines ou de la justice »;

Công bộ 工 部 « ministère des travaux publics [1] ».

Avant l'établissement du Protectorat français, l'un des six ministres, géné-

qui ne l'empêche pas, d'ailleurs, d'être un grand savant et un homme des plus distingués. Bien qu'il ne soit que 3e régent, S. E. *Nguyễn trọng Hiệp* 阮 仲 合 est le véritable chef du gouvernement actuel, les fonctions de 1er et de 2e régent étant remplies par des princes qui semblent occuper un poste plutôt honorifique et qui, reconnaissant la sagacité de son esprit, acceptent volontiers ses conseils et sa direction. Le 3e régent est en même temps président du *Cơ mật* 機 密 (conseil secret), et chef du ministère, sans portefeuille. Les titres officiels de

ce haut fonctionnaire sont : *phụ chánh đại thần văn minh điện đại học sĩ* 輔 政 大 臣 文 明 殿 大 學 士, c'est-à-dire grand serviteur, régent du royaume, grand censeur du palais de *Văn minh* 文 明 (belles-lettres ou littérature éclatante).

[1] En langue vulgaire, c'est-à-dire en langue parlée, on doit intervertir la disposition des mots ou caractères qui forment ces noms, et dire ou écrire *bộ lại* 部 吏, *bộ hộ* 部 戶, *bộ binh* 部 兵, etc., sous peine de passer pour un pédant.

ralement celui des finances, qui gère aussi le commerce, avait dans ses attributions tout ce qui concerne les relations extérieures; il prenait alors le titre de *quan thương bạc* 官 商 泊, vieux désignatif de fonction emprunté aux Chinois qui signifie « mandarin du commerce des grands navires ». Ce service n'a plus aucune raison d'exister aujourd'hui puisque c'est la France seule qui représente l'Annam auprès des puissances étrangères.

Les ministres portent tous le titre de *thượng thơ* 尚 書 « éminent secrétaire », auquel vient s'ajouter le nom particulier du département ministériel placé sous leur direction. Ainsi, par exemple, le ministre de l'intérieur est appelé *quan lại bộ thượng thơ* 官 吏 部 尚 書, celui des finances *quan hộ bộ thượng thơ* 官 戶 部 尚 書, etc.; mais l'usage veut que, dans les circonstances ordinaires, on les désigne simplement et par abréviation par les titres de *quan thương lại* 官 尚 吏, *quan thương hộ* 官 尚 戶, etc.

Les ministères ou grands conseils sont pourvus du personnel nécessaire. Comme principaux collaborateurs chaque ministre-président dispose de deux assesseurs, l'un de gauche (*tả tham tri* 左 參 治), l'autre de droite (*hữu tham tri* 右 參 治)[1], de deux conseillers également de gauche et de droite (*tả hữu thị lang* 左 右 侍 郎)[2], et d'un vice-conseiller (*biện lý* 辨 理). Toute affaire de quelque importance relevant du département est soumise à un conseil composé de ces fonctionnaires et présidé par le ministre. S'il y a le moindre désaccord entre les membres dudit conseil l'affaire est portée devant le *nội các* 內 閣 « secrétariat impérial », qui examine et fait un rapport circonstancié au souverain.

Le travail des bureaux est assuré par des directeurs qui portent le titre de délégués à l'intérieur (*lang trung* 郎 中), et par des sous-directeurs qui portent le titre de délégués à l'extérieur (*viên ngoại lang* 院 外 郎). Viennent ensuite les chefs de bureau (*chủ sự* 主 事), les sous-chefs de bureau (*tư vụ* 私 務), les commis ou comptables (*thơ lại* 書 吏), et un grand nombre d'écrivains ou agents auxiliaires n'ayant pas encore pris rang dans le manda-

---

[1] Contrairement à ce qui se pratique d'ordinaire en Europe, les Annamites, au point de vue de la préséance et des honneurs, font toujours passer le côté gauche avant le côté droit. En voici la raison, ou tout au moins l'une des raisons : D'après les conjectures des médecins physiologistes indigènes, basées d'ailleurs sur des croyances chinoises très anciennes, le principe mâle réside à gauche (côté du cœur), et le principe femelle à droite. De là vient cette sentence populaire : *nam tả nữ hữu* 男 左 女 右 « les garçons à gauche, les filles à droite ». Le masculin primant le féminin, il est tout naturel que chez le peuple annamite la place d'honneur se trouve à gauche et non à droite.

[2] Ordinairement un seul de ces fonctionnaires suffit aux besoins du service.

rinat et classés sous la dénomination de *vị nhập lưu* 未 入 流 « pas encore entré dans le courant ».

A *Hué* les services publics sont réunis dans la première enceinte de la ville royale. Les six hôtels ministériels sont rangés symétriquement les uns à côté des autres et à portée en quelque sorte de la main du roi, disposition qui facilite considérablement le mécanisme administratif et l'expédition des affaires courantes.

MINISTÈRE DE L'INTÉRIEUR.

Lại bộ thượng thơ đường 吏 部 尚 書 堂.

Le ministère de l'intérieur est considéré comme le plus important des six. Cinq directions administratives se partagent le travail. Indépendamment des hauts fonctionnaires dont il a été parlé et qui, sous la présidence du ministre, composent le conseil privé du ministère, chaque direction comprend le personnel suivant : un directeur (*lang trung* 郎 中), un sous-directeur (*viên ngoại lang* 院 外 郎), deux chefs de bureau (*chủ sự* 主 事), deux sous-chefs de bureau (*tư vụ* 私 務), cinq ou six commis et comptables gradués (*thơ lại* 書 吏, *thơ ký* 書 記), et dix ou douze employés stagiaires pris dans la catégorie des *vị nhập lưu* 未 入 流 [1].

TITRES DISTINCTIFS ET PRINCIPALES ATTRIBUTIONS

DES DIFFÉRENTES DIRECTIONS.

1re DIRECTION (*văn tuyển ti* 文 選 司). — Personnel. — Statut des mandarins. — Nominations. — Mutations. — Choix et avancement des fonctionnaires et employés. — Tenue des matricules. — Préparation des rapports au roi. — Solde et rations des mandarins du 1er, du 2e et du 3e degré.

2e DIRECTION (*trừng tư ti* 懲 字 司). — Récompenses et châtiments. — Solde en nature et en espèces des mandarins du 4e degré et au-dessous. — Congés, mises en non-activité, pensions de retraite. — Secours et œuvres de bienfaisance.

3e DIRECTION (*phong điển ti* 封 典 司). — Titres, honneurs et avantages divers accordés par faveur royale aux ascendants et aux descendants de fonc-

---

[1] Par mesure d'économie le personnel réglementaire est rarement au complet.

tionnaires méritants (*phong tặng* 封 贈 et *tập ấm* 襲 蔭). — Instruction des demandes et, s'il y a lieu, préparation des titres. — Rations, solde, indemnités.

4ᵉ DIRECTION (*lại ấn ti* 吏 印 司). — Garde du grand sceau et du cachet ordinaire du ministre. — Réception et examen des demandes et des requêtes. — Dépouillement de la correspondance, et répartition des pièces et des documents entre les différentes directions. — Matériel et fournitures de bureau.

5ᵉ DIRECTION (*lại trực xứ* 吏 直 處). — Présentation au roi et aux conseils du roi de tous les travaux émanant des divers services. — Introduction du personnel aux audiences royales. — Rédaction des tablettes et sentences parallèles. — Classement des documents officiels et conservation des archives.

MINISTÈRE DES FINANCES.

Hộ bộ thượng thơ đường 戶 部 尚 書 堂.

Le personnel de ce ministère ne diffère que par le nombre de celui du ministère de l'intérieur : il y a un directeur de moins.

Le service est assuré par cinq directions administratives.

NOMS ET ATTRIBUTIONS DES DIRECTIONS.

1ʳᵉ DIRECTION (*kinh trực ti* 京 直 司). — Travaux concernant les impôts et les recensements de la capitale et des provinces de la partie centrale de l'Annam. — Examen et étude des demandes, pétitions ou requêtes ayant trait aux impôts et aux recensements de cette partie du territoire.

2ᵉ DIRECTION (*bắc kỳ ti* 北 圻 司). — Travaux concernant les impôts et les recensements des provinces septentrionales, depuis la province de *Hà tịnh* 河 靜, jusqu'à l'extrémité nord du Tonkin. — Examen et étude des demandes, pétitions ou requêtes ayant trait aux impôts et aux recensements de cette partie du territoire.

3ᵉ DIRECTION (*nam kỳ ti* 南 圻 司). — Travaux concernant les impôts et les recensements des provinces méridionales, depuis la province de *Bình định* 平定, jusqu'à celle de *Bình thuận* 平順. — Examen et étude des demandes, pétitions ou requêtes ayant trait aux impôts et aux recensements de cette partie du territoire.

4° DIRECTION (*thué hạng ti* 稅項司). — Impôt foncier et produits divers. — Dépenses pour approvisionnements et achats de matériel. (Cette direction n'a pas de *lang trung* 郎中.)

5° DIRECTION (*thưởng lộc ti* 賞祿司). — Récompenses et faveurs royales. — Solde, rations et indemnités diverses.

MINISTÈRE DES RITES.

Lễ bộ thượng thơ đường 禮部尚書堂.

Ce ministère comprend quatre directions administratives.

NOMS ET ATTRIBUTIONS DES DIRECTIONS [1].

1ʳᵉ DIRECTION (*nghi văn ti* 儀文司). — Étiquette et cérémonial de la cour. — Règles à observer à l'égard de la personne du souverain. — Formules respectueuses. — Garde du grand sceau ministériel.

2° DIRECTION (*tự tế ti* 祠祭司). — Solennités officielles. — Service des sacrifices et des offrandes. — Cérémonies religieuses et rituelles dans les temples et les pagodes.

3° DIRECTION (*tân hưng ti* 新興司). — Préparation des audiences royales. — Introduction des ambassadeurs et des princes étrangers auprès du souverain. — Protocole. — Mœurs et coutumes du royaume. — Observance

[1] En Annam il y aurait plutôt des accommodements avec la loi qu'avec les traditions et les coutumes (*thói phép* 退法) qui sont inflexibles et que nul ne peut enfreindre sans s'exposer, non seulement à de graves châtiments corporels, mais encore, ce qui est plus pénible, à une censure très sévère de la part du public. Le ministère des rites n'a pas seulement mission d'assurer l'exécution des règles qui fixent ces traditions et ces coutumes, il a aussi le devoir de veiller à l'enseignement de la morale et aux bonnes mœurs. Ce ministère est actuellement dirigé par S. E. le *Tôn thất Vĩnh* 尊室詠 qui, comme son nom l'indique, est membre de la famille royale. Le service des distinctions honorifiques rentrant dans les attributions du ministère des rites, c'est ce ministère qui signe, par délégation du souverain, les brevets de l'ordre impérial du Dragon de l'Annam, de l'ordre indigène du *Kim Khánh* 金慶, etc.

des règles sur la piété filiale. — Devoirs publics tels que civilité, urbanité, politesse, bienséance, etc. — Instruction publique.

4e DIRECTION (*thù ứng ti* 酬 應 司). — Étiquette et cérémonial pour la réception à la cour des envoyés des différentes peuplades et tribus vassales de l'empire. — Cérémonial pour la remise des présents et offrandes à Sa Majesté.

MINISTÈRE DE LA GUERRE.

Binh bộ thượng thơ đường 兵 部 尙 書 堂.

Le ministère comprend cinq directions.

NOMS ET ATTRIBUTIONS DES DIRECTIONS.

1re DIRECTION (*võ tuyển ti* 武 選 司). — Administration des mandarins militaires de la capitale et du service provincial. — Listes d'avancement. — Examen des mérites. — Ancienneté. — Pensions. — Uniformes. — Tenue des matricules.

2e DIRECTION (*kinh kì ti* 京 畿 司). — Escortes et services divers pour inspections, voyages ou déplacements du souverain. — Expéditions militaires. — Garnisons. — Nominations, mutations, congés. — Examens. — Garde du grand sceau et du petit cachet du ministre. — Approvisionnement du matériel et des articles de bureau nécessaires aux divers services du ministère.

3e DIRECTION (*trực tỉnh ti* 直 省 司). — Administration des officiers et des agents militaires inférieurs du service provincial. — Mouvements de troupes. — Choix d'instructeurs. — Exercices militaires.

4e DIRECTION (*khảo công ti* 考 功 司). — Récompenses et punitions. — Notes particulières. — Examens pour les officiers inférieurs du grade de *đội trưởng* 隊 長.

5e DIRECTION (*binh trực ti* 兵 直 司). — Permis de circulation. — Passe-ports. — Présentation des documents qui doivent être revêtus du grand sceau impérial en or (*đấu kim bửu* 斗 金 寶).

MINISTÈRE DE LA JUSTICE.

Hình bộ thượng thơ đường 刑 部 尙 書 堂.

Le service est assuré par quatre directions.

NOMS ET ATTRIBUTIONS DES DIRECTIONS.

1ʳᵉ DIRECTION (*kinh trực ti* 京 直 司). — Affaires judiciaires de la capitale et de la préfecture royale de *Thừa thiên* 承 天. — Acceptation ou rejet des appels. — Examen des rapports et des analyses de jugements. — Réception des demandes et pétitions.

2ᵉ DIRECTION (*trực kì ti* 直 畿 司). — Affaires judiciaires des provinces nord et sud voisines de la capitale. — Acceptation ou rejet des appels. — Examen des rapports et des analyses de jugements. — Réception des demandes et pétitions.

3ᵉ DIRECTION (*nam hiến ti* 南 憲 司). — Affaires judiciaires des provinces méridionales depuis la province de *Bình định* 平 定, jusqu'à celle de *Bình thuận* 平 順. — Acceptation ou rejet des appels. — Examen des rapports et des analyses de jugements. — Demandes et pétitions.

4ᵉ DIRECTION (*bắc hiến ti* 北 憲 司). — Affaires judiciaires des provinces septentrionales depuis *Hà tịnh* 河 靜, jusqu'à l'extrémité nord du Tonkin. — Acceptation ou rejet des appels. — Examen des rapports. — Demandes et pétitions.

MINISTÈRE DES TRAVAUX PUBLICS.

Công bộ thượng thơ đường 工 部 尙 書 堂.

Le service du ministère est assuré par quatre directions.

NOMS ET ATTRIBUTIONS DES DIRECTIONS.

1ʳᵉ DIRECTION (*qui chế ti* 規 制 司). — Mausolées royaux. — Citadelles et fortifications diverses. — Ponts, digues, routes et canaux.

2ᵉ DIRECTION (*dinh kiến ti* 營 建 司). — Palais. — Monuments. — Hôtels pour administrations publiques. — Locaux pour fonctionnaires. — Magasins et casernes.

3ᵉ DIRECTION (*tu tạo ti* 修 造 司). — Entretien et réparations des bâti- ments de l'État. — Réserves de matériaux pour les constructions navales.

4ᵉ DIRECTION (*khầm biện ti* 礄 辦 司). — Personnel des travaux. — Ouvriers d'État. — Mines, carrières de marbre, de charbon, de chaux, etc. — Examen des demandes pour la fabrication de briques et de tuiles. — Examen des demandes pour l'établissement de fours à chaux. — Adminis- tration des forêts. — Permis de coupe.

GRANDS CORPS DE L'ÉTAT ET SERVICES SPÉCIAUX.

Quốc trung chw đại viện tịnh phủ tw 國 中 諸 大 院 並 府 司.

ASSEMBLÉE DES PRINCES DU SANG (*Tổng nhơn phủ* 宗 人 府). — Admi- nistre la maison impériale. Tient les registres de l'état civil. Fixe les disposi- tions à prendre à l'occasion des naissances, des mariages, des décès. Règle les contestations, apaise les conflits, applique au besoin certaines pénalités. Veille à l'éducation et à l'instruction des jeunes princes et princesses. S'occupe des apanages et émoluments divers, et en général de toutes les questions et de toutes les affaires qui concernent les membres de la famille royale, même de ce qui touche à la conduite privée de ces membres.

CONSEIL PRIVÉ OU SECRÉTARIAT IMPÉRIAL (*Nội các* 內 閣). — Préparation des lois et ordonnances. — Promulgation des décrets. — Procès-verbaux jour- naliers des actions du souverain. — Surveillance des commissions de rédaction. — Les services qui en dépendent sont au nombre de quatre : *thượng bửu* 尙 寶, *tw luấn* 咨 倫, *bí thơ* 秘 書 et *bổn chương* 本 章. Ce dernier service se subdivise lui-même en trois sections correspondant chacune à deux ministères, savoir : 1ʳᵉ section : Ministères de l'intérieur et des finances (*lại hộ chương* 吏 戶 章); 2ᵉ section : Ministères des rites et de la guerre (*lễ binh chương* 禮 兵 章); 3ᵉ section : Ministères de la justice et des travaux publics (*hình công chương* 刑 工 章).

CONSEIL SECRET OU CONSEIL AULIQUE (*Cơ mật viện* 機 密 院). — Affaires

21.

gouvernementales et administratives. — Travaux confidentiels et réservés. — Questions de politique intérieure et extérieure sous la direction du Représentant de la Nation protectrice.

CONSEIL IMPÉRIAL (*Tập hiền viện* 集 賢 院). — Lecture et explication des textes au souverain. — Travaux de cabinet.

GRAND TRIBUNAL D'APPEL (*Đại lý tự* 大 理 寺). — Examine et soumet au roi les jugements qui entraînent la mort, la prison et l'exil.

CONSEIL DES INSPECTEURS GÉNÉRAUX (*Đô sát viện* 都 察 院). — Enquêtes. — Contrôle général. — Recherches et inspections dans les ministères et dans tous les services publics du royaume.

OFFICE GÉNÉRAL DES CORRESPONDANCES (*Thông chánh sứ ti* 通 政 使 司).

ACADÉMIE IMPÉRIALE (*Hàn lâm viện* 翰 林 院). — Histoire générale. — Annales. — Documents historiques. — Gouvernement. — Administration. — Édits, décrets et ordonnances. — Jurisprudence. — Bibliographie. — Philosophie classique. — Astronomie. — Épigraphes, aphorismes, versets antithétiques, phrases correspondantes, sentences parallèles, choix de caractères de bon augure, etc. Les membres de l'Académie sont des fonctionnaires nommés par l'Empereur.

SERVICE SPÉCIAL POUR L'ORGANISATION DES SACRIFICES (*Quang lộc tự* 光 祿 寺).

SERVICE SPÉCIAL POUR L'ORGANISATION DES CÉRÉMONIES RITUELLES (*Thái thường tự* 太 常 寺). — Prépare et conduit les cérémonies officielles en se conformant aux instructions du ministre des rites qui a la haute direction de ce service.

SERVICE SPÉCIAL CHARGÉ DE POURVOIR AUX MOYENS DE TRANSPORT ET AUX ESCORTES DU SOUVERAIN (*Thái bộc tự* 太 僕 寺)[1]. — A la charge de tout

____

[1] En Chine ce même titre est donné à la direction des haras impériaux. Un autre, celui du directeur des collèges impériaux, signifie littéralement grand maître des libations (*té tửu* 祭 酒), titre étrange, on l'avouera, et bien peu en harmonie avec la nature des occupations de ce haut fonctionnaire. Il n'est pas inutile de faire remarquer ici que les titres ne

ce qui est nécessaire aux déplacements de l'Empereur et de sa suite, personnel et matériel. Escortes, chars, bateaux, éléphants, chevaux, tentes et autres accessoires indispensables.

SERVICE SPÉCIAL CHARGÉ DE PRENDRE LES DISPOSITIONS NÉCESSAIRES ET D'ASSURER LES CÉRÉMONIES D'USAGE LORS DES SESSIONS D'EXAMENS (*Hồng lô tự* 鴻臚寺).

CONSEIL DES INSPECTEURS GÉNÉRAUX DE L'INSTRUCTION PUBLIQUE (*Quốc tử giám* 國子監).

ÉCOLE SPÉCIALE POUR L'INSTRUCTION DES PRINCES (*Tôn học sở* 尊學所). Les professeurs de cette école sont choisis parmi les plus grands lettrés du pays.

LES TROIS COLLÈGES IMPÉRIAUX (*Tam đường* 三堂). — 1ᵉʳ collège : *quảng học* 廣學 (extension de l'étude); 2ᵉ collège : *quảng thiện* 廣善 (extension de la bonté); 3ᵉ collège : *minh thiện* 明善 (éclatante vertu). Indépendamment de ces trois principales écoles qui forment le *tam đường* 三堂, il y a encore à *Huế* 化 quatre autres établissements d'instruction destinés à l'entretien et à l'éducation des jeunes princes et des fils de hauts fonctionnaires; ce sont : *quảng phước* 廣福 (extension du bonheur); *dưỡng chánh* 養政 (éducation rationnelle); *thiện khánh* 善慶 (bonté et félicité) et *quảng nhơn* 廣仁 (extension de la piété et de l'humanité).

BIBLIOTHÈQUE ET ARCHIVES (*Thiệm sự phủ* 詹事府. — Les administrateurs de ce service sont généralement pris parmi les membres de l'Académie impériale.

OBSERVATOIRE OU BUREAU D'ASTROLOGIE. (*Khâm thiên giám* 欽天監). — Calculs astronomiques. — Astrologie judiciaire. — Choix de jours favorables. — Recherches d'emplacements propices pour pagodes et tombeaux.

correspondent pas toujours aux attributions, et que le sens des caractères chinois employés pour les appellations annamites ne concorde pas exactement avec la signification qui leur est attribuée et qui n'est en quelque sorte que conventionnelle. C'est même en raison de cette particularité regrettable que l'auteur croit devoir s'abstenir, dans beaucoup de cas, de donner de ces caractères une traduction plus littérale.

— Solstices et équinoxes. — Phénomènes célestes. — Prévisions du temps.
— Centralisation des observations faites par les astronomes provinciaux. —
Établissement du calendrier.

DIRECTION DU SERVICE DE SANTÉ (*Thái y viện* 太 醫 院). — Personnel :
Un directeur (*viện sứ* 院 使); deux sous-directeurs, l'un de gauche (*tả viện
phán* 左 院 判), l'autre de droite (*hữu viện phán* 右 院 判); plusieurs médecins et sous-médecins du roi (*ngự y* 御 醫 et *phó ngự y* 副 御
醫), dix médecins ordinaires (醫 政), dix sous-médecins (醫 副), vingt
praticiens fonctionnaires du 9e degré (*y sanh* 醫 生), dix praticiens élèves
non encore gradués; deux chirurgiens (*ngoại khoa y chánh* 外 科 醫 政), et
un nombre illimité de sous-chirurgiens (*ngoại khoa y phó* 外 科 醫 副).

ADMINISTRATION DES MUSÉES, TRÉSORS ET MAGASINS IMPÉRIAUX (*Nội vụ phủ* 內
務 府)[1].

MANDARINAT.

Quan chế 官 制 ou *Chức quan* 職 官.

Le personnel des fonctionnaires civils et militaires de l'Annam se divise en
9 degrés (*cửu phẩm* 九 品)[2]. Chaque degré se subdivise en 2 classes :
chánh phẩm 正 品 « 1re ou principale classe », et *tùng phẩm* 從 品 « 2e ou
suivante classe ». Les fonctionnaires de la 1re classe du 1er degré sont appelés
chánh nhứt phẩm 正 一 品; les fonctionnaires de la 2e classe du 1er degré
sont appelés *tùng nhứt phẩm* 從 一 品. Du 1er au 3e degré inclusivement
tous les fonctionnaires ont droit au titre d'Excellence (*Đại thần* 大 臣 ou
Đại nhơn 大 人 en style officiel, et *Quan lớn* 官 客 en langue vulgaire).
Toutefois, par exception courtoise, et en raison sans doute de l'importance de
leurs fonctions, il est d'usage de donner aussi ce titre d'Excellence aux chefs
des services judiciaires provinciaux (*án sát* 按 察), qui ne sont que mandarins
du 4e degré.

[1] Bien que portés à part sur les notices
annamites qui donnent des renseignements sur
l'état du personnel des différentes administrations indigènes, quelques-uns des services des
musées, trésors et magasins impériaux relèvent
des six ministères ou *Lục bộ* 陸 部 et ne sont
en réalité que des délégations ministérielles
permanentes.

[2] En Chine le mandarinat militaire n'a que
sept degrés.

Nul n'est admis à prendre rang avec le titre de mandarin dans l'administration civile s'il n'a subi avec succès les examens littéraires qui donnent droit
au grade de *tú tài* 秀才 (bachelier). On peut devenir mandarin militaire
sans avoir d'examen littéraire à subir. Aussi ces mandarins ne jouissent-ils
pas, dans le monde des lettrés surtout, de la même considération que leurs
collègues civils [1].

HIÉRARCHIE DU MANDARINAT.

Phẩm quan 品官.

PREMIER DEGRÉ.

Đệ nhứt phẩm 第一品.

Ire CLASSE DU Ier DEGRÉ (*chánh nhứt phẩm* 正一品). —Le président de
l'assemblée des princes du sang (*tổng nhơn lệnh* 宗人令); les membres
de la gauche et de la droite de cette assemblée (*tả hữu tổng chánh* 左右
宗正 et *tả hữu tổng nhơn* 左右宗人); le grand précepteur du roi
(*thái sư* 太師); le grand gouverneur du roi (*thái phó* 太傅); le grand
protecteur du roi (*thái bảo* 太保) [2]; les quatre colonnes de l'empire (*quốc
trụ* 國柱), qui sont : 1° le grand censeur du palais de *Cẩn chánh* 勤政
(*Cẩn chánh điện đại học sĩ* 勤政殿大學士); 2° le grand censeur du
palais de *Văn minh* 文明 (*Văn minh điện đại học sĩ* 文明殿大學
士); 3° le grand censeur du palais de *Võ hiển* 武顯 (*Võ hiển điện đại học sĩ*
武顯殿大學士); 4° le grand censeur du palais de *Đông các* 東閣

[1] Les grands concours de lettrés (*đại khoa*
大科) ont lieu tous les trois ans, tantôt en
Annam, tantôt au Tonkin. Le président du
jury est appelé *quan chánh khảo* 官正考, les
vice-présidents *quan phó khảo* 官副考, et les
simples membres *quan giám khảo* 官監考.
Les grades universitaires conférés par l'État sont
au nombre de trois : 1° *tú tài* 秀才 (bachelier);
2° *cử nhơn* 舉人 (licencié); 3° *tấn sĩ* 進士
(docteur). Cette année les examens littéraires
ont eu lieu à *Nam định* 南定, chef-lieu de la
province du même nom, sous la présidence
d'honneur du *tổng đốc* 總督 de *Sơn tây* 山西
(Tonkin). Les petits examens provinciaux (*tiểu
khoa* 小科) ont lieu tous les ans au chef-
lieu de chaque province.

[2] Les trois dignités ou fonctions de grand
précepteur, de grand gouverneur et de grand
protecteur ne sont pas permanentes; elles ne
sont remplies qu'aux époques de régence,
comme de nos jours, et encore nous ne pensons pas qu'elles soient au complet.

(*Đông các điện đại học sĩ* 東 閣 殿 大 學 士)[1]; les maréchaux (*tướng quân* 將 軍)[2].

2ᵉ CLASSE DU 1ᵉʳ DEGRÉ (*tùng nhứt phẩm* 從 一 品). — Le vice-précepteur du roi (*thiếu sư* 少 師); le vice-gouverneur du roi (*thiếu phó* 少 傅); le vice-protecteur du roi (*thiếu bảo* 少 保); le précepteur du prince héritier (*thái tử thái sư* 太 子 太 師); les vice-censeurs (*hiệp biện đại học sĩ* 協 辦 大 學 士); les généraux en chef (*đô thống* 都 統); les amiraux en chef (*thủy sư đô thống* 水 師 都 統); le général commandant en chef de la garde royale (*thống chưởng* 統 掌).

DEUXIÈME DEGRÉ.

Đệ nhì phẩm 第 二 品·

1ʳᵉ CLASSE DU 2ᵉ DEGRÉ (*chánh nhì phẩm* 正 二 品). — Le vice-précepteur du prince héritier (*thái tử thiếu sư* 太 子 少 師); les six présidents des ministères (*lục bộ thượng thơ* 陸 部 尚 書); les gouverneurs généraux (*tổng đốc* 總 督); les généraux de division à la capitale (*thống chế* 統 制); les vice-amiraux (*thủy sư thống chế* 水 師 統 制); le général commandant les troupes de la capitale et le territoire militaire de la province royale (*thừa thiên đề đốc* 承 天 提 督); le général commandant en second de la garde royale (*thống quản* 統 管).

2ᵉ CLASSE DU 2ᵉ DEGRÉ (*tùng nhì phẩm* 從 二 品). — Les assesseurs de gauche et de droite des ministères (*tả hữu tham tri* 左 右 參 治); les membres du conseil privé ou secrétariat impérial (*nội các học sĩ* 內 閣 學 士); les inspecteurs généraux (*Đô sát viện* 都 察 院); les gouverneurs particuliers (*tuần phủ* 巡 撫); les généraux de division du service provincial (*đề đốc* 提 督); les officiers supérieurs de la garde royale (*quản lãnh* 管 領 et *hiệp lãnh* 協 領); les colonels des régiments de la capitale (*chưởng vệ* 掌 衞); les colonels des régiments de marine (*chưởng thủy* 掌 水).

---

[1] Le plus souvent ces hauts dignitaires dirigent chacun un grand ministère, tout en étant membres des grands conseils de l'empire.

[2] Autrefois les mandarins de la 1ʳᵉ classe du 1ᵉʳ degré étaient fort rares, souvent même il n'y en avait que deux ou trois; mais aujourd'hui, en raison peut-être des crises politiques et des événements historiques survenus au cours des dernières années, le nombre de ces hauts dignitaires a sensiblement augmenté.

TROISIÈME DEGRÉ.

Dệ tam phẩm 第三品.

1ʳᵉ CLASSE DU 3ᵉ DEGRÉ (*chánh tam phẩm* 正三品). — Les conseillers de gauche et de droite des ministères (*tả hữu thị lang* 左右侍郎); le président de l'Académie impériale (*hàn lâm viện chưởng viện học sĩ* 翰林院掌院學士); les membres de l'Académie impériale (*hàn lâm viện trực học sĩ* 翰林院直學士); le directeur de l'office général des correspondances (*thông chánh sứ* 通政使); le directeur du service spécial pour l'organisation des cérémonies rituelles (*thái thường tự khanh* 太常寺卿); le président du grand tribunal d'appel (*đại lý tự khanh* 大理寺卿); le préfet de la capitale chef du territoire de la province de *Quảng đức* 廣德 (*thừa thiên phủ doãn* 承天府尹); les directeurs des services administratifs et financiers provinciaux (*bố chánh sứ* 布政使); l'administrateur de la bibliothèque (*thiệm sự phủ thiệm sự* 詹事府詹事); les colonels des régiments de la capitale (*chánh vệ húy* 正衞尉); les officiers-gardes de 1ʳᵉ classe (*nhứt đẳng thị vệ* 一等侍衞); les généraux commandants des troupes d'une province (*chánh lãnh binh* 正領兵).

2ᵉ CLASSE DU 3ᵉ DEGRÉ (*tùng tam phẩm* 從三品). — Le directeur du service spécial pour l'organisation des sacrifices (*quang lộc tự khanh* 光祿侍卿); le directeur du service spécial chargé de pourvoir aux moyens de transport et aux escortes du souverain (*thái bộc tự khanh* 太僕侍卿); le sous-gouverneur de la capitale et du territoire de la province de *Quảng đức* 廣德 (*thừa thiên phủ thừa* 承天府丞); le sous-directeur de l'office général des correspondances (*thông chánh sứ ti thông chánh phó sứ* 通政使司通政副使); les généraux adjoints aux commandants des troupes d'une province (*phó lãnh binh* 副領兵); les lieutenants-colonels des régiments de la capitale (*phó vệ húy* 副衞尉).

QUATRIÈME DEGRÉ.

Dệ tứ phẩm 第四品.

1ⁱᵉ CLASSE DU 4ᵉ DEGRÉ (*chánh tứ phẩm* 正四品). — Les vice-conseillers des ministères (*biện lý* 辨理); les directeurs des ministères dits délégués à l'intérieur (*lang trung* 郎 中); les chefs des services judiciaires provinciaux (*án sát* 按 察); l'administrateur adjoint de la bibliothèque (*thiệm sự phủ thiếu thiệm sự* 詹 事 府 少 詹 事); le vice-président du grand tribunal d'appel (*đại lý tự thiếu khanh* 大 理 寺 少 卿); le directeur adjoint du service spécial pour l'organisation des cérémonies rituelles (*thái thường tự thiếu khanh* 太 常 寺 少 卿); le directeur du service spécial chargé de prendre les dispositions nécessaires et d'assurer les cérémonies d'usage lors des sessions d'examens (*hồng lô tự khanh* 鴻 臚 寺 卿); le directeur du service de santé (*thái y viện viện sứ* 太 醫 院 院 使); le directeur des collèges impériaux (*quốc tử giám tế tửu* 國 子 監 祭 酒); les lecteurs de l'Académie (*hàn lâm viện thị độc học sĩ* 翰 林 院 侍 讀 學 士); les assistants de gauche et de droite de l'assemblée des princes du sang (*tông nhơn phủ tả hữu tá lý* 宗 人 府 左 右 借 理); les officiers-gardes de 2ᵉ classe (*nhị đẳng thị vệ* 二 等 侍 衛); les colonels des régiments de troupes provinciales (*chánh quản cơ* 正 管 奇).

2ᵉ CLASSE DU 4ᵉ DEGRÉ (*tùng tứ phẩm* 從 四 品). — Les commentateurs de l'Académie (*hàn lâm viện thị giảng học sĩ* 翰 林 院 侍 講 學 士); les lecteurs du secrétariat impérial (*nội các thị độc học sĩ* 內 閣 侍 讀 學 士); les directeurs des gardiens des sceaux (*lục khoa chưởng ấn cấp sự trung* 六 料 掌 印 給 事 中); les professeurs des collèges impériaux (*quốc tử giám tư nghiệp* 國 子 監 司 業); les fonctionnaires adjoints du service spécial pour l'organisation des sacrifices (*quang lộc tự thiếu khanh* 光 祿 寺 少 卿); les fonctionnaires adjoints du service spécial chargé de pourvoir aux moyens de transport et aux escortes du souverain (*thái bộc tự thiếu khanh* 太 僕 寺 少 卿); les gouverneurs des petites provinces (*quản đạo* 管 導); les commandants de places fortes dans les provinces royales (*thành thủ húy* 城 守 尉; les lieutenants-colonels de troupes provinciales (*phó quản cơ* 副 管 奇).

CINQUIÈME DEGRÉ.

Đệ ngũ phẩm 第 五 品.

1ʳᵉ CLASSE DU 5ᵉ DEGRÉ (*chánh ngũ phẩm* 正 五 品). — Les sous-directeurs des ministères dits délégués à l'extérieur (*viên ngoại lang* 院 外 郎);

les messagers royaux (*lục khoa cáp sự trung* 六 料 給 事 中); le directeur de l'observatoire (*khâm thiên giám giám chánh* 欽 天 監 監 政); les membres adjoints du service spécial chargé d'assurer les cérémonies d'usage aux sessions d'examens (*hồng lô tự thiếu khanh* 鴻 臚 寺 少 卿); les fonctionnaires du service de santé, médecins du roi (*thái y viện ngự y* 太 醫 院 御 醫); les administrateurs des musées, trésors et magasins (*nội vụ phủ quan lãnh* 內 務 府 官 領); les sous-gouverneurs des petites provinces (*phó quản đạo* 副 管 導); les directeurs de l'enseignement dans une province (*đốc học* 督 學); les capitaines commandants de compagnie à la capitale (*cai đội* 該 隊); les commissaires aux vivres et aux approvisionnements (*tào quản lãnh* 曹 管 領); les officiers-gardes de 3ᵉ classe (*tam đẳng thị vệ* 三 等 侍 衛).

2ᵉ CLASSE DU 5ᵉ DEGRÉ (*tùng ngũ phẩm* 從 五 品). — Le sous-directeur de l'observatoire (*khâm thiên giám giám phó* 欽 天 監 監 副); les explicateurs ordinaires de l'Académie (*hàn lâm viện thị giảng* 翰 林 院 侍 講); les fonctionnaires du service de santé, sous-médecins du roi (*thái y viện phó ngự y* 太 醫 院 副 御 醫); les fonctionnaires subalternes de l'assemblée des princes du sang (*tông nhơn phủ phó lý sự quan* 宗 人 府 副 理 事 官); les administrateurs d'un département ou préfets (*tri phủ* 知 府); les sous-préfets de la province royale (*tri huyện* 知 縣); les chefs de bureau des ministères (*chủ sự* 主 事); les capitaines adjoints des troupes de la capitale (*đội trưởng* 隊 長 et *suất đội* 率 隊); les officiers-gardes de 4ᵉ classe (*tứ đẳng thị vệ* 四 等 侍 衛); les chefs de la police militaire (*quan giám thành* 官 監 城).

SIXIÈME DEGRÉ.

Đệ lục phẩm 第 六 品 ·

1ʳᵉ CLASSE DU 6ᵉ DEGRÉ (*chánh lục phẩm* 正 六 品). — Les fonctionnaires adjoints du service de santé (*thái y viện viện phán* 太 醫 院 院 判); les fonctionnaires subalternes du service spécial pour l'organisation des sacrifices (*quang lộc tự tự thừa* 光 祿 寺 寺 丞); les fonctionnaires subalternes du grand tribunal d'appel (*đại lý tự tự thừa* 大 理 寺 寺 丞); les astronomes de l'observatoire (*khâm thiên giám ngũ quan* 欽 天 監 五 官); les

22.

suppléants des préfets dans chaque département (*đồng tri phủ* 同 知 府); les sous-chefs de bureau des ministères (*tư vụ* 私 務); les officiers-gardes de 5ᵉ classe (*ngũ đẳng thị vệ* 五 等 侍 衛); les chefs de postes militaires (*quan tấn thủ* 官 汛 守); les directeurs de ports ou rades (*quan thủ ngự* 官 守 禦); les capitaines des troupes provinciales (*đội trưởng* 隊 長 et *suất đội* 率 隊).

2ᵉ CLASSE DU 6ᵉ DEGRÉ (*tùng lục phẩm* 從 六 品). — Les correcteurs et compilateurs de l'Académie impériale (*hàn lâm viện tu soạn* 翰 林 院 修 撰); les inspecteurs des salles de festins ou maîtres des banquets (*quang lộc tự thợ chánh* 光 祿 寺 署 政); les administrateurs d'un arrondissement ou sous-préfets (*tri huyện* 知 縣 et *tri chau* 知 州); les secrétaires généraux des chefs des services administratifs et financiers provinciaux (*thông phán* 通 判); les secrétaires généraux des chefs des services judiciaires provinciaux (*kinh lịch* 經 歷).

SEPTIÈME DEGRÉ.

Đệ thất phẩm 第 七 品.

1ʳᵉ CLASSE DU 7ᵉ DEGRÉ (*chánh thất phẩm* 正 七 品). — Les archivistes du secrétariat impérial (*nội các điển tịch* 內 閣 典 籍); les experts-critiques du grand tribunal d'appel (*đại lý tự bình sự* 大 理 寺 評 事); les greffiers et les copistes du conseil des inspecteurs généraux (*đô sát viện lục sự* 都 察 院 錄 事); les trésoriers et magasiniers des ministères (*các bộ viện tự ti khố* 各 部 院 寺 司 庫); les traducteurs officiels (*thông sự* 通 事 et *thông dịch* 通 譯); les directeurs de l'enseignement dans un département (*giáo thọ* 教 授); les mandarins pronostiqueurs de la tour de l'observatoire (*khâm thiên giám linh đài lang* 欽 天 監 靈 臺 郎); les officiers d'administration ou secrétaires militaires (*tri bộ* 知 簿).

2ᵉ CLASSE DU 7ᵉ DEGRÉ (*tùng thất phẩm* 從 七 品). — Les directeurs de l'enseignement dans un arrondissement (*huấn đạo* 訓 導); les mandarins subalternes de l'Académie chargés de la correction des ouvrages (*hàn lâm viện kiểm thảo* 翰 林 院 儉 討); les écrivains intimes du secrétariat impérial (*nội các trung thơ* 內 閣 中 書); les professeurs adjoints des collèges impériaux (*quốc tử giám phó sĩ* 國 子 監 傅 士); les gardes des chefs des services administratifs et financiers provinciaux (*bố chánh ti đô sự* 布政司都事); les secrétaires et comptables de la garde impériale (*các vệ kinh lịch* 各衛經歷); les fonctionnaires subalternes de l'observatoire (*khâm thiên giám giám thừa* 欽天監監丞); les astronomes des miradors provinciaux (*chư tỉnh linh đài lang* 諸省靈臺郎); les bas officiers des troupes provinciales (*đội trưởng* 隊長 et *suất đội* 率隊); les chefs des relais de poste (*trạm dịch mục* 站役目); les chefs de poste chez les sauvages (*trấn di tấn thủ* 鎮夷汛守).

HUITIÈME DEGRÉ.

Đệ bát phẩm 第八品.

1ʳᵉ CLASSE DU 8ᵉ DEGRÉ (*chánh bát phẩm* 正八品). — Les chirurgiens du service de santé (*thái y viện ngoại khoa y chánh* 太醫院外料醫政); les commissaires des directeurs des services administratifs provinciaux (*bố chánh ti sự đại sứ* 布政司事大使); les professeurs habiles dans les cinq livres canoniques (*ngũ kinh phó sĩ* 五經傅士); les gardiens des annales (*chủ bộ* 主簿); les comptables du 8ᵉ degré employés dans les divers services de la capitale et des provinces (*thơ lại* 書吏); les chefs de musique (*hòa thinh nhạc trưởng* 和聲樂長); les chefs des compagnies d'ouvriers d'État (*chánh ti tượng* 正司匠).

2ᵉ CLASSE DU 8ᵉ DEGRÉ (*tùng bát phẩm* 從八品). — Les gardiens des pagodes de Confucius (*văn miếu tự thằng* 文廟寺繩); les économes des collèges impériaux (*quốc tử điển bộ* 國子典簿); les *thơ lại* 書吏 de la 2ᵉ classe du 8ᵉ degré appelés vulgairement *hạp bát* (合八).

NEUVIÈME DEGRÉ.

Đệ cửu phẩm 第九品.

1ʳᵉ CLASSE DU 9ᵉ DEGRÉ (*chánh cửu phẩm* 正九品). — Les employés des diverses administrations de la capitale et des provinces connus sous la dénomination de *hạp cửu* 合九; les sous-chirurgiens du service de santé (*thái y viện ngoại khoa y phó* 太醫院外料醫副); les sous-gardiens des pagodes de Confucius en province (*các tỉnh văn miếu tự thừa* 各 省 文 廟 寺 丞); les secrétaires des préfets (*thống lại* 通 吏); les chefs ouvriers d'Etat (*tượng mục* 匠 目); les commis et agents divers (*thơ ký* 書 記).

2ᵉ CLASSE DU 9ᵉ DEGRÉ (*tùng cửu phẩm* 從 九 品). — Les secrétaires des sous-préfets (*lại mục* 吏 目); les cérémoniaires ordinaires (*lễ sanh* 禮 生); les agents du trésor (*khố đại sử* 庫 人 使), les chefs de poste des douanes (*thuế đại sử* 稅 大 使); les écrivains ou copistes des diverses administrations (*kí lục* 記 錄); les chefs de canton (*cai tổng* 該 總).

Pour abréger une énumération de titres déjà longue, eu égard surtout au cadre restreint de ce travail, nous n'avons pas cru devoir faire figurer sans exception au tableau du mandarinat toutes les charges du royaume portées sur les notices annamites. Parmi celles que nous omettons volontairement beaucoup ne sont plus aujourd'hui que nominales, et l'utilité de les classer nous a semblé problématique ou du moins limitée à un très petit nombre de circonstances. Mais, tel qu'il est, ce tableau nous paraît très suffisant pour faire connaître la hiérarchie du mandarinat chez les Annamites et donner une idée à peu près exacte du caractère distinctif de cette vieille institution. Nous espérons donc avoir comblé, du moins en grande partie, la lacune signalée par le savant et très regretté Luro qui, n'ayant pu donner dans son remarquable cours d'administration annamite qu'une classification des plus sommaires, émettait le vœu que cette classification fût un jour complétée.

HONNEURS POSTHUMES.

Thuy tặng xưng hiệu 謚 贈 稱 號.

D'après les croyances religieuses du pays, une sorte de lien invisible semble exister entre les vivants et les morts, constamment en rapport par un échange incessant de bons offices, d'offrandes et de prières. Le grand souverain, qui est aussi le grand pontife du culte et le représentant direct du ciel auprès des mânes de ses sujets, décerne, par décret, des titres d'outre-tombe aux serviteurs défunts qui ont bien mérité de la couronne ou de la patrie. Ces titres ou dignités posthumes, ces épitaphes officielles, pourrait-on dire, sont au nombre de trois, savoir : 1° pour les fonctionnaires du 1ᵉʳ degré *mộ tánh công* 墓 性 公 (tombeau d'un loyal caractère); 2° pour les fonctionnaires des 2ᵉ, 3ᵉ et 4ᵉ degrés *mọ̆ tánh hầu* 墓 性 侯 (tombeau d'un noble assistant); 3° pour les fonctionnaires des cinq derniers degrés *mọ̆ tánh phủ quân* 墓 性 府 君 (tombeau d'un bon père de famille).

Mais si les rois d'Annam font monter en grade les défunts méritants, ils savent aussi punir les morts qui ont trahi leur confiance ou mal servi leurs intérêts. Les rétrogradations et les révocations posthumes ne sont pas rares, et l'on pourrait citer de nombreux exemples de peines corporelles infligées à des trépassés. Rappelons seulement ici une odieuse et stupide sentence rendue par *Minh Mạng* 明 命 contre le grand maréchal *Lê văn Duyệt* 黎 文 悅, l'un des plus illustres serviteurs de son père l'empereur *Gia Long* 嘉 隆. Très dévoué à la mémoire et à la politique de ce souverain son ancien maître, et, d'autre part, confiant en sa popularité qui était grande, *Lê văn Duyệt* n'avait pas craint, par des remontrances réitérées et hardies, de provoquer la haine et la colère du nouveau roi. *Minh Mạng*, qui redoutait l'effet des justes critiques de ce trop puissant personnage, résolut de l'éloigner de la Cour, et il l'envoya comme gouverneur général en Basse-Cochinchine où il mourut. Alors seulement l'ombrageux et fourbe prince osa sévir. Il donna l'ordre d'enchaîner le tombeau du maréchal et de le frapper de cent coups de bâton, ce qui fut fait avec toute la solennité que comporte une exécution de ce genre, c'est-à-dire lentement et en comptant les coups à haute et intelligible voix [1]. Le tombeau du maréchal, plus connu sous le nom de *Tombeau du grand eunuque* [2], est aujourd'hui entretenu par les soins de l'Administration française; il se trouve à *Bình hòa* 平 和, banlieue de Saigon, en un site agréable fréquemment visité par les promeneurs européens.

[1] Cette insulte faite à la mémoire d'un grand serviteur par un prince déjà détesté pour sa cruauté et ses appétits sanguinaires souleva l'indignation des habitants de la Cochinchine, et donna lieu, ou tout au moins contribua pour une large part, à la fameuse révolte dite de *Khôi* 傀 (du nom de son principal instigateur), l'une des plus formidables insurrections que la cour de *Huế* ait eu à réprimer dans cette partie du territoire annamite. Une complainte relatant les diverses phases de ce mouvement populaire a été traduite et publiée à Saigon par M. Morin, vice-résident au Cambodge.

[2] *Lê văn Duyệt* n'avait subi aucune mutilation; il était, si on peut s'exprimer ainsi, eunuque de naissance. D'ailleurs, comme chez les derniers Romains et particulièrement sous l'empire byzantin, les eunuques de la Cour d'Annam peuvent parvenir aux plus hautes charges du royaume.

ADMINISTRATION PROVINCIALE.

Các tỉnh cai trị 各省該治·

L'empire annamite est partagé géographiquement et politiquement en trois grandes régions bien distinctes : l'Annam moyen, le Tonkin et la Cochinchine. Cette dernière région, terre française depuis longtemps, se trouve naturellement en dehors de tout pouvoir et de toute ingérence du gouvernement de *Hué*. L'Annam moyen est placé sous la dépendance immédiate de la Cour; mais le Tonkin, en raison sans doute de son éloignement du pouvoir central, est gouverné par un commissaire ou délégué royal portant le titre de *kinh lược* 經畧, dénomination vague et indécise qui n'a dans notre langue aucun terme synonyme et que l'on traduit improprement par l'expression de vice-roi [1].

Les trois régions sont placées sous l'autorité supérieure et unique d'un gouverneur général français, grand protecteur de l'empire d'Annam au nom de la France, et dont l'action directrice s'étend sur toute l'Indo-Chine française. Son titre officiel en annamite est *đông dương thuộc địa tổng thống khâm mạng đại thần* 東洋屬地總統欽命大臣, c'est-à-dire et littéralement, grand serviteur investi par ordre suprême du commandement général des possessions des mers orientales. Il est assisté d'un secrétaire général (*đông dương tá lý phó tổng thống đại thần* 東洋佐理副總統大臣) qui le remplace en cas d'absence ou d'autre empêchement. Après ces deux hauts fonctionnaires viennent les résidents supérieurs de l'Annam et du Tonkin (*thống sứ* 統使), et le lieutenant-gouverneur de la Cochinchine (*thống đốc nam kỳ* 統督南圻).

L'Annam et le Tonkin, pays de protectorat, ont conservé la division administrative par provinces telle qu'elle existait sous le régime annamite pur, sauf cependant quelques modifications encore peu importantes nécessitées par les

---

[1] *Kinh* 經 peut se traduire par « parcourir, contrôler », et *lược* 畧 par « passer, inspecter ». Les deux caractères réunis en une seule expression peuvent donc signifier « contrôleur ou inspecteur ». Le titre de contrôleur ou d'inspecteur royal, par exemple, cadrerait mieux avec la situation véritable de ce haut fonctionnaire, il nous semble, que celui de viceroi qui ne saurait être qu'une sorte de nonsens si l'on considère le caractère spécial que revêt la forme monarchique en Annam et l'idée particulière que les habitants de ce pays se font d'un pouvoir absolu et d'une royauté sans partage.

besoins d'une politique nouvelle. La Cochinchine, colonie française administrée directement par des fonctionnaires français, n'a pas maintenu l'ancienne organisation provinciale; les six anciennes provinces ont été partagées en un grand nombre de circonscriptions administratives, système excellent qui place la population annamite en contact perpétuel et plus étroit avec les autorités françaises et qui, facilitant les relations entre colons et indigènes, permet de resserrer de plus en plus les liens d'amitié et d'affection qui doivent désormais unir les deux peuples.

Chaque région est donc divisée en provinces (*tỉnh* 省), ou en circonscriptions administratives (*địa hạt* 地 轄), les provinces ou circonscriptions le sont en départements (*phủ* 府), les départements en arrondissements (*huyện* 縣), les arrondissements en cantons (*tổng* 總), les cantons en communes (*thôn* 村 ou *xã* 社, et en langue vulgaire *làng* 廊), les communes en hameaux (*ấp* 邑 ou *xóm* 店).

Les divisions politiques et administratives de l'Annam et du Tonkin sont dirigées par des résidents (*công sứ* 公 使), celles de la Cochinchine par des administrateurs (*tham biện* 參 辨).

A la tête des services indigènes de chaque province il y a un haut fonctionnaire annamite qui porte le titre de gouverneur. Le gouverneur d'une grande province est appelé *tổng đốc* 總 督, celui d'une province moyenne *tuần phủ* 巡 撫, celui d'une petite province, d'un simple district ou d'un territoire lointain *quản đạo* 管 導. Il y a exception pour le gouverneur de la province royale de *Quảng đức* 廣 德, préfet de la capitale, qui prend le titre de *thừa thiên phủ doãn* 承 天 府 尹 « administrateur du territoire soumis aux volontés du ciel ». Les *tổng đốc* 總 督, ou gouverneurs généraux, ont des pouvoirs plus étendus que les autres gouverneurs; ils sont investis d'une sorte de droit de commandement sur l'une des provinces voisines administrées par des *tuần phủ* 巡 撫 ou des *quản đạo* 管 導; ils sont chefs civils et militaires. Les gouverneurs en sous-ordre ont néanmoins le droit de correspondre directement avec les ministres et de traiter de leur propre autorité les affaires courantes de leurs provinces.

Après le *tổng đốc* 總 督, les principaux chefs de service d'une grande province sont : 1° le directeur des services administratifs et financiers (*bố chánh sứ* 布 政 使); 2° le chef du service judiciaire (*án sát* 按 察); 3° le général commandant supérieur des troupes (*lãnh binh* 領 兵); 4° le directeur de l'enseignement classique (*đốc học* 督 學).

Le service du *bố chánh sứ* 布政使 est assuré par cinq bureaux portant les noms des cinq ministères auxquels ils correspondent, savoir :

1° Bureau de l'intérieur (*phòng lại* 房吏). Personnel de la province; nominations, mutations, révocations; solde et rations; congés et retraites.

2° Bureau des finances (*phòng hộ* 房戶). Travaux concernant les impôts et les recensements de la province, cadastre; concessions de terres; demandes de dégrèvements; approvisionnements; magasins de l'État.

3° Bureau des rites et cérémonies (*phòng lễ* 房禮). Fêtes officielles; sacrifices et offrandes; temples et pagodes; mœurs et coutumes; piété filiale; enseignement moral; instruction publique.

4° Bureau de la guerre (*phòng binh* 房兵). Administration des troupes, équipement, vivres; recrutement des troupes régulières et des milices.

5° Bureau des travaux publics (*phòng công* 房工). Constructions et réparations; entretien des bâtiments de l'État; appropriation de locaux pour les administrations publiques; fortifications; ponts, routes, canaux, digues; réserves de matériaux; mines, carrières, fours à chaux; forêts et permis de coupe.

Un secrétaire général (*thông phán* 通判) dirige le personnel et centralise le travail des cinq bureaux; il est assisté, si les besoins du service l'exigent, d'un secrétaire général adjoint (*kinh lịch* 經歷).

A la tête de chaque bureau se trouve un *thơ lại* 書吏 gradué, appelé vulgairement *hạp* 合, qui dispose d'un certain nombre de *thơ lại* 書吏 non gradués ou *vị nhạp lưu* 未入流 « pas encore entré dans le courant », et de quelques employés bénévoles.

Le service judiciaire provincial est sensiblement moins chargé que le service administratif et financier. Son chef n'ayant à correspondre qu'avec le ministre de la justice, un seul bureau lui suffit. Ce bureau, appelé *phòng hình* 房刑, est placé sous l'autorité d'un secrétaire général du grade de *kinh lịch* 經歷, et il comprend, comme personnel, un *hạp* 合, deux *thơ lại* 書吏 et plusieurs employés ou agents auxiliaires.

On a vu plus haut que le principe de la séparation des pouvoirs n'existe pas en Annam. Les préfets (*tri phủ* 知府) et les sous-préfets (*tri huyện* 知縣), magistrats de l'ordre civil, sont aussi magistrats de l'ordre judiciaire. Ce ne sont pas seulement des juges préposés par la loi pour rendre la justice en première instance, il leur appartient encore de juger toutes les affaires civiles et criminelles, sans exception, et quelle que soit leur importance. Le *án sát* 按察, à qui incombe la connaissance des affaires civiles et criminelles dans toute l'étendue de la province, examine les jugements émanant de ce premier degré de juridiction, revise s'il y a lieu, et prononce en second ressort. Les jugements emportant des peines corporelles comme le bâton, la cangue, etc. ne dépassent pas la juridiction provinciale ou la compétence du *án sát* 按 察; mais les jugements qui entraînent la mort, la prison, l'exil, sont envoyés à la Cour et soumis au souverain même, grand juge de la nation, à qui appartient le dernier ressort et qui seul peut adoucir la rigueur de la loi.

Les grandes provinces seules ont un *bố chánh* 布政 et un *án sát* 按 察. En cas de maladie ou de tout autre empêchement ces deux hauts fonctionnaires se remplacent mutuellement. Dans les provinces moyennes un seul suffit ordinairement aux besoins des deux services, et dans les plus petites, dans les districts ou territoires peu importants, on les supprime le plus souvent tous les deux. Alors les deux fonctions sont remplies par le *quản đạo* 管導 lui-même, ou bien c'est un *tri phủ* 知府 de la province qui les exerce par intérim.

Les services militaires des provinces importantes, c'est-à-dire des provinces gouvernées par un *tổng đốc* 總督, ont à leur tête un *đề đốc* 提督, général de division, dont l'autorité rayonne, comme celle du *tổng đốc* lui-même, sur une ou plusieurs provinces. Dans les provinces moyennes administrées par un *tuần phủ* 巡撫, le commandement militaire appartient à un *lãnh binh* 領兵, général de brigade, tandis que dans les districts ou territoires de troisième ordre, ce commandement appartient à un *phó lãnh binh* 副領兵, général de brigade adjoint. Après ces officiers généraux viennent les *chánh quản cơ* 正管奇, colonels des régiments provinciaux, et les *phó quản cơ* 副 管奇, lieutenants-colonels de ces mêmes régiments. Chaque chef-lieu de province a en outre un *quan thành thủ* 官城守, commandant de place, chargé d'assurer la tranquillité de la ville et la défense de l'enceinte fortifiée. Cet officier veille également à la conservation et à l'entretien des pièces d'artillerie placées sur les fortifications, et il fixe, selon les saisons ou les circonstances, les heures d'ouverture et de fermeture des portes.

Les préfets et les sous-préfets, ou pour mieux dire les *quan phủ* 官府 et les *quan huyện* 官縣, comme on les désigne communément, doivent partager leurs soins entre l'administration et la justice. Ils sont les assesseurs

23.

naturels et les collaborateurs de tous les instants des hauts fonctionnaires civils de la province, le *quan bó* 官布 et le *quan án* 官按 ; mais ils prêtent aussi leur concours à l'autorité militaire représentée par le *dê dôc* 提督 ou le *lãnh binh* 領兵 pour tout ce qui concerne le recrutement des troupes régulières et des milices, et en général pour tout ce qui peut intéresser l'armée et la défense des places fortes en cas de troubles ou de guerre.

Les attributions de ces fonctionnaires-magistrats sont importantes, nombreuses, variées. Outre ce qu'ils doivent à leurs supérieurs hiérarchiques, ils ont à s'occuper de l'administration générale, de la justice, du personnel départemental, de l'instruction publique, des cérémonies rituelles, des voies de communication, de la police, de l'établissement et de la rentrée des impôts, des dégrèvements, des recensements, etc. Pour les seconder dans leurs multiples besognes les administrateurs des préfectures et des sous-préfectures importantes ont des suppléants. Les suppléants des préfets portent le titre de *dông tri phù* 同知府, ceux des sous-préfets sont appelés *huyên thừa* 縣丞 ou *huyên húy* 縣尉. Il y a aussi des sous-préfets honoraires ou *huyên hàm* 縣銜, classe de fonctionnaires non appointés ne prenant qu'une part indirecte et très restreinte à l'administration.

Le personnel des bureaux comprend deux catégories d'employés, les *lại mục* 吏目 et les *dê lại* 提吏 pour le service du prétoire ou *nha môn* 衙門, les *thông lại* 通吏 pour l'expédition des affaires administratives proprement dites dépendant du *phù nha* 府衙 ou du *huyên nha* 縣衙 (bureaux de l'administration générale). Les chefs de bureau seulement sont mandarins du 8e ou du 9e degré; les autres, les simples employés, sont des jeunes gens pris dans le pays même et n'ayant subi le plus souvent que les simples examens provinciaux.

Des fonctionnaires de l'enseignement, *giáo thọ* 教授 et *huấn đạo* 訓導, sont chargés de la direction des études, les premiers aux chefs-lieux des départements, les seconds aux chefs-lieux des arrondissements. Ces fonctionnaires sont tous gradués, et c'est dans leurs rangs que se recrutent d'ordinaire les préfets et les sous-préfets.

La force armée civile dont dispose un *quan phù* 官府 est de 5o hommes, celle dont dispose un *quan huyên* 官縣 est de 3o hommes. Ces gardes, recrutés dans les villages circonvoisins, portent le nom de *lính lệ* 另隸 ou celui de *tạo lệ* 造隸, et ils sont commandés par des officiers de police du titre de *câu quản* 拘管 ou de *lệ mục* 隸目.

En terminant ce travail, quelques remarques s'imposent. En Annam, plus encore que partout ailleurs, les vieux organismes administratifs tiennent à leurs habitudes. Aussi, depuis bien longtemps, et malgré les défectuosités très apparentes de certaines méthodes gouvernementales, aucun changement sérieux n'a été apporté dans la composition du personnel et la formation des différents services administratifs du royaume. La confusion des pouvoirs et le cumul de fonctions aussi dissemblables que celles de l'administration proprement dite, de la justice, de la perception des impôts, etc., bien qu'offrant des inconvénients graves, n'ont cependant pas, dans la pratique des affaires publiques, toutes les fâcheuses conséquences que l'on serait tenté d'en déduire. Les défauts inhérents à ce système sont sensiblement atténués par l'application rigoureuse d'une règle administrative qui consiste à faire passer les affaires, même les moins importantes, par les mains de toute la filière des employés du bureau où elles sont traitées, et à rendre ces mêmes employés solidairement et individuellement responsables des fautes ou des erreurs commises. De là un grand souci de la responsabilité à tous les degrés de l'échelle administrative, souci qui amène forcément un contrôle réciproque des plus actifs et des plus sérieux. Toutefois, on doit en convenir, cette mesure garantit plutôt les intérêts de l'État que ceux des contribuables. En un pays où les fonctions publiques sont à peine rétribuées, les petites exactions sont inévitables. Ces exactions sont cependant moins fréquentes qu'on ne le croit généralement, et il est d'ailleurs fort rare qu'elles revêtent le caractère d'actes de brutalité ou de violence constituant l'abus de pouvoir puni par la loi. Au fond ces présents en nature (*lễ vật* 禮 物), tant incriminés par les Européens, sont dans les mœurs de la nation; le Gouvernement annamite les tolère quand ils sont offerts sans pression ni contrainte, et les fonctionnaires les acceptent de leurs administrés comme nos anciens juges acceptaient autrefois des dons volontaires sous le nom caractéristique d'*épices* [1].

---

[1] Ce n'est pas chose aisée que d'enrayer brusquement des pratiques infiltrées depuis de longs siècles, et profondément enracinées aujourd'hui dans les mœurs de la nation. En ces délicates matières, il est toujours sage et politique de compter avec le temps. Toutefois, le sentiment que les choses ne peuvent continuer ainsi est général. Déjà, au contact de nos fonctionnaires, et sous l'influence d'idées européennes qui semblent pouvoir s'acclimater facilement là-bas, une sensible amélioration s'est manifestée depuis l'occupation française. Évidemment, on peut beaucoup par la persuasion d'abord, par une répression sévère ensuite. Mais le but ne sera véritablement atteint, du moins c'est notre opinion, que lorsque les fonctionnaires et employés annamites auront un traitement fixe leur permettant de vivre et de tenir leur rang. En Cochinchine où le personnel indigène est réglementé à la française,

Mais si la Cour de *Hué* passe avec indulgence sur certains abus, si elle ferme les yeux sur les fautes légères, sur les fautes nationales pourrait-on dire, elle se montre en revanche terriblement sévère, inexorable même, pour tout ce qui tendrait à déconsidérer les fonctionnaires, amoindrir le prestige du pouvoir, être pour le peuple une cause de scandale et de dérision. Aussi les mandarins annamites, gens graves, prudents, avisés, agissent-ils en toute occurrence avec la plus grande circonspection, de même qu'ils mettent tous leurs soins à éviter les conflits d'attributions et à cacher leurs dissensions lorsqu'il vient à s'en produire. En Annam, il faut avant tout sauvegarder le principe d'autorité.

on peut dire que la coutume des cadeaux moralement obligatoires a vécu. Le jour où une semblable mesure sera prise dans tous les pays annamites, on verra cette même coutume aller en décroissant, pour disparaître bientôt tout à fait. L'auteur de ces pages, qui a vécu longtemps au milieu des populations annamites, croit pouvoir affirmer qu'une réforme susceptible d'aboutir à un pareil résultat serait également bien accueillie par les deux parties intéressées, c'est-à-dire par les mandarins et par le peuple.

COUP D'ŒIL

L'HISTOIRE DE LA TYPOGRAPHIE

DANS LES PAYS ROUMAINS

AU XVIe SIÈCLE,

PAR

M. ÉMILE PICOT.

———◦◦◦———

L'histoire de la typographie dans les pays roumains n'a jamais été écrite, car on ne peut donner le nom d'histoire à la dissertation de Basile Pop, simple aperçu qui n'a plus guère de valeur aujourd'hui [1], pas plus qu'on ne peut décorer du nom de « bibliographie » le misérable essai de Démètre Iarcu [2]. Il y a pourtant un grand nombre de notices précieuses dispersées dans les ouvrages de P.-J. Šafařík [3], de Karatajev [4], d'Undoljski [5], de T. Cipariu [6], de

[1] Дісертаціє деспре тіпографіілє ромѫнєщї ѫн Трансілванїа шї ѫнвєчінатєлє Цѫрї дела ѫнчепꙋтꙋл лор пѫнъ ла врємілє ноастрє. Скрісъ де Басіліе Попп, а фрꙋмоаселор Мъестрїї, а філософїї шї Медічінеі Доктор, шї К. К. Монтано-Камерал Фісік ѫн Златна. Сібіꙋ, 1838. Сай тіпърїт ла Георгіе де Клозіꙋс. In-8° de 100 pp.

[2] *Bibliografia chronologică română, saü Catalogŭ generalŭ de cărţile române imprimate de la adoptarea imprimeriï* [sic], *diumătate secolŭ XVI şi pănă astă-ḑi. Ediţiunea a doua... De Dimitrie Iarcu.* Bucuresci, Imprimeria Statuluï, 1873. Gr. in-8° de xx et 161 pp., plus 1 f.

[3] *Paul Jos. Šafařík's Geschichte der südslawischen Literatur. Aus dessen handschriftlichem Nachlasse herausgegeben von Josef Jireček.* Prag, Fried. Tempsky, 1864-1865. 3 vol. en 4 part. in-8°.

Les mémoires antérieurs de Šafařík (*Wiener Jahrbücher der Lit., Anzeigeblatt* XLIII, et *Časopis*

českého Musea, 1842) sont refondus dans cette histoire.

[4] Хронологическая Роспись славянских книгъ, напечатанныхъ кирилловскими буквами. 1491-1730. Составилъ И. Каратаевъ. Санктпетербургъ, 1861. In-8° de XIX pp., 2 ff. et 227 pp.

Описаніе славяно-русскихъ книгъ напечатанныхъ кирилловскими буквами. Томъ первый. Съ 1491 по 1652 г. Составилъ И. Каратаевъ. Санктпетербургъ. Типографія императорской Академіи наукъ . . . 1883. In-8° de 1 f., vj pp., 1 f. et 554 pp.

L'auteur étant mort peu de temps après la publication de ce premier volume, l'ouvrage n'a pas été terminé.

[5] Хронологическій Указатель славяно-русскихъ книгъ церковной печати съ 1491-го по 1864-й г. Выпускъ первый. Очеркъ славяно-русской библіографіи В. М. Ундольскаго. Москва, 1871. In-8° de IV et 387 pp.

[6] *Crestomatia, seau Analecte literarie dein cartile mai vechi si noue romanesci, tiparite si*

MM. Al. Odobescu, B.-P Hișdäu, I. Bianu et, en particulier, dans les publications de notre savant collègue Émile Legrand.

Nous nous proposons dans les notes qui vont suivre de coordonner les renseignements épars dans les travaux de nos devanciers. Nous les avons complétés çà et là, grâce à nos recherches personnelles; mais nous ne nous dissimulons nullement l'insuffisance de nos ressources. Le Gouvernement roumain a réuni depuis bien des années déjà au musée de Bucarest tous les livres qu'il a pu recueillir dans les monastères de la Valachie et de la Moldavie. On pouvait espérer qu'il serait fait de ces livres un catalogue sérieux, accompagné de reproductions; mais le temps s'écoule, le précieux dépôt reste à peu près inconnu, et personne ne songe à nous en donner même un inventaire sommaire. La bibliothèque de l'Académie roumaine, qui s'enrichit chaque jour par des acquisitions ou des dons, renferme, sans parler des manuscrits et des chartes, un nombre considérable de volumes imprimés qui n'existent nulle part ailleurs, et là également il n'est pas question de publier un catalogue. On peut se demander à quoi servent les millions que possède aujourd'hui l'Académie, l'un des corps savants le plus largement dotés de l'Europe. Qu'un incendie vienne à détruire les deux dépôts dont nous venons de parler, les monuments les plus précieux de l'histoire et de la littérature des Roumains disparaîtront sans laisser de traces.

Nos recherches se sont étendues jusqu'à la fin du xviiie siècle; mais, limité par l'espace, nous n'en donnons aujourd'hui que la partie relative au xvie siècle. Nous serions heureux que des communications bienveillantes nous permissent de compléter les documents que nous avons réunis.

I

PREMIÈRE IMPRIMERIE DE TÎRGOVIȘTE.

Radu, qui monta en 1493 sur le trône de Valachie, a reçu des historiens le surnom de « Grand ». Ce surnom, il ne le dut pas à ses victoires, mais aux réformes qu'il introduisit dans l'administration de l'Église et de l'État. Le seul

manuscrise, incépundu dela seclulu xvi pana la alu xix, cu notitia literaria, adunate si alese de Tim. Cipariu. Blasiu, MDCCCLVIII. Cu tipariulu Seminariului. In-8° de xxxviij pp., 1 f. et 256 pp. — Principia de limba si de scriptura de

T. Cipariu. Editiunea II revediuta si immultita. Blasiu, MDCCCLXVI. Cu Tipariulu Seminariului. In-8° de iv et 407 pp.

Les deux ouvrages sont précédés de notices bibliographiques.

fait qu'il comprit de quelle importance pouvait être l'art typographique et voulut l'introduire dans son pays, suffit à nos yeux pour le ranger parmi les princes les plus éclairés que la Valachie ait connus. Mais, avant de parler de l'initiative prise par Radu, il importe de rappeler, en quelques mots, les origines de l'imprimerie cyrillienne.

Depuis une époque qu'il est impossible de déterminer, sans doute depuis leur conversion au christianisme, les Roumains avaient comme langue littéraire le slovène, autrement dit le slavon liturgique, et n'employaient que les caractères cyrilliens. Comme la plupart des fidèles de l'Église d'Orient, ils devaient tenir en suspicion l'invention de Gutenberg. Il est remarquable, en effet, que les Russes, les Bulgares et les Serbes n'aient possédé que vers la fin du xve siècle des livres imprimés pour eux, avec l'alphabet auquel ils étaient accoutumés. Les premières impressions slavonnes furent exécutées à Cracovie en 1491. Un libraire d'Augsbourg, Johann Haller, fit les frais de divers volumes destinés à être vendus au clergé orthodoxe en Pologne et en Russie. Un imprimeur allemand, Swaybold Frank, ou Świętopełk Fiol, se chargea du travail typographique. Les poinçons avaient été gravés par un artiste brunswicois, Rudolph Borsdorf [1]. Cinq ouvrages furent achevés par Fiol en la seule année 1491, au prix d'un labeur et d'une dépense considérables; mais le succès ne répondit pas à l'attente des associés. Dès le mois de janvier 1492, le clergé catholique défendit l'impression de livres cyrilliens destinés à l'Église rivale [2]; aussi Haller et Fiol durent-ils renoncer à leur entreprise.

L'exemple donné par les Allemands de Cracovie ne fut pourtant pas inutile; ce ne fut pas, il est vrai, dans le nord; ce fut à Venise, le centre le plus actif de l'imprimerie au xve siècle, qu'il trouva des imitateurs. Le 13 mars 1493, Andrea Torresano, d'Asola, termina un livre d'heures (*Casoslovec*) slovéno-serbe [3], pour lequel il avait dû créer tout un matériel.

La bibliothèque de Nuremberg possédait jadis un exemplaire de ce précieux volume, qui a depuis longtemps disparu; nous n'en avons qu'une description assez incomplète [4]; mais on doit croire qu'André fut aidé, tant pour

---

[1] Voir Karatajev, Опиcaнie, p. 1-14, nᵒˢ 1-5.

[2] Voir le document cité par M. A. Brückner dans l'*Archiv für slavische Philologie*, xvi, 608. — Ce même document nous révèle le nom d'un associé de Fiol précédemment inconnu, un membre de la famille Turza.

[3] La plupart des bibliographes classent ce volume parmi les impressions cyrilliennes;

Kopitar supposait au contraire qu'il était imprimé en caractères glagolitiques. Voir Šafařík, *Geschichte der südslawischen Literatur*, III, p. 251.

[4] Voir les auteurs cités par Karatajev, nᵒ 6. — Le bibliographe russe eût bien fait de reproduire au moins la description donnée par Hain (*Repertorium*, nᵒ 3833).

la gravure des caractères que pour le choix et la correction du texte, par quelqu'un de ces prêtres slaves si nombreux alors à Venise [1]. Cet auxiliaire, ce typographe resté inconnu, était peut-être Macaire, le moine monténégrin dont nous allons parler.

Andrea Torresano, non content d'être imprimeur, faisait sans doute aussi le commerce des caractères d'imprimerie, comme l'avait fait son prédécesseur Nicolas Jenson; il n'est pas improbable que ce fut lui qui vendit le matériel transporté au Monténégro dans le cours de la même année. Le moine Macaire, dont nous venons de prononcer le nom, termina le 4 janvier 1494, dans ce petit pays, les quatre premières voix d'un *Oktoih* ou *Osmoglasnik* commencé quelques mois auparavant [2]. Qu'on jette les yeux sur un fragment de ce livre, on y reconnaîtra les belles initiales vénitiennes, les beaux types qui ont dû être gravés sous la direction de Torresano ou de quelque autre habile typographe. Le défaut de régularité que nous observons dans l'espacement des lignes tient à ce que le noir et le rouge alternent et que l'ouvrier chargé de la presse n'a pas obtenu un repérage parfait.

1. — *Oktoih* imprimé par Macaire (1494), fol. 268. (Les lignes impaires sont imprimées en rouge.) [3]

Macaire, pour faire plus facilement accepter ses productions par le clergé,

[1] La souscription, qui est en latin, contient une faute imputable, selon toute apparence, à un compositeur slave : *Hunc* [sic] *breviarium impressit magister Andreas de Thoresanis de Asula die 13. Marcij 1493.*

[2] Karatajev, Onucanie, n° 7.

[3] Les clichés de l'*Oktoih* de 1494, du *Psautier* de 1495, de l'*Apostol* de 1547 et du *Psautier* slovène de 1577 ont été exécutés dans l'atelier de MM. Husnik et Hassler, à Prague, sur les exemplaires du Musée bohème, par les soins de M. Patera, directeur de la collection, et de notre excellent ami M. Sobieslas Pinkas. Les clichés portant les n°° 3, 5 et 7 sortent des ateliers de MM. Manzi et Joyant, à Paris.

dit, dans la souscription, qu'il a imprimé ce livre sur l'ordre du prince de Zeta, Georges Crnojević [1], et du métropolitain Babylas [2].

Le 3 septembre 1493 [3] Macaire achève un volume plus important, un *Psautier,* qui ne compte pas moins de 348 feuillets in-4° [4].

2. — *Psautier* imprimé par Macaire (1495), fol. 347 v°.
(Les quatre abréviations, la première ligne du texte et la grande initiale sont tirées en rouge.)

Un *Euchologe* (*Molitvenik*) dont nous ne connaissons pas la date précise

[1] Voir sur ce prince un Mémoire de M. Miklosich (*Die serbischen Dynasten Crnojević*) dans les *Sitzungsberichte der Kais.* [*Wiener*] *Akademie der Wissenschaften,* phil.-hist. Classe, Bd. CXII.

[2] Comme le remarque excellemment M. V. Jagić (p. 3 du mémoire cité ci-après), il ne faut pas prendre ces mots au pied de la lettre. Macaire était plus qu'un simple typographe;

il le donne lui-même à entendre dans la souscription où il est dit que le volume a été exécuté en l'espace d'un an par huit compositeurs.

[3] Le volume est daté du 22 septembre 7003 = 1495 de notre ère. On voit que Macaire fait commencer l'année au 1er janvier et non au 1er décembre, sans quoi il aurait dit 7004.

[4] Karatajev, Onncanie, n° 8.

24.

clot la liste des livres imprimés par Macaire, tout au moins de ceux qui nous sont connus [1].

Douze années s'écoulent pendant lesquelles nous ne savons rien de Macaire, puis nous le retrouvons en Valachie. Avait-il été attiré dans ce pays par le renom de piété que s'était fait Radu? Avait-il reçu quelque invitation du prince? Nous ne pouvons que hasarder sur ce point des suppositions. Le seul fait qui nous paraisse à peu près certain, c'est que, en 1508, Macaire avait transporté ses presses en Valachie. Une liturgie slave de saint Jean Chrysostome, dont M. Odobescu a trouvé au monastère de Bistriţa sept exemplaires défectueux [2], et que M. V. Jagić décrit également, se termine par la souscription reproduite ci-contre [3].

Il est nécessaire d'examiner de près cette souscription. L'année 7016 devrait correspondre à l'an 1507, puisque l'on est au 1ᵉʳ novembre et que, en

[1] Karatajev, Описаніе, nᵒ 9. — Il n'est pas absolument certain que ce volume ait été imprimé au Monténégro.

Le quatrième centenaire de l'imprimerie monténégrine a été célébré en 1893 par les publications suivantes :

1. О цетињској штампарији пре четири стотине година. Написао архимандрит Иларион Руварац. У Београду, штампано у краљ. српској штампарији. 1893. In-8ᵒ de 46 p.

Српска краљевска Академја, Глас XL.

2. Издао Одбор за прославу четиристогодишњице Ободске штампарије. Написао П. А. Ровински. — Ободска Штампарија на Ријеци Црнојевића у Црној Гори и њен значај на словенском југу. Цетиње, у државној штампарији. 1893. In-16 de 32 p.

3. У спомен четиристогодишњице прве српске штампарје 13, 14, 15, 16 и 17 јула 1893 године. — Старе српске Штампарје. Написао М. Ђ. Миличевић. Посебнице штампано из 11 и 12 бр. «Јавора». Земун-Београд, издање «Јавора» 1893. [Штампарија Јова Карамата у Земуну.] In-8ᵒ de 19 p.

Cette notice est, comme la précédente, une œuvre de vulgarisation, extraite de Karatajev. M. Mиличевић remarque cependant (p. 5), d'après l'archimandrite Ruvarac, que l'atelier de Macaire devait être à Cetinje et non, comme on

l'a cru jusqu'ici (et comme le dit M. Rovinski), à Obod, petit village de la tribu de Cuce, sur la Crnojevića Rijeka.

4. Der erste cetinjer Kirchendruck vom Jahre 1494. Von V. Jagić. Wien, F. Tempský, 1894. 2 part. gr. in-4ᵒ de 1 f., 80 p. et 1 pl., 1 f. et 72 p. — Extr. des Denkschriften der Kais. Akademie der Wissenschaften. Philosophisch-Historische Classe, Band XLIII.

Cet important travail est accompagné d'une planche qui reproduit deux pages de l'Oktoih, aux trois quarts de la grandeur originale.

Notons encore un article de M. Stojan Stanojević : Прилошцка библиографији српска dans la Годишњица Николе Чупића, XIV (1894), p. 360-384.

[2] Revista română, I (1861), p. 818. — Karatajev n'a pas connu ce précieux volume.

[3] Le présent fac-similé a été exécuté sur un exemplaire, incomplet du titre, que possède la Bibliothèque royale de Belgrade. Le volume ayant été communiqué récemment à M. V. Jagić à Vienne, notre savant ami Constantin Jireček a bien voulu se charger de faire photographier pour nous la dernière page.

Les mots ꙓⷱ ⰏⰋⰘⰊⰏⰟ ⰲⰵⰾⰺⰽⰰⰲⰺⰲ ⰲⰑⰵⰲⰑⰴⰺ et la ligne ⰚⰟ ⰾⱑⱅⱁ З Ѕ Ї, etc., sont imprimés en rouge.

СЪВРА́ШНСѧСТА́КНН
ГА ПОВЕЛѢ́НТЕ́МЬ ВЪ
ХА҃БГ҃А БЛ҃ГОВѢ́РНАГО
Ҥ Х҃ОЛЮ́БНВА́ГОЙ ЕГѿ
ХРА́ННМА́ГО ЙПРѢ́СВѢ́
ТЛА́ГОГПОДА́РА, ЇѠ҃, МН҃ХНѢ́ВЕ
ЛН҃КА́ГО ВОЕ́ВОДЫ҃, ВЪСЕ́Ж ЗЕМЛН҃
ОУ́ГРОВЛАХ҃ЇЙСКОН ЙПОДОУ́НАВЇЮ
СН҃ЬВЕЛН҃КА́ГО ЇѠ҃, ВЛА́ДА ВОЕ́ВО
ДЫ҃ · ВЪПРА́ВОЕЛѢ́ТОГОСПОДТ҃ВА
Е́Гѿ · ТРОУ́ДНЖЕСѧѿ҃СЕ́МЬСМѢ́
РЕ́НЇЙМНН҃ ЙСЩ҃Е́ННИКЬМАКА́РІЕ́ ·
ВЪЛѢ́ТО Ѕ҃ЅТ҃, КРА́ГЬСА́НЦОӰ Ѕ҃Т҃ ,
ЛОУ́НѢ, Е҃ · ЙҤДИКТЇѠ́НЬ, А҃Т҃ ·
МС҃ЦА НОЕ́МВРІА · Т҃ · ДН҃Ь ⁚
Ѕ҃Т҃ .

3. — Souscription du *Litargiarion* de Macaire, 1508.

Et ce livre a été achevé par ordre du prince fidèle en Jésus-Christ, aimant le Christ,
le bien gardé et très illustre Jean Mihnea, grand voïévode de tout le pays de Hongro-
valachie et de Podunavie, fils du grand Jean Vlad, voïévode, la première année de son
règne, par les soins de l'humble moine et prêtre Macaire, en l'année 7016, 16ᵉ du cycle
solaire, 5ᵉ du cycle lunaire, 12ᵉ indiction, le 1ᵉʳ novembre.

principe, les années commencent au 1er septembre, d'après le comput de Constantinople; mais Macaire a pris soin de nous avertir qu'il ne fait commencer l'année qu'au 1er janvier. En effet l'année 1508 est bien la 6e du cycle lunaire, et la 12e indiction avait pour point de départ le 1er septembre 1508[1]. De plus, le typographe nous dit que le volume fut achevé la première année du règne de Mihnea; or Mihnea monta sur le trône au mois de mars 1508 [2]. Il n'est guère admissible que, en sept mois, Mihnea, qui ne paraît jamais s'être intéressé aux arts pacifiques, ait eu le temps de faire venir Macaire en Valachie, que celui-ci y ait installé ses presses et y ait imprimé un gros livre. C'est donc à Radu que nous devons rapporter l'honneur de la première typographie roumaine. Mihnea se soucia si peu de Macaire que, pendant les deux ans qu'il détint le pouvoir, il ne lui fit exécuter aucune impression.

On a vu que l'imprimeur du *Psautier* monténégrin de 1495 faisait de même commencer l'année au 1er janvier.

L'archimandrite Ruvarac admet comme nous sans conteste que le Macaire du Monténégro et celui de Valachie ne sont qu'une même personne. M. Jagić se montre plus réservé, il est surtout frappé de ce fait que le gros type employé en Valachie diffère entièrement du type monténégrin. Cette observation a sa valeur; mais elle n'est pas décisive. La lettre, relativement fine, de 1494 avait peut-être été considérée comme trop petite pour des volumes destinés à être lus par des chantres dans le chœur d'une église. Rien n'empêche de croire que le clergé avait lui-même demandé des lettres plus grosses, se détachant mieux les unes des autres et pouvant plus aisément se distinguer à distance. Peut-être aussi Macaire avait-il vu son atelier détruit et n'avait-il pas pu sauver ses fontes. Le fait que le matériel de 1508 ne se confond pas avec celui de 1494 ne prouve pas qu'il y ait eu plusieurs imprimeurs du nom de Macaire. L'*Évangéliaire* de 1512 nous offre un type qui diffère en partie des deux précédents, et cependant personne ne soutiendra que l'officine d'où il est sorti n'est pas la même que celle de 1508. Ajoutons que le grand fleuron décoré de l'aigle valaque rappelle le fleuron orné de l'aigle monténégrine; il y a aussi une grande ressemblance dans les titres imprimés en majuscules entrelacées [3].

---

[1] Le cycle solaire (16) est ici compté à la façon des Grecs. D'après le comput occidental, l'année 1507 porte le n° 7 dans le cycle de 19 ans, et l'année 1508, le n° 8.

[2] Cette date ressort des actes publiés par Engel (*Gesch. der Moldau und Walachey*, I, 191)

et par Hurmuzaki (*Documente*, II, 11, 572-573).

[3] On peut comparer les fac-similés donnés par M. Jagić et par M. Odobescu avec les reproductions que nous insérons plus loin.

et 1495; mais, M. Jagić [1] lui-même admet que ces différences proviennent sans doute des manuscrits suivis par le typographe et répondent en même temps à l'usage des lecteurs auxquels il s'adressait. M. Stojan Novaković [2], qui a consacré plusieurs études à l'accentuation des anciens livres slovéno-serbes, a constaté que l'*Évangéliaire* de 1512 offre des particularités qui ne se retrouvent pas dans les incunables monténégrins; mais, sur ce point encore, il se peut que Macaire ait reproduit fidèlement le manuscrit qui lui servait de copie. Il eût été bien plus curieux de comparer entre elles les deux parties de l'*Oktoih*, ce qui n'a pas encore été fait. Il est vrai que la seconde partie n'est connue que depuis peu d'années, et que M. Novaković n'a sans doute pas été à même de la consulter.

Ces travaux paraissent avoir valu à Macaire les plus grands honneurs ecclésiastiques. Le moine typographe se confond probablement avec le Macaire qui fut élevé sur le siège métropolitain après la mort de Georges Branković, c'est-à-dire de saint Maxime (18 janvier 1516 [3]). L'auteur de la Vie de saint Niphon passe sous silence la mort de saint Maxime, mais il parle de la haute dignité conférée à Macaire [4]; il ajoute que ce fut lui qui transféra la métropole d'Argeș à Tîrgoviște [5]. Plusieurs autres moines roumains durent de même leur élévation à leur talent pour la typographie. Il nous suffit de rappeler le nom d'Anthime, qui fut évêque de Rîmnic, puis métropolitain de Valachie, et celui de Métrophane, évêque de Huși, puis de Buzău.

Macaire n'a pas cru devoir nous apprendre dans quelle ville ont été imprimés les volumes achevés par lui en 1508, 1510 et 1512; aussi M. Odobescu s'est-il posé la question de savoir s'ils n'avaient pas été exécutés à Venise [6]. Cette hypothèse ne nous semble guère admissible, car les fleurons employés par Macaire en Valachie trahissent une origine locale, et d'ailleurs son officine subsista dans la principauté roumaine. M. Novaković se prononce pour Tîrgoviște; c'est l'opinion la plus vraisemblable. Nous allons voir que le nom de cette ville est porté sur des volumes de 1545 et de 1547.

Nous plaçons vers 1520 ou 1525 l'impression d'une *Liturgie* slovène dont

[1] *Der erste cetinjer Kirchendruck*, 1, p. 6.

[2] Акценти штампаних српско-словенских књига, dans le Гласник српског ученог друштва, XLIV (1877), p. 1-152; Акценти Трговишкога Јеванђеља од 1512. године, *ibid.*, XLVII, p. 1-77.

[3] Voir E. Golubinski, Краткій Очеркъ исторіи православныхъ церквей болгарской, сербской и румынской (Москва, 1871, in-8°), p. 357.

[4] Voy. *Viața și Traiul sfinției sale părintelui nostru Nifonŭ, patriarhul Țarigradului, care aŭ strălucit întru multe patemĭ și ispite în Țarigrad și în Țara Muntenéscă, scrisă de chir Gavriil protul, adecă maĭ marele Sfetagoreĭ . . .* (Bucureștĭ, 1888, in-8°), p. 78.

[5] *Ibid.*, p. 111, 121.

[6] *Revista română*, 1, p. 819.

l'Académie roumaine possède un exemplaire incomplet [1]. Ce volume, de format in-4°, est imprimé avec les gros caractères employés par Macaire en Valachie; il devait compter 280 feuillets, répartis en 35 cahiers dont le dernier n'est que de 6 feuillets [2].

A l'année 1535 appartient un *Oktoih* slovène, dont un exemplaire est conservé au monastère de Lavra, au mont Athos [3].

Undoljski [4] attribue aux presses valaques et rapporte à l'année 1537 un *Évangéliaire* slovène, in-folio, orné de figures sur bois, dont un exemplaire incomplet est conservé à Saint-Pétersbourg. Karatajev [5] est plus réservé et n'indique pas la patrie de ce volume. Il y relève seulement un écusson orné d'une croix qu'accompagnent deux épées, le tout surmonté d'une couronne. Ces emblèmes rappellent ceux que nous voyons dans les armes de Pierre Movilă, métropolitain de Kiev [6]. Par contre, la couronne pourrait faire penser à Braşov ou Kronstadt (lat. *Corona*), en Transylvanie, où Johann Honter introduisit la typographie en 1535. Il est donc prudent de ne rien affirmer. Un autre détail à noter, c'est qu'un des bois porte le monogramme du graveur, le moine Philippe.

Il faudrait pouvoir rapprocher de la notice de Karatajev la description que M. Hişdău a donnée d'un *Évangéliaire* slovène orné de figures sur bois, que le savant historien croit avoir été imprimé en Valachie vers le milieu du XVIe siècle [7]. Il s'agit vraisemblablement du même livre.

Il est probable que divers fragments découverts dans les monastères roumains et qui n'ont pas été identifiés jusqu'ici appartiennent à cette première période de l'imprimerie roumaine; mais nous ne pouvons rien affirmer avant qu'un bibliographe érudit et soigneux ait pris la peine de les étudier.

Le 10 janvier 1545, et cette fois sous la rubrique de Tirgovişte, s'achève un *Molitvenik* dont la souscription nous révèle nombre de faits nouveaux [8]. On y voit que l'ouvrage a été imprimé par « Jean Pierre, grand voïévode et sei-

---

[1] Ce volume est coté A. 3578.

[2] Le titre manque à l'exemplaire cité. Le 2° f. commence ainsi : Иже вьсѣхъ. Ѡца нашего, Василїа великаго. Поꙋ́чꙗ́ нїе къ їереѡ́мь... — On lit à la fin : Хс їконꙋѩ ✤зачело тѡмꙋ слава вѣкы вѣкѡ́, амина.✤

[3] *Biserica orthodoxă română*, XIV, p. 230.

[4] Очеркъ славяно-русской библіографіи, n° 26.

[5] Оиисаиіе, n° 28.

[6] Voir *Biserica orthodoxă română*, VII, p. 248.

[7] *Traian*, I (1869), n°s 18, 20, 23, 27. Nous n'avons malheureusement pas cet article sous les yeux.

[8] In-4° de 296 feuillets non chiffrés, de 22 lignes à la page, imprimé en rouge et en noir. La bibliothèque de l'Académie roumaine possède de ce volume trois exemplaires, dont deux sont incomplets.

gneur de tout le pays de Hongro-Valachie et de Podunavie, fils du très bon et
grand Radu, voïévode »; que l'impression a été exécutée par Moïse, le pécheur
et le plus humble des moines, avec les caractères de Démètre Ljubavić; qu'elle
a été commencée sous le métropolitain de Valachie Barlaam et achevée sous le
métropolitain Ananie, dans la ville capitale de Tirgovişte, l'an de la création
7053, de Jésus-Christ 1545, cycle solaire 25, cycle lunaire 4, racine de la
lune 17, nombre d'or 7, indiction 3, le 10e jour du mois de janvier [1].

Cette souscription, que nous n'avons encore jamais vue reproduite, est de
la plus haute importance. Tout d'abord, elle nous montre, et c'est un fait nouveau, que, vers la fin de 1544, Radu le Moine avait cédé le pouvoir à son
fils Pătraşcu le Bon. Nous voyons ensuite qu'il existait alors en Valachie un atelier récemment monté par des artistes venus de Venise. En effet, Moïse n'est
pas un inconnu; en 1535, il avait composé une *Pashalija* insérée dans l'*Oktoih*
de Venise (1537 [2]), puis il s'était adonné à l'art typographique. En 1536, il
avait imprimé un *Molitvenik* pour Božidar Vuković [3]; deux ans plus tard il
avait assisté le même Božidar dans la publication d'un *Sbornik* [4]. Dans les sous-
criptions du *Molitvenik* et du *Sbornik*, le nom de Moïse est accompagné des
mêmes épithètes; nous apprenons en outre qu'il était serbe, qu'il appartenait
au monastère de Golemi Dečani [5], sur les confins de la Macédoine, et qu'il
était originaire de Budimlja, près du monastère de Sudikova [6]. Quant à Démètre Ljubavić, qui avait fourni les caractères, il était sans nul doute parent
de ce Georges Ljubavić mort à Venise, le 8 mars 1527, pendant l'impression d'un *Službenik* [7]. Nous verrons plus loin que c'était un petit-fils de Božidar
Vuković.

---

[1] Au 1er du dernier f. : Сего ради азъ бѣхъ
бга блговѣрꙑй || иѣтⸯомъ хранимꙑ, исⷶ-
модрьжа || вꙑли гподарь, ꙇꙋ пе́трь вели-
кꙑи || воеводⷶ. игⷪподинь въ сои земⷶи ||
ꙋⷢгровлахискои иподꙋнаеио. || Снь преⷣⷹ-
врагю иⷃвеликагю || Раⷣла воеводѣ . . . —
Au v° du dernier f. : Повелѣнїемь гподара,
ꙇꙋ пе́троꙋ вели || каⷢго воеводⷶ. азь грѣ-
шнꙑи имⸯнꙑи || въсⷰенно иⷃнокⷯⸯ мꙋ́гси.
троꙋди || хсе ꙋⷱсе́мь писанїю. съмⷶ-аⷬроⷨ
[съ моⷧⷶ-ами?] || димⷪⷩⷮра любавикиꙗ. иⷩⷶ-
чеⷯⸯ || принь се ꙋⷱсꙉⷯⷩⷩⷪⷨ митро || полите
влⷶ || шкоⷨⸯ || к꙳ⷬ'|| ꙗнⷶнїе. Ѿвꙑтїꙗ вⷭлѣⷮⷪ,

влⷶ || шкоⷨⸯ || к꙳ⷬ'|| ꙗнⷶнїе. Ѿвꙑтїꙗ вⷭлѣⷮⷪ,
ⷤзиⷢ. ⷶ ѿро || жⷣꙑсⷮьⷶ хⷷвⷶ, тисꙋща, фⷨⷷ.
кроꙋⷮⸯ || слⷩⷰоꙋ, кⷷ. лоꙋ⁰, д. ѳѣⷨⷷлⷤⷷ, ꙁⷳ.
злⷶⷮⷳ || чⷩⷤсⷧⷪ, ꙁ. инⷣⷩⷦⷮїⷳ'', г. мⷶⷮⷤꙗ, гⷷ', ꙇ,
дⷩⷤь. || вⷪнⷶсⷮїꙋлⷶнꙑⷩ граⷣь трⷹⷢговⷤще. —
Voir le fac-similé ci-après, p. 197.

[2] Karatajev, Опсаніе, n° 29, p. 84.

[3] *Ibid.*, n° 26, p. 79.

[4] *Ibid.*, n° 31, p. 93.

[5] Voy. Daničić, Pjeчник из книжевних ста-
рина српска, 1863, I, p. 3о8.

[6] *Ibid.*, I, p. 85.

[7] Karatajev, Описаніе, n° 22. — L'impression de ce *Službenik* fut achevée le 1er juillet
1527 par Théodore, frère de Georges.

25.

Moïse était un mathématicien; aussi les impressions vénitiennes de 1536, 1537 et 1538 portent-elles des indications chronologiques très détaillées, comme le *Molitvenik* de 1545.

4. — *Molitvenik* de 1545, fol. 1 r°.

Le volume dont nous venons de parler se confond avec le *Trébnik* dont Kara-

5. — *Molitvenik* de 1545, fol. 296 v°.

tajev[1] décrit un exemplaire incomplet, qu'il place hypothétiquement vers 1535. On voit en tête du volume un fleuron aux armes de Valachie, autour

[1] N° 25, p. 77.

duquel on lit : Господинь къ Ха Ба бл̃говѣрни и Ёгомь хранимли самодрьжавни земли Оугровлахіскіе Іѿ Петроу воеводѣ.

M. Odobescu [1] a donné un fac-similé du titre ; c'est d'après lui que nous le reproduisons à la page 196. Une partie du texte est tirée en rouge.

Nous donnons aussi en fac-similé, à la page 197, le verso du dernier feuillet que M. Bianu a bien voulu faire photographier pour nous à Bucarest.

L'atelier de Tîrgoviște subsista sous Mircea, qui avait succédé à Pătrașcu en 1546. On y termina le 18 mars 1547 un *Apostol*, dont la souscription nous fournit quelques renseignements nouveaux. Nous y apprenons que ce volume a été exécuté « du temps de l'autocrate orthodoxe et protégé de Dieu, Jean Mircea, voïévode et seigneur de tout le pays de Hongro-Valachie et de Podunavie, fils du grand et très bon voïévode Radu ». L'imprimeur a été « le pécheur et le moindre entre les hommes, Démètre, logothète, petit-fils de Božidar [2] », assisté de ses disciples Oprea et Pierre. Le travail a été achevé le 18 mars de l'an du monde 7055, de Jésus-Christ 1547, la 27e année du cycle solaire, 6e du cycle lunaire, nombre d'or 9, indiction 6, racine de la lune 19, épacte 5 ; il avait été commencé le 18 août précédent [3].

Les caractères sont ceux que le logothète Démètre avait déjà employés en 1545 :

6. — *Apostol* de 1547, f° 268 v°.

[1] *Revista română*, I, p. 820.

[2] Le voïévode Božidar Vuković, originaire de Podgorica ou de Goražde, avait été contraint de fuir devant les Turcs ; il s'était réfugié à Venise, où, de 1519 à 1536 ou 1538, il fit imprimer à ses frais une douzaine de livres d'église. Il mourut en 1540. Un de ses fils,

Vincent Vuković, attacha de même son nom à diverses impressions, de 1546 à 1561. Voir Šafařík, *Geschichte der südslawischen Literatur*, III, 125, 126 ; Karatajev, nᵒˢ 16, 17, 20-24, 26, 29, 31, 33, 36, 40, 42, 43, 47, 48, 60.

[3] Karatajev, n° 39.

Si nous mentionnons encore un *Oktoih* in-folio, dont on ne possède que des fragments et dont on ignore la date précise [1], nous aurons énuméré toutes les productions du premier atelier de Tîrgoviște qui ont été citées jusqu'ici.

Nous arrivons maintenant à une période troublée pendant laquelle l'Église valaque eut sans doute beaucoup à souffrir. Mircea, dont le nom accompagne l'*Apostol* de 1547, fut un prince féroce qui, dès le début de son règne, fit périr ceux des boïars qu'il croyait animés de sentiments hostiles. Beaucoup cherchèrent leur salut dans la fuite et passèrent en Transylvanie. Il est assez vraisemblable que les imprimeurs de Tîrgoviște furent en butte à des persécutions et n'eurent d'autre ressource que de se réfugier au delà des Carpates. En effet, l'imprimerie disparaît de la Valachie, où nous ne la verrons renaître qu'en 1634, et, par contre, elle se développe en Transylvanie.

II

IMPRIMERIE DE BRAȘOV (KRONSTADT)

EN TRANSYLVANIE.

L'art typographique fut introduit en Transylvanie par le réformateur Johann Honter. Celui-ci, qui était né à Brașov en 1498, avait étudié dans les universités de Cracovie, de Wittenberg et de Bâle. Au mois de janvier 1533, il revint dans sa ville natale avec un matériel d'imprimerie et y fonda une officine qu'il dirigea lui-même. Le premier livre sorti de ses presses qui soit cité par les bibliographes est un *Compendium grammatices latinae* daté de 1535. Il publia d'abord de petits traités pédagogiques, puis il mit au jour divers ouvrages de propagande religieuse [2], qui ne l'empêchèrent pas d'entretenir des relations amicales avec des prélats catholiques et d'avoir notamment une correspondance archéologique avec Antoine Verančić [3].

---

[1] Voir Karatajev, p. 113.

[2] Par exemple les suivants : *Reformatio Ecclesiae Coronensis in Transylvania ac totius provinciae Barcensis*, 1543. S. l., in-8°. — *Reformatio Ecclesiarum Saxonicarum in Transylvania.* Coronae, 1547. — *Die Hauptartikel des christlichen Glaubens wider den Bapst... Sampt dem Bekentniss des Glaubens D. Mart. Lu.* Gedruckt zu Cron in Siebenbürgen. 1548. In-8°. — Cf. Kertbeny [c'est-à-dire Benkert], *Ungarn betref-*

fende deutsche Erstlings-Drucke, 1880, p. 448.

Une liste, malheureusement trop sommaire, des ouvrages composés ou imprimés par Honter a été donnée par Fried. Teutsch (*Die siebenbürgisch-sächsischen Schulordnungen, mit Einleitung, Anmerkungen und Register herausgegeben*, I [*Monum. German. paedag., herausgegeben von K. Kehrbach*, VI]; Berlin, 1888, in-8°, p. XVII-XIX).

[3] Voir Hurmuzaki, *Documente*, II, IV, p. 403, 451.

Pour alimenter l'imprimerie de Honter, ses collègues Johann Fuchs, juge de la ville, et Johann Benkner, sénateur (autrement dit conseiller municipal), fondèrent une papeterie qui prit bientôt de l'importance et qui s'est maintenue jusqu'à nos jours [1].

Honter mourut le 23 janvier 1549; mais son œuvre fut continuée par Valentin Wagner, qui lui succéda comme pasteur et comme imprimeur, et surtout par Hans Benkner, qui, de 1547 à 1562, remplit douze fois les fonctions de maire de Braşov [2]. Benkner était riche et ce fut un Mécène. Il fit les frais de divers ouvrages publiés avec une pensée de propagande, et ne voulut pas que les Allemands et les Magyars de Transylvanie fussent les seuls à posséder les Écritures dans leur langue [3]; il eut pour les Roumains une pensée charitable. En 1559, il fit paraître un *Catéchisme* que l'on peut considérer, dans l'état actuel de nos connaissances, comme le premier livre imprimé en langue roumaine [4]. Il est fait mention de cette publication dans la chronique du pasteur saxon Simon Massa, lequel mourut en 1605 [5]. L'édition originale ne se retrouve plus aujourd'hui; mais M. Hişdău a publié, d'après un manuscrit, un texte qui paraît être la reproduction pure et simple de l'imprimé [6]. Il se pourrait qu'une édition slovène ait paru en même temps que l'édition roumaine [7].

Le *Catéchisme* ne comptait que quelques pages; mais c'était le prélude de travaux plus importants. Le 3 mai 1560, Benkner fit entreprendre un *Évangéliaire* roumain, dont l'impression fut achevée le 30 janvier 1561.

---

[1] L'histoire de cette fabrique de papier a été racontée par le comte Joseph Kemény dans le *Magazin für Geschichte, Literatur*, etc. d'Ant. Kurz, I, II (Kronstadt, 1844), p. 134-152.

[2] Comme juge ou maire de Braşov, Benkner se trouva plus d'une fois mêlé aux affaires de Valachie. Voir Hurmuzaki, *Documente*, II, 1, p. 295, 349.

[3] Les presses de Cluş (Kolozsvár, Klausenburg) commencèrent en 1550 à publier des livres magyars Voy. Szabó Károly, *Régi magyar Könyvtár*.

[4] Il a bien été question d'une première édition de ce Catéchisme qui aurait paru à Sibiü (Hermannstadt) en 1546 (voir Cipariu, *Analecte*, p. xix); mais, comme l'imprimerie ne fut introduite dans cette ville qu'en 1575, le fait ne peut être exact.

[5] « Eodem anno [1559] die 12. Martii, Jo-

hannes Benknerus, judex Coronensis, cum reliquis senatoribus, reformavit Valachorum ecclesiam et praecepta *Catecheseos* discenda illis proposuit. » *Chronicon Fuchsio-Lupino-Oltardinum*, edit. Trausch (Coronae, 1847, in-8°), p. 61. — Fr. Ad. Lampe (*Historia Ecclesiae reformatae in Hungaria et Transylvania*; Trajecti ad Rhenum, 1728, in-4°, p. 102) cite un passage d'une lettre adressée à Bullinger, où il est dit : « Sunt in Transylvania viri pii doctique et linguarum periti qui catechismos ad Graecos, Thraces et Lithuanos sua lingua excusos miserunt. » Les « Thraces », ce sont les Roumains.

[6] *Cuvente den bătrăni. Cărţile poporane ale Românilor în secolul* xvi... (Bucuresci, 1879, gr. in-8°), p. 91-114, 724.

[7] Cf. Dobrowski, *Institutiones linguae slavicae*, p. xxxviij.

. M⁵ʳ Timuş, actuellement évêque d'Argeş, et M. C. Erbiceanu ont eu la
bonne fortune de découvrir un exemplaire complet de ce livre au monastère de Ciolan, dans le diocèse de Buzău. Ils ont pu constater que le texte
roumain avait été revu et publié par Coresi, le diacre dont nous aurons maintenant à faire connaître tous les travaux, à la demande de Hans Benkner,
juge de Braşov [1]. Les deux érudits roumains ont donné une réimpression
de l'Évangéliaire; mais, comme cette réimpression est faite en caractères latins
et n'est même pas accompagnée d'un fac-similé, elle est sans intérêt pour nos
études [2]. Nous avons pu heureusement, grâce à l'obligeance de M. Bianu,
nous procurer une photographie de la souscription, prise sur le précieux volume aujourd'hui conservé dans la bibliothèque de l'Académie roumaine; nous
la reproduisons ci-après.

Hans Benkner ne se borna pas à faire imprimer les Évangiles en langue roumaine; il en donna aussi une édition slovène, dont on ne cite aucun exemplaire complet et dont la date exacte nous est inconnue [3]. Karatajev, qui cite
cette édition après Dürich, Dobrovský, Šafařík et Undoljski, la place à tort
vers 1500 [4]. Pop, qui en mentionne un exemplaire conservé à Braşov même,
lui assigne la date de 1562 [5]. Il est probable que l'impression fut dirigée par
Coresi.

[1] On lit dans la souscription : Кꙋ врѣрѧ
татѫлꙋй шѝ кꙋ ӝꙋтѡ́рюль фїюлꙋй шѝ коꙋ
сфрѫшитꙋль дхꙋлꙋй сфѝтъ, ꙗзӥлеле мѫ-
рїеи лꙋ їꙁнꙋшь кра́и, еꙋ жꙋпа́ноꙋⷢ ха́нꙋшь
вѐгнерь де ꙗврашовь а́мь а́вꙋтъ желѧні́е
пеѫтроꙋ сфѝтеле кѐрꙗи врещиннѐщи . . . шѝ
кꙋ зиса жꙋпа́нꙋлꙋй ха́нешꙋ вѐгнерь. скрі-
самь еꙋ дїꙗконь корѐси ѿ трꙋговице. шѝ
тꙋдꙋⷬ дїꙗкь. шѝ сꙋⷬ ꙗчепꙋтъ ꙗлꙋꙗна лꙋ
мꙋй г̄ зіле шѝ сꙋⷬ сфрꙋшитъ ꙗлꙋꙗна лꙋ
генꙋа́рїе л̄ зіле кꙋлꙗто з̄ мӥ́е ѯ̄ѳ̄ ꙗчетате
ꙗврашовь, c'est-à-dire : «par la permission du
Père, avec l'assistance du Fils et le parachèvement du Saint-Esprit, du temps de sa
Grandeur, le roi Jean, moi, le żupan Hans
Benkner, de Braşov, j'ai eu de l'affection pour
les saints livres chrétiens... Et, par ordre du
żupan Hans Benkner, j'ai imprimé [ce livre],

moi, le diacre Coresi, de Tîrgovişte, avec le
lettré Théodore. Il a été commencé le 3 mai
et terminé le 30 janvier de l'année 7079, dans
la ville de Braşov ». On voit que Coresi s'était
fait aider par un lettré appelé Théodore. Ce
personnage nous est d'ailleurs inconnu.

[2] Tetravanghelul diaconului Coresi, reim-
primat dupĕ ediţia primă din 1560-1561 de
Arhiereul Dr. Gerasim Timuş Piteşteanu, De-
canul Facultăţei de Theologie. Cu o Prefaţa de
Constantin Erbicénu, Profesor la Facultatea de
Theologie. Bucureştĭ, Tipografia Cărţilor Bise-
ricescĭ, 1889. In-8° de xii et 232 p. — Des
extraits sont donnés par Cipariu (Analecte,
pp. 1-16).

[3] In-fol. de plus de 260 f. — Le nom de
Benkner figure au début de la souscription :
азъ жꙋпанъ ха́нꙋшь вѐгнерь ѿ врашевь...
La fin manque.

[4] Karatajev, n° 10.

[5] Pop, p. 12.

26

La typographie, après avoir disparu de la Valachie, faillit pénétrer en Moldavie sous le règne du fameux despote grec Jean Basilic. Cet aventurier, qui avait parcouru tous les pays de l'Europe, s'était instruit au contact d'une foule d'hommes distingués. Il avait été en relations amicales avec Melanchthon et avec plusieurs autres réformateurs; aussi les protestants se réjouirent-ils de son succès quand ils apprirent qu'il avait réussi à s'emparer du trône de Moldavie (novembre 1561) [1].

Quelques mois après l'avènement du despote, le baron slovène Jean Ungnad, qui consacrait sa fortune à propager les doctrines de Luther et qui entretenait de ses deniers l'imprimerie slave établie par Primož Truber à Tübingen [2], eut l'idée de se prévaloir des sympathies que Jean Basilic avait montrées pour la Réforme afin de répandre chez les Roumains la doctrine évangélique. Ungnad avait auprès de lui un Allemand de la Hongrie, déjà initié aux affaires orientales, Wolfgang Schreiber [3]; il le chargea d'une mission en Moldavie sur laquelle nous possédons les détails les plus circonstanciés.

Dans une note rédigée à Urach (Würtemberg) vers la fin d'octobre 1562, Wolfgang nous apprend qu'Ungnad avait écrit, dès la fin de juillet, une lettre au despote pour le prier de faire imprimer l'Évangile en roumain, car l'Évangile est le fondement sur lequel doit bâtir tout prince chrétien. Dans cette lettre, Ungnad disait qu'il avait publié des livres slaves en caractères latins, cyrilliens et glagolitiques; qu'il était prêt à publier de même des livres roumains, mais qu'il lui fallait des hommes instruits capables de l'aider. Si le despote voulait avoir une imprimerie à lui dans son pays, il pouvait envoyer un de ses serviteurs en Würtemberg, avec de l'argent, et l'imprimerie lui serait expédiée dans les meilleures conditions possibles [4].

Wolfgang, porteur de cette lettre, ne tarda pas à se mettre en route. Il était

---

[1] Voir sur le despote notre édition de la *Chronique de Moldavie* de Grégoire Urechi, p. 410-447.

[2] Sur Primož ou Primus Truber, voir Šafařík, *Gesch. der südslav. Liter.*, I, p. 2-12; sur Ungnad, voir *ibid.*, p. 12-13.

[3] Wolfgang était originaire de Pécs (Fünfkirchen). On a de lui une relation de l'armée et des projets de sultan Soliman (*Kundschaftsnachrichten über Suleyman, sein Heer, seinen Anschlag Wien zu erobern*, etc.) Cette pièce, datée de Vienne le 12 septembre 1529, a été publiée

par Hormayr dans son *Taschenbuch für vaterländische Geschichte*, 1827, p. 225-226. En 1553, nous voyons Wolfgang interrogé à Gratz par le nonce du pape sur les actes de frère Georges Martinuzzi qu'il avait pu connaître (*Magyar történelmi Tár*, I [1855], p. 247).

[4] « Wolter aber er Despott ain aigne Druckherey in sein Landt haben, sol er ainen Diener mit Gelt zu ime Herrn Ungnad schicken, so wöller er solche Druckherey aufs Pesst bekhumen und hinein den Despot schicken. » Hurmuzaki, *Documente*, II, I, p. 445.

КУ ВРЕРЕ ТАТЖЛУН ШН КУ АЖУТОРЮЛЬ
ФÏЮЛУН ШН КОУ СФРЗШНТУЛ ДХУЛ ДН
СФНТЬ • АЗН ЛЕЛЕ МЗРÏЕН ЛУ ЮНЖШЬ
КРАН • ЕУ ЖУПЖНУ ХАНЖШЬ БЕГНЕРЬ ДЕ
ЛЕРАШОВЬ АМЬ АВУТЬ ЖЕЛАНÏЕ ПЕЛ ТРОУ
СФНТЕЛЕ КЗРЦН КРЕШНЕШН ТЕТРОЕУТА •
ШН АМЬ СКРНЕЬ АЧЕСТЕ СФНТЕ КЗРЦН ДЕ
ЛУЦЖТУРЖ • СЖФÏЕ ПОПНЛШ РУМЖНЕШН
СЖ ЛЦЕЛЕГЖ СЖ ЛБУЦЕ РУМЖНÏН ЧНН ЕСЬ
КРЕШНН • КУ МЬ ГРЖЖЩÏ ШН СФНТУЛ
ПАВЕЛЬ АПЛЬ КЗ ТРЖ КОРНН ТÏНН ДÏ КАПЕ
ТЕ Л СФЖНТА БЕСЕРЕКЖ МАН БННЕ Е АГРАÏ
ЧНН ЧН КУ ВНÏНТЕ КУ ЖЦЕЛЕСЬ ДЕКЖТЬ • Т •
МÏЕ ДЕКУ ВНН ТЕ НЕЛЖЦЕЛЕСЬ Ж ЛÏБЖ СТРÏН
НЖ • ДУПЖ АЧЕА КЗРУГЖМЬ ТОЦН СФЕН
ЦН ПУРННЦН ОАРЕ ВЛЖДНН ОАРЕ ЕПКПЬ
ОАРЕ ПОПШ • АКУРОРА МЖНЖ БАБЕНН АЧ
СТЬ КЗРЦН КРЕШНЕШН КУ МЬ МЖННТЕ СЗ ЧЕ
ТЬ СКЖ НЕ ЧЕТНÏДЬ СÏНУ ЖУДЕЧЕ НЕ СЗ СЖ
ДУ ЖЕНЖ • ШН КУ ЗНСА ЖУПЖНУЛУН ХАНЕ
ШУ БЕГНЕРЬ • СКРНСАМЬ ЕУ ДÏЕКОМЬ КО
РЕСН ШТРЗГОВНЩЕ • ШН ТУДШ КРМЕЬ
ШН СЛУ ЛЧЕПУТЬ ЛЛУНА ЛУ МАН Т ЗНЛЕ ШН
СЛУ СФРЗШНТЬ ЛЛУНА ЛУГЕНУ АРÏЕ Ж ЗНЛЕ
ВЛАТТО З МÏЕ ЗÎ АЧЕТАТЕ ЛЕРАШОВЬ •

muni de deux passeports impériaux, datés de Prague, le 29 septembre et le
5 octobre 1562. Il arriva à Suceava le 31 décembre [1], après avoir commis
une double imprudence : il s'était d'abord arrêté en Transylvanie, pays hostile
au prince de Moldavie, puis il s'était fait passer pour un ambassadeur chargé
par l'empereur d'une mission extraordinaire [2]. Jean consentit à lui donner audience; mais Wolfgang se lança dans des divagations sur la situation de l'Empire, de la Pologne, de la Hongrie et de la Transylvanie, fit allusion à un projet
de mariage pour le prince, et n'eut sans doute en réalité qu'à parler des impressions entreprises par Ungnad. La chose parut fort suspecte au despote,
dont les affaires commençaient à se gâter. Il trouva très invraisemblable qu'un
homme de quelque importance eût fait un aussi long voyage pour l'entretenir
d'une question qui était du ressort des libraires. Il fit interroger Schreiber
par l'agent impérial Gotthardt [3], lui demanda même un mémoire écrit [4], et,
continuant à le considérer comme suspect, il le fit mettre aux fers, et l'envoya
aux Turcs avec ses papiers. Il espérait ainsi toucher le sultan et obtenir son
appui au moment où les Polonais le menaçaient.

Wolfgang fut mené à Constantinople et jeté en prison. Il trouva moyen de
faire passer une requête à l'ambassadeur impérial, Albert de Wyss (4 février 1563); mais, malgré ses démarches, que de Wyss appuya, il ne recouvra

[1] Lettres de l'agent impérial Martin Gotthardt, dit *Litteratus*, *apud* Hurmuzaki, *Documente*, II, 1, p. 447, 449, 541.

[2] D'après Gotthardt, Wolfgang aurait dit
qu'il avait été précédemment chargé d'une
mission en Pologne, en Russie, en Transylvanie et en Moldavie (Hurmuzaki, p. 451). Ce
voyage de Schreiber, sur lequel il serait bien
curieux d'avoir quelques renseignements, avait
sans doute pour but de vendre les volumes
sortis des presses de Primož Truber.

[3] C'est Gotthardt qui rapporte tous ces détails : « Quibus auditis jussit nos una cum Paulo
Zekelly, arcis sue Zochwa prefecto, eum adire
et ex eo, serio principis nomine, querere num
aliam aliquam legationem haberet praeter eam
quam ei coram retulisset, que firmi praeter
ea nihil continebat, quam quod diceret se de
negotio typographiae cum certis hominibus
Witembergae et alibi egisse, ut artem eam im-
primendi characteres linguae sclavonicae seu

servianae, quibus hic utuntur, huc introducere
vellet, cujus etiam duos libellos Tübingae im-
pressos atulerat, atque hanc adventus sui cau-
sam potissimum fuisse. Quod idem et nobis
multis verbis narravit... Ubi domo egressi,
Paulum Zekelly seorsum paululum abducens,
ei in aurem dixit se habere adhuc alia et etiam
de matrimonio, que cum solo principe loqui
optaret. Cum quibus nos reversi ad principem
ei eo modo omnia retulimus. Que audita ac
sibi antea narrata omnia pro dubiis, confictis
et suspectis habuit, asserens non sui officii fuisse
negotia typographiae tractare, cum non desint
mercatores et bibliopolae per quos, si sit opus,
ipse possit talia sibi curare, et aliud sit typographum, aliud oratorem se appellare...... »
Hurmuzaki, II, 1, p. 451.

[4] Ce mémoire, écrit en italien, est rapporté
dans le recueil de Hurmuzaki (p. 453); il
ne contient que des considérations politiques
vagues et peu intelligibles.

la liberté que deux ans et demi plus tard [1]. Il y avait longtemps que le despote était tombé sous les coups d'Étienne Tomsa (5 novembre 1563).

La typographie ne pénétra donc pas en Moldavie; les Roumains durent encore, pendant plus d'un demi-siècle, recourir aux presses qui fonctionnaient en Transylvanie.

Les livres slaves et roumains imprimés à Braşov aux frais de Hans Benkner sont d'une telle rareté qu'on peut se demander s'ils n'auront pas été suspectés d'hérésie par le clergé orthodoxe et systématiquement détruits par lui. Il est probable que plusieurs des volumes dont Karatajev n'a pu donner que des descriptions incomplètes, sont des productions de cette ville, par exemple, le *Triod cvêtnyi*, qui est exécuté avec les mêmes caractères que l'*Oktoih* de 1575, dont nous allons bientôt parler, et en tête duquel est le grand fleuron aux armes de Valachie qui orne déjà l'*Évangéliaire* de 1512 [2]; puis un *Pracsiŭ* roumain dont M. Gaster a donné des extraits assez étendus, d'après un exemplaire incomplet [3].

Il est même possible qu'on ait imprimé à Braşov des livres slaves et roumains autres que les recueils liturgiques. On trouve, par exemple, dans les comptes municipaux, qu'en 1569 on dépensa 6 deniers pour l'achat d'un calendrier destiné à l'ambassadeur moldave. M. Băriţ, qui cite ce fait [4], en a conclu qu'il avait été imprimé alors un calendrier roumain. La chose est possible; mais le volume acquis par la ville pouvait aussi bien être écrit dans une langue slave, en grec, ou même en latin.

Braşov, située à la frontière valaque, peuplée de commerçants habiles et entreprenants, était en relations constantes avec les princes de Valachie. En 1573, Alexandre, fils de Mircea, n'ayant pas de presses dans ses États, envoya un pope à Braşov pour y acheter du matériel typographique [5]. Le pope s'acquitta

---

[1] Voir Hurmuzaki, *Documente*, II, 1, p. 418, 459, 460, 463, 468-472, 479, 516, 544. Ce n'est que le 7 août 1565 que de Wyss annonce la mise en liberté de Schreiber.

Malgré l'abondance des documents publiés dans le recueil de Hurmuzaki, il en existe encore d'autres aux archives de Vienne. C'est ainsi que notre ami M. Émile Legrand nous a communiqué une dépêche de de Wyss, en date du 18 février 1563, qui manque à la grande collection roumaine.

[2] Karatajev, n° 86, p. 188. — Ce volume

laisserait supposer l'existence d'un *Triod postnyi*; cependant il paraît difficile d'en rapprocher le *Triod* que Karatajev décrit sous le n° 67, p. 152.

[3] *Chrestomathie roumaine*, I, p. 9-16.

[4] *Catechismulu calvinescu impusu cleralui si poporului romanescu sub domni'a principiloru Georgiu Rákóczy I. si II* (Sibiiu, 1879, in-8°), p. 98.

[5] Le fait nous est révélé par les comptes municipaux de Braşov : 11 juin 1573. «Ein Popa kommen von Alexander Voda der Druc-

de la mission qui lui était confiée; mais il ne réussit pas, à ce qu'il semble, à ressusciter l'imprimerie à l'est des Carpates. C'est dans la ville transylvaine que fut exécuté en 1575 un *Oktoih* slovène dont Alexandre avait ordonné la publication. Ce volume, commencé le 26 janvier 1575, fut achevé le 23 août suivant, avec l'approbation d'Euthyme, métropolitain de Hongro-Valachie. L'éditeur fut le diacre Coresi, dont nous avons parlé plus haut [1]. Le fait que Coresi avait été chargé de ce travail par Alexandre permet de penser qu'il doit être confondu avec le diacre cité en 1573 dans les comptes de Brasov.

Pendant près de vingt ans Brasov avait été la seule ville de Transylvanie qui possédât une officine typographique; mais, en 1550, Gaspard Heltai avait introduit l'imprimerie à Kolozsvár (Cluş, Klausenburg), où il avait fait paraître des livres magyars, latins et allemands. En 1567, François David établit une presse à Belgrad (Alba Iulia, Gyulafehérvár ou Károlyfehérvár, Weissenburg ou Karlsburg), et y publia divers ouvrages magyars et latins [2]. Vers 1575, le prince Christophe Báthori fit imprimer dans cette dernière ville un *Évangéliaire* slovène dont il sera question plus loin.

Vers 1575 également une officine slavo-roumaine s'ouvrit dans une autre ville à Szász-Sebes (Şebeş, Mühlbach), où l'on transporta probablement le matériel de Brasov; mais, dès l'année 1580, l'imprimerie fonctionna de nouveau dans cette dernière ville. Un généreux Mécène, Lucas Hirscher, soutint l'atelier de ses deniers, comme l'avait fait précédemment Hans Benkner. Hirscher, juge de Brasov, appartenait à une famille riche, dont plusieurs membres avaient rempli d'importantes fonctions [3]. Lui aussi paraît avoir été entraîné par le désir de faire de la propagande religieuse.

kerei wegen, und vier Tage lang auf städtische Kosten verpflegt worden.» — 12 décembre même année. «Des Vladika Diaconus Buchdrucker selb, fünft, einem Press halben.» — G. Bărit, *Catechismulu calvinescu*, 1879, p. 99, d'après un article publié par M. E. de Trauschenfels dans le *Sächsischer Hausfreund*, 1874.

[1] Voir Karatajev. Onncанie, n° 85, p. 187.

[2] Voir Szabó Károly, *Régi magyar Könyvtár*, et un article du même auteur dans le *Mémorial de l'Exposition bibliographique hongroise* (*Könyvkiállitási Emlék*), 1882, p. 138, 142.

[3] En 1528, un premier Lucas Hirscher, juge de Brasov, est chargé d'une mission auprès du roi Ferdinand, avec Johann Benkner (mort avant 1534) et Johann Fuchs (Hurmuzaki, *Documente*, II, IV, p. 76); en 1540, le même Lucas est député auprès d'Étienne Majláth (*ibid.*, p. 264). En 1533 et 1534, Jakob Hirscher est juge de Brasov (*ibid.*, p. 45, 64); en 1535, il est chargé d'une mission auprès du prince de Valachie (*ibid.*, p. 87); en 1539, il est député en Moldavie (*ibid.*, p. 208). En 1540, Christian Hircher est envoyé successivement à Prazmar, en Moldavie et à Făgăras (*ibid.*, p. 265).

Hirscher fit paraître en 1581 un volume in-folio de 320 pages, intitulé : *Évangile avec commentaires* [1] et terminé par la souscription suivante :

Ка́ртъ че се кѣмѫ є́ѵа́їє кꙋ а̑въꙁѧ́тꙋрѫ. дела тꙋспа́трꙋ є́ѵлисти́и але́сѫ... а̑ а́нїн ши а̑ ꙁи́леле мꙗрїен лꙋ Ба́търь Криꙿꙏ́бь, кꙋ ми́лꙗ лꙋ доꙋмнеꙁꙋ во́ево́дѫ а̑ тоа́тѫ ца́рꙗ оꙋгꙋрѣ́скѫ, ши а̑ а́рдѣль, ши а̑ то́ци съкꙋни. ши а̑ ꙁи́леле мꙗрелꙋи де доꙋмнеꙁꙋ лоꙋминꙗ́ть а̑рхїепꙿкопꙋлꙋи Гена́дїе, чꙋꙋ фость спре тоть деспоꙋ́съль мꙗрїен лꙋи... А̑то́ꙋнче е̑ра̀ деспꙋнто́рю а̑тоа́тѫ ца́рꙗ роꙋмꙗнѣ́скѫ боꙋ́нꙋль креци́нь ши доꙋлче Ми́хнѣ во́ево́дѫ, ши спре деспоꙋ́съль домнїен лꙋи кръмꙋнто́рю леꙋꙗ́ен креци́не ма́реле Сера́фимь а̑рхїепꙿкꙋпꙋ́ль... е̑ꙋ жоꙋпꙋ́нꙋль хръ-жиль Лоꙋкачь жоꙋде́ꙋꙋль врашо́вълꙋи, ши а̑ то́ть цинꙋ́тꙋль Бръ́сеи, желꙋꙋи ши деле де ле типꙗ́рїи, а̑ ла́ꙋдꙗ та́тꙗлꙋи, ши фї-юлꙋи. ши дꙋхꙋлꙋи сфꙿнть. а̑ чета́тѣ цинꙋ́-тꙋлꙋи домнїен мѣле а̑ Брашо́вь. ши сꙋꙋ а̑чепꙋ́ть а̑ча́стѫ ка́рте а̑ се типꙗ́ри. дꙋпꙗ а̑трꙋпꙗ́рѣ фїюлꙋи ши коꙋвꙗ́нтꙋлꙋи лꙋ доꙋмнеꙁꙋ, ла ꙋ мїе фп. а̑ ѿвитиꙗ, ꙁни, а̑ лꙋнꙗ лꙋ декемврїе. дı [14] ꙁ́и. ши сꙋꙋ събрꙋши́ть лоꙋꙋкрꙋꙋль, ла ꙋ мїе фпа. а̑ ѿви-тїꙗ, ꙁпф. а̑лꙋнꙗ лꙋ юнїе, ки а́и.

Le livre appelé Évangile avec commentaires, extrait des quatre évangélistes..., dans les années et dans les jours de Son Altesse Christophe Báthori, par la grâce de Dieu, voïévode de tout le pays hongrois, de la Transylvanie et de tous les Sicules, et dans les jours du grand archevêque, éclairé de Dieu, Gennadius, qui fut tout dévoué à Son Altesse... Alors était maître de toute la Valachie le bon chrétien et doux voïévode Mircea, et, sous son obéissance, le grand archevêque Séraphin, gouverneur de la religion chrétienne... Moi, le župan Lucas Hirscher, juge de Brasov et de tout le pays de Bîrsa, j'ai voulu les faire imprimer à la gloire du Père, du Fils et du Saint-Esprit, dans la ville de ma seigneurie, Brasov. Et l'on a commencé à imprimer ce livre l'an 1580 de l'incarnation du Fils et du Verbe de Dieu, 7088 de la Création, le 14 du mois de décembre; et le travail a été achevé en l'an 1581, 7089 de la Création, le 28 juin [2].

Le volume est précédé d'un frontispice aux armes de l'éditeur, dont l'ornementation, toute allemande, tranche singulièrement avec le style ordinaire des livres slaves.

Il est dit dans la préface que Lucas Hirscher, animé d'un zèle pieux, a trouvé l'original de ce livre à Tîrgoviste, chez le métropolitain de Valachie Seraphim, et qu'il en a obtenu communication à force de prières; qu'il a pris conseil du

[1] Voir Pop, p. 14; Cipariu, *Analecte*, p. 30-45; Melchisedec, *Chronica Husilor*, 1869, II, p. 31-36.

[2] On remarquera que, pour l'imprimeur de Brasov, le 14 décembre 1580 correspond à 7088 et non 7089 et que, par conséquent, il fait commencer l'année au 1er janvier, non au 1er septembre.

8. — Frontispice de l'Évangile avec commentaires de 1581.

métropolitain de Transylvanie Gennadius, et qu'il a remis l'ouvrage au diacre Coresi, qui était particulièrement habile pour ce genre de travaux (« ce era meșter învătat într' acest lucru ») pour le traduire de serbe en roumain. Coresi s'est fait aider par les prêtres de l'église de Scheï, près de Brașov, le pope Jean et le pope Michel.

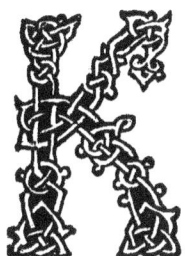 

9, 10. — Initiale et fleuron employés dans l'*Évangile avec commentaire* de 1581 [1].

Hirscher était un protecteur généreux; Coresi et ses auxiliaires furent les traducteurs et les imprimeurs; quant à l'impression, il est probable qu'elle fut exécutée dans l'atelier qu'exploitait Georges Greus, sous la direction de Mathias Fronius [2]. C'est de cet atelier que sortirent en 1583 les *Statuta der Sachsen in Siebenbürgen* [3].

Ici s'arrêtent les impressions roumaines de Brașov. M. Iarcu dit, à la vérité, que, en 1588, Șerban Coresi, fils du diacre, imprima dans cette ville une

[1] La couronne employée comme fleuron fait allusion au nom de la ville de Brașov : Kronstadt, Corona, Στεφανόπολις.

[2] Greus était un simple typographe; mais Fronius était un personnage important. Né à Brașov en 1522, il avait étudié à Wittenberg (*Magyar történelmi Tár*, VI, 1859, p. 219); il était devenu recteur, puis notaire de la ville et sénateur (1569-1573); il mourut en 1588. Voir Kertbeny [Benkert], *Ungarn betreffende deutsche Erstlings-Drucke*, 1880, p. 423.

[3] L'exemplaire de notre volume qui est conservé à Scheï porte en monogramme les lettres M F, qui sont les initiales de Mathias Fronius et de Michel, son fils. On lit au-dessous de ce monogramme la note suivante : « Anno 1630. die 25. Maij, haben ich [und] Martha Benknerin, hinterlassene des wohlseligen Herrn Michaelis Fronii in die wallachische Kirch das Buch verehrt zum ewigen Gedechtniss, damit vieleicht die Abgöttischen zur wahren Erkentniss des Herrn Jesu Christi mögen dadurch bekert werden. Jo. Hirscherus. » Pop, p. 5. — On voit par la note qui précède que les familles Benkner, Fronius et Hirscher étaient étroitement alliées.

Liturgie slovène [1]; mais cette indication, qui n'a rien de précis, provient sans doute d'une confusion avec la *Palia* d'Orăştie, 1582. Aucun bibliographe ne cite de livre imprimé à Braşov en 1588, et nous ne connaissons aucun volume roumain qui y ait été exécuté entre 1581 et 1801.

III

PREMIÈRE IMPRIMERIE DE BELGRAD

(ALBA IULIA, WEISSENBURG,

KARLSBURG, KÁROLYFEHÉRVÁR OU GYULAFEHÉRVÁR).

La ville de Belgrad en Transylvanie, qui fut la résidence favorite de Jean-Sigismond Zápolya et des Báthori, reçut la typographie en l'année 1567. Son premier imprimeur fut un gentilhomme polonais, Raphaël Skrzetuski, dit « Hoffhalter », qui après avoir vécu en Hollande, puis en Suisse, s'était établi à Vienne vers 1555, et y avait fondé une officine de concert avec Kaspar Kraft, d'Elwangen, ancien fondeur de caractères. Jusqu'en 1563, Hoffhalter exerça à Vienne, puis il disparut, obligé sans doute de quitter la ville pour cause de religion [2]. En 1565 nous le retrouvons à Debreczen [3], puis à Nagyvárad (Grosswardein, Oradea mare) [4] et enfin à Belgrad [5], où il porte le titre d'imprimeur du roi, et où il meurt en 1568 [6].

Le fils de Raphaël, Rudolf Hoffhalter, débute vers 1568 à Nagyvárad (1568-1570?) [7]; en 1573 et 1574, il est à Alsó-Lindva [8], puis il passe à Debreczen (1577-1584) [9], revient à Nagyvárad (1584-1585) [10] et retourne à Debreczen (1586-1590) [11]. Belgrad, abandonné par lui, avait pourtant conservé la typographie royale. Le ministre Étienne Császmai, en fut nommé

[1] Iarcu, *Bibliografia chronologică*, p. 1, en note.

[2] Voir Mayer, *Wiens Buchdruckergeschichte*, I (1883, in-4°), p. 86-94, etc. — En 1557, Gall Huszár, ministre de l'église d'Óvár, écrit, de Vienne, à H. Bullinger : « Quicquid autem tua charitas ad nos responderit, sua scripta mittat ad Raphaelem Hoflhalter, typographum viennensem. Ipse enim ea nobis administrabit. » Voir F. A. Lampe, *Historia Ecclesiae reformatae in Hungaria et Transylvania*, 1728, p. 115.

[3] Szabó Károly, *Régi magyar Könyvtár*, n° 55, 56.

[4] Szabó Károly, *Régi magyar Könyvtár*, n° 58.

[5] *Ibid.*, n° 61, 62, 65-68; Mayer, I, p. 90.

[6] La veuve de Raphaël paraît dès l'année 1568. Voir A. Mayer, I, p. 90.

[7] Szabó Károly, *Régi magyar Könyvtár*, n° 69, 83.

[8] *Ibid.*, n° 96, 97, 114.

[9] *Ibid.*, n° 123, 151, 152, 163, 164, 179, 186-194, 202, 203, 206.

[10] *Ibid.*, n° 215, 217.

[11] *Ibid.*, n° 218, 220, 221, 225, 232, 233.

inspecteur[1], et le maître d'école Grégoire Wagner en fut le directeur effectif[2];
mais ces deux personnages appartenaient à la secte des sociniens ou unitaires,
et ils ne craignirent pas d'attaquer avec la dernière violence le dogme de la
Trinité; aussi Étienne Báthori introduisit-il la censure par une ordonnance
datée du 27 septembre 1571 [3]. M. Szabó ne cite aucun livre magyar imprimé à Belgrad entre 1569 et 1619; mais il n'est pas douteux que plus d'un
ouvrage écrit en magyar ou dans une autre langue n'y ait vu le jour pendant
ces cinquante ans. En ce qui concerne les Roumains, un *Évangéliaire slovène*,
à eux destiné, sortit vers 1575 des presses de Belgrad. M. J.-C. Jireček dit
avoir vu à Bracigovo (Roumélie orientale) un exemplaire de ce rare volume,
à la fin duquel on lit :

Повелѣнїемь велкаго воевода гатırь [sic] криціовь азь лѡринуь дїакь. троуаих са о
сѣмь и испıсах книги сіе. глемıн тетроеуаіе вь лѣто з гисаціь й. почеше са сіе книгı
мѣ̈уа феброуáрїе. ке. днь и съвръшıнıше са мѣ̈уа маи ̈si. днь вь градь бѣлгра.

Par ordre du grand voïévode Christophe Báthori, moi, Laurent, lettré, j'ai fait cet
ouvrage et j'ai imprimé ces livres appelés les Quatre Évangiles, en l'année 7080 (1572).
Ces livres ont été commencés le 25 du mois de février et ont été achevés le 25 du mois
de mai dans la ville de Belgrad [4].

Il y a ici dans la date une erreur évidente, puisque Christophe Báthori ne
devint prince de Transylvanie qu'en 1575, alors que son frère Étienne remplaça Henri de Valois sur le trône de Pologne. Il mourut en 1581. C'est donc
entre ces deux dates que Laurent a dû imprimer son Évangéliaire.

Il nous faut attendre jusqu'à 1641 pour voir paraître à Belgrad un livre
roumain. Nous parlerons dans une autre étude des impressions du xviiᵉ siècle.

IV

IMPRIMERIE DE ŞEBEŞ (SZÁSZ-SEBES, MÜHLBACH).

Les Luthériens de Braşov ne furent pas les seuls à se préoccuper de faire
imprimer des livres destinés à fortifier et à relever la foi religieuse chez les
populations appartenant à l'Église d'Orient. Ils eurent des émules chez les

---

[1] En 1568 Császmai publie un volume portant encore le nom de Hoffhalter. Szabó, n° 67.

[2] Voir Szabó, n° 74.

[3] Voir *Transilvani'a*, VII, 1874, p. 179.

[4] *Archiv für slavische Philologie*, VIII, 1885,
p. 132.

Luthériens du pays des Sicules. M. Cipariu[1] a donné, d'après un exemplaire malheureusement incomplet, des extraits d'une *Explication des Évangiles* (*Tîlcul Evangheliilor*) à la fin de laquelle on lit : « J'ai mis au jour par l'impression un *Évangéliaire* et une *Pravilă* en langue roumaine. Ensuite, quand j'ai vu que beaucoup de prêtres réclamaient une Explication des Évangiles, afin de pouvoir prêcher et dire aux hommes le sens de l'évangile qu'ils ont lu, j'ai trouvé ces commentaires, etc. Le sieur Nicolas Forró a bien voulu fournir l'argent pour cette entreprise [2]. »

On voit par cette souscription que l'ouvrage a été publié par Coresi (puisque lui seul avait donné une édition de l'*Évangéliaire*). On y voit également que le même éditeur avait mis au jour une *Pravilă*, c'est-à-dire un recueil de droit canonique. Cette *Pravilă* ne se retrouve plus aujourd'hui; mais l'édition de Govoara, 1640, dont nous parlerons plus loin, paraît en être une simple copie.

Il nous reste à parler de Nicolas Forró. Ce personnage appartenait à une famille sicule dont les membres figurent dans l'histoire dès le xiiie siècle [3] et qui a fourni au xvie siècle plusieurs hommes de marque [4]. Lui-même avait joué un rôle important en 1562. A l'instigation d'Éméric Balassa et d'Antoine Székely, il avait, avec Nicolas Valkai, poussé les Sicules à la révolte. Il avait été l'âme d'une conspiration qui ne tendait à rien moins, à ce que l'on dit alors, qu'à livrer la Transylvanie à Ferdinand. Le projet échoua, Nicolas fut condamné à mort, mais il échappa par miracle au dernier supplice [5]. Il est

---

[1] *Analecte*, pp. 16-29.

[2] « Ꙗмь скось [де ꙗмь тнпъри]ть треꙏеєванѓелоѵл᾽. ши пра[вила? рꙗлꙗ]нєще ф дꙏпꙗ ачѣꙗ ꙗмь [възꙗть же] лꙗнїеа ѿ мꙗꙗи преꙗꙗ. де тълкоѵл᾽ еѵꙗїнꙗѡр᾽ коѵм᾽ съ поать ши єн пропоєедꙗи, ши ѿ спꙗне ѿаменилꙗѡр᾽ ꙗвꙗꙋꙗгꙗрꙗ дꙗпꙗ четꙗтоѵл᾽ еѵꙗїен, аша ꙗмь афлать ачѣсте тꙗл᾽ кꙗре ꙗле еѵꙗїнꙗѡр᾽... кел᾽чꙗгь ши бꙗнїи пре ачѣсть лꙋкрꙋ ꙗндꙋрꙗтꙋсꙋꙋ ада жꙋпꙗноѵль Форо Микалꙗꙋш. »

[3] Voir dom Maurice Czinár, *Index alphabeticus Codicis diplomatici Hungariae*, 1866, p. 155.

[4] Michel Forró, chanoine de Belgrad, ou Alba Iulia, cité en 1531 (Hurmuzaki, *Documente*, II, iv, p. 2); Jean Forró, que nous ren-

controns en 1581 (*Magyar történelmi Tár*, VIII, 1861, p. 224) et en 1594 (voir Wolfgang de Bethlen, *Historia de rebus transsylvanicis*; III [1785], p. 415, 463, 472). — D'autres Forró se distinguèrent au xviie siècle, par exemple : Georges Forró, jésuite, mort le 18 octobre 1642 (Horányi, *Memoria Hungarorum et provincialium scriptis editis notorum*, 1775, I, pp. 696-698); Paul Forró, noble magyar, humaniste et poète, cité en 1619 (voir Szabó Károly, *Regi magyar Könyvtár*, n° 485).

[5] Wolfgang de Bethlen rapporte qu'Étienne Báthori, qui avait dévoilé la conspiration au roi Jean-Sigismond, obtint pour Valkai la vie sauve, et que Forró parvint à s'échapper, à la faveur d'un tumulte populaire, alors qu'on le conduisait au supplice (*Historia de rebus transsylvanicis*, II [1782], p. 17-19). Istvánfi raconte

probable qu'il vécut alors dans la retraite et se consacra aux pratiques religieuses. Nous ne pouvons préciser ni la date, ni le lieu d'impression du recueil de sermons dont nous venons de parler. Il serait grandement à souhaiter
que l'on en découvrît un exemplaire dont le titre se serait conservé. Nous pensons que le volume aura été imprimé vers 1575, à Szász-Sebes. D'après
M. Cipariu, les caractères sont semblables à ceux de l'Évangéliaire de Brașov,

11. — *Psautier slovène imprimé à Szász-Sebes en 1573 (f° 172).*

1561. Si donc notre supposition est fondée, il faut admettre que le matériel
employé à Szász-Sebes provenait de Brașov [1].

Nous sortons maintenant du domaine des hypothèses et nous trouvons un
volume portant le nom de la ville. Les bibliographes magyars ne l'ont pas
connu, et ne font pas figurer Szász-Sebes parmi les localités ayant possédé des

au contraire que les deux conspirateurs reçurent
sur l'échafaud même des lettres de grâce (*His-
toriarum de rebus ungaricis Libri decem*, 1622,
p. 420.)

[1] M. Gaster (*Chrestom.*, I, p. 22) attribue
comme nous le *Tîlcul Evangheliilor* aux presses
de Szász-Sebes; mais il n'a pas vu le volume et
ne le connaît que par Cipariu.

presses au XVIe siècle. Le volume que nous avons en vue est un *Psautier* slovène, publié par Coresi en 1577. Longtemps on a ignoré la provenance de ce Psautier que Šafařík n'avait pu décrire que d'après un exemplaire incomplet; mais un exemplaire, qui possède le titre, a été découvert au monastère de Hilandar, et l'on y lit en toutes lettres le nom de Sebeş [1]. L'éditeur est encore Coresi; mais, cette fois, l'édition a été faite, non plus aux frais de Nicolas Forró, mais par ordre du prince de Valachie Alexandre, fils de Mihnea. Nous donnons ci-contre la reproduction des dernières lignes de ce précieux volume. Les caractères sont les mêmes que ceux du *Molitvenik* de Tîrgovişte, 1545, et ceux de l'*Apostol* imprimé dans la même ville en 1547. On remarquera le fleuron orné de l'aigle valaque.

Dans le cours de la même année 1577, Coresi fait paraître un *Psautier* roumain, qui a dû être également imprimé à Szász-Sebes, bien que les caractères diffèrent de ceux dont nous venons de parler. Ce Psautier, qui a longtemps passé pour être le premier livre publié en langue roumaine, est un ouvrage très important, et nous avons la chance d'en posséder une bonne reproduction [2]. Le malheur veut qu'aucun des exemplaires connus n'ait conservé le titre; mais nous donnons ci-après un fac-similé de la dernière page [3].

Un *Évangéliaire* slovène daté de 1579 et qui est signé de Coresi et d'un second éditeur, Manuel [4], doit sortir également des presses de Szász-Sebes [5], bien qu'il soit imprimé avec les caractères de l'*Évangéliaire* slovène de 1561. Šafařík [6] attribue également à Coresi un *Triod postnyi*, dont nous ne connaissons pas la date précise, mais qui reproduit avec quelques modifications l'édition vénitienne de 1561. L'aspect général de ce volume, que nous avons vu à Prague, nous porterait à le considérer comme plus récent.

Nous aurons achevé l'énumération des livres imprimés à Szász-Sebes si nous mentionnons encore un *Sbornik* ou *Minej prazdničnyj* publié par Coresi, avec

[1] Гласник српског ученог друштва, XLIV, p. 255. — Karatajev, Описанıе, n° 91.

[2] *Psaltirea publicată românesce la 1577 de diaconulă Coresi, reprodusă cu unŭ studiŭ bibliograficŭ şi unŭ glosarŭ comparativŭ de B. Petriceicu-Hasdeŭ. Ediţiunea Academieĭ române. Tomulŭ I. Textulŭ.* Bucurescĭ, Tipografia Academieĭ române, 1881. In-4°, avec 66 p. en fac-similé.

[3] Ce cliché est un de ceux qui ont servi à l'édition de M. Hìsdău; il nous a été prêté par l'Académie roumaine.

[4] La souscription porte : Ꙗзъ дїꙗконъ корѐсн. ꙗмꙋ꙽нꙗнѧꙗ, etc. Plusieurs auteurs ont cru qu'il n'était fait mention ici que d'un seul personnage appelé Emmanuel Coresi.

[5] In-folio de 206 feuillets, Karatajev, Описанıе, n° 93.

[6] *Gesch. der südsluw. Lit.*, III, p. 280. Cf. Karatajev, n° 95.

КУ МИЛА АУ ДОУМНЕZ ЕУ ЕУ ДІАКОНЬ КОFЕ
СН · АѢІСА КZZУІО КZ МАН ТGА̊ТЕ АНGН
ЛЕ АУ И SІАZНТ ОЛЬ АУ ДОУМНЕНЕУ ЛАН
5Л · НУМАН НІ ·GУМАНІН НАКZМЬ ·ШН Х̅с̅
ZІКЕ · МАД ЕН · С̅О̅ · ЧН НЕ ЧЕ ТЬ Е ОZЛЦЕ
АѢГА · ШН ПАЖЕЛЬ АПАЬ АКА СКGНЕ КА КО
GІННТЬ · G̅НЕ · КZ ЛНТGУ К Е̅G̅ЕНZА МАН ВGZ
Т̊О̅ ЧНН ЧН ІSУ КНН ТЕ КУ АЦЕЛ ІСУЛЬ МІЕУ ЕZ
ГGАЕКІЬ · КА ШН А̊ЛЛЛЦН̅ О̊ZЛКZЦЬ ДЕ КZ
ТЬ ОУА Т УН ѢGЕІСА ДЕ КУ КННТЕ НЕ АЦЕЛѢСЕ
АН ГGАЛТЕ АНGН :— ДЕGЕПТЬ ЛУѢА ФGА
ЦН МІЕН ПGЕОУЦНЛОGЬ · СКGНСУКАМЬ АТѢ
СТЕ ѰZЛТНОН КУ ШѢТА · АѢМЬ СКІСЬ ДЕ
АѰZЛТНGЬ Е СGZѢСІСА ПGЕ ЛН̅ѢА GУМАНѢ
СІSА · СZКА ФІЕ ДЕ АЦЕЛЕГА ТУGА · ШН ГGZ
МА ГНЧНЛОGА · ШНКА GОГЬ КА ФGАЦН МІЕН
СZЧѢ ТНЦН ШН КАНЕ СZ СОКОТНЦН КZ КЕЦН КЕ
ᴬ НШНКА КZЕ КУА ДЕКZЛЬ · КЛѢ ТО Z̅П̅Е̅

12. — *Psautier* roumain imprimé à Szász-Sebes en 1577 (v° du dernier f.).

l'approbation du métropolitain de Transylvanie Gennadius, en 1580. Ce volume, qui compte 451 feuillets in-folio, reproduit le *Minej* donné par Božidar
en 1538 [1]; il est imprimé avec les caractères du *Psautier* slovène de 1577.

La bibliothèque publique de Saint-Pétersbourg possède un fragment d'un
Évangéliaire qui mérite d'être examiné de près. Le volume, imprimé dans

[1] Musée bohème, 64. B. 6. Cf. Šafařík, *Gesch. der südslaw. Lit.*, III, p. 280; Karatajev, n° 99.

le format in-folio, contenait, sur deux colonnes, un texte slovène et un texte roumain D'après M. Karatajev, les caractères sont presque semblables à ceux qui ont été employés en 1579 pour l'impression de l'*Évangéliaire* slovène de Coresi; aussi le bibliographe russe a-t-il placé hypothétiquement vers 1580 le fragment dont nous parlons. Sans être en mesure de nous prononcer, nous pouvons dire que le texte roumain dont Karatajev cite un passage diffère sensiblement du texte correspondant contenu dans l'*Évangéliaire* imprimé à Brasov en 1560 [1].

Il se peut que l'Évangéliaire bilingue soit sorti des presses de Szász-Sebes; il se peut qu'il appartienne à une autre typographie; nous ne le citons ici que sous toutes réserves. Nous ne connaissons aucun volume slave ou roumain imprimé dans la ville de Szász-Sebes entre 1580 et 1683, date du *Sicriul de aur* de Ioan din Vinţi.

V.

IMPRIMERIE D'ORĂŞTIE (SZÁSZVÁROS, BROOS).

La ville d'Orăştie, peu éloignée de Szász-Sebes, n'est pas citée par les auteurs qui ont étudié l'histoire de la typographie en Hongrie [2]; or une imprimerie y fonctionna en 1582. Cette officine devait son existence à un grand seigneur hongrois, François Geszti, qui, après avoir longtemps pris part aux guerres qui désolèrent le royaume, avait reçu en don, en 1581, de son pa-

---

[1] Voici quelques lignes des deux textes en transcription latine :

MATH., XV, v. 21.

Évangéliaire de 1561.	*Évangéliaire slavo-romain.*
În vrémea acéea vine Isus in laturea Tirului şi Sidonului. Şi adecă muérea dein Hananeiŭ dein hotarăle acelea eşi şi strigă cătră el; grăi : «Miluiaşte-mă, doanne, fiiul lu David, că fata mea rău să drăcéste.» El [nu] răspunse eĭ cuvint. Şi să apropieară ucenicii lui, ruga-l şi grăiea...»	Într' aceia vrémia vine Isus in partile Tyrnluĭ să [*lis.* şi] Sinonului [*lis.* Sidonuluĭ]. Iaca muiare den Hananeĭ den tenuture cele [...] vine să [*lis.* şi] strigă catr'ins greind : «Miluiaşte me, doamne fiiul luĭ David, că fatame rău de dracul pate.» Iară el nu răspunse eĭ nece un cuvint. Apropiarăsă rycenicii [*lis.* ucenicii] luĭ, rugându-l grăiră...»

M. Sircu, professeur à l'Université de Saint-Pétersbourg, nous a dit récemment qu'il avait publié, vers 1875, dans le Журналъ министерства народнаго просвѣщенія, un article sur le fragment qui nous occupe; nous n'avons pas retrouvé cette étude dans la collection, malheureusement incomplète, de la Bibliothèque nationale.

[2] Orăştie (ou Szászváros) et Szász-Sebes sont tous deux des chefs-lieux de « siège ». La première de ces villes est située au sud-ouest de la seconde, à quelques kilomètres au sud du Maros.

rent Sigismond Báthori, la ville de Déva, chef-lieu du comitat de Hunyad [1].
Orăştie, qui se trouve à moins de 40 kilomètres à l'est de Déva, appartenait
sans doute aussi à Geszti. Les typographes qui s'y installèrent venaient selon
toute vraisemblance de Szász-Sebes; mais le matériel qu'ils apportaient avec
eux était nouveau. Il firent paraitre, le 14 juillet 1582, les deux premiers
livres d'une *Palia,* c'est-à-dire d'un recueil de récits bibliques, mélés de
légendes apocryphes. Ce volume, imprimé en très gros caractères, compte
176 feuillets non chiffrés, de format in-folio. Il se termine par la souscription
suivante :

КȢ милѧ лоүи дȢмнезеȢ ши кȢ ѫжȢтó-
рюль фïюлȢи ши кȢ съвършйтоүл дȢхȢлȢи
сфйть. ЕȢ Тордáшь Михáю áлéсь Пискó-
поүл рȢмъниморь ѫн áрдѣл : ши кȢ Хéрче
щéфань. проповедȢитóрюль ӖȢлïеи лȢ Хс̃
ѫн ѿрашоүл къбѣрáн ШебéшȢлȢи Закáнь
Ефрéм дáскалоүл де дъскъллïе. а шебéшȢ-
лȢи, ши кȢ пещишéл Мюүси, проповедȢи-
тóроүл' Евангéлïеи ѫн орáшȢл логóжȢлȢи
ши кȢ áкïрïе потропопоүл' върмежиеи Хене-
дóрïеи циноүм ѫитрȢиа пéнтрȢ желáнïе
скриптȢрееи сфйте, къ възȢмь коүм тóате

Par la grâce de Dieu et avec l'aide du
Fils et le parachèvement du Saint-Esprit,
moi, Michel Thordási [2], élu évêque des
Roumains de Transylvanie, avec Étienne
Hercse [3], prédicateur de l'Évangile du
Christ dans la ville de Caransebes, Éphrem
Zakán, maître de l'école de Sebes, Moïse
Pestisel, prédicateur de l'Évangile dans la
ville de Lugos, et Achir, protopope du comitat de Hunyad, nous sommes réunis en
vue de propager l'Écriture sainte, car nous
avons vu que toutes les langues les ont et
s'épanouissent dans les glorieuses paroles
de Dieu, et que nous seuls, Roumains,

[1] « Franciscus Geszti, Sigismundo Báthoreo
ex materna linea sanguine junctus, ex Hungaria
in Transsilvaniam venit et arce Déva donatur. »
Wolfgang Bethlen, *Historia de rebus transsylvanicis*, ed. secunda, II, p. 455.

[2] Michel Thordási était en réalité un dignitaire de l'église luthérienne. Ce devait être le
fils ou le neveu de ce Paul Thordási, nommé
par Jean-Sigismond en 1569 évêque des Roumains de Transylvanie, à la place d'un moine
(dont nous ne savons pas le nom) qui avait refusé d'accepter les doctrines de la Réforme. Un
acte de 1569 donne à ce premier dignitaire le
titre de surintendant : « Paulus Thordási, *super-
intendens ecclesiarum valachicalium* » (J. Heltz,
*Geschichte des Bisthums der griechisch nichtunirten
Glaubensgenossen in Siebenbürgen*; Hermannstadt, 1850, in-8°, p. 19). Jean-Sigismond lui

avait abandonné une maison située à Lamcrem
(magy. Lámkerék; all. Langendorf), dans le
siège de Szász-Sebes, maison précédemment
occupée par le moine resté fidèle à l'église
d'Orient. Voir Cipariu, *Acte si Fragmente latine
romanesci pentru istori'a besericesi romane*; Blasiu, 1855, in-8°, p. 272; *Archiva*, 1868,
p. 278; Popea, *Vechi'a Metropolia ortodosa ro-
mana a Transilvaniei*; Sabiniu, 1870, in-8°,
p. 71.

[3] Il faut probablement reconnaître dans ce
personnage le prédicateur Étienne Herczégh
(Herczégh István) qui en 1604 introduisit la
réforme à Kassó (Kaschau, Cassovia), d'accord
avec le Silésien Johannes Bocatius, maire de
la ville. Voir A. Fabó, *Monumenta Evangelicorum
aug. conf. in Hungaria historica*, II (1863),
p. 196.

лимбиле av шѝ ꙗнфлꙋрескь, ꙗнтрꙋ кꙋбꙗн-
теле слꙋбѝте а̀ av дꙋмнезев, нꙋман нŏи
рꙋмꙑнѝи пре лѝмбꙗ нꙋ а̀вемь. пентрꙋ а̀чꙗꙗ
кꙋ ма́ре мꙋѫкꙑ скŏасем дѝн лѝмбꙗ жидо-
вꙗскꙑ, шѝ гречꙗскꙑ, шѝ сꙋрбꙗскꙑ пре лѝмбꙗ рꙋмꙑнꙗскꙑ, ҃є, кꙑрци а̀ле av Мꙋѵси
прⷬѡⷬкꙋл. шѝ па́трꙋ кꙑрци чѐ се кꙗлꙑ
ц҃рства̀. шѝ а̀лци прⷬо́чи кꙑꙗбꙑ. шѝ лѐ дꙑрꙋѝм бŏw фра́цилор рꙋмꙑнѝ . . .

Де ꙗ̀ мѝла av дꙋмнезев ꙗн зѝлеле av
Ба́тꙑрь Жигмѡⷩⷩь вишибŏдꙑ а̀рдꙗлꙋлꙋи :
дꙑрꙋѝм дѐн а̀чꙗсте кꙑрци скрѝс а̀ нŏстре
чꙗсте дŏw де ꙗнтꙗ́ию Бѵтѵе, шѝ Йсхо́дь.
чꙗлꙋи дŏмнь де стꙑгь шѝ вестѝть витꙗ́зь
Гꙗсти френции а̀лѐсꙋ Хѡтнŏюю а̀рдꙗлꙋлꙋи шѝ
цꙑ́ржи оу҆нгꙋрꙗции. лꙑкꙋнтŏрю ꙗн дева коум
а̀чꙗсте дŏw кꙑрци сꙑ фѵе пꙑргꙑ пꙑнꙑ дꙋмнезев бꙑ шѝ а̀ла́те тип꙼рѝ шѝ скŏате. шѝ
мꙑрѵꙗ av Гꙗсти френции фꙋ кꙋ тŏт а̀ю-
тŏрюль шѝ лꙗꙋ скрѝс ꙗн келтꙋꙗ́лꙑ моу́лтꙑ.
Шѝ кꙋ а̀лци шŏмени бꙋни жѝнкꙑ лꙑ.ꙗнгꙑ
сѝне шѝ лꙗꙋ дꙑрꙋѝть бŏw фра́ци рꙋмꙑнѝ-
лорь. пентрꙋ а̀чꙗꙗ рꙋгаци пре дꙋмнезев.
преꙗнтрꙋ мꙑрѵꙗ лꙋи. де ꙗн мѝла лꙋи дꙋмнезев бꙋ шербань а̀пакꙋ мꙗцероул ма́ре а̀
типа́релорь шѝ кꙋ марѵꙗнь, дѝꙗкꙋ дꙑꙗндꙋ
ꙗн мꙗна нŏастрꙑ чꙗсте кꙑрци четѝндь шѝ
не плꙑкꙋрꙑ, шѝ лꙗмь скрѝсь бŏw фра́цилор
рꙋмꙑнꙗи, шѝ лѐ четѵци кꙑ вꙗци а̀фла̀ ꙗнтрꙋ а̀ле мꙑргꙑритарю скꙋмпꙋ шѝ вистѵꙗрю
несфꙑршѝть. кꙋпŏачиебеци фолосꙋа бꙋнꙗцин-
лорь : шѝ пла́та пꙑкꙑтелорь дела дꙋмнезев
ꙗнтрꙋ чꙗсте кꙑрци. Скрѝсꙋсꙋꙋ чꙗсте кꙑрци
сфѵте : а̀нѵи ҂зҁ, порожⷣества хс҃во : а̀фн҃в.
Мꙗсꙗца ѵоуле д҃ѵ. ꙗ̀ четꙗ́те ꙗн ѡрꙑшѵе [1].

nous ne les avons pas. C'est pourquoi, avec
grand labeur, nous avons tiré de la langue
juive, de la grecque et de la serbe, les cinq
livres du prophète Moïse et quatre livres
qui s'appellent *les Rois* et quelques autres
prophètes, et nous vous les offrons, frères
roumains.....

Par la grâce de Dieu, sous le règne de
Sigismond Báthori, voïévode de Transylvanie, nous offrons d'abord, parmi nos
manuscrits, ces deux livres : la *Genèse* et
l'*Exode*, au seigneur banneret, à l'illustre
chevalier François Geszti, élu capitaine de
la Transylvanie et du pays hongrois, demeurant à Déva, afin que ces deux livres
soient comme des prémices, jusqu'à ce que
Dieu [nous permette d'en] imprimer et
publier d'autres. Et Sa Grandeur François
Geszti nous a aidés en tout et les a imprimés
à grands frais, avec d'autres hommes de
bien qu'il a près de lui, et vous les a donnés,
frères roumains; aussi priez Dieu pour Sa
Grandeur. Par la grâce de Dieu, moi
Serban, le lettré, grand maître de l'imprimerie, et Mărian, le lettré, ces livres
étant venus en nos mains, nous les avons
lus et ils nous ont plu, et nous vous les
avons imprimés, frères roumains, et lisez-
les, car vous y trouverez une perle précieuse, un trésor inépuisable. Vous connaî-
trez dans ces livres l'avantage des bonnes
actions et comment Dieu fait payer les
péchés. Ces saints livres ont été imprimés
l'an 7090, de l'incarnation du Christ 1582,
le 14 juillet, en la ville d'Orästie [1].

La première partie de la *Palia* est le seul livre imprimé à Orästie qui nous
soit connu. D'après un témoignage rapporté ci-dessus [2], témoignage malheu-

---

[1] Cipariu, *Analecte*, p. 81; Gaster, *Chrestomathie*, I, p. 37. — [2] P. 209.

reusement fort suspect, le typographe Şerban (fils du diacre Coresi?) se serait établi à Braşov, où il aurait imprimé en 1588. Rien ne nous paraît moins certain. Les réformateurs renoncèrent à une propagande dont ils avaient pu constater le peu d'efficacité; aussi l'imprimerie disparut-elle pour longtemps des pays roumains. Trente-cinq ans plus tard (1617), la Pečerska Lavra de Kijev commence à imprimer des livres destinés à toutes les églises orthodoxes de l'Europe orientale; bientôt Pierre Movilă, devenu archimandrite du monastère, puis métropolitain de Kijev, donne à la typographie slave un important développement; mais ce n'est qu'à partir de 1634 que le clergé valaque suit son exemple et qu'une imprimerie fonctionne au monastère de Deal. En Moldavie, le synode de Iassi provoque en 1642 la création d'une officine typographique. Nous nous proposons, dans une prochaine étude, de faire connaître les productions des presses roumaines pendant cette seconde période.

FRAGMENTS

D'UNE

HISTOIRE DES ÉTUDES CHINOISES
AU XVIIIᵉ SIÈCLE,

PAR

M. HENRI CORDIER.

Dans un mémoire publié à l'occasion du Congrès international des Orientalistes tenu en 1886 à Vienne, j'avais réuni quelques notes [1] tirées de l'*Histoire des études chinoises en Europe* que je prépare depuis longtemps. Les fragments que je donne aujourd'hui pourront servir de suite à ces notes. Je disais que « BAYER [2] peut être considéré comme le dernier et en même temps le plus remarquable de ces sinologues de l'ancienne école, nous entendons par ancienne école celle des savants dont nous venons de parler, qui ont acquis leurs connaissances au hasard, et dont les ouvrages, inutiles à consulter pour l'étude de la langue, ne sont que des objets de curiosité ». En effet, si Fourmont fut le contemporain de Bayer [3] et si ses ouvrages sont

---

[1] *Notes pour servir à l'histoire des études chinoises en Europe, jusqu'à l'époque de Fourmont l'aîné.* (*Nouveaux Mélanges Orientaux*, publiés par les professeurs de l'École des langues orientales vivantes, Paris, 1886, in-8°.)

[2] Né à Koenigsberg en 1694 ; † 21 février 1738.

[3] Les *Meditationes* de Fourmont parurent en 1737 et il y est fait allusion dans cette lettre, l'une des dernières écrites par Bayer :

« Vir clarissime,

« Noli mihi succensere, quod serius, quam promiseram, opus Duhaldianum tibi remitto. Non sciebam, alio in conclavii decumbens, libros in museo meo depositos fuisse, donec heri me famulus Gymnasii me monuit, quem jussi illico me apud Te excusare. Admonitum

Te velim multas deesse tabulas aeneas, in quibus eam maxime desidero, in qua numi Sinici picti sunt. Nunc cum gratiarum actione tom. I. II. III. Tibi remitto. Quartum, peto, ut mecum adhuc esse sinas. Est praeterea, quod Te velim. Tenet me incredibile desiderium Meditationum Sinicarū Cl. Fourmontiū quarum exemplar pro me doctissimus Vir apud lectissimam Sororem Tuam superiori aestate deposuit. Lentum nimis est, exspectare bibliothecam tuam : varia possunt ad moram interuenire. Breuiorem viam, noui. Habeo mercatorem Regiomontanūm amicissimum mihi, qui mercaturas facit cum Burdegalcusibus, Itaque a Te peto ut mihi epistolam tradas ad sororeiu, hoc sensu ; illi, qui exhibiturus sit epistolam, ut tradat exemplar meum librorum a Cl. Fourmontio sibi commendatorum. Cetera

aujourd'hui inutiles à consulter, il n'acquit pas ses connaissances au hasard, puisqu'il pilla sans vergogne la grammaire de Varo, alors inconnue en Europe.

Fourmont étant mort en 1745 et son disciple De Guignes en 1800, on peut grouper autour de leurs noms ceux qui ont été leurs maîtres, leurs rivaux ou leurs élèves dans l'étude du chinois. A chacun de ces noms correspond celui d'un missionnaire de Péking : à Fourmont, Prémare; à De Guignes, Gaubil. Aussi bien jetterons-nous un coup d'œil sur les origines de la mission française de Peking.

La mission des Jésuites fut fondée à Péking par Matteo Ricci qui y mourut le 11 mai 1610; presque tous les premiers missionnaires furent italiens, portugais, espagnols, flamands, voire allemands et suisses, mais de français depuis 1581, arrivée d'Alessandro Valignani, jusqu'au 23 juillet 1687, date de l'entrée en Chine des cinq jésuites de Louis XIV, je ne relève sur 162 noms marqués au *Catalogus*[1] que ceux de Nicolas Trigault, de Douai, † à Hang-tcheou, 14 novembre 1628; Pierre de Spira, également de Douai, † à Nan-tch'ang, 20 décembre 1627; Martin Burgent, † 1629, à Nan-king; Michel Trigault, † 30 septembre 1667, à Canton, toujours de Douai; Étienne Le Fèvre, d'Avignon, † 22 mai 1659, à Han-tchong; Jean Valat, le premier vraiment français, † 7 octobre 1697, à Tsi-nan; et la série des missionnaires arrivés en 1656 et 1657 : Humbert Auger, † 7 juillet 1673, à Hang-tcheou; Jacques Le Favre, † 28 janvier 1676, à Chang-haï; Jean Forget, † 9 octobre 1660, à Haï-nan; Adrien Greslon, † 1695, à Kan-tcheou; Nicolas Motel, † 1657, à Wou-tch'ang; Louis Gobbe, † 22 novembre 1663, à Nan-tch'ang; Claude Motel, † 1671, Jacques Motel, † 2 juin 1692, tous les deux à Wou-tch'ang; Germain Macret, † 4 septembre 1676, à Fou-tcheou; J. Tissanier, c'est-à-dire 16 noms, tandis que de 1687, à la fin de la mission, 80 Français exercèrent comme jésuites leur ministère dans l'Empire du Milieu.

Nous ne pouvons dire ici, faute de place — et aussi parce que nous sortirions de notre sujet — les raisons politiques et autres qui expliquent le

---

deinde sic curabuntur, ut sub verem habiturus sim libros Regiomonte. Hoc a Te etiam atque etiam peto. Vale

    « Tui obseruantissimus
      « Bayer.
« d. 11. Jan. 1738. »
Lettre autog. signée. — Collection H. C.

[1] Catalogus Patrum ac Fratrum S. J. qui a morte S. Franscisci Xaverii ad annum MDCCCXCII Evangelio Christi propagando in Sinis adlaboraverunt. Chang-hai, ex typographia Missionis Catholicae in Orphanotrophio Tou-sè-wè. — 1892, in-8°.

départ de France pour le Siam et la Chine, en 1685, de six Pères Jésuites reçus à l'Académie des sciences avant leur départ. Le Père Philippe COUPLET, Flamand de Malines (né le 31 mai 1622), s'était embarqué à Macao le 5 décembre 1681 sur un navire hollandais pour défendre à Rome les intérêts de sa Compagnie; débarqué en Hollande en octobre 1682, il se rendit en Italie en passant par Paris; là, Louvois et le duc du Maine se résolurent à lui confier la liste de leurs *desiderata* sur la Chine; il est probable que le roi et le P. de la Chaise pensèrent que les intérêts de la France étant d'accord avec ceux de la religion et de la science, il serait mieux de confier à des Français plutôt qu'à des étrangers le soin de faire à Peking des recherches au succès desquelles le roi de Portugal ne portait pas moins de désir que le Fils aîné de l'Église.

Les six missionnaires, y compris le Père Guy TACHARD [1] qui resta au Siam, étaient : Joachim BOUVET [2], Louis LE COMTE [3], Jean DE FONTANEY [4], Jean-François GERBILLON [5] et Claude DE VISDELOU [6]. Ils s'embarquèrent à Brest le 1er mars 1685 sur *l'Oiseau*, commandé par M. de Vaudricourt, avec le chevalier de Chaumont, ambassadeur du roi à Siam, et partirent le surlendemain. Ils arrivèrent en Chine le 23 juillet 1687 et à Peking le 7 février 1688. FONTANEY fut le premier supérieur de cette mission; il s'est occupé surtout d'astronomie. GERBILLON qui devint supérieur en 1699, est un homme hors ligne; il avait acquis assez vite la langue mandchoue pour être employé comme interprète avec le P. Thomas Pereyra [7], par l'empereur K'ang H'i lors du traité signé par Golovin à Nipchou (Nertchinsk) le 27 août 1689; il avait rédigé des *Elementa linguae Tartaricae* qui ont été imprimés dans la quatrième partie des *Relations de divers voyages curieux... données au public par les soins de feu*

[1] Guy Tachard, de la province de Guienne, né vers 1650; † vers 1714.

[2] Joachim Bouvet, né au Mans, 18 juillet 1656; † à Peking, 28 juin 1730. En chinois : 白晉, *Pé Tsing*.

[3] Louis-Daniel Le Comte, né à Bordeaux, 10 octobre 1655; rentré en France; † à Bordeaux, 19 avril 1728. En chinois : 李明, *Li Ming*.

[4] Jean de Fontaney, né en Bretagne, dans le diocèse de Léon, 17 février 1643; revient en Europe en 1699, retourne en Chine en 1701 d'où il repartit définitivement le 1er mars 1703; † à la Flèche, le 16 janvier 1710.

En chinois : 洪若翰, *Hong Jo-han*. — Il a pris part aux controverses des Rites.

[5] Jean-François Gerbillon, né à Verdun, 11 juin 1654; † à Peking, 22 mars 1707. En chinois : 張誠, *Tchang Tcheng*.

[6] Claude de Visdelou, né en Bretagne, 12 août 1656; vicaire apostolique du Koueitcheou (1709); évêque de Claudiopolis; † à Pondichéry, 11 novembre 1737. En chinois : 劉應, *Lieou In*.

[7] Thomas Pereyra, né le 1er novembre 1645, à S. Martinho de Valo; † 24 décembre 1708, à Peking. En chinois : 徐日昇 *Siu Jo-cheng*.

M. Melchisedec Thevenot. A Paris, . . . M. DC. XCVI, in fol. La *Grammaire tartare-mantchou*, publiée, page 39 du vol. XIII des *Mémoires concernant les Chinois* sous le nom du P. Amiot et dont je possède l'original, n'est qu'une traduction, incomplète à la fin, du travail donné dans Thévenot. (Cf. *Bibliotheca Sinica*, col. 1310-1311.) Le P. Bouvet, sans avoir été Supérieur, fut un des hommes considérables de la mission, quoique ses ouvrages, sauf sa vie de K'ang Hi [1], aient moins de réputation que ceux de ses confrères; c'est lui qui, rentré en Europe en 1697, assura, comme on le verra plus loin, le recrutement de l'établissement de Péking en ramenant avec lui Prémare, Domenge, etc. Louis Le Comte est pour nous le moins intéressant du groupe; renvoyé en Europe pour s'occuper de la question des rites, il ne fut pas l'une des parties les moins actives dans cette fameuse querelle que ne contribuèrent pas peu à raviver ses *Nouveaux Mémoires sur l'état présent de la Chine* [2] auxquels son titre de confesseur de la duchesse de Bourgogne donnera une importance spéciale. Le dernier, Claude de Visdelou, ne le cède en valeur scientifique qu'à Antoine Gaubil; ses recherches sur l'histoire de la Tartarie, qui ne parurent que longtemps après sa mort comme supplément à une nouvelle édition de la *Bibliothèque Orientale* de B. d'Herbelot [3], auraient pu être ignorées grâce au parti qu'il prit contre sa propre Compagnie lors de la mission du patriarche d'Antioche, Charles-Thomas Maillard de Tournon; nommé évêque *in partibus* de Claudiopolis, on peut dire qu'il mourut en exil chez les capucins de Pondichéry.

A cette génération, qui ne le précède en Chine que de quelques mois, appartient le P. François Noël 衛方濟 *Wei Fang-tsi*. Noël était né dans le Nord,

---

[1] *Portrait historique de l'Empereur de la Chine*, présenté au Roy, par le P. J. Bouvet, de la Compagnie de Jesus, Missionnaire de la Chine. A Paris, chez Estienne Michallet..., M. DC. XCVII. Avec Privilege du Roy, in-12 p. 264, s. l'av., etc.

[2] *Nouveaux Memoires sur l'Etat present de la Chine*. Par le P. Louis le Comte de la Compagnie de Jesus, Mathematicien du Roy. A Paris, chez Jean Anisson, Directeur de l'Imprimerie Royale, ruë de la Harpe, au-dessus de S. Cosme, à la Fleur-de-Lis de Florence, M.DC.XCVI. Avec Privilege du Roy.

2 vol. in-12. p. 508/536. Cf. *Bibl. Sinica*, col. 24-27.

[3] *Histoire de la Tartarie*, contenant l'Origine des Peuples qui ont paru avec éclat dans ce vaste pays, depuis plus de deux mille ans; leur Religion, leurs Mœurs, Coutumes, Guerres & Révolutions de leurs Empires, avec la suite chronologique & généalogique de leurs Empereurs; le tout précédé & suivi d'Observations critiques sur plusieurs Titres de la *Bibliothèque Orientale*. [Par le P. Visdelou.] (*Bibl. Orientale*, de B. d'Herbelot, *Supp.*, Paris, 1780, p. 18 et seq.)

DE MISSIONE
LEGATORVM IAPONEN
sium ad Romanam curiam, rebuſq; in
Europa, ac toto itinere animaduerſis
DIALOGVS

EX EPHEMERIDE IPSORVM LEGATORVM COL‑
LECTVS, & IN SERMONEM LATINVM VERSVS
ab Eduardo de Sande Sacerdote Societatis
IESV.

In Macaenſi portu Sinici regni in domo
Societatis I E S V cum facultate
Ordinarij, & Superiorum.
Anno   1590.

à Hestrud, le 18 août 1651; il est revenu mourir [1] dans son pays à Lille le 17 septembre 1729. Nous lui devons non seulement la traduction des *Se-chou* 四 書, qui nous étaient déjà connus par les versions des PP. Da Costa, Intorcetta et autres (cf. *Bibl. Sinica*, col. 652-654 [2]), mais aussi, pour la première fois, celles du *Hiao-King* 孝 經, livre de la piété filiale, et du *Siao-hio* 小 學, leçons destinées à l'usage des enfants. Ces traductions parurent en latin en 1711 à Prague [3] et furent retraduites plus tard en français par l'abbé Pluquet [4]. Le séjour de ce missionnaire à Prague nous a valu également l'impression de savantes observations mathématiques [5] et un ouvrage remarquable sur la philosophie chinoise [6] qui a joué un rôle important dans les controverses suscitées par la question des rites.

[1] «Il y a trois semaines que nos pères Noël Flaman et Castner Alleman partirent d'icy pour l'Europe par un vaisseau anglois nommé *le Seaffort*. Ils vont à Rome défendre nos opinions. Je leur ay remis un très grand nombre de lettres pour nos pères de France et de Rome. Ils ne savent pourtant pas où ils aborderont...» (Lettre aut. du P. Pelisson, à Canton, ce 29 janvier 1702, adressée au P. Verjus, Public Record Office, *China*, n° 1.)

[2] Les premières éditions de ces traductions des Classiques chinois ont été imprimées dans le Kiang-si en 1662, dans le Kouang-toung en 1667, et à Goa. On trouvera d'amples détails sur ces impressions dans notre *Bibliotheca Sinica*, col. 652-4, et dans notre *Essai d'une Bibliographie*, p. 13-16. — Si nous comptons Macao, colonie portugaise, comme dépendance chinoise, ces volumes ne sont donc pas les premiers produits de la presse étrangère dans l'Empire du Milieu. Nous reproduisons en fac-similé un livre du P. Ed. de Sande imprimé à Macao dès 1590, signalé par nous dans nos mémoires précédents, qui paraît avoir toutefois été précédé d'autres ouvrages à cette même presse. Cf. *Nota bibliográfica sobre un libro impreso en Macao en 1590 por José Torilho Medina*. Sevilla, Imprenta de E. Rasco, Bustos Tavera, núm. 1, MDCCCXCIV, br. in-4°, p. 15, tiré à 100 exemplaires. — Cette plaquette a pour but de prouver que le livre du P. de Sande n'est *pas le premier imprimé à Macao*.

[3] Sinensis Imperii Libri Classici Sex, nimirum Adultorum Schola, immutabile medium, liber sententiarum, Memcius, Filialis Observantia, parvulorum Schola, E Sinico idiomate in latinum traduci a P. Francisco Noël Societatis Jesu Missionario. Superiorum Permissu. Pragae, Typis Universitatis Carolo-Ferdinandeae, in Collegio Soc. Jesu ad S. Clementem, per Joachimum Joannem Kamenicky p. t. Factorem, Anno 1711, in-4°, p. 608, s. les prél., etc.

[4] A Paris, chez de Bure, Barrois aîné & Barrois jeune, 7 vol. in-18, 1783-86.

[5] Observationes ‖ Mathema- ‖ ticae, ‖ et ‖ Physicae ‖ in ‖ India ‖ et ‖ China ‖ factae ‖ à ‖ Patre Francisco Noël Societatis ‖ Jesu, ab anno 1684. usque ad annum 1708. ‖ In Lucem datae Superiorum permissu. ‖ — Pragae, typis Universit : Carolo-Ferdinandeae, in Collegio ‖ Soc : Jesu ad S. Clementem, per Joachimum Joannem Kamenicky ‖ Factorem Anno 1710, pet. in-4°, p. 134 + 1 pl. hors texte.

[6] Philosophia Sinica tribus tractatibus, Primo Cognitionem Primi Entis, Secundo Ceremonias erga Defunctos, Tertio Ethicam Juxta Sinarum mentem complectens, Authore P. Francisco Noël Societ. Jesu Missionario. De speciali licentia SS. D. N. D. Clementis Papae XI. et Superiorum Permissu. Pragae Typis Universit. Carolo Ferdinandeae, in Collegio Soc. Jesu ad S. Clementem, per Joachimum Joannem Kamenicki Factorem anno 1711, in-4°.

Si, au lieu de ces fragments, je donnais une histoire complète de nos études, je rappellerais que vers la même époque, c'est-à-dire en 1690, l'ancien diocèse catholique de Macao était divisé en trois : 1° le diocèse de Péking, qui comprenait non seulement le Tche-li, mais aussi le Chan-toung, le Chan-si, le Chen-si, le Ho-nan, le Liao-toung, la Corée et la Tartarie; 2° le diocèse de Macao, avec le Kouang-toung, le Kouang-si et l'île de Haï-nan; enfin 3° le diocèse de Nan-king qui forma en 1696, en dehors même de son territoire, les diocèses de Hou-kouang, de Fou-kien, de Tche-kiang, de Kiang-si, de Yun-nan, de Se-tchouen, et de Kouei-tcheou.

Dans plusieurs de ces diocèses, quelques missionnaires, tels que les Franciscains Basilio Brollo[1], de Gemona, et Carlo Orazio Castorano[2] nous ont laissé des ouvrages justement estimés. Nous serons obligés, faute d'espace, de ne pas en parler aujourd'hui, car ils méritent mieux que quelques lignes. Je ne parlerai pas non plus des Jésuites, qui, sous la direction du P. Jartoux, dressèrent la carte de l'empire chinois offerte à l'empereur Kang Hi en 1718, pas plus que de ceux qui firent le relevé de l'Asie centrale pour l'empereur Kien-long. J'ai hâte dans ces pages trop peu nombreuses de revenir en Europe, et, oubliant Bayer, dont il a déjà été question dans mes *Notes* précédentes, et écartant à dessein Fréret, je voudrais, avant de parler de Fourmont, qui est le principal objet de cette étude, faire mention de deux personnages moins connus.

Parmi les sinologues amateurs de la première moitié du xviiie siècle, il faut compter le théologien Philippe Masson et le médecin Vandermonde.

Je crois que ce Philippe Masson, qui a vécu à Utrecht, est le père d'un autre Philippe, cousin de Jean Masson, de Civray, dont les frères Haag[3] nous disent qu'il « était ministre de l'église française de Wheeler-Street, en 1742, c'est-à-dire à l'époque où cette église se réunit à celle de la Nouvelle-Patente dont il devint ainsi un des pasteurs ». Il serait donc probablement mort à Londres[4].

---

[1] Fra Basilio Brollo, de Gemona, mineur observantin, né à Gemona, 25 mars 1648; partit pour la Chine en 1680, vicaire apostolique du Chen-si en 1700; † dans cette province, 13 août 1703.

[2] Carlo Orazio de Castorano, mineur ob-

servantin, pendant plus de trente-trois ans missionnaire de la Propagande en Chine.

[3] *La France protestante...*, par MM. Eug. et Em. Haag. Paris, 1857. VII, p. 315.

[4] Mon ami, M. le Dr W. N. du Rieu, bibliothécaire de l'Université de Leyde, me fait

Je retrouve dans mes papiers [1] la lettre suivante adressée par Masson, probablement à Étienne Fourmont :

Monsieur,

Je me flatte que vous aurez la bonté de pardonner à la liberté que j'ose prendre aujourd'huy en me donnant l'honneur de vous écrire, pour vous marquer l'estime toute singulière que je fais de vôtre vaste érudition, et aussi au même tems pour vous témoigner la joye extraordinaire que j'ai ressentie lors que j'ai appris que vous vous appliquiez à la langue chinoise, et que vous aviez dessein de faire bien tôt imprimer une grammaire de cette langue, qui étoit presque achevée de composer : qu'ensuite vous communiqueriez aussi au public un Dictionnaire chinois avec les caractères & la prononciation Mandarine. Cette agréable nouvelle m'a tellement pénétré que je n'ai pû retenir plus long tems ma plume pour vous en témoigner ma tres-humble reconnoissance, comme je me donne l'honneur de le faire ici. Ces deux ouvrages seront d'un tres-grand secours pour les sçavans de nôtre Europe qui aiment les langues Orientales, afin de s'àquérir la connoissance d'une langue qui leur a été inconnue jusques ici, si vous en exceptez les P. Missionnaires dans ce puissant Empire de la Chine, qui ont été comme les seuls qui entendent les caractères & la langue chinoise qu'on appelle des Mandarins. Vous serez le premier, Monsieur, qui donnerez à l'Europe une connoissance exacte de cette langue, qui m'a paru depuis long tems fort necessaire pour illustrer & confirmer divers endroits de l'histoire sacrée & profane par le moyen des grandes Annales de la Chine. Il n'appartenoit qu'à une personne aussi savante et aussi généreuse que vous de procurer au public la connoissance d'une langue si difficile pour la connoissance de laquelle on ne trouve aucun secours dans les plus riches et plus complettes Bibliotheques de nôtre Europe, si l'on en excepte celle du Roi Très Chrétien, qui est remplie d'un grand nombre de livres Chinois et choisis et dont on n'a pû voir jûsques ici le catalogue, & celle du Roi de Prusse ou l'on trouve la grammaire chinoise du P. Martini [2], qui est un vrai trésor à ce que l'on dit, & le Dictionnaire chinois nommé *Hai-pien* comme l'on me l'a écrit tout nouvellement de Berlin.

Je me donnerai ici l'honneur de vous dire la raison pour laquelle j'ai une joye toute particuliere de ce que par vôtre moyen nous aurons une connoissance plus exacte et plus complette de la langue chinoise Mandarine que nous n'avons eu jusques ici. C'est que cette langue m'ayant paru tres ancienne & même comme l'une des plus anciennes Dialectes de l'Hebraïque, je l'ai considérée comme étant d'un grand secours pour expliquer divers mots et passages difficiles du Texte original Hebreu, comme j'ai taché d'en donner

savoir qu'un Masson eut un fils nommé Philippe, marié le 10 décembre 1699 à Suze Duchesne, à Groningue; ceux-ci eurent un fils également nommé Philippe qui fut baptisé à Groningue le 27 décembre 1700, fut transféré de Groningue à Amsterdam le 6 décembre

1722, et partit pour Londres le 6 octobre 1725.

[1] Collection Henri Cordier.

[2] Martin Martini, S. J., 衛 匡 國 *Wei Kouang-kouo*, né à Trente en 1614; † à Hangtcheou, le 6 juin 1661.

quelques exemples dans une Dissertation, qui a été imprimée ici vers la fin de l'année précédente, & insérée dans le second Tome de l'*Histoire critique de la République des Lettres*. Et comme il etoit necessaire de faire voir les divers rapports du Chinois avec l'Hebreu, j'ai taché de faire voir ces divers rapports dans une autre Dissertation, qui sera insérée dans le troisième volume de la même Histoire critique, qui paroîtra à la fin de ce mois de juin. Si j'avais l'avantage que quelques unes de ces conjectures ne vous dépleussent pas entièrement, je me féliciterois beaucoup de mes petites découvertes, ayant tant de pénétration de & justesse dans vos jugements comme vous en avez.

Trouvez bon, Monsieur, je vous prie, que j'ajoute ici quelques exemples de mes explications chinoises. En voici une ou deux. חשרה, *chaschara* « obscurité » (Ps. 18.12) peut tirer son origine de *hé* [1] « noir, noirceur » en chinois (dans lequel mot il faut prononcer la lettre *h* comme un *cheth* Hebreu avec une forte aspiration) et du verbe chaldaïque שרא, *share* « habiter, demeurer », comme si l'on disoit que l'obscurité est la demeure ou l'habitation de la noirceur. L'*aleph* et le *he* se changent souvent entr'eux, comme l'on sait. La signification d'obscurité que l'on donne à ce mot Hebreu *chaschara* peut etre aussi illustrée par le mot Arménien [2] ղիշեր *chischer*, qui signifie « la nuit ».

Le mot Hebreu ברומים, *Beromim* « vêtements précieux » (*Ézéch.* 27.29), peut venir de ברה *choisir*, d'ou l'on dit à l'jmpératif ברו *berou* « choisissez » (1. *Sam.* 17.8), et de *mîm* [3] en chinois, « eclatter, briller ». Ainsi ce seroit la même chose que si l'on disoit « des vêtements choisis et éclattans ».

Le mot קהלתח *kehelata* (*Nombres*, XXXII. 22.) est le nom du lieu ou s'assemblèrent et campèrent les Jsraélites après leur départ de Rissa, & il me semble qu'on le peut expliquer « une grande assemblée » de קהל (Ps. 22.23.) « assemblée » & de *t'a* [4] en chinois, *grand, grande*. Je souhaite avec beaucoup d'ardeur d'avoir une grammaire chinoise et un Dictionnaire chinois complet : car celui que j'ai ne contient pas plus de six mille caractères. La grammaire me seroit fort utile pour les particules et la punctuation, & le Dictionnaire pour la résolution des caractères composez & pour apprendre la manière dont les Chinois écrivent par abbreviation. Si j'avois le bonheur de m'entretenir avec le Chinois [5] qui vous aide dans vôtre pénible travail, je tacherois de m'eclaircir sur diverses difficultez, comme entr'autres si les Chinois ne considèrent pas la langue Mandarine aussi ancienne que leur Empire : si les langues provinciales n'en sont pas des dialectes : en quel tems les caracteres d'aujourdhuy ont été inventez & s'il est parlé de tout cela dans leurs Annales : les propres termes des Annales touchant l'Eclipse qui parut sous le Reigne de Quam-uu-ti [6], & qui arriva lors que Jesus Christ souffrit la mort. Mais je m'apperçois que j'abuse trop long tems de vôtre patience, & d'un tems qui vous est si cher & si précieux & que vous scavez employer d'une manière si avantageuse pour le bien public.

---

[1] 黑.

[2] Epistola S. Pauli ad Chorinthios, et Chorinthiorum ad S. Paulum armenicè, ex museo viri clariss. Philippi Massonii, versionem latinam accurante D. Wilkins. Amstelodami, 1715.

[3] 明, *ming*.

[4] 大.

[5] Arcadius Hoang.

[6] 光武帝 *Kouang Wou-ti* (25-58 ap. J.-C.).

Je finis donc en vous priant de pardonner a ma liberté, et en vous priant aussi tres-humblement de me faire l'honneur de croire que je suis avec un tres profond respect,

Monsieur,

Vôtre très humble & très obéissant serviteur,

Philippe Masson.

A Utrecht ce 12. juin 1713.

Masson avait en effet fait insérer sous le voile de l'anonyme un long mémoire dans le tome II de l'*Histoire critique de la République des Lettres* [1]; le véritable nom de l'auteur fut révélé dès le volume suivant dans une nouvelle Dissertation adressée à Reland [2]. Adrien RELAND, après avoir été professeur (1699) de philosophie et de langues orientales à Harderwyck, avait été, deux ans plus tard, transféré à Utrecht pour y enseigner les langues orientales et les antiquités ecclésiastiques [3]. Une troisième étude suit les deux premières [4]. Un savant de Berlin avait inséré dans le tome III de l'*Histoire critique* l'Oraison Dominicale « dans la langue *Chio-chui* tirée d'un joli manuscrit, écrit à la Chine par un Missionnaire Espagnol. Ce manuscrit contient une Grammaire & un Dictionnaire de cette Langue [5] », Masson profite de la circonstance pour donner des éclaircissemens [6] sur son mémoire précédent et pour tirer de l'Oraison dominicale récemment publiée de nouveaux arguments à l'appui de la thèse qu'il soutient pour montrer l'aide apportée par le chinois pour expliquer les

[1] *Dissertation Critique*, où l'on tâche de faire voir, par quelques exemples, l'utilité qu'on peut retirer de la Langue *Chinoise*, pour l'intelligence de divers mots & passages difficiles de l'Ancien Testament. (Art. III, *Histoire critique de la République des Lettres tant Ancienne que Moderne*. Tome II. A Utrecht, chès Guillaume à Poolsum, MDCCXIII, in-12, pages 96 à 153.)

[2] *Dissertation Critique sur la Langue Chinoise*, où l'on fait voir, autant qu'il est possible, les divers rapports de cette Langue avec l'Hebraïsque; adressée à Mr. Reland, Professeur en Langues Orientales dans l'Université d'Utrecht. (Art. II, *ibid.*, Tome III. A Amsterdam. Chez Jaques Desbordes. MDCCXIII, in-12, pages 29 à 106.)

Signé : Philippe Masson. A Vliet ce 25. de Mars 1713.

[3] Adrien Reland, né le 17 juillet 1676 au village de Ryp (Hollande septentrionale), est mort à Utrecht, le 5 février 1718.

[4] *Nouvelle Dissertation Critique*, où l'on fait voir, par de nouveaux Exemples, l'usage de la Langue *Chinoise* pour l'intelligence de quelques endroits du Texte Hebreu de l'Ancien Testament. Par Mr. Ph. M. (Art. II, *ibid.*, tome IV. *ibid.*, MDCCXIII, in-12, pages 29 à 69.)

[5] *Lettre d'un sçavant de Berlin à un ami d'Utrecht*, où l'on trouve une Pièce *Chinoise* assez curieuse. (Art. VIII, *ibid.*, Tome III. *Ibid.*, in-12, pages 272 à 275.)

A Berlin le 20. mai 1713.

[6] *Eclaircissemens au sujet de la Dissertation* qui fait le second Article du Tome precedent, adressez à l'Auteur de cette Histoire Critique (Art. IV, *ibid.*, tome IV, *ibid.*, in-12, pages 85 à 93.) A Utrecht ce 9. de septembre 1713.

passages difficiles de l'Ancien Testament. Masson, quoiqu'il soit un homme d'une autre valeur que Daniel Webb, que nous retrouverons plus loin, n'appartient pas moins par son rapprochement du chinois et de l'hébreu au groupe trop nombreux des philologues paradoxaux qui, jusqu'à nos jours, ont cherché tour à tour à rattacher la langue des Fils de Han à presque tous les idiomes connus.

Quant à VANDERMONDE, il est probable qu'il ne fit que tirer parti de traductions déjà faites à Macao par son père. Voici ce qu'on lit dans son *Éloge* publié dans le *Journal de Médecine*, relativement aux origines de ce savant:

Charles-Augustin VANDERMONDE, Docteur-Régent de la Faculté de Médecine en l'Université de Paris, ancien Professeur de Chirurgie Françoise aux Ecoles de la même Faculté, Censeur Royal & Membre de l'Institut de Bologne, naquit à Macao en Chine, le 18 juin 1727, de M⁰ Jacques-François VANDERMONDE, & de Dona Espérance Caçilla. Son père qui étoit natif de la Flandre Françoise [1], après avoir été reçu Docteur en médecine en l'Université de Reims, partit en 1720, avec M. Didier, Ingénieur du Roi, son ami particulier, chargé par M. le duc d'Orléans, pour lors Régent du Royaume, de visiter l'Isle de Pulo-Condor, sur les côtes du royaume de Cambaye, où l'on avoit dessein de faire un établissement. Dans le tems que le vaisseau étoit à la rade de cette Isle, le hazard fit qu'un vaisseau Espagnol vint faire de l'eau dans la même plage; M. Vandermonde se lia d'amitié avec le Capitaine, qui l'engagea à passer avec lui à Macao. Le succès avec lequel il exerça sa profession dans cette ville lui fit obtenir des Lettres de naturalité du Roi de Portugal, avec le titre de Médecin de la garnison & de la colonie Portugaise. C'est dans ces circonstances qu'il épousa Dona Caçilla, fille d'un noble Portugais, qui ne lui apporta, pour toute dot, que sa beauté et sa naissance [2]. »

Charles-Augustin Vandermonde, reçu docteur en 1748, nommé censeur royal en 1757, mourut prématurément à Paris, le 28 mai 1762. Il est l'auteur de nombreux ouvrages [3] dont l'un publié sous un double pseudonyme [4]. L'auteur de son *Éloge* ajoute [5] :

« Outre les matériaux qu'il avoit rassemblés pour le *Journal de médecine*, ou

---

[1] Né à Landrecies, Jacques-François Vandermonde fut reçu docteur à la Faculté de Reims le 12 août 1720. Cf. *Nouv. Biog. générale.*

[2] *Éloge de M. Vandermonde*, p. 3-12, du *Journal de Médecine, Chirurgie, Pharmacie*, etc... Par M. A. Roux... Juillet 1762. Tome XVII, A Paris, Didot le jeune, in-12.

[3] *Avertissement au sujet du recueil périodique d'Observations de médecine, chirurgie, pharmacie*, &c. Par M. Vandermonde..... A

Paris, chez Vincent, MDCCLV... plaquette in-12.

Essai sur la manière de perfectionner l'espèce humaine. Par M. Vandermonde... A Paris, chez Vincent..., MDCCLVI, 2 vol. in-12, etc., etc.

[4] *Dictionnaire portatif de Santé.....* Par M. L'''', ancien médecin des Armées du Roi & M. De B''', Médecin des Hôpitaux. A Paris, Chez Vincent,... MDCCLIX, 2 vol. in-8°.

[5] Page 11 de l'*Éloge.*

a trouvé dans ses papiers quelques manuscrits, parmi lesquels il y en a un sur la Médecine & sur les Médecins de la Chine, composé en partie des Observations de son père. » Je n'ai pas retrouvé l'ouvrage sur la médecine, mais Vandermonde a laissé le manuscrit, aujourd'hui dans la bibliothèque du Museum d'Histoire naturelle de Paris, de la traduction du *Peun ts'ao kang mou*, 本草綱目, la fameuse encyclopédie médicale composée sous les Ming par Li Che-tchin 李時珍.

Arrivons à Fourmont. Élevé dans des séminaires où il ne sut prendre des idées larges, type du pédant vaniteux, s'agitant dans un cadre trop vaste qui fait ressortir les petits côtés d'une âme médiocre, courtisan du plus courtisan des courtisans, le duc d'Antin; nature envieuse, ayant recours à toutes les intrigues pour arriver au but de ses ambitions, capable de substituer son œuvre à celle d'autrui (F. Varo), et de cacher ou d'amoindrir un travail gênant (Prémare), rien de noble : tel fut Fourmont [1].

En 1703, le vicaire apostolique du Se-tchouen, Artus DE LYONNE, évêque de Rosalie [2], étant envoyé à Rome pour prendre part aux débats de la fameuse question des rites, ramena de Chine un chrétien du Fou-kien, HOANG. Celui-ci, né à Hing-hoa, le 15 novembre 1679, reçut le prénom d'Arcade à son baptême le 21 du même mois. Il appartenait d'ailleurs à une famille chrétienne. Artus de Lyonne, retenu en Europe par le mauvais état de sa santé, se rendit de Rome à Paris, où il passa les dernières années de sa vie au séminaire des Missions étrangères. Hoang accompagna son patron, s'habitua à l'existence de Paris, et enfin s'y maria. Il paraît avoir joué, auprès des savants de l'époque, le même rôle que Tchin Fo-tsoung, le Chinois du P. Couplet, auprès de Thomas Hyde, à Oxford [3] : il leur donna le goût de la langue chinoise et le désir de l'apprendre. Attaché à la Bibliothèque du roi, Hoang fut chargé par Pontchartrain de rédiger un dictionnaire de la langue chinoise; il mourut

[1] *Catalogue des ouvrages de Monsieur Fourmont l'aîné*, Professeur en Langue Arabe au Collège Royal de France, Associé de l'Académie Royale des Inscriptions & Belles-Lettres, Interprète, & Sou-Bibliothéquaire du Roy, &c. A Amsterdam, M.DCC.XXXI, petit in-8°.

[2] Artus de Lyonne, fils de Hugues de Lyonne, le célèbre ministre de Louis XIV, né à Rome en 1655; entré au séminaire des Missions étrangères; premier vicaire apostolique du Se-tchouen le 12 décembre 1696; † à Paris le 2 août 1713. Cf. *Bibl. Sinica*, col. 391.

[3] Cf. Henri Cordier. *Notes pour servir à l'histoire des études chinoises en Europe, jusqu'à l'époque de Fourmont l'aîné*, p. 417 et seq.

prématurément le 1ᵉʳ octobre 1716, ne laissant que des matériaux de médiocre valeur[1]. Fourmont, qui avait été, depuis 1711, chargé, sauf à rendre compte de sa mission à l'abbé Bignon[2], de diriger Hoang, fut, quoiqu'il eût été nommé en 1715, professeur d'arabe au Collège de France, à la place d'Antoine Galland[3], mis en possession des papiers de Hoang et chargé, par ordre du Régent, de continuer le Dictionnaire chinois[4].

Étienne FOURMONT était né le 23 juin 1683 à Herblay, près Saint-Denis, d'un chirurgien, en même temps procureur fiscal. Il s'était consacré d'une façon spéciale à l'étude du latin et des langues sémitiques, lorsque la direction des travaux de Hoang tourna vers le chinois une activité trop dévorante pour être. Rétribué 1,000 livres, puis 1,500 livres, il entreprit non seulement la rédaction de six dictionnaires, mais aussi de faire graver sur bois les caractères chinois nécessaires. Le mémoire suivant[5], adressé au comte de Maurepas, marquera mieux que tout commentaire la nature des travaux et des doléances de Fourmont :

Dans les dernières années de Sa Majesté Louis 14, le sʳ Hoange, Chinois ayant travaillé pendant quelque tems à un Dictionnaire de sa langue, par les ordres de Monseigneur le Comte de Pontchartrain[6]; à la mort du sʳ Hoange, qui arriva en 1716, le sʳ de Fourmont, Professeur Royal et Académicien, fut chargé par Son Altesse Royale Monseigneur le Duc d'Orléans Régent, de continuer le Dictionnaire chinois commencé.

La langue chinoise contient près de 80,000 charactères. Le sʳ Hoange a laissé l'explication de 5,200 seulement. Par là, Monseigneur le Comte de Maurepas peut, tout d'un coup, envisager l'immensité de ce travail. Cependant il y a plus, car le sʳ de Fourmont, s'appercevant par la suite de ses recherches, qu'avec le dictionaire unique, auquel s'était occupé le sʳ Hoange, il auroit manqué beaucoup d'autres secours très nécessaires pour l'intelligence des charactères de la Langue chinoise, s'est donné la peine d'en composer tous relatifs les uns aux autres avec les citations des dictionaires originaux; il a donc fait

1° Un Dictionaire latin-chinois, le charactère chinois écrit et ensuite prononcé en lettres latines;

---

[1] *Sur les Chinois qui sont venus en Europe.* (Abel Rémusat, *Nouv. Mél. as.*, I, p. 258-265). H. Cordier, *supra.*

[2] Jean-Paul Bignon, né à Paris, septembre 1662; † à l'Ile-Belle-sous-Melun le 12 mai 1743.

[3] Antoine Galland, le célèbre traducteur des *Mille et une nuits*, né à Rollot, près Montdidier (Picardie) en 1646; † à Paris le 17 février 1715.

[4] *Cat. des ouvrages de Monsieur Fourmont l'aîné*, p. 75-76.

[5] Munich, Bibliothèque royale, Cod. 656, 2 vol. in-fol. — I, Dossier IV, *Dix mémoires* [il y en a dix] *d'Étienne Fourmont*. Mémoire 4, pièce autographe signée, 4 pages fol. (2 feuillets).

[6] « Sous les auspices de M. l'abbé Bignon et sous la direction du sʳ Fourmont. » (Note en marge du ms.)

2° Un Dictionaire françois-chinois, de même celuy cy fut composé par le conseil particulier de Son Altesse royale que le s^r de Fourmont regarda comme un ordre exprès.

3° Un Dictionaire chinois, commençant par les mots chinois en ordre alphabétique et ensuite le caractère et la signification.

4° Un Dictionaire chinois par tons, les mots chinois de même prononciation tout de suite avec leurs charactères et leurs significations différentes.

5° Un Dictionaire historique et géographique ou sont les Noms, l'histoire, les années des Roys, des grands Ministres, des grands capitaines, des auteurs; les descriptions de chaque province, leur gouvernement, etc., celles des fleuves, des lacs.

6° Un Dictionaire par clefs, c'est celuy qu'avoit commencé le s^r Hoange, et dont il n'avait fait que 5,200 characters.

A présent l'ouvrage du Sr de Fourmont est de 14 volumes in-folio, qui se réduiront, à la vérité, dans l'impression, mais auxquels il ajoute encore tous les jours, soit pour les charactères, soit pour la phrase.

Pour cet ouvrage que viennent voir chez le S^{ieur} de Fourmont tous les Etrangers qui aiment la littérature, mais dont il connoist, luy seul, toute l'étendue et toute la fatigue, Monseig^r le Duc d'Orléans luy avoit dabord assigné, en 1716, une pension de 1,000 livres, ensuite de 1,500 livres en 1719, lorsqu'il en eust veu quelques échantillons.

Icy, Monseig^r le Comte de Maurepas est supplié de remarquer qu'en 1720 commença la gravure des charactères chinois, autre travail d'une nature toute différente et dont néanmoins le Sr de Fourmont fut encore chargé comme seul connoisseur. On ne sauroit mieux faire comprendre ce nouveau travail que par ces réflexions. Les seuls chifres à mettre ont tenu le Sr de Fourmont près de six mois, il n'y a pas un charactère dans les Dictionnaires qu'il n'ait fallu :

1° Marquer pour le dessinateur;

2° Réviser sur le bois-dessiné;

3° Donner au graveur par compte;

4° Corriger sur le bois gravé;

5° Chiffrer dans les épreuves;

6° Arranger par clefs;

7° Dans chaque clef arranger par nombre de traits;

8° Enfin il a fallu répondre perpétuellement à six ouvriers toujours travaillans, souvent mal payés et misérables, et tenir un compte exact de ce qu'ils faisoient, de ce qu'ils cassoient, des sommes données, des sommes encore dües, puisqu'on ne les a jamais satisfaits entièrement.

L'accablement d'un tel travail, joint aux autres études et aux autres occupations du Sr de Fourmont luy causèrent des maladies violentes dans les années 1720 et 1721, et, comme par les ordres de M. l'abbé Bignon n'ayant receu que des billets en 1720, il avoit emprunté pour avancer aux ouvriers; *d'un costé*, à cause de son ouvrage trop pressant, il ne put solliciter son ordonnance de 1,500 livres, auprès de Monseigneur ny à son bureau. D'ailleurs Monsieur l'abbé Bignon luy promettoit de l'y prendre luy-même, comme il avoit fait les précédentes. *De l'autre*, à cause de ses empruns, le même Monsieur Bignon luy fit entendre qu'il ne falloit d'abord demander à Monseig. le Duc d'Orléans que cette dernière somme qui alloit à 5,000 livres.

Le Sr de Fourmont la reçut après dix-huit mois de sollicitations chagrinantes; mais obligé de rendre il ne s'en trouva pas moins dans l'indigence.

Par là on voit que ses deux ordonnances de 1720 et 1721 estoient restées en arrière.

Survint le Ministère de M^r le Cardinal Dubois; Monsieur l'abbé Bignon, pendant tout ce tems, ne voulut rien demander pour le Sr de Fourmont. Enfin en 1723, après la mort de M^r le Cardinal, Monsr. l'abbé Bignon remettant cette demande aux premiers jours de l'année 1724, lorsqu'avec le s^r de Fourmont il iroit saluer Son Altesse royale, Monseig^r le Duc d'Orléans mourut sur la fin de 1723 et le s^r de Fourmont se vit encore privé de ses quatre ordonnances, c'est-à-dire du fruit légitime de ses travaux.

A l'égard de ces ordonnances, Monseigneur, le Sr de Fourmont n'avance rien à Votre Grandeur dont elle ne puisse facilement estre instruite soit par les registres de son bureau (on peut voir au 30 ou 31 décembre des années 1717, 1718, 1719), soit par les lettres de Monsieur l'abbé Bignon écrites à cette occasion pour les années suivantes, et que le s^r de Fourmont a entre ses mains.

C'est pourquoy il supplie très humblement Votre Grandeur, par cet amour qu'elle a toujours fait paroître pour les lettres et pour les savans. De luy accorder aujourd'huy une Protection dont il a déjà ressenti plusieurs fois les effets, et d'ordonner ou qu'on luy expédie les quatre ordonnances de 1720, 1721, 1722 et 1723, de 1,500 livres chacune comme celle de 1719. Cette somme avoit esté accordée par Son Altesse royale sans demander et à la seule veüe des commencements du premier dictionnaire, parce que Son Altesse royale sentit la grandeur du travail.

Ou qu'en luy expédiant celle de 1723, on l'insère pour les trois précédentes dans les ordonnances des ouvriers pour les charactères chinois.

Car enfin il est le principal ouvrier et il est étonnant qu'il soit le seul que l'on n'ait pas payé depuis 3 ans et demi.

Ce faisant il priera pour la prospérité de Votre Grandeur.

de FOURMONT l'aisné,
Acad. et Prof. Royal.

Par les mêmes ordres du Roy le s^r de Fourmont, pendant ces années, a encore assisté à toutes les séances de l'Inventaire de la Bibliothèque Royale et du Cabinet de Versailles, pour lesquels Sa Majesté l'avoit nommé commissaire[1], a fait faire 3 corps de charac-

---

[1] « En 1720, après la mort de M. l'abbé de Louvois & conjointement avec M. le Comte de Maurepas & M. de Boze, je fus nommé par le Roy, Commissaire pour l'Inventaire de la Bibliothèque Royale. — La même année mourut M. Simon, Garde du Cabinet de Versailles. M. de Boze ayant esté mis à sa place, par une nouvelle Commission, je fus de nouveau establi

tères hébreux, A visité les trois arabes de l'Imprimerie Royale et en fait réformer un, a expliqué avec l'abbé de Fourmont, son frère, la Feuille Thibéthienne envoyée par le Czar, dont personne en Europe ne connoissoit même le charactère et a eu l'honneur d'en lire l'explication au Roy, à Monseig. le Duc d'Orléans et à M[r]. le Comte de Clermont[1]. Sans parler de ses grammaires des autres langues, dictionnaires, commentaires, dissertationo critiques et autres ouvrages dont la pluspart sont en estat d'estre imprimés, entre autres, le commentaire sur les pseaumes qui est un ouvrage unique et immense.

Le duc d'Antin[2] remplace M. de Maurepas dans la direction des travaux de Fourmont :

I

A Marly, le 7. fevrier 1725.

M. le Duc fait expédier un ordre, Monsieur, pour que tous les caractères des langues étrangères que l'on fabrique depuis plusieurs années soient remis à l'Imprimerie royale comme il est de droit.

Comme je sçais que vous êtes un excellent sujet et que je me fais un honneur particulier de protéger les gens d'un mérite distingué comme vous, je vous prie de m'instruire à fonds de tout ce qui s'est passé sur ce sujet des marchez qui ont été passez, de ce qu'il a été payé à compte et de ce qui est redeû et de l'état où est tout l'ouvrage. Conférez en avec M. de Foncemagne et je serai ravi de trouver l'occasion de vous faire plaisir étant, Monsieur, entièrement à vous.

Le duc d'ANTIN.

2 pages in-fol., sign. autogr. [3].

En 1728, la grammaire de Fourmont était terminée, les fonds pour l'impression étaient disponibles chez le Contrôleur général, enfin le duc d'Antin avait donné des ordres en conséquence à l'Imprimerie royale, lorsque tout fut remis en question. Fréret[4] et de Boze[5] qui n'avaient qu'une confiance médiocre dans la valeur scientifique de Fourmont, adressèrent sans le prévenir

Commissaire avec M. Conture pour l'Inventaire du Cabinet des médailles.» (Catalogue des Ouvrages de Monsieur Fourmont l'aîné, p. 78 et 79.

[1] En 1722. — Cf. Abel Rémusat, Nouv. Mél. as., II, p. 295-297.

[2] Louis-Antoine de Gondrin de Pardaillan, dit le marquis d'Antin, puis duc d'Antin, pair en 1711, fils du marquis et de la marquise de Montespan, né vers 1665, mort à Paris le 2 novembre 1736.

Il était directeur général des bâtiments de la couronne depuis 1708, puis surintendant

des bâtiments, arts et manufactures. Il avait épousé, en 1686, Mlle d'Uzès.

[3] Munich, Bibliothèque royale, Cod. gall., 656, 2 vol. in-fol. — II, Dossier XI. Neuf [il n'y en a que huit, 1725-1734] Lettres du duc d'Antin à Étienne Fourmont, 1725-1735.

— Nous avons chiffré ces lettres, signées du duc d'Antin, I-VIII.

[4] Nicolas Fréret, né à Paris, 15 fév. 1688; † à Paris 8 mars 1749; reçu à l'Académie des inscriptions et belles-lettres le 20 mars 1714.

[5] Claude Gros de Boze, né à Lyon en 1680;

à Foncemagne [1], inspecteur de l'Imprimerie royale, protégé du duc d'Antin, deux mémoires destinés à être lus [2] à ce dernier sur l'entreprise chinoise du professeur d'arabe au Collège de France. Fourmont répondit à de Boze, le mercredi 9 février 1728 [3], et à Fréret dans un long manuscrit de 92 feuilles in-folio, inséré dans son Catalogue, p. 83 et suivantes, sous le titre de : *Incident qui a retardé l'impression de ma Grammaire chinoise, autres Ouvrages, Attestations et Lettres en conséquence.* Ce contretemps était peu de chose à côté de l'émoi que lui causa l'annonce de l'envoi de la *Notitia linguae sinicae* de Prémare par une lettre écrite de Canton le 10 décembre 1728, et arrivée à Paris en septembre 1729. C'était un coup de foudre dans un ciel déjà nuageux. Fourmont, hypnotisé dans sa vanité, trouvait néanmoins utile de correspondre avec les missionnaires de Péking. Le P. Domenge lui envoyait, en 1729, les premiers cahiers d'une grammaire tartare, composée par lui [2], et promettait le reste; le P. de Prémare surtout était, depuis plusieurs années, une source inépuisable de renseignements sûrs; les avis de ce prêtre, souvent accompagnés de louanges, ne lui ouvraient pas les yeux, et il ne pouvait penser, dans sa parfaite outrecuidance, que loin d'être un maître auquel rendait hommage un élève, il n'était pour tout vrai sinologue qu'un simple curieux dont la manie pouvait aider à l'avancement de la science.

Joseph-Marie de Prémare, né au Havre-de-Grâce, le 17 juillet 1666, s'était embarqué à la Rochelle, sur *l'Amphitrite*, le 7 mars 1698, sous la direction du P. Bouvet et était arrivé dans la mission de Chine le 4 novembre 1698 avec les PP. Ignace-Gabriel Baborier, Charles de Broissia, Charles Dolzé, Jean Domenge, Philibert Geneix, Louis Pernon et Dominique Parrenin, ce dernier le plus célèbre de tous à l'époque. Au moment où Fourmont commençait avec Hoang ses premières armes en chinois, Prémare était déjà un missionnaire expérimenté; aussi le savant parisien est-il obligé de dire [4] : « Je reconnois ici & dois avouer toute supériorité dans le P. de Prémare : à la

---

† 10 septembre 1753; secrétaire perpétuel de l'Académie des inscriptions et belles-lettres, 1706; membre de l'Académie française, 1715; garde du cabinet des antiques, 1719.

[1] Étienne Laureault de Foncemagne, né en 1694 à Orléans, entra d'abord dans l'Oratoire puis y renonça pour raison de santé. Sa propriété étant voisine des terres du duc d'Antin, ce grand seigneur le prit en amitié,

l'appela à Paris et créa pour lui, en 1723, une place d'inspecteur à l'Imprimerie royale qu'il occupa jusqu'en 1737. Membre de l'Académie des inscriptions et belles-lettres en 1722, il mourut le 26 septembre 1779.

[2] Munich, Bibl. royale, II, dossier VII.

[3] *Catalogue des ouvrages de M. F...*, p. 100.

[4] *Ibid.*, p. 101.

Chine depuis vingt-cinq ans, il en possède la langue en perfection ». Abel Rémusat (*Nouv. mél. as.*, II, p. 262) porte sur Prémare un jugement qui sera ratifié de tous ceux qui ont étudié la langue et l'histoire de la Chine :

> Dans cette foule d'hommes instruits dont les travaux ont illustré la mission de la Chine, il en est deux surtout qui méritent d'occuper un rang éminent dans la mémoire des amis des lettres; l'un comme grammairien et comme philologue, l'autre en qualité d'astronome et d'historien. Le premier est Prémare, et le second Gaubil. Couplet, Noel, Parrenin, parmi les anciens missionnaires, Amiot et Cibot, parmi ceux d'une époque plus moderne, n'ont pas égalé Prémare pour la connaissance approfondie de la langue chinoise, et la lecture des auteurs qui doivent leur célébrité à leur mérite littéraire. Schall, Verbiest, Grimaldi n'ont pas rendu à l'astronomie de plus grands services que Gaubil, et ses recherches d'histoire et d'antiquités sont encore au-dessus de celles de Martini, de Visdelou et de Mailla. Incontestablement ces deux savans missionnaires avaient acquis l'un et l'autre, en fait de littérature chinoise, une habileté que personne, entre les religieux leurs confrères et parmi les autres Européens à plus forte raison, n'a jamais surpassée ni peut-être égalée. Il serait difficile de décider quel est celui des deux qui a le mieux su le chinois : peut-être Prémare avait-il pénétré plus profondément dans le génie de la langue et plus complètement saisi certaines délicatesses; mais Gaubil, entraîné vers des objets plus graves, a porté sur des points plus importans les vives lumières qu'il avait acquises.

Sans connaître l'ouvrage de Prémare, Fourmont, pour éviter le reproche de plagiat, s'empresse, avant de l'avoir reçu, de déposer son propre manuscrit à la Bibliothèque du Roi et de se faire donner acte de ce dépôt, le 14 septembre 1729, par le bibliothécaire Jean-Paul Bignon. Il supplie également ce dernier, lorsque quatre mois plus tard est arrivé le travail de Prémare, de faire une comparaison entre les deux œuvres. Bignon, qui ne sait pas le chinois, s'en rapporte à lui-même, Fourmont, pour cette comparaison. Fourmont rédige immédiatement une dissertation de 52 pages in-folio, dans lesquelles il n'hésite pas à donner la préférence à son propre livre. Il est probable que les cinq cahiers de la *Notitia* de Prémare fussent restés ensevelis à la Bibliothèque du Roi, si, retrouvés par Abel Rémusat, ils n'avaient pas été en partie publiés par les missionnaires protestants à Malacca, en 1831, grâce à la munificence de lord KINGSBOROUGH [1]. Cette impression ne comprend

---

[1] *Notitia Linguae Sinicae*. Auctore P. Premare. — Malaccae : cura Academiae Anglo-Sinensis, 1831, in-4°, p. 262-28 pages. » Les 28 dernières pages sont consacrées à l'index. — Le titre que nous donnons ici est exact; mais des exemplaires portent aussi : *curâ et sumptibus Collegii anglo-sinici.* On trouvera deux exemplaires dans le Catalogue des livres de Klaproth avec ces titres différents. (N°ˢ 649 et 650.)

d'ailleurs que trois cahiers, deux autres ayant été soustraits, non par Abel Rémusat, comme l'a méchamment insinué Stanislas Julien, mais plus probablement par Klaproth; je les ai découverts au Musée britannique et je donne ci-après le fac-similé du premier cahier resté inédit. J'ai déjà raconté toute cette histoire en détail dans la *Bibliotheca sinica*, col. 764-768, col. 1836-1837.

D'ailleurs, ce pauvre Prémare n'eut pas de chance avec ses manuscrits; il ne dut l'impression de son *Orphelin de la Chine*, que Fourmont aurait envoyé rejoindre la *Notitia* dans les catacombes de la Bibliothèque du Roi, qu'à Duhalde qui, ayant reçu directement un double de cette pièce, l'inséra dans le tome III de la *Description de la Chine*. Nous avons également raconté dans la *Bibliotheca sinica*, col. 823-824, le rôle peu édifiant de Fourmont dans cette affaire. Je ne crois pas que Pauthier [1] et l'abbé Perny [2] aient très utilement servi la mémoire de Prémare en publiant deux de ses manuscrits inédits; ce sont justement ceux dans lesquels ce grand sinologue exposa, dans l'exagération de son zèle chrétien, ses interprétations les moins sages, qui lui firent échafauder les théories les plus fantaisistes sur les origines du christianisme.

Prémare avait, pendant très longtemps, conservé les plus grandes illusions sur le compte de Fourmont et nous retrouvons la trace de ses bons sentiments dans la lettre suivante qu'il adressait, le 20 novembre 1731, à l'abbé Bignon:

Monseigneur,

J'ay sceu par M^r. Fourmont et par le Père le Camus les bontés que vous avez pour moy, et j'en ay déjà ressenti les effets, cela me rend bien glorieux et m'engage à une grande reconnoissance, mon pouvoir est petit, mais j'ose dire que mon cœur ne l'est pas; et que tout ce que je pourroy faire, je le feray, m'acquiter au moins d'une légère partie de ce que je vous dois.

Je puis vous assurer, Monseigneur, que je ne croyois pas Mr. Fourmont aussy avancé qu'il l'est dans la littérature chinoise; je suis surpris des peines qu'il s'est données et du fruit qu'il a retiré de ses peines; il ne tiendra pas à moy qu'il n'aille encore bien plus

---

[1] *Lettre inédite du P. de Prémare*, sur le monothéisme des Chinois, publiée avec la plupart des textes originaux accompagnés de la transcription, d'un mot-à-mot et de notes explicatives par G. Pauthier. Paris, B. Duprat; 1862, in-8°, 54 pages. (Extrait du tome III des *Annales de philosophie chrétienne*.)

[2] *Vestiges des principaux dogmes chrétiens* tirés des anciens livres chinois avec reproduc-

tion des Textes chinois, par le P. de Prémare, Jésuite, Ancien Missionnaire en Chine. Traduits du latin, accompagnés de différents compléments et remarques par MM. A. Bonnetty, Directeur des *Annales de Philosophie chrétienne* [et] Paul Perny, Ancien Pro-Vicaire apostolique en Chine. — Paris, au Bureau des *Annales de philosophie chrétienne*, 1878, in-8°, de xv-511 pages.

Caput Tertium
De Sinica urbanitate
inter loquendum.

Duo erunt huyus capitis articuli. 1us
praecipuas urbanitates per certa puncta —
distributas affert. 2us eas per aliquos dialogos
ad praxim reducet.

Articulus Primus
De urbanis sinice loquendi modis

Sinica urbanitas comprimis postulat
ut de nobis nostrisque rebus quam modeste de
aliis ac de iis quae ad eos pertinent magnifice
loquamur. Sub hac Tartarorum Dynastia usu
invaluit ut inter aequales sine verecundia
usurpentur voces 我 ngo, ego et 你 ni, he. talis
usus politis sinis incognitus erat, nec sic sinae
litterati nisi forte cum intimis suis amicis in
privato ac familiari sermone loqui solent. — — —
Caeteri

loing; vous ayant pour protecteur, que ne peut-on pas se promettre? C'est sur cet aimable titre de protecteur que je compte quand je prends la liberté de vous envoyer un 易 y 經 *King* du feu empereur Kang Hi, dont Sa Majesté nous fit présent, lorsque l'ouvrage parut il y a environ quinze ans. Elle m'avoit fait venir à sa Cour pour aider le P. Bouvet dans l'explication de cet antique et mystérieux monument, je vous l'offre pour la Bibliothèque du Roy. On dit que c'est un moyen seur de vous plaire, et je ne souhaite autre chose; je vous envoye encore un autre livre chinois pour Mr. Fourmont, mon amy, parce que je sçais qu'il ne peut passer par de meilleures mains que les vôtres [1].

Mais Prémare, qui mourut à Macao, le 17 septembre 1736, n'arriva pas à la fin de ses jours sans connaître toute la mauvaise foi de celui qu'il avait considéré comme son ami, et auquel il écrivait de Macao, le 5 octobre 1733 [2] :

Vous dites qu'on a fait tout ce qu'on a pu *pour vous tirer des mains* ma Notice. Si c'est par envie, et pour arrêter la vôtre, cela est injuste; si c'est pour la voir et pour apprendre, cela est louable. Seulement les termes, *tirer des mains*, ne me plaisent point. Quant je vous l'ai envoyée, j'ai su à qui je me confiais; et je n'ai jamais songé que vous seriez seul à la lire. Je ne l'ai faite que pour rendre l'étude du chinois familière aux missionnaires futurs, et à tous les savans de l'Europe, qui sont, comme vous, curieux des antiquités chinoises.

Le P. de Prémare avait collaboré d'une façon active à un dictionnaire latin-chinois entrepris par le P. Hervieu [3], dont le manuscrit est resté inédit. Le P. Hervieu avait été un homme considérable dans la mission de Chine; deux fois, en 1719 et en 1740, il avait été Supérieur; il avait vécu quarante-cinq ans dans le pays; cela n'empêche pas Fourmont de critiquer son savoir, aussi le P. Foureau répond-il :

Ce qu'il remarque [Fourmont] au sujet du Dictionnaire latin-chinois auquel le P. de Prémare a travaillé avec le P. Hervieu, et dans lequel ils ont mis en chinois presque tout ce qui se trouve dans Danet, n'est pas assez réfléchi; — il regarde ce Dictionnaire comme inutile, ou du moins incommode, parce qu'on n'y joint pas aux mots chinois leur prononciation; — mais ce Dictionnaire aiant été fait pour apprendre le latin aux Chinois qui sont déjà versés dans la connoissance de leurs caractères, et qui se disposent à devenir Missionnaires dans leur patrie, il n'étoit pas necessaire de mettre à côté de ces caractères leurs prononciations et leurs tons. M. F. n'ignore pas sans doute que les caractères renferment, pour ceux qui les connoissent bien, et leurs prononciations et leurs tons. Sans

[1] Munich, Bibl. royale, C. gall. 656, II, dossier XII, n° 9.

[2] *Annales encyclopédiques*, 1817, vol. VIII, p. 13.

[3] Julien-Placide Hervieu, 赫蒼壁 *H⸱ Tsang-pi*, né le 14 janvier 1671 à Josselin (Morbihan), arrivé en Chine, le 25 août 1706; † à Macao, 26 août 1746.

cela comment liroient-ils leurs livres où les caractères sont nuds, et sans aucun eclaircis-
sement latéral — il faudrait donc aussi dire de ces livres : *quàm incommodum, quòd
et pronunciationes et toni ubique divinandi.* Si M. Fourmont avoit vû le Dictionnaire latin-
chinois que le P. Parennin a composé à Peking, et que j'ai entre les mains, il n'auroit
pas manqué d'en parler de meme que celui des PP. Hervieu et de Prémare, pour les
memes raisons [1].

On verra plus loin, dans un autre manuscrit du P. Foureau, quelques
autres critiques non moins sévères.

On possède divers exemplaires du dictionnaire latin-chinois du P. Hervieu; l'un est conservé dans la bibliothèque royale de Stockholm; on en
trouvera la description au bas de la page, en note [2].

Mais, malgré tous ses efforts, un coup terrible était porté à Fourmont, et
le duc d'Antin, son protecteur, lui réclamait en dehors de sa *Grammaire,*
une preuve de son savoir en chinois par la traduction d'une partie des *Annales :*

II

A Paris, le 30 aoust 1731.

Le s^r Foncemagne m'a rendu compte, Monsieur, des mémoires que vous luy avez remis.

La précaution que vous avez prise de déposer à la Bibliothèque du Roy, votre grammaire chinoise, avant l'arrivée de celle du P. de Prémare, ne me paroist point suffisante
pour justifier les progrès que vous prétendez avoir faits dans cette Langue; parce qu'il y
a plusieurs grammaires semblables déja imprimées, dont on peut soupçonner que vous
vous êtes servi, pour composer la vôtre, en les fondant toutes en une seule. Et quand on
suposeroit mesme que vous n'avez rien emprunté des ouvrages d'autrui; la difficulté
d'examiner le vôtre et d'en juger sainement ne subsisteroit pas moins. Pour décider du
mérite d'une grammaire, il faut avoir quelque connoissance de la langue qui en est
l'objet, et je ne sache personne à Paris, qui se pique d'entendre le chinois : pour peu
que M. l'abbé Bignon s'y fut apliqué, je n'appelerois pas de son jugement.

Je reviens donc encore à la proposition que je vous ay faite, il y a près de trois ans :
l'unique moyen de prévenir le public en faveur de votre entreprise et de mériter que le
Roy continüe de la protéger, en fournissant à la dépense qu'elle demande, est de traduire
en françois un morceau des annales chinoises, et de déposer votre traduction à la Biblio-

[1] Bibliothèque nationale, ms. fr. 12215,
p. 9.

[2] *Dictionnaire latin-chinois.* Deux vol. gr.
in-4°; pap. chine; ff. à l'européenne; relié en
bois et cuir. Le 1er volume contient 936 pages;
le 2e presque autant; chacune a dix mots ou
phrases; Sur la première page de chaque vol.
on lit : « Autheur de ce Dictionnaire le R. P.
Julien Placide Hervieu, traduit du latin de
Danet. » — Le premier mot est : « *A. Ab.,* prop.
régir abl. » Le texte latin est traduit en français
par une main différente jusqu'à *Antiquitas.*

thèque, ou à l'Imprimerie Royale. Quand je vous demanday cet essay, mon intention étoit d'inviter en même temps quelques uns de ceux qui ont cultivé la même langue, soit à la Chine, soit ailleurs, à traduire le même morceau : et la comparaison que nous aurions faite ici de ces différentes traductions avec la vôtre nous eust mis en état de prononcer, en connoissance de cause, sur vos progrès. Vous acceptâtes ma proposition et me promîtes d'exécuter ce que j'attendois de vous. Cependant vous avez trouvé le secret d'éluder, sous divers prétextes, l'engagement que vous aviez pris; vous dites aujourd'hui, pour votre excuse, qu'il ne vous auroit pas esté possible de faire une traduction fidelle, sans le secours d'un dictionaire général des mots chinois auquel vous avez cru devoir travailler d'abord; que vous avez donné tout votre temps à ce Dictionnaire et qu'enfin il sera bientôt achevé. S'il est vrai comme vous le laissez entendre, que vous n'ayez en effet besoin que de deux ou trois mois, pour le rendre parfait, je suspendray volontiers jusques là mon jugement sur vôtre travail; sauf à m'en défier absolument, si alors vous ne vous mettez pas en règle, en me donnant la traduction que j'exige. La continuation de la gravure des charactères chinois dépend de ce seul poinct : ainsi je vous conseille de l'interrompre dès aujourd'hui, et de renvoyer vos ouvriers jusqu'à nouvel ordre : ce qu'ils feront, dans cet intervalle, sera fait sans mon aveu, et roulera sur votre compte, mais, comme il ne seroit pas juste qu'ayant travaillé de bonne foi, depuis l'expédition de vôtre dernière ordonnance, ils fussent privés de leur salaire, vous pouvez extraire du compte général les sommes qui leur sont deües, pour les quatorze mille six cent dix charactères nouveaux; je veux bien pour cette fois ci seulement apostiller le mémoire, sous deux conditions: la 1ʳᵉ que préalablement à toutes choses, vous donnerez au sʳ Anisson une reconnoissance tant des soixante et dix mille huit cent cinquante six charactères chinois portés en votre Etat, que des armoires qui les contiennent. Les effets appartiennent au Roy qui les a payés; je consens que vous en soyez encore le dépositaire. Je ferai donner au sʳ Anisson le modèle du récipissé que vous devez signer. La 2ᵉ condition est que vous raporterez après le payement de votre ordonnance les quittances générales de tous les ouvriers que vous avez employés.

Quant à l'autre partie de votre compte qui concerne vos avances particulières, votre déménagement et vos loyers, il ne sera temps d'y penser que quand j'auray receu de vous la traduction que j'attens; peut être même cet article soufrira-t-il quelque réduction; au premier coup d'œil, le total m'en a paru exorbitant : mais j'en renvoye la discussion au terme que je vous marque.

Au reste vous concerterez, s'il vous plaist, avec Mᵣˢ de Bose et Sallier [1] quel ouvrage Chinois vous devez choisir pour vostre essay.

Je suis Monsieur entièrement à vous.

Le duc D'ANTIN.

4 pages in-folio. — Sign. autogr.

[1] «Le 29 octobre 1726, la Bibliothèque du Roi perdit Monsieur Boivin, commis à la garde des manuscrits; M. l'abbé Bignon proposa au roi M. l'abbé Sallier, que Sa Majesté agréa; M. l'abbé de Targny, chargé de la garde des livres imprimés, voulut avoir celle des manuscrits, qui lui fut accordée.» (Essai hist. sur la Bibl. du Roi, Paris, 1782, 91/2 pages.) Claude

31.

Mis en demeure de soumettre son manuscrit à un homme compétent, il cherche un avis favorable chez un des missionnaires revenus de Chine. Ses relations depuis 1722 avec le P. de Prémare lui font rechercher un jésuite. Justement le P. CONTANCIN [1], de Canton, jadis supérieur de la Mission de Péking, est rentré en 1731. Fourmont s'adresse à lui. Les lettres suivantes montreront l'approbation que le duc d'Antin donna à sa démarche, les désillusions du grammairien parisien sur le compte des PP. CONTANCIN et DE GOVILLE [2] :

III

A Paris le 14 janvier 1732.

L'offre que vous faites, Monsieur, de soumettre tous vos ouvrages sur le chinois à l'examen du P. Contencin est fort raisonnable, et en même tems la voye la plus sûre pour justifier vos succès. Vos retardemens m'avoient forcé malgré moy d'en douter; mais le parti que vous prenés de vous mettre en règle vous rend toute ma confiance. J'accepte donc votre proposition : vous pouvez m'apporter demain ou mercredy matin avant mon départ pour Versailles votre Grammaire et l'essay de traduction que vous avés commencé; je remettray l'un et l'autre au P. Contencin qui m'a desja promis de les examiner avec attention. Je ne doute pas que son jugement ne soit favorable à vos ouvrages et je le souhaitte autant que vous même par le plaisir que j'auray de leur rendre justice.

Je suis, Monsieur, entièrement à vous.

Le duc D'ANTIN.

2 pages in-folio. — Sign. autogr.

M. de Fourmont.

IV

A Paris le 12 mars 1732.

J'ay reçeu, Monsieur, votre lettre et le mémoire qui y étoit joint que j'ay trouvé bon sauf quelques expressions qui sont un peu trop vives. Reposés vous sur moy pour vos intérests, vous sçavez que je ne recherche que le bien et de faire valoir les gens qui travaillent pour le Public; ainsi soyés en repos.

Sallier, né le 4 avril 1685, à Saulieu (Côte-d'Or), † 9 juin 1761, à Paris, de l'Académie des inscriptions et belles-lettres, 1715, et de l'Académie française, 1729.

[1] Cyr Contancin, né à Issoudun, le 25 mai 1670; arrivé en Chine, le 9 septembre 1701; rentré en Europe en 1731 ; † en mer en rentrant en Chine le 21 novembre 1733, il fut enterré à Cadix. En chinois 公東平 *Kong Tong-ping*.

[2] Pierre de Goville, né à Rouen, le 20 septembre 1668; arrivé en Chine, le 9 septembre 1701; † à Paris, le 23 janvier 1758. En chinois 戈維里 *Kouo Lo-li*.

J'ay approuvé les mémoires que Mr de Foncemagne m'a remis et je seray ravi de vous rendre tous les services qui pourront dépendre de moy.

Je suis, Monsieur, tout à vous.

Le duc d'ANTIN.

2 pages in-folio. — Sign. autogr.

Monseigneur,

Lorsque par désespoir et harassé par certains ignorans, j'ay bien voulu rendre un Jésuite juge de mes ouvrages chinois il falloit que je fusse bien sûr de mon fait; je n'ignorais pas que depuis 150 ans la Société n'a jamais voulu donner aucune connoissance de la langue chinoise et en cas que Vostre Grandeur doutast de cette attention des Jésuites à éloigner toute idée de la littérature chinoise, à cause des disputes qu'ils ont là entre eux et de celles qu'ils ont eües avec Mrs des Missions étrangères, on en trouvera la preuve dans une lettre du P. Fouquet[1] dont je vous envoye l'original; c'est donc, Monseigneur, avec cette confiance que la vérité inspire que j'en ay appellé au P. Contancin, comptant 2 choses. 1° qu'il pourroit n'être pas neuf dans la lecture des livres chinois et dans l'art de cette lecture; 2° qu'il seroit contraint de rendre justice à mon travail et qu'en ayant reconnu la justesse et l'uniformité avec les auteurs chinois, il rendroit à Votre Grandeur un témoignage authentique.

Cependant, j'ay esté trompé, non dans mon travail (il est comme il doit être et je suis en estat de le prouver aux Jésuites par leurs auteurs mêmes), mais dans l'espérance que j'avois conçeüe que la vérité dans un Missionnaire l'emporteroit peut estre sur les veües de la Société et que le Jésuite, sachant que je suis depuis très longtems en relation intime avec ses confrères de la Chine ne s'aviseroit pas de dire que je manque ou de science ou de secours; je comptois aussi trouver un *savant* et en cela je me suis apperceu que je m'estois fort mal addressé, car ayant prié le P. Contancin de ne communiquer ma grammaire ny l'essay de version à personne, d'abord il le communiqua au P. de Goville, qui a esté autrefois à la Chine et qui paroist (par sa conversation) avoir retenu peu de choses de la littérature chinoise; ensuite l'ayant esté voir trois fois pour causer avec luy des difficultés qu'il me pouvoit faire il n'a jamais voulu entrer chez luy en aucune discussion. Enfin j'ay sceu de luy qu'à la Chine il avoit presque toujours esté le procureur des maisons où il estoit et quand je l'ay mis sur quelques livres chinois que je portois avec moy, j'ay veu qu'il reculoit toujours, en me disant qu'il me rendroit justice pendant qu'il avoit envie de faire tout le contraire.

Or, Monseigneur, afin que Votre Grandeur puisse elle même estre convaincüe de ce que je luy avance et que *Fourmont* que vous avez toujours protégé, qui est sincère, et

---

[1] Jean-François Foucquet, né dans le diocèse d'Autun le 12 mars 1663; arrivé en Chine le 24 juin 1699; rentré en France; quitta la Compagnie de Jésus; évêque d'Eleutheropolis en mars 1725; mort en France vers 1740.

n'entend point tromper Votre Grandeur ny personne soit une bonne fois délivré de toutes les peines qu'on luy suscite si mal à propos, voicy mes réflexions sur le procédé du P. Contancin et des demandes justes de ma part au révérend Père.

1° réflexion. Ma version, il dit l'avoir lûe, il devoit de même lire tous les endroits critiqués de ma grammaire. Ils sont écrits lisiblement. Un homme au fait n'a besoin que d'un de ces endroits, et il y a icy ignorance ou mauvaise volonté, mais surement la dernière.

2° réflexion. Je me suis trouvé chez M^r l'abbé Bignon avec le P. Contancin et le P. Souciet [1], on a prié le P. Contancin de parler et sur la version et sur des endroits de la grammaire que je luy montrois; il s'en est toujours défendu, ne répondant jamais que des généralités, qu'il falloit une grande exactitude pour écrire le chinois, que les charactères avoient souvent plusieurs significations. Toutes choses triviales ou non nécessaires qui luy firent dire, par le P. Souciet, qu'il ne répondoit point *ad rem*, et qu'il croyoit parler à quelques paisans au lieu qu'il estoit dans une maison où il ne voyoit que des savans. M^r l'abbé Bignon se crut par là obligé de luy dire qu'ayant des livres chinois, il avoit autrefois fait venir chez luy le P. Tachard, le P. Le Compte et plusieurs autres Jésuites, même Mr de Rosalie et quelques autres, qu'il leur avoit demandé le Catalogue et qu'aucun ne l'avoit pu faire, mais que Mr Hoange et Mr Fourmont l'avoient fait; enfin, Monseigneur, le Jésuite nous paroist peu instruit, et comme Votre Grandeur aime la justice, voicy ce que j'ose proposer et ce que le Jésuite ne sauroit refuser:

1° Lorsqu'il dit que le chinois de mon essay de version est mal, il ne peut être cru qu'en le rendant luy-même tel qu'il doit estre, j'exige donc qu'il l'écrive comme moy en 4 colonnes :

La 1re en chinois.

La 2e le chinois en lettres latines avec les tons.

La 3e la signification en latin mot à mot.

La 4e une version françoise plus libre.

S'il le fait, ou il le fera comme moy, et alors le mien est bien de son aveu, ou sur le champ on verra qu'il n'y entend rien et que l'on n'entendra rien à sa version.

Comme j'ay de quoy le convaincre dans les livres de ses confrères : 1° de la justesse de ma lecture;

2° de la vérité des significations de chaque terme;

3° de la syntaxe même et du tour;

il faut qu'il parle et s'il refuse j'ay gain de cause; bien plus pour rendre la chose indubitable, j'ose ne demander que le Dictionnaire chinois du Père même s'il en a un ou celui du Père de Goville, il m'en a montré un fait de la composition d'un savant dominicain.

2° Demander que M. Fourmont recopie une grammaire de 850 pages, c'est un eschapatoire. Il s'agit de 4 ou 5 endroits critiqués et comme le Père Souciet a dit au

---

[1] Étienne Souciet, né à Bourges 12 octobre 1671; † à Paris, 14 janvier 1744; entré chez les Jésuites, 7 septembre 1690.

P. Contancin en ma présence il ne faut pas qu'il prenne des gens de lettres pour des bestes. Tout se réduit à ce qui regarde la lecture aux consones, aux voyelles et aux clefs, aux charactères chefs du grand dictionnaire expliquez ou tout cela est expliqué et écrit très lisiblement et de tout ces endroits un seul suffit. Ce sont tous différens moyens de lire les charactères chinois et ils reviennent tous à une même lecture.

RÉSULTAT.

En tout cecy, il . . . . . [1]

[Inachevé dans le ms.].

Monseigneur,

Permettez qu'aujourd'huy accablé d'inquiétudes, et en proye au désespoir, j'aye recours à la bonté de Votre Grandeur; ce n'est point pour luy demander grace pour mes ouvrages, ils sont justes, faits avec attention, prouvez par des citations authentiques; du costé de la science, Fourmont ne craint rien, mais il a eu le malheur, se voyant harrassé, de demander pour Juge un Jésuite, et quoy qu'il eust quelque défiance de la Compagnie, cependant comme ils l'avoient préconisé eux-mêmes, comme ils savoient qu'il est depuis 1722 en relation littéraire avec le Père de Prémare, il a cru que l'idée du P. de Prémare, avec lequel le Père Contencin doit retourner, le porteroit à rendre justice à Mr Fourmont, et en cela il s'est trompé : dès la seconde ou 3e conversation je m'apperceus que le Père Contencin n'alloit pas droit et ne rendroit pas à Votre Grandeur le témoignage que je luy demandois, bien plus qu'il avoit déjà un complot de fait chez les Jésuites pour empescher toute impression sur le chinois. Les Jésuites ont déjà fait en Allemagne la même ma- nœuvre contre Muller [2] on le peut voir dans son livre de Monumento Sinico pages 10 et 11 : ils dissuadèrent le Roy de Prusse de faire graver des charactères, et c'est sur ce même pied que le Père Contencin m'a dit hardiment, que si j'avois avancé de l'argent pour des gravures, j'avois eu tort. J'ay montré à Mr de Foncemagne une lettre du P. Fouquet dans laquelle il marque que la littérature chinoise a de grands ennemis en Europe et même à la Chine; c'est pour cela, comme je le vois à présent, que le P. de Prémare m'envoyant sa grammaire, après l'avoir fait approuver par les Jésuites de la Chine, n'a pas jugé à propos d'en confier les approbations aux Jésuites ses confrères, mais me les a envoyées à moy dans une lettre. Je ne sçais pas si le P. Contencin est habile pour les charactères chinois. Tout ce que je sçais, c'est que rien n'est plus ordinaire que de voir des Mission- naires qui ont esté 30 ans à la Chine, en revenir sans scavoir 4 charactères; ils se con- tentent de scavoir la langue parlée pour prescher et contester et n'étudient point les livres : ce Missionnaire pourroit bien estre de ce nombre. J'ai eu lieu de le croire ignorant : l'ayant prié de lire ma grammaire en son particulier, il me répondit qu'il n'y associeroit que le

[1] Munich, Bibl. R., C. gall. 656, II, dos sier XII, n° 6.

[2] André Müller, de Greiffenhagen, + 26 oc-

tobre 1694. — Cf. mes Notes pour servir à l'histoire des études chinoises, p. 420 et sui- vantes.

P. de Goville. Or ce Père de Goville est un bon homme qui estant à la Chine y a toujours esté malade et de son propre aveu, a perdu presque toute idée de la langue chinoise. Les Jésuites d'icy comme ceux d'Allemagne n'ont d'autre veuë que d'empescher que l'on donne icy la connoissance du chinois, en voicy une preuve. Causant avec le P. de Goville, il me dit par hazard qu'il luy estoit resté un Dictionnaire chinois fait par un Dominicain; or cecy est fort étrange. Mr Fourmont a demandé cent fois aux Jésuites s'ils n'avoient point chez eux de grammaires et de dictionaires, et ils luy ont toujours répondu que personne de chez eux n'en avoit. Monseigneur si l'on vouloit agir avec candeur, quoy de plus aisé que d'en voir la justesse et même de mes dictionaires; j'en appelle donc non au P. Contencin puisqu'il a la hardiesse pour me condamner d'en imposer à Votre Grandeur mais au dictionaire qui se trouve entre les mains du P. de Goville et que Mr Sallier a du le luy demander pour en faire faire une copie; mais il y a encore icy une chose sur laquelle je supplie Votre Grandeur de me rendre justice. Je travaille depuis seize ans, non de moy même mais par ordre du Roy; j'ay eu la peine de défricher tout; les secours si j'en ay ne sont venus qu'après des travaux immenses. Tout estoit fait; ils n'ont point facilité mes travaux, mais il les confirment; or en cecy, le bon sens souffriroit-il que mes travaux restassent là et que sous le prétexte qu'il seroit venu de la Chine un petit dictionaire de rien, on négligeast les ouvrages d'un savant qui a passé toute sa vie à lire et à méditer sur les langues? Je demande donc que par l'ordre de Votre Grandeur ce Dictionaire me soit remis : les Jesuites n'en sont pas les auteurs, et afin qu'on ne croye pas qu'il m'ait servi a faire les miens, et que l'on ne dise pas que dans la suite qu'ils n'auroient rien valu sans celuy-cy, je ne veux le recevoir qu'après que l'on en aura fait une confrontation pour la lecture des charactères, c'est une affaire de peu d'heures.

Avant moy, personne dans l'Europe n'a donné l'art de lire les charactères chinois. Votre Grandeur sent de quelle conséquence il est, c'est un fait indubitable. Bien plus la grammaire du P. de Prémare ne le donne point, de sorte que pour l'impression, c'est ma grammaire qui doit précéder tout; par la Votre Grandeur voit de quelle conséquence il estoit pour moy de ne livrer que bonne une telle découverte. Par votre ordre, Monseigneur, je l'ay donnée aux Jésuites et qui croira que les Jésuites, aussy bien intentionnez qu'on la veu, ayent gardé ma grammaire pendant quinze jours sans y lire ce qui regarde cette lecture, pendant que tous les savants de l'Europe la cherchent depuis deux siècles; pour moy je ne saurais l'imaginer, ce seroit le 100ième livre pour lequel on auroit fait la même chose, et les bons pères ne sont pas si scrupuleux : cela estant, cet art est à présent divulgué et je m'empreserois de faire remarquer à Votre Grandeur que si je ne le donne pas au public je passe sous le nom d'un quelque autre. Il sera donné au 1^{ier} jour [1].

(Minute à peu près illisible.)

[1] Munich, Bibl. roy., C. gall. 656, II, dossier XII, n° 8.

V

A Compiègne le 5 juin 1732.

Je reçois, Monsieur, votre très longue lettre, et j'entre de très bonne foy dans toutes vos peines, mais vous ne voulés point vous prester aux miennes; je suis persuadé de la beauté et de la grandeur de votre travail, mais est il possible que je ne puisse avoir de témoignage en sa faveur que le vôtre.

M. de Montigny, que vous cités et qui mérite toutes les louanges que vous lui donnés, ne veut point se charger d'examiner votre ouvrage et asseure que tout ce qu'il scavoit du chinois est sorti de sa mémoire.

L'autre personne que vous m'avez proposée en premier lieu et que vous calomniés très mal a propos ne peut trahir sa conscience; comment voulés vous que je fasse? et mettés vous à ma place. Désabusés vous qu'il y ait quelqu'un qui me fasse contre vous, ou par intérêst ou par jalousie; ils voudroient tous contribuer à votre avancement et à votre gloire, soyés en persuadé sur ma parole.

Quant à moy vous scavés bien que je ne demande que l'avancement des sciences et des sçavans que je me fais l'honneur de protéger, et comme vous le verrés dans le reste de votre vie : ainsy ne trouvés pas mauvais que je cherche ce que je pourray pour m'asseurer du succès et pour me mettre à couvert des railleries du public.

Je suis, Monsieur, entièrement à vous.

Le duc D'ANTIN.

3 pages in-fol. — Sign. autogr. — M. de Fourmont.

Fourmont n'est pas plus heureux avec le Séminaire des Missions étrangères qu'avec la Compagnie de Jésus. Un prêtre distingué, l'abbé François DE MONTIGNY[1], donne un certificat de complaisance, sans doute :

Ce 28 février 1733.

Monseigneur,

Vous me faites l'honneur de vous adresser à moy comme à un ancien missionnaire de la Chine, pour vous éclaircir sur ce qui vous a été rapporté de l'erudition chinoise de M. Fourmont, et des ouvrages qu'il a composéz sur cette langue. Quelque peu vraysemblable qu'il paroisse d'abord qu'un homme en ces païs cy sans presque aucun secours ait pû arriver par la seule force de son esprit et de son travail à entendre les livres et à

---

[1] François de Montigny, de Paris, missionnaire au Canada en 1692, puis en Chine en 1701, d'où il est exilé en 1707; directeur du Séminaire des Missions étrangères de Paris en 1711; procureur à Rome; † à Paris le 14 décembre 1743. A ses derniers instants, il dit à ceux qui l'entouraient : «Je meurs comme j'ai toujours cru qu'il convenait à un prêtre de mourir, sans dettes et sans biens.» Cf. *Mémorial de la Société des Missions étrangères*, Hongkong, 1889, in-8°.

débrouiller cette multitude prodigieuse de charactères chinois, cependant je ne puis luy refuser la justice de certifier qu'il y est parvenu. Sur le récit qu'on m'en faisoit, j'avois de la peine à me le persuader, mais depuis que je l'ay pratiqué et après que j'ay vu et examiné en détail tous les ouvrages qu'il a composez sur cette langue, j'ay admiré comme les autres le grand progres qu'il y avoit fait.

Il a rassemblé tous les principes de la langue chinoise, dont il a composé une grammaire très ample, laquelle ayant été confrontée avec celles qui sont venues depuis de ce païs là, il se trouve conforme avec elles.

Il a fait graver tous les charactères chinois aussy parfaitement qu'on pouvoit le faire à la Chine.

Il a fait aussy cinq dictionaires chinois, sçavoir un latin et chinois, un françois et chinois, un chinois latin, un historique et géographique, et un pour les tons, prononciation ou accents.

Enfin il n'a rien obmis de tout ce qui peut être utile et nécessaire à ceux qui voudront s'appliquer à l'étude du chinois pour leur en faciliter et l'intelligence des livres et la manière de le parler; les règles qu'il donne sont d'autant plus sûres qu'elles sont toutes tirées des Chinois mêmes, qui étant très amateur de leur langue ont composé plusieurs ouvrages pour en connoître les règles et les principes.

Au reste il a tellement applani les difficultés qu'on se figuroit avoir à surmonter avant que de pouvoir arriver à entendre les livres de la Chine, et qui empêchoient les scavans d'oser entreprendre cette étude, qu'on peut en peu de tems avec le secours des livres de M. Fourmont se mettre en état d'entendre et de traduire le chinois. Si des personnes studieuses veulent à l'avenir s'appliquer à cette langue et travailler à des traductions on tirera des livres chinois une infinité de connoissances en tout genre très utiles et très curieuses.

Il seroit donc beaucoup à désirer que M. Fourmont donnat au plutôt au jour tous ses ouvrages car s'il venoit à manquer il ne seroit pas facile de trouver une personne qui put le remplacer, et il seroit facheux que le public fut privé de l'avantage qu'il s'est promis de tant de dépense que le Roy a faite, et de tant de peine que M. Fourmont s'est donnée; la littérature ne vous aura pas une petite obligation, si un si grand dessein vient à réussir de vôtre tems et sous vos auspices.

J'ay l'honneur d'être avec un très profond respect,

Monseigneur,

Votre très humble et très obéissant serviteur,

DE MONTIGNI,

Directeur du Séminaire des Missions étrangères,

cy-devant missionnaire et provicaire apostolique à la Chine.

La copie présente de ma lettre à M. le duc d'Antin est conforme à l'original.

DE MONTIGNY[1].

---

[1] Munich, Bibl. royale, C. gall., 656, II, dossier XII, n° 2. — Le post-scriptum est autographe et signé. — La lettre est une copie de la main de Fourmont.

Mais c'est un autre prêtre des Missions étrangères, l'abbé Antoine GUIGUES, d'Avignon, ancien procureur à Canton, qui devait faire l'examen détaillé des ouvrages de Fourmont, et celui-ci s'empresse de diriger la critique de son censeur :

NOTA POUR M. GUIGUES (sic) [1].

Il doit examiner ma grammaire :

1° Seulement pour les charactères et non pour la méthode;

2° Seulement pour la signification et la prononciation des charactères et non pour les charactères mêmes. Quand il y auroit quelque trait manqué parce que le copiste a pu oublier quelque trait qui sera dans l'original et de plus parce que l'écriture ne peut jamais estre aussy belle que la gravure le sera.

La <i>prononciation</i>. Je ne saurois y manquer, puisque le dictionnaire chinois par ses sections (?) me conduit.

La <i>signification</i>. Je suis prest de la justifier partout.

A l'égard des mots chinois en lettres latines qui sont sans charactères, cela a du se faire ainsy pour ménager la gravure, parce qu'alors au lieu de 12,000 que l'on a dessein de faire graver, il en faudra des milliasses [2].

DEMANDES À FAIRE À M. GUIGUE
ET AUXQUELLES ON LE PRIE DE RÉPONDRE OUY OU NON.

1re Les Chinois ont-ils une langue double, c'est-à-dire une langue parlée et une langue écrite ou hieroglyphique?

2° Celuy qui entend la langue parlée entend t'il les hieroglyphes?

3° Les Chinois font ils une étude particulière de leur langue écrite, c'est-à-dire de leurs charactères, et une étude particulière de leur langue parlée?

4° S'ils font une étude particulière de leurs charactères, ont ils pour cela et a t'on composé la dessus des grammaires ou des livres qui en traitent?

5° Y a-t'il des dictionnaires chinois de plusieurs sortes?

6° Y en a t'il un qui aille par ordre de clefs, ou qui soit rangé par ordre de charactères génériques?

[1] Le nom de ce missionnaire est orthographié <i>Guigues</i> dans les <i>Lettres à Mgr l'évêque de Langres</i>, par J.-F.-O. Luquet. Paris, 1842, in-8°; <i>Guigues, Guigue</i> et même <i>Gigue</i> dans les mss. des controverses de Fourmont. Dans le <i>Mémorial de la Société des Missions étrangères</i>, Hongkong, Imprimerie de la Société des Missions étrangères, 1889, in-8°, 463 p., il est appelé Antoine <i>Guignes</i>. Je note dans ce dernier

ouvrage que la première procure de la Chine fut établie à Canton avant 1700. Elle fut gérée par J. Basset jusqu'en 1703, par Jean Bénard jusqu'en 1710, et par Antoine Guignes jusqu'en 1732; les missionnaires ayant été expulsés de Canton, la procure fut transférée à Macao.

[2] Munich, Bibl. royale, C. gall., 656, I, dossier IV, Mémoire 5, 2 ff. in-8°, autogr. de Fourmont.

32.

7ᵉ Ces charactères sont ils les charactères du cycle?

8ᵉ Ces charactères génériques sont-ils au nombre de 214?

9ᵉ Y en a t'il un autre qui aille par ordre de prononciations?

10ᵉ Les Chinois ont-ils des dictionnaires géographiques et historiques, qui contiennent par ordre les villes du 1ᵉʳ, du 2ᵉ et du 3ᵉ rang, les noms des hommes illustres, etc.?

11ᵉ Ont ils dans quelques dictionnaires par ordre de prononciations une liste de tous leurs charactères mis sans signification, et seulement pour la facilité de la lecture?

12ᵉ Ont ils une autre liste de tous leurs charactères faite par ordre de clefs et sans aucune signification encore?

13ᵉ Les 214 charactères génériques ou clefs sont ils ordinairement dans le premier volume des dictionnaires par clefs?

14ᵉ Se trouvent-ils aussy dans le dictionnaire par tons?

15ᵉ Est-il vray qu'il y a des clefs écrites de 2 ou 3 façons?

16ᵉ Est-il vray que les dictionnaires ont un article particulier de la manière d'écrire leurs clefs, par quels traits il faut commencer, et par quels traits il faut finir?

17ᵉ Qu'ils donnent un catalogue des charactères corrompus par le vulgaire?

18ᵉ Un catalogue des charactères abbrogez avec leurs figures antiques?

19ᵉ Un catalogue des charactères antiques en usage?

20ᵉ Un catalogue des charactères difficiles ou à clefs ambigüs ramenez à leurs clefs véritables selon le nombre de leurs traits?

21ᵉ Un catalogue des charactères presque semblables et cependant à distinguer?

22ᵉ Les charactères à clefs ambigües se cherchent-ils en comptant tous leurs traits ou non?

23ᵉ Les Chinois pour parvenir à la lecture de leurs charactères ont ils inventé quelque méthode?

24ᵉ Cette méthode est elle la même dans tous les dictionnaires ou s'ils en ont une différente dans le dictionnaire par tons, et une différente dans le dictionnaire par clefs?

25ᵉ Se servent-ils quelquefois de plusieurs méthodes dans le même dictionnaire?

26ᵉ Les Chinois ont-ils des charactères de supposition qui leur servent de voyelles, et d'autres charactères qui leur servent de consones?

27ᵉ Le nombre de ces charactères est-il fixé?

28ᵉ Les consones sont elles les mêmes dans tous les dictionnaires?

29ᵉ Y a t'il quelque dictionnaire qui suive l'ordre de ces consones?

30ᵉ Ces voyelles sont-elles les mêmes dans tous les dictionnaires?

31ᵉ A t'on des listes d'auteurs, qui ayent travaillé sur la langue écrite ou les charactères?

32ᵉ L'arrangement des charactères est-il le même dans les dictionnaires de même espèce? par exemple dans ceux qui vont par tons?

33ᵉ Y a t'il des dictionnaires particuliers pour les charactères antiques?

34ᵉ Est-il vray qu'il y a en chinois des noms, des pronoms, des verbes, des particules, adverbes, prepositions, conjonctions, des noms de nombre?

35ᵉ Est-il vray que le même vocable puisse servir de nom, de verbe, de particule ou adverbe selon qu'il est placé?

36ᵉ Y a t'il une syntaxe ou non?

37ᵉ S'il y en a une, peut on en donner des règles ou non?

38ᵉ Y a t'il quelque marque particulière dans les noms, pour distinguer les genres et les nombres? dans les pronoms de même? et dans les verbes pour distinguer les tems et les modes?

39ᵉ L'ordre de la phrase est-il de suite ou inverse?

40ᵉ Les phrases sont elles ordinairement distinguées par des virgules ou non?

41ᵉ Le sont elles partout, ou s'il y a des discours ou elles le soient et d'autres ou elles ne le soient point [1]?

Puis les doléances recommencent :

Ce samedi 28 fevrier 1733.

Monseigneur,

Monsieur de Montigni qui a veu mes ouvrages a du avoir l'honneur de vous en écrire; j'espère le voir demain pour scavoir s'il l'a fait; il m'a assuré que toutes fois et quantes il en rendroit à Vôtre Grandeur un témoignage avantageux et authentique.

A l'égard de M. Guigue il en a bien parlé en plusieurs endroits et en connoissance de cause, puisqu'il m'a rendu des visites très fréquentes et que j'ay aussi été chez lui passer bien des après dinées, mais il faut que je dise naturellement à Vôtre Grandeur, que s'il sçait bien la langue parlée des Chinois, il ne sçait presque rien des charactères, que sa communauté luy en a fait de grands reproches, que proprement il ne les étudie que depuis ce tems là, de sorte que je ne l'ay trouvé au fait ni de la grammaire ni des dictionnaires, en sorte même que chez moy, ayant avancé des choses toutes contraires à tous les livres en présence d'une assemblée de sçavans, je fus obligé de le prier en particulier d'être plus circonspect une autre fois, parce que je ne pourrois pas m'empêcher de le convaincre, ce qui me feroit de la peine à moy même. Comme il n'a jamais sçeu ce que c'étoit que principes, selon luy il ne faut point de grammaire, il ne connoit ni l'usage des clefs dans toute son étendüe, ni l'analogie d'un charactère à l'autre; il nous dit il y a quelques jours que l'on n'avoit jamais entendu parler de grammaires faites par les Chinois, pendant qu'il y en a des citations partout, et que les dictionnaires mêmes en donnent de longues listes. Selon luy il n'y a pas chez les Chinois aucuns characteres pour indiquer les voyelles et les consones, pendant que j'ay douze dictionnaires, ou elles sont les mêmes dans tous.

Je souhaiterois, Monseigneur, qu'il eut été bien habile homme, mais je suis incapable de tromper Votre Grandeur, et quelque chose qui doive arriver de ma grammaire, je me crois obligé de dire à Votre Grandeur que son témoignage luy donneroit peu d'authorité parce qu'il est comme les marchands, qui sçavent la langue d'un païs, et ne scauroient en enseigner aux autres deux mots; icy c'est bien plus, puisqu'on peut parler le chinois toute sa vie sans en entendre un charactère ni par conséquent aucun livre.

[1] Munich, Bibl. royale, C. gall. 656, II, dossier x, pièce 2.

Mr de Foncemagne me dit : il vous apprendra à parler la langue, et vous luy apprendrez les charactères, mais c'est prendre le change ; la langue parlée est dans ma grammaire et dans tous mes ouvrages en lettres latines, mais partout sont les charactères hieroglyphes qui luy répondent. Monseigneur en tout cecy je n'ay rien à représenter à Votre Grandeur, sinon qu'il faut que chacun soit cru dans l'art qu'il professe. Il y a bientôt vingt ans que je travaille au chinois, je n'ay pas l'usage d'un homme qui seroit au milieu de Pekim, mais j'ose assurer votre Grandeur que, pour le grammatical ou l'art d'enseigner, je le sçais mieux qu'aucun docteur chinois ; et c'est en quoy je m'estime bien malheureux d'avoir fait des etudes profondes, et que si peu de gens veuillent se donner la peine d'en examiner la justesse car tous nos retardemens viennent de là ; il y a peut-être cent sçavans dans l'Europe qui seroient d'humeur d'approfondir et on me fait écrire souvent des païs etrangers, mais si nous n'imprimons point, je désespère de tout ; et l'impression une fois faite je suis sûr de l'approbation de toute la terre, et que le chinois deviendra aussi commun que le grec ; je demande pardon à Votre Grandeur de la longueur de ma lettre ; je sommeray encore demain M. Guigue, mais s'il examine ma grammaire sans être accompagné de quelqu'un de sa communauté, comme il n'est point méthodiste, il ne l'approuvera jamais.

J'ay l'honneur d'etre et seray toute ma vie,

Avec le respect le plus profond,

de Votre Grandeur,

Monseigneur,

Le très humble et très obéissant serviteur,

J'ay eu l'honneur de saluer mon ancien et très cher disciple M. de Langres, et je ne dois pas oublier de le marquer à Votre Grandeur [1].

Monseigneur

Le programe que j'ay l'honneur d'envoyer à Votre Grandeur luy prouvera que je demande la publicité. Votre Grandeur a toujours eu beaucoup de bonté pour moy, et dès mon enfance j'en ay ressenti les effets. C'est la reconnoissance que j'en avois et que j'en devois avoir qui m'a fait faire ma grammaire chinoise. Je l'avois travaillée à ne luy pas faire déshonneur si elle paroissoit sous ses auspices. Des souterrains qu'il est inutile d'expliquer ne m'ont pas permis de luy en faire connoistre la justesse. Comme je parle françois pour des François, et d'une clarté à être entendu de tout le monde, un examen juridique devant moy, comme cela est juste, en auroit démontré la justesse et le scientifique. On ne ne l'a pas jugé à propos, et les intrigues recommencent. M. Guigue est dans le cas du Père Contancin. Il a été trente ans à la Chine sans étudier les livres chinois, il ne sçait point de grammaire, n'en connoît point et de plus assûre qu'il n'y en a point et qu'on ne s'en sert point, pendant que j'en ay une liste de plus de 139. On veut m'obliger de re-

---

[1] Munich, Bibl. roy., Cod. gall., 656, 2 vol. in-folio. — II, dossier xii, *Correspondance de M. Étienne Fourmont*, 9 pièces toutes reproduites dans ce mémoire, n° 1.

mettre ma grammaire entre ses mains, dabord que c'est l'ordre de Votre Grandeur je n'y répugne point, adieu ne plaise; mais j'apprends que c'est pour l'examiner avec le Père de Goville, qui ne sçait rien, pour y faire des remarques que l'on envoyera à un Chinois qui est à Naples, et si je ne suis pas content de celuy de Naples, qu'on envoyera à la Chine. Tout cela, Monseigneur, n'est que pour eluder et il n'est plus tems, puisque les Anglois, les Moscovites et les Allemands nous préviennent. C'est faire perdre à Votre Grandeur l'honneur qu'elle auroit après la gravure des charactères de faire imprimer. Et on ne vous prive de cet honneur que parce qu'on est bien aise d'oster à Mr Fourmont la satisfaction de voir ses ouvrages imprimés. Je n'ay plus rien à dire à Votre Grandeur sinon de la supplier de me conserver une protection qu'elle m'avoit accordée avant que je me mellasse de chinois. A mon égard j'ay pris enfin le partie de me delivrer des chagrins qui m'accablent depuis 6 ans et qui m'ont rendu très valétudinaire. Le public va juger si je sçais enseigner bien le chinois on non. Il est étonnant que Mr de Foncemagne ne sçache pas ce que nous valons en fait de littérature et surtout ne se donne pas la peine de se mettre plus au fait d'une chose qui étoit pour l'honneur de M^r le Duc d'Antin son protecteur comme le mien. Il ne s'agit pas d'étudier du chinois, mais de voir si un homme qui parle du chinois et cite ses authorités cite juste. Et cela se pouvoit faire si on y eut apporté la moindre attention. Je vous supplie, Monseigneur, de dire à M. de Foncemagne qu'il doit être mon ami, comme je le seray toujours de ceux qui vous seront attachéz [1].

J'ay l'honneur d'être avec le respect le plus profond,

    Monseigneur,

        Votre très humble et très obéissant serviteur.

                          Ce 6 may 1733.

    Monsieur,

Je vis hier Mr de Foncemagne à l'Académie; il me dit que l'intention de M^r le Duc d'Antin étoit que le cayer de vos remarques me fut communiqué, et qu'il vous l'avoit marqué de sa part, de sorte que je n'avois qu'a l'aller prendre; si j'avois pû avoir l'honneur de vous voir aujourd'huy, je n'y aurois pas manqué. Rien ne me peut être plus agréable que de profiter de vos lumières, mais comme il m'est impossible de sortir, j'espère que vous voudrez bien le confier à mon neveu; si même vous aviez le tems je vous inviterais à notre conférence philosophique. Je ne crois pas que vous trouviez à tout cecy la moindre difficulté, vous pouvez compter que je vous le rendrai tel que vous me l'aurez envoyé; et j'ay tant de vénération pour M^{rs} des Missions étrangères et pour vous en particulier, Monsieur, qu'il seroit parfaitement inutile de rien appréhender de ma part; je vous assure que je ne cherche qu'à être instruit; dans les cayers de ma grammaire copiés par mon neveu et que vous avez examinés, je n'ay trouvé que trois endroits à coté desquels vous avez écrit *lettre erronée*, et cela parce que mon neveu avoit oublié les charactères en lettre plus petite que j'y avois mis pour correction, il n'y en a même proprement que deux, car dans l'optatif des verbes, si vous l'avez remarqué chifre 72, il avoit écrit

[1] Munich, Bibl. roy., Cod. gall., 656, II, dossier XII, n° 7.

怕 et 巴 et à l'égard des deux autres, c'est-à-dire de 得 pour 德 verbes chifre 63 et de *chin* 岑 pronoms chif. 14 vous verrez que dans mon original il y a longtems que j'avois mis à côté 朕 *chin* avec la citation du dictionnaire ou est l'histoire de l'empereur qui le 1ᶦᵉʳ s'attribua ce nom; comment même cela auroit-il pu m'échapper, l'ayans mis moy même dans mes dictionnaires, et l'ayant encore lu depuis dans le P. de Premare? Au reste, Monsieur, je profiterai avec plaisir de toutes vos autres remarques et pour celles la même croyez que je me ferai honneur de vous citer comme le confirmateur de mes découvertes; je suis et je m'estime bien heureux que dans plusieurs milliers de charac-tères un habile homme n'en censure que 2 ou 3. Il n'y a point de grammaire françoise, ou nous n'en trouvions davantage; en cas que mon neveu ne vous trouvât point, demain je suis à vous dès le matin, parce que je ne puis pas me dispenser d'écrire à Mʳ le Duc d'Antin sur ce que j'auray fait [1]; j'ay l'honneur d'être

　　　Monsieur,

　　　　　　　　　　avec la vénération la plus parfaite,
　　　　　　　　Votre très humble et très obéissant serviteur.

　　　　　　　　　　　　　　　A Paris le 7 may 1733.

　　　Monseigneur,

　　Comme j'ay sceu que Votre Grandeur avoit été incommodée quoyque j'ay été plusieurs fois à votre hôtel pour m'informer de sa santé, je n'ay pas cru qu'il me fut permis de l'importuner. Aujourd'huy cependant je me trouve dans l'obligation de luy ecrire au sujet de Mʳ Guigues, dont je ne sçaurois tirer aucune raison, quoyque je m'y sois pris jusqu'icy avec toute sorte de politesse. J'ay compté d'abord et cela sur votre parole que ses remarques me seroient communiquées, soit en votre présence comme cela avoit été dit, soit, puisque Votre Grandeur est tombée malade, en présence de qui elle jugeroit à propos. Cependant cela ne s'est point fait: M. de Foncemagne m'a dit que je n'avois qu'à les demander à M. Guigues. J'ay été six fois aux Missions Etrangères, et il m'a toujours remis. Mardi dernier que Mʳ Guigues alla voir Mʳ de Foncemagne, il luy marqua que c'étoit votre intention et luy en donna l'ordre de Votre part. En conséquence ne pouvant aller chez luy hier (mercredi) je le priay par une lettre que je prends la liberté de joindre icy, de vouloir bien les confier à un de mes neveux que je luy envoyay et qu'il connoit. J'avais chargé mon neveu de luy dire en cas qu'il fît difficulté qu'il pouvoit luy en dicter seulement les endroits qu'il avoit repris. Comme on ne le trouva point, j'ay été le voir ce matin avec mon frère, mais je suis aussy avancé qu'auparavant. Je ne compre-nois pas d'abord les motifs qui engageoient M. Guigues à ces retardemens, mais je les ay appris aujourd'huy aux Missions étrangères et de sa bouche et de celle de quelques uns de ses confrères. L'idée de M. Guigues est que se voulant faire regarder icy comme nécessaire par rapport au chinois, il souhaitteroit, avant tout, se faire donner quelque pension, pour y travailler. Quoyque cela fût à présent fort inutile pour mes ouvrages, la moisson est grande, elle pourroit souffrir plusieurs ouvriers; aussy en formons nous

---

[1] Munich, Bibl. roy., Cod. gall., 656, II, dossier xii, nᵒ 3.

au Collège Royal qui plus lettrés que Mᵣ Guigues pourront par la suite y être occupés. Cependant nous n'aurons garde de nous opposer jamais aux libéralités de Votre Grandeur, de la Cour, de Mᵣ l'abbé Bignon ni de tout autre seigneur ou ministre, mais ce qui me feroit peine, c'est si Mᵣ Guigues fondoit ses espérances sur un préjugé qu'il feroit naitre contre moy par des délais affectés, et en laissant entendre que mes travaux ne sont pas exacts. Je n'ay et n'auray jamais besoin des secours de Mᵣ Guigues. D'abord par mes propres travaux et des travaux de 20 ans et médités, ensuite par ce qui m'est venu d'ailleurs en traductions, grammaires, dictionnaires & qui n'ont servi qu'à les confirmer, j'en ay tant, Monseigneur, que loin d'en manquer de secours, le choix est pour moy une occupation considérable ; il ne me sera donc nécessaire ni pour la composition de mes ouvrages Chinois, ni pour la gravure des charactères, dont il ne scauroit nier la beauté et la justese, ni pour l'impression ou la correction des feuilles d'imprimerie ; mais bien plus est ce que je n'ay pas mon frère et mes neveux, qui en fait de littérature sont et seront d'autres gens que Mᵣ Guigues.

Enfin, Monseigneur, je ne demande que la publicité ; il convient icy que Votre Grandeur soit obéie. Mᵣ Guigues nous a dit ce matin à mon frère et à moy que, si je m'étois voulu entendre avec luy, mes affaires iroient bien à la cour, mais que faute d'avoir pris ce biais, elles y allaient mal et qu'elles continueroient à y aller mal, qu'il y avoit a present entre les mains de M. le Cardinal de Fleuri un mémoire contre ma grammaire extrait des remarques qu'il avoit fait dessus. Je luy ay dit fort simplement que je n'étois point un homme à biaiser ni à tromper un seigneur comme Mᵣ le Duc d'Antin ni qui que ce soit. Je ne scais s'il y a rien de réel dans ce qu'il nous a dit de ce mémoire, mais cela nous a paru fort surprenant et je luy ay demandé si ce mémoire étoit venu à la connoissance de M. le Duc d'Antin ; il nous a assuré que ouy ; ce qui m'a fait répondre que comme je connoissois la bonté de Mᵣ le Duc d'Antin pour moy je pouvois l'*assurer* de mon coté que ce mémoire contre moy n'avoit jamais été envoyé par Mᵣ le Duc d'Antin à M. le Cardinal de Fleuri. Vous voyez, Monseigneur, que je retombe dans de nouveaux embarras par les tergiversations de M. Guigues. Il ne me reste donc plus à proposer à Votre Grandeur qu'un seul moyen, c'est que par son ordre le cayer de M. Guigues me soit communiqué, je suis toujours prêt d'y répondre et par écrit. Que s'il ne se rend pas aux ordres de Votre Grandeur, je la prie d'être persuadée que ses remarques sont nulles, j'en ay déjà des preuves par mes cayers notés de sa propre main ou entre plusieurs milliers de charactères il n'a pu reprendre que les 3 que vous verrez dans la lettre cy jointe, et qui n'étoit qu'un oubli du copiste, les mêmes charactères se trouvaient en petit dans mon original. Ma grammaire est donc juste et ce qui fait icy pour moy plus que tout, le public s'en convainc enfin au Collège Royal, ou je parle tous les jours de chinois pendant une heure à et devant gens sensés, déja habiles dans les autres langues orientales, du premier mérite, et dont quelques uns viennent même de Sᵗ Roch pour l'apprendre[1].

J'ay l'honneur . . . . .

---

[1] Munich, Bibl. roy., Cod. gall., 656, II, dossier xII, n° 4.

VI

A Paris le 8 may 1733.

J'ay receu Monsieur votre lettre et je suis surpris que M. Guigues ne vous ait pas remis ses observations comme je luy avois fait ordonner par M. de Foncemagne; il luy reiterera demain mes ordres; au surplus on n'a point donné de Memoire à M. le Cardinal contre vous; outre cela n'en soyés point en peine, puisque vous sçavez que je ne déguise point la vérité et que je vous feray sçavoir le pour ou le contre des choses que vous devez sçavoir.

Je suis, Monsieur, tout à vous.

Le duc d'Antin.

> 1 page in-folio, sign. autogr.

M. de Fourmont.

A Paris, le 15 may 1733.

Monseigneur,

Votre Grandeur n'est point obéïe, et M. Guigues n'a voulu ni donner le cayer de ses remarques ni les dicter. Je passay lundi l'aprèsdinée entière chez luy avec mon frère et un ecclésiastique de nos amis. Nous le primes de toutes les façons, mais il nous fut impossible d'en rien tirer. Toute la communauté des Missions étrangères est scandalisée de son procédé, et quelques-uns de ces Messieurs le luy ont marqué, mais il demeure inébranlable. Votre Grandeur conçoit, Monseigneur, qu'une telle résistance ne sçauroit être sans principes et sans veües, en voicy entre autres une qu'il nous découvrit luy-même et qui est de la première conséquence que Votre Grandeur sçache. M. Guigues a donné aux Anglois un dictionnaire chinois étant encore à la Chine. Ce dictionnaire avoit été apporté en Angleterre par M. Harisson et remis à un sçavant nommé M. Reÿden; c'est pour ce M. Reyden, Monseigneur, que M. Mortimer, secrétaire de la Société de Londres[1] m'avoit, avant l'arrivée de M. Guigues, fait demander plusieurs fois les clefs chinoises. Comme en Angleterre on n'a point de charactères semblables aux nôtres, on y a pris la résolution de faire graver ce dictionnaire. Les retardemens de M. Guigues paroissent donc venir du dessein qu'il a que ce dictionnaire puisse être imprimé; et c'est sans doute pour cela qu'il me redemandoit la grammaire. Comme il n'a par luy-même aucune littérature grammaticale, qu'il sçait le chinois en négotiant et non pas en homme de lettres et que ce n'est que depuis qu'il est icy qu'à mon occasion il étudie les charactères, il a été tout étonné de voir cette langue réduite par méthode aux règles de l'art; et moi je n'ay pas

---

[1] Cromwell Mortimer, né dans le comté d'Essex; † 1752; médecin; élevé sous Boerhaave à Leyde; membre de la Société des Antiquaires de Londres, 21 mars 1734; membre de la Société royale, 4 juillet 1728; il en devint, grâce à Sloane, le 30 novembre 1730, deuxième secrétaire, poste qu'il garda jusqu'à sa mort.

été peu surpris, quand je me suis apperçû qu'il songeoit plus à l'impression d'Angleterre qu'à la notre, qu'il reculoit celle-cy pour laisser avancer celle-là jusqu'à nous dire qu'il avoit grand regret de n'être pas à Londres, où les Anglois luy avoient offert de luy procurer toute sorte d'avantages. Je ne vois, Monseigneur, qu'un moyen d'avoir les cayers de M. Guigues, c'est que Votre Grandeur luy ordonne de les rapporter chez elle, et qu'ensuite elle me les fasse remettre. J'offre même de les extraire à l'hôtel d'Antin et en présence de M. Guigues, s'il le veut, sans les emporter; mais il est de la justice que je les lise et je suis toujours prêt d'y répondre. Ma grammaire est très méthodique, M. Guigues ni tout autre ne sçaurait le nier. Il n'y a pu reprendre que trois caractères. Ces caractères tous trois avoient été corrigés par moy en petit dans mon original et je les luy ay envoyés sans attendre qu'il me les apprit. Je n'ajouteray à Votre Grandeur que ce mot, après 20 ans de travaux horribles et de plus aujourd'huy avec tous les secours que j'aurois jamais pu souhaitter en dictionnaires, grammaires, vocabulaires, &c., c'est un sort bien triste pour moy, Monseigneur, que de me voir périr tout en vie de maladies, de misères et de désespoirs, en proye à l'ignorance du premier prestre qui vient de la Chine, comme si je n'avois pas lu icy plus de livres chinois qu'ils n'en ont vûs et n'en connoissent. Un peu de confiance en moy, Monseigneur, et tout seroit apaisé. On l'a à Moscou, à Stockholm, à Leipsick, à Amsterdam, à Londres, et icy, parce que c'est ma patrie, j'ay le malheur de n'être pas écouté honeste homme, désintéressé, et lettré comme je le suis, et je manque de tout, après avoir avancé pour la littérature chinoise tout ce que je possédois [1].

J'ay l'honneur d'être, Monseigneur, avec le respect le plus profond, votre très humble et très obéissant serviteur.

Cependant Guigues examinait le travail de Fourmont :

REMARQUES ET OBSERVATIONS

SUR LA GRAMMAIRE DE M. FOURMONT (D. F.)

Ce cayer contient 91 pages écrites.

Ce cinquième jour de mars 1733 sur les 5 heures du soir, M. l'abbé Fourmont vint dans ma chambre accompagné de M. le Chevalier Didier et me remit un manuscrit intitulé : *Gramaire chinoise*, livre III°, contenant 194 feuillets in-folio. Ledit S. abbé me dit qu'il me remettoit ce manuscrit par ordre de M. le Duc d'Antin, afin que je l'examinasse.

Je sçais que M. Fourmont m'a remis cette III° partie de sa grammaire malgré luy et purement pour obéir à l'ordre, ou plustot aux ordres réitérés et pressans que led Seigneur Duc d'Antin luy a donné. On ne doit aucunement blâmer led S Fourmont d'avoir évité et empêché, autant qu'il l'a pû, que je fusse l'examinateur de sa grammaire chinoise.

[1] Munich, Bibl. royale, C. gall., 656, dossier XII, n° 5.

Il étoit assuré que je ne serois pas favorable à cet ouvrage; je luy avois déjà dit plusieurs fois, que toutes nos méthodes d'Europe pour apprendre la langue et les lettres chinoises étoient de vrays moyens pour empêcher de les apprendre. Tel a toujours été le sentiment de tous les Européens qui se sont rendus habiles dans le chinois, et cela après de longues expériences, et après avoir éprouvé en eux-même et dans les autres, qu'en s'appliquant à apprendre le chinois selon nos méthodes, on ne faisoit point ou presque point de progrez, qu'au contraire ceux qui ont suivi la méthode des Chinois ont fait plus de progrez dans un mois que les autres dans un an, même deux ans, surtout ceux qui se font aux manières et coutumes de gens de païs, qui ont la docilité des enfans pour les maîtres chinois qui les enseignent.

Suivent les conseils que Fourmont aurait dû demander au sr Hoang; étudier le 三字經, le 千字文, puis les 四書.

Le 27 juin 1733, Guigues recevait le troisième cahier de la grammaire que Fourmont lui faisait tenir par son neveu Du Puy et en commençait l'examen le « 28 juin 1733, un dimanche, entre 7 et 8 heures du matin ».

Enfin, l'abbé Guigues s'exécute; il remet le manuscrit[1] de ses observations qui me parait être, contrairement à l'avis de Fourmont, l'œuvre d'un homme sensé et connaissant son sujet. D'ailleurs, Guigues termine même son mémoire par une appréciation fort élogieuse dont tout homme moins vaniteux que Fourmont se fût certainement montré fort satisfait. Au bas du recto du dernier feuillet et en haut du verso, on lit :

Les gens d'esprit qui liront cet ouvrage avec attention reconnoîtront sans doute qu'il a coûté un travail immense à l'auteur. Pour moy qui sçais par une longue expérience que les missionnaires, après avoir resté longues années en Chine, tombent souvent dans des équivoques grossiers, je ne puis assez admirer comment M. Fourmont, n'ayant jamais été en Chine, ait pû composer cet ouvrage et comment il n'a pas fait plus de fautes. Achevé dans notre séminaire, ce 13e jour de juillet à 11 heures de nuit 1733.

A. GUIGUE,
p. M. a.

Je prie le lecteur de me pardonner les fautes d'écriture et les autres errata qu'il rencontrera dans mes remarques sur cette grammaire. On m'a si fort pressé de les achever

---

[1] Une copie se trouve à la Bibliothèque nationale; ms. fr. 12404, in-fol. Une copie manuscrite d'Abel Rémusat a figuré dans le catalogue des livres de ce savant sous le numéro 480, avec la description suivante : « Observations critiques sur la *Grammatica sinica* d'Ét. Fourmont, par A. Gigue [lisez Guigue], ou examen de cet ouvrage fait en ordre du Gouvernement, copié par moi, d'après un manuscrit autographe à moi prêté par M. de Tersan, le 6 février 1807, achevé le 17 auguste 1807. » In-fol.

et de les remettre que je n'ay pas eu le temps de les relire. Je n'ay releu qu'une partie du 1er cayer. »

Rémusat, *Nouv. Mél. As.*, II, p. 300, remarque à ce sujet : « On voit par l'examen, qui est resté en manuscrit, que Guigue avoit apporté à ce travail beaucoup de préventions défavorables; mais que ces préventions se dissipant à mesure qu'il avançait dans la lecture de l'ouvrage, ne lui laissèrent, en le terminant, qu'une grande admiration pour celui qu'il en croyait auteur. »

Le duc d'Antin ne manque pas de calmer les nerfs de son trop susceptible protégé :

VII

A Compiègne, le 21 juillet 1733.

Je n'ay pú répondre plustost, Monsieur, à votre lettre; vous n'avés qu'à faire imprimer votre réponse aux objections de M. Guigues, cela accoutumera le public à vous voir traitter la matière sur laquelle vous travaillés depuis si longtems; mais je vous recommande surtout de contenir la bile et de n'y point mettre d'aigreur, les discours les plus modestes étant toujours les mieux reçeus des honnestes gens.

Je suis, Monsieur, tout à vous.

Le duc D'ANTIN.

M. de Fourmont, 1 page in-fol., sign. autogr.

VIII

A Versailles, le 16 may 1734.

Je vous renvoye, Monsieur, votre état général de dépenses avec l'apostille que vous m'avés demandée. Sur les représentations qui m'ont été faites en votre nom, j'ai passé l'article des loyers.

J'ay vû avec plaisir, dans un mémoire dont on m'a rendu compte, que l'entreprise des caractères chinois étoit enfin au point ou vous désiriés de la pousser, et que vous avés actuellement deux dictionnaires complets; c'en est assez pour que vous puissiés commencer à mettre les sçavans en état de profiter de vos travaux. Le Roy veut bien n'user du droit qu'il a sur votre ouvrage que pour vous permettre de le communiquer au public. Vous pouvés donc faire imprimer les clefs chinoises, et même votre grammaire si vous le jugés à propos. Je ne doute ni de l'empressement des libraires à vous la demander, ni des applaudissements avec lesquels on la recevra.

Le dépost des caractères chinois est devenu par vos soins un receuil précieux; il est juste de vous en laisser la garde, jusqu'à ce que vous en ayés fait l'usage que le public attend; cependant s'il occupait trop de place dans votre maison, et qu'il commençât à vous incommoder, je le ferois transporter au Louvre plustost que de vous exposer à la dépense d'un loyer considérable. M. l'abbé Bignon, sous les ordres de qui vous estes chargés de la garde des livres chinois, ne refusera peut-être pas d'entrer dans les frais que ces livres vous causent.

Je suis, Monsieur, tout à vous.

Le duc d'Antin.

M. de Fourmont, l'aîné, sign. autogr.

Enfin, en 1737, Fourmont fait paraitre ses *Meditationes sinicae*[1], préludes de sa *Grammaire* qui est publiée en 1742[2]. La critique que réclamait Fourmont ne lui fit pas cette fois défaut. Mort le 18 décembre 1745, il eut le temps de lire, sinon de répondre, à la critique remarquable que le P. Fourreau[3] fit de son livre. Cette critique, dont le manuscrit est conservé à la Bibliothèque nationale, Nouveau Fonds chinois, 3422, est trop remarquable pour que je n'en donne pas quelques extraits qui sont une des meilleures leçons de chinois qui puissent être reçues.

RÉFLEXIONS

SUR LA GRAMMAIRE CHINOISE DE M. FOURMONT.

Ces réflexions qui me paroissent judicieuses et modérées sont du P. Fourreau [*sic*], Missionnaire Jésuite. Il avoit amené plusieurs Chinois avec lui, dont un entre autres étoit habile dans la littérature de son païs. Le père Fourreau se servit de ses lumières et com-

[1] « Meditationes sinicae, in quibus :

I° Consideratur *Linguae Philosophicae* atque *Universalis* Natura qualis esse, aut debeat, aut possit.

II° Lingua *Sinarum Mandarinica*, tum in *Hieroglyphis*, tum in *Monosyllabis* suis, eâ mente inventa ac talis esse ostenditur.

III° Datur eorumdem *Hieroglyphorum*, ac *Monosyllaborum*, atque inde, *Characterum* Linguae Sinicae omnium, quamvis innumerabilium, & *lectio*, & *intellectio*, seu *Ars legendi* & *intelligendi* tota, qualis Pekimi ab ipsis Doctoribus Sinis traditur.

IV° Idque omne, progressu à Libris merè Europaeis (de Sinâ tamen) ad Libros merè Sinicos, facto... Author Stephanus Fourmont... Lutetiae Parisiorum... Ex typographiâ Jose-

phi Bullot, M.DCC.XXXVII, in-fol., p. xxx-152 s. les ff. prél. »

[2] « Linguae Sinarum ‖ Mandarinicae hieroglyphicae ‖ Grammatica ‖ duplex, ‖ Latinè, & cum Characteribus Sinensium. ‖ Item ‖ Sinicorum ‖ regiae bibliothecae ‖ Librorum ‖ Catalogus, ‖ Denuò, cum Notitiis amplioribus & Charactere ‖ Sinico, Editus ‖ Jussu ‖ Ludovici Decimi Quinti. ‖ Author Stephanus Fourmont... ‖ Lutetiae Parisiorum... ‖ Ex Typographiâ Josephi Bullot. ‖ M.DCC.XLII, in-folio, p. xl-iv-516 s. les prél. et 2 ff. à la fin. »

[3] Pierre Foureau, né au Mans, le 13 novembre 1700; arrivé en Chine, 21 juillet 1733; rentré en France, 1740; † à Paris, 16 novembre 1749. En chinois, 吳多祿, *Ou To-lo.*

posa cette critique, dont il fit passer une copie à la Bibliothèque du Roi, en 1743 ou 1744. Celle-ci a été transcrite par M. Jault, professeur de syriaque au Collège Royal de France, et m'a été vendue, par son fils, en 1779.

DESHAUTESRAYES.

Les clefs chinoises qui sont à la fin sont extraites des *Meditationes sinicæ* du même M. Fourmont, imprimées en 1737.

TABLE.

RÉFLEXIONS SUR LA GRAMMAIRE CHINOISE DE M. FOURMONT

intitulée : *Linguae Sinarum Mandarinicae hieroglyphicae Grammatica duplex, Latinè et cum
Characteribus Sinensium item Sinicorum Regiae Bibliothecae Librorum Catalogus.*

Imprimée à Paris en 1742.

PRÉFACE.

Le sort de la plupart des ouvrages de littérature, lorsqu'ils paroissent au jour, est de
ne pouvoir satisfaire le goût de tous ceux qui les lisent, et d'avoir à essuyer des critiques
à l'épreuve desquelles ils ne se trouvent pas toujours. Celui dont il s'agit ici a un grand
avantage, c'est qu'étant sur une langue inconnue en Europe, il se voit par là presque à
couvert de toute critique, et paroit avec une assurance qui semble garantir son mérite.
Nos savans, dans les langues grecque, ebraïque, caldaïque et syriaque en jettant les yeux
sur cette grammaire chinoise, se trouvent dans un pays perdu, et ne connoissant rien à
ces caractères si rebutans au premier coup d'œil, dont elle est remplie, sont forcés de

suspendre leur jugement sur cet ouvrage, et de laisser son auteur jouir d'une reputation, qu'ils ne peuvent lui disputer jusqu'à ce qu'ils aient acquis assez de lumières en ce genre, soit par leur étude particulière, soit en profitant de celle d'autrui, pour en porter leur jugement.

M'étant trouvé depuis onze ans dans la necessité et à portée d'étudier la langue parlée et la langue écrite de Chine, on peut assez juger de l'empressement avec lequel j'ai dû lire cette nouvelle grammaire. Je l'ai lue, en effet, avec attention, mais nullement avec des yeux ni un esprit envenimés. Si je mets ici, par écrit, une partie des réflexions qu'elle m'a donné occasion de faire, c'est moins par un esprit de critique, que pour rendre à la vérité un témoignage qu'elle semble attendre de moi en ce pays, où les recherches de peu de nos savans se sont étendues jusqu'à la langue chinoise.

L'Allemagne avoit eu depuis longtems des gens habiles, que les caractères chinois, malgré leur multitude et leur apparente bizarrerie, n'avoient point rebutés. La Moscovie avoit eu un Bayer, dont la penetration et le goût particulier pour cette étude promettoient de grans fruits, qu'une mort prematurée nous fait regretter. Si la France a commencé plus tard à voir chez elle défricher le chinois, M. Fourmont prétend bien l'en dédommager par des connoissances qui l'emportent sur celles de tous les savans d'Europe qui avant lui s'y sont appliqués. Ses reflexions sur le peu de progrès qu'ils y ont fait, nous font souhaiter que ses productions sur le chinois ne puissent à leur tour craindre quelque nouveau Muller, qui les examinant à la rigueur n'applique, à leur auteur, une partie de ce qu'il a dit contre l'ancien Muller.

La grammaire chinoise étant un ouvrage sur lequel le public à qui on en a fait part, a tout droit d'exercer sa critique, je ne doute nullement que quelques missionnaires allemans qui sont à Peking, aussi zelés pour l'honneur de leur patrie que M. Fourmont peut l'être pour la gloire de la France, et très versés dans la connoissance des caractères chinois, ne donnent dans la suite, au public, un extrait de cette grammaire qui fasse voir à l'Europe, que pour la connoissance du chinois la France a peu d'avantage sur l'Allemagne, si même elle en a aucun.

En attendant leur jugement sur cette grammaire, je cherche à m'instruire moi-même par ces réflexions que j'ai faites. Je souhaite pour l'honneur de la France et celui de M. Fourmont de n'avoir pas toujours raison. S'il trouve que je sois bien fondé à ne pas penser comme lui, il peut de bonne heure rectifier des erreurs qu'un auteur peut corriger sans rien perdre de sa réputation, qui ne manqueroit pas d'en souffrir beaucoup si tout autre que lui, et surtout si quelque étranger, toujours à craindre lorsqu'il est piqué, pour peu qu'on lui donne prise, et au moins toujours jaloux lorsque rien ne l'intéresse personnellement, venoit à s'en faire le censeur.

DIVISION DE CET OUVRAGE.

Pour mettre ces reflexions par ordre, je les diviserai en deux parties. La première en comprendra de générales, dabord sur tout l'ouvrage, ensuite sur quelques endroits particuliers; après quoi entrant dans le fond de cette grammaire je ferai des réflexions, tant sur les préceptes que l'auteur donne pour bien parler, que sur les différentes façons de s'exprimer qu'il dit convenir dans les occasions qu'il propose. La seconde partie renfermera des reflexions sur la notice qu'il nous donne à la fin de sa grammaire, des livres chinois qui sont à la bibliothèque du Roi. Comme il s'étend beaucoup en parlant de ces livres, et qu'il fait l'analyse au moins de la plupart, c'est sur cela aussi que je ne pourrai me dispenser de m'étendre d'avantage. J'y garderai le même ordre que lui, rangeant les principales matieres sous différens articles. Je me trouve avoir heureusement entre les mains une grande partie de ces livres. Ce que j'en dirai sera si palpable que, sans savoir de chinois, chacun sera en état de juger entre M. Fourmont et moi, qui des deux a raison. La première partie fera voir surtout s'il sait la langue parlée; et la seconde, s'il sait la langue écrite. Étant obligé de citer souvent ses paroles, j'aurai attention à ne souligner que ce que j'aurai fidelement extrait de ses propres ouvrages; seulement, en citant les mêmes mots chinois que lui, je les écrirai suivant notre ortographe, afin qu'en les prononçant on leur donne le son qu'ils doivent avoir, ou du moins qu'on les defigure moins qu'on ne feroit si on les lisoit comme M. Fourmont les écrit...

PREMIÈRE PARTIE.

RÉFLEXIONS GÉNÉRALES SUR CETTE GRAMMAIRE.

ARTICLE 1.

Première raison qui en a retardé l'impression.

Parmi les raisons qui ont empêché M. F. de faire paroître plus tôt cet ouvrage, et qu'il expose au long dans sa preface, il y en a deux principales qui lui paroissent sans replique. La première qu'il appelle *irrefragable* est le tems immense qu'il lui a fallu employer à la gravure de ses caractères chinois, et qui lui a emporté en effet 22 ans, depuis 1720 jusqu'à 1742, ainsi qu'il nous en avertit lui-même.

Comme il témoigne un désir extrême de mettre ses ouvrages au jour avant que la mort le prévienne, vu la perte que feroit le public, si étant, selon lui, le seul qui puisse y mettre la dernière main, il se trouvoit n'en avoir pas le tems. On a peine à comprendre comment il n'a pas fait reflexion qu'ayant 120.000 caractères à faire graver, car il nous en promet tout autant, et ne pouvant ignorer le rare talent des Chinois pour la gravure des caractères, il eut bien abrégé ce travail s'il avoit passé en Chine sur quelqu'un des vaisseaux qui y vont tous les ans. Avec les ouvriers du pays, soit copistes soit graveurs, qu'il eut dirigé à son gré, et dont il auroit pu avoir des milliers et des plus excellents, il auroit fait exécuter en six mois ce qui n'a pu l'être ici en dix ans.

Il se plaint que les graveurs en bois sont ici en petit nombre, et qu'il n'avoit personne à qui il pût se confier pour le choix des caractères 'qu'il vouloit faire graver, pag. ij. *Eorum (characterum) seligendorum curam cui committerem praeter me mortalium nemo.* Il eut trouvé à Canton de quoi remédier à ces deux inconveniens. Le P. de Premare son ami, qui y a demeuré huit ans, se seroit fait un plaisir de seconder ses vues. Les caractères ainsi gravés auroient aisement été transportés par eau jusqu'à Paris pour l'impression de ses ouvrages.

Outre cet avantage qui lui auroit epargné tant d'années de travail, tant de peines et d'inquietudes, il auroit eu des caractères gravés tout autrement bien et avec la dernière exactitude. Dans le catalogue de ses ouvrages, imprimé en 1731, pag. 71, il dit que *le dessinateur dessine nos caractères et tous leurs traits compliqués, mieux que les plus habiles Chinois.* C'est dommage sans doute que les graveurs n'aient pas eu autant d'habileté et de patience ou de goût pour ces caractères que le dessinateur. Ceux qui sont dans sa grammaire ne nous prouvent pas leur talent quoiqu'il dise les avoir fait copier d'après les plus beaux livres. Pour en juger il suffit de les comparer avec certains livres imprimés en Chine : un coup d'œil eu fait voir la différence.

Mais les savans d'Europe ne se piquant pas de raffinement ni de delicatesse sur ces caracteres, ce seroit peu après tout qu'ils n'eussent pas toute cette netteté qu'on ne peut guère leur donner qu'en Chine, s'ils étoient exacts d'ailleurs. Il seroit trop long de faire ici l'énumération de tous ceux qui ne le sont pas. Dans cette grammaire j'en ai trouvé plus de 80 qui sont tronqués, manquant de quelques traits qu'ils doivent avoir, ou en ayant plus qu'il ne leur en faut.

Chaque caractère chinois est tellement asservi à un certain nombre de traits qui lui sont propres, que la moindre erreur en ce genre ne se pardonne point et suffit souvent pour leur faire changer de son ou de signification, ou, tout au moins, pour les défigurer.

Article 2.

Des faux caracteres qu'a employé M. F.

Mais ce qui est bien plus important, c'est qu'un grand nombre des caracteres de cette grammaire sont absolument faux. Ceux qui devroient les remplacer sont d'une figure et d'une signification différente, quoique la plupart à la vérité compris sous le même son ou à peu près. J'en ai trouvé plus de cent de cette espèce, sans cependant compter pour double le même caractère qui se trouve repété avec son erreur en differens endroits. Ne pouvant rapporter ici tous les exemples que nous en fournit cette grammaire, je n'en citerai que quatre. Pag. 28 on voit le caractère *yéou* qui signifie « le coté droit », mis au lieu de *che* « tapis ». Pag. 156 pour dire « nuper » *póu kieoù*, M. F. se sert du caractère *kieoù* qui signifie « 9 » : il falloit un autre *kieoù* qui veut dire « diu ». Pag. 313 pour exprimer la resurrection, qui est *foù hŏ* « iterum vivere », au lieu du caractere *foŭ*, qui signifie *iterum* il emploie celui de *foŭ* « bonheur ». Il traduit, à la vérité, *beata vita;* mais on n'a jamais réuni ces deux mots pour dire ni la resurrection ni quelqu'autre jour de fête que ce soit. Pag. 324, pour exprimer « une poignée » *pugillus,* il met le caractère *cha*, qui signifie « de la gaze » : il falloit celui de *tchao*, qui veut dire « ce que peut contenir le dedans de la main qui n'est pas entièrement fermé », etc.

Afin de ne rien avancer sur toutes ces erreurs que je ne puisse justifier, j'ai dressé et mis à la fin de ces reflexions un catalogue où l'on voit sur une colonne ces caractères comme ils sont écrits dans cette grammaire; et sur une autre colonne qui lui répond les mêmes caracteres mais écrits exactement, aussi bien que ceux qui devroient avoir été écrits, au lieu de ceux qui sont absolument faux. Des chiffres qui y sont joints, indiquent la page de cette grammaire où ils se trouvent et lorsque pour le même caractère différentes pages sont indiquées, c'est que la même erreur se trouve repetée.

A la suite de ce catalogue je rapporte plus de 80 phrases qu'il donne pour être d'usage, mais qui ne sont nullement ni de la langue parlée ni de la langue écrite, et par conséquent inintelligibles.

Je marque seulement les caractères dont il s'est servi avec le numéro des pages où ils se trouvent. Ceux qui seront curieux de savoir le son et la signification qu'il leur donne pourront consulter sa grammaire aux pages indiquées. En parlant du fond de cette grammaire je parlerai en détail de quelques unes de ces phrases.

ARTICLE 3.

Seconde raison du retardement de cette grammaire.

La seconde raison qui a privé le public pendant tant d'années des travaux de M. F. est le tems qu'il a fallu employer à copier ce qu'il avoit recueilli, et qui doit être la matière de ses differens dictionnaires, dans lesquels il a entrepris de nous donner cent vingt mille caractères chinois. Mais plus des trois quarts de ces caractères sont tout à fait hors d'usage, et par conséquent assez inutiles. . . . .

ARTICLE 6.

Pourquoi la langue ordinaire se nomme langue mandarine.

Ce qu'il dit à la même page [p. viii des *Médit. Sin.*], *linguam quidem vulgarem, imo popularem eorum quos habitant locorum, addiscunt at Mandarinicam nec vel attingunt*, donneroit à entendre qu'il n'a pas même une idée juste de la langue mandarine, qu'il distingue de la langue vulgaire. Il est vrai que dans ces deux caractères *koûân hóa*, que les Européens traduisent ordinairement par *langue mandarine*, mais très faussement si par là on entend une langue qui soit propre des Mandarins, le caractere *koûân* est le même que celui des Mandarins; mais il ne signifie point cela ici, ayant d'ailleurs d'autres significations; par exemple, tout ce qui appartient immédiatement à l'Empereur, soit à Peking soit dans tout l'empire, ne fût-ce que la moindre bagatelle, se désigne par ce caractere *koûân*, aussi bien que la plupart des choses qui sont publiques et à l'usage du public.

L'on dit *koûân taò* « un chemin public », *koûân kiai* « une grande rue ». Ainsi *koûân hóa* ne signifie que la langue ordinaire, publique et qui se parle universellement dans tout l'empire.

C'est suivant cette idée que les Chinois qui ont entendu parler de notre langue latine, et savent qu'elle a cours dans toute l'Europe, l'appellent *si yáng koûân hóa* « la langue mandarine de la mer d'Occident » : c'est le nom qu'ils donnent ordinairement à l'Europe. Or dirons nous que le latin ne soit chez nous que la langue des officiers de guerre ou de robe, car le mot de « mandarin », qui vient du portugais *mandar* « commander, gouverner », ne signifie que cela. A Peking et dans une grande partie de l'empire on ne parle que le *koûân hoá*, qui est là ce que la langue françoise est chez nous. A la cour on le parle mieux que parmi le peuple, mais c'est toujours la même langue. Distinguer donc la langue vulgaire ou populaire du *koûân hoá* ou de la langue mandarine, c'est d'une même langue en faire deux, et supposer que les mandarins qui tous les jours sont tirés d'entre le peuple, commenceront à apprendre, lorsqu'ils sont elevés en dignité, une langue dont ils n'avoient auparavant aucun usage.

D'ailleurs si la langue qu'ils parlent n'étoit pas la vulgaire, comment sont-ils entendus des peuples qu'ils gouvernent? Car enfin, puisque selon M. F., cette langue vulgaire ou populaire est propre de certains endroits, elle doit varier selon les différens lieux. Or n'étant pas la même partout, et les Chinois ne pouvant jamais être mandarins un peu considérables dans leur propre province, et même étant souvent transportés d'une province à l'autre, il s'ensuivroit qu'ignorant la langue vulgaire ou populaire des différens endroits où ils sont envoyés exercer leur emploi, ils ne pourroient être entendus de leurs inférieurs.

On ne peut prêter une idée si absurde à M. F. Il sait bien sans doute qu'un mandarin est entendu quelque part qu'il soit dans l'empire quoiqu'il ne parle que la langue qu'il a sucée avec le lait, à moins qu'il ne soit par hasard, né dans quelqu'un des endroits où elle n'est pas en usage, et qu'il ne lui eût fallu en faire une étude particulière : car je ne prétens pas ici que, malgré cette universalité de la langue mandarine, qui n'est pas également pure partout, il n'y ait quelques endroits ou regnent des jargons particuliers qui n'ont aucun rapport avec elle; mais il n'y a aucun de ces endroits ou du moins les honnêtes gens, et en particulier les gros marchands, n'entendent cette langue mandarine, ainsi que M. F. en convient pag. 10 *Gram.* : si donc il n'avoit prétendu lui opposer que ces jargons, il auroit raison d'en faire deux langues différentes, sans cependant que ce qu'il dit d'une partie des missionnaires, *linguam mandarinicam nec vel attingunt quidem,* puisse être vrai, puisque tous, même par nécessité, s'appliquent au *koûân hoá* ou langue mandarine.

ARTICLE 7.

Sur l'ortographe portugaise.

On a peine à comprendre pourquoi M. F., qui écrit principalement pour des François, se sert partout de l'ortographe portugaise en marquant les sons des caractères chinois. Il faudra donc qu'un François qui voudra étudier la langue chinoise dans les ouvrages de M. F. commence par apprendre sinon la langue au moins l'ortographe portugaise; et ce n'est pas là un petit travail, vu la différence très considérable d'avec la nôtre. Ce n'en seroit pas même un médiocre d'avoir à consulter presque à chaque mot un catalogue ou cette ortographe répondit à la nôtre. Mais après tout ce travail seroit indispensable s'il étoit vrai, comme le dit M. F. que l'ortographe portugaise fût plus propre que celle des autres langues d'Europe à exprimer les sons chinois.

Pour ne rien dire là dessus de trop general et sans preuve, il faut savoir que la langue portugaise n'a ni notre *u* ni notre *e* muet, l'*u* étant toujours *ou*, et l'*e* toujours fermé;

et par là elle ne peut absolument bien rendre la prononciation chinoise où ces deux sons se rencontrent fort souvent, et sans lesquels les équivoques sont fréquentes et inévitables. Moins cette langue a de son, plus il est essentiel de les rendre avec toute l'exactitude possible, si l'on veut être entendu. Un exemple le prouvera : *yù* en chinois signifie « de la pluie ». N'y ayant point de mot unique pour dire qu'il pleut, on dit qu'il tombe de la pluie, *hià yù*. Or ce *yù* prononcé *you* à la portugaise signifie « de l'huile ». De là vient qu'à Peking un Chinois accoutumé aux différentes prononciations des missionnaires françois et portugais disoit que quand il tombait de la pluie chez les peres françois il tomboit de l'huile chez les peres portugais. Je pourrois citer un grand nombre de pareilles équivoques.

L'ortographe portugaise étant si peu propre à bien rendre les sons chinois, quelle peut donc être la raison qui a engagé M. F. à la préférer à la françoise? Je n'en puis supposer d'autre sinon que les premiers memoires qu'il a eu sur le chinois s'étant trouvés écrits suivant cette ortographe, et en ignorant les conséquences, il s'y est ensuite tellement accoutumé qu'il lui a été plus aisé d'en faire usage que de tout autre. Je n'avois d'abord regardé cette raison que comme une pure conjecture mais j'ai appris depuis, de bonne part, que c'est précisément cela qui l'a déterminé en faveur de l'ortographe portugaise.

Il nous en apporte lui même deux autres raisons, pag. 6 de sa *Grammaire*, mais dont la moindre reflexion fait voir le foible. La première est que cette façon d'écrire le chinois est la plus ancienne, et a été la plus usitée parmi les missionnaires. Cela est vrai parce que les premiers qui ont penetré en Chine étant portugais il étoit naturel qu'ils se servissent de leur ortographe pour exprimer les sons chinois avec nos lettres. Les pères italiens qui ont vécu en Chine n'ayant pas une ortographe plus favorable pour le chinois, ont dû se conformer à l'usage des pères portugais. La plupart des autres missionnaires qui dans la suite sont allés en Chine, ayant trouvé cette façon d'écrire établie, s'y sont accoutumés plus par usage que par réflexion. Mais le P. de Premare, et le plus grand nombre des pères françois, qui n'ont penetré en Chine que tard, ayant enfin reconnu l'avantage de notre ortographe sur la portugaise pour écrire le chinois, s'en sont servis avec grand succès, comme on le voit dans la *Description de la Chine* du P. Du Halde. Deux exemples tirés d'entre mille en sont une preuve convainquante. Les Chinois ont comme nous le mot *long*; le sens qu'ils y donnent est différent, mais le son est le même. En l'écrivant *lom* suivant l'ortographe portugaise, qui est le François qui s'avisera de prononcer *long*? Le son de *se* dans les mots *se taire* n'a rien de difficile pour nous, et est précisément le son chinois. Qu'on l'ecrive *sie* comme les Portugais et M. F. d'après eux, un François manquera sa véritable prononciation. M. F. convient lui même que les missionnaires françois ont employé l'ortographe françoise; cela auroit dû l'engager à faire quelque reflexion sur les motifs qu'ils ont eus d'aller contre le torrent de ceux qui les ont précédés.

La seconde raison qui lui a fait préférer l'ortographe portugaise à toute autre est que tous les savans ont suivi cette ancienne façon. Les écrits des missionnaires qu'ils avoient entre les mains étant selon cette ortographe, et ignorant les vrais sons chinois, ils ont dû suivre aveuglement le chemin battu. Il est étonnant que M. F. ayant si peu menagé Muller et la plupart des savans d'Europe qui ont écrit avant lui sur la langue chinoise, il ne les ait pris pour modèle que sur cette erreur particulière, pardonnable à des étrangers, mais nullement à un François qui a eu devant les yeux de quoi se détromper là dessus.

Extrait de l'article 2 ; *Des Collèges chinois*, dans *les Réflexions générales sur quelques endroits particuliers de cette grammaire.*

C'est cependant en suivant cet usage que les pères Ricci, Aleni, Diaz et tant d'autres anciens missionnaires, et parmi les plus récens les pères Hervieu et de Premare, ont fait dans la langue savante de Chine ces rares progrès que les Chinois eux-mêmes ont admirés. De ces habiles missionnaires que j'ai nommés, le P. Hervieu est le seul qui vive encore. Il demeure à Macao, où il s'occupe sans relâche à un nouveau et vaste dictionnaire chinois, qui sera fort utile à ceux qui dans la suite étudieront cette langue. Je doute qu'il puisse être du goût de M. F., mais il n'en sera pas moins propre à mettre au fait du vrai génie de la langue.

Est-il bien possible que M. F. ait pu s'imaginer qu'en son cabinet il ait inventé une meilleure façon d'apprendre et d'enseigner le chinois, qui n'a rien de commun avec toutes les langues de l'Europe, que tant de gens de mérite, qui étant à la source même, après tant d'années d'une constante application ont dû reconnoitre le plus sûr et le plus court chemin pour arriver à une parfaite connoissance de la langue. Je ne parle plus ici de cette langue parlée, qu'il est pardonnable à M. F. d'ignorer puisqu'il n'en a point cet usage avec lequel seul il est possible de l'apprendre; mais je parle uniquement de la langue écrite, dans laquelle on peut, quoique avec plus de peine, se rendre habile sans le secours de la langue parlée. La préférence que M. F. donne à sa grammaire sur celle du P. de Prémare nous prouve ce qu'il pense là-dessus.

Article 3.

Variations de M. F. sur la grammaire du P. de Premare.

Il est surprenant de voir M. F. en 1732 parler de la grammaire du P. de Premare, dans une lettre qu'il lui écrivit, d'une manière toute différente de celle dont il en parloit ici, dans son catalogue imprimé un an auparavant. Mais en 1731 il avoit besoin d'appui pour faire valoir ses progrès dans le chinois, et il ne trouva pas de meilleur moyen pour cela que de montrer la conformité de sa grammaire avec celle du P. de Prémare, qui possedoit, dit-il, page 101 de son catalogue, *la langue chinoise en sa perfection. Ma grammaire*, observoit alors M. F., page 108, *s'est trouvée absolument la même que celle du P. de Premare, soit pour les préceptes, soit pour les caracteres qui expriment chaque terme.* Page 112. *Dans la notice du P. de Premare, il ne s'est rien trouvé appartenant à la Grammaire chinoise, qui ne fût dans celle que j'avois faite! Noms, pronoms, verbes, particules, termes de civilité, tout s'y voit expliqué de la même façon.* Page 113. *Tout son livre... est plein d'exemples du bel usage.* Enfin, disoit-il, page 114, *ceux qui firent la comparaison de ces deux grammaires, ayant tout lu et relu et bien pesé, demeurèrent pleinement convaincus que la grammaire de M. F. etoit pour le fond des choses absolument la même que celle du P. de Premare.*

Qui s'imagineroit qu'un an après cette grammaire se reduisit presque à rien, par la critique que M. F. en fait dans sa lettre citée pag. xvii et suivantes de la preface de sa *Grammaire*. Un grand nombre de personnes, dit-il au P. de Premare, jugent qu'elle manque de méthode. Elles regardent le 3e et le 4e livres comme une répétition des deux premiers, &c. En un mot elles pensent qu'elle n'est rien moins qu'une grammaire. *Excusavi ego*, ajoute M. F. page xix, *quantum in me fuit, sed oleum perdidi*. Compliment inutile, car il adopte leur jugement et il termine par ces mots page xxi : *Talis est haec illa tua Linguae Sinicae Notitia. Opus entè mî Pater, phraseologiae, atque eruditionis sinicae plenum, opus meâ quidem sententiâ pretii cujusvis, ut alibi dixi; sed Rhetoribus id quàm Grammaticis, ac Linguam Sinicam docendis, utilius esse ipse confitebere.*

M. F. rapporte ensuite au P. de Premare le sentiment de quelques personnes en particulier, qu'il appelle doctes, afin de donner plus de poids à leur jugement, *docti quidam;* il lui dit qu'elles trouvent sa notice sans méthode et un vrai composé d'observations plutôt que de preceptes. Elles jugent aussi que c'est un défaut d'avoir discontinué dans la dernière partie du 2e tome, ainsi que dans les tomes 3 et 4 tous entiers, de marquer les tons des caractères. Selon elles le P. de Premare multiplie trop les exemples, montre souvent de l'incertitude dans la signification des mots, repète des observations communes et en fait de superflues. La lettre finit par indiquer au P. de Premare diverses negligences dans lesquelles M. F. croit qu'il n'auroit pas dû tomber. Mais écrivant tout cela en 1732 avoit-il oublié que les années précédentes il donnoit la grammaire du P. de Premare comme la pierre de touche de la sienne, dont, selon lui, le mérite se connoissoit par la conformité qui étoit entr'elles? Car enfin si cette grammaire du P. de Premare est aussi defectueuse qu'il le lui marque, celle de M. F. le sera aussi d'autant plus qu'elle lui est plus conforme. Il auroit donc dû, pour son propre intérêt, ou lui donner moins de louanges si elle en mérite peu, ou en parler moins mal après l'avoir ainsi louée. Il ne s'attendoit pas apparemment qu'on dût rapprocher tant de choses contradictoires, qu'il a dites, à la vérité, en différens tems, mais sur le même ouvrage qui, n'ayant point changé, a toujours également merité d'être loué ou blamé, surtout par la même personne.

Cette lettre au P. de Premare n'ayant paru qu'en 1742, il veut, selon les apparences, qu'on s'en tienne à ce qui y est dit de la grammaire du P. de Premare. Ainsi oublions les éloges qu'il lui donnoit encore en 1737, tems auquel les Méditations chinoises ont paru, et où il dit, page xxi de la preface : *Grammatica Premari eruditissimi... multò, imò ex omni parte propter characteres commendabilior... liber profectò, auro contra caras, propter exemplorum multitudinem.* M. F. se flattoit même alors et nous faisoit esperer que le tems viendroit où il pourroit la mettre au jour.

ARTICLE 4.

Si quelque missionnaire de Chine a été jusqu'ici en état de nous donner un bon Dictionnaire chinois.

Pour que l'on sache combien parmi les missionnaires de Chine quelques uns ont été versés dans la connoissance du chinois, et quels ouvrages ils ont composés en cette langue, on conviendra aisément qu'ils étoient fort en état de nous en donner de bons dictionnaires. M. F. paroissant ignorer et leurs travaux et leurs progrès dans la langue chinoise, est, peut-être, le seul qui pense différemment. Le jugement qu'il porte là-dessus est des plus absolus. Voici ses paroles (page XXXIX de la pref. de sa gram.) : *At nonne, inquies, à primis illis missionnariis Riccio, Trigaltio, Magalhano, nonne à Diazio, &c., elaborata Dictionaria et Vocabularia sunt?... non potuere illi, eo cognitionis nondum devenerant.*

En citant les anciens missionnaires qui ont été les plus habiles, M. F. auroit pu nommer comme un des premiers le fameux P. Aleni s'il l'avoit bien connu. Le P. Ricci et lui ont été regardés, par les lettrés chinois, comme très savans dans la connoissance de leurs caracteres. Mais ce n'est point au jugement des lettrés chinois qu'il faut s'en tenir sur le compte de ces habiles gens, dont les ouvrages font et feront toujours leur éloge, et ont servi à donner aux Chinois une grande idée de la pénétration des Européens. C'est à M. F. à nous apprendre ce que nous en devons penser : aussi il nous dit franchement qu'ils n'en savoient pas assez pour faire des dictionnaires sur la langue chinoise.

Après une telle décision il n'est pas étonnant que parmi les nouveaux missionnaires il n'en trouve aucun capable d'un tel ouvrage. Le P. de Premare, son ami, mérite sans doute d'être excepté; puisqu'en 1731, page 101, de son catalogue, il disoit : *Je reconnois ici et dois avouer toute supériorité dans le P. de Premare.* A la Chine depuis vingt-neuf ans (il auroit du dire trente-deux, ce père y étant arrivé en 1699) *il en possède la langue en perfection;* et par conséquent il étoit en état de nous en donner un dictionnaire. Mais en 1742 M. F. change bien de note, et lui reproche des préjugés qui l'en rendoient incapable. Page XL de la preface de sa grammaire : *Premarus quantis in eam rem praejudiciis erat! quàm huic eidem rei repugnantibus! Sic nec potuit, nec rectè esset executus!* Nous laissons au public à juger à quoi l'on doit donner le nom de préjugés, ou aux connoissances que le P. de Premare avoit puisé en Chine même sur la langue chinoise pendant plus de trente ans, ou aux idées que M. F. s'en est formé à Paris.

Après avoir ainsi décidé que le P. de Premare étoit hors d'état de faire un bon dictionnaire, il vient à celui que le P. Hervieu et lui avoient fait, et prononce décisivement : *Dictionarium illud lectoribus omnibus aut inutile, aut merè incommodum... Si sinicè norint, quàm incommodum quod et pronunciationes et toni ubique divinandi.* Ce dictionnaire, où ils ont mis en chinois ce qu'il y a de meilleur dans celui de Danet, a été uniquement fait pour apprendre le latin aux Chinois déjà versés dans la connoissance de leurs caractères et qui se disposent à être missionnaires dans leur patrie. Malgré cela M. F. veut qu'on mette à côté de ces caractères leurs prononciations et leurs tons, c'est-à-dire que les Chinois, ou les missionnaires déjà initiés dans la littérature chinoise, qui se serviront de ce dictionnaire, connoissent ces caracteres et ne les connoissent pas. M. F. suppose qu'ils les connoissent en disant *si sinicè norint,* ce qui ne peut s'entendre de la langue parlée, puisqu'il ne s'agit ici que de l'écriture. Ils ne les connoissent pas, puisqu'ils ont besoin, selon lui, qu'on leur en marque la prononciation et les tons. Il est étonnant que M. F. ne sache pas que les caractères chinois renferment pour ceux qui les connoissent bien et leur prononciation et leurs tons. Sans cela comment liroient-il leurs livres, où les caractères sont nuds et sans aucun éclaircissement lateral? Dira-t-il aussi de ces livres : *Quàm incommodum quod et pronunciationes et toni ubique divinandi?*

L'idée que M. F. a de ses progrès dans la langue chinoise.

Mais puisque ce dictionnaire des PP. Hervieu et de Premare est inutile ou incommode, et que les plus habiles missionnaires ne l'ont jamais été assez pour en faire un bon, à qui aurons-nous donc recours? Si l'on veut s'en rapporter à l'idée que M. F. nous donne lui même de ses progrès dans la langue chinoise, nous ne saurions manquer d'avoir un excellent dictionnaire dans celui qu'il nous promet. Il a déjà l'avantage sur cet autre d'avoir été composé auparavant : *Sic Dictionarium meum Latino-sinicum multò anterius, cum anni sit 1724 et 1725.* Ce seroit peu s'il n'avoit que cet avantage. La connoissance qu'il a des caracteres chinois le met en etat de lui donner toute sa perfection.

Ecoutons-le lui même sur ses progrès, pag. 33o de sa *Grammaire;* il parle ainsi : *Artem hominibus nostris omnino novam, eamque magnificentissimam & certissimam tradidi ego princeps resolvendorum analyticè characterum sinicorum.* Puis parlant de la prononciation : *Apertae à me tibi ad pronunciationem januae complures : hoc enim Arcanum à saeculo Europaeis absconditum.* Pag. 332 : *Si ergo quaerere et scire characteres, non hujusce tantum loci sed omnium omnino librorum sinicorum, aperui tibi viam... quod hîc tradidi ignorant plaerique Sinae, certè ignoravere nostri hactenus.* Des connoissances si étendues sur le chinois ne sont pas même nouvelles pour M. F.; dès l'an 1737, pag, 52 de ses Meditations chinoises, il avoit déjà dit : *Hactenus quidquid eruditorum fuit, in characterum Sinicorum lectione difficultatem repperit summam. Nunc plana via est; quotquot enim legendi rationes, eas cunctas assecuti sumus, idque gradatim, ita scilicet à notis ad ignota ascendimus, ut quidquid eâ in re maximè abstrusum videbatur, detexerimus.*

Avant M. F. jamais personne, selon lui, pas même les mandarins, n'avoit bien connu toute la force de leurs caractères. C'est ainsi qu'il s'exprime page XXXVII de la preface de sa *Grammaire* : *Quin etiam mandarini ipsi... in his plaerisque caecutiunt et linguae divinè inventae usu contenti, nec vim characterum Sinicorum omnem, quanto vires humanas consuetas intervallo superarit, unquam satis attenderunt.* Voilà une obligation bien singulière que les Chinois ont à M. F. Depuis plus de quatre mille ans ils étudioient leurs caractères, sans en pénétrer toute la force. Il vient aujourd'hui la leur faire connoître. Sans lui cette langue divine seroit toujours demeurée dans son obscurité. Ainsi se croyant le seul qui ait bien pénétré le vrai sens des caractères, n'a-t-il pas eu droit de nous dire, page 11 de ses Meditations chinoises : *Artem orbi incognitam... nos hodie sumus... certam indubitatamque ostensuri... paradoxam insolensque, certum tamen.*

Après cela n'est-il pas bien fondé à nous promettre un dictionnaire sur les tons chinois, dans lequel on trouvera un nouvel ordre, et pour tout dire, en un mot, plus chinois que tous les autres qui ont passé jusqu'ici, page XXXIX de la preface de sa *Grammaire*. Ayant ainsi préféré son dictionnaire à ceux même des Chinois, il fait voir que c'est leur faute s'ils n'ont pas fait autant de progrès que lui dans leur langue, puisqu'ils avoient comme lui leurs livres pour guides, et dans lesquels quelques uns d'eux se sont instruits, ou du moins devoient s'instruire. Quant aux missionnaires, il n'adoucit en rien sa décision, et déclare qu'ils sont demeurés jusqu'ici dans une vraie ignorance là-dessus, pag. 332 de sa grammaire : *Quod hic tradidi, ignorant plaerique Sinae, certè ignoravere nostri hactenus; sed doctores et mandarini eximii scivere et sciunt omnes, aut ex suis ipsorum libris scire debuere.*

Quelque avantageux que soit pour la République des lettres un dictionnaire chinois tel que l'a promis M. F. il ne veut pas que ce soit la seule obligation que nous lui ayons, ni le seul fruit de ses études en ce genre; aussi nous dit-il, préface de grammaire, pag. xxxix : *Quid si eximias quasdam, eâ ipsâ de re, cogitationes fuero etiam impertitus tibi? Esset quoque super, opus quoddam magnum... in Europae gratiam edendum nobis, aut trium, aut quatuor, aut plurium etiam in folio* (chartae enimverò hîc non parcendum). On ne doit pas, en effet, ménager le papier, puisqu'il sera si utilement employé. 3 ou 4 in folio ou plus encore, de certaines belles pensées sur le chinois en valent sans doute la peine, et nos savans d'Europe ne peuvent manquer de faire à un tel ouvrage tout le bon accueil qu'il mérite.

L'examen du Catalogue des livres chinois de la Bibliothèque du Roi qui termine le manuscrit du P. Foureau est une remarquable étude bibliographique dont j'ai eu déjà l'occasion de parler. Je ne puis partager ici l'indulgence dont fait preuve Abel Rémusat, *Nouv. Mél. As.*, II, p. 302, à l'égard de cette œuvre de Fourmont :

Le Catalogue des livres chinois de la Bibliothèque du roi, qui avait déjà été publié dans le premier volume du *Catalogus cod. mss. reg.*, mais sans caractères chinois, est réimprimé à la suite de la *Grammatica*, et il y offre les titres des livres en chinois. C'est un travail estimable, malgré ses imperfections. Ce que possédait alors le cabinet du roi consistait en plus de deux cents volumes tartares, indiens, et près de quatre mille volumes chinois, dont l'acquisition était due aux relations que Fourmont entretint toujours avec les plus habiles missionnaires de la Chine. Néanmoins, les fautes multipliées qu'il n'avait pu éviter de commettre dans une matière avec laquelle il était si peu familiarisé, les erreurs touchant le contenu des livres, le nom des auteurs et éditeurs, la date de la publication et les autres circonstances bibliographiques et littéraires qu'il crut être eu état de faire connaître, l'exposèrent à une critique sévère de la part des PP. Foureau et Porquet. Leurs critiques sont consignées dans deux ouvrages manuscrits que possède la Bibliothèque du roi.

J'ai eu l'occasion de relever un grand nombre des erreurs de Fourmont dans ce catalogue [1]. Le fonds chinois de la Bibliothèque du Roi a d'ailleurs joué de malechance, car malgré, et peut-être même à cause des efforts de Stanislas Julien nous n'en avons même pas encore un catalogue digne de ce grand établissement.

En dehors même de sa vanité personnelle, la confiance en soi dont fit preuve Fourmont dans cette grande lutte serait assez inexplicable si l'on n'avait dé-

---

[1] Essai d'une Bibliographie des ouvrages publiés en Chine par les Européens au xviiᵉ et au xviiiᵉ siècle, par Henri Cordier. Paris, Ernest Leroux, 1883, in-8°.

couvert depuis que l'œuvre de ce savant qui attaquait les missionnaires n'était
que le plagiat du livre peu connu d'un missionnaire.

Le dominicain Francisco VARO avait imprimé à Canton en 1703, une
grammaire dont j'ai parlé à plusieurs reprises et dont Fourmont obtint un
exemplaire d'un augustin, le père EUSTACHE, qui l'avait rapporté de Rome[1].
L'ouvrage de Varo était à peu près inconnu en Europe et personne n'eut l'idée
que ce n'était pas par ses fautes mêmes qu'il fallait attaquer l'œuvre de Fourmont, mais par son origine. Comme le fait remarquer Abel Rémusat, l'analogie entre les grammaires de Varo et de Fourmont était frappante :

> Elle ne s'arrête pas aux titres des chapitres, mais elle porte aussi sur le choix des
> exemples, et jusque sur leur arrangement dans chaque article. Les mêmes phrases, tou-
> jours composées des mêmes mots et disposées dans le même ordre, se retrouvent dans
> les deux grammaires, de sorte que celle de Fourmont n'est, à proprement parler, qu'une
> traduction latine de celle du P. Varo. Ainsi, ce dernier a eu le même sort que son con-
> frère le P. Basile de Glemona, dont le dictionnaire chinois-latin, après s'être perpétué
> par une foule de copies qu'en ont faites les missionnaires de la Chine, a fini par être im-
> primé, de nos jours, sous le nom d'un autre. Ce qu'il y a de plus blâmable dans le pro-
> cédé de Fourmont, c'est d'avoir tâché d'atténuer, autant qu'il étoit possible, le mérite de
> la grammaire du dominicain, et de prévenir le soupçon de plagiat, en assurant qu'il
> n'avoit reçu le livre du P. Varo qu'après la composition de sa grammaire, postquam, dit-
> il, dictionaria mea grammaticamque sinicam confecissem. [Med. Sin., p. xxj.]

> On ne pouvoit se dispenser de faire mention de cette particularité d'histoire littéraire,
> d'abord parce qu'elle doit faire compter une grammaire chinoise de moins, puisque celle
> de Fourmont se trouve n'être qu'une copie ou une traduction de l'Arte de la lengua man-
> darina; et ensuite parce qu'elle montre la source d'une infinité d'erreurs graves qui sont
> dans la Grammatica sinica. Le P. Varo n'avoit pas mis de caractères aux phrases chinoises
> qu'il rapportoit, mais il avoit marqué régulièrement la prononciation et les accens. Four-
> mont a ajouté les caractères, mais très souvent il s'est trompé dans le choix de ceux qui
> avoient la même prononciation : circonstance qui acheveroit, s'il en étoit besoin, de dé-
> montrer jusqu'à l'évidence qu'il ne travailloit pas sur des textes, mais d'après des phrases
> écrites en lettres latines. Remarquez de plus que les trois cent quarante pages in-f° de sa
> grammaire ne contiennent presque pas plus de matière que les cent pages du P. Varo,
> parce qu'il s'est servi, pour l'impression des exemples, d'un corps de caractères chinois
> d'une grosseur excessive, qui occupent une place considérable et laissent beaucoup de
> blancs [2].

Enfin, je crois que nous ne pouvons mieux terminer ce vilain chapitre de
notre histoire scientifique que par ces paroles de Pauthier : « Cet homme (Four-

---

[1] Cf. Med. Sinicae, p. xxj. — [2] Éléments de la grammaire chinoise... Paris, 1822, in-8°,
p. xiv et xv.

mont) est en sinologie un type d'orgueil, de vanité et de mauvaise foi, qui a fait école. Tout dans ses écrits et dans sa conduite dénote une personnalité tellement vaniteuse qu'elle inspire la pitié[1]. »

L'étude de la grammaire de Fourmont inspira, en 1787, à un Anglais nommé Daniel WEBB, l'idée que la langue grecque était dérivée du chinois[2] ! Nous donnons un échantillon des preuves que ce fantaisiste apporte à l'appui de sa théorie. Il ne faut pas confondre ce Webb avec un autre faiseur de paradoxes, John Webb, de Butleigh, comté de Somerset, qui vivait plus d'un siècle auparavant. C'est ce John Webb qui avait découvert, dans son imagination fertile que le chinois était la langue primitive parlée par les hommes avant la confusion causée par la construction de la tour de Babel[3]. Des savants n'ont, de nos jours, que suivi l'exemple de John WEBB en faisant dériver la civilisation chinoise de la Chaldée et de l'Élam. *Nil novi sub sole :*

Page 5 : « Cette terminaison constante du monosyllabe par une voyelle, était la source, comme nous le trouverons, de l'euphonie de la langue grecque. » — Page 40 : « *Des degrés de comparaison.* Les Chinois, n'ayant pas d'adjectifs, sont obligés d'attribuer des degrés de comparaison aux verbes et aux noms. Ainsi pour le verbe

lo	volo
yeun	magis
magis volens	

Graecè-λω, volo-λω-ίων, magis volens. Ici le chinois et le grec ne sont plus qu'une langue ».

[1] *Cours complémentaire de géographie...* Paris, 1873, in-8, pp. 35 et 36. Et Pauthier ajoute : « Un seul fait en fera juger. Dans une note de la préface de sa *Grammatica Sinica* (p. 5) on y lisait, entre autres choses, cette déclaration qu'il avait exigée de son frère Michel Fourmont : « Je reconnais envers mon frère ce « qui s'ensuit, savoir : que c'est mondit frère « qui m'a appris les Langues Latine, Grecque, « Hébraïque, Syriaque et Chinoise, etc. »
« On ne trouve pas ce passage avec plusieurs autres de même genre, dans les exemplaires mis dans le commerce. On a remplacé le feuillet *b*

(p. 5-6) par un carton. L'exemplaire que je possède provenant de Deguignes le père, celui-ci y a conservé *le feuillet* supprimé en même temps que le carton qui l'a remplacé. »
[2] « Some Reasons for thinking, that the Greek language was borrowed from the Chinese : in notes on the *Grammatica Sinica* of Mons. Fourmont. By Mr. Webb. London : Printed for J. Dodsley... Pall-Mall, M.DCC.LXXXVII, in-8, pp. VI-74. »
[3] « An historical Essay Endeavoring a Probability That the Language of the Empire of China is the Primitive Language. By *John Webb* of

Page 49 : « *De genere Nominum.* Genus determinatur, 1°. Ex rerum natura. Sic

gin	homo-
niu	foeminitatis
gin	homo-
	foemina.

« En quoi Θηλυα Θεοs diffère de *foeminitatis homo*, si ce n'est en ce que le chinois, n'ayant pas un adjectif, est forcé de faire le meilleur usage qu'il peut du substantif? Mais γυνη n'est-il pas composé de *niu gin*, suivant la licence ordinaire de transposition? » Ces quelques exemples choisis au hasard suffisent à donner une idée de cette bizarre dissertation philologique.

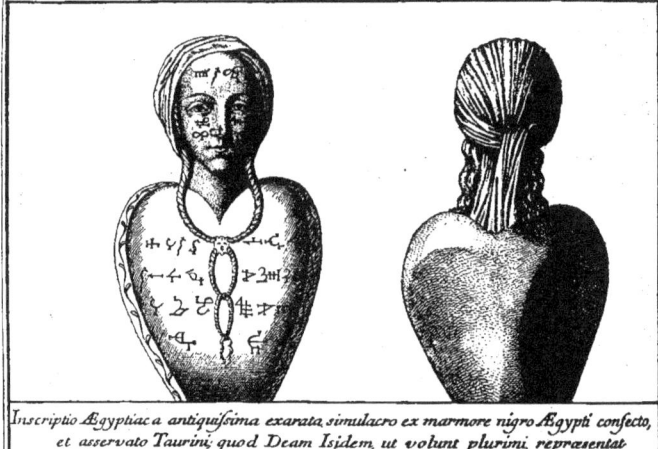

Inscriptio Ægyptiaca antiquiſſima exarata, simulacro ex marmore nigro Ægypti confecto, et asservato Taurini; quod Deam Isidem, ut volunt plurimi, repræsentat

Buste d'Isis, d'après Needham.

On peut rapprocher de la fantaisie de Webb celle qui a cherché en Égypte l'origine de la langue chinoise. Le père Athanase KIRCHER, HUET, évêque d'Avranches, puis Dortous DE MAIRAN paraissent être les premiers à avoir la

Butleigh in the County of *Somerset* Esquire. London, Printed for *Nath. Brook*, at the *Angel* in *Gresham Colledge*, 1669. in-8°, 212 pages s. l'ép. (6 pages) 1 carte. » Nouveau tirage, avec titre différent, 1678. Cf. *Bibliotheca Sinica*, col. 725.

1. 29 Characters on the Bust of Isis
2. 202 Caracters taken on a Mould taken at
Venice by order of M.r Jennings an English
Gentleman from a Black Square Marble, which
contained besides several hieroglyphical figures
3. 70 Characters taken from the Barberin &
Latiran Obelisks, the 2 Lions in the Baths
of Dioletian, the two Sphinxes in the Villa
Berghese, the two Egyptian Statues in the Villa
albani & the Table of Isis at Turin.

Nous Sous Signées. attestons et Certifions q'une
grande partie des dits caractères cités cy-depus
nous onts été montrés dans le dictionaire Chinois
& que nous n'en avons point trouvés, qui ne
furent conformés a l'original, particulierement
ceux de Buste dit d'Isis gravé dans la
dissertation de M. Needham que nous avons
examiné avec plus d'attention

fait a Rome 25 mars. 1762   Grafton
                                              F. Tavistock
Tho. Le Seur   R. Smith   Roxburgh
François Jaquier   Le Baili de brotuil   R. Lyttelon H. James
Ridolfini
Venuti.   John Hincholiffe M.A

pensée que les Chinois étaient une colonie égyptienne; cette hypothèse fut
immédiatement combattue par le P. Parrenin dans une lettre du 18 septembre

1735 [1]. De Guignes reprit cette théorie pour son compte et la développa dans une brochure qui fit beaucoup de bruit [2]. Des Hauterayes y répondit; De Guignes défendit sa thèse à nouveau [3], mais sans grand succès. Sur ces entrefaites, un membre de la Société royale de Londres, Needham, prit sur un buste d'Isis, du Musée de Turin, l'empreinte de caractères soi-disant égyptiens qu'il prétendait ressembler aux caractères chinois; il les présenta à un Chinois du Vatican, *sed nihil prorsùs aspectu primo intellexit*, dit-il. Le Chinois n'y entendit rien, parce qu'il ne connoissoit que les caractères modernes » [4]. Cependant l'employé chinois de la Bibliothèque vaticane, flairant probablement quelque aubaine, ne se tient pas pour battu; il s'arme d'un dictionnaire de K'ang Hi et il découvre immédiatement une ressemblance entre une douzaine des caractères de l'Isis et des caractères chinois! De nos jours, Li Fong-pao 李鳳苞, ministre de Chine à Berlin, n'a pas hésité dans les mêmes circonstances à lire du chinois.

On eut pu faire la même découverte avec n'importe quelle autre langue hiéroglyphique; là-dessus grande joie de Needham qui convoque tout ce qui pouvait constituer le ban et l'arrière-ban scientifique à Rome et il fait signer à ces savants et à ces grands seigneurs, le 25 mars 1762, le procès-verbal de sa prétendue découverte dont je donne le fac-similé, ayant eu la bonne chance de retrouver l'original, aujourd'hui en ma possession. Les personnes que pourra d'ailleurs intéresser cette fantaisie pourront lire la brochure [5] de Needham, dont j'ai tiré la planche représentant le buste d'Isis et l'explication des caractères chinois.

Pour confirmer ses vues, Needham en appela aux jésuites de Péking, et

---

[1] *Lettres édifiantes*, 24ᵉ recueil.

[2] Mémoire dans lequel on prouve, que les Chinois sont une colonie égyptienne. Lû dans l'Assemblée publique de l'Académie Royale des Inscriptions & Belles-lettres, le 14 Novembre 1758. Avec un Précis du Mémoire de M. l'Abbé Barthelemy, sur les Lettres Phéniciennes; lû dans l'assemblée publique de la même Académie le 12 Avril 1758. Par M. de Guignes... A Paris, chez Desaint & Saillant... M.DCC.lix. pet. in-8, p. 79.

[3] Réponse de M. de Guignes, aux Doutes proposés par M. Deshauterayes, sur la Dissertation qui a pour titre : *Mémoire dans lequel on prouve que les Chinois sont une Colonie Égyp-*

tienne. A Paris, Chez Michel Lambert... M.DCC.LIX. in-8, pp. 40.

[4] Extrait du *Journal des Sçavans*, déc. 1761, vol. I, p. 4.

[5] « De inscriptione quadam Aegyptiaca Taurini inventa et Characteribus Aegyptiis olim et Sinis communibus exarata idolo cuidam antiquo in regia universitate servato ad utrasque Academias Londinensem et Parisiensem rerum antiquarum investigationi et studio praepositas data epistola. Romae. M DCC LXI. Ex Typographia Palladis, pet. in-8°, 69 p. sans l'app., 1 pl. »

[Datum Romae septimo Idus Septembris anno 1761. — T. Needham.)

caracteres antiqui egyptiaci & sinenses		caracteres moderni chinenses	Lexicon magnum sinicum	caracteres antiqui		caracteres moderni	Lexicon sinicum
1	Frons	鼻	Pag. 33. vol. 16.	16	cum dimidiâ habebat	半	Pag. 60. vol. 9.
2	tam	是	Pag. 37. vol. 2.	17	novem	九	Pag. 47. vol. 2.
3	lata est	長	Pag. 19. vol. 13.	18	ejusdem generis	是	Pag. 37. vol. 2.
4	Oculi	目	Pag. 81. vol. 20.	19	coloris nigri	黑	Pag. 18. vol. 6.
5	sunt cærulei	青	Pag. 61. vol. 18.				
6	Alba est	白	Pag. 15. vol. 19.	20	Nimis aut valdè	狠	Pag. 38. vol. 10.
7	Facies	面	Pag. 18. vol. 3.	21	Pulchra	好看	Pag. 1. vol. 5.
8	Unum sive prīmūm	一	Pag. 5. & 3. vol. 3.	22	Prius erat	先	Pag. 4. vol. 3.
9	Persona	人	Pag. 18. vol. 6.	23	Præsenti tempore	如今	Pag. 72. vol. 12.
10	Magna	大	Pag. 41. vol. 1.	24	tanquam	如	Pag. 55. vol. 2.
11	Hæc est	即	Pag. 81. vol. 20.	25	Dea	后	Pag. 81. vol. 2.
12	Figura ejus	像	Pag. 40. vol. 21.	26	Veneratur	拜	Pag. 40. vol. 2.
13	Longitudine palmus	長	Pag. 1. vol. 6.	27	shi	hoc nomen	始	Pag. 57. vol. 22.
14	Magnas	大	Pag. 41. vol. 1.	28	soû	proprium est vel Deæ hujus,	四	Pag. 11. vol. 23.
15	Marmoreas	石	Pag. 25. vol. 4.	29	chi	vel illius Regis, qui erexit statuam	此	Pag. 17. vol. 3.

la réponse qui lui fut faite par le P. Cibot ne fut rien moins que favorable à ses idées [1]. Cette question, renouvelée de nos jours par Guillaume Pau-

[1] « Lettre de Pékin, sur le génie de la Langue chinoise, et la nature de leur écriture symbolique, comparée avec celle des anciens Égyptiens; En réponse à celle de la Société Royale des Sciences de Londres, sur le même sujet : On y a joint l'Extrait de deux Ouvrages nouveaux de Mr. de Guignes, de l'Académie des Inscriptions & Belles-Lettres de Paris, relatifs aux mêmes matières. Par un Père de la Compagnie de Jésus, Missionnaire à Pékin. A Bruxelles,

chez J.-L. de Boubers... M.DCC.LXXIII, Avec Approbation & Permission, in-4°, XXXVIII-53 p. et 29 planches. »

Par le P. Cibot. — Contient :

Avis préliminaire par Mr. Needham, de la Société royale des Sciences & de celle des Antiquaires de Londres, p. III-IX.

Premier extrait du Journal des Savans, sur le Chou-king, p. IX-XXVIII.

Second extrait du Journal des Savans, sur les

thier[1], puis par d'autres savants à propos de la découverte de bouteilles de porcelaine dans des tombes égyptiennes, me paraît définitivement enterrée[2].

Ainsi qu'on l'a vu plus haut, le P. Parrenin avait, comme le P. Hervieu, composé un dictionnaire latin-chinois; comme lui aussi il avait pris le dictionnaire de Danet pour modèle. Resté manuscrit, il en existe un exemplaire provenant de Bayer au *Hunterian Museum* de l'Université de Glasgow; en voici la collation (V. 2. 12.). Sur la couverture : *Ex libris Theophili Sigefridi Bayeri. Donum R. P. Dominici Parrenin S. J. qui ita ut est compactum Pequino ad me transmisit A. C.* 1734. Suivent sur une feuille volante les notes de Bayer :

Ex. Epistola R. P. Dominici Parrenini, S. J. data ad me Pequino prid. Kal Sept. 1732.

Imperator a quatuor annis hic erexit Gymnasium cui me praeesse voluit ad docendam linguam Latinam quosdam adolescentes e suis subditis Tartaris Sinisque eo haud dubie fine ut semper habeat ad manum paratos interpretes, qui possint epistolas e Russia hoc missas interpretari responsaque Tartarice data Latine transferre, quo quidem officio multis abhinc annis non levi incommodo defungor. Ut autem nostri discipuli id facilius praestare valeant, conficio Lexicon Latinum et Sinicum : amplum quantum satis est ad intentum finem, omittendo ea quae apud Petrum Danetium Academiae Parisinae inutilia forent in Sinis. Hoc Lexicon optabat vehementer secum deferre Dnus Letnge (Laurentium Langium sic vocat) : sed cum nondum perfectum sit, non hac vice reducet Dnum Lucam Ruthenum, qui Latine scit, hicque relictus fuerat ab Exc^{mo} D^{no} Comite Sava, ut Sinicam linguam disceret, simul cum aliquibus aliis adolescentibus quorum duo redibunt in Rus-

Moyens de parvenir à la lecture & à l'intelligence des Hiéroglyphes Égyptiens; p. xxviii-xxxviii.

Lettre sur les Caractères Chinois, par le Révérend Père ***, de la Compagnie de Jésus, Avec Figures. A Bruxelles, chez J.-L. de Boubers... M.DCC.LXXIII, 36 p.

(Lettre datée «à Peking, ce 20 octobre 1764».)

Notes, p. 37-49.

Approbation. — Traduction des mots Anglais qui se rencontrent dans les Planches.

[1] Sinico-Aegyptiaca. Essai sur l'Origine et la Formation similaire des Écritures figuratives chinoise et égyptienne, composé principalement d'après les écrivains indigènes, traduits pour la première fois dans une langue européenne par G. Pauthier. Paris, Typographie de Firmin Didot frères, 1842, in-8°, viii-149 p., s. l. table.

[2] Inscriptions on Porcelain Bottles found in ancient Egyptian Tombs. Remarks upon Fac-similes, sent by MM. Julien and Rondot of Paris, of twelve inscriptions on Porcelain Bottles, alleged to have been found in ancient Egyptian Tombs : By W. H. Medhurst, Junior. Read to the Society, 9th november 1852. (*Transactions China Branch R. As. Soc.*, Part III, Art. v.)

Réimp. sans les caractères chinois dans *The N. C. Herald*, no. 183, 28 jan. 1854, et dans *The Shanghae Miscel.*, for 1855.

— Chinese Porcelain Bottles found in the Egyptian — Tombs-their Antiquity and uses : By Harry Parkes. Read to the Society, 9th May 1854. (*Trans. China Br. R. As. Soc.*, Part. IV. Art. vi.)

siam cum Dno Lange, etc. Lucas vero hic subsistet ut transcribat meum Dictionarium scilicet id quod Latinè scriptum est, quod vero Sinice illud curabit transcribi a Sinis : quando autem pervenerit ad manus tuas spero non tibi omnino inutile futurum. Faxit Deus ut pluribus prosit.

Ex Eiusdem Epistola Pequino 3o jul. 1734 *ad me data.*

Jam ad duobus annis, i. e. post decessum D[ni] Letnge, Dnus Lucas Voieikoff Ruthenus in se sumpserat onus transcribendi meum Lexicon Latino — Sinicum; servavit apud se duos primos codices 4 mensibus : sed re infecta, morbo correptus supremum diem clausit. Hoc vero anno 2ᵉ luna Ant. Plickoff. Archimandrita qui Latine scit utcumque, petiit a me codices ut transcriberet addendo linguam Russicam transmitteretque Moscuam, idque se in mandatis habere asseruit. Sed usque nunc nec medietatem perfecit; si repetiero ut ad te mittam per Cursorem grave feret : si autem hac occasione non misero, nimis tarde ad manus tuas perveniret. Itaque accipiam illud quod sibi transcripsit P. Challier[1] ad usum suum, quia a paucis annis huc pervenit, et quando Archimandrita mihi reddiderit meum, dabo illud P. Challier. Sicque non diutius exspectabis Lexicon et ne forte Cursor recuset deferre omnia inscribam Ex[mo] Comiti Ostermanno Procancellario, etc. Speroque fore ut tantus vir non grave ferat, cum id unice ad cautelam faciam.

De vita Petri Danetii vide *Acta Eruditorum*, A. 1734, p. 331.

Sur le feuillet 2, se trouve le titre de la main de Bayer : PETRI DANETII ‖ *Lexicon Lati* ‖ *num* ‖ Sinice conversum ‖ in usum Gymnasii Peki ‖ nensis ‖ a R. P. Dominico PARRENINO ‖ S. J. Missionario Pekinensi. — Sur le feuillet 3, de la main de Parrenin : Illustrissimo Dn° ‖ Dn° Theophilo Sigefrido BAYER ‖ Petropol. Academiae Socio, Graecarum ‖ Romanarumque antiquitatum ‖ Professori publi. &c. ‖ hoc opusculum offert ‖ Dominicus PARRENNI Soc. J. ‖ Missionarius in Sinis. Ce manuscrit se compose de 1-877 p. à 2 colonnes + 17 p. blanches.

Outre ce dictionnaire latin, Parrenin avait composé un lexique chinois-latin resté également manuscrit et dont un exemplaire se trouve aussi au *Hunterian Museum* (U. 2. 15.). Sur la première feuille volante : Dominici PARRENINI S. J. *Lexicon Sinico-Latinum;* sur la deuxième feuille volante, de l'écriture de Bayer :

In principio haec scripta erant.

Pour

Monseigneur le Comte Sava Vladislaviche [2], embassadeur plénipotentiaire de l'Emp[r] de Russie à la Cour de Pékim, par son très-humble et très-obéissant serviteur, Dominique PARRENIN, Jésuitte, Missionnaire à la Chine.

[1] Valentin Chalier, né à Briançon le 17 décembre 1697; arrivé en Chine, 1728; † à Peking, 12 avril 1747.

[2] Le comte Sava Vladislavitch, signataire du traité avec la Chine du 20 août 1727.

A la page suivante, d'une autre main :

AVERTISSEMENT.

Il faut remarquer que les Caractères Chinois, sous lesquels il n'y en a point d'européens, doivent se lire comme celuy qui les précède. Par exemple, le premier caractère de ce livre est *ça* et ceux qui suivent doivent aussi être lus *ça*, jusqu'à celuy qui est écrit *çam*, et de même de tout le reste du livre[1].

T. S. BAYER.

Regiomontanus ex autographo descripsi.

P. 1 du texte : *Incepi 12 Aug. s. v. 1731* et page 562 : *Finivi 23 Sept. 1731.*

[1] Je ne crois pas inutile d'ajouter à la description de ces deux manuscrits de Parrenin celle des autres manuscrits chinois, etc., du *Hunterian-Museum* de l'Université de Glasgow, que je dois en entier à l'extrême courtoisie du conservateur, M. le Dr John YOUNG :

MANUSCRITS DU HUNTERIAN-MUSEUM DE L'UNIVERSITÉ DE GLASGOW, RELATIFS AUX LANGUES CHINOISES, TARTARES, ETC.[a].

T. 6. 21. Glossarium sinicum collectore T. S. B. Lexicon inceptum Anno 1713 undecimo ante Cal. Junii. ἐκ διὸς αρχώμεθα; 1-171 p.

U. 2. 1. Kiliani Stumpfii ex Soc. J. Visitatoris Compendium Actorum Pekinensium A. 1715, 1716, 1717, et Documenta Actis hisce subiuncta. Descripsi ex Originali. Acta, 1-129 p. + 1 p. blanche + 1-168 p. Documenta.

Le nom de Bayer ne figure pas dans ce manuscrit.

U. 2. 2. Fasciculus Mss. Orientalium.

Il y a seize sujets traités dans cette collection dont le sixième sont les questions faites par Bayer (p. 16-17) et les réponses de Lorentz Langen (p. 18-20).

U. 2. 4. Miscellanea Tartarica in quibus scripta quaedam Mogolica, Tangutica et aliarum gentium congesta inveniuntur à T. S. B. Anno 1719 Regiomonte. 132 p. — P. 63-89 blanches. — P. 3 : Elementa Linguae Tartaricae congesta a Maturino Veyssiere Lacrosse [sic] et ex autographo ejus descripta Berolini A. 1717. mense Julii T. S. Bayer. Elementa linguae Tartaricae incoepi describere Berolini die XVII. Septembr. A. D. MDCCXVI. Maturinus Veyssiere La Croze.

Quelques feuilles volantes.

U. 2. 12. Miscella Sinica in quibus scripta quaedam et typis excussa inveniuntur, tum imagines sinicae, quaedam etiam manu Menzelii scripta et talia cetera. Diligenter in uno libro collegit et passim illustravit T. S. B. Regiomonte. 1719.

Ms. curieux; images chinoises intercalées. — 112 pages.

U. 2. 17. Aucune note manuscrite n'indique la nature de cet ouvrage. Au verso du

[a] HAENEL (*Cat. Lib. Ms.*, Lipsiae, MDCCCXXX, col. 792-794) cite les ms. suivants :
Glossarium Sinicum.
Petri Davetii [sic] Lexicon Sinicum, Sinice conversum in usum Gymnasii Pekinensis a domino Parrenini, missionario in Sinis, et Bayero dedicatum.
Parenini lexicon sinico-latinum; in-fol.
Grammatica-sinica, Auct. G. S. Bayero; in-12.
Descriptio Idoli Tangutani auct. Bayer.
De Musica Sinica auctore tertio filio principe imperatoris Cam Hi, etc.

Parmi les autres jésuites du xviiie siècle, il nous faut citer les PP. Alexandre

feuillet 1, la page est remplie de caractères chinois dont quelques'-uns plus grands au sommet. Au recto du feuillet 2, portrait d'un homme (Confucius?) avec une plume dans la main droite et un livre dans la gauche. Verso du feuillet blanc; les autres feuillets (14) blancs; impression xylographique.

U. 2. 18. Semblable au précédent. Recto du feuillet 2, figure remplissant toute la page. Ouvrage astronomique? Éclipse de Péking.

U. 4. 4. Idolum Tangutanum, Mungalicum, Calmucicum, Japanicum, ex septem Palatiis direptum, simul cum variis variarum gentium et nominibus et interpretationibus. T. S. BAYER.

Sur le feuillet suivant, image de l'idole; des notices sur cette idole sont données sur chaque feuillet, jusqu'à la page 19. Les 8 derniers feuillets sont blancs. — 36 pages.

U. 5 5. Ex Msto. Bombycino quod hodie in bibliotheca Senatus Lipsiensis extat. Iterum auxilio Dei scribimus Ordinem Baptismatis Sancti Domini Severi Patriarchae Ordo ejus post Clementem. Translatus autem est ex lingua Graeca in linguam Syriacam per Sanctum Dominum Jacobum Rohensem. Descripsi Lipsiae Mense Aprili A. C. N. 1717. G. S. Bayer. P. 64. Commentarius in Psalmos Davidis, auctore Ibnalphadli, P. 119. Homiliae Chrysostomi duae quas Salomon Negri descripserat. P. 143. Homilia Clementis XI Syriacè conversa a Salomone Negri.

U. 6. 17. ΑΓΑΘΗ : ΤΥΧΗΙ. — Grammaticam Sinicam a M. Martinio consignatam Maturinus Veyssiera la Croze immortalis Vir insigni in me merito describendum concessit mihi Gotlibio Sigefrido Bayero Sept. 1716.

Mentzelius exemplari quod nunc est in Regia Bibliotheca, ac quo ad consignandam clavem suam olim usus est, adscripsit: Hoc Mss. Grammaticae Sinicae Sigillis Sinensium authorisatum et corroboratum transmissum mihi Christiano Mentzelio fuit Batavia ex Insula Java maiore dono a Cl. Dn. Andrea Cleyero 1689.

Grammatica linguae sinicae a Rever. Patre Martino Martinio composita, et a Rev. Patre Coupletio augmentata.

Un autre ouvrage donné à Bayer pour en faire la copie se trouve p. 105. — 216 pages en tout, dont les pages 204-216 blanches. — Il y a en tout 13 mss. dont les originaux sont pour la plupart à Berlin.

U. 7. 19. Homilia Papae Clementis XI. Anno 1703. Arabice elaborata a... Salomone Negri, Damasceno Descripta a Georgio Jacobo Hehr. Schleusinga - Hennebergico-Franco. Anno 1717. « Ex libris T. S. Bayeri Regiomontani. »

V. 1. 14. Typus solis eclipsis Pekinensis. 1669. — P. Ferdinando Verbiest. S. J. V. Hyde, Hist. Rel. Vet. Pers. p. 231. In Bibliotheca Regia Berolinensi descripsi. (T. S. Bayer.) L'écriture est de Bayer. — Cf. Bibliotheca Sinica, col. 7912.

U. 8. 18. P. 1. Après quelques caractères chinois : Grammatica Sinica in qua praeceptiones de lingua et litteratura sinica atque rerum aulicarum, astronomicarum et geographicarum voces et eclipsium quarundam descriptiones continentur auctore Theophilo Sigefrido Bayero Regiomontano. Petropoli.

Livre plié en paravant, dont 139 pages écrites

V. 2. 1. P. 1. Alphabetum seu Syllabarium Tangutanum litteris maioribus et minoribus Schar dictis. — P. 2. Alphabetum

DE LA CHARME [1], Florian BAHR [2] et Pierre D'INCARVILLE [3], dont les dictionnaires restés manuscrits sont inédits. Le dictionnaire du P. de la Charme qui a pour titre : *Dictionarium Sinico-Mongolico-Gallicum*, est conservé à Péking à la Bibliothèque du Pé-T'ang (église de la Congrégation de la Mission [4]).

Tangutanum litteris maioribus seu sacris et minoribus seu profanis.

Ex autographo descripsi
T. S. BAYER.

V. 2. 2. Table des matières au recto de la première feuille volante :

    1. Tschuva tschuve udschu. Syllabarium Mandgjurense.

    2. Elementa Calmucica.

    3. Syllabarium Mandgjuricum et Mungalicum. T. S. Bayer.

    P. 1. Tschuva tschuve udschu hoc est Duodecim Capita in quibus omnes litterae et syllabae scripturae Mandsurensis continentur.

Descripsi e libro typis edito in Sinis, cui adjecta erat interpretatio manu Ruthenica. A. 1730. Decemb.

Quamquam Ruthenus in quibusdam erravit, tamen eius errores quoque accurate secutus sum.

Librum ipsum Comes de Bruce summus belli dux ad me transmisit. — 27 pages.

P. 29. Elementa Calmucica descripta ex autographo Lobsang Ischi quondam scribae apud Calmucos deinde a Russis capti baptizati nomine Wasili Timofejew. T. S. B. Petropoli mense maio 1731. — 3 pages.

P. 35. Syllabarium Mandgjuricum et Mungalicum a me concinnatum postea curis posterioribus mendatum.

V. 2. 3. Astronomical Tables. April 1734 till March 1735 N. S. « Madras der 11" Ian. St. vet. Ao 1775. An Hr. Prof. Bayer in S' Petersburg gesandt. »

V. 2. 15. P. 1. Numophylacius Sinicum Excellentissimi Imp. Russiae Procancellario Comitis Oestermanni numis secundum Dynastias et Imperatores dispositis et ut-

cumque explicatis a T. S. B. Anno 1735. — 218 pages.

[1] Alexandre de la Charme, né à Lyon, le 19 août 1695; entré dans la Compagnie, le 9 septembre 1712; arrivé en Chine, le 30 août 1728; † à Péking, le 27 juillet 1767.

[2] Florian Bahr, né à Falckemberg (Silésie), le 16 août 1706; arriva en Chine 5 août 1738; † à Péking 7 juin 1771.

[3] Pierre d'Incarville, né près d'Évreux 21 août 1706; † 12 mai 1757 à Péking.

[4] Le manuscrit se compose de 6 gros volumes in-4°, de 800 feuillets environ, qui vient de Mongolie où il avait été porté autrefois lors de la dispersion des Jésuites. C'est un ouvrage du P. de la Charme qui a pour titre : *Dictionarium Sinico-Mongolico-Gallicum*.

Vol. I : On lit au verso de la première page la note suivante écrite au crayon :

« Dictionnaire en 4 langues Française, Chinoise, Tartare-mantchou et Tartare-mongoux. Il est en six volumes in-folio fort épais, c'est un travail énorme, mais *indigesta moles*. Le Père La Charme (jésuite) qui l'a composé n'était pas en réputation de grands talents parmi ses confrères. Extrait d'une lettre de M' Lamiot. Voir page 422, Tome VIII, des Mémoires de la Cong" de la Mission. »

Écrit à l'encre (écriture moderne), on lit au verso de la seconde page : « ex libris missionis gallicae congregationis missionis Sti Vincentii a paulo in Sinis ».

Le dictionnaire commence au recto de la troisième page : généralement la phrase française est écrite horizontalement, les traductions mandchoue, chinoise et mongole étant arrangées verticalement au-dessous, l'une à côté de l'autre.

Les phrases suivantes (de la première page) donneront une idée du plan du Dictionnaire :

« *Aba-A-a : il ne scait ni a ni b* — *Cela est à*

La traduction qu'avait faite ce même missionnaire du *Kia tseu houei ki*, abrégé des Annales chinoises, est gardée manuscrite à la Bibliothèque royale de Munich[1]. Il est heureux que M. Mohl ait sauvé de l'oubli sa traduction du *Chiking*[2] comme du *Y-king* du P. Régis[3]. Le P. Florian Bahr a composé un dictionnaire dont on a beaucoup parlé : chinois-latin-français-portugais-italien-allemand. M. le comte Julien de Rochechouart, notre ancien ministre à Péking, m'a dit l'avoir vu au P'e-T'ang, dans la bibliothèque des Lazaristes; malgré l'obligeance de Mgr Delaplace, je ne l'y ai pas trouvé; il y a peut-être eu confusion avec le manuscrit du P. de La Charme, décrit plus haut, et qui se trouve dans cette collection. L'ouvrage du P. Bahr est probablement égaré dans quelque coin ignoré, où il est fort probable que nous le retrouverons un jour. Le P. Bahr appartient à la génération très intéressante de missionnaires, qui, arrivée le 5 août 1738, comprend le frère Jean-Denis ATTIRET le plus remarquable des artistes européens qui aient visité Péking, et son collègue le frère Égide THÉBAULT, tous les deux Français, ainsi que les PP. Antoine GOGEISL, de Bavière, Augustin VON HALLERSTEIN de Carniole, qui remplaça le P. Ignace Kögler comme président du tribunal des mathéma-

---

moi — *C'est à vous à parler, à moi à écouter* — *trois à quatre cents deniers* — *à voir l'état des choses je n'augure rien de bon.* — *Abaisser :* — *abaisser une perche pour pouvoir passer.* » — Au recto de la deuxième page, les exemples continuent : « *abaisser un mandarin* — *mandarin être abaissé* »; — puis viennent les mots *abandon*, *abandonner*, etc.

Les feuilles restent blanches au verso jusqu'au mot *s'acquitter*; à partir de ce mot, les deux pages d'une feuille sont généralement remplies.

Le premier volume comprend les mots : *A-Dyspepsie* (et non pas *Dure* comme il est indiqué au titre manuscrit de la couverture).

Vol. II : « *E* — *à jeun* (*il faut communier à jeun*). »

Vol. III : « *Jeune* — *nécessaire* (*un philosophe se contente du nécessaire*). »

Vol. IV : « *Nécessaire* (*Un avare se refuse le nécessaire*) — *prévaloir* (*se prévaloir de la compagnie de son ami qui a de la force pour attaquer son ennemi*). »

Vol. V : « *Profontié, navire* — *Seulement* (*il n'a pas seulement dit un mot pour moi*). »

Vol. VI : « *Prévaricateur* — *Zybelline* (*fourrure, elle est des plus précieuses*). »

On s'apercevra immédiatement qu'une erreur a été faite dans la reliure des deux derniers volumes : les trente premières pages environ du volume VI, — c'est-à-dire les mots *prévaricateur* — *profondeur*, — qui sont suivies par la page commençant par le mot *seulet*, auraient dû être reliées au commencement du volume V.

Le papier de cet ouvrage est friable. Quelques feuilles sont détachées, d'autres piquées des vers, quelques-unes raccommodées avec des morceaux de papier qui cachent le texte; mais, somme toute, l'ouvrage est bien conservé. — Cf. *Bibl. Sinica*, col. 744.

[1] Cf. *Bibl. Sinica*, col. 1583.

[2] « Confucii Chi-king sive Liber Carminum. Ex latina P. Lacharme interpretatione edidit Julius Mohl. Stuttgartiae et Tubingae. Sumptibus J. G. Cottae, 1830, in-8°. »

[3] Imprimé à Stuttgart en 1834 et 1839, 2 volumes in-8°.

tiques; Gottfried Xavier von Laimbeckoven, de Vienne, évêque de Nan-king en 1756, qui mourut le 22 mai 1787, à Sou tcheou, du Kiang-sou, le dernier des huit évêques en Chine, de l'ancienne Compagnie de Jésus. — Le P. Pierre d'Incarville, du diocèse d'Évreux, né en 1706, arriva en Chine (10 octobre 1740) après avoir travaillé au Canada; il est surtout connu comme botaniste, mais je n'ai à le citer aujourd'hui que comme auteur de l'un des meilleurs dictionnaires français chinois que nous possédions; le manuscrit de cette œuvre remarquable est conservé à Paris, à la Bibliothèque nationale, et nous en donnons un spécimen dans ce mémoire[1]. — Le P. de Ventavon est moins connu que les précédents, et cependant il a laissé sa trace dans les études chinoises.

[1] « Dictionnaire François-Chinois par le Père D'Incarville écrit a Pekin 17 — et fini le 20 février 1752. »

Ms. in-8 de la Bibliothèque nationale : N. F. Chinois 3596.

Le 1er feuillet de ce ms. est blanc; au recto du 2e feuillet, on lit une note de la main du P. d'Incarville : « Quand j'ai commencé ce dictionnaire, je sçavois fort peu de chinois; ainsi il y a au commencement plus de fautes qu'à la fin. J'ai entrepris depuis de le corriger, j'en ai fait une centaine de pages; si dans une dizaine d'années, en cas que je vive, je le recorrigeois, il seroit mieux. » — Au-dessous de cette note, il y en a une autre de Staunton : « e libris Mssis Georgii Thomae Staunton Armigeri 1798 ».

Au verso du 3e feuillet est écrit le titre tel que nous le donnons ci-dessus. Puis viennent 1362 pages chiffrées constituant le dictionnaire; chaque page composée de 2 colonnes comprend dans la colonne de gauche le français avec la prononciation chinoise; dans celle de droite, les caractères chinois; pas de latin. On lit à la suite du dernier mot, au bas de la page 1362 : « Ad majorem Dei gloriam SSis que Virginis Mariae. Fini ce 20e feb. 1752. » A la suite de ces 1362 pages, quelques feuillets blancs suivis de la note suivante de Pauthier :

« Nota. On a fait plusieurs copies de ce Dictionnaire en Chine, sans l'attribuer au P. d'Incarville dont celui-ci est le Ms. original autographe. Le Rev. Morrison, l'auteur de plusieurs Dris, en avait une copie qui est conservée dans la Bibliothèque qui porte son nom à Hong-kong. [Erreur : le dict. en question est chinois-latin, et non pas français-chinois; voir Bib. Sinica, col. 745]. Le Révér. J. Summers, professeur de chinois au King's College de Londres, en possède aussi une copie faite sur celle de Morrison. J'en ai eu la preuve par un extrait qui m'a été envoyé de la partie chinoise seulement et qui correspond mot pour mot aux pages 618 à 627 du Ms. original.

« Une autre copie se trouve aujourd'hui à la Bibliothèque impériale de Paris (Dép' des Mss.) cotée 1112, sous le nom de A. Smith : « Dictionnaire français-chinois, 2 vol. in-f'. » La seule différence qui se trouve entre les deux Dictionnaires, c'est que, dans le dernier, le copiste a rectifié l'ordre alphabétique des mots français, et a ajouté au mot cycle un tableau de concordance de 60 ans des cycles 74e et 75e (cycle actuel). Cette copie faite au pinceau en Chine pour le chinois, sur papier anglais de Bristol, est fort belle. (Le 1er vol. comprend : A à Incident; le 2e de Inc. à Z.) » En marge de cette note, Pauthier a ajouté « Copié en 1856 à Canton où était Arthur Smith, qui en tête a écrit de sa main : Index des ouvrages consultés (pour la composition du Dre) : Klaproth, Mémoires relatifs à l'Asie, 3 vol. 8° = A. 1, 2, 3. Voir Ms. t. I, p. 247, au mot Cycle.

Le Ris, ou le rire. Siao. Siao tié 笑。笑的聲音。
ching yn.

   à demi puré. da ching Siao. 大聲笑。

   Ris, grain. mi. 米。

   Ris en herbe. dao tzu. 稻子。

   Ris cuit. fan. 飯。

   Ris clair. hi fan. 稀飯。

Risée. hi Siao. ni Siao. 嘻笑。譏笑

   Il est la risée de tout le monde. 人人都譏笑他。
   jin jin dou ni Siad tié.

   S'exposer à la risée des autres. 叫人笑諂。
   siao jin Siao hoa.

   Faire des risées de quelqu'un. 譏笑人。
   ni Siao jin.

Risible, ridicule. Kò Siao tié. 可笑的。

Risque, hazard. ouï hien. 有危陷。

   Courir risque. yeou ouï hien. 有危陷。

   Kan siao hoa. courir les risques. 看造化。

Risquer, hasarder. Kan siao hoa. 看造化。撞造化。碰造化。
Tchoang siao hoa. pong siao hoa.

Rissoler. chao jo chang Lexo Ko ché. 燒肉上了火色。

   devenir rissolé. chao chang Leao 燒上了火色。
   ho ché.

Rite, ceremonie. Li. 禮

   Selon les rites. chun Li. y Li. 順礼。依礼。

Rituel. Li y King peou. 禮儀經本。

   chinois. Li Ki. Kia Li. 禮記。家禮。

Rivage de la mer. hai kien. haingan 海邊。海岸。

   Cotoyer le rivage. yen pien tseou. 沿邊走。

Rival. Toui teou. 對頭。

Rive. ho pien. ngan. 河邊。岸。

River un clou. mao ting. mao chang 卯丁。卯上。

Rivière. ho. 河

   de Rivière. ho li tié. 河裡的。

   Le lit d'une rivière. ho keou tsu. 河溝子。

   Le courant d'une rivière. ho Liou. 河流。

   Suivre le courant de la rivière. 順水流。
   chun chou Liou.

   Remonter le courant de la rivière. 強著水走。
   Tsiang Tche chou tseou.

Le P. de Ventavon[1] avait écrit, en 1778, une grammaire latine-chinoise en trois volumes, sous le titre de *Introductio* 導 學 *necessaria* 旨 要 *ad latinam* 拉 的 諾 *linguam* 語 *Kien long* 乾 隆 *quadragesimo* 四 十 *tertio* 三 *anno* 年 *duodecimae* 十 二 *lunae* 月 *decimâ* 十 *quintâ* 五 *die* 日 *europeus* 西 *litteratus* 儒 *Ventavon* 汪 達 洪 *scriptam* 著 *tradidit* 授 *Tan* 澹 *min* 明 *kiou* 球 *lin* 琳 *veneranter* 敬 *recepit* 受. Les caractères chinois n'ont été mis qu'au commencement du tome I et manquent totalement dans les deux autres volumes de ce manuscrit resté inédit ainsi que la traduction suivante qui forme 48 feuillets in-4° : *Tchung Yung Kien long quadragesimo secundo anno duodecimae lunae vigesima octava die europeus litteratus Ventavon scriptum tradidit Tan min kiou lin veneranter recepit.* Cette traduction latine non publiée du 中 庸 *T'choung young* « l'Invariable Milieu », le deuxième des quatre livres classiques de second

« Un (*sic*) autre *copie*, aussi fort belle, faite en Chine, en 3 ou 4 volumes in-4°, se trouve entre les mains d'un homme qui occupe aujourd'hui, à Paris, deux chaires de chinois, aux appointements de 7,500 francs pour l'une, et 5,000 francs pour l'autre, et que personne ne fréquente. S'il voulait seulement dans sa seconde chaire, donner lecture de sa copie, on ne s'en attribuant pas la composition, il pourrait attirer à son cours quelques auditeurs. 12 septembre 1866.

« G. P.

« *P. S.* Un autre Dictionnaire français-chinois était en possession de l'abbé Delamarre, mort en Chine il y a un an. (Suit une remarque de Pauthier fort désobligeante pour un de nos consuls.)

« Personne jusqu'ici, à ma connaissance, n'avait encore signalé au public ce dictionnaire resté manuscrit, du P. d'Incarville. Cependant plusieurs copies en ont été faites en Chine. Il en existe, à ma connaissance, encore une *copie* dans la Bibliothèque du Rév. Morrisou, conservée à Hong-Kong; le Rév. J. Summers en possède une autre en Angleterre, en 3 vol in-fol., faite sur celle du Rév. Morrison Une troisième copie, qui est à la Bibliothèque nationale, a été faite à Canton, par un Chinois pour le texte chinois, et par M. Arthur Smith pour la partie française, à laquelle copie il a mis son propre nom. Enfin, une

4° copie, en 3 volumes in-4°, est entre les mains d'un professeur de chinois de Paris. » (Pauthier, *Rapport sur le Dictionnaire de Perny* [*Journal asiatique*, 1871, t. I, Note, p. 357.])

Le Dictionnaire du P. Delamarre, dont nous parlons plus haut, comprend aussi le latin ; nous l'avons examiné et trouvé différent de celui du P. d'Incarville. Celui-ci est d'ailleurs fort bien fait ; il renferme les mots *A-Zone*, et à chaque mot il donne de nombreux exemples, ainsi : *A* « A qui est cela », — « Je ne sais à qui c'est », — « Dis à mon valet de venir », — « Il n'est pas à la maison »... — « *Zone* torride, les zones tempérées, zone glaciale. »

Ce Dictionnaire a appartenu successivement à Sir George Thomas Staunton (dont on trouve *l'ex-libris* avec la devise *En Dieu ma Foy* au verso de la couverture) qui l'avait probablement rapporté de Chine, et au libraire G. Bohn, juin 1866; une note de Pauthier au verso du 2° feuillet de la reliure dit : « Reçu par M. Xavier, libraire, le 22 juin 1866 : acheté en juin 1866. » Ce dictionnaire portait le n° 254, à la vente des livres de Pauthier (décembre 1873) où il a été payé 295 francs, et n° 495 de la bibliothèque de Sir G. Staunton (cf. *Bibl. Sinica*, col. 746-747).

[1] Jean-Mathieu de Ventavon, né à Gap, le 14 septembre 1733; † à Péking, le 27 mai 1787.

ordre 四書 est complète; les caractères chinois sont marqués à l'encre rouge sous chaque mot latin seulement jusqu'au feuillet 5, c'est-à-dire jusqu'au chapitre x, 5. Au surplus, voici comme spécimen, le premier paragraphe : « *A coelo* 天 *inditum* 命 *dicitur* 謂 *natura* 性 *conformatur* 率 *naturae* 性 *dicitur* 謂 *regula* 道 *restaurare* 修 *regulam* 道 *dicitur* 謂 *institutio* 媬. » Voici le texte : 天 命 之 謂 性 率 性 之 謂 道、修 道 之 謂 媬. Peu de temps avant cette époque le P. Martial Cibot donnait une traduction de ce même livre à la suite du *Ta hio* 大學, dans les *Mémoires concernant les Chinois*, I, 1776, pp. 459-481. Nous la rapprochons du latin de Ventavon : « Le Tien a gravé sa Loi dans nos cœurs, la Nature nous la révèle, les regles des mœurs sont fondées sur ses enseignements, la sagesse consiste à les connoitre, la vertu à les suivre. » Nous faisons de même pour les versions française et latine d'Abel Rémusat [1] : « L'ordre établi par le Ciel s'appelle *nature*; ce qui est conforme à la nature s'appelle *loi*; l'établissement de la loi s'appelle *instruction*. » — « Coelum jubet quod dicitur natura; conformari naturae dicitur regula; instaurare regulam dicitur documentum. » Voici enfin Legge : « What Heaven has conferred is called THE NATURE; an accordance with this nature is called THE PATH *of duty;* the regulation of this path is called INSTRUCTION [2]. » Les manuscrits du P. de Ventavon avaient été achetés dans une boutique chinoise de Péking par Alex. Wylie; ils sont entrés dans ma collection particulière après la mort de ce savant.

DE GUIGNES et DESHAUTERAYES furent les élèves de Fourmont et Abel Rémusat eut raison de remarquer (*Nouv. mél. asiat.*, II, p. 304) que « s'il eut quelque part à la direction qu'ils imprimèrent à leurs travaux on peut les compter au nombre de ses meilleurs ouvrages ». La place me manque dans ces pages déjà trop nombreuses qui, au surplus, ne renferment que des fragments, pour parler comme il conviendrait de De Guignes et de son fils, ainsi que des missionnaires Antoine GAUBIL, AMIOT et CIBOT, qui seront plus tard l'objet de nos études. Je ne dirai que quelques mots de Deshauterayes.

[1] *L'Invariable Milieu*, ouvrage moral de *Tsèu-ssé*, en chinois et en mandchou, Avec une Version littérale Latine, une Traduction Française, et des Notes, précédé d'une Notice sur les Quatre Livres moraux communément attribués à Confucius, Par M. Abel-Rémusat. A Paris, de l'Imprimerie royale, 1817, in-4°. 160 p. »

[2] *The Chinese Classics with a Translation*, critical and exegetical Notes, Prolegomena, and copious Indexes by James Legge Professor of Chinese in the University of Oxford formerly of the London Missionary Society. — In Seven Volumes — Second Edition, revised. Vol. I Containing *Confucian Analects*, the *Great Learning*, and the *Doctrine of the Mean*. Oxford, at the Clarendon Press, 1893, gr. in-8°, xv-503 p. » — Cf. p. 383.

De Guignes eut en Deshauterayes moins un rival qu'un modérateur. Élève, comme de Guignes, d'Étienne Fourmont dont il était le neveu par sa mère, Michel-Ange-André Le Roux Deshauterayes était né à Conflans-Sainte-Honorine près de Pontoise, le 10 septembre 1724; il mourut à Rueil le 9 février 1795. Comme Fourmont, Deshauterayes s'appliqua à l'étude du chinois aussi bien que de l'arabe; cette dernière langue prit d'ailleurs la plus grande partie de son temps lorsqu'il eût été nommé (19 février 1752) professeur d'arabe au Collège de France en remplacement de Pétis de la Croix, mort en 1751; il donna sa démission en 1784. Au point de vue chinois, Deshauterayes a combattu victorieusement les vues de De Guignes sur l'origine égyptienne des habitants du Céleste-Empire [1]; il a dirigé la publication avec l'abbé Grosier de la traduction, par le P. de Mailla, du *Toung-kien kang mou* 通鑑綱目, remaniement et abrégé faits sous la direction de l'illustre Tchou Hi 朱熹, du *Toung kien* 通監 de Se-ma kouang 司馬光, et il a inséré dans le premier volume (p. xlix-lxxij) des *Observations* intéressantes [2]; notons encore une lettre de lui à propos du *Tchao chi kou eul* 趙氏孤兒 « l'Orphelin de la Chine » [3]. Deshauterayes a eu le grand mérite d'être le premier Européen dont nous connaissions une traduction du cinquième des grands *King*, 經 le *Tchoun Tsieou* 春秋 « le Printemps et l'Automne », dont Bayer ne nous avait fait connaître que le commencement [4]. Malheureusement la traduction de Deshauterayes est restée manuscrite à la Bibliothèque du Roi. Nous en donnons

[1] Doutes sur la Dissertation de M. de Guignes, qui a pour titre : « Mémoire dans lequel on prouve que les Chinois sont une Colonie Egyptienne. Proposés à Messieurs de l'Académie Royale des Belles-Lettres. » Par M. Leroux Deshauterayes..... A Paris, Chez Laurent Prault..... & Duchesne. M.DCC.LIX, pet. in-8°, IV-89 p., s. l'ap. », etc.

[2] *Histoire générale de la Chine*, ou Annales de cet Empire; traduites du Tong-kien-kang-mou, Par le feu Père Joseph-Anne-Marie de Moyriac de Mailla, Jésuite François, Missionnaire à Pékin; Publiées par M. l'Abbé Grosier, Et dirigées par M. le Roux des Hautesrayes, Conseiller-Lecteur du Roi, Professeur d'Arabe au Collège Royal de France, Interprète de Sa Majesté pour les Langues Orientales. Ouvrage enrichi de Figures & de nouvelles Cartes Géographiques de la Chine ancienne et moderne, levées par ordre du feu Empereur Kang-Hi, & gravées pour la première fois. A Paris, chez Ph.-D. Pierres... [et] Clousier... M.DCC.LXXVII-M.DCC.LXXXV, 13 vol. In-4°.

[3] Lettre de L.-R. Deshauterayes... à M. Desflottes, ou l'histoire véritable de l'orphelin de Tchao. — Dans : *Tchao-chi-cou-eulh*, ou l'Orphelin de la Maison de Tchao, tragédie chinoise, traduite par le R. P. de Prémare... Présentée à Madame *** Par M. Sorel Desflottes... A Peking [Paris], 1755, in-12. — Cf. *Bibl. Sinica*, col. 824.

[4] *De Confucii Libro Chun cieü*. Auctore T. S. Bayer. (*Comment. Acad. Sc.*, t. VII, Saint-Pétersbourg, 335-391 p. + 5 planches de texte chinois.)

un spécimen comparé à celle de Legge [1]. On verra que Deshau...
parfois des lambeaux de phrase sans traduction par exemple...
graphe 4 qui finit par 仲子之賵.

TEXTE.

三月、公及邾儀父盟于蔑。

夏五月、鄭伯克段于鄢。（三章）

秋七月、天王使宰咺來歸（四章）

惠公仲子之賵。

九月、及宋人盟于宿。（五章）

冬十有二月、祭伯來。（六章）

公子益師卒。（七章）

---

[1] Le manuscrit de la traduction se trouve à la Bibliothèque nationale, ms. français 14686 (supp. fr. 5555), in-4°; elle est précédée d'une préface de 30 pages écrite par le traducteur.

La plus grande partie de cette préface et 7 pages consacrées à Yeou-ouang, le 12ᵉ empereur des Tcheou (règne 11 ans depuis 781 av. J.-C.), se trouvent également dans le Ms. Fr. 14685 (supp. Fr. 5554), in-4, qui contient quelques autres pièces venant de Deshauterayes, à savoir :

Une *Chronique turtare* de 79 pages commençant par : « 984 av. J.-C. La 17ᵉ année de Movang. Il fit une chasse vers la source du Hoangho, près du Lac nommé alors *Yao tchi*

et aujourdhuy par les Tartares...
conor », et s'étendant jusqu...
ère avec un supplément o...
nières pages;

Une chronologie;

Des extraits des recueils...

Une copie de cette tra...
1831 sur le ms. original a...
à la vente des livres d'Abel...
cette copie qui était mar...
du Catalogue du libraire...
n. d. », se trouve aujourd...
les mains de M. Trübner,...
et figure dans son catalogue...
5.5 livres sterling. — Cf. Bibl...

TRADUCTION.

隱 公

ING CONG.

1. A la première lune du Printems de la première année.

2. A la troisième lune, le Duc Ing cong et (le prince) 儀 父 du royaume 邾 Tchou se jurèrent fidélité (et firent alliance) à 蔑.

3. Dans l'été à la 5ᵉ lune le 伯 du royaume de 鄭 Tching remporta une victoire sur 段 à 鄢.

4. Dans l'automne à la 7ᵉ lune 天 王 Thiene ouang députa 宰 咺 auprès de 惠 公 hoei coung.

5. A la 9ᵉ lune, les gens de 宋 Soung prêtent serment de fidélité à 宿.

6. Dans l'hyver à la 12ᵉ lune le Pe ou archiduc de 祭 vint.

I

1. [It was his] first year, the spring, the king's first month.

2. In the third month, the duke and E-foo of Choo made a covenant in Meeh.

3. In summer, in the fifth month, the earl of Ch'ing overcame Twan in Yen.

4. In autumn, in the seventh month, the king [by] Heaven's [grace] sent the [sub-] administrator Heuen with a present of [two] carriages and their horses for the funerals of duke Hway and [his wife] Chung Tsze.

5. In the nine month, [the duke] and an officer of Sung made a covenant in Suh.

6. In winter, in the twelfth month, the earl of Chae came [to Loo].

7. Kung-tsze Yih-sze died.

SAHNOUN

UN JURISCONSULTE MUSULMAN

DU IIIᵉ SIÈCLE DE L'HÉGIRE[1],

PAR

M. O. HOUDAS.

Aux premiers temps de l'Islamisme, le rôle d'un grand jurisconsulte était des plus importants. Non seulement il devait connaître les textes servant de lois, en savoir les origines et les interprétations, mais encore il avait à faire acte de législateur.

C'est, en effet, un des caractères les plus curieux de la législation musulmane qu'elle est une œuvre individuelle, n'ayant besoin ni de la sanction du souverain, ni de la consécration d'un corps quelconque qui agisse au nom de la nation. Pourvu qu'il s'appuyât sur un principe ou une décision, contenus soit dans le Coran, soit dans les Hadits, qu'il en déduisît logiquement les conséquences, le jurisconsulte musulman pouvait, si d'ailleurs sa réputation scientifique l'en rendait digne, donner force de loi à la formule à laquelle avaient abouti ses recherches.

Toutes ces divergences qui nous choquent, quand nous étudions les dispositions rassemblées dans ces recueils juridiques que nous considérons volontiers comme des codes, sont le résultat inévitable de la façon dont les savants musulmans ont procédé. Même lorsqu'ils étaient d'accord sur le texte qui formait la base de leur raisonnement, on conçoit sans peine que deux bons esprits n'en aient pas tiré des déductions identiques; à plus forte raison, devait-il en être ainsi quand la plus légère différence d'interprétation s'était produite sur le point de départ. Le moindre écart au début devait avoir pour conséquence inévitable de s'accroître de plus en plus par la série des raisonnements.

Si les conclusions différentes, auxquelles aboutissaient les docteurs musulmans, avaient eu à subir la ratification d'un pouvoir quelconque, il est bien

<hr />

[1] Tous les détails de cette notice ont été empruntés à deux manuscrits arabes de la Bibliothèque nationale : le *Riadh En-Nofous*, n° 2153, et le *Me'âlim el-Imân*, n° 2154. J'ai reproduit dans ma *Chrestomathie maghrébine* (Paris, Leroux, 1891, p. 65-77) le texte de la biographie donnée dans le *Me'âlim el-Imân* par Ibn Ennadji qui vivait à la fin du xivᵉ siècle.

évident que l'une d'elles seulement eût été choisie et que les autres auraient été
écartées pour toujours. Or il n'en était pas ainsi; chacun, dans son âme et
conscience, adoptait la solution qui lui paraissait la meilleure : magistrat, il
l'appliquait; partie en cause, il en revendiquait l'application.

Pour se bien rendre compte de cette indifférence à l'égard d'une rigidité
extrême dans le texte de la loi, il faut être pénétré de l'esprit qui règne parmi
les musulmans. Chez eux la foi est si vive et si entière qu'ils évitent avec soin
tout ce qui semblerait porter atteinte à la liberté d'action de l'Être suprême.
Ils ne croient point au règne de la justice absolue parmi les hommes et ils
s'imaginent volontiers que, si elle existait, elle constituerait une sorte d'amoin-
drissement de la toute-puissance divine.

Cette conception d'un pouvoir sans limites chez la Divinité se répercute à
tout instant dans les institutions musulmanes et leur imprime un caractère
dont nous avons bien de la peine à nous faire une idée exacte. Le souverain qui
représente Dieu sur la terre, le saint personnage qui reçoit l'inspiration du
Ciel peuvent donc, sans qu'aucun fidèle y trouve à redire, commettre des
actes que la raison réprouve, puisque rien ne doit s'opposer à ce que Dieu
modifie, dans un but que les hommes ignorent, les règles habituelles de la
morale. Ainsi, qu'un sultan fasse trancher des têtes sans motif plausible, qu'un
chérif s'enivre ou commette quelque autre grave infraction à la loi, personne
ne songe à formuler un blâme, du moment qu'il s'agit de l'oint du Seigneur
ou d'un inspiré d'En-haut.

J'insiste un peu sur ce point avant d'entreprendre la biographie de Saḥnoun,
parce que j'estime que l'énumération des faits et gestes de ce personnage n'aura
quelque intérêt que si elle montre en partie quel est l'état d'âme de cette société
musulmane, chez laquelle des sentiments vraiment droits et d'une nature élevée
nous sont souvent masqués, faute de pouvoir les apprécier sans un parti-pris
involontaire, dû uniquement à notre éducation bien différente de la leur.

Il ne sera pas non plus inutile, je crois, d'indiquer dès maintenant, dans un
court résumé, quelles étaient les doctrines dont Saḥnoun devait être l'un des
apôtres.

Chacun sait que le Coran contient en germe les principes fondamentaux de
la législation musulmane. Non seulement ces principes sont dispersés au hasard
dans les divers chapitres du Livre saint, mais encore ils sont loin de concorder
entre eux. Une des tâches les plus délicates des premiers exégètes a été de dis-
cerner, parmi ces versets contradictoires, quels étaient ceux qu'on devait maintenir et quels étaient ceux qui méritaient d'être abrogés. Ce premier travail

opéré, non sans qu'il subsistât quelques divergences entre les principaux docteurs, on a interprété ceux de ces textes devenus définitifs, et ici encore l'entente n'a pas réussi à être complète.

Quatre docteurs cependant ont fini par rallier la majorité des suffrages et
ont été déclarés seuls orthodoxes, en tant qu'exégètes, au point de vue canonique et juridique. Sans doute, ils n'ont pas tout expliqué de la même manière,
puisque leurs adeptes forment quatre rites différents, mais en réalité bien peu
de choses les séparent en ce qui concerne les faits; et c'est surtout à cause de
la méthode qui a présidé à leurs travaux qu'on est amené à les diviser en deux
grandes écoles : celle de l'Irâq et celle de Médine.

L'École de l'Irâq, à laquelle appartiennent les Hanéfites, ne s'en tient pas
exclusivement à la lettre du Coran pas plus qu'à la tradition représentée surtout
par les Hadits; elle estime qu'on peut avoir une opinion personnelle, à la condition qu'elle ne soit pas contredite par un texte formel, et elle ne voit aucun
inconvénient à procéder par analogie pour compléter la loi quand le besoin s'en
fait sentir et qu'on ne trouve aucune indication à ce sujet dans les sources dont
on fait usage.

Les Malékites et, à leur suite, quoique à un degré moindre, les Chaféites
et les Hanbalites voient les choses à un point de vue différent. Ils estiment
que tout a été prévu ou indiqué dans le Coran et dans la tradition, qu'il faut
s'abstenir de toute décision lorsque aucune autorité ne la consacre, si peu que
ce soit d'ailleurs. Cette école, dite de Médine, exige de ses docteurs des
recherches plus approfondies que celle des Hanéfites, puisqu'elle a toujours
besoin d'un texte ou d'une tradition pour baser son opinion. Elle offre, en
outre, une rigidité très favorable aux progrès de l'islamisme dans les pays
lointains, et, du côté de l'Occident, c'est la seule qui fleurisse partout où est
parvenue la religion de Mahomet. En Afrique et en Espagne, les populations,
converties de gré ou de force, n'auraient peut-être pas tardé à créer des schismes
ou même à abjurer, si on ne leur avait imposé l'obligation de s'en tenir stric-
tement aux termes du Livre sacré et de ne point faire usage de leur raison en
matière de foi.

Le zèle déployé par Sahnoun pour faire prévaloir en Afrique la doctrine de
Médine, en même temps que le dogme de l'éternité du Coran, lui a valu une
haute réputation parmi les musulmans, qui lui doivent le maintien de leur religion dans toute son intégrité, durant de longs siècles, au milieu des populations rudes et grossières qu'elles ont lentement transformées.

Le nom de Sahnoun, le seul sous lequel on connaisse aujourd'hui le célèbre jurisconsulte du Qaïrouân, désigne, en Ifriqiya, un oiseau de proie doué d'une vue extrêmement perçante. Ce surnom, qui faisait allusion à l'extraordinaire sagacité qu'avait montrée, dès son jeune âge, le futur docteur malékite, a fait oublier son véritable nom : Abou Sa'îd Abdesselâm ben Sa'îd ben Ḥabib ben Ḥassân ben Hilâl ben Bekkâr ben Rebi'ah Et-Tonoukhi.

Né en redjeb 160 (avril 777), dans une petite bourgade de Syrie, Saḥnoun, encore tout enfant, fut emmené en Ifriqiya par son père, un des miliciens que la ville d'Édesse fournit au corps d'armée chargé d'opérer dans le Maghreb. C'était un singulier début dans la vie pour un enfant que de suivre son père au milieu de troupes en marche. Cette existence tourmentée ne pouvait manquer de donner à son caractère une trempe singulière qui lui assura cette énergie indomptable dont, plus tard, il fit preuve en maintes circonstances.

Les biographes ne disent pas à quelle époque eut lieu ce premier voyage, mais tous s'accordent à dire que Saḥnoun commença ses premières études à Qaïrouân; il ne devait pas, par conséquent, avoir à ce moment plus de huit ou dix ans. La future ville sainte du Maghreb n'avait pas alors acquis le renom scientifique qu'elle devait avoir plus tard; aussi le jeune étudiant dut-il bientôt se rendre à Tunis pour assister au cours de professeurs renommés, tels que 'Ali ben Ziyâd, Mas'oud, El-'Abbâs ben Achrès et d'autres, dont la tradition a conservé les noms.

Cependant les livres étaient si rares alors qu'on ne pouvait arriver à posséder une instruction complète qu'à la condition d'aller, partout où ils se trouvaient, entendre les maîtres qu'aucune université n'avait encore réunis sur un même point. A peine âgé de dix-huit ans, Saḥnoun commença une longue pérégrination à travers l'Orient Musulman. En Egypte, il suivit les leçons d'Ibn El-Qâsem, un des principaux disciples de Malek, d'Ibn Ouahb, d'Achhab; à Médine, il étudia sous Ibn Madjichoun, Motharref. En Syrie, il eut pour maîtres El-Oualîd ben Moslem, Ayyoub ben Soueïd; à la Mecque enfin, 'Abderraḥman ben El-Mahdi.

Treize années s'écoulèrent ainsi avant que le jeune jurisconsulte revint s'établir définitivement à Qaïrouân, sa patrie d'adoption. Là il trouva un précurseur et un rival : Asad ben El-Forât, le célèbre cadi qui devait plus tard jeter la plume pour prendre l'épée et faire la conquête de la Sicile.

De même que Saḥnoun, Asad avait été chercher la science en Orient; il avait eu l'avantage d'entendre Mâlek lui-même et lui soumettre de nombreuses questions; mais, tout en admirant le savoir du maître, sa raison n'était point toujours satisfaite. Il sentait le besoin d'une doctrine d'un esprit plus large, et le système suivi par Abou Hanifah finit par avoir ses préférences. Cependant l'impression première avait été profonde; malgré lui, il ne mit dans son traité intitulé l'*Asadiyah* que les décisions formulées par Ibn El-Qâsem, tout en les accommodant, autant que possible, au système hanéfite.

C'en était donc fait de la doctrine malékite en Afrique, si Sahnoun n'avait hardiment pris sa cause en main. Afin de mieux réaliser son dessein, il résolut de composer à son tour un digeste qui porte le nom de *Modawwanah*. Mais, pour détruire le prestige qui entourait l'*Asadiyah*, il fallait avant tout bien connaître ce livre. Pour y parvenir, Sahnoun n'hésita pas; il se fit le disciple d'Asad mettant immédiatement par écrit le texte qu'on lui enseignait. Il serait arrivé au bout de cette tâche, si le maître n'avait bientôt soupçonné une trahison et n'avait aussitôt coupé court à cette déloyale entreprise. Néanmoins, grâce à des amis, Sahnoun finit par avoir une copie complète de l'*Asadiyah* qu'il s'empressa de communiquer à Ibn El-Qâsem.

Dès ce moment la lutte s'engagea très vive; Ibn El-Qâsem prit parti pour Sahnoun; il critiqua vivement l'*Asadiyah*, qui ne tarda pas à tomber dans le discrédit et à faire place à la *Modawwanah*. Le départ d'Asad pour la Sicile amena à bref délai l'abandon des doctrines qu'il avait enseignées; le triomphe des Malékites fut dès lors assuré.

Ce n'est pas seulement par sa seule valeur scientifique que Sahnoun atteignit le but qu'il s'était proposé. Ses qualités personnelles contribuèrent largement à assurer son succès : sa modestie, sa sincérité, sa piété étaient connues de tous; on le savait généreux et dévoué. Mais ce qui, par-dessus tout, lui avait valu l'estime de ses concitoyens, c'était l'énergie et le courage qu'il déployait quand il s'agissait de combattre l'injustice et de faire triompher la bonne cause. Sa rudesse d'ailleurs, dans ces circonstances, était parfois héroïque. L'anecdote suivante en donnera une idée.

A cette époque, les pourvoyeurs de harem n'hésitaient pas à enlever des femmes libres qu'ils allaient ensuite vendre à quelque distance de là. Un jour que Sahnoun était assis devant la porte de sa maison, il vit passer un de ces pourvoyeurs nommé Hatem, qui emmenait des femmes libres qu'il venait de prendre à Tunis. « Qu'on arrête cet homme et qu'on m'amène ces femmes, s'écria Sahnoun. » Aussitôt les personnes qui se trouvaient là se précipitèrent sur ce groupe; elles ne ramenèrent que les captives, car Hatem, en entendant ces mots, avait lancé sa monture à toute vitesse pour aller se plaindre à Mohammed ben El-Aghlab.

Le prince, dont Ḥatem était un des fournisseurs, et qui sans doute devait faire un choix dans ce lot de captives, invita Saḥnoun à rendre de suite les femmes qu'il avait retenues, attendu qu'elles étaient des esclaves de la maison royale. « Non, répondit Saḥnoun, je ne les livrerai point, car si ce sont des esclaves on ne devait pas les confier à un gredin tel que Ḥatem. » Le page qui transmit cette réponse ne tarda pas à revenir, et cette fois il rapporta un ordre formel. « Tant que ma tête sera sur mes épaules, s'écria Saḥnoun, ces femmes ne seront pas livrées à Ḥatem. »

Ces paroles énergiques pouvaient avoir pour leur auteur les plus funestes conséquences. Le fils de Saḥnoun, redoutant quelque malheur, conjura son père d'écrire une lettre d'excuses. Celui-ci ne céda qu'avec répugnance et en termes tels que son fils, qui lisait par-dessus son épaule, dut lui dire à chaque instant : « Un peu moins de dureté dans les termes, mon père, je vous en prie. »

En recevant cette lettre, le souverain entra tout d'abord dans une violente colère, puis au bout de quelques heures, la réflexion aidant, il dit à ses ministres et à ses courtisans : « Décidément cet homme veut assurer notre salut malgré nous. Eh bien, je l'autorise à faire rechercher dans tous les coins du royaume les femmes qui se trouvent dans les mêmes conditions et à leur rendre la liberté. »

Dans une autre circonstance analogue, où il avait employé la force pour délivrer dix-sept jeunes filles, Saḥnoun avait répondu au messager du prince qui venait lui enjoindre de les rendre : « Dis à ton maître que j'ai fait le serment que pas une de ces femmes ne sortira d'ici, tant que je n'aurai pas été destitué de mes fonctions de cadi et que Dieu ne saura pas que je n'ai plus aucune autorité pour juger les hommes. »

Quand on songe avec quelle facilité un souverain musulman peut disposer de la vie de ses sujets, on doit admirer la hardiesse déployée par Saḥnoun; mais on doit constater également que la notion du juste finissait par atteindre même ces despotes, dont les instincts cruels n'étaient arrêtés par aucun frein, lorsqu'une voix sincère et hardie venait les rappeler au devoir.

Longtemps Saḥnoun refusa d'accepter des fonctions publiques, l'autorité morale dont il jouissait lui paraissait amplement suffisante. De tous côtés on s'adressait à lui pour lui soumettre des difficultés de droit canonique ou autre à résoudre. Ces consultations le mettaient en relations avec tous les hommes éclairés de l'Ifriqiyah, et sa réputation comme mufti s'était répandue par tout le Maghreb. Ce rôle lui permettait à la fois d'établir la suprématie des doctrines

malékites et de lutter contre ceux qui soutenaient que le Coran avait été créé.
En outre il le mettait tout à fait en dehors de la caste officielle, dont il supportait avec peine les nombreuses infractions aux règles de la morale ou de la religion.

Cependant, son dévouement à la cause de tous les bons musulmans, les services qu'il rendait à tous les honnêtes gens attirèrent de plus en plus l'attention sur lui, si bien qu'à la mort du cadi Ibn Abi El-Djouâd il fut, pour ainsi dire, obligé de lui succéder. La magistrature d'Ibn Abi El-Djouâd avait soulevé bien des réclamations et bien des critiques. Sahnoun, en présence d'une des nombreuses injustices que venait de commettre ce cadi, n'avait pu s'empêcher de dire : « Ô mon Dieu, faites que je ne meure pas avant d'avoir vu un cadi rendant une bonne justice! » Il y avait donc déjà, de ce fait, une obligation morale de ne pas laisser tomber de hautes fonctions en des mains indignes; mais un autre motif plus impérieux peut-être aux yeux de Sahnoun lui dicta sa conduite. Le candidat qui avait le plus de chances d'être nommé était un partisan des doctrines de l'Iràq, un hanéfite par conséquent, et il fallait à tout prix empêcher cette invasion dans le domaine malékite.

Malgré ses 72 ans, Sahnoun se décida à accepter les fonctions de cadi, afin d'achever l'œuvre à laquelle il avait voué sa vie. Toutefois il y mit des conditions, et la première fut que toute la famille du prince donnât l'exemple de la soumission à la loi et du respect à l'égard des faibles. Il eut la discrétion de ne pas nommer le prince lui-même, mais celui-ci comprit sa réserve et lui dit : « Moi, tout le premier, je me soumettrai à toutes vos instructions. »

Pour tous les musulmans à l'âme élevée, la charge de cadi a toujours paru redoutable. La crainte de commettre, sans le vouloir, la moindre injustice et de compromettre ainsi son salut éternel effrayait toujours les hommes doués d'une foi sincère. Sahnoun en rentrant chez lui après sa nomination, ne put s'empêcher de dire à sa fille Khedidja : « Ah! ma fille, on vient d'égorger votre père sans avoir eu besoin pour cela de se servir d'un couteau. » Un de ses amis, lui voyant ce jour-là un air tout courroucé, lui demanda s'il fallait le féliciter ou lui adresser des compliments de condoléances au sujet de ses nouvelles fonctions.

A l'occasion de cette nomination, Abderrahman ben Abd Rebbihi avait écrit à Sahnoun : « Jusqu'ici vous vous étiez occupé des affaires spirituelles des musulmans, désormais vous allez prendre soin de leurs affaires temporelles. De ces deux charges, quelle est celle qui vaut le mieux? » Voici la réponse du jurisconsulte : « Hélas! vous dites vrai; mais j'ai confiance que Dieu m'aidera dans ma tâche. D'ailleurs la situation spirituelle d'un homme ne peut être bonne que si sa situation temporelle l'est. Je vais avoir maintenant à défendre le faible contre le fort, l'opprimé contre l'oppresseur ; mais, depuis quarante ans que je suis mufti, ai-je fait autre chose qu'office de cadi, puisque les décisions du mufti sont applicables aux choses temporelles ? En tout cas, je me considère comme une victime du sort, et c'est contre mon gré que j'ai accepté ces fonctions. »

Durant les six années qu'il exerça sa magistrature, Saḥnoun introduisit un certain nombre de réformes parmi les usages établis. Il fit rentrer sous sa juridiction toutes les questions de police municipale, qui auparavant ressortissaient à des fonctionnaires de l'ordre administratif. Il défendit aux musulmans dissidents d'enseigner leurs doctrines dans les mosquées et ne craignit pas de les châtier quand ils contrevenaient à sa décision. On lui attribue aussi l'institution des imams, au sens moderne du mot, c'est-à-dire des fidèles qui eurent pour mission de diriger les offices en l'absence du prince. Avant lui les cadis gardaient par devers eux les dépôts judiciaires, il ordonna qu'à l'avenir ils fussent confiés à des amins. Pour éviter que le tribunal devint une sorte de spectacle, il n'admit aux audiences que les parties et leurs témoins. Enfin il introduisit la peine de la bastonnade en Ifriqiyah.

Ces innovations, de peu d'importance à nos yeux, tiraient toute leur valeur de l'esprit qui les avaient dictées. Le rigorisme dont le nouveau cadi faisait preuve à l'égard des dissidents, par exemple, visait surtout les partisans de la doctrine de la création du Coran, qui étaient soutenus par le prince et menaçaient de faire naître un nouveau schisme musulman. Déjà, vers la fin du règne de Ahmed ben El-Aghlab, Saḥnoun avait failli être victime de l'intolérance de ces adversaires.

Appelé en présence du souverain, il avait répondu à ceux qui l'interrogeaient sur le Coran : « Personnellement, je n'ai aucune opinion sur ce sujet, mais tous mes maîtres m'ont dit que le Coran était incréé. » — « Qu'on le tue ! » s'était alors écrié le cadi Ibn Abi El-Djouâd, je prends sur moi la responsabilité de sa mort. » Un autre personnage voulait même qu'on le coupât en quatre et qu'on exposât chacun des quartiers aux quatre coins de la ville. Il réussit cependant à obtenir la vie sauve en s'engageant à ne plus sortir de sa maison et en fournissant la valeur de dix cautions ordinaires. Fort heureusement pour Saḥnoun, Ahmed ben El-Aghlab mourut soudainement, et le docteur malékite recouvra sa liberté aussitôt.

Était-ce le souvenir de cette persécution qui avait provoqué la mesure qui

avait été prise, ou bien Sahnoun avait-il agi sous l'empire d'une ferme croyance?
Il est bien difficile d'être affirmatif à cet égard; cependant, d'après tout ce que
disent ses biographes, on doit croire que le ressentiment n'avait pas été son
unique mobile. Des sentiments plus nobles avaient guidé sa conduite dans cette
circonstance, comme dans bien d'autres.

L'amour de son prochain, la conviction ardente et absolue en matière de
foi, le détachement des biens de ce monde sont choses plus communes qu'on
ne croit parmi les musulmans. Chez eux, pour les natures d'élite, toutes les
fonctions se rattachant à l'exercice du culte ou à l'administration de la justice
ne doivent être qu'un moyen de mériter le Ciel en se rendant utile à ses semblables. Aucune préoccupation d'ambition, aucun calcul d'argent ne guidait
Sahnoun, pas plus d'ailleurs qu'il n'avait guidé certains de ses devanciers.
C'était chez les pieux musulmans une règle absolue, et l'on sait que Abou 'Amr
Meïmoun[1], nommé cadi en Sicile, fit faire à Sousse, avant son départ, un
inventaire minutieux de tout ce qu'il possédait, afin qu'à son retour on pût
constater que son avoir ne s'était pas accru de la plus petite chose.

Quelques phrases familières à Sahnoun montrent cependant que, s'il avait
un jugement sûr et une nature droite, il avait une opinion trop favorable de sa
personne. « Qu'on me pose une question quelconque, disait-il, et je me fais fort
d'indiquer la ligne et la page du livre qui en contient la solution. » Il aurait dû
pourtant se souvenir qu'il avait dit lui-même que « l'homme le plus prompt
à trancher une question était le moins instruit, parce que, ne connaissant
que peu de choses, il croyait trouver la solution de tout dans son mince ba-
gage scientifique ». Ce qu'il blâmait le plus vivement, c'était la complaisance à
l'égard des puissants : « Le plus grand malheur qui puisse arriver à un savant,
répétait-il, c'est qu'on dise, quand on vient le consulter : « Il est chez le prince,
chez le cadi. »

Il n'estimait pas que la véritable piété consistât dans la simple pratique
extérieure du culte : pour lui une bonne action égalait toute les prières, ou,
pour employer ses propres expressions : « Mieux vaut ne pas prendre injustement une obole que d'accomplir 70,000 pèlerinages à la Mecque, d'équiper
70,000 cavaliers pour la guerre sainte, d'affranchir 70,000 esclaves musulmans, ou encore de sacrifier 70,000 victimes au temple de la Mecque. »

On conçoit sans peine l'influence qu'un homme de la valeur de Sahnoun
dut avoir sur ses contemporains; sa parole éloquente, sa science variée et ap-

---

[1] Cf. Amari. *Bibliotheca arabo-sicula*, p. ١٤١ et ١٤٢.

profondie attirèrent autour de lui une foule de disciples avides de s'instruire : on
en compta, assure-t-on, jusqu'à sept cents à la fois qui se pressaient pour écouter
les leçons du maître. Sa renommée s'était étendue au loin, jusque. dans l'Andalousie, et, lorsqu'il mourut, ce fut un deuil universel dans le monde musulman. Tous pleurèrent le grand apôtre de l'Islam, le pontife bienveillant et
éclairé, le jurisconsulte éminent, l'homme intègre, qui avait mis toutes les ressources de sa science, toutes les forces de son âme au service du bien et de la
défense des opprimés.

Saḥnoun mourut le 6 du mois de redjeb de l'année 240 (1er décembre
854). Il avait atteint l'âge de 80 ans, au compte des musulmans, de 78 suivant nos calculs. On lui fit de grandes funérailles, et le prince Mohammed ben
El-Aghlab lui-même présida aux prières que les musulmans font en cette circonstance. Seuls, les courtisans s'abstinrent de prendre part à la cérémonie,
alléguant les divergences d'opinions religieuses qui les séparaient du défunt,
alors qu'en réalité ils ne voulaient point pardonner à celui qui, de son vivant,
avait toujours combattu leurs mœurs dissolues et tyranniques.

Cette manifestation, plus ridicule que méchante, ne diminua en rien la vénération profonde dont les fidèles entourèrent la mémoire du jurisconsulte,
et, aujourd'hui encore, tous les musulmans de l'Afrique honorent cet illustre
personnage dont les cendres reposent dans un mausolée, à une centaine de
mètres des murs de la ville sainte de Qaïrouân. Son œuvre d'ailleurs a eu un
éclatant succès, car, s'il n'a pas réussi à rendre tous ses coreligionnaires meilleurs qu'autrefois, du moins leur a-t-il assuré l'unité des croyances et laissé un
modèle à imiter.

ORIGINE

DE L'ISLAMISME EN CHINE,

DEUX LÉGENDES MUSULMANES CHINOISES,

PÈLERINAGES DE MA FOU-TCH'OU,

PAR

M. GABRIEL DEVÉRIA.

Avant d'aborder l'examen des récits légendaires publiés par les musulmans chinois relativement à l'introduction de l'islamisme en Chine, nous croyons utile de résumer le plus brièvement possible les quelques passages des *Chroniques officielles du Céleste Empire,* qui auraient dû les mieux éclairer sur un point aussi important de l'histoire de leur religion.

La première mention des Arabes, de leur pays, de leurs croyances et de leurs conquêtes se trouve dans les *Annales de la dynastie des T'ang* (618-907); elles les appellent Tazi [1], nom sous lequel les Persans les avaient peut-être

[1] Les deux caractères 大食, employés phonétiquement par les Chinois pour transcrire le mot *Tazi*, peuvent se prononcer *Ta-chi* ou *Ta-yi*; mais la lecture *Ta-chi* me paraît plus exacte, car elle est en effet confirmée par la transcription 多氏 *To-chi* dont se sert, vers 672, le religieux Hiuen-tchao (Prakâçamati), du Chan-si (province où le *ch* se prononce comme *s*), pour désigner les Arabes qui interceptaient, à cette époque, la route qu'il devait suivre pour aller de Nalanda (Baragoun) à Kapiça. Cf. Ed. Chavannes, *Voyages des pèlerins bouddhistes, par I-tsing*, p. 25, n. 2. — Yezdedjerd III, en répondant aux sommations que lui portaient les envoyés de Saad, fils d'Abou Waqqâs, leur disait : « Les Arabes, jusqu'à ce jour, n'ont été connus

en Perse que sous les titres de marchands (*Tâguir, Tâdjir?*) ou de mendiants». (Malcolm, *Histoire de la Perse,* t. I, p. 254, 255.)

Selon M. J. Halévy, Tazi ou Tazy serait une corruption persane du mot *Ṭa'i*, signifiant *nomade, errant* en araméen ancien. Ce nom aurait d'abord désigné les Arabes nomades de la Mésopotamie qui, sortis des territoires du Lahssa et du Bahrein dès les premiers siècles de notre ère, avaient porté le fer et la flamme dans les plus riches vallées de la Perse. C'est peut-être aussi de ce mot *Ṭa'i* que dérive celui de *Ṭdyioun,* expression que M. J.-B. Chabot trouve déjà employée vers l'année 510 de notre ère dans la *Chronique nestorienne* de Josué le Stylite, pour désigner les Arabes en géné-

d'abord désignés. C'est en effet, par la Perse[1] que les Chinois ont pour la première fois entendu parler des compatriotes de Mahomet. L'histoire des T'ang nous entretient d'une révolte des Persans, rejetant en 628 la tutelle que leur avait imposée les Turks (Tou-kioue)[2] occidentaux, de l'avènement d'Ardéchr en 629, et de la mort de Yezdedgerd III[3] chassé par ses sujets après vingt et un ans de règne, et tué par les Tazi pendant qu'il fuyait vers le Tokharestan où son fils Pirouz III put seul arriver[4]. Du Tokharestan, le prince fugitif informa de ces événements l'empereur T'ang T'ai-tsong et lui demanda secours. Le gouvernement chinois, sourd à cet appel du vaincu, recevait favorablement, en 651, une ambassade du chef des Tazi vainqueurs, l'émir al Momenin Othman qui, au dire de son envoyé, disposait alors de 400,000 combattants[5].

Dix ans plus tard, en 661, Pirouz III, toujours en Tokharestan, se plaignait encore une fois des empiètements des Tazi; sur sa demande, l'empereur Kao-tsong envoya dans les pays de l'ouest une mission chargée de transformer en préfectures et sous-préfectures chinoises le territoire des États compris entre Khotan et la Perse; la ville de Tsi-ling 疾陵城 devint le siège d'un admi-

---

ral et parfois aussi les Arabes chrétiens; quant aux hypothèses déjà publiées par les orientalistes sur l'origine de ce nom de Tazi, cf. *Mémoires conc. les Chinois*, t. XVI, p. 374, note de S. de Sacy; Quatremère, *Histoire des sultans mamelouks*, t. II, 2ᵉ partie, p. 154; Pauthier, *De la réalité et de l'authenticité de l'inscription nestorienne de Si-ngan fou*, dans les *Annales de philosophie chrétienne* de Bonnetty, 1857, t. II, p. 131; H. Yule, *Cathay and the way thither*, t. I, p. xc et 71.

[1] C'est en 461 de notre ère que l'Histoire chinoise mentionne pour la première fois la Perse, à propos d'une ambassade envoyée à la cour des Wei. — De très bonne heure la Chine dut avoir des relations commerciales avec la Perse; en 605-617, Wou Fong-lien, concubine de l'empereur Soei Yang-ti, introduisait la mode de se peindre les yeux; elle se servait d'une couleur noire, appelée *ngo-lou* 蛾綠 (keuhl?), qu'elle faisait venir de Perse à un prix exorbitant. *Kiai tze yuan hou tchoan*, k. IV, p. 16.

[2] J'écris *Tou-kioue* comme St. Julien, mais cette leçon est fautive; le volume *supplémen-*

taire du *Sin T'ang chou*, consacré à la lecture des noms étrangers transcrits en chinois, nous fait observer qu'il faut prononcer *Tou-kiou*.

[3] La version chinoise de ces événements diffère assez sensiblement de celle des auteurs persans; cf. Malcolm, *Histoire de la Perse*, t. I, p. 262 : «Vaincu par les Arabes à la bataille de Nehavend en 642, Yezdedjerd III s'enfuit d'abord dans le Séistan, de là dans le Khorassan et enfin à Merv; le gouverneur de cette ville invita le khakan des Tartares (Turks) à s'emparer du fugitif; le khakan y consentit; ses troupes entrèrent dans Merv dont les portes furent ouvertes par le traître gouverneur. Yezdedjerd se sauva à pied de la ville pendant la confusion du combat et gagna un moulin à 8 milles de la ville; il y fut assassiné par le meunier (651). D'Herbelot, dans sa *Bibliothèque orientale*, nous dit que Yezdedjerd rejoint par des cavaliers sur les bords d'une rivière qui n'était pas guéable, fut tué par eux.

[4] *K'iou T'ang chou*, k. cxcviii; *Sin T'ang chou*, k. ccxxi, fᵒ 15ᵇ.

[5] *Sin T'ang chou*, k. ccxxiᵇ, fᵒ 19ᵃ.

nistrateur général de P'o-sse [1], titre et charge que la Chine confia au roi exilé. Mais les Tazi mirent brusquement fin à cet état de chose, et Pirouz III, réduit sans doute à l'impuissance, se décida en 670 à venir avec son fils Ni-niè-che à Tchang-ngan (Si-ngan fou, alors capitale occidentale de la Chine), où il mourut après avoir obtenu du Fils du Ciel le titre de général de la garde de droite, et la permission de construire en 671 un temple de sa religion [2].

Ni-niè-che, sept ou huit ans plus tard, se fit reconduire sous escorte dans le Tokharestan; mais, n'ayant pu s'y maintenir, il revint mourir dans la capitale du Céleste Empire en 708 [3].

L'année 713 est marquée par l'arrivée d'un ambassadeur des Tazi qui apportait comme présents des harnachements ornés de plaques d'or émaillé; ce personnage ne se soumit pas à l'étiquette chinoise qui exige des prosternements devant le souverain; il resta debout. Cette résistance lui eût probablement coûté cher, sans l'intervention bienveillante d'un ministre [4]. La venue

---

[1] H. Yule, dans son *Cathay*, t. I, p. LXXXVII, identifie Tsi-ling à Zaranj, ville près de laquelle se trouve l'ancienne cité de Fars (Farrah), la capitale traditionnelle de Roustoum, qui pourrait expliquer le Pars (P'o sse) des Chinois. Il me paraît impossible que l'administration des Chinois ait pénétré aussi loin de leur domaine, qui avait alors pour confins, encore plus fictifs que réels, les quatre places de guerre (Talas, K'outché, Kachgar et Ouch).

[2] La description de Tch'ang-ngan 長安志 composée sous les Song (960-1120), nous parle de ce temple : «A l'est de la place Li tsiuen fang, il y a un ancien temple persan; c'est celui que, la 2ᵉ année I-fong (677), Firouz III, roi de Perse, sollicita la faveur de construire. Dans les années Chen-long (705-707) l'empereur Tchong-tsong ordonna à K'e-chen qui était le desservant de ce temple, de le transporter à l'angle sud-ouest de la place de la Trésorerie (Pou-tcheng fang), à l'ouest du temple de l'Esprit du mal. » (Cf. Pauthier, *L'inscription chinoise de Si-ngan fou*, p. 75.)

[3] Sin *T'ang-chou*, k. CCXXI[b], f° 15[b]; Ma Toan-lin, k. CCCXXXIX, f° 8°; Visdelou, *Suppl. à la Biblioth. orient.*, p. 189; Gaubil, *Mém. conc. les Chinois*, t. XVI, p. 5.

[4] K'ieou *T'ang chou*, k. CXCVIII, f° 29; Sin

T'ang chou, k. CCXLI, f° 19. — Dans son *Cathay*, t. I, p. LXXXI, H. Yule fait remarquer que cette mission arabe, venue en 713, pourrait être celle envoyée par le fameux général Qotaybah ben Moslem Albaheli; ce personnage naquit en 669-670; investi en 706 du commandement des armées de Walid en Perse, il conquit tout le grand pays de Kharezm et obligea les peuples de ces quartiers à brûler leurs idoles et à bâtir des mosquées; après cette conquête, Qotaybah passa en Transoxiane et prit de force Samarqand, Boukhara, Nakhscheb, Ferghanah (713-714) et toute cette partie du Mawarannahr jusqu'au Bolor et à Kachgar; il aurait porté ses armes jusque dans la Chine, si le Fagfour (Fils du Ciel) n'eût en quelque sorte acheté la paix par l'accueil favorable qu'il fit à une ambassade composée de douzo musulmans, que Qotaybah lui avait envoyée, et par les présents dont il la chargea pour ce général, gouverneur du Khorassan. Haddjadj, vice-roi de l'Irak, avait à plusieurs reprises envoyé des courriers à Mohammed ibn Qassem sur le Sind, et à Qotaybah pour les presser d'activer la conquête de la Chine, promettant que le premier qui y parviendrait en aurait le gouvernement; mais la mort de leur chef et celle du khalife (714-715) mit fin à leur dessein; Qotaybah se

d'un autre ambassadeur nommé Soliman est signalée à la date de 726, et une mission députée par Abou Dja'fer el Mançour, se trouvait en 756 à la cour de Chine; l'Histoire des T'ang ne nous dit rien de l'objet de toutes ces missions et ne parle pas non plus d'envoi d'ambassadeurs chinois chez les Tazi; c'est ainsi sans préliminaire aucun qu'elle nous apprend que l'empereur Sou-tsong se servit de troupes tazi pour recouvrer, en 757, ses deux capitales (Si-ngan fou et Ho-nan fou) tombées au pouvoir de rebelles. Ces troupes, avec lesquelles avait coopéré un contingent ouïgour, étaient venues du Khorassan, du Tokharestan et du Ngan-si (Khotan, Talas, K'outché, Kachgar, Ouch); elles avaient pénétré en Chine par la préfecture de Si-ning et par celle de Léang-tcheou de la province du Kan-sou[1].

Les armées de l'empire du Milieu comptaient alors dans leurs rangs 150,000 étrangers, et, tandis qu'au nord-ouest de la Chine les Tazi entretenaient des relations avec les Qirghiz auxquels ils offraient tous les trois ans des présents parmi lesquels figuraient des tapis d'or[2], dans le midi ils attaquaient,

révolta contre Abd al Malik, successeur de Walid, et fut égorgé avec onze de ses parents à Ferghanah, en 715-716.

[1] Tze-tchi-t'ong-kien, k. ccxix, f° 14', et Gaubil, Histoire de la dynastie des T'ang, loc. cit., p. 71 et 73.

[2] A cette époque les vêtements que portaient les femmes qirghizes étaient faits de fourrures, de lainages, de brocart précieux, de feutre ou de damas que leur vendaient les Tazi de Ngan-si et de Pei-ting (territoires qui occupaient tout le bassin du Tarim). Entre les années 758-761, les Qirghiz, ayant été défaits par les Ouïgours, ne pouvaient plus communiquer avec la Chine;... ils se tenaient unis aux Arabes (Tazi), aux Tibétains et aux Qarlouks par une ligue défensive. C'est ainsi que les caravanes tibétaines, lorsqu'elles craignaient d'être détroussées ou rançonnées par les Ouïgours, s'arrêtaient chez les Qarlouks jusqu'à ce qu'il leur soit venu une escorte qirghize. Les Arabes tazi ont des brocarts 錦 (c'est-à-dire des tapis précieux comme l'or ou tissés de fils dorés) d'une telle pesanteur qu'il faudrait vingt chameaux pour en porter un seul; ne pouvant les transporter tout entiers, ils les partagent en vingt pièces, et, tous les trois ans, ils les donnent en pré-

sents aux Qirghiz. (Sin T'ang chou, k. ccxviii, f° 18 et 19. Visdelou, ubi supra, p. 78b).

Il est probable que ces lourds tissus précieux, dans la fabrication desquels entraient des fils de métal dorés ou argentés, servaient à tapisser l'intérieur des tentes des princes et princesses turks, ce qui expliquerait l'expression de Kin tchang 金帳 (tente d'or) employée dans les passages suivants du même chapitre (f° 20'): « L'Agé des Qirghiz, vainqueur des Ouïgours, dit à leur Khakan : « Je vais bientôt t'enlever « ta tente d'or... je planterai dessus mon éten-« dard... » L'Agé des Qirghiz mit lui-même le feu au camp du prince ouïgour et à la tente d'or qu'habitait la khatoun. »

Ces tapis étaient vraisemblablement du même genre que ceux dont le chevalier de Chardin nous décrit, en 1636, la fabrication à Yezd, Qachan et Ispahan, industrie importée de Sous, de Touchter et de différentes villes de l'Ahwaz lors de l'invasion de la Mésopotamie par Sabour, en 242 de notre ère. Cette industrie a été portée jusqu'à Kachgar. (Cf. Chardin, Voyages en Perse, t. IV, p. 154; — J. Karabacek, Die persische Nadelmalerei Susanschird, Leipsig, 1881; — Maçoudi, Les Prairies d'or, trad. de M. Barbier de Meynard, t. II, p. 186;

pillaient et brûlaient la ville de Canton, de connivence avec des Persans en
758 [1]; à cette date, des chefs tazi et des envoyés ouïgours se rencontraient à la
cour de Chine et s'y disputaient la préséance à tel point qu'on dut les introduire par deux portes différentes dans la salle d'audience [2].

Les Tibétains, dont les incursions sillonnaient tout le territoire compris
entre le Pamir, le Syr Deria et la grande muraille de la Chine, devaient in-
quiéter les Abbassides à l'ouest autant que les Chinois à l'est [3]; aussi voyons-
nous au VIIIe siècle les Tazi à vêtements noirs et les Chinois former contre leur
ennemi commun, les Tibétains, une coalition dans laquelle, à côté des contingents fournis par Haroun al Rachid, figuraient des troupes ouïgoures et
d'autres envoyées par des princes indiens et aussi par le royaume de Nan-tchao
(Yun-nan), région dans laquelle la présence des Tazi est signalée dès l'année
801 [4].

A la fin du VIIIe siècle (787), on comptait à Si-ngan fou 4,000 familles
étrangères venues de Pei-ting (Oroumtsi), du Ngan-si (K'outché, Khotan,
Talas, Kachgar) et d'autres contrées occidentales; ces étrangers possédaient
des terres, avaient femmes et enfants; ils étaient venus en différents temps soit
comme voyageurs, soit à la suite de princes, soit comme députés; ils touchaient
une pension mensuelle de la cour, et la somme de ces pensions allait par an à
500,000 onces d'argent. Ces gens étaient dans l'impossibilité de retourner
chez eux par les chemins ordinaires, car les routes étaient interceptées par les
Tibétains, alors maîtres des pays situés à l'ouest de la province chinoise du
Chen-si. Ces étrangers pouvaient cependant retourner chez eux soit en pas-

t. VII, p. 291; t. V, p. 467; t. VIII, p. 417;
— Timkovski, *Voyage à Pékin*, t. I, p. 406.

Les Arabes ont laissé dans la Haute-Asie une
autre industrie, celle des émaux cloisonnés que
les Chinois fabriquent aujourd'hui et nous vendent sous le nom de *Fa-lan yao*, émail des
Francs, et qu'ils appelaient d'abord *Ta-chi yao*,
émail des Tazi. (Cf. China Review, t. VI,
p. 346, *Chinese cloisonné enamel*, par O. F.,
von Möllendorff.)

[1] *Kieou T'ang chou*, k. CXCVIII; Gaubil, *Histoire de la dynastie des T'ang*, loc. cit, p. 84;
Sin T'ang chou, k. CCXXI[b], f° 16°; *Tze tchi t'ong
tien*, k. CCXX, f° 29[b].

[2] *Sin T'ang chou*, k. CCXVII, f° 6.

[4] Dans les années Tcheng-yuan (785-804),

les Tazi étaient en guerre avec les Tibétains;
cela obligeait ceux-ci à reporter vers l'ouest la
plus grande partie de leurs forces, et cette di-
version rendait la tranquillité aux frontières
chinoises. Les Tibétains ne purent résister.
En 798, par ordre de l'empereur, trois envoyés
tazi à habits noirs (Abbassides), Han-cho, Ou-
ki, Cha-pe, reçurent le titre de *Tchong lang
tsiang* et furent renvoyés à l'étranger. Cf. *K'iou
T'ang chou*, k. CXCVII, f° 30; Bretschneider, *On
the knowledge possessed by the ancient Chinese*,
p. 10).

[1] *Sin T'ang chou*, k. CCXXII°, f° 12°; S.-W.
Bushell, *The early history of Tibet*, Roy. Asiat.
Soc., oct. 1880; c'est la dernière mention des
Tazi dans l'*Histoire des T'ang*.

sant par le pays des Ouigours, soit par mer; on leur offrit de prendre celle de ces deux routes qu'ils préféreraient; ils demandèrent tous à demeurer en Chine; on les incorpora dans l'armée, ils reçurent une solde; on fit ainsi une grosse économie et on profita de ces étrangers, qui fortifièrent beaucoup les légions où ils furent inscrits[1].

Si maintenant nous passons à l'histoire de la dynastie des Léao et à celle des Song embrassant la période qui s'écoule du xe au xiiie siècle, nous voyons encore les Tazi envoyant en 924 une ambassade à Apaoki, premier prince des K'i-tan; pendant qu'il se trouvait sur les bords de l'Orkhon, dans l'ancienne capitale des Ouigours; en 1020 un autre ambassadeur Tazi qui avait offert des éléphants et d'autres présents obtenait la main d'une princesse des Léao pour Tsek'e 冊 割, fils du roi son maître, et puis enfin les Annales des Song mentionnent vingt missions Tazi, tant politiques que commerciales, venues par mer dans les provinces de Canton et du Fou-kien. A partir de cette époque, il n'est plus fait mention des Tazi dans l'Histoire chinoise[2]; leur nom disparaît donc presque en même temps que l'empire des khalifes, au moment même où les conquêtes mongoles vont faire affluer en Chine une immigration considérable de mahométans, dont les descendants, mêlés à ceux des premiers colons du viiie siècle, sont désignés aujourd'hui le plus ordinairement sous le nom de Houei ou Houei-Houei[3].

[1] Sin T'ang chou, k. ccxxxii, f° 32; Gaubil (Hist. des T'ang, ubi supra, p. 134) a eu le tort de traduire le mot Hou 胡 par Tartares; j'y ai substitué le mot Étrangers qui est plus exact, car les Chinois appliquaient cette dénomination de Hou à tous les étrangers barbus.

[2] Yuan kien lei han, k. ccxxxvii, f° 31, et Bretschneider, On the knowledge possessed by the ancient Chinese of the Arabs and Arabian colonies, p. 11; Mediæval researches from Western Asiatic sources, t. I, p. 267.

[3] Ce nom s'écrit avec le caractère 回, ou parfois 輝, que nous transcrivons Houei, Hwi, Hoeï ou Hoei. (Dans l'orthographe sinologique, H devant a, o, ou est l'équivalent du KH des langues sémitiques.) Les musulmans chinois sont appelés Houei ou Houei-Houei, qui n'est qu'une réduplication populaire du son Houei, ou Houei tze 回 子 (Tze n'est ici qu'une désinence de substantif), ou Houei jen 回 人 signifiant

les gens Houei, ou collectivement Houa men 花 門, expression inusitée chez les auteurs sino-musulmans et dont la signification de secte fleurie ne trouverait aucune application; il me paraît donc falloir traduire Houa men par « secte des Houa ». L'ouvrage intitulé T'ang chi san pe cheou 唐 詩 三 百 首 nous dit que, sous la dynastie des T'ang (à une époque qu'on ne mentionne pas), il y avait dans la préfecture de Kan tcheou (au Kan-sou) un camp fortifié appelé Houa men chan pao (retranchement de la montagne de Houa men, à mille li à l'est duquel on arrivait au campement principal des Ouigours); dans l'inscription de la stèle commémorative de sa construction, en 1764, de la mosquée qui est à l'ouest du palais impérial à Pékin, l'empereur Kien-Long se sert de cette expression de Houa men pour désigner les mahométans; on la retrouve employée dans la même acception par différents auteurs chinois

Les données qui précèdent fournissent l'explication la plus naturelle et la plus plausible de l'introduction de l'islamisme dans l'empire du Milieu, explication qui n'est pas celle des musulmans chinois, parce que leurs coreligionnaires qui n'ont écrit qu'à une époque relativement récente, ou bien n'ont pas su reconnaitre avec certitude, sous le nom de Tazi, les premiers pionniers de leur foi (c'est ce qui nous parait le plus vraisemblable)[1], ou bien l'attrait du merveilleux l'a emporté chez eux sur l'amour du vrai. Toujours est-il que dans les quarante ouvrages, volumes, opuscules ou brochures que nous avons pu

qui ont publié des descriptions de l'Asie centrale : cf. C.-I., Huart, *Recueil de documents sur l'Asie centrale*, p. 4, n° 2 ; *Le pays de Khamil*, dans le *Bulletin des travaux historiques et scientifiques*, 1892, p. 17, n° 5.

Quant au terme de Houei (Kkouei), il semblerait que c'est dans le *Léao chi* 遼史 qu'on le rencontre pour la première fois : dans un article sur les Léao occidentaux ou Kara Khitai, il est dit, à la date de 1124, que les chefs des Houei-Houei leur payaient un tribut. L'Histoire des Kin (Tartares Jou-t-chi) se sert aussi de ce nom, en rapportant qu'au xii° siècle il y avait dans l'armée des Kin un régiment de Houei-Houei qui étaient habiles à projeter des matières enflammables. (Bretschneider, *Mediæval researches*, t. I, p. 267.)

Certains auteurs musulmans chinois des xviii° et xix° siècles se sont vainement essayés à trouver l'origine et l'explication du terme *Houei* ; il me parait n'être qu'un sobriquet tiré d'un mot arabe qui, revenant sans cesse dans le langage vulgaire, aura par sa fréquence particulièrement frappé les Chinois lors de leur contact avec les premières agglomérations Tazi. Mon savant collègue M. Houdas me suggère que ce mot pourrait être *khouya* (ya khouya اخوي = mon frère), pluriel = *khaoua* : ces termes sont employés de temps immémorial dans l'arabe vulgaire. A l'appui de mon hypothèse, je rappellerai qu'en 1860 et 1861, lors de l'occupation de Tien-tsin par le corps expéditionnaire franco-anglais, les gens du peuple nous surnommaient des *dis donc*, *dis donc*, et les Anglais des *I say*. — De plus, Mahomet, dès la première année de l'hégire, avait institué une

sorte de fraternité entre les nouveaux convertis à sa doctrine (les Ançars et les Mouhadjirs) ; le Prophète lui-même choisit pour frère Aly ben Abi Thaleb. — Après qu'au commencement du xii° siècle le terme *Houei-Houei* eut passé du langage dans la littérature chinoise, il fut confondu avec l'expression *Houei-ho* ou *Houei-hou*, qui jusqu'alors avait exclusivement désigné les Ouïgours ; aussi les écrivains chinois de l'époque mongole durent-ils, pour distinguer ceux-ci au xiii° siècle, avoir recours à une nouvelle transcription de leur nom, qu'ils écrivirent *Wei-wou-r*. (Cf. Bretschneider, *Mediæval Researches*, t. I, p. 252 et 267.)

[1] Je trouve cependant dans les écrits des musulmans chinois trois fois la mention des Tazi : 1° l'ouest de l'Inde s'appelle Tazi, la religion s'y est développée, son symbole est la maison de la pierre... 天竺之西曰維大食有教與焉顯諸石室 (stèle de 1351 dans la grande mosquée de Canton) ; 2° nos *Histoires* (chinoises) font de Tazi, et la *Grande géographie de la Chine* fait de Médine le royaume ancestral des Houei-Houei (le *Tchi cheng chi lou*, d'après le *Tsi sieou lei kao* 七修類稿, ouvrage composé au milieu du xvi° siècle) ; 3° l'île de Soumatra était, sous la dynastie des Han, le territoire de Tiao-tchi 條支, et, sous celle des T'ang, celui des P'o-sse Ta-chi (Pars Tazi). (Le *Tchi cheng chi lou*, k. xix, f° 18, d'après le *Pa-houg-i-chi*, 八紘譯史, ouvrage composé au milieu du xvi° siècle). Ainsi rédigées et publiées sans aucun commentaire, ces trois indications étaient plutôt propres à égarer les musulmans chinois qu'à les éclairer.

nous procurer pendant notre séjour en Chine, et qui représentent la plus grande partie de la littérature sino-mahométane[1], nous n'avons trouvé aucune allusion aux événements que nous venons d'exposer. Dégagés du souci de la vérité historique quant aux origines du mahométisme en Chine, les écrivains musulmans de ce pays rapportent deux légendes différant très sensiblement l'une de l'autre; la première des deux que nous allons traduire, en en supprimant certaines digressions philosophiques inutiles au récit, est tirée d'une brochure anonyme imprimée à Tien-tsin, et intitulée *Houei-Houei yuan laei* 回回原來 ou « Origine des Houei-Houei »[2] :

L'empereur Kang-Hi[3], revenant des pays au delà de la grande muraille, s'arrêta dans le palais d'un général de brigade nommé *Ma* 馬. Tout à fait inopinément, Sa Majesté adressa à son hôte la question suivante : « En ta qualité de musulman, connais-tu la signification du nom de *Houei* 回 »? — « Je l'ignore, répondit Ma, et je n'oserais hasarder une explication. » — « Peux-tu me dire alors d'où vient l'expression de *Tsing tchen* 清眞 (vrai et pur)[4] pour désigner ta religion? » — « Je ne le sais pas davantage, fit encore le général. » — « Comment êtes-vous venus autrefois des contrées occidentales en Chine? Sous quelle dynastie chinoise vous y a-t-on vus pour la première fois? Quels furent les motifs de votre arrivée? » Le général déclara qu'il était incapable de répondre à ces questions. — « Eh bien! dit alors le souverain, la lecture du cahier que voici t'éclairera sur tous ces points. » Là-dessus l'empereur passa le livre à son serviteur. — « Je ne sais pas lire, avoua celui-ci, mais je chargerai quelqu'un de plus savant de m'en expliquer le contenu et j'en tiendrai le plus grand compte. » Cette réponse satisfit pleinement l'empereur.

Quelque temps après, le général Ma envoya une reproduction de ce cahier à son collègue de la ville de Hoai-king fou 懷慶, nommé Yen 閻; cet officier, en fervent musulman

---

[1] Parmi les ouvrages en ma possession, j'en compte six gravés en caractères chinois et lettres arabes. La plus ancienne de toutes ces publications ne remonte pas au delà de 1646 : c'est le *Tsing tchen tchi nan* 清眞指南 (la Boussole du Vrai et du Pur), par Ma-Tchou 馬注, surnommé Tchong-Sieou 中修, yunnanais originaire de Kin-tchi (le Zardandan de Marco Polo). Dans la préface, Ma-Tchou nous dit qu'il descend d'Adam à la 95ᵉ génération, de Mahomet à la 45ᵉ et du célèbre ministre mongol Seyyd Edjell (Chems ed-Din) à la 15ᵉ génération.

[2] Cette brochure, in-8° de 10 feuillets, ne porte ni date ni nom d'auteur; les planches xylographiques qui ont servi à son impression sont conservées dans la mosquée de la rue Siao

houo Kiang, à Tien tsin 天津府小伙巷 清眞寺. Wylie, dans ses *Notes on Chinese littérature*, assigne à cette brochure la date de 1754.

[3] 1662-1722.

[4] Ce terme de *Tsing tchen kiao* a d'abord désigné en Chine le judaïsme, ainsi qu'en témoignent les stèles de la synagogue de K'ai fong fou; sur la stèle de 1351 qui se trouve dans la grande mosquée de Canton, l'islamisme n'est encore désigné que sous le nom de *chi chi kiao* 石宝敎 « religion de la maison de (ou de la) pierre ». Les dénominations de *Houa men Kiao* 花門敎, « religion de la secte des *Houa* », et *Houei-Houei Kiao*, « religion des *Houei* », sont donc de date plus récente.

qu'il était, le fit transcrire par tous les coreligionnaires qu'il comptait dans son état-major[1]. C'est depuis lors que put circuler un grand nombre de copies de cet opuscule, dont voici la teneur :

Dans le courant du second mois de la deuxième année Tcheng-koan de la dynastie des T'ang (628 de J.-C.), l'empereur T'ai-tsong vit dans la nuit, en rêve, un homme à turban qui arrivait d'Occident et se tenait debout devant lui (au lieu de s'agenouiller). A son réveil, ne pouvant s'expliquer cette vision, l'empereur, dès la première audience du matin, fit venir le préposé à l'explication des songes pour lui demander ce que présageait celui qu'il venait de faire. « L'homme au turban, dit le devin, voudrait supplanter votre dynastie; son apparition dans votre rêve ne peut s'expliquer autrement. » — « Comment, fit alors l'empereur, la cour devra-t-elle s'y prendre pour conjurer un tel malheur? » — « Il faudrait, lui répondit-on, qu'un de vos fonctionnaires allât porter à Khamil, dans les contrées à l'occident de la Chine, une lettre qui traiterait de l'ouverture de routes et de relations d'amitié entre le Céleste Empire et les pays étrangers, choses pour lesquelles vous demanderiez des interprètes que ramènerait votre ambassadeur et avec lesquels Votre Majesté pourrait causer. »

Le prince chinois agréa cette proposition et rédigea une lettre qui fut remise, dans la matinée du 19 du troisième mois, à Chi-T'ang 石堂 désigné comme ambassadeur. Ce fonctionnaire partit au galop, emportant en bandoulière la missive impériale. Il franchit la passe Kia-yu Koan 嘉峪關 et se rendit par la voie la plus directe à Khamil[2], dans les contrées de l'ouest; dès qu'il fut parvenu à la Porte Fleurie orientale de cette capitale, les officiers du palais informèrent leur prince de l'arrivée du représentant des grands T'ang. Sa Majesté ordonna de l'introduire. Dans la salle d'audience, Chi-T'ang salua le monarque et présenta la lettre qu'il apportait; un interprète la reçut pour en donner lecture; il s'agenouilla et dit : « Voici la teneur de la présente missive : L'ouverture de communications par la passe Kia-yu Koan profiterait à nos relations; si vous approuvez cette idée, faites donner l'ordre d'envoyer un certain nombre d'interprètes qui se rendraient près de notre personne avec Chi-T'ang, et avec lesquels nous pourrions nous entretenir. »

En conséquence, le souverain de Khamil chargea trois interprètes, les nommés Qays, Ouweis et Qassem[3], d'accompagner l'ambassadeur chinois et de franchir avec lui la porte du Kia-yu Koan pour se rendre en Chine. Contre toute prévision, Qays et Ouweis, éprouvés par le changement de climat, moururent en route. Qassem parvint seul dans la capitale chinoise. Voici dans quels termes Chi-T'ang rendit compte de sa mission : « A la vue de la lettre de Votre Majesté, le souverain de Khamil éprouva une grande joie; il vous a envoyé trois interprètes, mais deux d'entre eux sont morts pendant le trajet; le climat leur était contraire. Le troisième, nommé Qassem, se repose actuellement dans une auberge. »

---

[1] Vid. inf., p. 316, note 1.

[2] Khamil, Hamil, Qamil ou Hami, à l'extrémité de la province du Kan-sou, commande les routes au nord et au sud des monts Célestes ou T'ien chan. Le Kia-yu Koan est situé près de Sou-tcheou de la province chinoise du Kan-sou, à l'extrémité méridionale de la grande muraille.

[3] Kai-sse 蓋思, Ou-wai-sse 吳歪斯, Ko-si-in 葛西隱.

L'empereur dit alors : « Je pense qu'il ne convient pas qu'un étranger soit admis trop vite en notre présence; que celui-ci reste donc temporairement où il est; rien ne s'oppose d'ailleurs à ce qu'on aille à l'hôtel pour le questionner sur ses antécédents et pour lui servir de notre part une collation; après quoi on avisera. »

Le même jour, l'empereur T'aï-tsong, ayant revêtu un travestissement, se rendit *incognito* à l'auberge et constata que cet homme à turban qui y demeurait ne faisait qu'un avec celui de son rêve; tandis que les mains jointes devant la poitrine T'aï-tsong lui témoignait du respect, Qassem lui dit : « Je ne mérite pas de tels égards de la part du Fils du Ciel. »

Très étonné, l'empereur lui demanda comment il l'avait reconnu sous son déguisement. « Un souverain, répondit Qassem, n'a pas les manières des autres hommes. » — « Puisque tu sais qui je suis, fit T'aï-tsong, suis-moi donc au palais. »

Un coup frappé sur la cloche d'or avait signalé leur arrivée. Aussitôt les fonctionnaires civils et militaires s'étaient levés et avaient formé la haie. Seul l'homme au turban eut la permission de s'asseoir.

L'EMPEREUR. — Les doctrines de vos contrées occidentales sont-elles les mêmes que celles de la Chine?

QASSEM. — Nos doctrines, tout comme les vôtres, traitent du ciel, de la terre, du souverain, des parents, des maîtres, en même temps que des Cinq Vertus principales : l'humanité, la justice, l'urbanité, la prudence, la sincérité; et aussi les Trois Grandes Règles.

L'EMPEREUR. — Il n'est pourtant pas admissible que Confucius ait voyagé dans ton pays; comment se fait-il alors que tu connaisses de telles doctrines qui sont les siennes?

QASSEM. — Notre pays possède un livre sacré désigné sous le titre de *Fourqan*, qui contient 6666 versets. Cet ouvrage est tellement complet dans ses enseignements qu'il prévoit tous les cas de la vie, du plus important au plus minime. L'étendue de ce qu'il embrasse de matières, l'explication minutieuse qu'il en donne en font un livre qu'aucun ne surpasse...

Là-dessus, pour répondre à de nouvelles questions de l'empereur, Qassem expose, dans les termes mêmes de la philosophie confucéenne, ce qu'il entend par les Cinq Vertus principales et les Trois Grandes Règles recommandées aux disciples du Qoran.

« Enfin, dit l'empereur, des trois religions reconnues (confucianisme, taoïsme, bouddhisme), des neuf écoles entre lesquelles se répartissent les gens qui professent la littérature et la philosophie, laquelle est la tienne?

QASSEM. — Ma religion est celle qui s'appelle *Tsing tchen* 清眞教 (vraie et pure).

L'EMPEREUR. — Pourquoi la nomme-t-on *vraie et pure?* Pourrais-tu m'expliquer le sens que vous attachez à ces deux mots?

Qassem. — Pure, parce que par la purification on écarte la souillure; vraie, parce que quand le cœur est réellement sans fausseté le mensonge ne peut y trouver place. Notre religion est orthodoxe, c'est ce qui la distingue des doctrines gauchies et des hérésies que pratiquent les adeptes des trois religions et des neuf sectes dont me parlait Votre Majesté.

L'empereur. — Puisque votre religion est celle du *Tsing tchen* (vrai et pur) [1], pourquoi vous désigne-t-on sous le nom de *Houei-Houei* 回 回 ?

A cette question Qassem se livre à toutes les fantaisies de son imagination pour expliquer ce surnom, dont les caractères, si on ne les considère pas comme purement phonétiques, ont le sens de *retourner, revenir*. Selon lui, *Houei* fait allusion au séjour temporaire des humains sur la terre qu'ils quittent pour *retourner* dans la mort, à l'âme *retournant* vers l'*au delà* de la vie, au *retour* dans la bonne voie des consciences égarées, au *retour* des illusions vers la réalité [2]. Mais voici l'heure de la prière; Qassem se lève et s'acquitte de ses oraisons en présence du souverain. Celui-ci, ayant remarqué que les salutations rituelles du musulman diffèrent de celles du confucianisme, le questionne sur ce point et lui fournit ainsi l'occasion de compléter son explication du mot *Houei,* dans l'acception de « retourner ».

L'empereur. — Pourquoi, en accomplissant tes salutations religieuses, appliques-tu tes mains sur tes oreilles et les élèves-tu au lieu de les appliquer sur le sol? Pourquoi, en fléchissant les genoux, ton visage se fixe-t-il vers la terre?.

Qassem, *répondant en vers.* — Ceci symbolise le *retour* de l'homme vers son origine :

Lorsque les mains sont élevées à la hauteur des oreilles, la respiration devient plus facile.
Cette attitude est celle de l'enfant dans les évolutions de sa vie intra-utérine.
En venant au monde, c'est la terre que regarde sa tête.
C'est de là que vient la coutume de *retourner* à notre premier état pendant nos prières.

Le souverain, charmé de la facilité avec laquelle Qassem répondait, se mit ensuite à l'interroger sur les cinq temps canoniques quotidiens; mais, interrompant brusquement les explications du musulman, il ordonna à tous les fonctionnaires de sa Cour d'aller dans les pagodes se prosterner devant les dieux en leur brûlant des parfums. Le musulman, qui n'a pu s'empêcher de sourire en constatant que l'empereur était idolâtre, ne craint pas, après la cérémonie, de lui faire part de ses impressions :

Qassem. — Le Seigneur a créé l'homme, et l'homme a créé des dieux qui, s'ils sont

[1] *Vid. sup.*, p. 312, note 4. — [2] *Vid. sup.*, p. 310, note 3, parag. 3.

assis, sont incapables de se lever; s'ils sont debout, sont incapables de marcher. On leur a fait une bouche incapable de parler. Alors à quoi bon les adorer?

L'EMPEREUR, *riant au lieu de répondre à cette observation*. — Si je te nommais président du Tribunal des Mathématiques, qu'en penserais-tu?

QASSEM. — Je croirais devoir accepter une telle faveur, si j'en étais l'objet.

L'EMPEREUR. — Mais, demeurant seul en Chine, tu ne pourrais t'empêcher de regretter ton pays; aussi voudrais-je envoyer trois mille de mes cavaliers se fixer à Khamil en échange de trois mille habitants de cette place qui viendraient ici se faire inscrire comme sujets chinois. Crois-tu cela possible?

QASSEM. — Si telle est l'intention de Votre Majesté, il faut que j'adresse une note dans ce sens à mon souverain.

Le musulman se met immédiatement à l'œuvre; il exprime dans son placet les désirs de T'ai-tsong, vante les bons procédés dont il est l'objet, annonce l'emploi auquel il vient d'être élevé et sollicite enfin l'envoi en Chine de toute sa famille.

Aussitôt que cette missive fut prête, l'empereur désigna un fonctionnaire pour diriger sur Khamil, par la route de Kia-yu Koan, trois mille cavaliers chinois. Lorsqu'ils arrivèrent devant la porte de la ville, le roi, prévenu par les gardes que cette troupe attendait ses ordres, fit introduire le chef de la mission. Celui-ci, après avoir salué selon l'étiquette, présenta le placet dont il était porteur. Très satisfait de la proposition qu'elle contenait, le prince de Khamil ordonna de bien installer les trois mille Chinois, et mit à la disposition de l'ambassadeur un nombre égal de Musulmans ainsi que les membres de la famille de Qassem pour qu'ils aillent d'abord attendre à la porte Kia-yu Koan les instructions de l'empereur de la Chine.

Les officiers préposés à la garde de la Grande Muraille, effrayés de l'arrivée d'une telle quantité de Houei-Houei, adressèrent un mémoire à l'empereur; celui-ci, informé d'ailleurs par une lettre de son envoyé, expédia l'ordre de changer le costume de tous ces gens de Khamil, de les répartir chacun dans une localité différente et de leur faire épouser des femmes chinoises. Les parents de Qassem furent seuls autorisés à se fixer dans un même lieu. Cela fait, l'empereur fit venir Qassem et lui dit : « Je te confère le titre de Houei-Houei Défenseur de l'Empire. »

En réponse aux remerciements de Qassem, l'empereur des T'ang déclame des vers à la louange de l'islamisme [1]. Ainsi se termine ce récit dont les invrai-

---

[1] J'ai entre les mains une autre version de cette même légende, portant le même titre de *Houei-Houei yuan laei*; elle consiste en 25 feuillets manuscrits; l'auteur a beaucoup diminué le récit, mais il a beaucoup ajouté à la partie poétique. Dans cette seconde version, le nom de Khamil a disparu pour faire place à l'expression plus vague de *Si-yu*, les contrées occi-

semblances ne méritent que quelques mots d'observation : l'homme à turban que Tai-tsong voit en rêve au viie siècle nous reporte à l'apparition du personnage d'or qui troubla le sommeil de l'empereur Ming-ti en 64 de J.-C.; à la suite de son rêve, l'un expédie une mission dans l'Inde au-devant du bouddhisme, l'autre envoie une ambassade à Kkamil au devant de l'islamisme. L'écrivain anonyme que nous venons de traduire a sans doute voulu, s'il s'est inspiré de cette légende du songe de Ming-ti, donner à l'introduction du mahométisme en Chine une origine aussi noble que celle réclamée pour la secte de Foh.

Chi-T'ang, l'ambassadeur envoyé par T'ai-tsong à Khamil, n'a probablement existé que dans l'imagination de l'auteur de la légende; ce nom du moins ne désigne aucun des personnages dont l'Histoire des T'ang nous a conservé la biographie. Quant à la date de 628, qui répond à la 7e année de l'hégire, elle nous paraît assez mal choisie pour nous décrire les beautés du Fourqan, qui n'a été mis en ordre et publié que sept ans plus tard, et pour nous représenter le roi et les habitants de Khamil comme déjà musulmans. A la date citée, ce territoire n'était connu des Chinois que sous le nom de I-wou; c'est ainsi que le désigne le célèbre moine bouddhiste Hiuen-tchoang lorsqu'il y passe en 629; l'accueil empressé dont il est l'objet de la part du chef de ce petit État, qui dépendit des Turks Tou-kiou jusqu'en 630 ou 634, marque bien que ce prince était lui-même disciple de Bouddha et non de Mahomet[1].

Nous devons, en matière chronologique, nous attendre de la part des musulmans chinois qui nous parlent des commencements de leur religion, à une sorte de métachronisme perpétuel résultant d'erreurs commises lorsque, pour la première fois, ils ont voulu exprimer en années chinoises le nombre des années arabes qui les séparait des principaux événements de la vie du Prophète. C'est sans doute vers le milieu du xive siècle que l'auteur de ces premiers

dentales; ce manuscrit est daté de l'année 1712. Les planches de cette édition modifiée sont conservées dans la mosquée du village de Ma-kia-chi tchoang, au nord de Ta-ming fou, dans la province du Tchi-li; elles ont été gravées, dit la préface, d'après une copie provenant du général Yen Ting-kouo 閻 定 國, de Hoai-k'ing fou, province du Ho-nan. Vid. sup., p. 312, où le nom de ce général est déjà cité. Dans son Mahométisme en Chine, t. I, p. 28, M. Dabry de Thiersant nous raconte une autre

version de cette même légende, version d'après laquelle c'est en Arabie que l'empereur T'ai-tsong envoie 3,000 hommes, en échange desquels le roi d'Arabie lui envoie son oncle Ouang-ga-sa avec 3,000 mahométans. — M. Dabry de Thiersant ne nous fournit aucune référence à ce sujet et généralement ne cite que d'une manière trop vague, quand il les cite, les sources où il puise.

[1] Cf. Stanislas Julien, Vie et voyage de Hiouen-thsang, t. I, p. 32.

synchronismes a calculé en arrière ses dates chinoises, à l'aide des totaux d'années arabes écoulées depuis ces événements; la différence de celles-ci avec les années luni-solaires des Chinois, différence qu'il ignorait évidemment, produisait vers 1351 [1] un écart variant de 23 à 24 ans. A cette dernière date, il s'était écoulé 753 années *arabes* depuis l'hégire, 766 depuis la mission de Mahomet, et 806 depuis sa naissance. Or ces chiffres, considérés comme ceux d'années luni-solaires chinoises, placeraient ces événements aux années 546, 586 et 599 de notre ère, dates qu'accepte en effet Liou-Tchi 劉智, auteur du *Tchi cheng chi lou nien p'ou* 至聖寔鐰年譜 (Vie de Mahomet)[2], et qu'il exprime par les synchronismes suivants [3] :

1° Mahomet est né dans la 1ʳᵉ année de l'Éléphant, la 42ᵉ année de Kisra Anousher 啟氏臌厄挐氏王, la 822ᵉ année d'Iskander, ce qui correspond à l'année *Ping-in* de notre cycle duodénaire, sous le règne de l'empereur Wou-ti de la dynastie des Léang.

La dernière indication nous fournit l'année 546 de J.-C, qui ne concorde pas du tout avec les premiers synchronismes donnés.

2° La *Mission* de Mahomet a commencé la 40ᵉ année de l'Éléphant, la 20ᵉ année de Kisra Parviz, la 842ᵉ année d'Iskander (au lieu de la 862ᵉ), la 916ᵉ de *Heou tsi tou li-el-tsi tze* [4] 后晢突立而齎子, ce qui correspond à l'année *Ping-wou* de notre cycle duodénaire, à la 6ᵉ année K'aï-hoang des Soei, à la 4ᵉ année Tchi-te de la dynastie des Tch'en.

[1] *Vid. inf.*, p. 325, note 2.

[2] Cet ouvrage, publié en 1785, comprend 10 volumes et 20 *kiuan*; l'archimandrite Palladius Katarow en a donné une très courte analyse en russe, sous le titre de *Résumé d'un livre musulman chinois intitulé :* Yu lan Tchi cheng chi lou, c'est-à-dire *Biographie du Très-Saint, lue par l'empereur* dans le Journal de la Mission russe, t. IV, p. 438, tirage à part, 1874. M. Léger, professeur au Collège de France, a fait de cette analyse une traduction française qui existe en manuscrit à la bibliothèque de l'École des langues orientales.

Liou-Tchi, appelé aussi Kiai-Lien, originaire de Nankin, est le plus estimé des auteurs musulmans chinois du siècle dernier; on a de lui, en plus de sa *Vie de Mahomet*, le *T'ien-fang sing li* 天方性理, le *T'ien-fang tien li* 天方典禮, le *Wou kong chi i* 五功釋義, et le *T'ien fang tze mou kiai i* 天方字母解義.

[3] Extraits du *Tchi cheng chi lou*, k. v, f° 1; k. vii, f° 6; k. ix, f° 1. *Vid. inf.*, p. 325, note 2.

[4] Une correspondance s'était échangée entre M. Terrien de Lacouperie et moi au commencement de 1891, à propos de ces textes que je lui avais communiqués. Dans *Heou-tsi-tou-li-tsi-tze* M. Terrrien de Lacouperie a cru retrouver la transcription de Dariau-sh = Darius, indiquant une ère de 330 av. J.-C. répondant au renversement de la royauté de Perse par Alexandre le Grand et à la mort de Darius III, ère dont a fait mention l'historien arabe Nizâm ed-Din Alkoudâi, auteur du *Shihâb el Akhbâr*, lequel nous apprend que les mages ont d'abord eu une ère datant de l'avènement d'Alexandre après la mort de Darius.

La date de 822 d'Iskander 酉刋德, au lieu de 862, me paraît ne résulter que d'une faute de copie, de même aussi pour l'année 862 de la même ère des Séleucides, au lieu de 922.

Les trois dernières concordances nous fournissent la date de 586 de l'ère chrétienne en contradiction avec les deux premiers synchronismes.

L'hégire a eu lieu la 34ᵉ année de Kisra Parviz 啓 思 歷 泊 爾 威 子 王, la 9ᵉ année d'Heraclius du calendrier de Roum 魯 密 歷 喜 爾 格 王, auxquelles correspondent l'année *I-wei* de notre cycle duodénaire et la 19ᵉ année de l'empereur Soei K'ai-hoang.

Les deux derniers synchronismes nous donnent l'année 599 de l'ère chrétienne et sont en désaccord avec les deux premiers. Un peu plus loin enfin, Liou-Tchi nous dit que l'année dans laquelle il écrit est la 60ᵉ du règne de l'empereur Kang-Hi (1721 de J.-C.), qui correspond à la 1123ᵉ année solaire ou à la 1157ᵉ année lunaire de l'hégire [1].

Cette démonstration des erreurs chronologiques commises par les hagiographes sino-musulmans nous a paru nécessaire, au moins pour expliquer notre abstention de reproduire dans le récit qui va suivre les synchronismes qu'y a introduits Liou-Tchi. Ce récit que nous lisons dans sa *Vie de Mahomet*, et qui fait d'un oncle maternel du Prophète le premier propagateur de l'islamisme en Chine, n'est cependant pas de Liou-Tchi, puisque, 260 ans avant l'époque où il écrivait, la grande *Géographie des Ming* faisait déjà allusion à cette légende que voici [2] :

La Chine (*Tchi-ni*) est l'empire des souverains de l'Extrême-Orient; on l'appelle aussi *Soei-ni*. Dans le cours de la première année de la *Mission* du Saint, on avait vu au ciel une étoile extraordinaire. L'empereur de Tchi-ni ordonna à ses hauts fonctionnaires de consulter les astrologues; ceux-ci révélèrent alors l'existence d'un homme extraordinaire en Occident; l'empereur chargea des ambassadeurs de se rendre dans l'Ouest pour vérifier le fait; leur voyage dura plus d'un an; ils auraient voulu que le Saint se rendît en Orient; il s'y refusa; les envoyés chinois exécutèrent en cachette son portrait pour l'emporter. Le Saint envoya (son oncle maternel) Saa'ti Wa-ko-chi (Saadi Waqqâs) [3] et

---

[1] Les musulmans chinois expriment l'hégire par les mots *Tsien tou* 遷 都 « changement de capitale », et la mort de Mahomet par l'expression *Tze chi* 辭 世 « quitter la vie, le monde ». J'ai un calendrier de la mosquée principale de Péking et un autre de K'ien-tcheou du Hou-nan, dans lesquels l'année 1873 est indiquée comme la 1272ᵉ *depuis la mort* de Mahomet; il n'y est pas question de l'hégire.

[2] Extrait des k. VII, f° 18 et k. XV, f° 5 du *Tchi cheng chi lou*. C'est la première fois que cette légende est traduite *in extenso*.

[3] 聖 舅 賽 爾 弟 斡 歌 士. Nous devons faire remarquer que, dans la transcription des noms arabes, 爾 est très souvent employé au commencement ou au milieu des mots pour exprimer l'articulation gutturale du *aÿn*; en voici quelques exemples : 爾 勒 補 « Arabe », 爾 當 « Aden », 爾 里 « Aïy », 領 白 來 爾 波 十 « Aboul Abbas », 州 比 爾 « Rabi'ah », 雅 爾 孤 補 « Yaqoub », 拾 爾 波 « Cha'ban ». 者 爾 法 勒 « Djafar », 爾 思 嫚 尼 « Osman ». 賽 爾 弟 est donc la transcription de Saadi (Saad, *izafet* persan) qui est

trois autres personnes pour reconduire en Chine les ambassadeurs de ce pays. (C'est donc dans la seconde année de la *Mission* que des musulmans parurent en Chine pour la première fois).

L'empereur suspendit le portrait et le salua; lorsque Sa Majesté se releva l'image avait disparu de dessus le papier; l'empereur, surpris, exigea des explications. Saadi Waqqâs parla ainsi : « La religion fondée par notre Saint (prophète) interdit le culte des images; elle défend également aux hommes de s'agenouiller devant leurs semblables; ce qui vient de se produire est un effet de cette loi. »

L'empereur alors s'écria : « Voilà bien le véritable seigneur des empereurs blancs (c'est-à-dire d'Occident)! »

C'est à la suite de cela que fut construite à Fan-tcheou 番州 (aujourd'hui Canton) la mosquée qu'on y appelle encore *Hoai-cheng sse* 懷聖寺, pour la demeure des envoyés (musulmans). Waqqâs revint dans son pays... Il y était de retour depuis une vingtaine d'années lorsqu'y arriva une nouvelle mission chinoise. L'empereur venait par ses victoires de soumettre toute la terre (le Céleste Empire); il désirait connaître par des cartes toutes les contrées de l'univers; c'est ce qui explique la venue des envoyés chinois dont il vient d'être parlé.

Le Saint (prophète) leur dit : « Votre souverain a-t-il donc assez de loisir pour s'occuper de pareilles choses? » Les ambassadeurs répondirent : « Notre souverain a le bonheur de disposer de ministres qui s'en occupent. » — « Eh bien, reprit alors le Prophète, reproduisez fidèlement ce que vous voyez pendant vos voyages; à cette condition vous resterez corrects. »

écrit Sa-ha-ti 撒阿的 dans le *Sse-i-koan k'ao* 四夷館考, *Recherches à l'usage du Bureau des interprètes*, rédigé en 1580. Quant à 斡 歌士, ce nom peut se lire *Koan*-ko-chi ou *Wa*-ko-chi mais, à la page 2 du k. xx de sa *Vie de Mahomet*, Liou-Tchi l'écrit *Wan-ko-sse* 賽爾 德宛歌斯, ce qui exclut la leçon *Koan*-ko-che; j'ai du reste été guidé dans ma lecture par la transcription en lettres arabes qu'en fournit Lan Tze-hi 藍子羲 dans son ouvrage intitulé *T'ien-fang tcheng hio* 天方正學, k. vii, f° 9; cet auteur musulman chinois écrit 旺各師 *Wang-ko-che* dont il donne l'équivalent وقاص *Waqqâs*. Faute d'avoir ces indications, les orientalistes qui ont rencontré ce nom dans les écrits chinois l'ont tous mal lu : 1° Saganti et Kansec (Amiot, *Mémoires concernant les Chinois*, t. XIV, p. 11); 2° Saad Ra'kass (*Chinese Repository*, t. XX, p. 78); 3° Van-ge-si = Ibn Gamza (Wassilief, le *Mouvement mahométan en Chine*, 1867); 4° Ersairdi Vogechi, Saïrdi Hang-he-chi (Archimandrite

Palladius Katharow, dans son analyse du *Tchi cheng chi lou*, déjà citée); 5° Saadi Gau-go-sz (Bretschneider, *Mediæval Researches*, t. I, p. 266); 6° Kamkos, S'ad ibn Wahb (K. Himly, *Die Denkmäler der Kantoner Moschee*, dans les *Zeitschrift der Deutschen Morgenländischen Gesellschaft*, 1887); 7° Dans son *Mahométisme en Chine*, t. I, p. 31, 33, 90 et seq., M. Dabry de Thiersant, sans expliquer pourquoi, lit le même nom de plusieurs manières dans le cours de son ouvrage : Sarta, Sarti, Kan-kiu, Ouang-ke-tchi, et plus correctement Wa-ka-sa, Wa-ha-sze, Wang-ka-sze, Ouang-ga-sa, Onang-kassa; il voit bien que c'est là une transcription chinoise de « Saad ebn Wakkas »; mais, délibérément et de sa seule autorité, il substitue à ce nom celui de Wahb abi Kebcha. *Vid. inf.*, p. 324, note 1.

Ajoutons enfin que, comme pour aider à ces erreurs, certains auteurs chinois, en transcrivant ce nom d'après leurs confrères musulmans ont, par négligence, substitué la syllabe *Kan* 斡 à *Wa* 斡.

Le Saint (prophète) chargea de nouveau Waqqâs d'accompagner les ambassadeurs chinois et lui fit les recommandations suivantes : « Beaucoup de sages sont déjà partis pour l'Orient sans esprit de retour; cela ne peut manquer d'avoir des résultats de jour en jour plus considérables. Pourquoi n'y resterais-tu pas comme eux, pour enseigner nos livres et nos pratiques religieuses? Si l'empereur de la Chine t'interroge sur mes actes, réponds-lui qu'en vertu de ma mission divine je développe la civilisation, j'exalte la droiture, j'anéantis le mal, je détruis l'idolâtrie; dis-lui qu'au nom du Vrai Maître je mets chaque jour mon énergie au service des intérêts du peuple; que je méprise la bonne chère, je consacre mon temps aux soins du gouvernement, je pratique le détachement de la famille, je considère comme poisons mortels les sensations de l'ouïe, de la vue, de l'odorat et du goût; elles sont comme autant de haches sapant notre salut; le mieux est de se les interdire.

« Si l'empereur de la Chine te questionne sur les qualités requises chez un prince, expose-lui qu'en vertu des lois divines le souverain, pour être parfait, doit respecter les sages et aimer le peuple; s'inspirant des sentiments d'humanité les plus larges, sa bienveillance doit tempérer la rigueur des lois; s'il s'est montré coupable, il accueille favorablement les observations qui lui sont adressées et fait chaque jour son examen de conscience; il doit s'informer des misères du peuple, résister aux convoitises et aux ambitions exagérées, se montrer moins soucieux de l'exercice du pouvoir que du bien de ses sujets, pratiquer l'abnégation et se montrer attentif aux conseils des sages. »

Liou-Tchi, dans cette légende qu'il nous transmet, appelle donc successivement « Saadi Waqqâs » et « Waqqâs » le premier apôtre de l'Islamisme; il le fait venir en Chine dans la seconde année de la *Mission*, c'est-à-dire en 611, et revenir une vingtaine d'années plus tard, c'est-à-dire vers 632. Lan Tze-hi, un autre écrivain musulman, nous fournit les renseignements complémentaires suivants qu'il appuie sur des concordances chronologiques dont le calcul, par extraordinaire, ne laisse rien à désirer [1] :

Lorsque, dans la 6ᵉ année Tcheng-koan des T'ang (632 de J.-C.), Waqqâs, oncle maternel de Mahomet, eut été chargé d'apporter les saints livres, il se rendit à Tchang-ngan (Si-ngan fou). Là, l'empereur Taï-tsong des T'ang (627-650) lui reconnut du mérite et du savoir. Voyant qu'il possédait la science réelle de l'explication des textes, le souverain insista pour qu'il restât à Tch'ang-ngan où il bâtit un grand temple du Pur et du

---

[1] Lan Tze-hi est l'auteur du *T'ien fang tcheng hio* déjà cité; cet ouvrage, qui comprend 4 *pen* gr. in-8ᵉ et 7 *kiuan*, a été publié en 1861. Le livre VII est consacré à des notices sur les tombes des saints personnages de l'Islamisme; leurs noms y sont écrits en arabe avec transcription chinoise; entre Noé et Abraham, il place d'abord Japhet يافث dont il fait Fou-hi 伏羲, le fondateur mythique de la constitution chinoise, et puis ensuite Chen-nong 神農, personnage tout aussi légendaire, qui passe pour avoir le premier découvert la vertu des plantes, avoir construit les premières charrues et créé l'institution du mariage en Chine. Ce qui se rapporte à Saadi Waqqâs se trouve dans le livre VII, f° 9.

Vrai; il y rédigea des traités religieux pour convertir les empires. Dans la suite, le nombre de ses prosélytes étant devenu considérable, l'empereur T'aï-tsong fit bâtir deux autres mosquées, l'une à Kiang-ning fou (Nanking) et l'autre à Koang-tcheou fou (Canton), où ses disciples se répartirent. Devenu très vieux, Waqqâs quitta Ngao (Canton) et se rendit par mer en Occident où il atteignit Tsing-chi 青石 [1]; comme il avait reçu du prophète l'ordre d'aller en Chine, mais non celui de s'en éloigner, je me demande comment il avait pu retourner dans son pays; il lui fallut donc revenir à Canton. Ce grand homme mourut sur le navire qui le ramenait... Sa sépulture se voit en dehors de la ville de Canton...; on la désigne communément sous le nom de *Hiang-fen* 響墳 (tombeau de l'écho), parce que le bruit produit par la récitation des prières se répercute à une lieue à la ronde...

Des chehyd (martyrs), au nombre de quarante, moururent à la même époque; leur sépulture se trouve après celle de Waqqâs.

Ainsi que nous l'avons déjà dit, cette légende avait déjà pris place dans la littérature chinoise non musulmane trois siècles environ avant l'époque où Liou-Tchi nous la raconte; nous avons déjà cité à ce sujet la grande *Géographie des Ming*, commencée en 1370, publiée en 1461 : dans un chapitre consacré à Médine, cet ouvrage nous dit que « dans les années K'ai-hoang des Soei (581-600) un musulman, le Saheb Sàadi Waqqâs, fut le premier à introduire sa religion en Chine ». Un autre recueil qui est intitulé *Min-chou* (Histoire de la province du Fou-kien), et ne peut être de beaucoup postérieur au précédent, nous fournit quelques données de plus :

Dans la montagne Lin-chan 靈山 deux hommes de la contrée de Médine sont enterrés; ils étaient patriarches de la religion des Houei-Houei. *Les auteurs mahométans rapportent que* dans le royaume de Médine il y avait un saint homme nommé Mahomet, qui naquit dans la première année K'aï-hoang des Soei et dont le caractère sacré se révélait dans la beauté de sa personne. Il fut invité par le roi de cette contrée à entrer à son service, et puis, après avoir exercé lui-même le pouvoir pendant vingt ans, il promulgua un ouvrage renfermant les préceptes de sa doctrine... Du nombre de ses disciples il y avait quatre saints, qui, dans les années Wou-te des T'ang (618-626), vinrent à la cour du Fils du Ciel et se mirent à instruire la Chine dans la connaissance de leur doctrine. Un de ces saints professa à Koang-tcheou (Canton); le deuxième, à Yang-tcheou 揚州 (dans la province du Kiang-sou); le troisième et le quatrième, à Ts'uan-tcheou 泉州 (dans la

---

[1] J'aurais compris que ce terme désignait la pierre noire de la Ka'bah, si l'auteur n'avait ajouté en note : « *Tsing chi* est à l'ouest du T'a si yang, sur les bords de la mer Occidentale; c'est une place considérable située à dix-huit journées de la Mecque. » Lan Tze-hi, en nous parlant de Waqqâs, ajoute en note : « Waqqâs avait reçu du Prophète l'ordre d'aller *avec* Saadi et autres porter en Chine les Livres saints. » Cet auteur peu estimé de ses coreligionnaires est le seul parmi les musulmans chinois qui fasse de Saadi Waqqâs deux personnes.

province du Fou-kien); à leur mort ces deux derniers furent ensevelis sur la montagne susdite (Lin-chan); il s'ensuit donc, alors, que ces deux personnages étaient contemporains de notre dynastie des T'ang. Après leur inhumation sur cette montagne, une lumière éclatante fut aperçue sortant de ce point, et le peuple émerveillé la considéra comme une manifestation miraculeuse; on nomma leur sépulture *Cheng-mou* 聖墓, comme qui dirait « la tombe des saints de l'Ouest [1] ».

Le nom arabe que mettent en relief les différentes parties de cette légende est celui de Saadi Waqqàs; le titre de *saheb* dont les musulmans chinois l'ont qualifié marque bien, si surprenant que cela soit, qu'il s'agit de Saad fils d'Abou Waqqâs, un des dix saheb (compagnons) du Prophète, rendu fameux par ses exploits à la bataille d'Ohod, en 624, et par la victoire décisive qu'il remporta en 636 contre les Persans à Qadesieh dans l'Irak-Arabi, victoire qui mit fin à la domination de la dynastie des Sassanides et, du même coup, ouvrit à l'invasion arabe les chemins de la Haute-Asie [2]. Par quel avatar, par

[1] Extrait du *T'ou chou tsi tch'eng*, k. MLII, traduction de W. F. Mayers (cf. *China Review*, t. VI, p. 277.)

[2] Saad fils d'Abou Waqqâs, autrement dit fils de Mâlik, *alias* Abou Ishak Saad ibn abi Wahb, descendant d'Abd Menâf, né en 583, a été la troisième personne que Mahomet ait convertie à l'islamisme. Saad était non pas oncle maternel du Prophète, mais petit-fils d'Abd Menâf bisaïeul maternel de Mahomet. Sa taille était courte et ramassée; il combattit d'abord à Bedr (623) et commandait contre les Mekkois un corps d'avant-garde à la journée d'Ohod. Le khalife Omar, ayant laissé Aly comme son représentant à Médine, investit Saad du commandement en chef de l'armée d'Irak dans les rangs de laquelle se trouvaient des hommes de Qodâa et des Tay (tribu yamanique). En 636, à la journée d'Armat, prélude de la bataille de Qadesieh, Saad souffrait de la goutte sciatique et était affligé d'un mal qui couvrait son corps d'ulcères; vainqueur des Persans à Qadesieh, il fonda Koufah dont il devint gouverneur l'année suivante (637), il s'empara de la ville de Nahr-chir sur la rive droite du Tigre; dans le siège de cette place, il avait eu recours à l'emploi de machines de guerre. En 642, la population de Koufah s'étant

plainte du gouvernement de Saad, le délégué d'Omar chargé de faire procéder à une enquête, fut obligé de forcer en l'incendiant la porte du château; après jugement, Saad fut destitué. En 644, il fit partie du conseil qui se réunit trois jours après le meurtre d'Omar; il refusa le serment à Aly et fut proposé comme khalife après la mort d'Othmàn (656); il alla rejoindre Moâwiah en 658, et puis, en compagnie d'un fils d'Omar, il se retira à Jérusalem où il prit l'*Ihram*. Saad mourut entre les années 673 et 675, près de Médine, à El-'Aqiq, où il s'était fait construire un hôtel haut et vaste. Son corps fut porté à bras jusqu'à Médine, où il fut enterré. On raconte que Timour fit exhumer les restes de Saad fils d'Abou Waqqâs, et les fit transporter à Chehri Sebz; cette circonstance a rendu la ville imprenable.

Cf. Maçoudi, *Les Prairies d'or*, trad. de M. Barbier de Meynard; t. IV, p. 191, 202, 225, 254, 256, 295, 392, 396, 400; Ibn Khallikan, trad. de Slane, t. I, p. 570; Caussin de Perceval, *Histoire des Arabes*, t. I, p. 359, t. II, p. 97, 100, 467, 482, 485, 490, 513, 593; Ch. Schefer, *Histoire de l'Asie centrale*, d'après Mir Abdoul Kerim Boukhary, p. 250; Ibn el Athîr, t. III, p. 391, édit. Tornberg (extrait fourni par M. E. Hélouis).

41.

quelle subtilité politique ou par quel intérêt de propagande ce héros, mort entre 670 et 675 de notre ère à El'Aqiq, près de Médine, où il fut enterré, est-il devenu pour les musulmans chinois le lettré pacifique que leur légende nous montre construisant des temples, convertissant les hommes à la manière des moines bouddhistes et mourant en mer près de Canton, où on lui construit un tombeau[1]? Peut-être pourra-t-on, un jour, répondre à ces questions autrement que par des hypothèses; en attendant, nous pouvons affirmer qu'elles ne trouvent leur solution dans aucun des vestiges épigraphiques relevés dans les mosquées chinoises les plus anciennes, dans celles-là même dont la construction à Canton, Nanking et Si-ngan fou est attribuée au saheb Saad Ibn Abi Waqqâs.

A Canton, des cinq mosquées de cette ville, la plus grande et la plus ancienne, appelée *Hoai-cheng sse*, est située dans la rue *Koang-t'a Kiai* 光塔街; selon les traditions, c'est celle-là que le premier apôtre de l'Islamisme aurait élevée sous la dynastie des T'ang; détruite en 1343 par un incendie, elle a été reconstruite en 1349-1351 par un certain émir Mahmoud. De l'édifice primitif il ne reste qu'une tour en ruine, dans laquelle est encastrée une pierre dont l'inscription (si jamais il y en eut une) a totalement disparu; des deux monuments épigraphiques qui sont encore là le plus ancien et le seul intéressant est une stèle bilingue (arabe et chinois), gravée en 1351, pour rappeler la reconstruction de la mosquée. Le texte arabe qui occupe la partie supérieure de la tablette, nous dit que : « . . . La construction de cette grande mosquée-cathédrale, de *Sahabé*, appartient à l'émir Mahmoud, qui a eu un heureux commencement et une fin louable par la puissance de son génie, émir qui

[1] Dans son *Mahométisme en Chine*, au lieu de rejeter comme nous, en bloc, la légende chinoise que nous venons de traduire, M. Dabry de Thiersant préfère en retenir qu'un oncle maternel de Mahomet est venu en Chine (assertion que n'autorise aucun écrivain arabe) et il l'appelle Abou Kebcha. Or, d'après El Qastalani, dans son ouvrage intitulé *El Maouahib el ladonniya bil-minah' el-Mohammadiya* (édition du Kaire, 1281, t. I, p. 280), le surnom d'Abou Kebcha pourrait se rapporter à trois des parents du Prophète : 1° à son grand-père maternel, Ouahb; 2° à son oncle maternel, Ouahb; 3° à son père nourricier, El Harets ben Abdelozza. Toutefois El-Qastalani ne se prononce pas sur la question de savoir auquel de ces trois personnages revient en réalité le surnom d'Abou Kebcha et si même ce surnom a été réellement porté par l'un d'eux. De plus, comme Ibn El-Athir ne mentionne pas de compagnon du Prophète ayant porté le nom de Ouahb ben Ouahb avec la qualification d'oncle maternel de Mahomet, on ne saurait admettre l'hypothèse d'un Ouahb abou Kebcha ayant la qualité de (Saheb) Compagnon du Prophète. (Cf. *Ased el-Ghabu li m'arifat es Sahaba*, édit. du Kaire, 1280, t. V, p. 93 et suiv., et p. 281.)

Je dois les éléments de cette note à l'obligeance de M. Houdas que je remercie d'avoir bien voulu s'intéresser au présent travail.

s'est élevé au faîte des plus nobles actions. Elle a été commencée à la date de l'année 751, dans le mois de Radjab. Que Dieu éternise la vénération qu'on doit à cet émir glorieux! (Suivent quelques mots turcs qui paraissent donner la date de l'inscription, mais dont on ne peut lire que le chiffre *90* [1].) »

La contre-partie chinoise, au-dessous de ce texte, ne nous parle pas non plus de Saadi Waqqâs, elle ne fait qu'une courte et vague allusion à un (ou plusieurs) saheb, disciples venus en Orient « par ordre du Maître, près de 800 ans auparavant [époque à partir de laquelle] la religion se développa [2] ». La seconde stèle, toute en chinois, a été gravée en 1698 et ne nous fournit aucune nouvelle indication utile.

Dans une autre mosquée située à un demi-mille au nord des remparts de Canton [3] on ne trouve aucune stèle antérieure à l'année 1693. C'est cependant dans le cimetière attenant à ce temple qu'on voit le *Hiang-fen* ou « tombeau de l'écho », bâtiment carré surmonté d'un dôme et dans l'intérieur duquel est un parallélipipède rectangle en briques ayant 2 m. 50 de longueur sur 1 m. 02 de largeur et 0 m. 40 de hauteur [4]. C'est dans ce monument qu'auraient été déposés les restes du premier apôtre de l'Islamisme. Quant à son nom, il faut l'aller chercher sur une autre tombe située à droite de la précédente, sur celle d'un certain Hadji Mahmoud, dont nous reproduisons l'épitaphe rédigée en trois langues : arabe, persan, chinois [5] :

TRADUCTION DE L'ARABE [6].

Dieu, qu'il soit glorifié et exalté! a dit :

« Toute âme goûtera la mort, ensuite vous reviendrez à moi. » Le Prophète, que le salut soit sur lui! a dit : « Celui qui succombe à l'étranger meurt martyr ».

[1] Traduction de M. Stan. Guyard, dans le *Mahométisme en Chine* de M. Dabry de Thiersant, t. I, p. 89. L'estampage de cette inscription a été publié en photogravure par M. K. Himly dans les *Zeitschrift der Deutschen Morgenländischen Gesellschaft*, 1887.

[2] C'est cette somme de 800 ans, mentionnée dans cette inscription de 1351, qui me paraît avoir été le point de départ des erreurs chronologiques que j'ai signalées à la page 317.

[3] Cette mosquée est située sur la route du village de Ts'ong-hoa 從化, en deçà du poste de Ts'ao-t'ang sin 草塲汛 et du pont de Liou-hoa 流花, à l'extrémité du faubourg du Nord. (Cf. *Chinese Repository*, t. XX, p. 78).

[4] Dabry de Thiersant, *Le Mahométisme en Chine*, t. I, p. 99.

[5] L'inscription originale mesure 0 m. 70 sur 0 m. 45. Une collection des estampages de toutes les mosquées de Canton dont il est question m'a été envoyée en 1879 par M. de Lagrené, alors consul de France dans cette ville. En 1878, M. Dabry avait déjà remis à l'Académie des inscriptions et belles-lettres un relevé de tous ces monuments épigraphiques.

[6] Je dois cette traduction annotée à l'obligeance de M. Eug. Hélouis, secrétaire-interprète du Gouvernement pour les langues orientales.

Ce faible défunt, qui a besoin de la miséricorde de Dieu, qu'il soit exalté! Hadji Mah-moud, fils d'el-Hadji Mohammed Efendi Roumi, en visitant [la tombe de] notre Seigneur *Saad, fils d'Abou Waqqâs*, que Dieu soit satisfait de lui! a réalisé son désir. Il a habité pendant deux ans la mosquée de Derguiahah. Ensuite, le 27 du mois de Dou-l-Qadah mil cent soixante-quatre, il a goûté la mort [1].

TRADUCTION DU PERSAN EN MARGE.

Saad fils d'Abou Waqqas, que Dieu soit satisfait de lui! est mort le 27 du mois de Zou-l-Hiddjeh [2].

TRADUCTION DU TEXTE MARGINAL CHINOIS.

(COLONNE DE DROITE.)

Hadji Mohammed est venu expressément (pour) visiter l'antique sépulture de l'ancien Sage. C'est le 26ᵉ jour du 8ᵉ mois de la 14ᵉ année du règne de l'empereur K'ien-Long qu'il est arrivé ici, et c'était dans le mois de Dou-l-Qadah. C'est également dans le mois de Dou-l-Qadah qu'il est mort, le 29ᵉ jour du 8ᵉ mois de la 16ᵉ année de l'empereur K'ien-Long.

(COLONNE DE GAUCHE.)

(L'ancien Sage) est mort le 27 du mois de Zou-l-Hiddjeh en l'année du khalifat d'Omar Baba, (répondant à) la 3ᵉ année Tcheng-koan des T'ang [3].

Tels sont les monuments les plus anciens ou les plus dignes d'intérêt que nous trouvons dans les mosquées de Canton; quant à celles de Nanking et de

---

[1] 2ᵉ l., 3ᵉ m., lisez ﻛﺬﻟﻚ. — Toute cette ligne forme le 57ᵉ verset du chapitre xxix du Coran.

4ᵉ l., 3ᵉ m., lisez ﻫﺬﺍ.

6ᵉ l., 5ᵉ m., je lis ﺭﻭﻣﻰ « Roumi », c'est-à-dire originaire du pays de Roum ou Asie Mineure. Les dénominations ﺣﺎﺝ de la 5ᵉ ligne et ﺍﻟﺤﺎﺝ et ﺍﻓﻨﺪﻯ de la 6ᵉ, empruntées toutes trois à la langue turque, me semblent devoir justifier cette lecture.

3ᵉ l., 2ᵉ m., lisez ﺣَﺼَﻞ. — 3ᵉ m., je lis ﻋﻠﻰ ﻣﺮﺍﺩﻩ. On remarquera l'inversion qui a fait pré-céder la proposition principale ﺣﺼﻞ ﻋﻠﻰ ﻣﺮﺍﺩﻩ par l'incidente ﺑﺰﯾﺎﺭﺓ ﺳﯾﺪﻧﺎ ﺳﻌﺪ ﺍﺑﻰ ﺍﺑﻰ ﻭﻗﺎﺹ ﺭﺿﻰ ﺍﻟﻠﻪ ﻋﻨﻪ et dont on pourra relever tout à l'heure un exemple analogue. — 5ᵉ m., je lis ﺳﻜﻨﮥ.

9ᵉ l., 1ᵉʳ m., je suppose que la forme primi-tive du nom de cette mosquée devait être

ﻣﺤﯿﺪ ﺩﺭﻛﺎﻩ, « mosquée de la Cour. » — 2ᵉ et 3ᵉ m., je lis ﺳَﻨَﺘَﺎﻱ. — 7ᵉ m., je lis ﺳﺎﺑﻊ.

10ᵉ l., 5ᵉ m., je lis ﺫﻯ. — 10ᵉ m., lisez ﻣﺎﯾﺔ. Entre ce mot et le suivant manque la copu-lative ﻭ. — 13ᵉ m., je lis ﺍﺭﺑﻊ. — 16ᵉ m., lisez ﺫﺍﺋﻖ. On retrouve ici le deuxième exemple d'in-version dont je parle un peu plus haut, la pro-position incidente ﻓﻰ ﯾﻮﻡ ﺳﺎﺑﻊ ﻭﻋﺸﺮﯾﻦ ﻣﻦ ﺷﻬﺮ ﺍﻟﻘﻌﺪﺓ ﻓﻰ ﺍﻟﻒ ﻭﻣﺎﯾﺔ ﻭﺳﺘﯿﻦ ﻭﺍﺭﺑﻊ venant avant la proposition principale ﻫﻮ ﺫﺍﺋﻖ ﺍﻟﻤﻮﺕ. J'ai, du reste, eu le soin de conserver ces inversions dans la traduction française. — E. HÉLOUIS.

[2] Cette traduction s'accorde avec le texte chinois, mais d'après la rédaction persane, le nombre 27 désignerait l'an 648 de J. C. — E. H.

[3] Nouvel anachronisme : la 3ᵉ année Tcheng-koan répond à l'année 629 de notre ère; Omar ne fut khalife qu'en 634.

INSCRIPTION TRILINGUE (ARABE, PERSAN, CHINOIS)

Sur la tombe de Hadji Mahmoud venu en 1749 à Canton.

Si-ngan fou, nous ne connaissons leurs stèles que par les copies de quatre inscriptions publiées dans des ouvrages écrits par des musulmans chinois[1]. Deux de ces inscriptions sont du xvie siècle et se rapportent à des mosquées de Nanking; elles ne contiennent aucune allusion à Saadi Waqqâs ou à son prétendu apostolat. Les deux autres inscriptions, l'une de 742 de notre ère et l'autre du xvie siècle, nous sont présentées, dans ces mêmes ouvrages, comme appartenant à la plus grande des sept mosquées de Si-ngan fou, c'est-à-dire à celle de la rue Wou-tze Kiang 午子巷, la seule qui soit considérée par quelques-uns comme ayant été fondée sous la dynastie des T'ang, ce qui est fort possible bien que la description géographique Chen-si t'ong tchi ne nous en parle pas comme telle[2]; mais en admettant même, si difficile que cela soit, qu'en 742 les Tazi aient pu déjà compter en Chine un nombre de coreligionnaires tel qu'il ait fallu déjà leur construire un temple, le texte chinois qui porte cette date de 742[3] nous paraîtrait encore suspect pour ne pas dire apocryphe : 1° son style n'a pas l'emphase qui distingue la stélé-graphie de l'époque des T'ang; 2° faisant probablement une allusion timide à Saadi Waqqâs (qui n'est pas nommé) et au prétendu voyage que la légende lui fait faire à la Chine en l'an II de la Mission (611 de notre ère), le texte nous dit que c'est dans les années K'aï-hoang des Soei (581-600) que fut introduit l'islamisme, métachronisme qui, comme nous l'avons dit, résulte de calculs fautifs qui dateraient du milieu du xive siècle; une telle erreur n'aurait pu être commise au viiie siècle; 3° enfin cette inscription, dont aucun Européen n'a encore vu l'original ou l'estampage, emploie l'expression T'ien-fang 天方, le lieu ou carré divin, la Ka'abah, pour désigner par extension l'Arabie. Or, ce terme n'apparaît dans l'Histoire chinoise qu'à dater de

---

[1] Dans le Tsing tchen kiao k'ao 清眞教考 publié en 1720 par Sosn K'o-ngan, k. ii, p. 31; et dans le Tchi cheng chi lou déjà cité, k. xx, p. 1 et seq.

[2] Cet ouvrage qui ne mentionne que deux des sept mosquées de Si-ngan fou nous dit seulement : «Le Tsing-chen sse a été réparé sous le règne de Hong-Wou (1368-1398) par T'ie-Hiuen 鐵鉉, Ministre de la guerre, et ensuite sous le règne de Yong-Lo (1403-1424) par Tch'en-Ho.

«Le Tsing-sieou sse a été construit sous la dynastie des Ming». Chen-si t'ong-tchi, k. xix, f° 2^b.

[3] Rédigé par le censeur Wang-Hong 王鋐 dont on trouve la biographie dans le K'iou T'ang chou, k. cv, biog. 55, p. 13. La mosquée aurait été construite par Lo T'ien-tsio 羅天爵, fonctionnaire du Ministère des travaux publics, Bedr oud Din 擺都而的 étant chef du culte; elle a été réparée en 1127 par l'officier militaire Abd'allah; en 1265, par Ma Housien; en 1315, par Seyyd Edjell; en 1466, par Ma-Wou, de Si-ngan fou, où l'on comptait, au siècle dernier, mille familles musulmanes. En 1482 Ma-Wou avait demandé que le nom de cette mosquée Tsing-chen sse 清眞寺 fût changé en celui de Tsing-sieou sse 清修寺.

l'année 1258-1259, avec ses variantes *T'ien-fang* 天房, la *maison céleste*, *T'ien-t'ang* 天堂, le *temple céleste*, traduction chinoise du nom arabe *Beit-Oullah*, la *maison de Dieu*. Ces expressions, que l'on trouve également dans la relation du voyage que Wang Ta-yuan 汪大淵 fit en Occident vers 1350[1], ne se sont vulgarisées qu'au commencement du xve siècle, postérieurement à la série d'expéditions maritimes entreprises dans un intérêt à la fois politique et commercial par le célèbre eunuque Tch'en-Ho 鄭和, surnommé San-pao T'ai-kien 三保太監, originaire du Yun-nan, expéditions qu'il organisa de 1407 à 1435 pour le compte de la cour des Ming et qu'il dirigea parfois lui-même dans l'océan Indien et au delà.

Tch'en-Ho était-il mahométan? On pourrait le croire; en effet, sous le règne de Hong-Wou (1403-1424), il réparait une des mosquées de Si-ngan fou[2], et, sur sa demande, il fut chargé en 1430, par l'empereur Siuan-tsong, de la reconstruction, aux frais du Trésor, d'une des deux mosquées de Nanking[3]; toujours est-il qu'il comptait, parmi les interprètes au service de

---

[1] La mention de T'ien-fang 天房, pays situé à vingt journées de cheval à l'ouest de Bagdad, se rencontre déjà dans la relation du voyage de Tchang-Te 常德 en 1259-1263. Wang Ta-yuan, en 1350, appelle l'Arabie *T'ien T'ang* 天堂 et dit que le pays est habité par les Houei-Houei; ni l'expression de T'ien-t'ang, ni celle de Houei-Houei n'est encore employée dans l'inscription de 1351 de la grande mosquée de Canton. (Cf. E. Bretschneider, *Mediæval Researches*, t. I, p. 141 et 300; Wylie, *Notes on Chinese litterature*, p. 47).

[1] *Vid. sup.*, p. 327, note 2.

[3] Celle de la rue San chan Kiai 三山街 *intra muros* qui avait été détruite par un incendie. Voici la traduction du document auquel nous avons emprunté ces renseignements :

« Les navires impériaux que tu as construits et que l'eunuque Kao Ting-tchou Nous a présentés de ta part sont merveilleusement sûrs et légers; tu Nous as donné ainsi une preuve de ta vigilance et de ton dévouement. En témoignage de Notre très grande satisfaction Nous t'avons accordé des présents qui ont été remis pour toi à Kao Ting-tchou.

« Pour reconnaître tes excellents sentiments Nous t'ouvrirons sur le Trésor impérial de Nan-

king un crédit de cent mille *ligatures* destiné à faire face aux frais des expéditions (maritimes) à l'étranger et Nous te confions la direction des affaires concernant tous les États des mers d'Occident; nous pensons qu'un ancien serviteur comme toi, doué de tact et d'expérience, se montrera prudent dans l'accomplissement de cette lourde tâche.

« Un mémoire que Nous avons reçu de toi Nous apprend que la mosquée de la rue San Chan, à Nanking, a été la proie des flammes, et que tu souhaites sa reconstruction tout en gardant intacts les sommes, provisions, équipages et navires affectés aux voyages à l'étranger. Comment pourrions-Nous ne pas prendre en considération ce sentiment qui fait honneur à ta sollicitude? Comment pourrions-Nous ne pas tenir compte des vœux que tu Nous exprimes, toi que Notre Cour à chargé d'aller la représenter au loin!

« Craignant que l'insuffisance du nombre des ouvriers ou de la quantité des matériaux ne vienne à bref délai retarder les travaux (de la reconstruction de cette mosquée), Nous t'autorisons à réclamer tant (du chef) de l'administration de Nos eunuques, que du Département des Travaux publics, ce qui sera nécessaire

ses chefs de missions, deux musulmans chinois sachant probablement l'arabe : les nommés Ma-Hoan 馬歡 (à partir de 1413) et Kouo Tsong-li 郭崇禮. Nous citerons encore, parmi les agents les plus zélés de ces explorations, un nommé Fei-Sin 費信, qui alla quatre fois en Occident et qui ornait de dessins ses notes de voyage [1]; le tableau du *Monde musulman* dont nous publions aujourd'hui une réduction [2], peut donc remonter à cette époque; c'est du moins ce que nous affirmaient les musulmans pékinois qui nous en ont fourni la copie; et à l'appui de leur assertion nous citerons l'annotation suivante, tirée de la 2ᵉ partie du *Si yang tch'ao kong tien lou* 西洋朝貢典錄 [3] :

Sous le règne de Siuan-te (vers 1430), Tch'eng-ho étant parvenu dans les mers d'Occident, dépêcha sept interprètes munis de cadeaux consistant en musc, porcelaine et soierie pour accompagner un navire de notre pays au royaume de T'ien-fang; cette mission s'accomplit en un an, aller et retour. (Ces interprètes) acquirent des curiosités de toutes sortes, des pierreries et des licornes, des lions, des autruches. De plus, ils rapportèrent à la capitale (Péking) un cahier [4] de dessins représentant le T'ien-fang; le roi de T'ien-fang chargea son ministre Cha-hoan 沙璡 et autres d'accompagner, avec un tribut composé de produits du sol, les sept interprètes à leur retour.

On peut évidemment supposer qu'en dehors des pèlerins officiels dont nous venons de parler, d'autres chinois ont visité la Mecque entre le xvᵉ et le xvɪɪɪᵉ siècle; mais aucun n'a laissé de traces ou du moins la littérature sino-musulmane, dont les premières publications ne remontent pas au delà de 1681, ne parle ni de leurs personnes ni de leurs écrits [5]; et le mahométan

pour l'achèvement de cette entreprise d'ici à ce qu'un vent favorable te permette de mettre à la voile.

« Tel est l'objet du présent rescrit. Le 20 du septième mois de la 5ᵉ année Hiuan-te (1430). »
— Extrait du *Tchi cheng chi lou*, k. xx, fᵒ 12. Sur Tch'en-Ho, cf. Amiot, *Mém. conc. les Chinois*, t. XIV, p. 42; China Review, t. III et IV, *Chinese explorations of the Indian Ocean during the xvᵗʰ century*, by W. F. Mayers; *Journ. China Br. R. As. Soc.*, t. XX et XXI, *Seaports of India and Ceylan*, by G. Philips; E. Bretschneider, *Mediæval Researches*, t. II, p. 142, 295. — Aristide Marre, *Malais et Chinois*, p. 8 et suiv.

[1] Cf. W. F. Mayers, *China Review*, t. III, p. 224. En même temps que Tch'en-Ho dirigeait les explorations partant du Midi, un autre personnage nommé Ngan Tchi-tao 安志道

(*alias* Fou-Ngan 傅安) était envoyé à Samarqand, où il fut retenu prisonnier par Timour et d'où il ne revint qu'après la mort de ce prince en 1405.(Cf. Bretschneider, *Med. Res.*, t. II, p. 144).

[2] Voir p. 330 et 331.

[3] Cet ouvrage porte la date de 1451 et est l'œuvre de Ma-Houan, dont nous venons de parler. La partie relative à l'Arabie n'a pas encore été intégralement traduite.

[4] 畫天堂圖一冊回京; un auteur musulman chinois reproduit ce passage avec une variante, il dit : 畫天房國寺圖眞本.

[5] Liou-Tchi est le seul des auteurs qui ait consacré un chapitre un peu substantiel aux cérémonies du pèlerinage, chapitre que nous trouvons au livre VIII de son *Rituel musulman* intitulé *T'ien-fang tien li* 天方典禮, publié en 1710; dans une note préliminaire Liou-Tchi

TABLEAU CHINOIS DU MONDE MUSULMAN.

TRADUCTION DES LÉGENDES.

L'original de cette planche mesure 1 m. 10 sur 1 m. 81.

1. Cette ville est appelée la Ka'abah et est le centre de la terre.

2. Mina.

3. Tombeau de Moïse.

4. Cette ville est Beït el Mouqaddes (Jérusalem).

5. Cette ville est Miçr (le Kaire), à trois mois par terre de la Ka'abah.

6. Porte du Vent.

7. Ceci est la pierre où le Saint est monté à cheval.

8. Cette montagne est Arafat.

9. Cette ville est Médine, à douze étapes de la Ka'abah. — Khadidja. — La ilaha illa Allah Mohammed rasoul Allah.

10. Chahid, hommes morts en combattant.

11. Soussé.

12. Qabr (tombes).

13. Cette ville est Aden, à trois mois par terre de la Ka'abah.

14. (Arabe illisible).

15. Pavillon des Livres sacrés : Forqan, Qoran.

16. Chahid.

17. Cette ville est Yémen, à cent-vingt jours de la Ka'abah.

18. C'est là que la Vierge mit Jésus au monde.

19. Cette mosquée est celle de Merwèh (texte arabe illisible).

20. Instrument des victoires d'Aly (un yatagan).

21. Sept hommes et un chien (les compagnons de la caverne).

22. Royaume d'Aden.

23. Yémen.

24. Roum.

25. Miçr.

26. Réservoirs.

27. Cette ville est (la capitale de) Roum, à cent-soixante jours de la Ka'abah.

28. Cette ville est Moka, à quarante li de la Ka'abah.

29. Cette ville est Cham (la Syrie), à trente étapes par mer de la Ka'abah.

30. Cette ville s'appelle Qaren, à trente-huit étapes par mer de la Ka'abah.

31. Cette ville se nomme Hormouz, à soixante étapes par mer de la Ka'abah.

32. Cette ville est la capitale du royaume de Boukhara, à une année de marche de la Ka'abah.

33. Cette ville est la capitale de l'Hindoustan, à cinquante étapes par mer de la Ka'abah.

34. Cette ville est Samarqand, à deux années de route de la Ka'abah.

35. Cette ville est la capitale de l'Iraq, à vingt mille... de route de la Ka'abah.

36. Cette ville est la capitale de l'Abyssinie.

37. Cette ville est le défilé des Portes de Fer, limite du royaume de Nahar.

38. (Arabe illisible).

39. De ce lieu à Canton, il y a trois mois de route par mer.

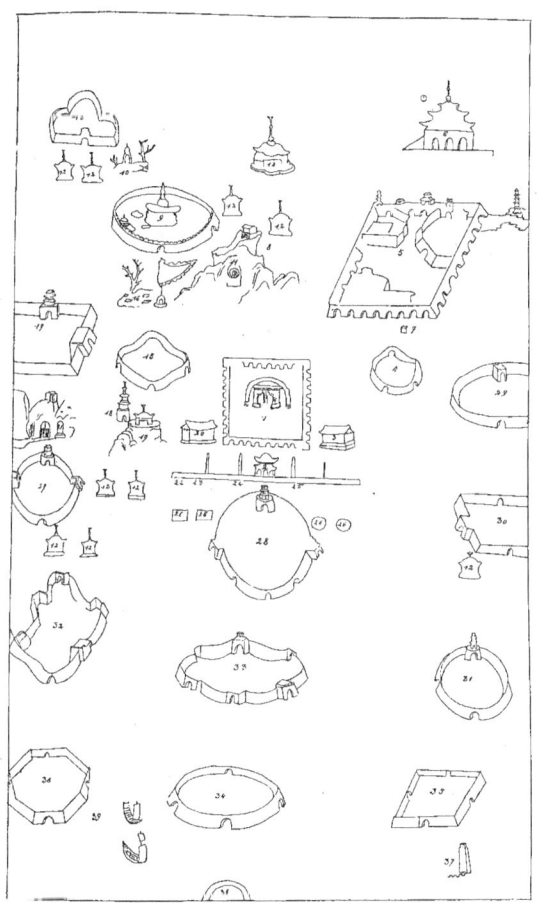

INDEX DU TABLEAU CHINOIS DU MONDE MUSULMAN.

(Voir p. 329 et la reproduction en couleur de l'original.)

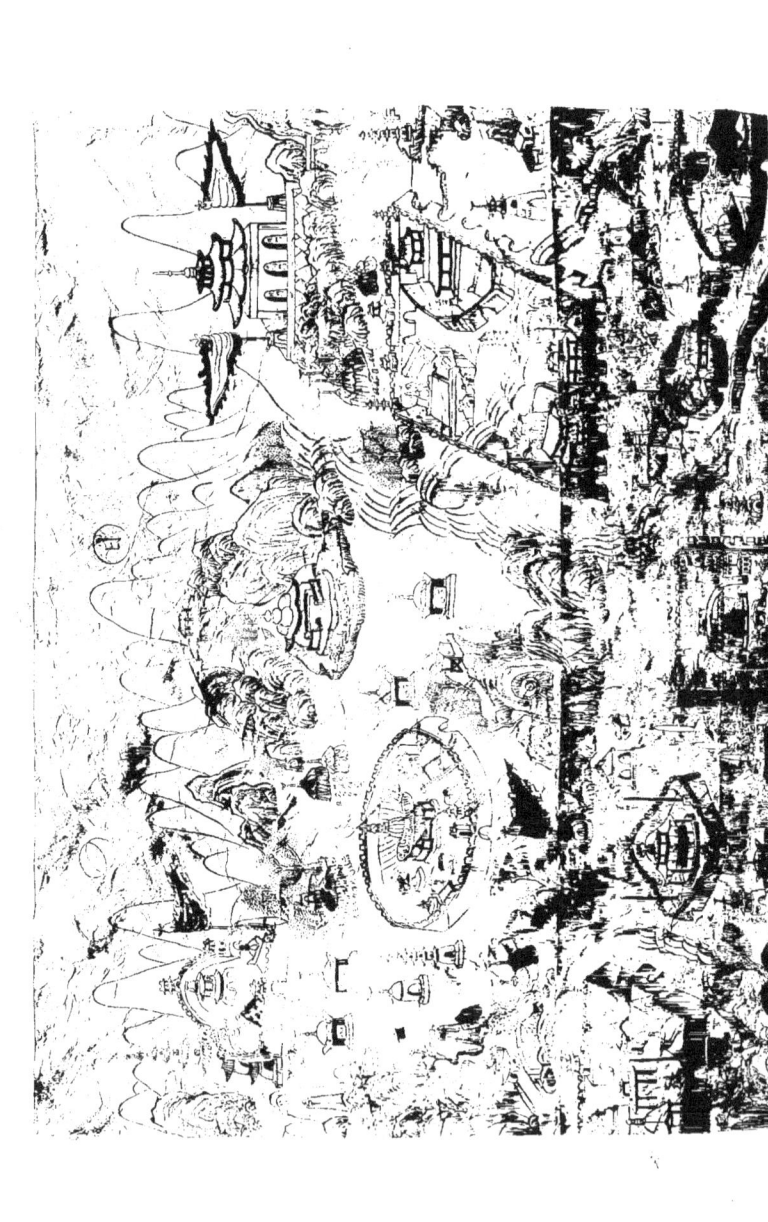

TABLEAU CHINOIS DU MONDE MUSULMAN,

D'après une peinture appartenant à la Bibliothèque de l'École des Langues orientales.

chinois qui voudrait aujourd'hui compléter les renseignements que ses aïeux des Ming lui ont laissés sur les lieux saints de l'Arabie, n'aurait vraisemblablement pas à sa disposition d'autre ouvrage qu'une relation de pèlerinage intitulée *Tch'ao kin t'ou ki* 朝覲途記, imprimée en 1862. C'est en langue arabe que l'original de cette très courte relation qu'on va lire avait été écrite par son auteur, un Chinois du Yun-nan, nommé Ma Fou-tch'ou 馬復初, qui parcourut l'Occident musulman de 1841 à 1848; la version chinoise qui en a été publiée est due à son disciple Ma Ngan-li 馬安禮. Le traducteur, se rendant sans doute compte de l'insuffisance de sa transcription chinoise des noms étrangers, a eu le soin de les conserver en écriture arabe dans son texte chinois[1], ce qui fait de cette publication une curiosité bibliographique dont nous croyons devoir donner un spécimen à la page 334.

NOTICE BIOGRAPHIQUE ÉCRITE PAR MA NGAN-LI.

C'est mon vieux maître Fou-tch'ou qui a rédigé lui-même cette relation de pèlerinage. Fou-tch'ou est né à T'ai-ho hien, dans la préfecture de Ta-li (de la province du Yunnan). De bonne heure orphelin, il annonçait une intelligence hors ligne, il avait la noble ambition de continuer les traditions de savoir de sa famille; il s'était ainsi déjà fait un nom lorsqu'il parcourut les provinces du Chen-si, du Kan-sou et du Sse-tchouen où il étudia les livres sacrés et historiques; il revint ensuite au Yun-nan et y organisa partout l'enseignement. Il se rendit après cela aux lieux saints (T'ien-fang 天方). Cherchant sans cesse à s'instruire, Fou-tch'ou profita de ses relations avec les ministres, fonctionnaires et savants du pays pour étudier à fond l'astronomie et les autres sciences : rites, musique, législation, coutumes, en un mot, tout ce qui concerne les choses et les gens du T'ien-fang lui sont ainsi devenues familières.

Les livres très curieux qu'il a achetés et rapportés étaient tout à fait inconnus en Chine. Avant lui, il y avait eu des pèlerins parmi nos coreligionnaires chinois, mais il n'y en a pas, que je sache, qui ait publié quoi que ce soit de nature à nous montrer en quoi se ressemble ou diffère l'organisation gouvernementale de l'Orient et de l'Occident. Aussi ignorait-on ce qu'étaient les lois des Quatre Grands Sages et les règles auxquelles obéit

nous dit bien qu'il a composé son ouvrage d'après les textes arabes de quarante-cinq ouvrages dont il nous donne les titres, mais certains détails topographiques qu'il fournit, et qu'on ne trouve nulle part ailleurs dans la littérature chinoise, semblent devoir impliquer qu'il disposait de collaborateurs connaissant bien les lieux saints de l'Arabie.

[1] J'ai le plaisir de remercier ici mon collègue M. E. Hélouis, secrétaire du Gouvernement pour les langues orientales, qui a bien voulu me donner la lecture de tous ces noms écrits en arabe qu'il a dû parfois corriger; il m'eût été souvent très difficile, et parfois impossible, de les identifier d'après leur seule transcription chinoise. M. E. Hélouis a bien voulu, en même temps, me fournir des notes; je les indiquerai par les initiales E. H.

大尼六站。黑母大尼至克爾滿城七站。克

爾滿城至〔texte mandchou〕。白恩道得十站此乃正東至正西

之圖由〔texte mandchou〕補哈拉向南方至哈什三站。哈

什去白勒黑七站〔texte mandchou〕。白勒黑去馬作爾里五十里。

〔texte mandchou〕馬作爾里去拖什渾爾一站路險〔texte mandchou〕拖

什渾爾去藁布勒十五站〔texte mandchou〕。藁布勒去額子勒

爲六站。額子勒爲去敢德呵爾六站。

敢德呵爾去夫深六站〔texte mandchou〕夫深去克拉體納六站。

Fac-similé d'une page de *Tch'ao kin t'ou ki*, relation du pèlerinage de Ma Fou-tch'ou.

partout notre religion. Mon maître est le seul qui ait eu le soin de traiter ces différents sujets dans des notes recueillies au cours de ses voyages.

Toutes les fois qu'il s'entretient avec nous des choses du pays de T'ien-fang, il ne cesse d'être intéressant, et, lorsque dans la conversation il aborde la partie rituelle et liturgique de nos pratiques religieuses, sa parole développe et fortifie de toute son autorité nos notions en cette matière.

Les Livres disent : « Des millions d'hommes profitent de la supériorité d'un seul ». Or, en effectuant ces voyages, notre maître accomplissait une volonté divine; du même coup, il a considérablement contribué par des livres et des écrits à la propagation de nos croyances; grâce à lui les lettrés de la Chine se rendent compte des principes fondamentaux de notre foi et des coutumes du pays de nos ancêtres. N'est-ce pas profitable à tous?

En traduisant aujourd'hui cette relation de voyage en Occident, je fais connaître à la fois et les épreuves de toutes sortes qu'a dû traverser mon vieux maître et les itinéraires à suivre pour les pèlerins.

Traduit et augmenté de la présente notice, par son disciple Ma Ngan-li, un jour heureux du 11ᵉ mois de l'année Hing-yeou du règne de l'empereur Hien-Fong (1861), l'an 1278 de l'hégire [1].

---

[1] M. E. Rocher, qui occupait dernièrement encore le poste de consul à Mong-tze (Yunnan), a connu personnellement Ma Fou-tch'ou ; il nous dit que ce personnage est né en 1793, la 58ᵉ année de K'ien-Long, dans un village de la vallée de Hia-koan 下 關, à 10 *li* de Ta-li fou.

Pour faire le voyage à la Mecque, il avait réuni le peu de ressources qu'il possédait, il réalisa une somme d'environ 45 taëls en or, soit au cours du pays 76 ts d'argent. (E. Rocher, *La province chinoise du Yun-nan*, 1880, t. II, p. 29).

RÉCIT DU PÈLERIN MA FOU-TC'HOU

TRADUIT PAR SON DISCIPLE MA NGAN-LI, DU SURNOM DE KING-TCHAÏ [1] a.

Voici ce que nous raconte Fou-tch'ou :

L'an 1257 de l'hégire b, le 22 de la 10ᵉ lune de la 21ᵉ année du règne de l'empereur Tao-Koang (1841), je résolus de partir en pèlerinage. Je me mis en route pour le royaume d'Awa c en compagnie d'un négociant nommé Ma Yuan-te d, de Fong-tch'eng tchoang e. Après avoir traversé les territoires yunnanais de King-tong f, P'ou-eurl g et Ssemao h, nous franchissions la frontière de Chine le 16 du onzième mois de la même année. Nous avons passé par une ville spacieuse appelée Kieou-long i Kiang [2], qui est sur le bord d'un grand fleuve; le 2 du douzième mois, nous atteignions la grande ville de Muong-Ken [3] j. Le 20 nous arrivions dans une autre grande cité appelée Muong-nai [4] k où nous sommes demeurés cinq jours, et le 30 nous atteignions la ville de Hou-po [5] l, qui est le séjour ordinaire des marchands. L'année était terminée. Le 2 du premier mois de la 1257ᵉ année [6] de l'hégire, nous quittâmes Hou-po tch'eng; c'était le 5 du premier mois de la 22ᵉ année du règne de Tao-Koang. Après deux jours de route, nous atteignîmes la ville de Legya m. Mon compagnon était arrivé à destination; nous nous séparâmes après avoir passé neuf jours dans cette localité, et, en compagnie de plusieurs hommes engagés à mon service, j'ai fait huit jours de route à pied à travers des sentiers. J'arrivai enfin, le 20 du même mois, à Awa, la capitale royale; les indigènes la désignent sous le nom de Baman n; en arabe on l'appelle « Barman » p; il s'y trouve de nombreux musulmans c, hané-

a 敬齋。 b 西歷遷都。 c 阿瓦。 d 馬元德。 e 豐成莊。 f 景東。 g 普洱。
h 思茅。 i 九龍江。 j 捫徑 مُوْنِمُ。 k 捫迺。 l 護博。 m 羅爨。 n 白龍 o 爾勒補。
p 白而龍。 q 穩民。

[1] Ma Ngan-li fit lui-même, depuis lors, un voyage à la Mecque; mais il n'a pas publié ses souvenirs; je l'ai employé comme lettré à la légation de France à Péking, en 1876-1877; ses coreligionnaires l'appelaient Hadji Ismaël.

[2] Cette ville me paraît devoir être Xieng-Hong, appelée par les Chinois Tch'e-li, située sur la rive droite du Meikong.

[3] La principauté laotienne de Muong-Ken ou Xieng-Ken dépend de Muong-Nan, qui a relevé du Siam jusqu'à la conclusion de notre traité du 3 octobre 1893 avec la cour de Bankok; la langue birmane n'y est pas comprise.

[4] Cette principauté laotienne est située sur la rive droite du Ta-sou kiang 打速江, à 1,800 li (à l'ouest) de Muong-Ken, et à plus de 1,200 li de Awa. (Note inédite de M. A. Vissière.)

[5] Il m'a été impossible d'identifier ce nom, qui doit être celui d'une petite localité près de Legya, à l'est de cette place.

[6] C'est 1258ᵉ qu'il faudrait dire.

fites [1]ᵃ pour la plupart; d'autres, mais en minorité, sont chaféites [2]ᵇ. Les Birmans ont un langage à eux propre; quant aux Mouslimᶜ (musulmans), ils parlent l'indoustaniᵈ ou le dakhniᵉ (dialecte du Deccan), ou bien encore le syriaque (souryaniᶠ). J'évalue à trois mille environ le nombre des familles moumin (musulmanes) de cette ville d'Awa, où j'ai demeuré dix-huit jours. J'ai vu le roi à son retour de Yang-kongᵍ.

Le 7 du deuxième mois, je partis d'Awa en descendant le fleuve sur un bateau chargé de cuivre acheté à des marchands chinois. Après dix-sept jours de navigation, j'arrivai à la ville de Yang-kong, située près de la mer, à l'extrême limite du royaume d'Awa. Cette capitale de l'Awa est appelée Rangounʰ par les étrangers; j'y demeurai cinq mois en attendant un navire de Djouddahⁱ (Djeddah), appelé « Karnaticʲ ». Le soleil avait eu le temps d'entrer dans les 5ᵉ, 6ᵉ et 7ᵉ divisions de l'écliptique, époque à laquelle, le vent étant violent dans l'océan Indien, on ne peut y naviguer. La personne chez laquelle j'ai habité à Rangoun était originaire de Çouratᵏ et s'appelait Mawlah Hachemˡ; elle a été pleine d'attentions pour moi.

Notre navire partit de Rangoun le 21 du septième mois, mais à cause du vent contraire la traversée dura quarante jours au lieu de quinze; le 3 du neuvième mois, nous relâchâmes à la ville la plus considérable de l'Inde; le territoire à laquelle elle appartient est le Bengaleᵐ; elle s'appelle Galgatah (Calcutta ⁿ) et est sous la domination anglaise; les murailles de ses palais sont ornées de sculptures; c'est là le rendez-vous des négociants et des trafiquants; on y parle le dakhni. Dans cet État il y a des musulmans; on y rencontre aussi des Watsaniyahᵒ (idolâtres) qui adorent Bouddha. On y voit aussi des Madjoussiᵖ (mages); ils sont Rafidhitesᵠ (hérétiques) et originaires de la Perseʳ. Parmi les musulmans il en est un grand nombre qui gravent et impriment des livres de notre religion. J'ai passé quatre mois à Calcutta pour y attendre un navire de Mokhaˢ. Le capitaine de ce navire était doué de sentiments d'humanité et se montrait bienveillant envers les gens venant de loin; il se nommait Farḥanᵗ; son navire s'appelait le Chah Soleymanᵘ. Le 3 du premier mois de la 23ᵉ année du règne de Tao-K'oang (1ʳᵉ quinzaine du 2ᵉ mois de la 1259ᵉ année de l'hégire), nous avons aperçu à l'ouest une aurore boréale. Nous arrivâmes ensuite à l'île de Ceylanᵛ, au milieu de laquelle est la montagne de Serendibˣ; c'est là qu'Adamʸ, notre premier père, est venu au monde; il s'y trouve une empreinte de son pied. On dit que cette montagne renferme la sépulture royale d'Adam.

ᵃ 哈 达 飛。ᵇ 沙 菲 爾。ᶜ 穆 斯 里。ᵈ 欣 都 斯 拖。ᵉ 德 克 尼。ᶠ 敖 勒 呀 尼。
ᵍ 漾 貢。ʰ 浪 貢。ⁱ 諄 德。ʲ 克 勒 那 梯。ᵏ 蘇 勒 體。ˡ 冐 喇 何 史 穆。ᵐ 邦 果 臘。
ⁿ 克 來 克 特。ᵒ 瓦 塞 窜 葉。ᵖ 買 朱 斯 施。ᵠ 裸 廢 子。ʳ 法 爾 西。ˢ 毌 呵。ᵗ 法
勒 哈。ᵘ 勺 偕 蘇 賴 以 尨。ᵛ 塞 依 喇。ˣ 賽 淔 氏 補。ʸ 阿 丹。

[1] Hanéfite, sectateur de l'Imam Abou Hanifah en-No'man, fondateur de l'une des quatre sectes musulmanes orthodoxes. Né à Koufah en 80 H. (699 de J.-C.); mort à Bagdad, en 150 H (767 de J.-C.). — E. H.

[2] خَافِع. Chafi'. Lisez الشَّافِعِى; ech-Chafé'i

(Abou Abdallah Mohammed); c'est le fondateur de la secte des Chaféites, une des quatre sectes orthodoxes musulmanes. Né à Ghazzah, en Palestine, en 150 H. (767 de J.-C.); il mourut en Égypte, en 204 H. (819 de J.-C.). — E. H.

Quelques jours après, j'arrivais à Malabar[e]. Ce territoire est également administré par les Anglais. Après une relâche de quelques journées, nous sommes allés en une vingtaine de jours à Socotora[b]; l'on y parle arabe. Deux jours après nous étions à Aden[c], où est le tombeau du grand sage Seyyid 'Ayderoussi [1][d]. Ce pays appartient à l'Angleterre. En quelques jours nous atteignions la ville de Mokha. C'est là que le capitaine de notre navire a son domicile; Mokha, où je suis resté onze jours, est situé sur le bord de la mer et fait partie du territoire de Yemen[e].

En trois jours, le samedi [2][f], nous parvenions à la ville de Hodeydah [3][g]; notre relâche y a duré huit jours; nous avons ensuite fait voile pour Djeddah (c'était le 17 du quatrième mois; il y avait alors concordance entre le calendrier musulman et celui de la Chine). En pleine mer je me suis rigoureusement conformé aux prescriptions de Yalamlam [4][h].

Deux jours plus tard, nous arrivions à Djeddah située sur la côte. Là se trouve la sépulture d'Ève[i], la première reine.

De Djeddah à Mekkah[j] (la Mecque) il y a, à dos de chameau, deux nuits de route; mais le trajet ne dure qu'une nuit avec un cheval ou un âne.

Dans la soirée du 28, je sortis de Djeddah et j'arrivais dès l'aube à la ville Sainte, le premier jour du cinquième mois. La présente année-chinoise comprend un septième mois intercalaire; le mois fixé pour le pèlerinage à la Ka'abah [k] est le onzième (mois chinois).

La Ka'abah [5] est située au centre d'une enceinte interdite (Ḥaram[l]) dont la forme est presque carrée; de gauche à droite, elle est plus longue que devant et derrière; sa partie antérieure fait face au nord-est, il s'y trouve un portail; la partie opposée du bâtiment est tournée vers le sud-ouest.

[a] 買來波。[b] 敦孤篆啊。[c] 啊當。[d] 爾依德魯士。[e] 野尨。[f] 賞白。[g] 哈代德。
[h] 野賴灡。[i] 好媧。[j] 滿克。[k] 凱爾白。[l] 紫禁環。

(1) Seyyid 'Ayderoussi, saint musulman dont la sépulture se trouve dans la partie sud-ouest de la ville d'Aden. Sur la carte d'Arabie de Carl Zimmermann (Berlin, 1847), ce nom est écrit : *Sheikh Hydrus.* — E. H.

(2) خنبه Chenbeh , « samedi » en persan.

(3) Port d'Arabie sur la mer Rouge, au nord de Mokha. — E. H.

(4) يلملم Yalamlam, station (Miqat) à deux nuits de la Mecque, où les pèlerins venant du Yemen revêtent l'*Ihram* ou costume de pèlerinage. Arrivant par mer, le pèlerin revêt l'Ihram comme s'il avait pris le chemin de Yalamlam. — E. H.

Dans son *Rituel musulman* (déjà cité), k. xviii, Liou-tchi nous dit : La Mekke possède cinq

stations qui forment la limite du lieu interdit et où l'on doit observer les rites fixés pour s'approcher des lieux saints : 1° Le Miqat oriental appelé *Zat oul Irq*, désigné pour les gens de l'Iraq; 2° au nord, celui de Qaren, désigné pour les gens du Nedjd; 3° à l'ouest, celui de Djouhfeh pour les gens de la Syrie; 4° au sud, celui de Yalamlam pour les gens de Yémen; 5° celui du centre, appelé *Zoul Hoaleifah*, pour les gens du pays.

(5) La Caaba, le plus ancien temple qui ait été consacré au culte divin, d'après les croyances des Arabes, et dont la construction est attribuée par eux à Abraham. Il se trouve au milieu du parvis de la grande mosquée de la Mecque. — E. H.

La Ka'abah est de forme carrée; elle s'élève à trente et quelques *tchi*[1]a au-dessus du sol et mesure vingt-sept pieds de longueur; une tente d'étoffe précieuse l'abrite.

La porte de la Ka'abah est située sur le côté gauche de la façade du monument; une hauteur de cinq pieds la sépare du sol; à l'un de ses angles est encastrée la pierre noire à quelque quatre *tchi* à gauche de la porte; elle est sertie d'argent et grosse à peu près comme la tête d'un homme [2], à environ vingt pas devant cette salle souveraine se trouve la station d'Abraham*b*; c'est la pierre qu'il foulait de ses pieds en réparant la Ka'abah. Cette pierre sur laquelle il y a des empreintes de pieds se trouve dans un pavillon.

La station de Hanifah le Sage est à droite de la Ka'abah; il en est de même d'un ancien mur qui a la forme d'un arc et dont la hauteur ne dépasse pas la poitrine d'un homme; on dit que c'est là que demeurait Ismaël*c*, le saint, ou bien encore que c'est sous ce mur qu'il est enterré.

Derrière la Ka'abah est la station de Malek le Sage [3]d; à gauche est celle de Hanbal le Sage [4]e.

La cour interdite (Ḥaram) mesure, de droite à gauche, environ 500 *tchi* d'étendue, et de l'avant à l'arrière, 400 *tchi*. On y compte trente-neuf portes réparties entre dix-neuf portiques.

Dans la partie antérieure faisant face à la Ka'abah il y a les trois portes d'Aly*f*, les trois portes d'Abbas*g*, les deux portes de Neby*h*, les trois portes de Selam*i*.

A droite il y a les trois portes de Dourcibah*j*, les trois portes de Ziyadah*k* (ou des Propylées), la porte Koutoubi*l*, la porte de Bassithiyah*m* et la porte Atiq*n* (ancienne).

Dans la partie postérieure, il y a la porte de l'Omrah [5]c, la porte d'Abraham, les deux portes de Wida*p* (ou des adieux).

ᵃ 尺。ᵇ 以補喇欣位。ᶜ 以司媒爾。ᵈ 媒里凱。ᵉ 哈白里。ᶠ 耐里。ᵍ 耐波
士。ʰ 迺並。ⁱ 色咯母。ʲ 堵賴白。ᵏ 野呀德。ˡ 故推補。ᵐ 波洗退葉。ⁿ 耐
梯改。ᵒ 耐母勒。ᵖ 委大耐。

[1] Le *Tchi* ou pied chinois mesure o m. 315.

[2] Selon la légende musulmane, la pierre noire aurait été emportée du paradis par Adam lorsqu'il en fut chassé, puis cachée par les anges dans la montagne d'Abou Qoubaïs au moment du déluge, et enfin remise par Gabriel à Abraham pour être, selon l'ordre de Dieu, placée à l'angle nord-est de la Ka'abah. (Cf. Ch. Schefer, *Relation du voyage de Nassiri Khosrau*, p. 198, u.)

[3] Malek (l'Imam Abou Abdallah) fils d'Anas, fondateur de l'une des quatre sectes orthodoxes musulmanes; né à Médine en 95 H. (713 J.-C), mort en 179 H. (795 J.-C.). — E. H.

Pour rendre le mot station (miqat), le traducteur chinois emploie le caractère 位.

[4] خَنَل *lisez*: Hanbal حَنْبَل l'Imam Ahmed, fils de Hanbal, fondateur de l'une des quatre sectes orthodoxes musulmanes, né à Bagdad en 164 H. (780 J.-C.), mort dans la même ville en 241 H. (885 J. C.).

[5] La porte de l'Omrah est une des portes de la façade occidentale du Mesdjid el Haram.

Omrah est le nom d'une chapelle à deux heures de distance au nord de la Mecque, et dont la visite constitue une des obligations rituelles du pèlerinage musulman.

Pour tous ces noms de portes de la grande mosquée, cf. Ch. Schefer, *Relation du voyage de Nassiri Khosrau*, p. 194 et suiv., et la miniature en tête, et Burckhardt, *Voyages en Arabie*. — E. H.

شكل المسجد الحرام والكعبة

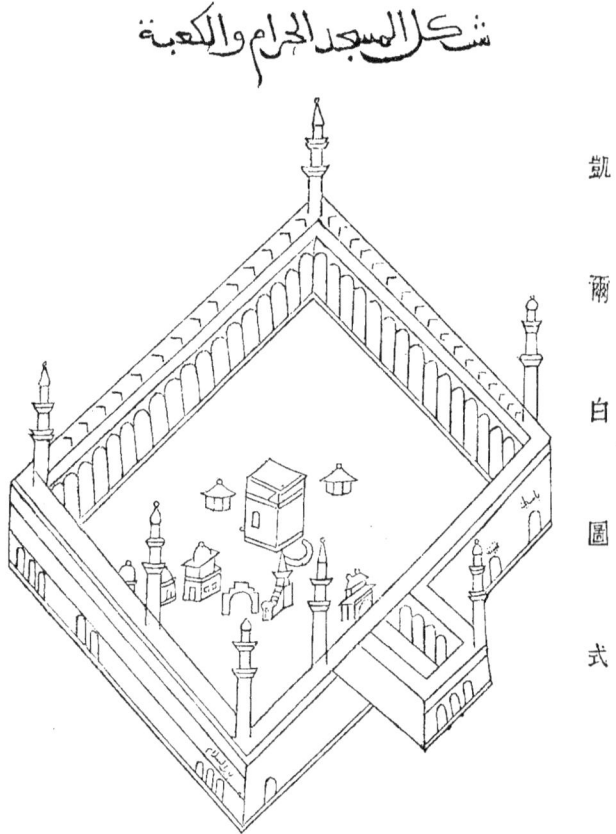

凱
爾
白
圜
式

Pl. IV. — Chikl el Mesdjid el Haram wa-l Ka'abah.
Représentation du Mesdjid el Haram et de la Ka'abah, tirée du *Tch'ao kin t'ou ki.*

Dans la partie gauche il y a les deux portes de Djiyad[a], les deux portes de Tékié[b],

[a] 止呀德。 [b] 泰碣棄。

les deux portes du Chérif[a], les deux portes Raḥmah[b], les cinq portes de Safa[c], les deux portes de Oumm Hani[d] et les deux portes de Baghlah[e].

Il existe dans l'enceinte interdite sept tours (minarets) pour proclamer les cérémonies.

J'ai profité de mon séjour à la Mekke pour visiter le mont Abou Qoubaïs [1][f], les lieux où sont nés les Saints et les vestiges célèbres de leurs sépultures.

Après que fut proclamée le moment d'accomplir les cérémonies rituelles du pèlerinage, au commencement du premier mois du calendrier occidental, on ouvrit la porte de la Ka'abah; la foule y pénétra du matin au soir, un jour réservé aux hommes, un autre aux femmes.

Le 8 du premier mois de l'année 1260 de l'hégire, je me mis en route pour Médine [g], ville située au nord de la Mekke; à dos de chameau il y a douze étapes entre ces deux localités; par mer, il faut s'embarquer à Djeddah; après neuf jours de navigation on arrive à la ville de Yanbo' [2][h], mais les autorités interdisent cette route : outre que le vent n'est pas favorable, on y rencontre des brigands.

Je me rendis donc à la ville de Rabigh [3][i], de là le chemin passe par Bedr [4][j], où le Saint livra sa première bataille aux Qoreychites [5] et où fut tué Abou Djahl [6][k].

Le 17 du premier mois de la 24ᵉ année du règne de Tao-Koang, j'arrivai à Médine et je visitai respectueusement la Sépulture parfumée. Le tombeau du Saint est situé à l'intérieur du temple rituel; ses colonnes sont de pierre brillante (communément appelée pierre de Tch'ou [7][l]); elles se dressent à environ quinze pieds l'une de l'autre; on

[a] 揝里甫。[b] 勒洽買。[c] 隋搏。[d] 蘯母呵。[e] 白恩賴。[f] 古弄士。[g] 獻底納。
[h] 漾補爾。[i] 喇布恩。[j] 白得里。[k] 領補哲。[l] 楚。

[1] Nom de la montagne qui domine la Mecque du côté de l'est. Elle est très vénérée par les musulmans : 1° parce que la pierre noire de la Caaba y fut portée par Dieu lui-même; 2° parce que le corps d'Adam y fut déposé; 3° parce que c'est du haut de cette montagne que le patriarche Abraham invita tous les peuples de la terre à la visite de la Caaba; et 4° parce que c'est sur son sommet que le Prophète opéra en 619 le miracle de la fraction de la lune par un signe de la main. (*Tableau général de l'Empire Othoman*, d'Ohsson, III, 295). D'après Liou-Tchi, ce serait pour marquer le souvenir de ce miracle, que l'empereur T'ang Kao-tsou aurait fait frapper en 621 des monnaies *K'ai-yuan* portant au revers des demi-lunes. (*Tchi cheng chi lou*, k. xx, f° 1ᵇ.) Cette opinion de Liou-Tchi me paraît tout à fait insoutenable.

[2] Port du Hedjaz où débarquent les pèlerins musulmans se rendant à Médine. — E. H.

[3] *La-pou-ngen* 喇布恩; Rabigh. Le pèlerin chinois a vocalisé à tort Rabough; localité entre el-Djoḥfah et el-Bazwa sur la route de la Mecque à Médine. — E. H.

[4] Localité entre la Mecque et Médine où en l'an 2 H. (624 J.-C.) Mahomet, alors réfugié à Médine, remporta une victoire éclatante sur les Qoreychites de la Mecque. — E. H.

[5] Qoreychi, appartenant à la tribu de Qoreych, famille de Nadhr, fils de Kinanah, dont Mahomet est issu. — E. H.

[6] (Abou-l-Hikam Amrou fils de Hicham, de la tribu des Benou Makhzoum, plus connu sous le nom de) Abou Djahl, ennemi implacable de Mahomet, meurt au combat de Bedr en l'année 624. — E. H.

[7] Province chinoise du Hou-nan.

en compte seize rangs disposés dans la largeur (du temple) ; chaque rangée est de dix colonnes. Au centre se trouvent deux stations, celles de Chafeʿî et de Hanifah; la Qiblah [1] ᵃ est vers le sud et le saint Tombeau est à gauche de la place où l'on se tient pour la prière.

Le lieu où j'ai demeuré s'appelle ʿAyniyah ᵇ; il est proche du tombeau du saint père Abdallah [2] ᶜ.

Parti de Médine par la voie de terre le 16 du troisième mois occidental (deuxième mois oriental), j'étais de retour le 28 à la Mekke où je demeurai jusqu'au 21 du huitième mois occidental, date de mon départ pour Stamboul ᵈ. Pendant ce long voyage j'eus pour compagnon (un nommé) Is'haq ᵉ, descendant du Saint. L'absence de vaisseaux en partance nous obligea à passer dix jours à Djeddah. Dans la soirée du premier jour du neuvième mois occidental, nous prîmes enfin passage sur un navire de Kosseïr [3] ᶠ; pour atteindre le port (ainsi appelé), il nous a fallu trois jours de navigation (du 18 au 20). Après un repos de deux nuits, des chameaux nous ont portés en trois nuits à la ville de Keneh [4] ᵍ; nous nous sommes embarqués sur la mer Nil [5] ʰ, qui est un grand fleuve venant du Soudan d'Abyssinie ᶦ et arrose la ville de Miçr (le Kaire [6] ʲ); nous sommes allés ensuite à la ville de Beni Soueyf [7] ᵏ; c'était la nuit d'Id ᶦ (el Fithr [8]); nous l'avons passée à bord de notre bateau, aussi n'avons-nous pu prendre part à aucune réunion rituelle.

Le 5 du dixième mois occidental (neuvième mois oriental), nous arrivâmes à Miçr (le Kaire). Miçr est une grande ville; à l'époque où je m'y trouvais, Mehemet ʾAly ᵐ en était le roi [9]; ce prince, à la fois d'une grande sagesse et d'une grande bravoure, dirige bien son gouvernement; dans ses États il a favorisé l'agriculture et le commerce; il a introduit les arts mécaniques étudiés en France ⁿ et des industries de toutes sortes afin de n'avoir

ᵃ 梗補勒。ᵇ 爾以霄葉。ᶜ 爾補勛喇。ᵈ 易司篆補。ᵉ 易司哈改。ᶠ 古算里。ᵍ 更那。ʰ 尼里海。ᶦ 蘇多你海北涉。ʲ 謎思爾。ᵏ 白尼蘇外。ᶦ 二依德。ᵐ 母罕默德爾里。ⁿ 甫濱西。

[1] Point vers lequel nos regards se dirigent; de là, direction des temples et des oratoires musulmans vers la Caaba de la Mecque. — E. H.

[2] (Abou Abd-er-Rahmau el-Hodzali, fils de Masʿoud) Abdallah, un des plus célèbres compagnons du Prophète. — E. H.

[3] قُصَيْرْ lisez قُصَيْر, « Quoçayr, Kosseïr », port d'Égypte sur la mer Rouge, à la hauteur de Qeneh sur le Nil. — E. H.

[4] Ville de la Haute-Égypte sur la rive droite du Nil, à 500 kilomètres S.-E. du Caire. — E. H.

[5] Le Nil est ici qualifié de mer 海 comme en arabe.

[6] Miçr, ou vulg. Maçr, s'emploie indifféremment pour désigner l'Égypte ou la ville du Caire. — E. H.

[7] Beni Soueyf, ville d'Égypte sur le Nil, à 80 kilomètres au sud du Caire. — E. H.

[8] 'Id = « fête ». Les musulmans ont deux fêtes religieuses : 1° 'Id el fithr, fête de la rupture du jeûne du mois de Ramadhan, le 1ᵉʳ Chawwal; 2° 'Id ed-dhouha, ou 'Id el-Kebir, fête des sacrifices ou grande fête, le 10 Dzou-l-Hiddjah. Les nuits qui précèdent ces deux jours de fête sont considérées, en même temps que cinq autres, comme les plus saintes et les plus augustes de toute l'année. (Tableau de l'empire Othoman, d'Ohsson, III, 227 et 373.) — E. H.

[9] (Mohammed ʾAly) Mehemet-Ali, vice-roi d'Égypte, né en 1769, mort en 1849. — E. H.

rien à demander à l'étranger. Dans son pays les musulmans sont très nombreux; ils possèdent cent et plus de mosquées, dont la plus belle est Djami' el-az'har [1] ᵃ; une grande quantité d'étudiants fréquentent les saintes écoles, et parmi les tombeaux d'une foule de sages on voit celui de Chafe'i, que j'ai visité; ses jardins se trouvent en dehors de la ville du Kaire à environ un *ting* 亭 de distance (11 *li* environ).

Le 20 du dixième mois occidental je quittai le Kaire et, après quatre jours de navigation, je suis arrivé à Iskanderiyah ᵇ (Alexandrie) où j'ai demeuré neuf jours. Cette ville est des plus considérables et des plus florissantes; c'est là que les eaux du Nil se mêlent à celles de la mer de Roum ᶜ; c'est là aussi le rendez-vous des marchands; on y parle arabe et tourki ᵈ (turk). Dans ce pays se trouvent les sépultures de notre saint ancêtre Daniel ᵉ et du grand sage Abou'l-Abbas [2]ᶠ; on y vénère aussi la tombe de Mohammed al-Bouciri ᵍ et un exemplaire du Qacidat el-Bordah écrit de sa propre main [3]ʰ. Le pays renferme bon nombre de monuments de l'antiquité, tels que ceux élevés par les anciens sages Djalinous ⁱ (Galien) [4] et Bathlamios ʲ (Ptolémée).

Le 3 du onzième mois occidental (dixième mois oriental), je partis d'Alexandrie pour me rendre en Ithalia ᵏ (Italie); sur la route est une petite cité appelée Palerme [5]ˡ, sur le territoire de laquelle existe un lieu de quarantaine, en vue d'éviter la contagion des maladies épidémiques. C'est là une ancienne coutume naçârâ ᵐ (nazaréenne), nom donné à la religion chrétienne [6]. Tout voyageur arrivant de loin est installé en dehors de la ville et y est retenu pendant quinze jours; les indigènes n'osent pas approcher tant que dure cette quarantaine que nous avons dû subir. Le vendredi j'ai assisté à la prière en commun à l'occasion de l'Id [7], et puis, après avoir pris congé de mes compagnons, je suis parti pour

ᵃ 卓米耳阿兹偕。 ᵇ 一思刊德今葉。 ᶜ 魯穩。 ᵈ 土爾期。 ᵉ 達你呀里。
ᶠ 傾白來爾波士。 ᵍ 毋哈獸德‧補雖里。 ʰ 改隨德‧補爾德。 ⁱ 卓里弩士。
ʲ 白溺里穩士。 ᵏ 以直令樣。 ˡ 避兹路。 ᵐ 迺梭羅。

[1] Djami' el-Az'har « la mosquée la plus brillante». Célèbre et grande mosquée du Caire, construite en 359-361 H. (4 mars 970 au 3 juillet 993 de J.-C.) par le Qaïd Djauher, sous le règne du quatrième sultan fathimite Abou Temim Ma'add el Mou'izz li-din Allah. — E. H.

[2] أَبُو العَبَّاس lisez أَبُو العَبَّاس, « Abou l-Abbas (el-Moursi) », saint musulman très vénéré à Alexandrie, surtout par les femmes. Son tombeau se trouve entre le port neuf et le vieux port. — E. H.

[3] أَبُوصِيرِيّ lisez البُوصِيرِيّ, « (Charaf ed-Din) Mohammed al-Bouciri », auteur de la célèbre Qacidah du manteau, pièce de 162 vers en l'honneur du prophète Mahomet; mort en 694 H. (1295 de J.-C.). — E. H.

La Qacidah (poème) du manteau, célèbre

poème arabe de 162 vers, rimant en m, dû à la plume de Charaf ed-Din Mohammed el-Bouciri. Cette pièce de vers, qui est consacrée à la louange du prophète Mahomet, porte le titre de Elkawakeb ed-dourriyah fi madh Khayr el baryah, c'est-à-dire « Les étoiles resplendissantes dans la louange du meilleur des hommes créés ». — E. H.

[4] Le célèbre médecin grec.

[5] Pi-tze-lou بَلَرْم lisez بَلَرْم, « Palerme » en Sicile. — E. H. Ce détour pour aller d'Alexandrie à Mytilène aurait dû être expliqué.

[6] Naçârâ est pluriel de Naçrani et signifie les « Chrétiens », comme qui dirait les Nazaréens, nom de mépris que Julien l'Apostat leur avait donné. (D'Herbelot, Bibl. orient.)

[7] Vid. sup., p. 342, note 8.

la ville de Midilli[a] (Mytilène) où je suis arrivé après cinq jours de voyage; le vent contraire nous y a retenu pendant cinq jours.

Le 22 du douzième mois occidental, je quittai Mitylène et, après un jour de route, nous touchions à la ville de Tchanaq Qalaa[b] (Dardanelles), qui est un point important de Stamboul. Le 24 nous arrivâmes à la ville de Liboussaq[c] (Lapsaki)[1]. Le capitaine de notre bateau n'a pas voulu aller plus loin; le vent était trop mauvais et le froid trop rigoureux, j'en ai personnellement beaucoup souffert. Quittant le navire et abandonnant mes marchandises, je me suis rendu en barque à Gallipoli[d], grande cité sise sur le littoral en face de Lapsaki. Après six jours de relâche, j'ai pris passage sur un navire à vapeur qui m'a transporté en une nuit à Stamboul; c'était le 3 du premier mois de la vingt-cinquième année du règne de Tao-Koang (l'an 1261 de l'hégire); j'ai demeuré deux mois dans la maison de commerce de Yerimou[e], dans la rue Bazari Mahmoud[f].

Stamboul est situé au point de jonction de la mer Noire avec la mer de Roum; le bras qui les réunit s'appelle Marmara[g] et se trouve enserré entre trois territoires, celui d'Islamboul[h], celui de Qaltha[2][i] (Galata) et celui de Uskudar[j] (Scutari); entre les deux premiers de ces points la mer est large d'environ un demi-toun 撒 (5 li); entre Islamboul et Scutari, elle a un t'ang 塘 de large.

La capitale royale est à Islamboul, autrefois appelé Qosthanthinyeh[k] (Constantinople); le souverain actuel est le grand empereur Abd-ul-Medjid[3][l], fils de Mahmoud[4][m], de la race d'Osmaniyeh[n] (nom d'une famille princière originaire des pays à l'occident[o] de la Chine); les jours d'assemblée (vendredis), il se rend dans la mosquée métropolitaine; il s'y est réservé une place spéciale, pour ne pas être en contact avec la foule.

Le troisième mois oriental (quatrième mois occidental), je suis allé visiter Arif Pacha[p], un des ministres du souverain, à Stamboul; il me dit que dans les nouvelles arrivées de Chine, il était question d'inondations; j'ai pensé qu'il s'agissait du fleuve Jaune; le ministre prétendit que non. Ces nouvelles sont transmises par les Anglais qui habitent le Koang-tong (Canton) et qui, toutes les fois qu'ils apprennent quelque chose, s'empressent de l'imprimer pour le faire connaître en tous pays où vivent leurs coreligionnaires.

Le quatrième mois oriental (cinquième occidental), je visitai encore un autre haut fonctionnaire appelé Mehmet Khousrev[5][q], et, le 26, je fis une excursion au tombeau de

[a] 米定里。[b] 抬那.蓋來爾。[c] 利布賽格。[d] 猍里布里。[e] 野里毋。[f] 波直里毋哈穩。[g] 賣喇買。[h] 易司喇毋布勒。[i] 革來拖。[j] 悟思枯多里。[k] 蓋司篆推尼。[l] 爾補買支底。[m] 買哈穩德。[n] 爾思䕫尼。[o] 西域。[p] 爾勒甫弁凱。[q] 毋哈獸德戶司魯。

---

[1] لِيبُوسَق Liboussaq; lisez لَبْسَكِي, «Lapsaki», ville maritime de la côte d'Asie, en face de Gallipoli. — E. H.

[2] قَلْطا «Qaltha», lisez غَلَطَة, «Galata», faubourg de Constantinople au pied de la colline de Péra, sur le bord de la Corne d'or et du Bosphore. — E. H.

[3] Sultan des Turcs othomans, 1839-1861.

[4] Sultan des Turcs othomans, 1808-1839.

[5] Mehmet Khousrev, personnage d'origine géorgienne ayant occupé de hautes situations, notamment celle de ministre de la guerre, à Constantinople, sous le règne du sultan Abd-ul-Medjid. — E. H.

Youcha'[a] (Josué)[1], un saint d'autrefois, qui se trouve dans les montagnes voisines de la mer Noire.

Le 5 du cinquième mois oriental (sixième mois occidental), je me rendis à une fête royale qui avait lieu sur le champ de manœuvres à Scutari, à l'occasion du mariage de la sœur du souverain; j'y ai vu maintes choses précieuses et rares et une nacelle aérienne que montait un homme; la forme de cette nacelle est ronde, mais de la forme d'une pastèque; elle s'élève au-dessus de terre au gré du vent; l'intérieur de la voile est gonflé comme une vessie dans laquelle on aurait soufflé; la nacelle ayant embarqué son voyageur, le tout monte à perte de vue, tellement que même avec un télescope on n'aperçoit plus rien. On m'a dit qu'ordinairement ces nacelles aériennes restent une nuit dans l'espace et redescendent ensuite soit dans la localité même d'où elles sont parties, soit à peu de distance de là. Cette fois la nacelle (l'aérostat) ne revint pas à son point de départ; faute de nouvelles, on ignore où elle est descendue.

Le 2 du sixième mois oriental (septième occidental), S. A. Khousrev[b] ayant sollicité et obtenu pour moi une autorisation du Gouvernement, je fus visiter le Top-hana[2][c], établissement analogue à ce que nous appelons, en Chine, le *Tai i yuan* 太 醫 院 (ou Collège des médecins impériaux). A la vue du permis qui m'avait été délivré, le conservateur m'a ouvert toutes les portes des magasins du palais; j'y ai vu quantité de choses extraordinaires que je ne saurais énumérer, car elles étaient aussi nombreuses que les grains de sable du Gange[d].

Parti de Stamboul le 5 du huitième mois occidental (septième oriental), j'arrivai le 24 à la ville de Rodosi[e] (Rhodes), île de la mer de Roum. Avec moi voyageaient environ soixante-dix passagers Yahoudi[f] (juifs) qui se rendaient à la Maison Sanctifiée (temple de Jérusalem)[3]; le soir du même jour nous faisions voile pour la ville de Touzlah[4][h] (Larnaka), située à l'extrémité de l'île de Qoubrouç[i] (Chypre), où j'ai visité la tombe de Oumm Mil'ha[j], tante maternelle d'un saint[5].

[a] 郁菟爾。[b] 戶斯魯。[c] 篆補哈逎。[d] 恆河沙數。[e] 魯都。[f] 野乎低。[g] 清淨室。[h] 兔兹勒。[i] 古補露斯。[j] 緼毋密來哈。

[1] A cause de sa dimension, ce tombeau a été surnommé le *tombeau du Géant*.

[2] خوجانه *lisez* خوجانه, « Top-hana », arsenal et quartier de Constantinople sur le bord du Bosphore. — E. H.

C'est un musée que semble avoir vu le pèlerin chinois et non un arsenal. Quant au T'ai-i-yuan, ce collège des médecins du palais de Pékin ne peut avoir d'analogie ni avec un arsenal ni avec un musée.

[3] 清淨室, mot à mot « la Maison purifiée », équivalent de « la Maison sanctifiée ». (Beït el Mouqaddes.)

[4] طزلة, *lisez* طوزله, « Touzlah », nom turc de Larnaca, dans l'île de Chypre. — E. H.

[5] أمّ حرام بنت ملحان, *lisez* أمّ ملحان, « Oumm Mil'ha », femme d'un des guerriers arabes qui, en l'an 28 de l'hégire (Inc. 25 septembre 648), avaient pris part à l'expédition dirigée contre l'île de Chypre par Mo'awieh ibn Abî 3ofîan alors gouverneur de la Syrie. Cette femme, qui avait eu le courage d'accompagner son mari, mourut, au cours des opérations, d'une chute de mule et fut enterrée dans l'île. (*Ibn Athir*, III, 73-75.) — E. H.

Le 30, entre 9 heures et 11 heures, on avait annoncé dans la ville le commencement du mois d'abstinence; c'était le premier de la nouvelle lune; m'étant embarqué dans la soirée de ce jour, je n'ai pas observé le jeûne.

Le 10 j'arrivai à Yafa[a] (Jaffa), d'où je partis après m'y être reposé trois jours; enfin le 11 du mois d'abstinence, après un jour et demi de route, j'arrivai à la Maison Sanctifiée; elle est située au sommet d'une colline dans la ville de Qouds[b] (Jérusalem); sa longueur du sud au nord est de 650 pas, et sa largeur de l'est à l'ouest, de 430 pas; dans sa partie centrale se trouve la pierre suspendue[c] (la Sakhrah)[1]; au-dessous est une grande sépulture d'une magnifique architecture; c'est Benou Omeyyah[d], lorsqu'il était roi, qui l'a construite[2]. Elle a la forme d'un octogone, avec quatre portes et quatre fenêtres; chaque pan de l'octogone mesure plus de 30 pieds de largeur.

Comme dimension, la pierre suspendue mesure environ 40 pieds de tour; à partir du sol elle mesure 5 pieds; au centre est une cavité; sur la partie supérieure on voit l'empreinte de la main qu'y a appuyée l'ange[e] Djebrayl[f] (Gabriel); la partie basse conserve la trace de pieds qu'y a laissée le Saint (Prophète), la nuit de son ascension au ciel; sur le côté se trouve une petite ouverture à laquelle était attaché son cheval. Au-dessous, on arrive à une sorte de chambre pouvant contenir vingt personnes; c'était là le lieu de

[a] 呀縛。[b] 顧德士。[c] 懸石。[d] 擺尼五買葉 أُمَيَّت بَنُى。[e] 天神。[f] 者白勒依。

[1] La Sakhrah se trouve au milieu du Haram ech-Cherif (le noble sanctuaire); c'est un quartier de rocher dont, sur l'ordre de Dieu, Moïse avait fait la qibleh des Juifs; jusqu'à la deuxième année de l'hégire, Mahomet et ses disciples, pour prier, se tournaient vers le Qoubbet es Sakhrah (Coupole de la Sakhrah), mais depuis lors le Prophète leur ordonna de faire la prière le visage tourné vers la Ka'abah.

On prétend que dans la nuit du Miradj Mahomet fit d'abord sa prière sous le dôme de la Sakhrah; il posa la main sur elle, et quand il sortit, celle-ci, pour lui témoigner son respect, se dressa toute droite; mais le Prophète remit les mains sur elle et elle reprit sa place. Elle est restée jusqu'à ce jour à moitié soulevée.

On monte sur la plate-forme de la Sakhrah par six escaliers et, lorsqu'on y est monté, on a vue sur les toits de la mosquée el Aqça.

Il y a sous la Sakhrah une grande excavation dans laquelle règne une complète obscurité; des cierges y brûlent continuellement. On dit que cette excavation a été produite par le mouvement que fit la Sakhrah pour se lever et elle

subsista lorsque la pierre fut devenue immobile.

On pénètre dans l'enceinte du Haram ech-Cherif par des souterrains fermés par des portes placées au-dessous du niveau du sol. — Pour la description du Qoubbet es Sakhrah et celui du Mesdjid el Aqça, cf. Ch. Schefer, *Relation du voyage de Nassiri Khosrau*, 1881; M. de Vogüé, le *Temple de Jérusalem*, 1864, in-fol., p. 6, pl. II.

[2] Ma Fou-tch'ou, ou plutôt son traducteur appelle en chinois le *Qoubbet Sakhrah*, le tombeau, la sépulture de la pierre suspendue; peut-être Ma Fou-tch'ou avait-il entendu et écrit *Tourbet es Sakhrah*; peut-être aussi, faute de mots chinois pour désigner exactement de tels monuments, le traducteur a-t-il employé le mot *Ling* 陵 dans le sens de *élévation*, tertre élevé, pour désigner la plate-forme de la Sakhrah, et ses substructions; ou bien encore, considérant la Sakhrah comme une personne, appelle-t-il volontiers *grand tombeau* la hauteur sur laquelle elle se trouve abritée par une coupole ressemblant à celle des tombeaux.

retraite de la sainte Mariam[a] (Marie) et du saint Zakariyah[b] (Zacharie)[1]. La salle des assemblées solennelles[c], appelée ici *Mesdjid-el-Aqça*[d], est à 250 pas au sud du tombeau; sa longueur est d'environ 150 pas; de la porte au Mihrab[e] il y a environ 150 pieds[2].

À l'est du tombeau de la pierre suspendue il y a un pavillon vide; ce serait là, dit-on, d'où serait parti le Saint lors de son ascension nocturne[3].

On prétend que la sépulture de Soleyman (Salomon)[f], le saint, se trouverait au-dessous de celle de la pierre suspendue; d'autres disent, au contraire, qu'elle est en dehors; je n'ai pu être fixé à cet égard.

La sépulture de Daoud[g] (David), le saint, est à quelque deux *li* de la ville. La fontaine que le saint Eyyoub[h] (Job) fit jaillir sous son pied est à plus d'un *li* de la cité.

À un *ting* et demi de Qouds (Jérusalem) on voit le tombeau d'Ozeyr[i] (Esdras). Le mont de Thor[j] (des Oliviers) est à l'ouest[4] de la Maison Sanctifiée; c'est au pied de cette montagne qu'est le tombeau de la mère de Mariam (Marie); les chrétiens qui en ont la garde n'empêchent pas les musulmans de le visiter; au sommet de la montagne est la place d'où Issa[k] (Jésus), le saint, est monté au ciel; cette montagne renferme également la sépulture de Rabi'ah 'Adawiah[5][l] et celle d'un ancien sage de la Perse[m] nommé Selman[6][n]; il s'y trouve encore des tombeaux de beaucoup d'autres saints personnages, mais il n'en reste pas de vestiges apparents.

La sépulture de Moïse[o], le saint, est à environ 4 *ting* à l'est de la montagne de Qouds (Jérusalem); ses descendants y ont élevé des constructions et un temple, mais il n'y demeure personne; ce lieu s'appelle Soussé[p]; il s'y trouve des instructions du Sage; les juifs ne croient pas (que ce soit là le tombeau de Moïse[7]).

[a] 買爾泱。[b] 宰克今約。[c] 曾極殿。[d] 買賽只德・阿格梭。[e] 米哈喇補。
[f] 蘇喇以尨。[g] 達五德。[h] 閻欲補。[i] 爾在勒。[j] 圖勒。[k] 爾以梭。[l] 喇比剛。
二德委葉。[m] 法勒西。[n] 賽勒模逎。[o] 母撒。[p] 赤沙。

[1] Cette grotte est appelée *Magharat el arwah*, «la caverne des âmes»; on y descend par un escalier de quatorze marches. On dit aussi que Zékéria (Zacharie) y est enterré. (Cf. Ch. Schefer, *Relation du voyage de Nassiri Khosrau*, p. 94, n. 3.)

[2] Le Mihrab est une niche pratiquée dans le mur de fond des mosquées et qui sert à indiquer la position géographique de la Mecque et, par suite, la direction vers laquelle on doit se tourner pour faire la prière. — E. H.

[3] C'est le Qoubbet el Miradj. (Cf. Ch. Schefer, *ubi sup.*).

[4] C'est l'Est qu'il aurait fallu dire. — E. H.

[5] Femme de Bassorah, célèbre par sa piété et sa dévotion, morte à Bassorah en 135 H.

(752 J.-C.) Cf. Aboulmehasin de Juynboll, I, 500. — Yaqout, IV, 602, nous apprend que le tombeau qui, à Jérusalem, est vénéré comme étant celui de cette Rabi'ah est en réalité celui d'une homonyme. — E. H.

[6] Selman Farisi, le Persan, gouverneur de Médaïn (Ctésiphon) pour le calife Omar; personnage célèbre par son austérité et sa dévotion. — E. H.

[7] Il s'agit ici de Bir Soussé (la citerne de réglisse), localité près de laquelle est Nébi-Mouça où les musulmans croient qu'est la sépulture de Moïse. Le monument est de forme rectangulaire; les constructions sont surmontées d'une douzaine de petites coupoles. Les juifs et les chrétiens croient, au contraire, que Moïse

44.

A 4 *ting* à peu près de la montagne de Qouds (Jérusalem) il y a une ville appelée Khalil[a] (Hébron), dans laquelle on voit la sépulture d'Abraham, le saint, et celle de la reine Sarah[b]; à côté de celle-ci est le tombeau d'Is'haq (Isaac), le saint; il s'y trouve aussi la sépulture de Ya'qoub[c] (Jacob), le saint, et celle de Youssouf[d] (Joseph), le saint. J'ai visité toutes ces tombes qui se trouvent dans le Djami', palais des grandes assemblées[(1)c].

A près d'un *ting* d'Hébron, on rencontre un village appelé Halhoul[(2)f] dans lequel est le tombeau de Younous[g] (Jonas).

La sépulture de Nouh[h] (Noé), le saint, et celle de Loth[i], le saint, sont à Maksoura[j], ville voisine d'Hébron; elle n'en est séparée que d'un *ting*; je n'ai pu néanmoins me rendre dans aucun de ces deux endroits car on s'y battait, je ne sais pourquoi; je m'étais mis en quête d'un guide; malgré le salaire que j'offrais, personne ne se présenta; je me trouvai donc empêché; très contrarié, j'ai repris le chemin de la Maison Sanctifiée (Jérusalem).

Le 25 du dixième mois occidental (huitième oriental), je quittai la Maison Sanctifiée; le 26, je m'embarquai à Jaffa pour Damiathe[k] (Damiette); une foule de gens effectuaient ce voyage en même temps que moi; au bout de vingt jours nous avons débarqué nuitamment sur une côte déserte où le capitaine avait jeté l'ancre, en vue de nous faire éviter toute quarantaine. Cette combinaison échoua et j'en eus à souffrir amèrement : au risque de mourir, mes compagnons étaient partis; quant à moi j'ai passé deux nuits de suite sur une grève, sans voir âme qui vive, sans boire ni manger et ne sachant pas où aller. Enfin mes compagnons sont venus me chercher mais j'ai dû me rendre au lazaret où il m'a fallu subir la quarantaine réglementaire de quinze jours.

Le 7 du onzième mois occidental j'arrivai à Damiette[l], que je quittai le lendemain et, après trois jours de navigation sur le Nil, je débarquai à la ville de Samanoud[m] d'où je me rendis à âne à Tantah[n]; c'est là qu'est la sépulture du grand sage Ahmed Badavi[(3)o].

[a] 海哩里。[b] 梭勒。[c] 牙爾孤補。[d] 郁蘇甫。[e] جَامِع 廣聚廞。[f] 候來哈勒。

[g] 郁怒士。[h] 努海。[i] 魯篆。[j] 穆葳勒。[k] 底米呀腿。[l] 底毋呀。[m] 賽蟆奴德。

[n] 篆退。[o] 阿哈買德擢德威。

est enterré à Jéricho. (Cf. A. Alric, *Les pèlerins musulmans au tombeau de Moïse*, Montpellier, 1882, p. 13).

(1) Khalil, qui signifie ami, est le nom donné aujourd'hui par les Orientaux à la ville d'Hébron, en Palestine, à 27 kilomètres S. O. de Jérusalem. Cette dénomination n'est elle-même qu'une abréviation de l'expression مدينة الخليل, « la ville de l'ami [de Dieu] » c'est-à-dire Abraham. Ce patriarche et sa femme Sarah, assurent les Arabes, ainsi qu'Isaac leur fils et sa femme Rebecca, et enfin Jacob, fils de ces derniers, et sa femme Lia y auraient tous leur sépulture dans une grotte qui se trouve sous la mosquée.

Djami est le nom qu'on donne en arabe aux grandes mosquées où se célèbre, tous les vendredis, la prière pour le souverain. — E. H.

(2) حَلْحُول Houlhoulah, *lisez* : حَلْحُول Halhoul, village à 25 kilomètres S. O. de Jérusalem, où les musulmans assurent que se trouve le tombeau du prophète Jonas. — E. H.

(3) Ahmed Badawi, né en 596 H. (1200 de J.-C.) à Fez, mort à Tantah (Égypte) le 12 Rabi 675 (24 août 1276), saint musulman en très grande vénération en Égypte. Son tombeau se trouve dans la grande mosquée de Tantah. (*Alexandrie et la Basse-Égypte*, H. de Vaujany, 1885, p. 174.) — E. H.

Je partis de Tantah le 25, et, arrivé à la ville de Kafr-ez-Zayyat[(1)a], j'ai descendu le Nil jusqu'à Alexandrie pour y reprendre mes bagages; c'est en effet là que je les avais fait envoyer en dépôt quand je voulus éviter la quarantaine; outre les objets dont j'avais besoin, mes malles contenaient des livres sacrés que j'avais achetés lors de mon passage à Constantinople.

Parti d'Alexandrie le 26, j'arrivai pour la seconde fois au Kaire dans le douzième mois (Dzou-l-hiddjah[b]) de l'an 1262 de l'hégire. J'aurais voulu prendre part au pèlerinage, mais l'époque en était passée; j'ai alors séjourné six mois au Kaire, chez un nommé Lapout-Barbari[c], dans la ruelle Kom Salamah[d] de la rue du Mouski[e].

Le 8 du sixième mois (il y avait concordance entre les deux calendriers, occidental et oriental), je quittai le Kaire. En cette année, il devait y avoir en Chine un mois intercalaire, mais je ne savais alors lequel; ce mois était le sixième du calendrier occidental[(2)]. J'ai fait route avec la famille de Habib Efendi[f] qui avait également l'intention de faire le pèlerinage de la Mekke. Après trois jours de voyage par terre, nous étions à Souweys[g] (Suez) où nous sommes restés huit jours. Cette localité est situé sur le littoral de la mer où le Fir'awn[h] (Pharaon) et les siens ont été noyés; aussi cette mer garde-t-elle le nom de mer de Pharaon, c'est la mer d'Arabie.

Après nous être embarqués à Suez, nous sommes arrivés en vingt-six jours à Djeddah, le 5 du septième mois occidental. Dans les deux mois qui avaient précédé le (dernier) pèlerinage, le choléra avait sévi; l'épidémie avait reparu dans le courant du huitième mois occidental; cette maladie provoque des vomissements et des hémorragies intestinales; beaucoup de monde en était mort, à tel point qu'à la fin de la cérémonie qui a lieu de 3 heures à 5 heures on comptait vingt-cinq cercueils; dans la même journée il y avait eu, m'a-t-on dit, près de quatre cents cas mortels. Après une accalmie de quelques mois le fléau fit de nouveaux ravages dans le courant du 12e mois occidental. A la station d'Arafat[(3)i] et sur le territoire de Mina[(4)j] on avait compté plusieurs milliers de victimes; enfin l'épidémie avait atteint la Mecque dans le premier mois de 1263 de l'hégire et y avait causé une grande quantité de décès.

A mon arrivée du Kaire j'étais allé demeurer à Marwah[(5)k]; j'en partis le 5 du septième mois occidental pour aller m'installer à la porte de l'Omrah, dans la famille d'un

[a] 凱放勒染呀德。 [b] 助來窄折。 [c] 勒補持·丼勒擺里。 [d] 枯毋賽略默。 [e] 穩洗期。 [f] 哈比補阿方低。 [g] 敕外士。 [h] 費勒傲。 [i] 爾來捕體。 [j] 彌那。 [k] 買勒完。

(1) كَفَر زَيَّاد, Kafar Zayyad, lisez كَفَر الزَّيَّات, Kafr ez-Zayyat, petite ville de la Basse-Égypte sur le Nil (branche de Rosette), à peu près à mi-chemin entre Alexandrie et le Caire. — E. H.
(2) 1846.
(3) Montagne à 24 kilomètres S. E. de la Mecque, où l'on fait une station pendant le pèlerinage. — E. H.

(4) (مَنَا pour مِنَى), «Mina», lieu consacré aux sacrifices dans les environs de la Mecque à l'époque des pèlerinages. E. H.
(5) Antique colline située dans la ville de la Mecque, où se célèbre une des cérémonies du pèlerinage. Cette éminence est actuellement recouverte d'un certain nombre de constructions. — E. H.

Djawi [a] (Javanais) nommé Ahmed Mouchaffa' [b]; un incendie se déclara à la porte de l'Omrah et gagna les auberges situées près de l'enceinte sacrée de la Ka'abah; le foyer de l'incendie se trouvait entre la porte de l'Omrah et celle d'Abraham; depuis le moment où l'on annonce les cérémonies rituelles jusqu'à celle qui se fait au coucher du soleil, le feu faisant rage avait pénétré dans le saint lieu; je résolus de m'en aller; un Chinois de la province du Chen-si, nommé Eyyoub (Job), avait désiré voyager avec moi; il avait la dysenterie; je l'avais emmené dans ma demeure; bientôt son mal s'aggrava beaucoup. Sur ces entrefaites la nouvelle arriva de Djeddah qu'un navire de Faraḥ Younous [1][c] était en partance. Eyyoub était au plus mal, je ne pus faire autrement que de l'installer dans la famille de Ahmed, et je partis le 3 du septième mois occidental (cinquième oriental). Ahmed Mouchaffa' vint avec moi.

Le 2 du sixième mois oriental (Cha'ban [d]) arriva à la Mekke une lettre m'annonçant que mon compatriote Eyyoub était mort la nuit même de notre départ.

Nous nous embarquâmes un jour d'assemblée (vendredi) sur un navire appelé Fath Moubarek [e]; notre départ s'était effectué sous d'heureux auspices, mais le quatrième jour du huitième mois occidental, c'est-à-dire quatre jours après notre sortie de Djeddah, vers le milieu de la nuit du Tchéhar chenbé [f] (mercredi), le navire se heurta contre les roches d'un îlot; les passagers croyaient qu'ils allaient mourir; grâce au Ciel nous avons tous été sains et saufs, et le 23 du huitième mois occidental nous atteignions Hodeidah où nous avons relâché pendant huit jours; après quoi ..... nous arrivâmes à la ville de Kalendi [g] le 7 du neuvième mois occidental; nous y sommes restés deux jours.....; de là, nous avons fait voile pour Alfiyah [h]; nous sommes restés cinq jours devant cette ville pour y pêcher de grandes crevettes. Nous nous remîmes en route le 18, et le 29 nous arrivâmes à la ville de Atchi [i], appelée aussi Atchim [j], où nous sommes restés onze jours [2].

[a] 卓威。[b] 阿哈買德·毋善反爾。[c] 法勒郁。[d] 捨爾波。[e] 法苦哈·毋波勒。
[f] 荼阿·閃白。[g] 科淏低 كالنّدى。[h] 阿勒奮葉 الفِيَهْ。[i] 阿期。[j] 爾知毋。

[1] Je n'ai pu identifier ce nom, qui semble être celui d'une localité maritime indienne ou malaise.

[2] Comme on le verra dans l'extrait ci-dessous du texte original, le nombre de jours marquant la durée des traversées de Hodeidah à Kalendi, de Kalendi à Alfiah et d'Alfiah à Atchim ne s'accorde pas avec les dates d'arrivée à chacun de ces points; cela nous a empêché d'identifier Kalendi et Alfiah :

西八月二十三日至哈代德。舡住八日。復起程。舡行二十七日。至 كالنّدى 科淏低城。乃東七月。西九月初七日也。住兩日。然後行。二十

二日。至 الفِيَهْ 阿勒奮葉城。又住五日。爲集人之納大蝦也。十八日。又行二十九日。至 أجم 阿期城。或曰爾知毋。舡住於是十一日。東八月。西十月初九日。行。舡住十九日。風不順也。至十八日。至 بولهمنان 禮魯賓南。

D'après ces données, il y aurait donc vingt-sept jours de navigation entre Hodeidah et Kalendi, et non sept jours comme l'impliquent les dates d'arrivée et de départ. Il y aurait également vingt-deux jours de navigation entre Ka-

Nous reprîmes la mer le 9 du dixième mois occidental (huitième oriental), mais, le vent n'étant pas favorable, notre navire est resté dix-neuf jours en mer et nous n'arrivâmes que le 18 à Boulou-bînan *a* (Poulo-Pinang). La traversée d'Atchin à Poulo-Pinang s'effectue ordinairement en cinq jours lorsque le vent est bon. A Poulo-Pinang où le navire a fait une station de vingt-cinq jours, tous les passagers ont débarqué pour regagner chacun leur pays.

Le 16 du onzième mois occidental nous partîmes pour Malâqâ *b* (Malacca), où nous arrivâmes le 24, et, après y avoir relâché deux jours, nous étions, le 27, à Sineqafour *c* (Singapour). Là je suis descendu chez Sayyid Omar *d*, fils de Haroun *e*, petit-fils de Djouneyd *f*; Omar, qui est un sage originaire de Hadramout *g*, habite Singapour depuis plus de trente ans; il y a fait fortune et sa maison renferme une bibliothèque considérable, chose que j'apprécie beaucoup; aussi ai-je voulu prolonger mon séjour afin d'étudier tous les livres de cette collection.

J'avais entendu dire que, le territoire de Singapour se trouvant près de l'équateur à égale distance des tropiques, les jours et les nuits sont, au solstice d'été, de la même durée qu'au solstice d'hiver; que, dans la période semestrielle qui suit l'équinoxe du printemps, alors que le soleil est au nord de (l'équateur), l'ombre est projetée au sud [1], et que, pendant la période semestrielle qui suit l'équinoxe d'automne, alors que le soleil est au sud (de l'équateur), l'ombre des objets est inclinée vers le nord, et qu'à ces deux époques de l'équinoxe il n'y a pas d'ombre à midi : le désir d'observer ces choses me retint un an à Singapour. Au centre d'un cadran j'ai dressé une aiguille (gnomon) et, après l'avoir examinée aux deux solstices et aux deux équinoxes, j'ai acquis la certitude que les assertions de nos savants de l'antiquité étaient conformes à la réalité [2].

Je partis de Singapour le 15 du huitième mois de la 28ᵉ année du règne de Tao-Koang (dixième mois de l'an 1264 de l'hégire) [3]. Le navire sur lequel j'avais pris passage s'appelait *Diyaram Miyaram h*; il avait pour capitaine un infidèle du Bengale. Le 20 du mois chinois, après cinq jours de vent favorable, la foudre frappa notre grand mât, pulvérisa les huniers, endommagea la grande voile et abîma une vergue sur une longueur de plus d'un pied; personne ne fut touché mais nous avons éprouvé de grandes angoisses; on craignait que le feu ne gagnât l'intérieur du navire qui était chargé de coton, et aussi que la coque ne fût atteinte; enfin, grâce à la protection divine, il n'y eut personne de blessé, et le 15 du dixième mois occidental (neuvième mois oriental), nous entrions par un temps calme dans le port de Canton, où je suis allé demeurer dans la mosquée de la rue

a 補魯賓南。 *b* 馬喇憂。 *c* 新歌散爾。 *d* 賽以德 ·爾買勒。 *e* 和盧遁。
f 奈侠德。 *g* 作爾胃體。 *h* 底呀涙瀾米呀瀾 دِيَارَام مِيَارَام。

---

lendi et Alfiah au lieu de *onze jours;* la durée des traversées de Hodeidah à Atchim me paraît exacte, beaucoup plus que les dates d'arrivée aux relâches. La ponctuation du texte chinois ci-dessus est celle de l'original.

[1] De l'équateur ou du parallèle de latitude (sous-entendu).

[2] Cf. Biot, *Le Tcheou-li ou Rites des Tcheou*, t. I, p. 203.

[3] 12 septembre 1848.

Hao-pan Kiai[a]. A proximité, il y avait une maison de commerce étrangère dont un employé, originaire de Bombay[b], s'était pris d'amitié pour moi; son patron s'appelait Djafar[c]. Après avoir passé là cent jours, je m'embarquai le 22 du douzième mois de la vingt-huitième année de Tao-Koang (1265 de l'hégire) pour remonter le Si-kiang[d]; à Tch'ao-k'ing fou[e] j'ai attendu des compagnons de route; je me remis en route le 8 du premier mois de la vingt-neuvième année de Tao-Koang (c'était le 14 du troisième mois occidental); après avoir touché à Wou-tcheou[f], j'étais le 25 à Sin tcheou[g]; le 14 du deuxième mois oriental (quatrième occidental) nous touchions à Nan-ning fou[h]; le 27 nous étions à Pe-se[i], que je quittai le 20 du troisième mois oriental, et le 24 du mois suivant j'étais de retour chez moi.

J'ai ainsi démontré que pour effectuer le pèlerinage de la Mecque il y a deux routes, l'une passant par Awa et l'autre par Pe-se. Si l'on part d'Awa — c'est la route de mer — on descend en barque jusqu'à Rangoun où l'on arrive en quinze jours si le courant est fort; il faut le double de temps si le courant est faible; le prix du passage est de 10 *mei* (roupies?), la nourriture est à la charge du passager. A Rangoun on s'embarque sur un grand bâtiment pour le Bengale; si le vent est favorable, on arrive à destination en douze et plus de jours; s'il n'y a pas de vent ou s'il est violent, il faut alors un ou plusieurs mois; les voyageurs se nourrissent à leurs frais, le prix du passage est de 10 roupies. Pour aller au Bengale on navigue dans la direction du nord-ouest. Du Bengale à Djeddah on traverse, sur un grand navire, l'océan dans la direction de l'ouest; le minimum du trajet est de quarante jours avec un vent favorable, sinon il faut de soixante à soixante-dix jours; mais si le vent est contraire ou s'il n'y pas de vent, la traversée peut durer de trois à quatre mois; le prix du passage est de 15 *riyalah*, monnaie d'argent valant environ sept dixièmes du taël; si l'on emportait beaucoup de marchandises la dépense serait de 5 roupies de plus; la nourriture est à la charge du passager; l'administration du navire ne fournit que l'eau et le feu.

ITINÉRAIRES DE LA MECQUE PAR LE NORD.

ROUTE DIRECTE DE L'EST À L'OUEST.	Étapes.		Étapes.
Du col de Kia-yu à Khamil	18	Andedjan à Merghlan	2
De Khamil à Thourfan	12	Merghlan à Khokand	2
Thourfan à *Khalahi*	9	Khokand à Khodjend	2
Khalahi à Aksou (wah)	17	Khodjend à Oratèpè	2
Aksou à Ouchi	18	Oratèpè à Djizak	2
Ouchi à Khachkhar	15	Djizak à Samarqand	2
Khachkhar à Andedjan	1	Samarqand à Kettè Kourgan	2
		Kettè Kourgan à Kerminiah	2
		Kerminiah à Bokhara	2

[a] 濠畔街。[b] 悶波依。[c] 者爾法勒。[d] 西江。[e] 肇慶。[f] 梧州。[g] 潯州。[h] 南寧。[i] 北賽。

ROUTE DIRECTE DE L'EST À L'OUEST.
(Suite.)

	Étapes.
Bokhara à Kara Koul	1
Kara Koul à Tchardjoui	2
(Entre les deux coule le fleuve Djihoun.)	
De Tchardjoui à la ville de *Djihoun*	4
Djihoun à Serakhs	4
Serakhs à Mechhed	4
Mechhed à Charoud	4
Charoud à Hamadan	6
Hamadan à Kermanchah	7
Kermanchah à Bagdad	10
(De Bagdad on se dirige vers le nord.)	
De Bagdad à Kerkouk	7
Kerkouk à Mossoul	4
Mossoul à Mardin	10
Mardin à Diarbekr	2
Diarbekr à Orfa	4
(D'Orfa on se dirige vers le sud.)	
D'Orfa à Biredjik	2
De Biredjik à Aïntab	2
Aïntab à Alep	4
Alep à Hamah	4
Hamah à Homs	2
Homs à Damas	5
Damas à Beit el Mouqaddes (Jérusalem)	8
Jérusalem à Miçr (le Kaire)	15

AUTRE CHEMIN EN ALLANT DE AÏNTAB
VERS L'OUEST.

	Étapes.
De Aïntab à Killis	1
Killis à Antioche	3
Antioche à Latakièh	3
Latakièh à Tarablous (Tripoli de Syrie)	3
Tarablous à Akka (Saint-Jean-d'Acre)	5
Akka à Jaffa	3

AUTRE CHEMIN EN ALLANT DE BOKHARA
VERS LE SUD.

	Étapes.
De Bokhara à Karchi	3
Karchi à Balkh	7
Balkh à Mazar (50 *li*)	
Mazar à Tach Kourgan (*route dangereuse*)	1
Tach Kourgan à Caboul	15
Caboul à Gaznah	6
Gaznah à Kandahar	6
Kandahar à Pichen	6
Pichen à Kélat	6
Kélat à Beylah	14
Beylah à la grande mer	4
(Traversée de la mer en dix jours par un temps favorable.)	

Tels sont les itinéraires qu'a suivis mon maître Fou-tc'hou.

Ma Fou-tch'ou, l'auteur des notes de voyage que nous venons de traduire, a eu une fin tragique : les pèlerinages qu'il avait accomplis, les livres et les objets qu'il avait rapportés de l'étranger, les connaissances qu'il y avait acquises, le renom de sainteté qui s'attache aux *Hadji* avaient accru le prestige dont il jouissait déjà avant ses pèlerinages, grâce à son savoir et à l'intégrité de son caractère. Lors de son retour définitif au Yun-nan, les notables musulmans de la bourgade de Houci-long 回龍 l'avaient sollicité de se fixer parmi eux en qualité de chef suprême de la religion; telle était sa situation, lorsque éclata en 1855 un conflit entre les ouvriers chinois, musulmans et païens, qui exploitaient les mines de galène argentifère de Chi-yang 施揚廠, dans la préfecture de Tch'ou-hiong. Les Chinois païens avaient mis dans leurs intérêts les autorités locales; un massacre général de leurs compatriotes mahométans fut résolu, et le 19 mai 1856 commença une guerre civile qui devait ensanglanter le Yun-nan pendant dix-huit ans. Dès le commencement des hostilités, Ma Fou-tch'ou, désigné comme généralissime, avait organisé la résistance contre les Impériaux chinois; en 1857, les musulmans étaient réunis par lui en deux corps d'armée dont l'un opéra dans l'ouest de la province, sous le commandement de Tou Wen-siou 杜文秀, et l'autre, dans le sud, sous les ordres de Ma-Sien 馬先 (alias Ma Jou-long); les troupes musulmanes avaient adopté le drapeau blanc; elles étaient approvisionnées d'armes et de munitions par des mahométans chinois résidant en Birmanie. En 1859, Tch'ou-hiong fou était enlevé aux Impériaux; l'année suivante, les musulmans mettaient le siège devant Yun-nan fou, le chef-lieu même de la province; Ma Fou-tch'ou tenait cette place à sa merci mais, au moment où l'on croyait qu'il allait y entrer en maitre, il traita avec les assiégés; la plus grande partie de l'armée musulmane du sud passa ainsi aux Impériaux, le reste alla rejoindre dans l'ouest Tou Wen-siou, qui s'était fait proclamer sultan à Tali fou, où il avait pris le titre de sultan Soliman. Le Gouvernement chinois, pour récompenser Ma Fou-tch'ou, lui offrit le grade de Tao-t'ai (chef de circuit); le grand-prêtre déclina cette faveur et se déclara satisfait d'avoir contribué selon ses moyens au rétablissement de la paix; il accepta toutefois une pension mensuelle de deux cents taëls que les mandarins, désireux de conserver son concours, lui avaient offerte. En 1862, le vice-roi de la province ayant été assassiné à Yun-nan fou, les fonctionnaires impériaux, poussés par l'opinion publique, offrirent la viceroyauté à Ma Fou-tch'ou qui, grâce à ses anciennes relations avec les rebelles musulmans de Ta-li et comme chef de l'Islam, paraissait être à même de détourner les dangers dont le chef-lieu de la province était continuellement menacé; le grand-prêtre consentit à exercer temporairement cette haute fonction, dont il se démit sans difficulté lors de l'arrivée, en 1863, du nouveau gouverneur général qu'envoyait la cour de Péking; c'est alors qu'on le députa auprès du sultan de Ta-li pour l'engager à se soumettre; rien ne put ébranler l'obstination ambitieuse de ce personnage qui, jusqu'en 1868, ne désespéra pas de ramener à sa cause le grand-prêtre; celui-ci, depuis cinq ans, vivait retiré à Yun-nan fou; c'est là que la mission Doudart de Lagrée le rencontra et c'est de lui que Francis Garnier reçut une lettre d'introduction auprès du sultan de Ta-li [1]; bientôt après, Ma Fou-tch'ou quitta le chef-lieu de la province pour aller s'établir parmi ses coreligionnaires de Ta-ying t'eou 大營頭, village musulman situé dans la plaine de Sin-hing tcheou 新興; quoique fort avancé en âge (il avait alors soixante-dix-neuf ans), il épousa une jeune veuve; c'est dans cette retraite qu'il apprit la fin de son ancien lieutenant, le sultan de Ta-li.

En 1872, Soliman avait envoyé à Londres puis de là à Constantinople son fils et un certain Youssouf pour solliciter en faveur de son royaume la protection de la Porte othomane; il leur fut répondu qu'on ne pouvait leur donner qu'un appui moral à la condition qu'ils reconnaitraient la suprématie du sultan. Soliman, assiégé dans Ta-li, capitula; le 15 janvier 1873, après avoir absorbé du poison, il se rendit aux Impériaux qui lui avaient solennellement promis d'épargner la population de la ville; il mourut en arrivant au camp de ses adversaires; son cadavre fut décapité et sa tête envoyée à Péking dans du sel.

A peine entrées dans Ta-li, les troupes impériales chinoises égorgèrent traitreusement les musulmans désarmés; sur 50,000, il en périt 30,000; les autres réussirent à gagner T'eng-yue, mais ils ne purent s'y défendre plus de quatre mois.

A la suite de ces massacres, le gouverneur du Yun-nan, pour mieux convaincre les habitants du chef-lieu de cette province qu'ils n'avaient plus rien à redouter de la rébellion, expédia vingt-quatre grands paniers formant la charge de douze bêtes de somme et contenant des oreilles humaines cousues par paire; on les exposa au pilori de Yun-nan fou avec dix-sept têtes d'officiers musulmans. Ce sanglant trophée parut sans doute incomplet: le 25 mai 1874 Ma Fou-tch'ou, dont on n'avait plus besoin, fut décapité sans jugement [2].

---

[1] Grâce à cette lettre écrite en arabe, Francis Garnier, accompagné de MM. Delaporte, Thorel et de Carné, de deux Tagals et de trois Annamites, purent entrer en 1868 dans la ville de Ta-li. Mais le sultan de Ta-li refusa de les recevoir et ce voyage faillit leur coûter la vie.

[2] Ma Fou-tch'ou, pendant les événements que nous venons de raconter, avait changé de nom: il se faisait appeler Ma Te-hing 馬德

興. On le désignait plus généralement sous le titre de Lao Pa-Pa (vénérable Baba). Sur la rébellion musulmane au Yunnan, cf. E. Rocher, *La province chinoise du Yunnan*, 2ᵉ part., 1880; Lagrée et Fr. Garnier, *Voyage d'exploration en Indo-Chine, effectué pendant les années 1866-67-68*, 1873; L. de Carné, *Voyage dans l'Indo-Chine et dans l'Empire chinois*, W.-F. Mayers, *Les Panthays du Yun-nan*, dans le *Frasers Magazine*, de novembre 1872.

LA LÉGENDE D'ABGAR

DANS

L'HISTOIRE D'ARMÉNIE DE MOÏSE DE KHOREN,

PAR

M. A. CARRIÈRE.

On sait à quelle source vénérable Moïse de Khoren emprunte l'histoire ancienne de l'Arménie, c'est-à-dire la partie de son livre qui va du héros éponyme des Arméniens, Hayk, cinquième descendant de Noé, jusqu'à la fin du règne d'Arsace, fils de Valarsace, deuxième roi de la dynastie arménienne des Arsacides[1]. Ce n'est rien moins qu'un extrait, fait sous le règne de Valarsace (vers 150 av. J.-C.) par le savant syrien Mar Abas Katina, d'un vieux livre chaldéen qui contenait « l'histoire vraie des ancêtres », et aurait été traduit en grec par ordre d'Alexandre le Grand. Mar Abas, qui avait trouvé dans les archives de Ninive ce document précieux entre tous, apporta son travail en Arménie et le compléta plus tard, à en juger par l'étendue des citations de Moïse, en y ajoutant l'histoire des deux premiers rois arsacides.

Nous avons déjà essayé de montrer, il y a quatre ans, que le prétendu livre de Mar Abas n'était qu'une fiction littéraire, destinée à accréditer plus facilement les faits nouveaux et singuliers portés à la connaissance de la nation arménienne; de plus, que le véritable auteur des récits sur les temps héroïques de l'Arménie ne pouvait être que Moïse de Khoren lui-même[2]. Malgré des contradictions souvent assez vives et des objections parfois spécieuses, nous n'avons point été amené à changer d'avis. De nouvelles constatations sont venues confirmer le résultat de nos premières recherches, et

---

[1] *Histoire d'Arménie,* I, 9 — II, 9. — [2] A. Carrière, *Moïse de Khoren et les généalogies patriarcales.* Paris, 1891.

nous répétons aujourd'hui, avec plus d'assurance encore, notre conclusion : *Moïse de Khoren et Mar Abas Katina ne sont qu'un seul et même personnage.*

Lorsque nous nous exprimions ainsi, nous n'avions pas cessé d'être convaincu de l'antiquité et de l'authenticité de l'*Histoire d'Arménie*. Il nous semblait encore qu'il fallait en placer la composition entre les années 460 et 480, c'est-à-dire à peu près à la date que lui assigne l'opinion traditionnelle. Nous n'avons pas tardé à abandonner ce point de vue. La découverte de sources relativement récentes, et à coup sûr utilisées par l'auteur, ne nous a pas permis de le considérer plus longtemps comme un écrivain du ve siècle. De l'étude minutieuse de ces sources, et abstraction faite d'autres éléments d'information, nous avons dû conclure que l'*Histoire d'Arménie ne pouvait pas avoir été écrite avant les premières années du viiie siècle*[1]. D'autre part, nul auteur ne cite Moïse de Khoren et ne connait son ouvrage avant Jean VI Catholicos, qui écrivit vers la fin de sa vie et mourut en 925[2]. Il serait donc prématuré de fixer dès à présent la date de la composition de l'*Histoire d'Arménie* au commencement du viiie siècle. Nous n'avons là qu'un *terminus a quo* séparé par plus de deux cents ans du *terminus ad quem*, qui est la citation de Jean Catholicos. Il y a tout lieu d'espérer que, dans un avenir prochain, les investigations qui se poursuivent de divers côtés nous permettront de restreindre les limites dans lesquelles il faut chercher la date en question, et d'arriver ainsi à une solution plus précise du problème.

Quoi qu'il en soit, on peut regarder maintenant Moïse de Khoren comme arraché au bloc traditionnel dont il faisait partie, et les conséquences de son rajeunissement sont d'une extrême importance pour l'histoire nationale autant que pour l'histoire littéraire. Notre intention n'est pas, dans le présent travail, de faire ressortir ces conséquences et de montrer la véritable révolution — le mot est de M. Hübschmann — qui doit inévitablement se produire dans notre manière d'envisager bien des questions relatives à l'historiographie arménienne. Ce que nous voulons, c'est reprendre l'étude des sources utilisées par Moïse, mais à un tout autre point de vue que dans nos recherches précédentes. La date des documents mis en œuvre va désormais passer au second

---

[1] A. Carrière, *Nouvelles sources de Moïse de Khoren.* Vienne, 1893. — *Supplément.* Vienne, 1894.

[2] Jean Catholicos, Պատմութիւն Հայոց, éd. Emin. Moscou, 1853, p. 31. « Vous pouvez voir raconté d'une manière très étendue, dans l'histoire de Moïse de Khoren, tout ce qui con-

cerne les mœurs, les actions, les vertus, les vices et les combats des deux rois [*Arsace et Valarsace,* cf. Moïse de Kh., III, 41 et suiv.] qui gouvernaient l'Arménie. » (*Histoire d'Arménie par le patriarche Jean VI, dit Jean Catholicos,* traduite par Saint-Martin. Paris, 1841, p. 44.)

plan. L'attention du lecteur sera principalement attirée sur le mode d'emploi des sources que Moïse avait à sa disposition. Nous verrons ainsi comment il procédait avec elles pour les introduire dans son *Histoire;* avec quelle liberté, — pour ne pas dire avec quel sans-gêne — il les traitait; avec quelle richesse d'imagination il lui arrivait parfois de les développer; enfin, et surtout, avec quelle hardiesse il les *arménisait*, en faisant rentrer dans l'histoire d'Arménie des données qui n'avaient primitivement rien de commun avec les annales de sa nation. Ces diverses propositions seront justifiées par des exemples, ou plutôt se présenteront d'elles-mêmes à l'esprit comme résultat des constatations que nous serons amené à faire.

Pour traiter un pareil sujet, nous pouvions nous y prendre de deux manières : ou bien recueillir les faits épars dans l'ensemble du livre, les classer d'après leur nature, les rapprocher, les comparer et en tirer une conclusion; ou bien choisir un texte d'une certaine longueur, dont les sources seraient à peu près toutes connues, et, en suivant le récit, essayer de surprendre pour ainsi dire le mode de composition et les procédés employés par l'auteur. Ce dernier parti nous a semblé préférable, parce qu'il laisse moins de place à l'arbitraire et nous permet d'éviter un double reproche. On ne manquerait pas en effet, si nous adoptions la première méthode, de nous accuser soit de laisser de côté les exemples peu favorables à notre thèse, soit de grossir les autres et d'en exagérer la portée en rapprochant tous ceux qui présenteraient le même caractère.

Nous avons donc pris comme objet de cette étude les chapitres XXIV-XXXVI du second livre de l'*Histoire d'Arménie*, où sont racontés les règnes d'Arscham, d'Abgar, d'Ananoun et de Sanatrouk.

I

LES ARCHIVES D'ÉDESSE.

Le chapitre IX du livre II, consacré au règne d'Arsace Ier, successeur de Valarsace, se termine par la clausule suivante : *Ici finit le récit du vénérable Mar Abas Katina.* A partir de ce moment, l'historien ne peut donc plus appuyer ses dires sur l'autorité de ce vieux livre chaldéen duquel Mar Abas avait extrait tout ce qui concernait l'Arménie. Il lui faut maintenant chercher un autre garant, dont le crédit soit au moins égal à celui de son prédécesseur, et il va choisir un des noms les plus célèbres et les plus respectés de l'ancienne chronographie chrétienne, celui de Jules l'Africain. Mais laissons parler Moïse. Il nous présentera lui-même, avant de continuer son histoire des premiers monarques arsacides, le guide qu'il entend désormais suivre.

CHAPITRE X. — D'OÙ [L'AUTEUR] A-T-IL TIRÉ CETTE HISTOIRE
APRÈS LE LIVRE DE MAR ABAS KATINA [1]?

Nous allons maintenant poursuivre pour toi notre récit d'après le cinquième livre du chroniqueur [Jules] l'Africain, dont le témoignage est confirmé par Josèphe, Hippolyte et beaucoup d'autres auteurs grecs. Ce chroniqueur tira, en effet, des documents (*ի .բարտէ̈ս*) des archives d'Édesse, c'est-à-dire Ourrha, tout ce qui s'y trouvait raconté au sujet de nos rois. Ces livres avaient été transportés à Édesse de Metzbin [2], ainsi que de Sinope, ville du Pont, des histoires des temples. Que personne ne doute [de leur existence], car nous-mêmes, de nos propres yeux, nous avons vu ces archives. Tu en as encore tout près d'ici un témoin et une garantie dans l'*Histoire ecclésiastique* [3] d'Eusèbe de Césarée, que le bienheureux docteur Maschtots fit traduire en langue arménienne. Cherche en Gélakouni, canton de Siounie [4], et tu trouveras au livre pre-

Parmi les documents (*ի .բարտէ̈ս*) qui se trouvaient là... (Eusèbe; v. plus bas).

Édesse... c'est-à-dire... Ourrha. (*Lettre d'Abgar*, titre.)

Tu as un témoignage écrit de ces faits qui a été tiré du Livre des mémoires qui existait à Édesse, car en ce temps-là cette ville avait encore des rois. Parmi ces docu-

---

[1] Pour ce chapitre, comme pour ceux que nous donnerons plus loin, la colonne de gauche contient le texte de Moïse de Khoren, la colonne de droite les *sources* qu'il a utilisées.

[2] Մծբին, ܢܨܝܒܝܢ, Nisibe.

[3] Եկկղեսիաստէ. La forme primitive du mot était sans aucun doute եկկղեսիասպիկէ, d'après le syriaque ܐܩܠܣܝܣܛܩܐ, ἐκκλησιαστικὴ (ἰσ-Ἰορία), qui servait à désigner l'*Hist. ecclés.* d'Eusèbe. (Land, *Anecdota syriaca*, III, p. 84.)

[4] Խնդիր արասցես ի Գեղդարունի ի գաւառն Սիւնեաց, և գտցես... On traduit ordinairement : « Cherche à Gélakouni, dans le canton de Siounie, et tu trouveras... » Mais

Gélakouni ne désigne point une localité; c'est le nom d'un canton assez vaste, puisqu'il s'étendait sur les deux rives du lac de Gélam (Sévan). D'autre part, le mot canton (գաւառ.) ne peut s'appliquer à la *province* de Siounie. Moïse s'exprimerait du reste en termes bien vagues pour indiquer l'endroit où se trouve un livre. Nous sommes donc tenté de traduire : « Cherche en Gélakouni, à Gavar (Գաւար.) de Siounie. » Gavar, aujourd'hui la nouvelle Bayézid, est situé dans l'ancien canton de Gélakouni, non loin de la rive occidentale du lac. (Cf. le P. L. Alishan, Սիսական. Venise, 1893, p. 42 et suiv.)

mier, chapitre treize [1], l'attestation que dans les archives d'Édesse sont mentionnés tous les actes de nos premiers rois jusqu'à Abgar, et depuis Abgar jusqu'à Érouand. Je pense que maintenant encore ces documents se trouvent conservés dans la même ville.

ments d'Édesse, où étaient mentionnés par écrit tous les actes accomplis depuis les ancêtres jusqu'à Abgar, [le récit de] ces faits se trouve conservé jusqu'à ce jour. (Eusèbe, *Hist. eccl.*, I, 13.)

A première vue, ce chapitre a pour but d'annoncer que ce qui va suivre est emprunté à Jules l'Africain, que Jules l'Africain a puisé dans les archives d'Édesse, et que l'existence de ces archives est incontestable, d'abord parce que Moïse les a vues lui-même, ensuite parce qu'Eusèbe de Césarée affirme qu'elles contenaient l'histoire des rois d'Arménie jusqu'à Érouand [2], successeur de Sanatrouk. Un examen plus attentif du texte fait disparaître presque entièrement la personne de Jules l'Africain, et met au premier plan, comme autorité invoquée, les archives d'Édesse, « où sont mentionnés tous les actes de nos premiers rois jusqu'à Abgar, et depuis Abgar jusqu'à Érouand ». C'est bien là le point capital de l'exposé de Moïse, ce qui doit accréditer auprès de ses lecteurs l'histoire telle qu'il va la raconter. Or l'énoncé du contenu des archives est emprunté à la traduction arménienne de l'*Histoire ecclésiastique* d'Eusèbe [3]. L'importance de cette citation est telle aux yeux de Moïse, qu'il ne se contente pas de donner le titre de l'ouvrage dont il transcrit un passage, mais qu'il va jusqu'à désigner une localité voisine où l'on pourra en trouver un exemplaire, c'est-à-dire vérifier si l'on veut. De plus, par une exception unique, il indique le livre et le chapitre, et cette indication est rigoureuse-

[1] Langlois est à ce point hanté par l'idée des archives, qui domine en effet l'ensemble de ce chapitre, que, ne reconnaissant pas la citation d'Eusèbe (*Hist. eccl.*, I, 13), déjà signalée pourtant par les frères Whiston, il traduit : « Tu auras dans le premier dossier, numéro treize... » Et, non content de cette belle trouvaille, il commente ainsi sa traduction : « Cette indication d'un classement méthodique d'archives, dès le cinquième siècle de notre ère, est fort intéressante, et c'est, à ma connaissance, la plus ancienne mention que l'on trouve dans l'histoire de l'Orient d'une organisation spéciale des documents conservés dans un dépôt d'archives. » Langlois, *Collection des*

historiens anciens et modernes de l'Arménie, t. II, p. 86.

[2] Les renseignements fournis par les archives d'Édesse ne pouvaient aller plus loin, puisque, d'après Moïse de Khoren (II, 38), Édesse et la Mésopotamie furent cédées aux Romains par ce même roi Érouand.

[3] Moïse ne connaissant pas l'Eusèbe grec, toutes nos citations se rapporteront à l'ancienne version arménienne, dont notre auteur a fait un fréquent usage, et qui a été imprimée chez les PP. Mékhitharistes de Venise en 1877 (1 vol. in-8°). Cette traduction ne dérive pas directement du grec; elle a été faite sur une version syriaque.

ment exacte. Malheureusement il est impossible d'en dire autant de la citation elle-même, qui a été assez gravement et tendancieusement altérée. Là où Moïse dit *nos premiers rois*, Eusèbe se borne à écrire *les ancêtres*[1], et les mots *depuis Abgar jusqu'à Érouand* sont une addition du premier au texte du second. De même, les deux auteurs affirment l'existence des documents *jusqu'à ce jour*, mais Moïse ajoute *je pense;* et cela ne laisse pas d'être singulier chez un homme qui, parlant en son propre nom quelques lignes plus haut, assure avoir vu ces archives. La citation d'Eusèbe, telle qu'elle se présente chez Moïse de Khoren, a donc un tout autre aspect que dans la version arménienne qu'il avait sous les yeux.

Il ne sera pas sans intérêt de rechercher maintenant à quelle occasion Eusèbe parle des archives d'Édesse, et même d'examiner dans le texte grec original la citation en question et la portée qu'elle peut avoir. Dès les premières lignes de son récit sur la conversion des Édesséniens, après avoir mentionné les rapports épistolaires d'Abgar et de Jésus et l'envoi de Thaddée à Édesse, mais avant de produire les lettres elles-mêmes, l'historien de l'Église, voulant donner au texte de ces lettres une autorité incontestable, s'exprime en ces termes : « Tu as de ces [faits] le témoignage écrit, extrait du dépôt des archives d'Édesse, ville qui en ce temps-là avait encore des rois. Cela se trouve en effet conservé jusqu'à maintenant dans les documents publics d'Édesse, qui contiennent les antiques événements et les faits relatifs à Abgar[2]. Rien ne sera tel que d'entendre ces lettres elles-mêmes, qui ont été tirées par nous (*ou pour nous*) des archives et traduites, comme suit, littéralement du syriaque[3]. » L'opinion générale, basée sur cette citation, est qu'Eusèbe a trouvé dans les archives d'Édesse le document qu'il reproduit dans son *Histoire*, et dont nous aurons bientôt à parler plus longuement. On discute seulement pour savoir s'il a consulté directement ou par intermédiaire, s'il a traduit lui-même ou fait traduire par un autre le texte syriaque[4]. Mais personne ne met en doute que

---

[1] Texte grec : τὰ παλαιά; syr. ܡ̈ܩܕܡܝܐ.

[2] Syr. : ... ; arm. : *յառաջին մերոց թագաւորաց մինչեւ ցԵրուանդ*. « Depuis les ancêtres jusqu'à Abgar. »

[3] Ἔχεις καὶ τούτων ἀνάγραπ⸳ον τὴν μαρτυρίαν, ἐκ τῶν κατὰ Ἔδεσσαν τοτηνικαῦτα βασιλευομένην πόλιν γραμματοφυλακείων ληφθεῖσαν. Ἐν γοῦν τοῖς αὐτόθι δημοσίοις χάρταις, τοῖς τὰ παλαιὰ καὶ τὰ ἀμφὶ τὸν Ἄγβαρον πραχθέντα περιέχουσι, καὶ ταῦτα εἰσέτι καὶ νῦν ἐξ

ἐκείνου πεφυλαγμένα εὕρηται. Οὐδὲν δὲ οἷον καὶ αὐτῶν ἐπακοῦσαι τῶν ἐπιστολῶν, ἀπὸ τῶν ἀρχείων ἡμῖν ἀναληφθεισῶν, καὶ τόνδε αὐτοῖς ῥήμασιν ἐκ τῆς Σύρων φωνῆς μεταβληθεισῶν τὸν τρόπον. (Eusèbe, *Hist. eccl.*, I, 13.)

[4] Sur ces points de controverse et les autres questions relatives à la source où Eusèbe a puisé, voir l'excellent travail de M. l'abbé Tixeront : *Les origines de l'église d'Édesse et la légende d'Abgar*. Paris, 1888, p. 82 et suiv.

l'écrit en question ait été réellement emprunté aux archives. Or cette conclusion nous paraît bien hasardée, ou, pour mieux dire, tout à fait inacceptable. Le document syriaque visé par Eusèbe et qu'il avait entre les mains, soit dans le texte original, soit plutôt déjà traduit en grec, se terminait par une souscription ainsi conçue : « Et comme il est d'usage dans le royaume du roi Abgar et dans tous les autres royaumes, que tout ce que le roi ordonne et tout ce qui a été dit devant lui, soit consigné par écrit et déposé dans les archives (ܒܝܬ ܓܙܐ), de même aussi Laboubna, fils de Senak, fils d'Abschadar, scribe (ܣܦܪܐ) du roi, avait écrit ces [actes] de l'apôtre Addai [1] depuis le commencement jusqu'à la fin; de son côté, Hanan, le secrétaire (ܛܒܘܠܪܐ), l'archiviste [2] (ܫܪܝܪܐ) du roi, les ayant revêtus de son témoignage, les déposa dans les archives des rois, là où sont déposées les ordonnances et les lois, et où les [contrats] entre acheteurs et vendeurs sont gardés avec soin et sans aucune négligence [3]. » Cette clausule, écrite à peu près trois cents ans après l'ère chrétienne, tend uniquement à faire recevoir le document comme remontant à des témoins oculaires, contemporains d'Abgar. Elle n'a d'autre valeur que celle de mettre en pleine lumière le caractère pseudépigraphique de la source admise par Eusèbe, et n'implique en aucune sorte un dépôt dans les archives publiques d'Édesse; ce serait plutôt le contraire qu'il faudrait en déduire. Mais, d'autre part, n'est-il pas évident que, en un temps dénué de critique, Eusèbe, qui croyait à la réalité des faits racontés, devait prendre à la lettre les affirmations de la clausule? Le document qu'il avait entre les mains était pour lui une pièce d'archives, et il pouvait dire en toute conscience qu'il l'avait emprunté aux archives d'Édesse, surtout en employant des termes assez vagues [4], sur la signification exacte desquels les savants ne sont point encore parvenus à s'entendre. Nous ne voulons pas pour cela contester d'une manière absolue l'existence d'anciennes archives à Édesse, bien que cette existence

---

[1] *Addai*, ܐܕܝ, Addée, nom syriaque du disciple envoyé à Édesse pour guérir Abgar, a été transformé en Θαδδαῖος, ܬܕܝ, Thaddée, par Eusèbe et la légende grecque. Nous emploirons alternativement les deux formes, selon la source dont il sera question. Moïse de Khoren suit Eusèbe.

[2] M. R. Duval traduit ܛܒܘܠܪܐ par « secrétaire assermenté », et ܫܪܝܪܐ par « fontionnaires assermentés » (*Histoire d'Édesse*, p. 83,

130). Mais la *Chronique d'Édesse* nous apprend que les ܫܪܝܪܐ étaient préposés aux archives. Voir p. 364, note 2.

[3] *The doctrine of Addai*, with english translation and notes, by G. Phillips. London, 1876; p. ܡܚ et 50. Cf. Cureton, *Ancient Syriac documents relative to the earliest establishment of Christianity in Edessa*. London, 1864, p. ܟܒ et 23.

[4] Tixeront, *loc. cit.*, p. 85, note 4.

soit devenue assez problématique [1]; mais nous pensons qu'Eusèbe n'y a point
eu recours, et que tout ce qu'il en sait lui vient de la souscription de son document [2].

Nous n'avons donc pas trouvé dans la citation d'Eusèbe ce que Moïse de
Khoren nous invitait à y aller chercher, c'est-à-dire « l'attestation que dans les
archives d'Édesse étaient mentionnés tous les actes des premiers rois d'Arménie jusqu'à Abgar, et depuis Abgar jusqu'à Érouand. » En outre, le témoignage personnel de Moïse sur l'existence de ces documents, étant donnée la
date de la composition de son *Histoire*, perd toute sa valeur, et sa « navigation sur la mer des archives d'Édesse », dont il nous parlera dans un des derniers chapitres de son livre [3], a tous les droits pour être classée parmi les
voyages imaginaires. Il n'y a sans doute pas plus de vérité historique dans le
fait de l'adjonction des archives de Sinope à celles d'Édesse. Ce fait, inconnu
de tous les auteurs anciens, trouverait sa place, d'après Moïse de Khoren (II,
38), au milieu d'une série de transformations que les Romains auraient fait
subir à Édesse, lorsque cette ville leur fut cédée par Érouand. Or, selon la
chronologie de Moïse, Érouand régna vingt ans, de 64 à 84 après J.-C. environ, et les Romains ne devinrent maîtres d'Édesse qu'un siècle plus tard;
encore cette ville eut-elle ses rois particuliers jusqu'en 216. Il y a donc là un
anachronisme flagrant. Quant à la translation des archives de Metzbin à Édesse,
nous aurons à nous en occuper un peu plus loin.

---

[1] Hallier, *Untersuchungen über die edessenische Chronik, mit dem syrischen Text und
einer Übersetzung*, 1892, p. 50, note (dans les
Texte und Untersuchungen de Gebhardt et Harnack, IX, 1).

[2] M. l'abbé Tixeront croit également que
« les renseignements donnés par Eusèbe sur
son document... sont tous contenus dans la
clausule de la *Doctrine* d'Addai » (*loc. cit.*, p. 89,
n. 3); mais il n'en admet pas moins que « cet
écrit avait été tiré des archives publiques d'É-
desse » et que ce point ne fait « aucune difficulté » (p. 85). — La clausule elle même paraît être rédigée d'après une formule dont les
documents édessiens nous offrent plusieurs
exemples. Ainsi, dans la *Chronique d'Édesse*,
le récit de l'inondation de l'an 201 après J.-C.
se termine par ces mots : « Marihab, fils de
Schemesch, et Qayouma, fils de Megertat,

scribes (ܣܦ̈ܪܐ) d'Édesse, écrivirent une relation de l'événement, sur l'ordre du roi Abgar;
Bardin et Boulid, qui étaient préposés aux archives (ܩܪ̈ܝܠܐ) d'Édesse, reçurent la relation
et la déposèrent dans les archives en leur qualité d'archivistes (ܟܬ̈ܒܐ) de la ville » (Hallier,
loc. cit., p. 88 et 147). Nous lisons de même à
la fin des *Actes de Scharbil*, qui offrent une
certaine parenté avec la *Doctrine* : « J'écrivis
ces Actes sur le papier (ܩܪܛ̈ܝܣܐ), moi Marinus
et Anatolus, notaires (ܐܟܣܩܦܘ̈ܛܣ, *exceptores*,
ἐξκέπτωρ), et nous les déposâmes dans les archives (ܐܪ̈ܟܝܐ), là où sont déposés les papiers (ܩܪܛ̈ܝܣܐ) des rois » (Cureton, *Ancient
Syriac documents*, p. ܠ et 61). Il est bien difficile de voir dans ces mentions autre chose
qu'une formule purement littéraire.

[3] Ոչ թուէի ընդ խորս ղիւանին նաւեալ.
III, 62.

En remontant ainsi le cours du chapitre, nous revenons à Jules l'Africain et à ses garants, Josèphe et Hippolyte. Jules l'Africain a pris ses renseignements sur les rois d'Arménie « dans les documents (*'ի .բարտէսս*, littér. *dans les papiers*) des archives d'Édesse ». Or Moïse emploie ici une expression empruntée à la citation d'Eusèbe : « Parmi les documents (*'ի .բարտէսս*[1], *les papiers*) qui se trouvaient à Édesse. » L'auteur arménien avait donc déjà sous les yeux le passage qu'il invoquera et qu'il amplifiera à la fin du chapitre. Rien ne pouvait mieux justifier ce que nous avons dit plus haut, savoir que Moïse en appelle avant tout à l'autorité des archives d'Édesse. La véridicité de son *Histoire* a été garantie jusqu'à présent par l'extrait qu'avait fait Mar Abas des archives de Ninive. Maintenant il va s'appuyer sur les emprunts de Jules l'Africain aux archives d'Édesse[2]. Les deux affirmations sont d'ordre littéraire, de style, comme on dit. Telle est la véritable explication du chapitre que nous étudions et de la place qu'il occupe : dans l'économie du livre, il fait pendant au chapitre I, IX, où se trouve racontée la merveilleuse histoire de Mar Abas Katina.

Moïse connaît la personne de l'Africain par les écrits d'Eusèbe. Dans le premier livre de l'*Histoire ecclésiastique*, dont nous allons le voir faire un si large usage, le nom de l'Africain revient trois fois, et une lettre de lui, citée en entier, forme un long chapitre (I, 7); plus loin (VI, 31), il est question de sa *Chronographie*, avec mention de la division en cinq livres. Ce dernier détail reparaît dans la *Chronique* d'Eusèbe[3]. Mais, quant à l'ouvrage lui-même de Jules l'Africain, nous croyons pouvoir affirmer que Moïse n'en a jamais fait usage[4]. Il lui suffisait de savoir quelle autorité s'attachait à son nom.

Josèphe et Hippolyte sont cités comme des témoins venant à l'appui de l'Africain. Le premier va servir, en effet, de source principale pour un certain

---

[1] Eusèbe avait écrit : Ἐν τοῖς αὐτόθι δημοσίοις χάρταις; le syriaque a traduit : ܟܬܒ̈ܐ ܕܒܝܬ ܐܪܟܐ, ce que l'arménien a rendu littéralement : *'ի .բարտէսս որ կային անդ.*. On ne peut pas douter que le *'ի .բարտէսս* de Moïse de Khoren ne vienne de là.

[2] La garantie de l'Africain, c'est-à-dire des archives d'Édesse, ne s'étend que jusqu'à Érouand (voir p. 361, n. 2). Après Érouand, nous aurons celle d'Ouliup (Olympius?) « prêtre de Hani, l'écrivain des Histoires des temples » (II, 48), ce qui rappelle de bien près les « histoires des temples » venues de Sinope.

[3] Ed. Aucher, I, p. 156.

[4] La démonstration de cette thèse demanderait plus de place qu'il n'est possible de lui en consacrer ici. Nous y reviendrons une autre fois en étudiant les emprunts faits par Moïse de Khoren à l'historien Josèphe. Il y a quelques années, séduit par l'argumentation savante et ingénieuse de M. Baumgartner (*Die Chrie*, dans la *Z. D. M. G.*, t. XL, p. 506 et suiv.), nous avions cru à une utilisation directe de l'Africain par Moïse (*M. de Khoren et les généalogies patriarcales*, p. 19). Un nouvel examen des textes nous a amené à changer d'avis.

nombre des chapitres suivants. Nous avouons ne pouvoir rien dire du second, dont le nom apparaît ici sous une forme singulière[1]. Hippolyte avait bien composé une *Chronique*[2], mais qui ne paraît pas avoir été connue en Orient. Gutschmid serait disposé à croire qu'il s'agit plutôt du *Commentaire* sur le livre de Daniel[3]. Bref, nous ne savons rien de précis.

Avant de terminer ces observations sur le chapitre x du livre II de l'*Histoire d'Arménie*, nous avons encore à signaler un petit point de détail, qui importe cependant beaucoup à notre recherche. Nous lisons dans le texte de Moïse : « Édesse, c'est-à-dire Ourrha[4]. » Ce dernier mot est le nom syriaque (ܐܘܪܗܝ) d'Édesse, et il est employé assez souvent par plusieurs auteurs arméniens. Mais nous ne nous souvenons pas d'avoir jamais rencontré les deux noms ainsi rapprochés l'un de l'autre, sinon dans le titre d'un document[5] cité par Moïse de Khoren, et qui va être une de ses deux grandes sources pour l'histoire d'Abgar. C'est de ce document que nous allons maintenant nous occuper.

II

LE LIVRE DE LÉROUBNA (LABOUBNA).

A la fin du chapitre xxxvi, après la mention de la mort de Sanatrouk, le texte de Moïse nous offre la clausule suivante : *Léroubna, fils du scribe Aphschadar, mit par écrit tous les événements qui arrivèrent au temps d'Abgar et de Sanatrouk, et déposa* [son récit] *dans les archives d'Édesse.* On ne s'est jamais mépris sur la signification de cette clausule, qui indique une nouvelle source à laquelle Moïse déclare avoir emprunté *toute* l'histoire d'Abgar et de Sanatrouk. Elle provient des archives d'Édesse, mais il n'est plus question de Jules l'Africain, remplacé par Léroubna.

Léroubna est resté longtemps un personnage tout à fait inconnu. En 1736

---

[1] ֊֔ի֊֊֊ est un génitif; serait-ce une faute parallèle à celle que nous signalerons plus loin à propos de *Manova?* Voir p. 383.

[2] Gelzer, *Sextus Julius Africanus*, II, p. 1-23.

[3] *Ueber die Glaubwürdigkeit der Armenischen Geschichte des Moses von Khoren* (Berichte ü. die Verhandl. der Kœn. sächs. Gesellschaft der Wissenschaften zu Leipzig. *Phil. hist.*

Classe. 1876), p. 24 (*Kleine Schriften*, III, 308).

[4] Եդեսիա որ է Ուռհայ.

[5] Թուղթ Աբգարու, թագաւորի Եդեսիա քաղաքի որ է յասորի լեզու Ուռհայ, որդւոյ Մանոդայ : « Lettre d'Abgar, roi de la ville d'Édesse, — c'est-à-dire, en langue syriaque, Ourrha, — fils de Maanou. »

les frères William et George Whiston, premiers traducteurs et commentateurs de l'*Histoire d'Arménie*, émettaient le vœu d'être mieux informés sur le compte d'un écrivain dont le témoignage pouvait avoir une telle importance [1]. Dans le premier volume de sa *Collection des historiens de l'Arménie*, publié en 1867, V. Langlois en était encore à dire que Léroubna est un « auteur dont le livre est perdu et dont Moïse de Khoren a emprunté quelques chapitres relatifs aux règnes d'Abgar et de Sanatrouk [2] ». Cependant, une centaine de pages plus loin, dans le même volume, il publie, sous le nom de « Léroubna d'Édesse », une *Histoire d'Abgar et de la prédication de Thaddée, traduite pour la première fois sur le manuscrit unique et inédit de la Bibliothèque impériale de Paris*, par Jean-Raphaël Émine [3]. Le document est précédé d'une introduction assez confuse de Langlois, pleine de réserves et de sous-entendus, où se trahit l'embarras extrême de l'éditeur. En résumé, si pour lui quelques parties de l'ouvrage pouvaient bien être du Léroubna qui avait écrit *au premier siècle* l'histoire d'Abgar et de Sanatrouk, cet ouvrage, même en dehors des interpolations, avait subi des altérations considérables, « qu'il était facile de reconnaître en comparant les deux textes de Moïse de Khoren et du Martyrologe de la Bibliothèque impériale ». C'était un savant mékhithariste de Venise, le P. Baronian, qui, chargé du catalogue des manuscrits arméniens de la Bibliothèque, avait, quelques années auparavant, remarqué ce texte et avait eu « un instant l'espoir d'avoir découvert l'ouvrage de Léroubna ». On voit que Langlois ne se compromet pas par des affirmations trop positives. Du reste, pas un mot sur l'importance de la découverte, au point de vue de la critique des sources de Moïse de Khoren.

Le livre ainsi mis au jour était pourtant bien le Léroubna que Moïse avait eu sous les yeux. Mais Langlois n'était pas au courant de l'état de la question. En fait, une partie considérable du document avait été déjà publiée dans le texte syriaque original. Dès l'année 1848, Cureton annonçait, dans sa préface à l'édition des *Lettres festales* de S. Athanase [4], qu'il avait trouvé, parmi les manuscrits syriaques du *British Museum*, une grande partie du document relatif à la conversion d'Abgar, qu'Eusèbe cite comme étant conservé dans les archives d'Édesse [5]. Le texte était déjà transcrit, et le savant anglais en promettait la

---

[1] Utinam de hoc scriptore plura sciremus, ex cujus fide atque auctoritate historia Abgari pendet. (*Mosis Chorenensis Historiæ armeniacæ libri III*, p. 146.)

[2] I, p. 195, n. 3.

[3] *Coll. des hist. d'Arm.*, p. 313-331. La traduction est malheureusement incomplète.

[4] *The festal letters of Athanasius*, edited by W. Cureton. London, 1848, p. xxiii, n.

[5] Voir plus haut, p. 362.

publication, sans pouvoir toutefois fixer une date. D'autre part, le P. L. Alishan, qui a rendu tant de services aux études arméniennes, avait découvert et copié à la Bibliothèque impériale de Paris, en 1852, un opuscule arménien qu'il reconnut, malgré une légère différence dans le nom de l'auteur, pour être l'ouvrage du Léroubna mentionné par Moïse de Khoren. Malheureusement les deux savants gardèrent pendant une quinzaine d'années dans leurs cartons les copies qu'ils avaient faites. Le texte incomplet de Cureton, accompagné d'une traduction anglaise, ne fut publié qu'après sa mort par W. Wright [1], en 1864; donc trois ans avant la préface de Langlois et la traduction de Jean-Raphaël Émine, qui n'en eurent pas connaissance. Quant au P. L. Alishan, il attendit jusqu'en 1868 pour faire paraître, en deux fascicules distincts, le texte arménien [2] et une nouvelle traduction française [3] du précieux opuscule.

Nous avons donc maintenant deux textes du document considéré comme ayant servi à Eusèbe : l'original syriaque, incomplet du commencement, et une version arménienne reproduisant l'ouvrage dans son entier. Chacun de ces textes porte un titre différent, qui nous servira désormais à les distinguer : *Doctrine d'Addai* (ܗ݂ܝ ܕ݁ܐܕܝ) en syriaque, et *Lettre d'Abgar* (Թուղթ Աբգարու) en arménien. Le nom véritable de l'auteur, établi par l'accord des diverses recensions, est *Laboubna* (ܠܒܘܒܢܐ, Լաբուբնա [4]). La forme *Léroubna*, que nous avons employée jusqu'ici d'après Moïse de Khoren, est sans aucun doute une faute de copiste, qui s'explique par la ressemblance des lettres dans l'alphabet arménien (Լերուբնա, Լաբուբնա).

Les deux éditeurs, comme on pouvait bien s'y attendre, avaient enrichi leurs publications de notes savantes et pleines d'intérêt qui ont contribué à élucider plus d'un point obscur; mais ils ont laissé dans l'ombre la question des rapports du livre de Laboubna avec l'*Histoire d'Arménie* de Moïse de Khoren, le seul auteur qui en eût parlé jusqu'alors. Ils ne se sont pas demandé jusqu'à quel point le document récemment découvert correspondait au signalement donné par Moïse. Surtout ils n'ont pas cherché à expliquer pourquoi, contrairement à l'affirmation de Moïse, Laboubna ne racontait pas *tous les événe-*

[1] Dans les *Ancient Syriac documents*, etc. London, 1864, p. ܐ — ܣ et 6-23.

[2] Լաբուբնայ Թուղթ Աբգարու. Venise, 1868.

[3] *Lettre d'Abgar ou Histoire de la conversion des Édesséens par Laboubnia, écrivain contemporain des apôtres, traduite sur la version arménienne du ve siècle.* Venise, 1868.

[4] *Lettre d'Abgar* (éd. de Jérusalem), p. 59; avec les variantes Լերուբնա, p. 51 (éd. de Venise), Լուրուբնա, p. 19 (Ven.) et Լուրուբնա, p. 15 (Jér.), qui s'expliquent par l'absence de voyelles dans l'original syriaque. Nous n'avons trouvé la forme *Laboubnia*, donnée par le P. Alishan, dans aucun des textes imprimés.

ments du règne d'Abgar et pourquoi il restait muet sur le roi Sanatrouk, dont le nom n'était même pas prononcé. Chose curieuse, c'est à Jérusalem, au couvent arménien de Saint-Jacques, que la question a été soulevée. En cette même année 1868 sortit des presses du patriarcat de Jérusalem une seconde édition du livre de Laboubna, d'après un manuscrit de la bibliothèque patriarcale[1]. L'éditeur, quelque moine qui a gardé l'anonyme, n'avait encore entendu parler ni du texte syriaque publié par Cureton, ni du travail du P. Alishan. Seule la version de J.-R. Émine, dans la *Collection* de Langlois, était parvenue jusqu'à lui. Mais il a vu avec la plus grande netteté le problème qui allait se poser, et en a donné une solution tellement naïve et caractéristique que nous croyons utile de reproduire ici, en traduction, le commencement de sa préface. Voici comment il s'exprime :

Parmi les historiens que cite Moïse de Khoren dans son *Histoire*, se trouve le scribe Léroubna, fils d'Aphschadar, syrien de nation et archiviste du roi Abgar, comme l'avait été son père. « Léroubna, dit Moïse, mit par écrit tous les événements qui arrivèrent au temps d'Abgar et de Sanatrouk, et déposa son récit dans les archives d'Édesse. » Il est évident que notre vieil historien a raconté d'après Léroubna le règne de ces deux rois, dont les actes avaient été conservés jusqu'à son temps, c'est-à-dire jusqu'au vᵉ siècle, dans les archives d'Édesse.

Le texte syriaque de son ouvrage est jusqu'à présent réputé perdu. Aucun écrivain national ou étranger n'en fait mention, à l'exception du seul Moïse de Khoren. Mais, il y a trois ans, on découvrit dans la bibliothèque du Saint-Siège [de Jérusalem], dans un recueil de pièces, un traité ainsi intitulé : « Lettre d'Abgar, fils de Maanou, roi de la ville d'Édesse, en syriaque Ourrha. » Cet écrit raconte la conversion d'Abgar, comment il écrivit à Jésus et en reçut une réponse, la venue de l'apôtre Thaddée auprès d'Abgar en Arménie (?) après l'ascension du Sauveur, sa prédication, etc. On lit à la fin : « Laboubna (Léroubna), fils d'Abdascharad, scribe du roi, mit par écrit tout ce qui était arrivé à l'apôtre Addée[2], depuis le commencement jusqu'à la fin..... et ils déposèrent le récit dans la maison des archives..... »

Si maintenant nous comparons cet ouvrage avec l'*Histoire* de Moïse, le prince des poètes[3], nous trouvons, conformément à son propre témoignage, que celui-ci a emprunté du livre de Léroubna ce qu'il raconte sur le règne d'Abgar. Les divergences, peu importantes d'ailleurs, sont imputables au traducteur. Moïse, en effet, puisa dans l'original syriaque ce qui lui était nécessaire pour son *Histoire*. La traduction arménienne

---

[1] Ա̇երուբնա Եդեսացի : Թուղթ Աբգարու թագաւորի Հայոց, և Քարոզութիւն սրբոյ Թադէ առաքելոյ : Léroubna d'Édesse. Lettre d'Abgar, roi d'Arménie, et prédication du saint apôtre Thaddée. *Jérusalem*, 1868. — L'éditeur altère, d'après Moïse de Khoren,

la forme correcte du nom de l'auteur, Laboubna, que lui présentait son manuscrit.

[2] Thaddée.

[3] Քերթողահայր, litt. *père des poètes*, surnom donné fréquemment par les Arméniens à Moïse de Khoren.

dont nous parlons ici a été faite par d'autres d'entre ses condisciples, selon nous par Eznik ou par Joseph de Palin [1], qui, après la découverte de l'écriture arménienne, furent envoyés à Édesse pour s'y occuper de traductions. Le but de nos traducteurs était, d'après les besoins de leur temps, l'avancement de la foi chrétienne, et ils ne s'attachaient à traduire que les saintes Écritures et les enseignements doctrinaux. Ceux donc qui voulurent faire passer en arménien le livre de Léroubna traduisirent surtout les prédications et ne donnèrent qu'un résumé succinct des événements de la vie d'Abgar qui amenèrent sa conversion et firent venir vers lui saint Thaddée. Et comme Eznik et Joseph ne restèrent que peu de temps à Édesse à s'occuper de traductions, pressés qu'ils étaient de revenir auprès de leur maître Mesrop pour se diriger ensuite sur Byzance, ils furent empêchés de traduire l'ouvrage dans son entier.

Ainsi l'éditeur anonyme de Jérusalem comprend bien la clausule du chapitre XXXVI; il en accentue même la signification. Mais, comme il rencontre dans l'*Histoire d'Arménie* un certain nombre de récits qui n'ont point leur correspondant dans la *Lettre d'Abgar*, il en conclut — telle est sa foi dans l'autorité de Moïse de Khoren — que la traduction arménienne que nous possédons est incomplète et ne reproduit pas tout l'original. Il serait vraiment de mauvais goût de nous arrêter à combattre cette solution inadmissible, à laquelle du reste les faits eux-mêmes se sont chargés de répondre. Si l'éditeur de Jérusalem n'avait connu que la publication de Cureton, qui contient seulement la seconde moitié de la *Doctrine d'Addaï*, il aurait encore pu dire que la matière de certains chapitres de Moïse se trouvait dans la partie absente. Mais cette dernière ressource lui a été enlevée par la découverte, à la Bibliothèque impériale de Saint-Pétersbourg, d'un manuscrit qui renfermait le texte syriaque de la *Doctrine* dans toute son intégrité, et qui fut édité en 1876 par George Phillips, avec une traduction anglaise et des notes [2]. Les deux textes syriaque et arménien sont donc, à partir de la publication de Phillips, complets, et ils se recouvrent parfaitement l'un l'autre, à l'exception de quelques altérations tendancieuses de l'arménien, sur lesquelles nous aurons à revenir.

Jusqu'ici, il faut bien l'avouer, le document dont nous venons d'esquisser l'histoire n'avait point fait grand bruit dans le monde scientifique. Bien que tous les éditeurs sans exception se fussent prononcés en faveur de l'authenticité

[1] Voir Moïse de Khoren, III, 60.
[2] *The doctrine of Addai, the apostle, now first edited in a complete form in the original sy-* riac, *with an english translation and notes*, by George Phillips. London, 1876.

et de l'historicité du récit, en tempérant toutefois leur jugement par l'admission d'interpolations; bien qu'il ne s'agit de rien moins que de la correspondance d'un roi d'Édesse avec Jésus-Christ, le livre nouvellement découvert était resté presque inaperçu. Mais, aussitôt après la publication de Phillips (1876), Harnack[1] et Zahn[2] déclarent dans de savants compte rendus que nous sommes en présence du document emprunté par Eusèbe aux archives d'Édesse[3], et l'indifférence passée se change en un vif intérêt. A partir de ce moment, une série d'articles de revue ou d'ouvrages spéciaux, dont quelques-uns de grande valeur, sont consacrés à examiner l'authenticité du livre, l'autorité, l'origine, la date et les développements de l'histoire merveilleuse contenue dans la *Doctrine*, avant tout, les rapports du document syriaque avec le récit d'Eusèbe sur la conversion d'Abgar et des Édesséniens. Nous n'avons point à entrer ici dans les détails de cette discussion, ne voulant pas nous écarter de notre but qui est exclusivement l'étude des sources de Moïse de Khoren. Mais ce but même nous oblige à reproduire, au moins sommairement, les résultats de l'enquête scientifique à laquelle se sont livrés des hommes comme Harnack, Zahn, Lipsius[4], Matthes[5], Tixeront[6], Dashian[7], sans parler de beaucoup d'autres. Or nous ne croyons pas nous éloigner beaucoup de la moyenne des conclusions formulées, en les résumant sous les trois thèses suivantes :

A. La légende d'Abgar et de sa correspondance avec Jésus n'a aucun fondement historique.

B. Cette légende a commencé à se former vers le milieu du IIIe siècle, et elle a donné lieu, dans le dernier tiers de ce siècle, à un premier écrit, celui qu'Eusèbe a eu sous les yeux[8].

C. Plus tard, à une époque qu'il n'est guère facile de déterminer avec précision, mais qui va du milieu du IVe siècle au premier tiers du Ve siècle, cette première rédaction subit des remaniements. Elle fut amplifiée, enrichie d'interpolations considérables, et devint ainsi le livre actuel de la *Doctrine d'Addai*.

---

[1] *Zeitschrift für Kirchengeschichte*, 1877, p. 73.

[2] *Gœtt. Gel. Anz.*, 6 février 1877, p. 161-184.

[3] Voir plus haut, p. 362.

[4] *Die edessenische Abgar-Sage*. Braunschweig, 1880.

[5] *Die edessenische Abgarsage auf ihre Fortbildung untersucht*. Leipzig, 1882.

[6] *Les origines de l'Église d'Édesse et la légende d'Abgar*. Paris, 1888.

[7] *Zur Abgar-Sage* (dans la *Wiener Zeitschr. für die Kunde des Morgenlandes*, IV Band, Heft 1, 2, 3). Nous citons d'après le tirage à part.

[8] Tixeront, *loc. cit.*, p. 117. Cet écrit se composait des deux lettres d'Abgar et de Jésus, encadrées dans un récit dont Eusèbe n'a pas reproduit la totalité.

C'est sous cette dernière forme que le document syriaque a passé en arménien et donné la *Lettre d'Abgar*, citée par Moïse de Khoren comme livre de *Léroubna* (Laboubna).

La date de cette traduction est bien difficile à fixer. Le P. Alishan et Langlois la placent au vᵉ siècle; M. l'abbé Tixeront, précisant davantage, « au moins au milieu du vᵉ siècle [1] ». Le P. Dashian se rallie à cette dernière opinion [2]. Mais, abstraction faite de la question de style, qui en pareille matière ne peut avoir de valeur déterminante, la seule raison invoquée en faveur du vᵉ siècle est le fait de l'utilisation de ce texte par Moïse de Khoren, qui écrivait, d'après Tixeront, entre 450-480; d'après le P. Dashian, avant 480. Nos lecteurs savent déjà que cette conclusion est inacceptable pour nous, puisque nous croyons avoir établi que Moïse n'a point écrit avant le commencement du vıııᵉ siècle.

Un autre motif très grave nous oblige encore à descendre plus bas que le vᵉ siècle. C'est bien la traduction arménienne, et non pas le texte syriaque que Moïse avait sous les yeux. Le P. Dashian l'a déjà établi [3], et nous en présenterons bientôt les preuves les plus évidentes. Or cette version n'est pas tout à fait conforme à l'original; elle présente même des altérations tendancieuses et caractéristiques qui sollicitent l'attention du critique. Ainsi la *Lettre d'Abgar* supprime systématiquement tous les passages de la *Doctrine d'Addai* relatifs à la mort de l'apôtre et à son ensevelissement à Édesse, et les remplace par des phrases où il ne s'agit plus que de « départ » et de la conduite faite par les fidèles à l'apôtre « partant pour l'Orient [4] ». « Devant tous les nobles [de la ville], il quitta ce monde; et c'était le cinquième jour de la semaine, le quatorze du mois d'Iyor, » dit le syriaque. L'arménien traduit : « Devant les nobles et les princes du roi, il leva les mains au ciel, se mit en prière et les bénit; puis il prit le chemin de l'Orient, accompagné par une immense multitude de peuple; et c'était un jeudi, le quatorzième jour du mois de Maréri. » Le but de ces altérations du texte original n'est pas douteux. Le traducteur, quel qu'il soit, n'avait pas en vue de créer une légende de saint Thaddée évangélisant l'Arménie. Il aurait alors employé des termes moins vagues. Mais, sans aucun doute, il se trouvait en présence d'une légende préexistante, d'après laquelle Thaddée aurait prêché l'évangile et souffert le martyre en Arménie, et il fallait à tout

---

[1] *Loc. cit.*, p. 130.

[2] *Loc. cit*, p. 42.

[3] *Loc. cit.*, p. 35 et suiv.

[4] Pour les détails de cette transformation, qui sont pleins d'intérêt, voir : *Doctrine* (éd.

Phillips), p. ᵕᵕ et 46 suiv., comp. avec *Lettre d'Abgar* (éd. Venise), p. 45 et suiv.; trad. Alishan, p. 53 et suiv. Cf. Tixeront, *loc. cit.*, p. 66 et suiv.; Dashian, *loc. cit.*, p. 18 et suiv.

prix faire concorder les données du livre qu'il traduisait avec l'opinion généralement reçue autour de lui. La littérature hagiographique nous offre plus d'un exemple de ces transformations.

Maintenant, vers quelle époque la légende de saint Thaddée, évangélisateur de l'Arménie, a-t-elle bien pu se former et se répandre? Il semblerait que ce fut assez tard, et que la légende fut puisée d'abord dans les hagiographes grecs[1]. Dans tous les cas, les auteurs arméniens les plus anciens, Korioun, dans la *Vie de saint Mesrop*, Élisée, Eznik, Agathange[2], Lazare de Pharp, Sébéos (dernier tiers du VIIᵉ siècle), ne prononcent pas le nom de l'apôtre Thaddée et ne font aucune allusion à son histoire. Moïse de Khoren laissé de côté, il n'en est question que dans Fauste de Byzance[3], dont le texte dans son état actuel n'est peut-être pas antérieur au livre de Moïse, et dans Zénob de Glak, qui est positivement plus récent[4].

Si, par conséquent, nous ne sommes point le jouet d'une illusion, nous sommes en droit d'affirmer que la version arménienne est de date relativement récente et pourrait bien n'avoir précédé Moïse que d'un temps assez court. L'argument tiré de l'existence de cette traduction au milieu du Vᵉ siècle, pour placer avant cette époque la composition de la *Doctrine d'Addai*, perd du moins toute sa valeur.

Encore un mot pour terminer l'histoire de la recension arménienne du livre de Laboubna. Cédant aux mêmes préoccupations qui avaient déjà amené l'hypothèse hardie autant que singulière de l'éditeur de Jérusalem, le P. Dashian, le savant mékhithariste de Vienne, a cherché une autre solution au problème. Il part de ce fait que Moïse déclare avoir emprunté à des documents écrits quelques faits qui ne se trouvent plus dans les sources que nous connaissons, et émet cette supposition qu'un certain nombre d'événements, relatifs à Abgar et à Sanatrouk, auraient été mis par écrit sous le nom de Laboubna, et peut-être même ajoutés comme supplément au livre qui nous est parvenu[5]. La thèse est ingénieuse, et les raisons à l'appui ne sont point banales. M. l'abbé Tixeront avait déjà dit : « Il a donc dû exister, peut-être sous le nom de Léroubna, des additions d'origine spécifiquement arménienne faites à la légende

---

[1] C'est ce que paraît indiquer la forme grecque du nom, au lieu du nom syriaque de la légende, *Addaï*.

[2] Le silence d'Agathange est tout particulièrement caractéristique.

[3] Thaddée est mentionné quatre fois dans le livre de Fauste (p. 5, 30, 40, 71, éd. Ven.), et chaque fois son nom est rapproché de celui de saint Grégoire.

[4] Cf. l'excellent travail de M. Khalatian sur Zénob. Vienne, 1893 (en arménien).

[5] *Loc. cit.*, p. 28 et suiv.

syriaque, et où Moïse a puisé[1]. » Nous ne croyons pas qu'il y ait lieu de chercher une explication de cette nature. Les deux savants se trompent, parce qu'ils ont de la peine à se figurer Moïse autrement que « suivant une tradition », et qu'ils ne font point à son imagination la part qui lui est due. On en jugera par la suite de cette étude.

III

INTRODUCTION DE LA LÉGENDE D'ABGAR

DANS L'HISTOIRE D'ARMÉNIE.

Après le chapitre x du livre II, dont nous connaissons maintenant la valeur et la portée, Moïse continue l'histoire des Arsacides d'Arménie et raconte les règnes d'Artaschès Ier (chap. xi-xiii), de Tigrane II (chap. xiv-xxi) et d'Artavazd (chap. xxii-xxiii). Ce qui est dit des hauts faits d'Artaschès Ier forme un roman historique d'une haute invraisemblance. Les sources dont s'est servi l'auteur — si tant est qu'il en ait eu — sont jusqu'à présent demeurées introuvables. Mais avec Tigrane II, qui n'est autre que Tigrane le Grand, le gendre (Moïse dit le beau-frère) de Mithridate, et Artavazd, nous sommes sur un terrain historique parfaitement solide. Le règne de Tigrane forme la partie en même temps la plus glorieuse et la mieux connue de l'histoire ancienne de l'Arménie[2]. Cependant Moïse ne sait pour ainsi dire rien de ce roi. Il n'est pas mieux informé sur le compte d'Artavazd, qui avait eu une culture grecque et dont les écrits en cette langue existaient encore au temps de Plutarque. Pour toute cette période et une partie de la période suivante, Moïse n'a guère eu à sa disposition que l'historien Josèphe, dont il transcrit plus ou moins exactement tout ce qui a trait aux Parthes et aux Arméniens. En fondant ensemble ces données fragmentaires, et souvent en les faisant servir de thème à des développements puisés dans son imagination, il réussit à consacrer aux deux rois dont nous parlons une dizaine de chapitres, où la Judée tient certainement une aussi grande place que l'Arménie.

C'est ce qu'avait déjà reconnu Gutschmid[3]. Mais l'éminent critique se trompe, quand il dit que Moïse puisait tantôt dans les *Antiquités judaïques*,

[1] *Loc. cit.*, p. 68.

[2] Th. Reinach, *Mithridate Eupator, roi de Pont*. Paris, 1890. Voir dans cet ouvrage le beau chapitre intitulé *Mithridate chez Tigrane* (p. 343-376), qui donne une idée exacte de ce qu'était l'Arménie à cette époque.

[3] *Ueber die Glaubwürdigkeit* u. s. w. p. 24 [*Kleine Schriften*, III, p. 308].

tantôt dans la *Guerre des Juifs*. Un examen minutieux des emprunts faits à Josèphe dans ces chapitres de l'*Histoire d'Arménie* nous a permis de constater que le premier livre de la *Guerre des Juifs* a été seul mis à contribution. Nous croyons même être en mesure de démontrer que Moïse n'a connu cet ouvrage de Josèphe que par une traduction arménienne faite sur une version syriaque. Ce sera l'objet d'un prochain travail.

En reconstruisant ainsi les annales de l'Arménie avec les éléments trouvés dans l'historien juif, Moïse arrive à un fait sur lequel les documents abondent. Nous voulons parler de la captivité du roi Artavazd, fils de Tigrane, dont Antoine s'empara par trahison et qu'il conduisit à Cléopâtre en l'an 34 avant J.-C. Moïse raconte l'événement en ces termes : « Antoine traverse la Mésopotamie, taille en pièces les troupes arméniennes et fait leur roi prisonnier. Puis il revient en Égypte pour offrir en don à Cléopâtre Artavazd, fils de Tigrane, ainsi qu'une grande partie du butin fait pendant la guerre [1]. » L'indication de la route suivie par Antoine, la mention d'une défaite de l'armée d'Artavazd, sont en contradiction formelle avec le témoignage des autres historiens; le reste de la citation est traduit littéralement de Josèphe, qui dans la *Guerre des Juifs*, relate ces faits avec une extrême concision [2]. Rien sur les circonstances dans lesquelles Artavazd tomba au pouvoir du triumvir, sur ce que, plus d'un siècle après, Tacite appelait encore « le crime d'Antoine [3] ». Rien sur l'entrée solennelle à Alexandrie, sur ce cortège triomphal au milieu duquel Antoine, poussant devant lui le malheureux roi d'Arménie et les siens, chargés de chaînes d'or, vint arrêter son char devant Cléopâtre, comme le cortège des triomphateurs romains s'arrêtait devant le temple de Jupiter Capitolin [4]. Il n'est pas davantage question de la triste fin d'Artavazd, égorgé par ordre de Cléopâtre [5] après la bataille d'Actium (31). Josèphe ignore ou néglige ces faits, qui par conséquent demeurent inconnus à Moïse de Khoren. Il fallait que la tradition nationale fût bien morte en Arménie, pour que le moindre écho de ces événements ne soit pas parvenu à un historien dont le patriotisme constitue le plus grand mérite.

Si du moins Moïse, au lieu de consulter uniquement la *Guerre des Juifs*,

---

[1] II, 22.

[2] Καὶ μετ' οὐ πολὺ παρῆν ἐκ Πάρθων Ἀντώνιος, ἄγων αἰχμάλωτον Ἀρταβάζην τὸν Τιγράνου παῖδα, δῶρον Κλεοπάτρα. Μετὰ γὰρ τῶν χρημάτων καὶ τῆς λείας ἁπάσης ὁ Πάρθος εὐθὺς αὐτῇ ἐχαρίσθη. (*Bell. Jud.*, I, 18, 5.)

[3] *Ob scelus Antonii, qui Artavasden, regem Armeniorum, specie amicitiæ illectum, dein catenis oneratum, postremo interfecerat.* Tacite, *Ann.*, II, 3.

[4] Dion Cassius, XLIX, 39, 40. Cf. Prideaux, *Connection*, IV, 276 et suiv. (éd. 1820).

[5] Dion Cassius, LI, 5.

avait pu chercher des renseignements dans les *Antiquités judaïques*, il y aurait trouvé les noms des deux rois qui succédèrent à Artavazd sur le trône d'Arménie. Nous lisons en effet dans le passage correspondant à celui de la *Guerre des Juifs* cité plus haut, qu'Artaxias (Artaschès), fils aîné d'Artavazd, prit le pouvoir après s'être évadé, qu'il fut ensuite chassé par les Romains et remplacé par Tigrane son frère cadet [1]. Dion Cassius et Tacite confirment pleinement les assertions de Josèphe : Tibère, envoyé par Auguste, n'eut pas besoin de détroner Artaxias, qu'il trouva massacré par ses sujets, et donna pour roi aux Arméniens, l'an 20 avant J.-C., Tigrane qui avait été élevé à Rome [2].

La *Guerre des Juifs* restant muette sur les successeurs d'Artavazd, Moïse n'a point eu connaissance des rois que nous venons de citer, et dont il est possible dans une certaine mesure de reconstituer l'histoire. Maintenant, si notre appréciation des sources qu'il avait à sa disposition est exacte, le fil conducteur qui l'a guidé jusqu'à présent lui échappe. Josèphe en effet ne mentionne plus de rois d'Arménie, sinon tout à la fin de son livre [3], où il parle d'un roi Tiridate, qui aurait été pris dans le *lasso* d'un ennemi pendant la guerre des Alains (72 ap. J.-C.), et que nous savons d'ailleurs avoir été couronné roi d'Arménie par Vologèse Ier, roi des Parthes, en 61 [4]. En revanche, des récits hagiographiques déjà écrits [5] lui nommaient un roi Sanatrouk, persécuteur de l'apôtre Thaddée venu peu de temps après la mort de Jésus-Christ pour évangéliser l'Arménie. Il ne lui en restait pas moins à combler une lacune d'une soixantaine d'années au moins dans ses renseignements, entre la captivité d'Artavazd (34 av. J.-C) et le roi Sanatrouk. Comment y est-il parvenu?

Nous avons déjà constaté, en étudiant le chapitre x du livre II que Moïse avait sous les yeux, en traduction arménienne, deux ouvrages dont le premier était l'*Histoire ecclésiastique* d'Eusèbe, le second, le livre de Léroubna (Laboubna). Tous deux racontaient la merveilleuse histoire du roi d'Edesse

---

[1] Ἀρμενίας δ' ἐϐασίλευσεν Ἀρταξίας ὁ πρεσϐύτατος τῶν ἐκείνου (Artavazd) παίδων, διαδρὰς ἐν τῷ τότε. Καὶ τοῦτον Ἀρχέλαος καὶ Νέρων Καῖσαρ ἐκϐαλόντες Τιγράνην τὸν νεώτερον ἀδελφὸν ἐπὶ τὴν βασιλείαν κατήγαγον. Ταῦτα μὲν οὖν ἐν ὑστέρῳ. (*Ant. jud.*, XV, 4, 3). Les deux personnages nommés Ἀρχέλαος et Νέρων sont Archelaüs, roi de Cappadoce, et Tibère. *Tigranes deductus in regnum a Tiberio Nerone* (Tacite, *Ann.*, II, 3).

[2] Dion Cassius, XLIX, 39, 40. Tacite, *Ann.*, II, 3.

[3] *Bell. Jud.*, VII, 7, 4.

[4] Moïse n'a pas admis dans son *Histoire* ce Tiridate, le même qui alla à Rome en 66 pour recevoir l'investiture de Néron (cf. Gutschmid, *Iran*, p. 131 et suiv.); mais il n'a pas voulu perdre l'anecdote du *lasso* et l'a reportée, sans aucun souci de la chronologie, sur Tiridate le Grand, contemporain de saint Grégoire (II, 85), c'est-à-dire aux dernières années du IIIe siècle.

[5] *Hist. d'Arm.*, II, 34. Nous reviendrons plus loin sur ces documents.

Abgar, qui avait correspondu avec Jésus-Christ et s'était converti avec son peuple, après avoir été miraculeusement guéri d'une maladie incurable par l'apôtre Thaddée, envoyé à cet effet. Le récit était considéré comme absolument historique, garanti du reste par le nom respecté d'Eusèbe. En faisant rentrer le roi Abgar dans la série des rois arsacides d'Arménie, et en le considérant comme le prédécesseur de Sanatrouk, la lacune que nous venons de signaler se trouvait comblée, ou peu s'en fallait, et l'histoire d'Arménie enrichie d'un chapitre qui allait faire des Arméniens le premier peuple converti au christianisme. Il est vrai que ni Eusèbe ni même la *Lettre d'Abgar*, avec ses altérations, ne contenaient pas le moindre passage qui permit de regarder le royaume d'Édesse comme arménien. Mais Moïse avait déjà incorporé dans l'histoire d'Arménie ce que Josèphe racontait des Parthes, et peut-être pensait-on déjà ce que le syrien Bar-Hebræus exprimait quelques siècles plus tard en ces termes : « Parthes ou Perses, Parthes ou Édesséniens, Parthes ou Arméniens, c'est tout un [1]. »

Il est bien difficile de dire avec certitude si cette intercalation de la légende d'Abgar dans l'*Histoire d'Arménie* est l'œuvre personnelle de Moïse de Khoren, ou bien s'il n'a fait qu'enregistrer une tradition admise de son temps. Nous penchons cependant pour la première alternative. Parmi les documents écrits cités par Moïse et où figurait le nom de Sanatrouk, il faut ranger selon toute apparence un *Martyre de saint Thaddée et de la vierge Sandoukht* [2], sur lequel le P. Dashian a déjà attiré l'attention des critiques [3]. Ce curieux document est évidemment postérieur aux altérations de la *Lettre d'Abgar*, mais il doit être plus ancien que l'*Histoire d'Arménie* [4]. Or nous y lisons ce qui suit : « Le roi Abgar, qui avait été guéri par le saint apôtre, devint lui-même un prédicateur de la parole de vie et merveilleux en tous biens (Եշատագործ յամենայն բարիս). Puis le saint apôtre bénit le roi et tous les fidèles, et, prenant avec lui ses disciples, il fit diligence pour se rendre au pays d'Arménie, auprès du roi Sanatrouk [5]. » Il est clair, d'après ce passage, que Sanatrouk et Abgar ne sont pas considérés comme rois du même pays. Les rapports de parenté entre

[1] R. Duval, *Histoire d'Édesse*, p. 29.

[2] Venise, 1853 (Սոփերք, Ը).

[3] *Loc. cit.*, p. 20, n. 2.

[4] Le *Martyre de Thaddée* ne paraît pas être une traduction, comme le dit la clausule finale et comme l'admettent les éditeurs. Cependant il contient (p. 15 et suiv.) une citation de

Marc, XVI, 15, 16, qui se trouve dans la version syriaque, mais semble avoir manqué dans les anciennes Bibles arméniennes avec les derniers versets (9-20) de l'évangile de Marc. Voir l'édition de Zohrab.

[5] P. 12 et suiv. Comparer ce passage avec les altérations signalées plus haut, p. 372.

ÉCOLE DES LANGUES ORIENTALES.

IMPRIMERIE NATIONALE.

les deux rois ne sont pas non plus mentionnés [1]. Nous avons là, sans doute, l'expression de la tradition courante au temps de Moïse. Il est vrai qu'une autre recension du même *Martyre*, publiée dans le même volume, présente les choses sous un autre aspect : « Thaddée vint à Édesse, auprès d'Abgar, roi d'*Arménie et de Syrie* [2]; » et un peu plus loin : « Thaddée, avec une lettre d'Abgar et par ordre du Sauveur... se rendit au pays de l'*Arménie supérieure* [3], auprès du roi Sanatrouk, qui était le neveu (fils de la sœur) du fidèle roi Abgar. » Il nous semble clair comme le jour que ces deux recensions se trouvent séparées par le livre de Moïse. Et alors la seconde rédaction n'aurait d'autre but que de mettre en harmonie l'ancienne légende de l'apostolat de Thaddée en Arménie avec les données nouvelles introduites par l'*Histoire d'Arménie*.

Notre hypothèse trouve également sa confirmation dans les additions faites aux données d'Eusèbe et de la *Lettre d'Abgar,* et que nous présente l'*Histoire d'Arménie*. Non seulement plusieurs chapitres sont ajoutés à l'histoire d'Abgar, dont la légende ne s'occupe qu'à partir de la 32e année de son règne [4], c'est-à-dire lorsqu'il envoya une lettre à Jésus-Christ, mais encore un prédécesseur est donné à Abgar, qui tire son existence d'une interprétation erronée des documents à la disposition de Moïse. Ces additions, par leur tendance générale et la manière dont les sources y sont employées, trahissent la main de l'écrivain et ne permettent pas de songer à des emprunts faits à la tradition ambiante.

Nous allons maintenant reproduire le récit de Moïse, en le rapprochant aussi clairement qu'il nous sera possible des sources où l'auteur a puisé. Mais, auparavant, nous avons deux courtes observations à présenter.

Nous avons déjà dit qu'avec la légende d'Abgar nous nous trouvions en dehors de l'histoire vraie. Il nous est donc inutile de raconter ici le peu que nous savons sur le roi Agar V Oukama (le Noir), contemporain de Jésus-Christ. Nous renverrons le lecteur curieux de se renseigner sur ce point aux ouvrages spéciaux de Gutschmid et de Duval [5].

---

[1] D'après Moïse, Sanatrouk était le neveu (fils de la sœur) d'Abgar.

[2] ..... առ Թագաւորն Հայոց և Ասորւոց Աբգար, p. 59. L'interpolation du mot *Arménie* est ici évidente.

[3] ..յաշխարհն վերին Հայոց, p. 60. L'expression insolite վերին Հայոց, *Arménie supérieure* (ne pas confondre avec Բարձր Հայք, *Haute Arménie*), tend certainement à établir

une distinction entre le royaume arménien d'Abgar et le royaume non moins arménien de Sanatrouk.

[4] Cette date manque dans le texte syriaque de la *Prédication d'Addaï*, mais doit être rétablie d'après la *Lettre d'Abgar.* Moïse ne la cite pas non plus.

[5] A. v. Gutschmid, *Untersuchungen über die Geschichte des Kœnigreichs Osroëne.* Saint-

Ensuite nous laisserons absolument de côté ce qui concerne la chronologie
et les dates de règnes données par Moïse. C'est là une question tout à fait spéciale, qui demande un travail d'ensemble et dont nous ne pouvons nous occuper
utilement ici. Un simple exemple permettra d'apprécier la nature et les difficultés du sujet. La captivité d'Artavazd est bien fixée à l'an 34 avant J.-C. Son
successeur Arscham règne 20 ans (ch. xxv); en supposant qu'il est monté sur
le trône en 33, cela nous mène à l'an 14 avant J.-C. Si maintenant nous
comptons les 38 années du règne d'Abgar (ch. xxxiii) à partir de l'an 13,
nous arrivons, comme date de sa mort, à l'an 25 après J.-C., ce qui est en
contradiction complète avec les données de la légende. Mais, nous le répétons, c'est un sujet que nous ne voulons pas aborder aujourd'hui.

IV

LE RÉCIT DE MOÏSE DE KHOREN.

Nous faisons commencer notre extrait de Moïse de Khoren au règne d'Arscham, prédécesseur d'Abgar, parce que le nom de ce roi, comme nous l'avons
dit plus haut, provient uniquement d'une faute d'interprétation des sources déjà
signalées.

La lettre d'Abgar à Jésus, dont nous donnerons le texte plus loin, débute dans l'original syriaque par cette suscription : « Abgar *Oukama* (le Noir)
à Jésus, le bon médecin [1]. » Ce mot *oukama* (ܐܘܟܡܐ) est d'un usage assez fréquent, tant en syriaque que dans les autres dialectes araméens (אוּכָּמָא), toujours
avec le sens de « noir ». D'où vient donc que les anciens traducteurs, à l'exception de l'arabe (Aboul-Faradj : الاسود الحجر, *Abgar le Noir*), ou ne l'ont pas
compris ou ont refusé de le traduire? Cela est difficile à expliquer. « En admettant même, dit Saint-Martin [2], qu'Abgar ait été surnommé *le Noir*, on sent
bien qu'il ne pouvait pas prendre un pareil surnom en tête d'une lettre. » L'argument nous touche peu, mais les traducteurs orientaux ont peut-être obéi à
un scrupule de cette nature. Les éditions d'Eusèbe que nous avons pu consulter
(Heinichen, Schwegler, Dindorf) portent : « Abgar, toparque d'Édesse, à Jésus,

Pétersbourg, 1889 (dans les *Mémoires de l'Académie impériale des sciences de Saint-Pétersbourg*, VIIᵉ série, t. XXXV, nᵒ 1). — Voir
aussi R. Duval, *Histoire politique, religieuse et
littéraire d'Édesse jusqu'à la première croisade*.

Paris, 1892 (extrait du *Journal asiatique*, 1891).

[1] ܐܚܝ ܐܘܣܝܐ ܚܟܝܡܐ ܐܣܝܐ ܛܒܐ, *Doctrine*,
p. ܟ.

[2] *Fragments d'une histoire des Arsacides*,
t. I, p. 123.

le bon sauveur [1], » et omettent le surnom d'Abgar. Il est pourtant certain que ce surnom figurait dans le texte primitif. Seulement Eusèbe, ou celui qui lui interpréta le document « tiré des archives d'Édesse », ne l'avait pas traduit; il s'était borné à le transcrire très exactement οὐχᾶμα. Nous le retrouvons dans la version latine de Rufin (*Uchamæ filius*) [2] et dans la version syriaque (ܐܘܟܡܐ) sur laquelle a été faite la traduction arménienne. De plus, deux manuscrits de Paris et de Venise donnent encore la leçon οὐχ ἄμα [3], qui est à peine une altération de l'original.

Le traducteur arménien de la version syriaque devait bien comprendre le sens de *oukama*, mais lui non plus ne voulut pas le rendre et transcrivit par արդշամայ, *ardschama*. Peut-être avait-il mal lu le texte, ܐܘܟܡ̈ܝ au lieu de ܐܘܟܡܐ, ou mieux encore ܐܘܟܡܝ, dont il avait transcrit le ܟ d'après la prononciation des Syriens orientaux, *tch* [4]. Le traducteur arménien de la *Doctrine*, qui vient après la version d'Eusèbe et selon toute apparence s'en inspira, recula également devant le mot fatidique *oukama*; il le rendit une première fois par արքայ « roi » [5] et, dans la suscription de la lettre, par արշամայ, *arschama*, adoptant ainsi une forme plus arménienne que *ardschama* [6]. Quoi qu'il en soit des raisons de cette transformation de *oukama*, il n'en résulte pas moins de ce qui précède que nous avons là une simple transcription d'un mot que l'on se refuse à traduire.

Moïse de Khoren trouvait donc dans ses sources les deux formes *Abgar ardschama* et *Abgar arschama*, dont la désinence, purement syriaque, ramenait en même temps à la déclinaison arménienne en *a*, particulièrement employée pour les noms propres. Un Arménien devait tout naturellement penser au génitif d'un nom propre *Ardscham* (Արշամ) ou *Arscham* (Արշամ).

---

[1] Ἄβγαρος τοπάρχης Ἐδέσσης Ἰησοῦ σωτῆρι ἀγαθῷ, I, 13.

[2] Cureton, Lipsius, Dashian, etc. citent, d'après les éditions, *Uchaniæ filius*. C'est une mauvaise leçon. Mon savant ami M. Samuel Berger a bien voulu examiner pour moi à la Bibliothèque nationale 12 manuscrits de Rufin: 5, du XI° au XII° siècle, ont *Uchame* (ou *Uchamae*) *filius*; 3, du XI° au XIII° siècle, *Euchame f.*; un seul, du XV° siècle, porte *Uchanie f.* La variante Οὐχανίης υἱός, parfois citée, n'est qu'une simple conjecture proposée par Bongars, pour restituer le texte grec d'après la leçon *Uchanie filius*; voir l'édition de Heinichen, I, p. 80, note.

[3] C'est ainsi que deux manuscrits de Rufin de la Bibl. nat. ont *huc ame filius* et *hucha meae filius.*

[4] *Grammatica syriaca, quam post opus Hoffmanni refecit* Adalbertus Merx. *Halis*, 1867, I, p. 7.

[5] *Doctrine*, p. 1; *Lettre d'Abgar*, p. 2.

[6] Il me paraît bien hardi d'expliquer les formes arméniennes par une *nationalisation* du mot *oukama*, comme le voudrait le P. Dashian, et de dire que le traducteur a été influencé « par la tradition locale; » (*loc. cit.*, p. 27 et 37). C'est cette « tradition » qu'il aurait fallu d'abord établir.

Ce dernier était fort connu; il avait même été porté par un roi d'Arménie (Ἀρσάμης), ami d'Antiochus Hiérax, qui s'était réfugié dans ses montagnes vers 230 avant l'ère chrétienne [1]. Moïse, qui a ignoré ce roi, en avait certainement trouvé le nom, porté par le père de Darius, dans la *Chronique* d'Eusèbe, qu'il a beaucoup pratiquée. Il l'avait même rencontré sous cette forme : Դարեհ Արսամայ (= Արշամայ) « Darius *Arsama* » (= *Arschama*), c'est-à-dire fils d'Arscham [2]. L'auteur de l'*Histoire d'Arménie* se voyait donc tout naturellement amené à traduire Աբգար Արշամայ « Abgar *Arschama* » par « Abgar, fils d'Arscham ». Il est vrai que cet emploi du génitif est toujours demeuré étranger au génie de la langue arménienne, et qu'il ne s'en trouve pas, à ma connaissance du moins, un seul exemple dans le livre de Moïse de Khoren. Mais celui-ci avait si souvent constaté de pareilles constructions dans certains passages de la *Chronique* d'Eusèbe calqués sur le grec [3], que sa traduction par որդի Արշամայ « fils d'Arscham » a dû lui paraître toute naturelle et ne doit pas non plus nous étonner.

Abgar, roi d'Arménie, avait donc pour père Arscham, que l'on a le droit de considérer comme un autre roi d'Arménie. Mais si nous avons justifié la traduction de Moïse, il n'en reste pas moins démontré que le nom d'Arscham est le résultat d'une erreur d'interprétation et que d'une pareille erreur il ne peut naître qu'un roi fictif. Cela nous aidera à comprendre les récits assez singuliers que lui a consacrés Moïse et que nous allons maintenant reproduire, en mettant en regard les passages des divers auteurs qui ont servi de sources à l'*Histoire d'Arménie*.

[1] ...καὶ τοὺς μὲν Ἀρμενίων ὅρους διελθόντα φίλος ὢν Ἀρσάμης ὑπεδέξατο. (Polyæni *Strategicon libri VIII*, l. iv, c. 17). Le nom d'Arscham, Ἀρσάμης, se trouve déjà dans les *Perses* d'Eschyle, v. 37, 308.

[2] Eusèbe, *Chron.*, éd. Schœn, d'après le ms. d'Edschmiatzin, t. I, append., col. 15. Confirmé par l'extrait d'Asolik, Դարեհ Արշամայ, éd. Saint-Pétersbourg, p. 16. La restitution arménienne de la *Series regum* (éd. Aucher, II, 35), d'après Samuel d'Ani et saint Jérome, porte Դարեհ Արշամայ.

[3] On peut en citer de nombreux exemples : Դարեհ Վշտասպեայ, Δαρεῖος Ὑστάσπου; Արսեհ Ռբայ, Ἄρσης Ὤχου; Աղեքսանդրոս Փիլիպպեայ, Ἀλέξανδρος Φιλίππου, etc. Mais il serait, je crois, difficile d'en trouver dans les ouvrages écrits directement en arménien.

CHAPITRE XXIV. —— RÈGNE D'ARSCHAM. L'ARMÉNIE, POUR LA PREMIÈRE FOIS, DEVIENT
PARTIELLEMENT TRIBUTAIRE DES ROMAINS. DÉLIVRANCE D'HYRKAN ET PÉRILS QUE
COURT À CAUSE DE LUI LA FAMILLE DES BAGRATIDES.

La vingtième année et vers la fin du
règne d'Arschèz, l'armée arménienne réunie
et obéissant à ses ordres reconnut comme
roi Ardscham, nommé aussi Arscham, fils
d'Artaschès frère de Tigrane, et père d'Abgar. Quelques Syriens l'appellent Manova,
selon l'usage suivi par beaucoup de personnes de porter un double nom, comme
Hérode Agrippa, Titus Antoninus et Titus
Justus. Or, cette même année, mourut
Arschèz, laissant le royaume de Perse à
son fils Arschavir, qui était encore un tout
jeune homme, un enfant. Il n'y avait donc
personne pour aider Arscham à résister
aux Romains. Aussi fit-il la paix avec eux,
leur payant tribut, par l'intermédiaire
d'Hérode, pour la Mésopotamie et la région de Césarée. C'est alors que l'Arménie,
pour la première fois, devint partiellement
tributaire des Romains.

Vers le même temps, Arscham entra
dans une violente colère contre Énanos,
chevalier[1] qui avait le privilège de poser
la couronne sur la tête des rois, parce que
celui-ci avait délivré Hyrkan, le grand-
prêtre des Juifs, emmené captif par Barzaphran Reschtouni sous le règne de Tigrane.
Énanos, s'excusant devant le roi, lui dit
que Hyrkan avait promis une rançon de

Ardscham (Eusèbe); Arscham (Lettre
d'Abgar). Voir ci-dessus.

Abgar, fils de Maanou (Ո՝բգար որդի
Մանովայ. [Lettre, p. 1.])

... ou bien il avait deux noms comme
beaucoup d'autres. (Eus., H. E., II, 10.)

Agrippa, le même que Hérode (Ibid.).

Titus Antoninus (Antonin le Pieux) (Eus.
Chron., II, p. 286; cf. M. de Kh., II, 64).

Titus Justus. Actes des Ap., XVIII, 7.

Puis [Hérode] fit périr Hyrkan, revenu
auprès de lui de chez les Parthes, comme
suspect de conspirer contre lui. Cet Hyrkan
avait été emmené captif par Barzapharnès,
lorsque celui-ci avait envahi la Syrie; mais
ses compatriotes d'au delà de l'Euphrate,
ayant eu pitié de lui, demandèrent qu'il
leur fût remis. (Josèphe, B. J., I, 22, 1.)

cent talents, qu'il s'attendait à recevoir cette somme et s'engageait à la lui remettre.
Arscham fixa alors un terme à Énanos, qui envoya en Judée un de ses frères nommé
Sénékia pour réclamer à Hyrkan le prix de sa délivrance. Mais, lorsque le messager
d'Énanos arriva, Hérode avait fait périr Hyrkan, craignant qu'il ne conspirât contre sa

---

[1] Dans la langue de Moïse, ասպետ, chevalier, est à peu près synonyme de Bagratide; il
en est de même de թագակապ, celui qui met

la couronne. Énanos se trouve ainsi désigné
comme Bagratide dès les premiers mots du
récit. Cf. II, 7 (...կոչէ Թագադիր և ասպետ).

royauté. Lors donc que le terme assigné fut échu et qu'Énanos ne put remettre l'argent de la rançon d'Hyrkan, Arscham s'emporta contre lui, le dépouilla de ses honneurs et le fit jeter en prison.

Sur ces entrefaites, Zora, chef de la famille des G'nthouni [1], présenta au roi une dénonciation contre Énanos et lui dit : « Sache, ô roi, qu'Énanos a voulu se révolter contre toi et qu'il m'a fait cette proposition : « Demandons à Hérode, roi de Judée, qu'il s'engage « par serment à nous recevoir et à nous donner un héritage dans notre pays d'origine, « puisque nous sommes humiliés et persécutés dans ce pays-ci. » Moi, loin d'y consentir, je lui répondis : « Pourquoi nous laisser duper par d'antiques histoires et des contes de « vieilles femmes, en nous imaginant que nous sommes originaires de la Palestine ? » C'est alors que, n'espérant rien de moi, il a renvoyé le grand-prêtre Hyrkan et qu'il a perdu plus complètement encore tout espoir du côté d'Hérode. Cependant il ne renonce point à ses idées de trahison, à moins que tu ne te hâtes, ô roi, de le prévenir. »

Arscham ajouta foi à ces dénonciations et ordonna d'épuiser sur Énanos tous les genres de torture. Finalement il lui laissa le choix ou d'abandonner complètement les lois du judaïsme, d'adorer le soleil et de servir les idoles du roi — moyennant quoi le roi lui rendra ses anciens pouvoirs — ou d'être pendu au bois et de voir anéantir sa race. En même temps, on fait mourir devant lui un de ses parents nommé Saria et on amène au lieu du supplice ses fils qui portaient les noms de Saphatia et d'Azaria. De peur de voir périr ses fils, et cédant aux sollicitations de ses femmes, il se décide alors à accomplir la volonté du roi avec toute sa famille, et est rétabli dans ses premières dignités. Arscham cependant ne lui rendit pas toute sa confiance ; il l'envoya en Arménie et l'investit du gouvernement de ce pays, voulant seulement l'éloigner de la Mésopotamie.

Nous ne pouvons nous arrêter à écrire un commentaire détaillé sur le texte de Moïse et nous ne relèverons pas toutes les invraisemblances historiques de son récit. Au moyen de quelques brèves observations, nous essayerons seulement de caractériser le mode d'emploi des sources dont il dispose et de montrer le parti qu'il en a tiré.

Après avoir attribué à Ardscham, ou Arscham, une généalogie qui le rattache aux Arsacides d'Arménie, Moïse se trouve tout à coup en présence d'une difficulté. La *Lettre d'Abgar* donne à Abgar un autre père qu'Arscham ; elle le dit « fils de Maanou [2] » dès la première ligne. Moïse se laisse de suite induire en erreur en prenant la forme du génitif, *Manova*, pour le vrai nom

---

[1] Les G'nthouni étaient, comme les Bagratides, une famille à qui Moïse assigne une origine palestinienne. Ils descendaient de « l'illustre Cananidas », un des Cananéens qui s'enfuirent devant Josué (I, 19), pendant que les Bagratides remontaient seulement à l'époque

de la captivité de Babylone (I, 22). Voir *Nouvelles sources*, etc. Supplément, p. 37, n. 3

[2] ꜱꜱꜱ ꜱ, *որդի Մանովայ*. — Cette affirmation de la *Lettre d'Abgar* montre bien que pour le traducteur arménien, *Arschama* ne voulait pas dire « fils d'Arscham ».

du personnage, qui, en arménien comme en syriaque, est *Maanou* [1]; mais il n'en reste pas moins en face des deux noms du père d'Abgar. Eusèbe va l'aider à résoudre le problème. Après avoir raconté, d'après les *Actes des Apôtres*, comment Hérode, au milieu de la pompe qu'il déployait et des adulations de la foule, fut frappé à mort par l'ange du Seigneur [2], l'historien de l'Église reproduit un récit de Josèphe tout à fait semblable, mais où le personnage porte le nom d'Agrippa [3]. Puis il conclut à l'identité d'Hérode et d'Agrippa, en faisant remarquer que la négligence d'un copiste aura changé un nom, ou bien que le personnage « avait deux noms, comme beaucoup d'autres [4] ». Moïse s'approprie cette dernière explication et cite, comme premier exemple de double nom, celui d'Hérode Agrippa [5]. Cette laborieuse compilation de sources est loin d'indiquer que l'auteur suit une tradition.

Il en est de même de la seconde moitié du chapitre, qui est un vrai roman échafaudé sur un passage de Josèphe, ainsi que sur une des *arménisations* de sources les plus caractéristiques du livre de Moïse [6]. Barzapharnès était un général d'Orodes, roi des Parthes, et non pas de Tigrane, roi d'Arménie; c'est Moïse de Khoren qui en fait un chef de la satrapie des Reschtouni [7]. Hyrkan fut conduit en captivité non pas auprès de Tigrane, mais dans le pays des Parthes, à Babylone, où il resta jusqu'au commencement du règne de Phraate IV (37 av. J.-C.). Si Moïse avait eu sous les yeux les *Antiquités judaïques* de Josèphe [8], il y aurait trouvé plusieurs particularités absolument contraires à la manière dont il raconte les faits, notamment les démarches d'Hérode auprès de Phraate pour faire mettre Hyrkan en liberté [9]. Mais il ne connaissait que les maigres données de la *Guerre des Juifs*, et il les a largement amplifiées. Les « compatriotes de Hyrkan au delà de l'Euphrate » sont naturellement les Bagratides, qui descendent d'une souche hébraïque [10]. L'histoire d'Énanos est un épisode des luttes que Moïse leur fait soutenir pour conserver la pureté de

---

[1] Ս*աանու* Lettre, p. 38, l. 13. L'édition de Jérusalem a la forme Ս*այանու* (p. 33, l. 1), certainement plus moderne.

[2] *Actes*, XII, 21-23.

[3] *Ant. Jud.*, XIX, 8, 2.

[4] ...կամ երկու անուանս ունէր ՛ւա որպէս և այլք բազումք, H. E., II, 10.

[5] Le double nom d'Hérode Agrippa, souvent employé par les modernes, ne se trouve pas une seule fois dans Josèphe, ni dans le Nouveau Testament.

[6] Comp. Moïse de Khoren, II, 19, et Josèphe, *Bell. Jud.*, I, 13.

[7] II, 19.

[8] XV, 2, 2-4.

[9] Notons en passant que Hyrkan fut délivré en l'an 36, deux ans au moins avant la captivité d'Artavazd et le moment où Moïse fait régner Arscham. Il ne fut mis à mort par Hérode que six ans après, en l'an 30, après la bataille d'Actium.

[10] *Nouvelles sources*, p. 53, note.

leur foi[1]. Mais quant au nom d'Énanos lui-même, il est emprunté à la traduction arménienne de l'*Histoire ecclésiastique* d'Eusèbe, où il se lit fautivement pour Ananos[2]. Les membres de sa famille portent des noms juifs tirés de la Bible arménienne et un de ses fils s'appelle Saphatia, nom d'un fils de David[3]. Cette seule particularité trahirait, à défaut d'autres, le caractère littéraire de la composition.

CHAPITRE XXV. — BROUILLE ENTRE HÉRODE ET ARSCHAM; SOUMISSION FORCÉE DE CE DERNIER.

Après cela il y eut brouille entre Hérode, roi de Judée, et notre roi Arscham. Hérode, en effet, après mainte action d'éclat, entreprit des œuvres utiles au public, faisant élever de nombreuses constructions dans beaucoup de villes, depuis Rome jusqu'à Damas. Il demanda donc à Arscham une grande quantité de manœuvres, pour leur faire niveler les rues d'Antioche de Syrie, impraticables à cause des boues et des immondices. Arscham refusa, rassembla une armée pour résister à Hérode, et en même temps il envoya des ambassadeurs à Rome pour prier l'empereur de ne point le mettre sous la dépendance d'Hérode. Or non seulement l'empereur ne délivra point Arscham de la domination d'Hérode, mais il confia à ce dernier toutes les provinces méditerranées[4].

[Les constructions d'Hérode sont longuement énumérées par Josèphe, *De Bello jud.*, I, 21.]

Hérode ne fit-il pas paver de marbre poli, sur une longueur de vingt stades, la grande rue d'Antioche de Syrie, que tout le monde évitait à cause de la boue; et, pour offrir un abri contre les pluies, ne la fit-il pas orner d'un portique de même longueur? (Jos., *B. J.*, I, 21, 11.)

[Auguste] établit Hérode procurateur de toute la Syrie ... de sorte qu'aucun des autres procurateurs ne pouvait rien faire

---

[1] Cf. M. de Kh., II, 9. — Gutschmid a très bien caractérisé cette lutte, *loc. cit.*, p. 12.

[2] Eus., *H. E.*, II, 23. Ἄνανος, c'est-à-dire Hanan (חנן), est devenu Ի͂նանոս en passant par le syriaque ܐܢܢ, mal vocalisé par le traducteur. De même Ἀνέγκλητος, Anaclet, donne, dans l'Eusèbe arménien, Ընանկղետ͂ , du syriaque ܐܢܩܠܛܘܣ,

[3] 2 Sam., III, 4; Azaria, 1 Rois, IV, 2; Saria, Σαρία, mais cod. Alex. Σαρία, hébr. שְׂרָיָה , 2 Chron. IX, 44. Le seul nom de Sénékia, Սենեքայ, ne se trouve pas dans la Bible; c'est peut-être une faute pour Sédékia.

ÉCOLE DES LANGUES ORIENTALES.

[4] Միջերկրայ , proprement « l'intérieur des terres » (cf. ἡ μεσόγαιος, s. e. χώρα, Jos. *Bell. Jud.*, I, 13, 1 et *passim*) est une expression géographique fort vague, qui peut désigner en même temps la Syrie, une partie de l'Asie Mineure et en particulier la Cappadoce. Elle rend ici le Συρία du texte de Josèphe (Κατέστησε δε αὐτὸν καὶ Συρίας ὅλης ἐπίτροπον). Moïse l'emploie sans doute pour justifier l'ingérence d'Hérode dans les affaires de l'Asie antérieure. — Cf. Gutschmid, *Ueber die Glaubwürdigkeit u. s. w.*, p. 24 et suiv. [*Kleine Schriften*, III, p. 309 et suiv.]

49

Hérode fit alors roi des provinces méditerranées, sous son autorité, le beau-père de son fils Alexandre [Archélaüs], issu du côté de son père de Timon (Téménos), et du côté de sa mère du royaume des Mèdes, de la race de Darius, fils d'Hystaspe. Il prit aussi à son service dix corps de Galates et d'habitants du Pont. Ce que voyant, Arscham s'incline devant Hérode comme son maître en toutes choses et lui accorde les manœuvres demandés. Avec ceux-ci, Hérode nivèle les rues d'Antioche sur une longueur de vingt stades et les pave avec des dalles de marbre blanc pour que les ruisseaux, coulant plus facilement sur le pavé, ne fissent aucun mal à la cité [2].

Arscham mourut après avoir régné vingt ans.

sans le consulter. (Jos., *B. J.*, I, 20, 4.)

[Glaphyra, fille d'Archélaüs et femme d'Alexandre, se vantait de la noblesse de son origine et se disait issue], du côté de son père, de Téménos [1], et du côté de sa mère, de Darius, fils d'Hystaspe. (Jos., *B. J.*, I, 24, 2.)

[Hérode avait parmi ses gardes des mercenaires *Galates* (Gaulois). (Jos., *B. J.*, I, 33, 9.)]

Τὴν δὲ Ἀντιοχέων τῶν ἐν Συρίᾳ πλατεῖαν, οὐ φευκτὴν οὖσαν ὑπὸ βορβόρου κατέσ]ρωσέ τε σ]αδίων εἴκοσι τὸ μῆκος οὖσαν ξεσ]ῇ μαρμάρῳ, καὶ πρὸς τὰς ὑετῶν ἀποφυγὰς ἐκόσμησεν ἰσομήκει σ]οᾷ. (Jos., *B.J.*, I, 21, 11.) Voir plus haut la traduction.

Moïse continue à raconter le règne d'Arscham en imaginant une histoire sur un thème donné par un passage de Josèphe, où il n'est du reste question ni d'Arscham ni des Arméniens. L'idée d'étendre le pouvoir d'Hérode jusqu'à la Cappadoce et à la Mésopotamie ne repose que sur une traduction inexacte signalée plus haut et est contraire à tout ce que nous savons de cette époque. Ce chapitre, en dehors des emprunts faits à Josèphe, n'est pas plus historique que le précédent. Nous ne devions pas, du reste, nous attendre à autre chose, après avoir montré comment a pris naissance la personne du père et prédécesseur d'Abgar.

CHAPITRE XXVI. —— RÈGNE D'ABGAR. L'ARMÉNIE ENTIÈRE DEVIENT TRIBUTAIRE DES ROMAINS. GUERRE AVEC LES TROUPES D'HÉRODE, DONT LE NEVEU, JOSEPH, EST TUÉ.

Abgar, fils d'Arscham, monte sur le trône la vingt-quatrième année d'Arschavir, roi de Perse. Il portait le nom d'Avag-aïr (*grand homme*), à cause de sa grande douceur et

---

[1] Les descendants de Téménos, un des Héraclides, après avoir régné sur Argos, fondèrent le royaume de Macédoine. Les rois de Macédoine prenaient parfois le nom de Téménides (Τημενίδαι). Archélaüs prétendait donc

appartenir à la famille d'Alexandre. — Comparer notre traduction de ce passage avec celle de Langlois.

[2] La traduction de ce dernier membre de phrase est conjecturale. Le texte a souffert et

de sa sagesse, aussi à cause de sa taille; mais les Grecs et les Syriens, qui ne pouvaient bien prononcer ce nom, l'appelèrent Abgar. La deuxième année de son règne, toutes les provinces de l'Arménie devinrent tributaires des Romains; et lorsqu'il fut *ordonné par l'empereur Auguste*, comme il est dit dans l'évangile de Luc, *de faire le recensement du monde entier*[1], des commissaires romains furent aussi envoyés en Arménie, apportant la statue de l'empereur Auguste, qu'ils érigèrent dans tous les temples. En ce temps là naquit Notre Sauveur Jésus-Christ, fils de Dieu.

Vers ce même temps, la brouille éclata entre Abgar et Hérode. Hérode avait ordonné que sa statue fût dressée à côté de celle de l'empereur Auguste dans les temples de l'Arménie, et comme Abgar n'y avait pas consenti, il lui chercha querelle. En envoyant une armée de Thraces et de Germains[2] faire incursion en Perse, il leur ordonne de traverser le territoire d'Abgar. Celui-ci ne l'accorde pas et résiste, en disant que l'ordre de l'empereur est de faire passer l'armée en Perse par le désert. Hérode, profondément irrité, ne

pouvait rien faire par lui-même, étant accablé de maux de toute sorte, à cause de ce qu'il avait osé entreprendre contre le Christ, ainsi que le raconte Josèphe[3]. Il envoie donc son neveu (*fils de son frère*), à qui il avait donné sa fille, mariée d'abord à Phérour (Phéroras), son frère. Celui-ci prend une nombreuse armée, se met en route et arrive en Mésopotamie, où il rencontre Abgar campé dans le canton de Bougnan[4]; il est tué dans le combat et ses troupes prennent la fuite.

Bientôt après Hérode mourut aussi, et son fils Archélaüs fut nommé ethnarque des Juifs par Auguste.

... à cause de sa téméraire entreprise contre le Christ. (Eus., *H. E.*, I, 8.)

[Après la mort de la première femme de Phéroras], Hérode lui donna en mariage sa fille aînée, avec une dot de trois cents talents. Phéroras refusa cette alliance à cause de l'amour qu'il avait pour une esclave. Hérode, irrité, maria sa fille à son neveu (*fils de son frère*), qui fut tué plus tard par les Parthes[5]. (Jos., *B. J.*, I, 24, 5.)

Archélaüs, fils d'Hérode, fut nommé ethnarque des Juifs par Auguste. (Eus., *Chron.*, II, p. 260.)

L'explication du nom d'Abgar au moyen de la langue arménienne est destinée à accentuer, dès le début, que ce roi était véritablement un roi arménien.

rend bien mal le grec; 𝘭𝘸𝘲𝘭𝘶𝘨𝘭𝘺 (ἐχόσμησεν) semble demander un autre contexte. Dans le grec, il s'agit de portiques pour offrir un abri contre la pluie.

[1] Luc, II, 1.

[2] Avec les Gaulois, dont il est déjà question au chapitre précédent, les Thraces et les Germains faisaient aussi partie de l'armée d'Hérode (... τὸ Θρᾴκιον σῖῖφος, Γερμανοί τε καὶ Γαλάται, Jos. B. J., I, 33, 9).

[3] Émin, dans sa traduction en russe de

l'*Histoire d'Arménie*, fait remarquer (2ᵉ éd., p. 253) que Josèphe ne motive pas ainsi la maladie d'Hérode, mais qu'il en donne une raison bien différente. Il n'a pas vu que Moïse citait d'après Eusèbe, qui joint cette réflexion à la reproduction de *Ant. Jud.*, XVII, 6, 5 et *B. J.*, I, 33, 5.

[4] Région tout a fait inconnue. Le texte est peut-être corrompu.

[5] Ἡρώδης τὴν θυγατέρα τῷ πρὸς Πάρθων ὕσʒερον ἀναιρεθέντι συνέζευξεν ἀδελφιδῷ.

49.

C'est, du reste, une de ces fantaisies étymologiques dont Moïse est coutu-
mier[1]. Nous en aurons bientôt un autre exemple à propos du nom de
Sanatrouk.

D'après notre texte, l'Arménie entière serait devenue tributaire des Romains
la deuxième année du règne d'Abgar. Cette affirmation ne peut être que le
résultat d'une combinaison personnelle de l'auteur. Est-ce parce qu'Auguste
ordonne « le recensement du monde entier », ou bien parce que Moïse veut que
le recensement ait eu lieu aussi en Arménie? Il est inutile de chercher une
trace de vérité historique dans le fait que la statue d'Auguste aurait été dressée
« dans tous les temples ». Cette idée a été sans doute suggérée à l'auteur par
un passage de la *Chronique* d'Eusèbe[2], où il est dit que les statues et images
de Caligula furent érigées dans les synagogues juives du monde entier. Moïse
avait, en effet, la *Chronique* sous les yeux en écrivant ce chapitre, ainsi que le
suivant. La mention de l'élévation d'Archélaüs à la dignité d'ethnarque en est
extraite mot pour mot; très probablement aussi la mort d'Hérode, qui précède immédiatement, comme dans le livre d'Eusèbe[3].

Mais la partie la plus intéressante de notre chapitre, au point de vue de
l'étude et de l'emploi des sources, est sans contredit celle qui raconte les
motifs et l'issue de la guerre d'Hérode contre Abgar. Le récit est purement
imaginaire et repose uniquement, comme Gutschmid l'a déjà fait remarquer,
sur la mention d'un « neveu (*fils du frère*) d'Hérode tué par les Parthes ».
Moïse lit consciencieusement la *Guerre des Juifs*, et chaque fois qu'il y rencontre ce dernier mot, c'est un nouvel épisode de l'histoire d'Arménie qui
apparait. Le neveu « tué par les Parthes » n'est pas nommé par Josèphe; Moïse
ne donne pas non plus son nom. Mais en poursuivant sa lecture de la *Guerre
des Juifs*, il trouve mentionné un neveu (*fils du frère*) d'Hérode, savoir Joseph[4],
fils de Joseph frère d'Hérode, qui épousa Olympias, fille d'Hérode et de Mal-
thacé la Samaritaine. Neveu (*fils du frère*) d'Hérode et en même temps son
gendre : comment ne pas reconnaître à ce signalement le « neveu tué par les

---

[1] En syriaque, Abgar (ܐܒܓܪ) signifie boiteux. Comp. le nom de la *gens Claudia*.

[2] II, 268.

[3] Dans le passage de Moïse sur la maladie
d'Hérode, après ܀ܒܡܝܐ ܪܐܪܓܢ, le *cod.*
Lambr. ajoute : ܪܪܕܝܢ 'ܝ ܒܡܝܐ ܒܐܘܝܒܘܝ ܆ son
corps grouillait de vers ». La *Chronique* porte :
ܪܪܪܒܐܘܝ ܪܐܪܐܝܢܕ (II, p. 260). Il serait possible que l'addition du *cod. Lambr.* appartint

au texte primitif (l'étude des sources nous a
permis de relever plusieurs cas analogues),
étant donné surtout qu'en écrivant ce chapitre
Moïse utilisait la *Chronique*. Eusèbe (*H. E.*,
I, 8) se sert de tout autres expressions : ܒ ܪܪܕܝܢ
ܐܘܝܐܐܝ ܪܐܪܐܝܝܢ ܪܐܪܐܝܐܝ ܝܒܐ ܝܐܐܝܐ, « une
infinité de vers rongeaient tout son corps ».

[4] Ὁ ἀδελφιδοῦς (= ܒܪܐܘܪܐܪܪܝ) αὐτοῦ Ἰώση-
πος. *B. J.*, I, 28, 4.

Parthes »? Bien des savants modernes n'en auraient pas demandé davantage. Aussi Moïse ajouta-t-il, non pas dans le texte de son *Histoire* mais dans le titre du chapitre, le nom de Joseph. Pourtant il se trompait. S'il avait lu les *Antiquités judaïques*[1], il aurait vu que le « neveu tué par les Parthes » était non pas Joseph, mais Phasaël, fils de Phasaël frère d'Hérode, qui avait été marié à Salampsio, fille aînée d'Hérode et de Marianne. L'erreur de Moïse est très excusable; mais comme ce détail nous montre bien sa méthode de composition et en même temps la manière, à la fois consciencieuse et hautement arbitraire, dont il procède avec ses sources!

CHAPITRE XXVII. — FONDATION DE LA VILLE D'ÉDESSE. MENTION SOMMAIRE DE LA FAMILLE DE NOTRE ILLUMINATEUR.

Auguste meurt peu de temps après et Tibère lui succède comme empereur des Romains. Germanicus, devenu César, mène en triomphe les nobles d'Arschavir et d'Abgar, envoyés à Rome à cause de la guerre qu'ils ont soutenue et dans laquelle ils ont tué le neveu d'Hérode. Abgar, indigné, médite des projets de révolte et se prépare à la lutte. Il bâtit alors, à l'endroit où les troupes arméniennes prenaient leurs quartiers, là même où elles gardaient auparavant l'Euphrate contre les entreprises de Cassius, une ville qui prend le nom d'Édesse. C'est là qu'il transporte sa cour, qui était à Metzbin, toutes ses idoles, savoir Nabog, Bel, Bathnikal et Tharatha, les livres des écoles attachées aux temples, et aussi les archives royales.

Auguste mourut. (Eusèbe, *Chron.*, II, 262.)

Germanicus César triomphe des Parthes. (*Ibid.*)

Nabo... Bel... Bathnikal... Thartha. (*Lettre d'Abgar*, p. 24.)

Puis, Arschavir étant mort, son fils Artaschès règne sur les Perses. Maintenant, bien que nous nous écartions ainsi de l'ordre chronologique de l'histoire et aussi du plan que nous nous sommes tracé, comme [les auteurs de la conversion de l'Arménie à la vraie foi] sont des descendants du roi Arschavir, du même sang que son fils Artaschès, nous allons dès à présent, pour honorer ces hommes, les mentionner par anticipation à côté d'Artaschès, pour que le lecteur sache bien qu'ils sont de la même race que ce héros. Nous retracerons plus tard l'époque de l'arrivée en Arménie de leurs pères, les Karéniens et les Souréniens, desquels sont issus saint Grégoire et les Kamsariens, lorsque dans le

[1] XVI, 7, 3; XVIII, 5, 4.

cours de notre histoire nous arriverons au règne du roi qui les reçut [dans ses États].

Cependant les projets de révolte d'Abgar n'aboutirent pas, car des dissensions ayant éclaté parmi ses parents du royaume de Perse, il se dirigea de ce côté avec une armée pour apaiser la querelle et y mettre fin.

Le succès d'Abgar contre les troupes d'Hérode eut des suites fâcheuses pour les vainqueurs. Moïse ne nous dit pas ce qui arriva, mais il nous montre les nobles Parthes et Arméniens conduits à Rome pour orner un triomphe de Germanicus, à cause de la guerre dans laquelle ils avaient tué le « neveu d'Hérode ». Nous avons encore là un « développement » de sources tout aussi instructif que l'amplification du chapitre précédent. C'en est même la continuation.

De même que la fin du chapitre XXVI, le commencement du chapitre XXVII est emprunté à la *Chronique* d'Eusèbe, où nous lisons, immédiatement après la mort d'Auguste et l'avènement de Tibère, ce laconique énoncé d'un fait : GERMANICUS CÉSAR TRIOMPHA DES PARTHES [1]. L'événement est rapporté à la deuxième année de la 199ᵉ olympiade, soit l'an 771 de Rome et l'an 18 de l'ère chrétienne. Tout est rigoureusement exact. Germanicus ayant réussi à installer sur le trône d'Arménie Zénon, fils de Polémon, roi du Pont, qui prit le nom d'Artaxias en ceignant la couronne, à la place de Vononès, fils de Phraate IV, roi des Parthes, que les Romains retenaient prisonnier, le Sénat lui décerna l'ovation ; mais il ne vint pas à Rome, et on se borna à lui élever un arc de triomphe [2]. Germanicus mourut du reste à Antioche la même année.

Nous sommes bien loin, n'est-ce pas, du roi d'Arménie Abgar. Moïse de Khoren va nous y ramener par le commentaire qu'il donne du passage d'Eusèbe. Sous sa plume, *Germanicus César* se transforme en « *Germanicus* étant devenu *César* », c'est-à-dire, par le fait de l'avènement de Tibère, l'héritier de l'empire. Le mot César n'a eu cette valeur que depuis Hadrien [3]. Dans le texte d'Eusèbe, *César* est resté le *cognomen* de la *gens Julia*, pris par les empereurs et les membres de leur famille. Dans la même page, Drusus est également qualifié *César*. La seconde moitié du passage, savoir *triompha des Parthes*, devient : « mena en triomphe les nobles d'Arschavir et d'Abgar envoyés à Rome, etc. » On voit que la courte phrase de la *Chronique* se prête à des interprétations bien diverses ! La colère d'Abgar, qui suit le triomphe de Germa-

---

[1] Գերմանիկոս կայսր ձաղկաց զ Պարթեւս.
II. p. 262.

[2] Tacite, *Annales*, II, 4, 56, 64.

[3] Cagnat, *Épigraphie latine*, p. 109.

nicus, les projets de révolte et la construction d'Édesse [1], la translation de la cour et des archives de Metzbin dans la ville nouvellement fondée — évidemment pour se rapprocher de la frontière romaine — sont des faits purement imaginaires.

Les noms des dieux d'Abgar sont pris dans la *Lettre d'Abgar* [2], qui va devenir tout à l'heure une source très importante.

CHAPITRE XXVIII. — ABGAR SE REND EN ORIENT ET MAINTIENT ARTASCHÈS SUR LE TRÔNE DE PERSE. COMMENT IL RÈGLE LA SITUATION DE SES FRÈRES DE QUI DESCENDENT NOTRE ILLUMINATEUR ET SES PARENTS.

Abgar, s'étant rendu en Orient, trouve Artaschès sur le trône de Perse, et ses frères en opposition déclarée contre lui. Artaschès voulait que ses descendants régnassent sur eux après lui, et eux refusaient d'admettre cette prétention. Aussi les cerne-t-il de toutes parts et fait-il planer sur eux la crainte de la mort. Les divisions, la discorde éclatent au milieu des armées et parmi leurs autres parents. Le roi Arschavir avait en effet laissé trois fils et une fille : l'aîné était le roi Artaschès lui-même, le second, Karèn, et le troisième, Sourèn; leur sœur, appelée Koschm, était femme du général de tous les Ariens, institué par son père Arschavir.

Abgar leur persuade de faire la paix, et lui-même en fixe les conditions : Artaschès régnera et ses descendants après lui, comme il l'avait désiré; ses frères seront appelés Pahlav, d'après le nom de leur ville, de leur grand et fertile pays, pour qu'ils soient, comme vrais rejetons du sang royal, supérieurs en dignité et en puissance à tous les autres satrapes de Perse. Il est en outre stipulé par des traités et des serments que, si la postérité masculine d'Artaschès vient à s'éteindre, ses frères arriveront au trône. Puis, en dehors de la famille régnante, celle d'Artaschès, on constitua avec ses frères trois familles ainsi nommées : Karéni Pahlav, Souréni Pahlav et Aspahapéti Pahlav; la dernière, formée de la descendance de la sœur, tirait son nom de la dignité dont était revêtu le mari de Koschm.

On dit que saint Grégoire est issu des Souréni Pahlav, et les Kamsariens, des Karéni Pahlav. Dans quelles circonstances ces personnages sont venus [chez nous], nous le raconterons en son lieu. Nous nous bornons maintenant à les mentionner auprès d'Artaschès, pour que tu saches que ces grandes familles sont bien du sang de Valarsace, c'est-à-dire de la race d'Arsace le Grand, son frère.

Les affaires [de Perse] étant ainsi réglées, Abgar rentre [dans ses États] avec le texte du traité, mais malade et en proie à d'horribles souffrances.

---

[1] Édesse existait certainement plusieurs siècles avant J.-C. (Duval, *Hist. d'Édesse*, p. 20). Fauste de Byzance parle aussi de la fondation d'Édesse par les Arméniens (V, 32), mais le passage est relativement moderne. C'est la seule fois que le nom d'Édesse figure dans le livre de Fauste.

[2] P. 24.

Nous n'avons point de véritables sources à citer pour ce chapitre, ainsi que pour la seconde moitié du chapitre précédent. Tout au plus pourrions-nous faire quelques rapprochements, d'où il résulterait que Moïse est assez bien renseigné sur les affaires de Perse. Son récit tend à nous montrer qu'Abgar jouissait d'une grande autorité dans la famille des Arsacides, et aussi que les trois plus grandes familles de Perse descendaient des fils d'Arschavir. Sur ce dernier point, il est certainement dans l'erreur. L'origine de ces familles remonte beaucoup plus haut. C'était déjà un Sourèn (Surena) qui vainquit et tua Crassus en l'an 53 avant J.-C. Plutarque nous parle de ce Sourèn en des termes qui intéressent l'histoire d'Arménie. Il nous apprend entre autres que les Sourèn avaient, de naissance, le droit de poser la couronne sur la tête des rois [1], privilège que Moïse attribue, en Arménie, à la famille des Bagratides.

La fin du chapitre raconte l'origine de la maladie d'Abgar, qui sera un peu plus tard guérie par Thaddée.

CHAPITRE XXIX. —— ABGAR REVENU D'ORIENT PORTE SECOURS À ARÉTAS, EN GUERRE AVEC HÉRODE LE TÉTRARQUE.

Lorsqu'Abgar fut revenu d'Orient, il apprit que les Romains le soupçonnaient d'y être allé pour lever des troupes. Il fait donc connaître aux procurateurs romains le vrai motif de son voyage en Perse, et leur envoie en même temps le texte du traité qui avait été conclu entre Artaschès et ses frères. Mais ils ne le crurent point, parce qu'il était calomnié par ses ennemis, Pilate, Hérode le Tétrarque [2], Lysanias et Philippe. Aussi Abgar, étant rentré dans sa ville d'Édesse, fit-il alliance avec Arétas, roi de Pétra, auquel il envoya des auxiliaires sous la conduite d'un certain Khosran [3] Artz-

Pilate, Hérode, Lysanias et Philippe (Eusèbe, *H. E.*, I, 9; d'après Luc, iii, 1).

[1] Κατὰ γένος μὲν οὖν ἐξ ἀρχῆς ἐκέκτητο βασιλεῖ γενομένῳ Πάρθων ἐπιτιθέναι τὸ διά-δημα πρῶτος. (*Vita Crassi*, 20.) Voir dans Moïse, II, 3, ce privilège conféré presque dans les mêmes termes aux Bagratides, et ce qui est dit plus haut d'Énanos, p. 382.

[2] Le mot «tétrarque», qui ne figure ni dans Eusèbe, *H. E.*, I, 9, ni dans Luc, III, 1,

est certainement emprunté à la *Chronique* d'Eusèbe, II, p. 262.

[3] Khosran ou Khosron (խոսրան, var. խոսրով) est la forme syriaque (ܟܘܣܪܘ) du nom dont la forme arménienne est Khosrov (խոս-րով); un peu plus loin (II, 36), nous le retrouverons sous la forme Khosren (խոսրէն). Le nom est ici emprunté à la *Lettre d'Abgar*,

rouni, pour faire la guerre à Hérode. Celui-ci, qui avait d'abord épousé la fille
d'Arétas, l'avait ensuite dédaigneusement
répudiée pour prendre, du vivant même de
son mari, Hérodiade, à cause de laquelle
il avait mis à mort Jean-Baptiste. L'injure
faite à la fille d'Arétas amena entre lui et
Hérode une guerre dans laquelle les troupes
de ce dernier furent taillées en pièces, grâce
au secours apporté par les braves Arméniens, comme si, par une dispensation de
la Providence divine, il eût été tiré vengeance de la mort du Baptiste.

Peu de temps après, Hérode le Tétrarque
fit couper la tête à Jean-Baptiste, ce que
rapporte le saint livre de l'Évangile. Mais
Josèphe le raconte également et mentionne
par son nom Hérodiade, disant qu'elle était
femme du frère d'Hérode, et que celui-ci
l'épousa, ayant dédaigneusement répudié
celle qu'il avait d'abord légalement épousée
et qui était fille d'Arétas, roi de Pétra. Hérode avait enlevé Hérodiade à son mari, du
vivant de celui-ci, et ce fut à cause d'elle
qu'il mit à mort Jean-Baptiste. L'injure
faite à la fille d'Arétas amena la guerre
entre lui et Hérode, et, lorsqu'on en vint
aux mains, toutes les troupes de ce dernier
furent taillées en pièces. Ce malheur arriva
à Hérode à cause de son atroce cruauté
envers Jean (Eusèbe, H. E., I, 11).

Se trouvant en mauvais termes avec les Romains après son retour de Perse,
Abgar fait alliance avec Arétas, roi de Pétra, et lui envoie des auxiliaires qui
l'aident à battre les troupes d'Hérode (Antipas). L'histoire de cette guerre est
racontée par Josèphe, mais seulement dans les *Antiquités* (XVIII, 5, 1). Ce
n'est pas de là que Moïse l'a empruntée, quoi qu'en disent les annotateurs de
l'*Histoire d'Arménie* et Gutschmid lui-même [1]. Il a utilisé l'extrait qu'en a fait
Eusèbe dans son *Histoire ecclésiastique* (I, 11). Les nombreuses concordances
de mots et de phrases ne permettent pas d'en douter.

Josèphe et Eusèbe ne parlent, à cette occasion, ni d'Abgar ni des Arméniens; ils ne mentionnent aucun secours reçu par Arétas. Comment donc Moïse
a-t-il eu l'idée de mêler à cette guerre le roi Abgar et ses soldats, d'envoyer
les Arméniens combattre sur les bords de la mer Morte, et cela, en 36 ou 37
après J.-C., c'est-à-dire après la conversion du roi d'Édesse [2]? La réponse à

où Khosron fait partie de l'entourage d'Abgar
(p. 19). Moïse l'a certainement choisi parmi
les sept personnages cités en même temps que
lui, comme portant un nom à peu près arménien, et il l'a *arménisé* complètement en en
faisant un Artzrouni, ainsi qu'il avait fait plus
haut de Barzaphran un Reschtouni; v. p. 384.

Nous verrons dès la page suivante *arméniser* de
la même manière les noms des envoyés d'Abgar,
Mar Ihab et Schamschagram.

  [1] *Ueber die Glaubwürdigkeit* u. s. w., p. 25
[*Kleine Schriften*, III, p. 310].
  [2] Date généralement admise pour la guerre
d'Arétas contre Hérode.

cette question n'est pas douteuse. Si on considère bien les additions qu'il a faites à sa source vers la fin du chapitre, on jugera comme nous qu'il voulait accorder aux Arméniens le grand honneur d'avoir contribué à venger sur Hérode la mort de Jean-Baptiste. C'était une compensation anticipée de l'abstention d'Abgar, qui, comme nous le verrons bientôt, dut renoncer à venir châtier les Juifs coupables d'avoir crucifié Jésus.

CHAPITRE XXX. — ABGAR ENVOIE DES CHEFS À MARINUS[1]. PENDANT LE VOYAGE ILS VOIENT LE CHRIST NOTRE SAUVEUR, CE QUI FUT L'OCCASION DE LA CONVERSION D'ABGAR.

En ce temps-là Marinus, fils de Storg, fut revêtu des fonctions de procurateur de l'empereur sur la Phénicie, la Palestine, la Syrie et la Mésopotamie. Abgar lui envoya deux de ses chefs, Mar Ihab, prince d'Aldznik, et Schamschagram, chef de la famille des Apahouni, ainsi que Anan, son confident[3], dans la ville de Bethkoub[r]in, pour lui faire connaître les motifs de son voyage en Orient, lui communiquer le texte du traité conclu entre Artaschès et ses frères, et mettre ainsi le procurateur de son côté. Les envoyés trouvèrent Marinus à Éleuthéropolis. Il les reçut avec joie, les combla d'honneurs et fit à Abgar la réponse suivante : « Ne crains rien de l'empereur au sujet de cette affaire, pourvu que tu payes exactement le tribut. »

Le roi Abgar envoya Marihab et Schamschagram, chefs des plus considérés de son royaume, et avec eux Anan, son confident, vers la ville d'Éleuthéropolis, en langue syrienne Bethkoubrin, auprès du grand et noble Sabinus, [fils] d'Eustorgius[2], procurateur de l'empereur, qui gouvernait alors la Syrie, la Phénicie et la Palestine[4]. Ils lui portaient des lettres relatives aux affaires de l'État. A leur arrivée, Sabinus les reçut avec joie, les combla d'honneurs . . . . et écrivit une lettre en réponse à celle qu'ils avaient apportée.

[1] Մառինոս, *Marinus*, est une faute de copiste pour Սաբինոս, *Sabinus* que portent le texte syriaque et la *Lettre d'Abgar*.

[2] Սաբինոս Եւստորգեայ; d'après le texte syriaque et celui de Moïse, il faut rétablir որդի et lire Սաբինոս որդի Եւստորգեայ.

[3] Dans le texte syriaque de la *Doctrine*, Anan (Hanan) est qualifié de ܐܓܪܬܐ (texte de Cureton), ταβελλάριος, *tabellarius* « courrier », et de ܐܓܪܬܐ (texte de Phillips) ταβουλάριος, *tabularius* « secrétaire ». Eusèbe ou son traducteur, qui avaient sous les yeux la première leçon, ont rendu par ταχυδρόμος « courrier », et la version arménienne d'Eusèbe par սուրհանդակ, qui a le même sens. Mais la *Lettre d'Abgar* a suivi l'autre lecture et traduit par հաւատարիմ « confident ». Nous allons donc voir Anan comme « courrier » ou comme « confident », selon la source utilisée par Moïse de Khorène.

[4] La Mésopotamie ne figure pas dans le texte arménien de la *Lettre d'Abgar*. Elle doit y être rétablie puisqu'elle se trouve à la fois dans le texte syriaque et dans celui de Moïse.

A leur retour, les envoyés montèrent à Jérusalem pour voir le Christ notre Sauveur, attirés par la renommée de ses miracles. Puis ils racontèrent à Abgar les prodiges dont ils avaient été eux-mêmes témoins. Celui-ci, émerveillé, crut véritablement que c'était bien le fils de Dieu, et dit : «Ces miracles ne sont point d'un homme, mais d'un Dieu; car nul d'entre les hommes n'a le pouvoir de ressusciter les morts, mais seulement un Dieu. »

Comme Abgar était en proie, dans tout son corps, à d'horribles souffrances qu'il avait contractées en Perse sept ans auparavant, et que les hommes n'avaient pu trouver le moyen de guérir, il fit porter à Jésus une lettre suppliante, pour qu'il vînt et le guérît de ses maux. Cette lettre était ainsi conçue :

(Même source très abrégée).

Ces miracles ne sont point des hommes, mais d'un Dieu; car nul d'entre les hommes n'a le pouvoir de ressusciter les morts, mais seulement un Dieu (*Lettre d'Abgar,* p. 1-4).

Abgar était en proie, dans tout son corps, à d'horribles souffrances dont aucune guérison n'était à attendre des hommes. Lorsqu'il entendit parler du nom de Jésus et des miracles qu'il faisait.... il lui fit porter par ses serviteurs une lettre suppliante, le priant de venir et de le guérir de sa maladie (Eusèbe, *H. E.*, I, 13).

Moïse va suivre maintenant les deux grandes sources que nous avons caractérisées plus haut, la version arménienne de l'*Histoire ecclésiastique* d'Eusèbe et la *Lettre d'Abgar*. Il les serre d'assez près, surtout Eusèbe, qu'il transcrit souvent mot pour mot. Mais il ne s'abstient pas d'intercaler quelques additions destinées à mettre son récit en rapport avec ce qu'il a déjà raconté. Par exemple, dans notre chapitre, il fait connaître au procurateur Marinus (Sabinus) « les motifs de son voyage en Orient », et cherche à le « mettre de son côté » sans doute contre les ennemis qu'il a dans l'administration romaine (xxviii, xxix). Marinus lui répond qu'il n'a rien à craindre de l'empereur, pourvu qu'il paye exactement le tribut (cf. c. xxvi). Nous voyons encore que la maladie d'Abgar a été « contractée en Perse sept ans auparavant ». Tout cela manque dans les sources connues, et ne provient certainement pas d'une autre source encore ignorée. Il faut reconnaître dans de pareilles intercalations la main de Moïse de Khoren. A lui aussi appartient l'*arménisation* des personnages envoyés par Abgar : Mar Ihab devient un « prince d'Aldznik », et Schamschagram un « chef de la famille des Apahouni ». Nous avons déjà vu et nous verrons encore de pareils exemples de naturalisation.

CHAPITRE XXXI. — LETTRE D'ABGAR AU SAUVEUR JÉSUS-CHRIST.

Abgar Arschama, prince du pays (toparque), à Jésus, sauveur et bienfaiteur [des hommes], qui t'es manifesté dans la contrée de Jérusalem, salut.

J'ai entendu parler de toi et des guérisons que tu opères sans employer ni remèdes ni plantes. Car, à ce que l'on dit, tu fais voir les aveugles et marcher les boiteux; tu nettoies les lépreux et chasses les esprits impurs; tu guéris tous ceux qui sont affligés de maladies déjà anciennes, et même tu ressuscites les morts. Lorsque j'ai appris tout cela de toi, je me suis dit que, de deux choses l'une : ou bien tu es un Dieu descendu du ciel pour faire ces miracles; ou bien tu es fils de Dieu, toi qui accomplis de pareils prodiges. C'est pourquoi je t'écris maintenant; je t'en supplie, prends la peine de venir vers moi et de me guérir de la maladie dont je souffre. J'ai aussi entendu dire que les Juifs murmurent à ton sujet et veulent te faire du mal; or je possède une ville petite, mais belle, et qui peut suffire à nous deux.

Les porteurs de cette lettre rencontrèrent Jésus à Jérusalem, ce qui est attesté par le passage suivant de l'Évangile : *Il y avait [là] quelques-uns des gentils qui étaient montés vers lui. C'est pourquoi ceux qui avaient entendu n'osaient pas le dire à Jésus. Mais ils le dirent à Philippe et à André, et ceux-ci le dirent à Jésus*[1]. Le Sauveur, au moment où Abgar lui adressait cette invitation, ne l'accepta pas; mais il voulut bien l'honorer d'une lettre ainsi conçue :

Il y avait là aussi quelques gentils, d'entre ceux qui étaient montés à Jérusalem pour adorer pendant la fête. Ils s'approchèrent de Philippe, qui était de Bethsaïda en Galilée, et lui firent cette demande : « Seigneur, nous voudrions bien voir Jésus. » Philippe alla le dire à André. André et Philippe le dirent à Jésus. (Jean, XII, 20-22).

Notre Sauveur, au moment où Abgar lui adressait cette invitation, n'accepta pas de venir; mais il voulut bien l'honorer d'une lettre. (Eusèbe, *H. E.*, I, 13, p. 60, l. 3, n.)

La lettre est empruntée à Eusèbe, non à la *Lettre d'Abgar*. Il n'y a entre les deux textes de Moïse et d'Eusèbe que des variantes insignifiantes, presque toutes d'un caractère grammatical. Une intercalation de Moïse tend à fixer le jour où la lettre fut remise. Il reconnaît dans les « gentils » qui demandaient à voir Jésus le jour de son entrée solennelle à Jérusalem (*Jean*, XII, v. 20-22) les envoyés du roi d'Édesse[2].

[1] La citation est mutilée et presque incompréhensible. Le texte de Moïse doit avoir souffert à cet endroit.

[2] « Les envoyés d'Abgar partirent pour la Judée, où ils se trouvèrent le jour de l'entrée du Seigneur à Jérusalem. Ils dirent à Philippe : « Nous voudrions bien voir Jésus. » Philippe alla le dire à André, et tous deux le dirent au

CHAPITRE XXXII. — RÉPONSE À LA LETTRE
D'ABGAR, ÉCRITE PAR L'APÔTRE THOMAS
D'APRÈS L'ORDRE DU SAUVEUR.

Heureux celui qui croit en moi sans
m'avoir vu, car il est écrit de moi : *Ceux
qui me voient ne croiront point en moi, et
ceux qui ne me voient pas, ceux-ci croiront
et vivront.* Quant à ce que tu m'as écrit de
venir près de toi, il me faut d'abord accomplir ici toutes les choses pour lesquelles j'ai
été envoyé; lorsque je les aurai accomplies,
je monterai vers celui qui m'a envoyé; et
lorsque je serai monté, je t'enverrai un de
mes disciples, pour qu'il guérisse tes maux
et te donne la vie, à toi et à ceux qui sont
avec toi.

Anan, courrier d'Abgar, lui apporta cette
lettre, et en même temps l'image du Sauveur qui se trouve encore à présent à
Édesse.

RÉPONSE À LA LETTRE [D'ABGAR] [1],
ÉCRITE DE LA PART DE JÉSUS [2] PAR
ANANIAS (ANAN), LE COURRIER, À AB-
GAR, PRINCE DU PAYS.

(Eusèbe, *H. E.*).

Anan, courrier d'Abgar (voir plus haut).

Après avoir entendu ces paroles de Jésus [3],
Anan, qui était le peintre du roi, fit le portrait de Jésus avec des couleurs choisies;
il l'emporta et le présenta au roi Abgar, son
maître. (*Lettre d'Abgar*, p. 6.)

Comme pour la lettre d'Abgar, le texte de la réponse de Jésus est emprunté
à Eusèbe. Celui-ci n'a pas la fameuse phrase, devenue le palladium des Édesséniens, qui termine la lettre dans le texte syriaque de la *Doctrine* et dans sa
version arménienne : « Que ta ville soit bénie, et qu'un ennemi ne domine
jamais sur elle. » Cette phrase n'existait probablement pas encore dans le document traduit par Eusèbe.

Seigneur. Ils furent alors admis auprès de
Jésus, qui reçut d'eux la lettre d'Abgar, témoigna une grande joie et ordonna à Thomas
d'écrire la réponse à Abgar. » Schakhatounian,
Ասպարզութիւն կաթողիկէ էջմիածնի (*Histoire d'Edschmiatzin*). Edschmiatzin, 1842, t. II,
p. 142.

[1] La traduction arménienne d'Eusèbe emploie, pour désigner la lettre d'Abgar à Jésus,
le mot հրովարտակ, lettre royale, édit royal.

[2] Le texte imprimé de la traduction d'Eu-

sèbe porte *écrite de Jérusalem* (յԵրուսաղեմէ),
et non pas *de la part de Jésus* (ի Յիսուսէ). Il
y a là une faute de copiste, provenant vraisemblablement d'une abréviation mal résolue.
Le texte syriaque sur lequel est faite la version
arménienne a ܝܫܘ, et l'original grec, ὑπ'
Ἰησοῦ. Les fautes remontant à une pareille ori
gine ne sont pas rares dans les textes arméniens.

[3] C'est-à-dire le contenu de la réponse de
Jésus à Abgar qui, d'après la *Lettre d'Abgar*,
doit être transmis oralement par Anan.

On remarquera le changement apporté par Moïse à l'intitulé de la lettre. Il n'a sans doute pas voulu qu'une missive adressée au roi d'Arménie, même de la part de Jésus, fût écrite par un simple « courrier[1] », et il a remplacé Anan par l'apôtre Thomas. Celui-ci, qui envoya Thaddée à Édesse, était tout naturellement désigné comme instruit de la promesse de Jésus. Moïse ne pouvait pas corriger d'après la *Lettre d'Abgar*, qui ne connaît pas de réponse écrite, mais seulement un message oral[2].

Le rôle d'Anan se réduit donc à porter la lettre; mais, en changeant brusquement de source, l'auteur lui fait aussi emporter « l'image du Sauveur qui se trouve encore à présent à Édesse », dont Eusèbe n'a aucune connaissance[3].

CHAPITRE XXXIII. —— PRÉDICATION DE L'APÔTRE THADDÉE À ÉDESSE.

COPIE DE CINQ LETTRES.

Après l'ascension de notre Sauveur, l'apôtre Thomas, un des Douze, envoya Thaddée, un des Soixante-dix, dans la ville d'Édesse pour guérir Abgar et évangéliser selon la parole du Seigneur. Thaddée vint [prendre logement] chez Tobie, prince juif. On dit que ce Tobie appartenait à la famille des Bagratides, qu'il avait échappé par la fuite à la persécution d'Arscham, qu'il n'avait pas abjuré le judaïsme avec le reste de ses parents, mais qu'il continua d'en suivre les lois jusqu'au moment où il crut en Christ. Bientôt le nom de Thaddée se répandit par toute la ville. Abgar, entendant parler [de ses miracles], s'écria : « C'est celui au sujet duquel Jésus m'a écrit; » et immédiatement il le manda. Lorsque

Après[4] l'ascension du Christ vers son père, Thomas, un des Douze, envoya vers le roi Abgar l'apôtre Addée, un des *Soixante-douze*. Lorsque Addée vint à *Ourha* (Édesse),

il prit logement chez Tobie, fils de Tobie, un Juif, qui était du pays de Palestine, et le bruit de son arrivée

se répandit par toute la ville... Le roi Abgar entendant parler de ses miracles... crut en son cœur que c'était vraiment celui au sujet duquel Jésus avait envoyé[5] vers

___

[1] Voir plus haut, p. 394, note 3.

[2] [Ⴘⴈⴋⴋⴀⴑⴍ] ⴀⴜⴈ ⴏⴈⴀⴌⴈ ⴞⴀⴑⴀⴑⴀⴐⴈⴊ ⴀⴐⴏⴀⴢⴈⴌ · ⴈⴐⴈⴚ ⴈ ⴀⴑⴀ ⴘⴊⴚⴀⴌⴈ ⴈⴍⴋ, ⴍⴐ ⴏⴀⴀⴏⴈⴚⴀⴢⴈ ⴣⴈⴈⴈⴚ ⴀⴀ ⴈⴞ : —— « [Jésus] dit à Anan, le confident du roi : « Va, et dis à ton maître qui « t'a envoyé vers moi : Heureux celui, etc. » *Lettre d'Abgar*, p. 5.

[3] Sur le portrait de Jésus fait par Anan

pour le roi, lire Tixeront, *loc. cit.*, p. 52 et suiv.

[4] La source reproduite ici est la *Lettre d'Abgar*. Nous soulignerons les mots et les phrases où Moïse, s'écartant du texte de la *Lettre*, suit celui d'Eusèbe.

[5] Nous rappelons que la *Lettre* ne parle pas d'une réponse écrite de Jésus; elle ne connaît qu'un message oral.

Thaddée entra, une merveilleuse apparition se peignit sur son visage aux yeux d'Abgar, qui, se levant de son trône, tomba la face contre terre et se prosterna devant lui. Les princes qui l'entouraient, n'apercevant point la vision, furent saisis d'étonnement. Abgar dit alors à Thaddée : « Es-tu vraiment le disciple de Jésus, le béni, qu'il m'a promis d'envoyer ici, et peux-tu me guérir de mes souffrances? » « Si tu crois en Jésus-Christ, le fils de Dieu, lui répondit Thaddée, les vœux de ton cœur seront exaucés. » « J'ai cru en lui et en son père, reprit Abgar, et c'est pour cela que je voulais prendre mon armée et aller exterminer les Juifs, qui l'ont crucifié; [je l'aurais fait] si je n'avais été retenu par la crainte de la puissance romaine. »

Thaddée commença aussitôt à évangéliser Abgar et sa ville; puis, lui imposant les mains, il le guérit. Il guérit également Abdiou, qui était podagre, un des principaux de la ville, très honoré dans la maison du roi; et aussi tous ceux qui dans la ville se trouvaient malades et infirmes. Tous embrassèrent la foi. Abgar fut baptisé [1] et avec lui tous [les habitants de] la ville. Les temples des idoles furent fermés; les statues qui étaient sur l'autel et sur la colonne furent enveloppées de roseaux. Abgar ne contraignait personne à se convertir, mais le nombre des croyants augmentait de jour en jour.

Cependant l'apôtre Thaddée, ayant baptisé un nommé Addée [2], ouvrier en soie

lui... Lorsque Addée entra, une merveilleuse apparition se peignit sur son visage aux yeux d'Abgar. A l'instant même, lorsque Abgar vit l'apparition, il tomba la face contre terre et se prosterna devant lui. Tous ceux qui se tenaient devant lui, n'apercevant point la vision... furent saisis d'étonnement. Abgar demanda à Addée : « Es-tu vraiment le disciple de Jésus fils de Dieu, qui m'a dit : « J'enverrai vers toi un « de mes disciples pour qu'il te guérisse et te « donne la vie? » Addée lui répondit : ... « Si tu crois en lui, les vœux de ton cœur seront exaucés. » « J'ai cru si bien en lui, reprit Abgar, que les Juifs qui l'ont crucifié, je voulais prendre mon armée et aller les exterminer; [je l'aurais fait] si je n'avais été retenu par la crainte de la puissance romaine. »

Immédiatement il lui imposa les mains et le guérit... Et Abdiou... qui était podagre... il le guérit... De même, dans la ville, Addée faisait de grands prodiges et des miracles, et guérissait toutes leurs infirmités et toutes leurs maladies.

Mais ni le roi Abgar, ni l'apôtre Addée ne contraignirent personne par la force à se convertir.

Addée, ouvrier en soie qui fabriquait des

---

[1] Ici Moïse enrichit sa source. Nous n'avons pas rencontré dans la *Lettre* la mention du baptême d'Abgar.

[2] Addée (Ա ꝺ ꝺ է) est, pour la *Lettre d'Abgar* et Moïse, le nom du successeur de Thaddée à Édesse. Ce nom repose évidemment sur une faute de lecture, d'origine arménienne. L'original syriaque ܐܓܝ, *Aggai*, Aggée, devait se

rendre en arménien par Ա ꝺ ꝺ է, que la ressemblance des lettres a fait lire Ա ꝺ ꝺ է, *Addée*. La faute ne tire pas à conséquence pour Moïse, qui appelle toujours *Thaddée* l'apôtre d'Édesse. Mais dans la *Lettre* elle produit une similitude de noms qui amènerait une certaine confusion, si on n'y remédiait en écrivant presque toujours Addée *l'apôtre* et Addée *le disciple*.

qui fabriquait des tiares, le consacra comme chef [de l'église] d'Édesse, et le laissa pour le remplacer auprès du roi. Quant à lui, après avoir obtenu d'Abgar une lettre ordonnant que tout le monde écoutât [la prédication de] l'évangile de Christ, il partit pour aller trouver Sanatrouk, neveu d'Abgar, que celui-ci avait institué chef du pays et de l'armée.

Or Abgar trouva bon d'écrire à l'empereur Tibère une lettre ainsi conçue :

tiares pour le roi... Il mit Addée à leur tête en qualité d'évêque, à sa place...

Je veux que tous entendent la prédication de l'évangile de Christ [1].

[Addée] partit pour l'Orient [2].

Or le roi Abgar, ne pouvant traverser le pays des Romains et se rendre en Palestine, où il voulait aller pour exterminer les Juifs parce qu'ils avaient crucifié le Christ, écrivit et fit porter à l'empereur Tibère une lettre ainsi conçue : (*Lettre d'Abgar*, p. 35.)

Dans la *Lettre d'Abgar* la correspondance d'Abgar avec Tibère précède le départ de Thaddée. Moïse aura voulu finir l'histoire de Thaddée avant de nous donner toutes ensemble les « cinq lettres [3] » annoncées dans le sommaire du chapitre. Tout le récit de la conversion d'Abgar et de son peuple, depuis l'arrivée de l'apôtre jusqu'à son départ, se trouve donc condensé dans le morceau que nous venons de lire. Les sources y sont très abrégées, et, vers la fin, réduites à l'état fragmentaire [4]. L'auteur réussit néanmoins à y intercaler selon son habitude des amplifications de sa composition.

La lettre d'Abgar apprend à Moïse que Thaddée se logea à Édesse chez un juif nommé Tobie, originaire de la Palestine. Moïse en fait immédiatement un membre de la famille des Bagratides qui s'est réfugié à Édesse pour échapper aux persécutions religieuses d'Arscham. C'est une suite au roman d'Énanos (chap. xxiv). Mais le résultat cherché est obtenu. Le lecteur verra au moins un Bagratide qui n'a pas fléchi le genou devant Baal, et est resté

---

[1] M. Khor. : ... առ եալ Հրովարտակ Աբգարէ, զի ամենեքեան լուիցեն աւետարանին Քրիստոսի. *Lettre d'Abgar* (p. 18): կամիմ եւ թէ...յու իցեն ամենայն որ զաւարողութեւն աւետարանին Քրիստոսի. Mais le passage de la *Lettre* se trouve dans un contexte différent, où il s'agit des habitants d'Édesse convoqués pour entendre Thaddée.

[2] Voir plus haut, p. 372 et 377.

[3] A l'époque de S. Mesrop, se retrouvera

une nouvelle collection de « cinq lettres ».(*Hist. d'Arm.*, III, 57.)

[4] Elles sont même parfois difficiles à reconnaître, parce que la *Lettre d'Abgar* et le récit d'Eusèbe (qui s'arrête du reste à la conversion des Édesséniens) se recouvrent souvent d'une manière absolue. La tâche eût été beaucoup plus commode, et le résultat encore plus décisif, si nous avions affronté les textes originaux au lieu d'une traduction.

fidèle à la foi de ses pères jusqu'au moment où il embrassa le christianisme. Plus loin c'est le départ de Thaddée « pour l'Orient », qui devient un départ « pour aller trouver Sanatrouk, neveu d'Abgar, que celui-ci avait institué chef du pays et de l'armée ». La fin de la phrase, parfaitement obscure, ne trahirait-elle pas l'embarras de l'auteur qui devait avoir sous les yeux une tradition écrite où Sanatrouk était qualifié de « roi d'Arménie [1] » ?

Une autre addition, d'après laquelle les temples des idoles auraient été fermés et les statues enveloppées de roseaux, n'est pas si facile à expliquer. M. Baumgartner veut y trouver la trace d'une source qui ne serait ni Eusèbe, ni la *Lettre d'Abgar* [2]. C'est possible, à la rigueur, mais bien invraisemblable. Il faut plutôt y voir un produit de l'imagination de Moïse. Les temples sont fermés, les statues seulement enveloppées de roseaux, parce que, après la mort d'Abgar, son successeur n'eut qu'à « ouvrir de nouveau les temples des idoles » pour reprendre le culte des payens (chap. xxxiv). Plus loin dans l'*Histoire d'Arménie*, au livre III, chap. xxxiii, nous pourrons lire que le grand Constantin lui-même se contenta de fermer les temples; et dans le chapitre qui précède immédiatement (chap. xxxii), l'auteur nous donne un exemple de roseaux servant à masquer un objet.

Maintenant voyons les « cinq lettres ».

LETTRE D'ABGAR À TIBÈRE.

Abgar, roi d'Arménie, à mon seigneur Tibère, empereur des Romains, salut.

Je sais que rien ne demeure caché à ta Souveraineté, mais, comme ton ami, je te renseignerai mieux encore au moyen d'une lettre. Les Juifs qui habitent dans les cantons de la Palestine, se sont conjurés et ont crucifié le Christ, sans qu'il ait commis aucun crime, malgré les bienfaits dont il

les comblait, des signes, des prodiges, jusqu'au point de ressusciter les morts. Crois-le bien, ces miracles ne sont pas d'un simple homme, mais d'un Dieu [3]. Et en

Abgar, roi, à mon seigneur Tibère, empereur, salut.

Comme je sais que rien ne demeure caché à ta Souveraineté, j'écris pour faire connaître à ta terrible Majesté que les Juifs qui habitent sous ta puissance dans les cantons de la Palestine, se sont conjurés et ont crucifié le Christ, sans qu'il ait commis aucun crime digne de mort, malgré les bienfaits dont il les comblait, des signes, des prodiges et de grands miracles, jusqu'au point de ressusciter les morts. Et à

[1] Voir plus haut, p. 377.
[2] *Die Chrie*, dans la *Z. D. M. G.*, t. XL, p. 510 et suiv.

[3] Cette phrase, ajoutée à la source, se retrouve plus haut (fin du ch. xxx), empruntée à la *Lettre d'Abgar*.

effet, au moment où ils l'ont crucifié, le soleil s'est obscurci, la terre a tremblé et a été ébranlée.

Jésus lui-même, au bout de trois jours est ressuscité des morts et s'est montré à plusieurs. Et aujourd'hui, son nom invoqué par ses disciples, opère en tous lieux les plus grands miracles; ce qui m'est arrivé à moi-même en est une preuve manifeste. Ta Majesté sait donc maintenant ce qu'il est juste d'ordonner contre le peuple des Juifs qui a commis un pareil forfait, et s'il faut publier dans le monde entier l'ordre d'adorer Christ comme le vrai Dieu. Porte-toi bien.

l'heure où ils l'ont crucifié, le soleil s'est obscurci, la terre a tremblé et toutes les créatures ont été violemment secouées; comme si d'eux-mêmes, en présence d'un tel événement, l'univers et tous les fils des hommes se fussent abîmés [1].

Ta Majesté sait donc maintenant ce qu'il est juste d'ordonner contre le peuple des Juifs, qui a commis un pareil forfait. (*Lettre d'Abgar*, p. 35.)

La donnée de la lettre est très simple d'après le texte qui servait de source à Moïse. Abgar, ne pouvant aller lui-même exterminer les Juifs, dénonce leur crime à Tibère pour que l'empereur avise au châtiment. Le texte que nous présente l'*Histoire d'Arménie* est assez fidèlement reproduit. Avec le titre de « roi d'Arménie » donné à Abgar, deux courtes additions tendant à accentuer la divinité de Jésus ne suffisent pas pour altérer sensiblement la physionomie de la lettre. Seule la dernière phrase, ajoutée par Moïse, a une grande importance parce qu'elle va le conduire à modifier complètement la réponse de Tibère. Mais c'est Abgar qui aura le mérite d'avoir le premier pensé à faire ranger le Christ parmi les dieux.

RÉPONSE DE TIBÈRE À LA LETTRE D'ABGAR.

(Eusèbe, *H. E.*, II, 2.)   TEXTE DE LA *LETTRE D'ABGAR*.

Tibère, empereur des Romains, à Abgar, roi d'Arménie, salut.

La lettre dictée par ton

L'empereur Tibère fit porter une réponse au roi Abgar en ces termes :

La lettre dictée par ton

[1] Le texte arménien de ce dernier membre de phrase, laissé de côté par Moïse de Khoren, est à peu près incompréhensible; mais on peut le corriger et l'expliquer avec l'aide de l'original syriaque, ܠܐܝ ܐ ܐ ܐ ܘ ܐ ܠܐ ܐܢܐ ܒܐ ܐ ܐ, en lisant *ꜰꜱꜰꞯꞯꜰꞯꜰꜰ* au lieu de *ꜰꜰꜰꞯꞯ ꜰꜱꞯ*. Voir la note de l'édition de Jérusalem, p. 86

amitié a été lue devant moi, et je te fais parvenir mes remerciements. Bien que nous eussions déjà précédemment entendu raconter ces faits par plusieurs, Pilate, de son côté, nous a exactement renseigné sur les miracles accomplis par Jésus, et [nous a fait savoir] que, après sa résurrection, beaucoup de personnes avaient cru qu'il était Dieu. Aussi ai-je voulu, moi aussi, prendre les mesures auxquelles, de ton côté, tu as pensé. Mais comme il est d'usage chez les Romains de ne pas admettre un [nouveau] Dieu sur l'ordre du souverain seulement, tant que le Sénat n'a point étudié et examiné l'affaire, j'en ai donc fait d'abord la proposition au Sénat, qui l'a rejetée avec mépris, parce qu'elle n'avait point été en premier lieu examinée par lui. Toutefois, nous avons permis à ceux qui se déclarent en faveur de Jésus, de l'admettre au nombre des dieux, et nous avons menacé de mort ceux qui parleraient en mal des Chrétiens. Quant aux Juifs qui ont osé crucifier Jésus, au sujet duquel j'entends dire

Pilate donc renseigna l'empereur Tibère sur les miracles accomplis par Notre-Seigneur, et [lui fit savoir] que, après sa résurrection, beaucoup de personnes avaient cru qu'il était Dieu.

Vous avez de vieilles lois, portant qu'on ne doit pas admettre un [nouveau] Dieu sur l'ordre du souverain seulement, tant que le Sénat n'a point étudié et examiné l'affaire... Tibère soumit la proposition au Sénat... qui la rejeta avec mépris, parce qu'il ne l'avait point en premier lieu examinée. Mais Tibère demeura ferme

dans son sentiment et menaça de mort tous ceux qui parleraient en mal des Chrétiens.

amitié m'est parvenue, et on a lu devant moi ce que les Juifs ont fait au Crucifié. De même, en ce qui concerne Pilate, le préfet Blyanus (*syr.* Olbinns) m'a renseigné par écrit sur les mêmes faits dont tu me parles dans ta lettre[1]. Mais comme je suis occupé de la guerre contre les Espagnols, qui, au même moment, se sont révoltés contre moi, je n'ai pu tirer vengeance de ces crimes. Cependant je suis prêt, aussitôt que j'en aurai le loisir, à châtier légalement ces Juifs impies qui ont transgressé les lois. Quant à Pilate, que j'avais institué juge là-bas, je lui ai envoyé un successeur et l'ai honteusement destitué, parce qu'il a violé la loi, fait la volonté des Juifs et

crucifié en leur présence[2] Christ, au sujet duquel j'en-

---

[1] Le traducteur arménien a mal compris l'original syriaque, qui dit tout autre chose : «Quant à ce que les Juifs ont fait avec la croix, le gouverneur Pilate avait de son côté écrit à mon préfet Olbinus, et l'avait informé des mêmes faits dont tu me parles dans ta lettre.» (*Doctrine d'Addai*, p. ܣܐ, tr. p. 37.)

[2] Syr. ܠܡܫܦܪ, «pour leur être agréable».

qu'il ne méritait ni la croix ni la mort, mais qu'il était digne d'être honoré et adoré,

dès que je serai débarrassé de la guerre contre les Espagnols, qui se sont révoltés contre moi, j'examinerai l'affaire et je les traiterai comme ils le méritent.

tends dire qu'il ne méritait ni la croix ni la mort, mais qu'il était digne d'être honoré, adoré et magnifié par eux, d'autant plus qu'ils avaient vu de leurs propres yeux tout ce qu'il faisait.

Mais toi, fidèle à ton amitié et à l'alliance que toi et tes pères avez contractée avec moi, tu as bien fait de m'écrire à ce sujet.

Tibère répond, dans le texte de la *Lettre d'Abgar,* à la dénonciation qui a été portée devant lui contre les Juifs. Il avait déjà été prévenu d'autre part, et, s'il n'était retenu par la guerre qu'il soutient contre les Espagnols révoltés, il aurait déjà châtié ce peuple criminel. En attendant, il a destitué Pilate et promet de ne pas oublier le reste des coupables. Le texte donné par l'*Histoire d'Arménie* est bien différent et nous offre un tout autre contenu. Les deux lettres commencent exactement par les mêmes mots et la fin, chez Moïse, est bien un bref résumé de la réponse de Tibère. Mais le corps même de la missive n'a pour but que de répondre à l'invitation contenue dans la dernière phrase (ajoutée) de la lettre d'Abgar à Tibère. Cette partie se compose de fragments extraits presque mot pour mot du chapitre de l'*Histoire ecclésiastique* (II, 2, version arménienne), où Eusèbe raconte que Tibère proposa au Sénat de mettre le Christ au rang des dieux. C'est Moïse qui avait posé la question; c'est lui naturellement qui compile la réponse.

D'après la *Lettre d'Abgar,* le roi d'Édesse « répliqua [1] » à Tibère, dont il renvoya le messager avec de grands présents; mais la nouvelle lettre n'est pas donnée. Moïse va en composer une avec une phrase du même chapitre d'Eusèbe et un fragment de la réponse de Tibère qui n'avait pas trouvé place dans son texte.

[1] Պատասխանել, 㬗, *Lettre,* p. 37.

NOUVELLE LETTRE D'ABGAR À TIBÈRE.

Abgar, roi d'Arménie, à mon seigneur Tibère, empereur des Romains, salut.

J'ai lu la lettre écrite de la part de ton auguste Majesté et me suis réjoui des ordres émanés de ta sagesse. Ne t'offense pas [de ce que je vais dire], mais la conduite de tes sénateurs est tout à fait ridicule, car, chez eux, la divinité est conférée d'après le jugement des hommes; d'où il suit que si le Dieu n'est pas agréable à l'homme, il ne peut devenir Dieu; il appartiendrait donc à l'homme de justifier le Dieu. Quant à toi, ô mon seigneur, puisses-tu trouver bon d'envoyer un successeur à Pilate à Jérusalem, pour qu'il soit honteusement destitué des hautes fonctions que tu lui avais confiées, parce qu'il a fait la volonté des Juifs et crucifié Christ injustement et sans ton ordre. Je souhaite que tu conserves la santé [2].

... car, chez vous, la divinité est conférée d'après le jugement des hommes; d'où il suit que si le Dieu n'est pas agréable à l'homme, il ne peut devenir Dieu; il appartiendrait donc à l'homme de justifier le Dieu [1]. (Eus., *H. E.*, II, 2 [arm., p. 80.])

... j'ai envoyé un successeur à Pilate, et l'ai honteusement destitué, parce qu'il a violé la loi, fait la volonté des Juifs et crucifié Christ... (Voir ci-dessus *Réponse de Tibère*.)

Abgar, ayant écrit cette lettre, en déposa la copie dans ses archives, comme il avait fait pour les autres. Il écrivit aussi au jeune Nerseh, roi d'Assyrie, à Babylone.

Puis, ayant écrit à Nerseh, roi d'Assyrie... (*Lettre d'Abgar*, p. 34.)

LETTRE D'ABGAR À NERSEH.

Abgar, roi d'Arménie, à mon fils Nerseh, salut.

J'ai lu ta lettre amicale, et j'ai délivré

[1] Ել իրէք յայասանէք ժարգ ոյն արժան է ասել նվասան։ cette phrase a été mal comprise par la plupart des traducteurs. Le grec est beaucoup plus clair : οὕτως κατά γε τοῦτο, ἄνθρωπον Θεῷ ἵλεων εἶναι προσήκει, d'après cela, il faudrait que l'homme fût propice à Dieu; ce qui correspond bien au latin de Ter-

tullien, qui sert ici d'original à Eusèbe : *Nisi homini deus placuerit, deus non erit, homo jam deo propitius esse debebit.*

[2] Ոչ լինել եւզ րդ րզձառ. D'après Norayr, cette clausule assez rare serait empruntée à la version arménienne du Pseudo-Callisthène, p. 20, l. 5 (քննասէր, II, p. 36).

Péroz de ses chaînes, en lui pardonnant ses offenses. Si cela te convient, tu le mettras à la tête du gouvernement de Ninive, comme tu le désires. Quant à ce que tu m'as écrit, disant : « Envoie-moi cet homme, ce médecin qui fait des miracles et prêche un autre Dieu supérieur au feu et à l'eau, pour que je le voie et l'entende », ce n'était point un médecin selon l'art des hommes, mais bien un disciple du fils de Dieu, créateur du feu et de l'eau [1]. Il a été envoyé dans le pays d'Arménie, qui lui était échu [2]. Mais un de ses principaux compagnons, nommé Simon, a été envoyé en Perse; cherche-le et tu l'entendras, en même temps que ton père Artaschès. Il guérira toutes vos maladies et vous montrera le chemin de la vie.

Nerseh envoya dire au roi Abgar : « Ou bien envoie-moi cet homme qui fait des miracles,

pour que je le voie et que j'entende ses paroles, ou bien »... (*Lettre d'Abgar*, p. 34.)

Je ne suis point un médecin... selon l'art des hommes, mais bien un disciple de Jésus-Christ. (*Ibid.*, p. 19.)

? A l'apôtre Thaddée échut tout le peuple d'Arménie. (*Martyre de saint Thaddée*, p. 11.)

Je t'enverrai un de mes disciples, pour qu'il guérisse tes maux et te donne la vie. (*Lettre de Jésus à Abgar.*)

Abgar écrivit encore à Artaschès, roi de Perse, une lettre conçue en ces termes :

LETTRE D'ABGAR À ARTASCHÈS.

Abgar, roi d'Arménie, à Artaschès mon frère, roi de Perse, salut.

Je sais que tu as entendu parler de Jésus-Christ, fils de Dieu, que les Juifs ont crucifié, qui est ressuscité d'entre les morts et qui a envoyé ses disciples par tout l'univers pour instruire les hommes. Or un de ses principaux disciples, nommé Simon, est actuellement dans les États de ta Ma-

Un de ses principaux compagnons, nommé Simon, a été envoyé en Perse. Cherche-le,

---

[1] Moïse sait que les sujets de Nerseh adorent « le feu et l'eau » par la *Lettre d'Abgar*, où nous lisons les lignes suivantes (p. 34), qui précèdent immédiatement la mention du message de Nerseh : « Beaucoup d'Orientaux, déguisés en marchands, venaient sur les terres de l'empire romain pour voir les miracles accomplis par l'apôtre Addée. Instruits par lui, ils recevaient la prêtrise par l'imposition des mains, et revenus dans l'Assyrie, leur pays,

ils instruisaient à leur tour leurs compatriotes; ils construisaient des maisons de prières, mais en secret, parce qu'ils craignaient les adorateurs du feu et de l'eau. »

[2] Une des plus anciennes légendes chrétiennes veut que les diverses contrées à évangéliser aient été réparties entre les Apôtres par la voie du sort. Sur l'histoire de cette légende, cf. Lipsius, *Die apokryphen Apostelgeschichten und Apostellegenden*, I, p. 11 et suiv.

jesté. Cherche-le, tu le trouveras; il guérira toutes vos maladies et vous montrera le chemin de la vie. Tu croiras à sa parole, ainsi que tes frères et tous ceux qui se soumettent volontairement à ton autorité. Il m'est doux de penser que vous, qui êtes mes parents selon la chair, vous deviendrez aussi mes frères bien-aimés selon l'esprit.

tu l'entendras...; il guérira toutes vos maladies et montrera le chemin de la vie. (Lettre précédente.)

Avant qu'Abgar n'eût reçu de réponse à ces [dernières] lettres, il mourut, après avoir régné trente-huit ans.

Ces trois dernières lettres, où Abgar continue de prendre le titre de « roi d'Arménie », ne figurent pas dans la *Lettre d'Abgar*. Nous y reconnaissons à première vue le procédé familier à Moïse de Khoren, qui consiste à considérer le ou les passages servant de source comme un noyau à envelopper dans une amplification. Elles sont donc certainement composées par Moïse lui-même. Le soin qu'il prend de nous dire, en parlant spécialement de la réplique à Tibère, que copie de cette lettre a été déposée dans les archives d'Édesse est déjà en lui-même presque un aveu.

Nous avons vu que la réplique à Tibère est motivée par un simple mot (« répliqué ») de la *Lettre d'Abgar*. Il en est à peu près de même pour la lettre à Nerseh. Celui-ci, d'après la source suivie par Moïse, avait envoyé un message à Abgar; or le contenu de ce message, sommairement indiqué, a servi de noyau à la missive qui lui est adressée. Quel est ce Nerseh, roi d'Assyrie, que Moïse fait résider à Babylone et qu'il transforme en fils d'Artaschès? Ce sont là des questions dont nous n'avons pas à nous occuper ici.

Quant à Artaschès, roi de Perse, dont il a déjà été parlé longuement au chapitre xxix, la *Lettre d'Abgar* n'en dit pas un mot; elle ne cite même pas son nom ou un nom approchant. Nous croyons que Moïse a voulu, en finissant, accentuer encore une fois la parenté d'Abgar avec les Arsacides, peut-être aussi lui décerner le mérite d'avoir tenté la conversion du royaume des Parthes. Toujours est-il que la lettre à lui adressée n'est guère qu'une répétition de celle qu'Abgar avait écrite à son fils Nerseh.

Nous arrivons ainsi au terme du règne d'Abgar. Il régna trente-huit ans, nous dit Moïse. Or, d'après la *Chronique* de Denys de Telmahré et les travaux de Gutschmid et de R. Duval, Abgar V le Noir, contemporain de Jésus-Christ, régna d'abord dix ans, de l'an 4 avant J.-C. à l'an 7 après J.-C.; ayant été détrôné et remplacé par Maanou IV, fils de Maanou (7-13 ap. J.-C.), il remonta sur le trône et régna pendant une nouvelle période de trente-sept ans et un mois (13-50 ap. J.-C.)[1]. Ce dernier chiffre se rapproche très sensiblement de la durée du règne d'Abgar d'après Moïse de Khoren. Est-ce une simple coïncidence? Sinon, à quelle source Moïse aurait-il puisé ce renseignement? C'est ce que nous ne sommes point arrivé à découvrir.

CHAPITRE XXXIV. — MARTYRE DE NOS APÔTRES.

Après la mort d'Abgar, le royaume d'Arménie fut divisé en deux : Ananoun, son fils, ceignit la couronne pour régner à Édesse; Sanatrouk, son neveu (fils de sa sœur), régna en Arménie. Ce qui se passa de leur temps a déjà été écrit précédemment par d'autres, [par exemple] : l'arrivée de l'apôtre [Thaddée] en Arménie; la conversion de Sanatrouk; son apostasie par crainte des satrapes arméniens; le martyre de l'apôtre et de ses compagnons dans le canton de Schavarschan, aujourd'hui appelé Artaz; la pierre s'entr'ouvrant pour recevoir le corps de l'apôtre; ses disciples l'en retirant pour l'inhumer dans la plaine; le martyre de Sandoukht, la fille du roi, près du chemin; de nos jours, l'invention des reliques des deux saints et leur translation à la Rocaille[2]. Tout cela, nous l'avons déjà dit, ayant été raconté précédemment par d'autres, nous n'avons pas jugé nécessaire de le reproduire en détail. De même ce qui concerne le martyre d'Addée, disciple de l'apôtre à Édesse, ordonné par le fils d'Abgar, se trouve aussi raconté par d'autres avant nous.

Ce fils d'Abgar, qui régna après la mort de son père, n'hérita point des vertus paternelles, mais il ouvrit [de nouveau] les temples des idoles et adopta le culte des

Quelques années après, le roi Abgar mourut, et un de ses fils lui succéda, homme méchant et pervers... qui ne recevait point la doctrine de la prédication de l'Évangile.

---

[1] Gutschmid, *Untersuchungen über die Geschichte des Königreichs Osroëne*, p. 49. — R. Duval, *Histoire d'Édesse*, p. 47 et suiv.

[2] Ռահապար, Whiston : *in regionem saxosum;* Le Vaillant de Florival : «dans les rocailles»; Langlois : «dans les grottes»; Tommaseo : «nelle roccie»; la trad. en arm. mod. de Khoren Stépané : ի ծայրամ տեղ. «en un endroit rocheux», etc. Aucune de ces traductions n'est satisfaisante. Après l'invention des reliques d'un saint, ces reliques sont toujours transportées dans un endroit bien défini, dans un sanctuaire nominativement désigné. Ռահապար «la rocaille», est donc ici un nom propre. Le P. Dashian (Համբէս, 1893, p. 261) mentionne à ce propos une célèbre église, bâtie

sur le plateau rocailleux d'Edschmiatzin, et qui portait le nom de «Saint-Grégoire de la Rocaille» (Սուրբ Գրիգոր Ռահապար). Nous ne mettons pas en doute que le savant mékhitariste de Vienne n'ait pleinement raison. Cette église ne fut construite, il est vrai, que vers le milieu du VIIe siècle, par le patriarche Nersès III, dit Շինող, le Bâtisseur (640-661). Mais nos lecteurs savent que la composition de l'*Histoire d'Arménie* doit être reportée à une date plus tardive encore. Sur «Saint-Grégoire de la Rocaille», voir Schahkhatounian, *Description d'Edschmiatzin* (en arm.). Edschm. 1842, t. I, p. 285 et suiv.; le P. L. Alishan, *Ararat* (en arm.). Venise, 1890, p. 244 et suiv.

payens. Il envoya dire à Addée de lui faire une tiare d'étoffe brochée d'or, comme il en faisait autrefois pour son père. Il lui fut répondu : « Mes mains ne feront pas de tiare pour la tête [du prince] indigne, qui n'adore pas le Christ du Dieu vivant [2]. » Aussitôt le roi ordonna à l'un de ses gardes d'aller couper les pieds d'Addée avec le glaive. Le soldat partit et, trouvant Addée assis sur le siège doctoral, il le frappa de son glaive et lui coupa les jambes. Sur l'heure, le saint rendit l'esprit. Nous avons écourté cette histoire et nous la rappelons sommairement, parce qu'elle a déjà été racontée par d'autres.

Il envoya... dire à Addée : « Fais-moi des tiares d'or [1], comme tu en faisais autrefois pour mon père. » Addée refusa et rendit cette réponse : « Je n'abandonne pas le service du Christ... pour faire des tiares d'iniquité. » Lorsque le roi sut qu'Addée ne voulait pas satisfaire son désir, il lui envoya briser les jambes, pendant qu'il siégeait encore dans l'église et enseignait au milieu des fidèles. En mourant, Addée adjura Phlot et Abschelama et leur dit : « Déposez-moi ici, dans cette maison où je meurs pour sa vérité [3]; enterrez-moi ici. » Phlot et Abschelama firent ce qu'ils avaient juré; ils l'enterrèrent dans l'église, en face de la porte du milieu, entre les hommes et les femmes. Un grand deuil, etc. (*Lettre d'Abgar*, p. 32).

L'apôtre Barthélemy eut aussi son lot en Arménie, et il subit le martyre chez nous, dans la ville d'Arébanos [1]. Quant à Simon, auquel la Perse était échue, je ne peux dire avec certitude ni ce qu'il fit, ni où il fut martyrisé. Quelques-uns racontent bien qu'un certain Simon, apôtre, souffrit le martyre à Vériosphora [3]; mais est-ce vrai? Et pourquoi

---

[1] Ասա թէ խոյս ոսկեղէնս, traduction littérale de ܕܗܒܐ ܬܓܐ. Un passage des *Actes de Scharbil*, texte sorti du même milieu que la *Doctrine d'Addaï*, peut servir de commentaire explicatif : ܟܠܝܠܐ ܗܘܐ ܕܕܗܒܐ ܗܘ, *une tiare rehaussée de dessins* (ou *de figures*) *d'or*. Voir Cureton, *Ancient Syriac documents*, etc., p. ܟܐ.

[2] Cf. *Matth.*, XVI, 16.

[3] Le texte semble laisser à désirer. On ne peut guère parler de la *vérité d'une maison*. L'original syriaque ne vaut pas mieux; cependant une légère modification apportée à ce dernier texte permettrait de traduire : *dans la maison de celui pour le nom duquel je meurs*.

[4] Արեբանոս քաղաքի (var. Արեբանոս). Dans la *Lettre à Sahak Artzrouni*, attribuée à Moïse de Khoren, nous trouvons la leçon Ուրբանոս քաղաք (Œuvres, Ven. 1865, p. 295); comparer les trois orthographes : ܐܘܪܒܢܘ,

ܐܘܪܒܢܘܣ, ܐܘܪܒܢܘܣ, *Urbanus* (Payne-Smith, *Thes. syr.*). Les sources grecques présentent aussi le nom de cette ville, parfaitement inconnue d'ailleurs, sous les formes les plus variées : Οὐρϐανόπολις, Ἀρϐανόπολις, Ἀλϐανόπολις, Κορϐανόπολις, etc. (Lipsius, *Apokr. Apostelgesch.*, III, 59).

[5] ի Վերիոսֆորայ, *apud Bosporum Ibericum*, traduit Whiston. On s'est donné beaucoup de peine pour retrouver cette ville de Vériosphora, qu'il faudrait chercher, d'après Gutschmid, sur les pentes sud-est du Caucase (Lipsius, *Apokr. Apostelgesch.*, I, 612). Nous croyons qu'elle n'a jamais existé, et que notre texte doit être lu ի Վոսֆորայ, à Bosporos, ville de la Chersonèse taurique (cf. Վոսֆորոս = Βόσπορος, Eusèbe. *Chron.*, II, p. 76). La leçon actuelle ի Վերիոսֆորայ provient de quelque scribe qui, avant ou après Moïse de Khoren, aura pris le ի initial de ի Վոսֆորայ

vint-il là? je n'en sais rien. J'ai seulement signalé cette circonstance afin que tu saches bien que je n'épargne aucune peine pour te rapporter ce qui est nécessaire.

Nous avons vu plus haut que Moïse s'était trouvé en présence de deux rois contemporains de Thaddée : Abgar, dans la légende syrienne, et Sanatrouk, dans la légende arménienne. Par le fait de l'*arménisation* du premier, le second a été transformé en un simple gouverneur. Sanatrouk redevient roi à la mort d'Abgar, mais un fils de celui-ci reste souverain de la ville d'Édesse. L'Arménie est donc toujours divisée. Bientôt la conquête d'Édesse par Sanatrouk la ramènera à l'unité, et la cession de cette ville aux Romains par Érouand la fera rentrer dans ses limites naturelles. En attendant, avec le fils et successeur d'Abgar, nous reprenons le contact avec la *Lettre d'Abgar*, qui ignore complètement Sanatrouk. Bien que le fils d'Abgar soit appelé Maanou (Ս*աանու*.) dans le corps de la *Lettre* (p. 30), il n'est point nommé au moment de son accession au trône [1], et Moïse l'appelle à juste titre Ananoun, c'est-à-dire « sans nom »[2]. L'histoire de ses rapports avec Addée et du martyre de celui-ci est tirée, comme on l'a vu, de la *Lettre d'Abgar*.

Le reste du chapitre est consacré à la mention de documents hagiographiques, déjà traduits en arménien, mais sans doute d'origine grecque, que Moïse avait à sa disposition et dont il ne veut point répéter le contenu. Il est bien probable que, parmi ces documents, il faut citer le *Martyre de saint Thaddée*, dont nous nous sommes déjà servi plusieurs fois, et les *Actes de saint Barthélemy*[3], publiés dans le *Martyrologe* arménien et traduits en latin par Mösinger[4]. Si des *Actes* de saint Simon le Cananite existent réellement en arménien, nous ne croyons pas qu'ils soient imprimés. L'étude de ces documents serait d'un

---

pour une abréviation (Ճ), et l'aura résolue. Avec la correction que nous proposons, nous rentrons dans une des traditions connues sur le lieu du martyre de Simon le Cananite : Σίμων ὁ ἀπὸ Κανᾶ τῆς Γαλιλαίας ὁ καὶ λεγόμενος ζηλωτὴς ἐν Βοσπόρῳ τῆς Ταυρίας ξίφει τελειοῦται (Lipsius, *loc. cit.*, III, 144). Les martyrologes de l'Église arménienne suivent une autre tradition qui a échappé aux recherches si consciencieuses de Lipsius; ils font mourir Simon, apôtre de l'Arménie, de la Perse, de Babylone, etc., à Roustha (ou Errousthа), ville située au delà d'Ourmia (ի *կառավարեցաւ յր-*Ոուսիթայ քաղաք՝ որ ի թիկանց Որմիոյ կայ

ի *անգէն թագեցաւ* : Aïsmavourk, 16 février; cf. 30 juin). On trouve les variantes Routha (Ոութա, Aïsm., 30 juin) et Errousthava (Էրոուսթաւա, Indjidjian, *Arm. anc.*, p. 534).

[1] Մի յորդւոց իւրոց « un de ses fils ». *Lettre*, p. 48.

[2] La tentative de Gutschmid de démontrer l'existence d'une source grecque par la déformation possible de MANOYN en ANANOYN (*Glaubwürdigkeit* u. s. w., p. 23) est absolument sans objet, Moïse n'ayant suivi que des sources arméniennes.

[3] Venise, 1874, 2 vol.

[4] Innsbruck, 1877.

grand intérêt, mais elle demande des développements auxquels nous devons renoncer ici.

CHAPITRE XXXV. — RÈGNE DE SANATROUK. MEURTRE DES ENFANTS D'ABGAR.
LA PRINCESSE HÉLÈNE.

Sanatrouk, étant monté sur le trône, lève des troupes avec l'aide des braves Bagratides et Artzrouni, ses pères nourriciers, pour aller faire la guerre aux fils d'Abgar et prendre possession de tout le royaume [d'Arménie]. Pendant qu'il préparait cette expédition, le meurtre d'Addée par le fils d'Abgar se trouva vengé par une dispensation de la providence divine. Celui-ci, en effet, s'occupait de faire dresser une colonne de marbre sur la terrasse de son palais; placé en bas, il donnait des ordres sur la manière de conduire le travail, lorsque la colonne, échappant aux mains des ouvriers, vint tomber sur lui, lui écrasa les pieds et le tua.

Aussitôt un message des habitants d'Édesse fut transmis à Sanatrouk, lui demandant de s'engager solennellement à ne pas les troubler dans l'exercice de la religion chrétienne; à cette condition, ils lui livreraient la ville et les trésors du roi. Sanatrouk promit, mais ne tarda pas à violer son serment. Il fit passer au fil de l'épée tous les enfants de la maison d'Abgar, à l'exception des filles qu'il éloigna de la ville pour les établir dans le pays de Haschtiank.

Procédant de même avec la première des femmes d'Abgar, nommée Hélène, il l'envoya dans sa ville de Harran, et lui laissa en outre la souveraineté de toute la Mésopotamie, en souvenir des bienfaits que, grâce à elle, il avait obtenus d'Abgar.

Hélène, pieuse comme son mari Abgar, ne put supporter de vivre au milieu des idolâtres[1]. Elle s'en alla à Jérusalem sous le règne de Claude, pendant la famine prédite par Agabus; et, ayant fait transporter tous ses trésors en Égypte, elle acheta de grandes quantités de blé qu'elle distribua à

Hélène avait été reine de la Mésopotamie (Eusèbe, *H. E.*, II, 12).

Sous le règne de Claude, le prophète Agabus[2] prédit une famine (Eusèbe, *H. E.*, II, 8).

[Pendant cette famine] la reine Hélène acheta du blé en Égypte pour beaucoup

[1] Moïse commet ici un anachronisme choquant. Le paganisme des habitants de Harran ne put devenir caractéristique de la ville qu'après la conversion de toute la contrée environnante. Harran fut du reste le dernier refuge des religions syriennes. Cette ville est souvent appelée, depuis saint Ephrem, « ville des payens » (ﮑﻒ ﻟﺲ, Ἑλλήνων πόλις). La situation religieuse était la même plusieurs siècles

après la conquête arabe, et, au xiii° siècle, Bar-Hebræus parle encore des payens de Harran.

[2] Le nom du prophète Agabus est singulièrement altéré dans le texte arménien d'Eusèbe; dans notre passage, il s'appelle Աղայ; quelques pages plus haut (II, 3; arm. p. 83), Աղաաբ. Moïse de Khoren avait sous les yeux la bonne leçon Ագաբոս, à moins qu'il n'ait corrigé d'après *Actes*, XI, 28.

52.

tous les nécessiteux, fait dont témoigne Josèphe. Son tombeau, qui est un monument remarquable, se voit encore aujourd'hui devant la porte de Jérusalem [1].

d'or et le distribua à tous les nécessiteux... Le tombeau de cette Hélène, mentionnée par l'écrivain (Josèphe), est un monument remarquable qui se voit encore aujourd'hui devant la porte de Jérusalem (Eusèbe, *H. E.*, II, 12).

Nous ne trouvons plus aucune trace d'utilisation de la *Lettre d'Abgar*. Le seul passage de ce chapitre où nous ayons à signaler une source, est même en contradiction avec ce document. A trois reprises [2], il est question dans la *Lettre* de la femme d'Abgar, qui se nomme Schelamat (ⵯⵯⵯ), et rien ne fait supposer qu'il y ait eu d'autres « reines ». Or nous voyons apparaître tout à coup « la première des femmes d'Abgar », à qui Sanatrouk, après avoir massacré toute la famille, veut bien laisser « la souveraineté de toute la Mésopotamie ». Cette femme s'appelle Hélène. La combinaison qui a amené Moïse à en faire la veuve d'Abgar repose sur une erreur de l'*Histoire ecclésiastique* d'Eusèbe, version arménienne. Dans le chapitre XII du livre II, Hélène est, en effet, désignée deux fois comme « reine de la Mésopotamie [3] », tandis qu'elle était « reine de l'Adiabène », sur le Tigre, sœur et femme — mœurs persanes — du roi Monobaze, et mère du roi Izate. Elle n'avait donc rien de commun avec Abgar ni avec Sanatrouk. Josèphe raconte tout au long [4] la curieuse histoire de la conversion au judaïsme de cette famille royale [5], et comment Hélène vint se fixer à Jérusalem où elle acquit un renom d'inépuisable charité. Eusèbe a emprunté à Josèphe ce qui concernait le rôle bienfaisant de la reine pendant la famine de l'an 44, et la construction de son tombeau. C'est dans l'Eusèbe arménien que Moïse a pris ce morceau pour l'incorporer dans l'histoire d'Arménie. Rien ne démontre mieux le caractère artificiel de sa construction historique.

---

[1] Le tombeau d'Hélène, reine de l'Adiabène, existe encore aujourd'hui au nord de Jérusalem, et est connu sous le nom de « Tombeau des rois » (*Journ. asiat.*, 1865, t. VI, p. 556 et suiv.). Le sarcophage d'une des « reines » de la famille d'Hélène, apporté à Paris par M. de Saulcy, se trouve au Musée du Louvre.

[2] *Lettre d'Abgar*, p. 10, 17. 30.

[3] Le texte grec aurait pu également le tromper, car, dans le titre du chapitre, Hélène est qualifiée de « reine de l'Osroène ». Dans le corps du chapitre se retrouve la vraie leçon : « reine de l'Adiabène ».

[4] *Antiq.*, XX, 2.

[5] Hélène était donc juive, et non chrétienne comme le veut Moïse de Khoren.

CHAPITRE XXXVI. — RECONSTRUCTION DE LA VILLE DE METZBIN.

ORIGINE DU NOM DE SANATROUK. SA MORT.

De toutes les actions de Sanatrouk, aucune n'est plus digne de mémoire que la reconstruction de Metzbin. Cette ville ayant été ruinée par un tremblement de terre, il la rasa, la rebâtit plus magnifiquement, l'entoura d'un double rempart et d'un avant-mur[1], et fit dresser au milieu de la ville sa statue avec une pièce de monnaie dans la main; ce qui devait signifier : « Tous mes trésors ont été dépensés à construire cette ville; il ne m'est resté que cette unique pièce. »

Il faut maintenant que je dise pourquoi il fut appelé Sanatrouk. La sœur d'Abgar, Odé, s'étant mise en route pour l'Arménie pendant l'hiver, fut surprise dans les monts Kordouk par une tempête de neige qui dispersa tous ses compagnons, si bien que l'un ne savait plus ce que l'autre était devenu. Sanot, la nourrice de Sanatrouk, sœur de Biourat le Bagratide et femme de Khosren Ardzrouni, prit l'enfant, qui était encore tout petit, le plaça sur son sein, et dut rester ensevelie sous la neige trois jours et trois nuits. De là cette fable, qu'un animal monstrueux, de couleur blanche, envoyé par les dieux, gardait l'enfant. Mais, d'après nos informations, voici ce qui se passa : un chien blanc, qui accompagnait les gens envoyés à la découverte, trouva l'enfant et sa nourrice. L'enfant fut alors appelé Sanatrouk, du nom de sa nourrice, car Sanatrouk veut dire *don de Sanot*[2].

Sanatrouk, étant devenu roi la douzième année d'Artaschès, roi de Perse, occupa le trône[3] pendant trente ans et mourut à la chasse d'une flèche qui lui perça les entrailles, comme s'il eût porté la peine des tourments infligés à sa sainte fille.

Léroubna[4], fils du scribe Aphschadar[5], mit par écrit tous les événements qui arrivèrent au temps d'Abgar et de Sanatrouk, et déposa [son récit] dans les archives d'Édesse.

---

[1] Եր. պարսպելով կրկին պարսպով և պատուարաւ. Peut-être vaudrait-il mieux traduire : « Il l'entoura de nouveau d'un rempart et d'un avant-mur. » Պատուար, *avant-mur*, προτείχισμα, est sans doute le même mot que ܦܪܘܩܐ (Land, *Anecdota syriaca*, III, p. 207, l. 20, et 208, l. 12), dont Payne-Smith (*Thes. syr.*) donne une explication insuffisante : *pars quædam munimentorum urbis*.

[2] Il n'est pas besoin de faire remarquer le caractère enfantin de cette étymologie. Du reste, le nom est beaucoup plus ancien. Il était porté au commencement du premier siècle avant l'ère chrétienne par un roi des Parthes (Σινατρούκης, Σανατρούκης).

[3] Au lieu de կեցեալ, *ayant vécu*, qui ne donne pas ici un sens satisfaisant, je lis կա-

ցեալ, *étant resté* [sur le trône]. Il ne peut être question dans ce membre de phrase que de la durée du règne, et les *Actes* de saint Barthélemy nous parlent de la vingt-neuvième année de Sanatrouk. (Cf. *Martyrologe arménien*, Venise, 1874, t. I, p. 208.)

[4] Voir plus haut, p. 366.

[5] Ափշադար. Ce nom est évidemment corrompu, mais il n'est pas facile de le restituer. Les deux éditions syriaques ont ܐܒܫܕ (Cureton) et ܐܒܫܕ (Phillips); les deux éditions arméniennes, Աբդշապուպ (Venise) et Աբդաշարապ (Jérusalem). La leçon de Moïse se rapproche assez de celle de Phillips. En combinant ces diverses lectures, on arriverait peut-être à rétablir ܐܒܫܕ, Աբդաշապար; mais que voudrait dire ܐܒܫܕ?

Ce dernier chapitre ne nous fournit pas l'occasion de signaler une seule source. Le nom de Khosren, déjà vu plus haut[1], rappelle cependant encore la *Lettre d'Abgar*.

Quant à la clausule finale, nous avons déjà eu l'occasion de la citer plusieurs fois et de l'expliquer. Ce n'est pas autre chose qu'un sommaire des clausules de la *Doctrine d'Addai* et de la *Lettre d'Abgar*, qui ont servi de base à nos recherches sur la vraie nature des « archives d'Édesse ». Ici se termine la partie de l'*Histoire d'Arménie* garantie, pour ainsi dire, par l'autorité traditionnelle de ces archives. Le chapitre xxxvi clôt la période ouverte par le chapitre x. Nous laissons au lecteur le soin de formuler les conclusions qui, nous semble-t-il, découlent naturellement des observations que nous avons faites au cours de la présente étude.

[1] Page 392, note 3.

DE L'ACCENTUATION DU VERBE RUSSE [1]

PAR

M. PAUL BOYER.

Les catégories morphologiques entre lesquelles il est permis de répartir l'ensemble des verbes russes justifient, dans une très large mesure, les règles d'accentuation auxquelles ils sont soumis. Rechercher quelles sont ces règles, montrer comment elles se modifient suivant la différenciation des phénomènes morphologiques, et cela sans sortir de la langue russe elle-même, sans emprunter aux langues sœurs la confirmation systématique, sinon l'explication des faits observés, tel est l'objet de cet article.

Puisque les catégories d'accentuation recouvrent généralement les catégories morphologiques, il serait malaisé d'étudier les premières sans avoir, au préalable, fixé les secondes. Il importe donc d'établir, tout d'abord, une classification précise et complète des verbes russes.

On sait la fortune de la distribution des verbes slaves en six classes : proposée pour la première fois par Dobrowsky, dans son *Lehrgebäude der böhmischen Sprache* (Prague, 1809), adoptée bientôt après par Puchmayer dans son *Lehrgebäude der russischen Sprache* (Prague, 1820), elle a passé successivement, à peine modifiée, dans presque tous les ouvrages de grammaire consacrés aux langues slaves.

[1] Roman Brandt, *Начертаніе славянской акцентологіи*, Saint-Pétersbourg, 1880. — Vostokov, *Русская грамматика*. — Grot, *Филологическія разысканія*, vol. I, 2ᵉ édition, 1876. — L. Kayssler, *Die Lehre vom russischen Accent*, Berlin, 1866. — A. Bystrow, *Regeln über den Accent in der russischen Sprache*, Mitau, 1884. — Šarlovskij, *Русское слогоудареніе*, Voronež et Kijev, 1884-1889. — Šarlovskij, *Русская просодія*, Odessa, 1890. — Jelsin, *Правила ударенія въ русскомъ языкѣ*, Varsovie, 1890. — Fr. Weidmann, *Russisches grammatisches Wörterbuch*, Saint-Pétersbourg, 1891.

Le présent article repose sur un dépouillement intégral du dictionnaire de l'Académie de Saint-Pétersbourg *Словарь церковно-славянскаго и русскаго языка*, 2ᵉ édit., 4 vol., Saint-Pétersbourg, 1867-1868.

Cette classification de Dobrowsky présente pourtant un inconvénient grave : ne tenant compte que du thème de l'infinitif, elle réunit en un même groupe des formations aussi différentes que *razumě-ję* : *razumě-je-ši*, et *büždę* : *büd-i-ši*, mais sépare arbitrairement des formes identiques telles que *nes-ę* : *nes-e-ši*, attribué à la première classe, et *ber-ę* : *ber-e-ši*, attribué à la quatrième, ou encore *ču-ję* : *ču-je-ši* (1ʳᵉ classe) et *lüža* : *lüže-ši* (4ᵉ classe). Il ne semble donc pas que l'on doive s'en tenir à cette distribution, bien qu'elle paraisse à M. J. A. Lundell la seule qui puisse « mettre de l'ordre dans la masse d'ailleurs confuse des verbes russes[1] ».

La classification à laquelle nous nous sommes arrêté ne nous appartient point en propre : *fondée essentiellement sur la qualité des différents suffixes du présent*, elle reproduit, dans son principe, sinon dans ses détails, celle que M. Leskien avait proposée dès la première édition de son *Handbuch der altbulgarischen Sprache* (Weimar, 1871). Il est surprenant que cette classification, aussi simple que rigoureuse, soit demeurée inconnue aux auteurs de grammaires pratiques; elle méritait cependant, par ses avantages pédagogiques incontestables, d'attirer leur attention, et il était facile de l'accommoder aux idiomes slaves modernes. On en jugera par le rapide exposé qui suit.

Les verbes russes, si l'on excepte les quatre verbes en –м– (дамъ « je donnerai », ѣмъ « je mange », вѣсть « il sait », естъ « il est »), se répartissent, d'après la qualité du suffixe du présent, en quatre grandes classes :

Classe I. L'indicatif présent est en –у, –е–шь, –утъ (suffixe –*o*–, –*e*–).

Classe II. L'indicatif présent est en –ну, –не–шь, –нутъ (suffixe –*no*–, –*ne*–).

Classe III. L'indicatif présent est en –ю, –е–шь, –ютъ, valant –jу, –je– шь, –jутъ (suffixe –*jo*–, –*je*–).

Classe IV. L'indicatif présent est en –ю, –и–шь, –ятъ, valant –jу, –и– шь, *–ǫ–тъ (–j– seulement à la première personne du singulier, suffixe –*i*–).

Tel est le principe de cette classification; quant aux subdivisions, elles sont fournies tout d'abord par les différences de forme du thème de l'infinitif; il est tenu compte également du caractère primaire ou secondaire des verbes, de

---

[1] J. A. Lundell, *Études sur la prononciation russe*, I, p. 33, Stockholm, 1890.

l'élément terminal de la racine, et, pour la classe II, du sens et de l'aspect. On obtient, en résumé, le tableau général suivant :

CLASSE I. *L'indicatif présent est en* –у, –е–шь, –утъ : *le thème de l'infinitif comporte ou ne comporte pas le suffixe* –a–.

A. *Le thème de l'infinitif, ne comportant pas le suffixe* –a–, *est identique à la racine.*

Type : нес–у, нес–е–шь, нес–утъ, нес–ти « porter ».

B. *Le thème de l'infinitif comporte le suffixe* –a–.

Type : рв–у, рв–е–шь, рв–утъ, рв–а–ть « arracher ».

CLASSE II. *L'indicatif présent est en* –ну, –не–шь, –нутъ : *le thème de l'infinitif comporte le suffixe* –ну–, *mais ce suffixe peut manquer au passé.*

A. *Le suffixe* –ну– *se maintient à tout le thème de l'infinitif :* ces verbes sont *perfectifs,* non inchoatifs, généralement transitifs.

Type : дви–ну, дви–не–шь, дви–нутъ, дви–ну–ть, дви–ну–лъ « mouvoir ».

B. *Le suffixe* –ну–, *caractéristique de l'infinitif proprement dit, manque au passé :* ces verbes sont *imperfectifs,* inchoatifs, toujours intransitifs.

Type : чах–ну, чах–не–шь, чах–нутъ, чах–ну–ть, чах–ъ « dépérir ».

CLASSE III. *L'indicatif présent est en* –ю, –е–шь, –ютъ *valant* –jу, –je–шь, –jутъ.

1° *Verbes primaires : le thème de l'infinitif comporte ou ne comporte pas le suffixe* –a–.

A. *Le thème de l'infinitif, ne comportant pas le suffixe* –a–, *est identique à la racine.*

Type : зна–ю, зна–е–шь, зна–ютъ, зна–ть « savoir ».

B. *Le thème de l'infinitif comporte le suffixe* –a– : –a– *pur après racine terminée en consonne,* –я– *après racine terminée en voyelle.*

Types : вяжу, вяже–шь, вяжутъ, вяз–а–ть « lier »; сѣ–ю, сѣ–е–шь, сѣ–ютъ, сѣ–я–ть « semer ».

2° *Verbes dérivés, dénominatifs ou déverbatifs : le thème de l'infinitif comporte toujours un suffixe.*

A. *Le thème du présent comporte le même suffixe que le thème de l'infinitif.*

a. Verbes dénominatifs en —а— (—я—), *déverbatifs itératifs en* —а— (—я—), —ва—, —ыва— (—ива—).

Types : дум—а—ю, дум—а—е—шь, дум—а—ютъ, дум—а—ть « penser »; бы—ва—ю, бы—ва—е—шь, бы—ва—ютъ, бы—ва—ть « être ».

b. Verbes dénominatifs en —ѣ—, *ce suffixe* —ѣ— *prenant phonétiquement le timbre* —а— *après chuintante.*

Types : бѣл—ѣ—ю, бѣл—ѣ—е—шь, бѣл—ѣ—ютъ, бѣл—ѣ—ть « devenir blanc »; муж—а—ю, муж—а—е—шь, мужа—ютъ, муж—а—ть « devenir homme ».

B. *Tandis que le thème de l'infinitif comporte la suffixation* —ов—а— (—ев—а—), *le thème du présent ne comporte que le premier élément de cette suffixation, sous la forme* —у— (—ю—), *devant le j du suffixe du présent.*

Types : торг—у—ю, торг—у—е—шь, торг—у—ютъ, торг—ов—а—ть « trafiquer »; гор—ю—ю, гор—ю—е—шь, гор—ю—ютъ, гор—ев—а—ть « s'affliger ».

CLASSE IV. *L'indicatif présent est en* —ю, —и—шь, —ятъ *valant* —jy, —и—шь, *—ę—тъ.

A. *Le thème de l'infinitif comporte le suffixe* —и—.

Type : вѣр—ю, вѣр—и—шь, вѣр—ятъ, вѣр—и—ть « croire ».

B. *Le thème de l'infinitif comporte le suffixe* —ѣ—, *ce suffixe* —ѣ— *prenant phonétiquement le timbre* —а— *après chuintante ou j.*

Types : сижу, сид—и—шь, сид—ятъ, сид—ѣ—ть « être assis »; леж—у, леж—и—шь, леж—атъ, леж—а—ть « être couché ».

Il n'est pas de verbe russe qui ne rentre dans l'une de ces quatre classes. Même les sept verbes : рев—у, рев—е—шь, рев—ѣ—ть « beugler »; —шиб—у, —шиб—е—шь, —шиб—и—ть « frapper »; гон—ю, гон—и—шь, гн—а—ть « poursuivre »; сплю, сп—и—шь, сп—а—ть « dormir »; бѣг—у, бѣж—и—шь, бѣж—а—ть, « courir »; чт—у, чт—и—шь, чт—и—ть « honorer »; et хочу, хоче—шь, хот—и—мъ, хот—ѣ—ть « vouloir » n'ont de l'irrégularité que l'apparence; sans doute, le présent de ces verbes, *en tout* pour les quatre premiers, *en partie* pour les trois autres, est emprunté à des formations verbales autres que celles que fait prévoir leur infinitif; mais ces formes du présent, tout inattendues qu'elles soient, se laissent aisément répartir entre les diverses classes ci-dessus énumérées. On en peut dire autant des deux verbes ста—ть « se lever », дѣ—ть « placer », et de quelques autres spécimens hétéroclites.

Cette distribution des verbes russes en quatre classes n'est pas valable seulement pour les changements morphologiques : elle encadre également bien les faits d'accentuation, et c'est pourquoi il suffira, au cours de cette étude, d'en suivre pas à pas les subdivisions. Mais, avant d'examiner le détail des faits particuliers propres à chaque classe, il convient d'exposer quelques faits très généraux communs à tous les verbes, sans distinction de classe.

L'accentuation des différentes formes verbales se règle, pour le thème du présent, sur l'accentuation de l'indicatif présent, et, pour le thème de l'infinitif, sur l'accentuation de l'infinitif proprement dit. Quant aux formules toniques du présent et de l'infinitif, elles offrent entre elles des concordances telles que, l'une de ces formules étant connue, on peut à coup sûr prévoir l'autre[1].

L'accent des verbes est fixe ou mobile.

I. On dit qu'un verbe a l'accent *fixe* quand la place de l'accent est la même à l'infinitif et à *toutes* les personnes du présent.

Exemples : нес—тѝ, нес—ý, нес—é—шь; двѝ—ну—ть, двѝ—ну, двѝ—не—шь; бы— —вá—ть, бы—вá—ю, бы—вá—е—шь; вѣр—и—ть, вѣр—ю, вѣр—и—шь; леж—á—ть, леж—ý, леж—ѝ—шь; вы́—нес—ти, вы́—нес—у, вы́—нес—е—шь « porter dehors ».

On voit que l'accent fixe n'a point de place déterminée : il tombe indifféremment sur la désinence, le suffixe, la racine ou le préfixe.

Tout verbe dont l'infinitif non monosyllabique porte l'accent ailleurs que sur la syllabe finale est un verbe d'accentuation fixe.

Cette règle ne souffre pas d'exception[2].

---

[1] Il ne s'agit, pour le moment, que de l'analyse matérielle, extérieure, et nullement de l'interprétation des faits. Les deux règles dont l'exposé suit sont donc de simples règles pratiques.

[2] On peut rapprocher cette règle de la règle la plus générale de l'accentuation des substantifs : dans tout substantif dont le nominatif singulier n'accentue ni la finale ni l'initiale, l'accent est fixe. Mais on remarquera

II. On dit qu'un verbe a l'accent *mobile* quand la place de l'accent n'est la même qu'à l'infinitif et à la *première* singulier du présent.

Exemples : вяз–á–ть, вяжу́, вя́же–шь; нос–и́–ть, ношу́, нóс–и–шь « porter ».

Le mouvement de l'accent, à l'indicatif présent, marque simplement opposition entre la première personne du singulier et toutes les autres. Dans ces limites même, le mouvement de l'accent reste étroitement déterminé : quand l'accent apparait sur la finale de la première personne du singulier alors qu'il n'est point sur la finale des autres, c'est qu'il frappe la pénultième de ces autres personnes. On a становлю́ : станóв–и–шь; mais une accentuation становлю́ : *стáнов–и–шь serait de tout point impossible.

Tout verbe dont l'indicatif présent accentue la syllabe finale de la première personne du singulier peut être un verbe d'accentuation mobile. La condition est nécessaire, mais non pas suffisante.

De ces deux règles il résulte que *la première personne du singulier de l'indicatif présent reproduit l'accentuation de l'infinitif, aussi bien dans les verbes d'accentuation mobile que dans les verbes d'accentuation fixe.*

Cette similitude d'accentuation à l'infinitif et à la première personne singulier du présent est un fait très général; ce fait admet pourtant certaines exceptions.

En principe, ces exceptions appartiennent à la classe III (suffixation –*jo*–, –*je*– au présent).

1° Les verbes en –ов–á–ть (–ев–á–ть), avec accent sur –а–, accentuent l'élément –у– (–ю–) au thème du présent : торг–ов–á–ть, торг–у́–ю, торг–у́–е–шь; гор–ев–á–ть, гор–ю́–ю, гор–ю́–е–шь. Nous reviendrons plus loin sur l'accentuation de ces verbes (classe III 2° B).

2° Certains verbes de la classe III 1° B, avec accent sur le suffixe –а– de l'infinitif, gardent l'accent sur la pénultième, c'est-à-dire sur un élément radical, même à la première personne singulier du présent. Ces verbes, dont il

combien l'accentuation des substantifs est plus libre : un substantif dont le nominatif singulier accentue l'initiale *peut* comporter un mouvement de l'accent, tandis qu'un verbe dont l'infinitif accentue l'initiale a *nécessairement* l'accent fixe.

est parfois difficile de dire s'ils sont primaires ou dérivés, comportent presque toujours un second présent du type dérivé (classe III 2° A *a*), lequel reproduit sans changement l'accentuation de l'infinitif. Ces verbes sont d'ailleurs en fort petit nombre :

arch. алк–а́–ть, а́лчу et алк–а́–ю « avoir faim »;

брех–а́–ть, бре́шу, « aboyer [1] »;

жад–а́–ть (forme archaïque généralement remplacée par la forme analogique жажд–а́–ть) жа́жду et жад–а́–ю « avoir soif »;

зоб–а́–ть, зо́блю et зоб–а́–ю (*Dic. Ac.*) « becqueter »;

зыб–а́–ть, зы́блю « agiter »;

–им–а́–ть, –е́млю et им–а́–ю « prendre »;

колеб–а́–ть, коле́блю et *arch.* колеб–а́–ю « balancer »;

колых–а́–ть, колы́шу et колых–а́–ю « agiter [2] »;

лок–а́–ть, *arch.* ло́чу et лок–а́–ю « laper »;

страд–а́–ть, стра́жду, et plus communément страд–а́–ю « souffrir »;

хром–а́–ть, *arch.* хра́млю et хром–а́–ю « boiter [3] ».

Les verbes алка́ть et жада́ть sont des emprunts à la langue d'église; il en faut dire autant des formes стра́жду et хра́млю. La forme ло́чу est à peine vivante. L'accentuation de зы́блю a peut-être sa justification : 1° dans l'analogie de l'accentuation зы́бать (Reiff, *Dictionnaire étymologique*, 1835-1836, et Dal); 2° dans l'analogie de l'impersonnel зы́бить « il fait de la houle ».

Quant aux verbes dont l'infinitif est monosyllabique, ils ne peuvent fournir d'argument ni pour ni contre la similitude d'accentuation de l'infinitif et de la première personne du présent.

Il en est de même des verbes dont l'infinitif ne doit son dissyllabisme qu'au phénomène proprement russe connu sous le nom de « vocalisme plein » : бере́чь (vieux slave *brěšti*), берег–у́, береж–е́–шь « garder »; воло́чь (vieux slave *vlěšti*), волок–у́, волоч–е́–шь « traîner »; боро́–ть (vieux slave *brati*), бор–ю́, бо́р–е–шь « vaincre »; моло́–ть (vieux slave *mlěti*), мел–ю́, ме́л–е–шь « moudre », etc.

Plus instructif que ces considérations générales, l'examen des faits particuliers permet de fixer les véritables lois de l'accentuation du verbe. Le mo-

---

[1] бре́шу́ est également possible, mais on a uniquement бре́шешь.

[2] Dal accentue колы́шу ?

[3] хромлю́ dans Vostokov.

ment est venu de reprendre, au point de vue de l'accent, la classification morphologique exposée au début de cet article.

Classe I. — *La voyelle thématique du présent est normalement accentuée.*
Type : –ý, –é–шь.

Si l'infinitif comporte le suffixe –a–, *ce suffixe est toujours accentué.*

Les verbes de cette classe sont donc essentiellement des verbes d'accentuation *fixe*.

Nous croyons devoir citer tous les exemples, à l'exclusion des verbes dont le présent est monosyllabique.

A. *Le thème de l'infinitif ne comporte pas le suffixe* –a–.

берéчь, берег–ý, береж–é–шь; брес–тú, бред–ý, бред–é–шь « se traîner »; вес–тú, вед–ý, вед–é–шь « conduire »; вез–тú, вез–ý, вез–é–шь « voiturer »; влечь, влек–ý, влеч–é–шь « traîner »; гнес–тú, гнет–ý, гнет–é–шь « presser »; грес–тú, греб–ý, греб–é–шь « ramer »; е–ть (е–тú), еб–ý, еб–é–шь « *futuere* »; мес–тú, мет–ý, мет–é–шь « balayer »; нес–тú, нес–ý, нес–é–шь; печь, пек–ý, печ–é–шь « cuire »; плес–тú, плет–ý, плет–é–шь « tresser »; рев–ý, рев–é–шь (infin. рев–ѣ–ть); *arch.* речь, рек–ý, реч–é–шь « dire »; скрестú, скреб–ý, скреб–é–шь « râcler »; стерéчь, стерег–ý, стереж–é–шь « surveiller »; *dial.* теп–с–тú, теп–ý, теп–é–шь « se traîner »; течь, тек–ý, теч–é–шь « couler ».

вяз–тú (*Dic. Ac.*, Dal), вяз–ý, вяз–é–шь (*Dic. Ac.*) « tricoter »; vx. г. гряс–тú, гряд–ý, гряд–é–ши, гряд–ýщій « marcher »; клясть, клян–ý, клян–é–шь « maudire »; мяс–тú, мят–ý, мят–é–шь « troubler »; –прячь, –пряг–ý, –пряж–é–шь « tendre, atteler »; прясть, пряд–ý, пряд–é–шь « filer »; тряс–тú, тряс–ý, тряс–é–шь « secouer ».

бос–тú, бод–ý, бод–é–шь « frapper à coups de cornes »; волóчь, волок–ý, волоч–é–шь; полз–тú, полз–ý, полз–é–шь « ramper »; толóчь, толк–ý, толч––é–шь « piler ».

Vx. г. гус–тú, гуд–é–тъ « résonner » : вѣтеръ гудéтъ, Dal; гулъ глухой въ глуши гудéтъ, Deržavin, I, 369.

об–рѣс–ть et об–рѣс–тú, об–рѣт–ý, об–рѣт–é–шь « découvrir »; разсвѣт–é–тъ « le jour poindra »; сѣчь, сѣк–ý, сѣч–é–шь « couper »; цвѣс–тú, цвѣт–ý, цвѣт–é–шь « fleurir »; бѣг–ý, бѣг–ýтъ (infin. бѣж–á–ть).

класть, клад–ý, клад–é–шь « poser »; красть, крад–ý, крад–é–шь « dérober »;

пасть, пад–ý, пад–е́–шь « tomber »; пасти́, пас–ý, пас–е́–шь « faire paître »; расти́, раст–ý, раст–е́–шь « croître ».

жить, жив–ý, жив–е́–шь « vivre »; и–ти́, ид–ý, ид–е́–шь « aller »; стричь, стриг–ý, стриж–е́–шь « tondre »; –шиб–ý, –шиб–е́–шь (infin. шиб–и́–ть).

грызть, грыз–ý, грыз–е́–шь « ronger », плыть, плыв–ý, плыв–е́–шь « flotter »; слыть, слыв–ý, слыв–е́–шь « passer pour ».

блюсти́, блюд–ý, блюд–е́–шь « observer ».

Les *exceptions* sont fort peu nombreuses :

лѣзть, лѣз–у, лѣз–е–шь « grimper descendre »;

е́д–у, е́д–е–шь, avec une accentuation conforme à celle de l'infinitif е́х–а–ть « *fahren* »;

Les deux verbes parallèles сѣс–ть, ся́д–у, ся́д–е–шь « s'asseoir », et лечь, ля́г–у, ля́ж–е–шь « se coucher »;

бýд–у, бýд–е–шь « je serai ».

On remarquera que trois de ces verbes ont à la racine une voyelle originellement longue; cf. F. de Saussure, *Mém. Soc. ling.*, VIII, p. 425 et suiv. Au reste, l'accentuation serbe prouve l'antiquité des formes toniques ся́ду, ля́гу, бýду; cf. s. : сѣ̀дем, лѐжем, бýдем. On peut également rapprocher s. jäxати, jàмем de r. е́хать, е́ду.

L'accentuation traditionnelle du verbe ecclésiastique –вѐрз–ти « lier, fermer » est –вѐрз–у, –вѐрз–е–ши; mais cette accentuation n'a point de vérification dans la langue parlée.

L'accentuation régulière крад–ý, крад–е́–шь est confirmée par le serbe кра́дем; pourtant le *Dictionnaire étymologique* de Reiff et le *Dictionnaire de l'Académie* ne connaissent point d'autre forme que кра́д–у, кра́д–е–шь. Telle est également l'accentuation usuelle de Krylov, cf. *Fables*, III, 11, vers 44 :

<blockquote>Тотъ не укра́детъ, не обма́нетъ.</blockquote>

Malgré l'accentuation régulière ид–ý, ид–е́шь, on dit communément и́детъ слухъ (cf. Krylov, *Fables*, III, 16, 9). On retrouve cette même accentuation sur la racine dans les dictons où les formes и́дешь, и́детъ, etc., font pendant aux formes ви́дишь, ви́дитъ, etc.; voir Dal, *sub* идти. Cf. s. и́де.

Enfin l'un des verbes de cette classe paraît avoir subi l'influence de l'accentuation normale de certains présents de la classe III 1° B et peut-être, en par-

ticulier, des trois personnes du singulier du présent хочу́, хо́че—шь, хо́че—тъ :
c'est le verbe мочь, мог—у́, мо́ж—е—шь, etc., « pouvoir ». Cf. s. мо̀гу, мо̀жеш.

Quant aux formes воло́ч—е—шь, воло́ч—е—шь—ся, etc. attestées par le *Dictionnaire de l'Académie*, on peut les considérer comme de simples fautes de
graphie pour воло́ч—и—шь, воло́ч—и—шь—ся, etc., du verbe волоч—и́—ть
(classe IV); il n'y a donc point lieu de les rapporter à l'infinitif воло́чь [1].

Sur la double forme —им—у́ : —и́м—е—шь et —йм—у́ : —йм—é—шь (—ьм—у́ :
—ьм—é—шь), voir plus loin, p. 455.

Certains verbes de cette classe, en slave commun, accentuaient la désinence —*ti* de l'infinitif; cette désinence accentuée se maintient en russe, bien
que, pour la plupart des exemples, l'analogie des infinitifs usuels à finale primitivement atone ait créé des doublets en —ть.

Ex. : ити́, cf. s. и̏ħи; расти́, cf. s. ра́сти. Il n'existe point, pour ces deux
verbes, de doublet en —ть. M. Roman Brandt paraît tenté de supposer une
forme populaire *ростъ, mais il n'en fournit point d'exemple (Roman Brandt,
trad. russe de la *Morphologie comparée* de Miklosich, p. 455, n. 1).

грести́, cf. s. грѐпсти; мести́, cf. s. мѐсти; нести́, cf. s. нѐсти; плести́, cf.
s. плѐсти; печи́ (Krylov, *Fables*, II, 16, 1), cf. s. пѐħи; жечи́ « brûler » (Kolosov,
За́мѣтки о языкѣ и народной поэзіи въ области сѣверно-великорусскаго говора,
p. 27), cf. s. жѐħи; трясти́, cf. s. трѐсти; бости́, cf. s. бо̀сти; толчи́
(Kolosov), cf. s. ту́ħи, etc. Tous ces verbes possèdent un doublet en
—ь, doublet analogique qui, parfois, dans l'usage courant, et notamment pour
les racines terminées par une gutturale, a supplanté la forme en —и́ : гресть,
месть, несть (en composition prépositionnelle), плесть, печь (seule forme
usuelle), жечь (*idem*), трясть (en composition prépositionnelle, Deržavin, II,
539, et I, 14), толо́чь (seule forme usuelle), etc.

A ces exemples on opposera les verbes qui ignorent l'infinitif en —ти́; la
conformité de l'accentuation serbe prouve que ces verbes, dès l'époque slave
commune, accentuaient, à l'infinitif, la voyelle de la racine :

прясть, cf. s. прѐсти; сѣсть cf. s. cjѐсти; сѣчь, cf. s. cjѐħи; класть, cf. s.
кла̀сти; красть, cf. s. кра̀сти; пасть (rac. *pad*—), cf. s. па̀сти; стричь, cf. s.
стри̏ħи; грызть, cf. s. гри̏сти; плыть, cf. s. пли̏ти; слыть, cf. s. сли̏ти, etc.

Remarque. — Dans ces verbes, presque sans exception, la voyelle de la
racine était originellement *longue*.

---

[1] Le *Dictionnaire de l'Académie*, *sub* воло́чь, donne : « воло́чь, у́, чешь »; il faut lire ну́ et
non чу́.

L'infinitif пасти́ (rac. *pas*—), malgré s. пàсти, doit sa désinence —ти́ à l'analogie des infinitifs en —ти́ formés sur les racines dont la consonne finale est
une sifflante. Cette action analogique a permis de distinguer les deux infinitifs formés sur les racines *pad*— et *pas*—.

D'ailleurs la forme пасть (rac. *pas*—) est conservée, au moins par les
poètes, dans le composé спасть; cf. Krylov, *Fables*, II, 4, 84; Deržavin, I,
328 (exemples cités par Roman Brandt, *Morph. comp.*, p. 455, n. 1).

B. Le thème de l'infinitif comporte le suffixe —a—.

бр–а–ть, бер–у́, бер–е́–шь « prendre »; др–а–ть, дер–у́, дер–е́–шь
« déchirer »; зв–а–ть, зов–у́, зов–е́–шь « appeler »;

ор–а́–ть, ор–у́, ор–е́–шь « hurler »; сос–а́–ть, сос–у́, сос–е́–шь « téter »;
тк–а–ть, тк–у, тк–е–шь, mais aussi точ–е́–шь (*Dic. Ac.* et Dal) « tisser ».

Cette catégorie, qui ne comprend en tout qu'une dizaine de verbes, offre
à peine une seule exception : ср–а–ть, сер–у́ et ср–у, mais сéр–е–шь « ca-
care ».

A l'infinitif стон–а́–ть, стен–а́–ть « gémir » répond un indicatif présent
dont les formes usuelles sont : стон–у́, стен–ю́ (Vostokov) et стон–ю́ (Miklosich–Brandt), стóн–е–шь, стóн–е–тъ, стóн–е–мъ, стóн–е–те, стóн–
утъ. Il y a ici contamination de deux formations différentes, *stenje*— et
stone—. Les formes стен–ю́ et стон–ю́ contiennent le suffixe —*je*— (classe III),
et l'accent des deux autres personnes du singulier et des deux premières
personnes du pluriel est celui du type вяжу́, вя́же–шь, voir plus bas; cf. *sten-ja*,
sten-je-ši, etc., seules formes connues en vieux slave. Mais la première personne singulier стон–у́ et la troisième personne pluriel стóн–утъ appartiennent à la classe I, bien que cette troisième personne suive l'accentuation des
deux autres стóн–е–мъ, стóн–е–те. Quant à la forme стен–é–тъ employée
par Deržavin (II, 613) avec l'accentuation régulière de la classe I, elle suppose une première personne *стен–у́.

Les infinitifs serbes prouvent que l'accentuation du suffixe —a— est ancienne.
Ex. : бра̏ти, де̏рати, тка̏ти, сра̏ти, etc.

CLASSE II. — *Le suffixe* —ну— *du thème de l'infinitif est accentué ou atone.*
Parallèlement, la voyelle thématique du présent est accentuée ou atone.

Deux types possibles : —ну́–ть, —ну́, —нé–шь, mais aussi —ну–ть, —ну,
—не–шь.

Les verbes de cette classe sont donc essentiellement des verbes d'accentuation *fixe*, et c'est pourquoi il suffira d'indiquer l'accent de l'infinitif.

A. *Le suffixe –ну– se maintient à tout le thème de l'infinitif.*

L'aspect de ces verbes présente un double caractère : il est *perfectif* et exprime l'unité d'action. Mais à chacun de ces verbes correspond en général
un autre verbe de formation différente et d'aspect *imperfectif*. On peut s'au-
toriser de cette correspondance pour formuler la règle empirique qui suit :

*Tout verbe perfectif en –ну–ть reproduit l'accentuation du verbe imperfectif
correspondant.*

En d'autres termes : si le verbe imperfectif a l'accent sur le suffixe, le perfectif en –ну– accentue le suffixe –ну–; et si le verbe imperfectif a l'accent
sur une syllabe de la racine, le perfectif en –ну– accentue cette même syllabe
de la racine.

Ex. : вер–ну́–ть, вер–ну́, вер–не́–шь, верт–ѣ́–ть « tourner »; стег–ну́–ть,
стег–а́–ть « fouetter »; шевель–ну́–ть, шевел–и́–ть « remuer »; порх–ну́–
ть, порх–а́–ть « voleter »; ворох–ну́–ть, ворош–и́–ть « remuer »; кос–ну́–
ть–ся, кас–а́–ть–ся « toucher »; пуг–ну́–ть, пуг–а́–ть « effrayer »; зѣв–
ну́–ть, зѣв–а́–ть « bâiller »; мах–ну́–ть, мах–а́–ть « agiter »; лиз–ну́–ть,
лиз–а́–ть « lécher »; ныр–ну́–ть, ныр–я́–ть « plonger »; улыб–ну́–ть–ся,
улыб–а́–ть–ся « sourire », etc.

Mais : дёр–ну–ть, дёрг–а–ть « secouer »; ло́п–ну–ть, ло́п–а–ть(–ся) « cre-
ver »; тро́–ну–ть, тро́г–а–ть « toucher »; ка́п–ну–ть, ка́п–а–ть « goutter »;
цара́п–ну–ть, цара́п–а–ть « écorcher »; дви́–ну–ть, дви́г–а–ть; хрю́к–ну–
ть, хрю́к–а–ть « grogner », etc.

Trois perfectifs en –ну– ont pour correspondants imperfectifs des verbes
dont l'infinitif ne comporte point de suffixation. Dans ces trois verbes, l'accent
frappe la racine : ду́–ну–ть, ду–ть « souffler »; –вёрг–ну–ть, *–вречь « lancer »; –сти́г–ну–ть, –стичь « atteindre ». Le suffixe –ну– est également
atone dans les deux présents дѣ́–ну et ста́–ну en regard de дѣ́–ть et ста–ть.

Quant aux trois verbes рях–ну́–ть–ся (–ну́– accentué) « perdre l'esprit »,
тря́х–ну–ть (–ну– atone) « lancer » et хлы́–ну–ть (*idem*) « gicler », ils n'ont
point de correspondant imperfectif. Il en faut dire autant de ми́–ну–ть

« dépasser », ми–нов–а́–ть n'étant qu'une forme secondaire refaite sur le modèle du perfectif [1].

Les exceptions à la règle générale d'accentuation des perfectifs en –ну– sont assez peu nombreuses :

черп–ну́–ть, че́рп–а–ть « puiser »; шоро́х–ну–ть, шоро́ш–и́–ть « faire du bruit »; трух–ну́–ть, тру́с–и–ть « avoir peur »; хваст–ну́–ть, хва́ст–а–ть « se vanter »; маз–ну́–ть, ма́з–а–ть « graisser »; зи́–ну–ть, зі–я́–ть « être béant »; ки́–ну–ть, кид–а́–ть « lancer »; прыг–ну́–ть, пры́г–а–ть « sauter »; шмыг–ну́–ть, шмы́г–а–ть « frotter » [2].

A ces neuf verbes on en pourrait ajouter une douzaine d'autres dont les imperfectifs sont en –ѣ́–ть (–а́–ть), classe IV B. Mais on verra plus loin que les verbes de la classe IV B accentuent uniformément le suffixe de l'infinitif; et cette uniformité du ton suffit à justifier le manque de parallélisme entre l'accentuation de ces verbes et celle de leurs perfectifs en –ну–ть :

пер–ну–ть, перд–ѣ́–ть « pedere »; гля́–ну–ть, гляд–ѣ́–ть « regarder » (mais гляну́–ть d'après Grot, cette accentuation sur le suffixe étant la seule admise par les composés prépositionnels : взгля–ну́–ть, загля–ну́–ть, etc.); гря́–ну–ть, грем–ѣ́–ть « gronder » (du tonnerre); хря́с–ну–ть, хряст–ѣ́–ть et хрус–ну–ть, хруст–ѣ́–ть « craquer »; дро́г–ну–ть, дрож–а́–ть « trembler »; жу́рк–ну–ть, журч–а́–ть « murmurer »; звук–ну–ть, звуч–а́–ть « résonner »; сту́к–ну–ть, стуч–а́–ть « frapper avec bruit » (mais on a dial. сту́к–а–ть); ви́зг–ну–ть, визж–а́–ть « crier »; свис–ну–ть, свист–ѣ́–ть « siffler »; скри́п–ну–ть, скрип–ѣ́–ть « grincer ».

Les verbes eu –ов–а– (classe III 2° B) n'ont point, à l'ordinaire de correspondant perfectif en –ну–; on a cependant риск–ну́–ть : риск–ов–а́–ть « risquer ». Les trois verbes primaires клев–а́–ть « becqueter », плев–а́–ть « cracher », сов–а́–ть « fourrer » possèdent des perfectifs en –ну– accentués sur la racine : клю́–ну–ть, плю́–ну–ть, су́–ну–ть. Mais l'accentuation demeure suffixale dans le parallélisme жев–ну́–ть : жев–а́–ть « mâcher ».

On voit que, dans tous les verbes de ces deux série, l'accent n'a que deux places possibles, le suffixe ou la voyelle présuffixale. Un seul verbe fait exception : ка́шля–ну–ть, d'après ка́шл–я–ть « tousser » (Dic. Ac., Daĺ, Šarlovskij); mais Grot accentue кашляну́ть, cf. Русское правописаніе [7], dans l'index sub ка́пель.

---

[1] L'accentuation ми–ну́–ть, bien que seule attestée par les dictionnaires, est moins usuelle; pourtant on dit exclusivement мину́вшій.

[2] пры́г–ну–ть et шмы́г–ну–ть (accentuation initiale) sont également possibles, mais d'emploi populaire.

54.

Quatre verbes en –ну– suivent l'accentuation *mobile* à l'indicatif présent :
гля́–ну–ть, quand il entre en composition prépositionnelle, par exemple
за–гля–ну́–ть, за–гля–ну́, за–гля́–не–шь; Grot, même pour le simple, ne
connait que cette accentuation : гля–ну́–ть, гля–ну́, гля́–не–шь;

le composé по–мя–ну́–ть, по–мя–ну́, по–мя́–не–шь « rappeler le souvenir
de », auquel по–мин–а́–ть sert d'imperfectif;

le composé об–ману́ть, об–ману́, об–ма́не–шь « tromper »;

enfin тя–ну́–ть, тя–ну́, тя́–не–шь « tirer ».

Ces deux derniers verbes, autrement encore que par cette accentuation
inattendue, méritent une place à part dans la catégorie A : 1° об–ману́ть n'a
du suffixe –ну– que l'apparence, puisque le –н– appartient à la racine,
cf. ман–и́–ть; l'accentuation mobile ман–и́–ть, ман–ю́, ма́н–и–шь n'a pas
été d'ailleurs sans exercer quelque influence sur celle du verbe об–ману́ть;
2° тя–ну́–ть est *imperfectif* [1].

On pourrait citer également ми–ну́–ть, ми–ну́, ми́–не–шь; mais l'accentuation fixe initiale ми́–ну–ть, ми́–ну, ми́–не–шь, à Moscou tout au moins,
parait plus en usage.

B. *Le suffixe* –ну– *manque au passé.*

Ces verbes, par opposition à ceux de la catégorie A, sont : 1° *imperfectifs;*
2° *inchoatifs;* 3° toujours *intransitifs.* Assez peu nombreux (une soixantaine
tout au plus dans la langue usuelle), ils deviennent perfectifs par l'adjonction
d'un préfixe, et souvent ils ne connaissent de passé qu'à cette forme composée.

Tout verbe inchoatif imperfectif en –ну–ть *accentue la syllabe présuffixale.*

Ex. : блёк–ну–ть, блёк–ну, блёк–не–шь « se flétrir »; мёрз–ну–ть « se
geler »; зяб–ну–ть « se transir de froid »; вя́–ну–ть « se flétrir »; сóх–ну–ть
« se dessécher »; пу́х–ну–ть « se gonfler »; чáх–
ну–ть « dépérir »; ли́п–ну–ть « se coller »; сты́–ну–ть « se refroidir »; брю́аг–
ну–ть « s'enfler », etc.

[1] Deux autres verbes en –ну– n'ont également du suffixe –ну– que l'apparence : –пнуть,
doublet de –пнуть « étendre », forme développée
sur l'indicatif présent пну, et вы́нуть, forme
substituée à вы́мнять « retirer »; mais ni l'un ni
l'autre de ces deux verbes n'offre d'intérêt pour
l'accentuation.

Le verbe тя–ну́–ть n'est point le seul imperfectif de cette série : il en existe au moins
deux autres : г–ну́–ть « courber » et скльз–ну–
ть « glisser », ce dernier différencié par l'accent
du perfectif скльз–ну́–ть = скольз–ну́–ть. Sur
cette différenciation de l'aspect par l'accent,
voir plus bas, p. 454.

Il n'existe qu'une seule exception : то—ну́—ть, то—ну́, то́—не—шь « s'enfoncer dans l'eau, se noyer », bien qu'on dise régulièremnt : то́п—ну—ть, то́п—ну. L'accentuation de то—ну́—ть, suffixale et mobile, est donc doublement exceptionnelle.

Deux verbes de cette série sont monosyllabiques : ль—ну́—ть, doublet de лип—ну—ть, et с—ну—ть « s'endormir », ce dernier employé surtout en composition prépositionnelle. Un troisième, trissyllabique par vocalisme plein, accentue régulièrement la syllabe présuffixale : холо́—ну—ть « se refroidir ». On sait que ces trois verbes conservent le suffixe —ну— au passé.

Classe III. — *La voyelle thématique du présent est originellement et normalement atone.*

Type : —ю, —е—шь, valant —jу, —je—шь.

Un assez grand nombre de verbes de cette classe (cf. plus bas, 1° B *a*) suivent l'accentuation *mobile*, accentuant la finale de la première personne du singulier, bien que les finales des autres personnes restent atones; *mais l'apparition de l'accent sur la finale de la première personne du singulier, quoique panslave, est secondaire.*

1° *Verbes primaires.*

A. *Le thème de l'infinitif ne comporte pas le suffixe* —a— (—я—).

Les verbes de cette série sont trop peu nombreux pour n'être pas intégralement cités; presque tous sont tirés de racines dont l'élément terminal est vocalique.

L'accent est fixe : la syllabe qu'il frappe est la prédésinentielle à l'infinitif et la présuffixale au présent.

a. L'élément terminal de la racine est vocalique.

ду—ть, ду́—ю, ду́—е—шь; —у—ть, —у́—ю (dans обу́ть, разу́ть, pop. перебу́ть) «chausser »; грѣ—ть, грѣ́—ю « chauffer »; смѣ—ть, смѣ́—ю « oser »; спѣ—ть, спѣ́—ю « mûrir »; зна—ть, зна́—ю; сія—ть, сія́—ю « briller »; бри—ть, брѣ́—ю «raser »; arch. по—чи́—ть, по—чі́—ю « reposer »; вы—ть, во́—ю « hurler »; кры—ть, кро́—ю « couvrir »; мы—ть, мо́—ю « laver »; ны—ть, но́—ю « faire mal, éprouver une douleur »; ры—ть, ро́—ю « fouir ».

Les sept verbes би—ть, бью, бьe—шь « battre », ви—ть « enrouler », ли—ть

« verser », пи—ть « boire », ши—ть « coudre », puis гни—ть « se pourrir » et пѣ—ть « chanter » appartiennent en réalité à la classe I : vx. sl. *vǐją* sort de *vej-ą*, cf. lit. *vejù*. L'accentuation des formes monosyllabiques бью, вью, etc. ne fait pas question ; quant aux formes dissyllabiques, elles suivent, pour l'accentuation, l'analogie du type général de la classe I : *arch.* бі—ю́, бі—е́—шн, etc ; cf. бія, біе́мый, біютщій, біючая жила, біе́ніе ; гні—ю́, гні—е́—шь ; по—ю́, по—е́—шь.

b. L'élément terminal de la racine est consonantique.

On ne compte que cinq verbes de cette espèce. Ils suivent, pour l'accentuation, l'analogie du type *mobile* вяз—а́—ть, вяжу́, вя́же—шь (cf. plus bas, B *a*) : боро́—ть (**bór-ti*), бор—ю́, бо́р—е—шь « vaincre » ; поро́—ть (**pór-ti*), пор—ю́, по́р—е—шь « découdre » ; коло́—ть (**kól-ti*), кол—ю́, ко́л—е—шь « piquer » ; поло́—ть (**pél-ti*), пол—ю́, по́л—е—шь « sarcler » ; моло́—ть (**mél-ti*, vx. sl. *mlě-ti*, cf. г. молоко́, vx. sl. *mlěko*), мел—ю́, ме́л—е—шь « moudre ».

On voit que, dans ces verbes, la voyelle de la racine est originellement *brève.*

B. *Le thème de l'infinitif comporte le suffixe* —a— (—я—) : —a— *pur après racine terminée en consonne* ; —я— *après racine terminée en voyelle.*

a. L'élément terminal de la racine est consonantique.

Cette série comprend un peu plus de quatre-vingts verbes.

L'accent est mobile : suffixal à l'infinitif, présuffixal aux deuxième et troisième personnes du singulier et à tout le pluriel du présent, il passe sur la syllabe finale à la première personne du singulier du présent.

Quoique panslave (cf. s. xòhy, xòheш), cette *mobilité* de l'accent à l'intérieur du présent n'est point ancienne : l'accentuation primitive était présuffixale à la première personne du singulier comme à toutes les autres personnes.

Ex. : чес—а́—ть, чешу́, че́ше—шь « peigner », cf. s. чѐсати, чѐшеш ; лепет—а́—ть, лепечу́, лепе́че—шь « balbutier », cf. s. лепѐтати, лѐпећеш ; мет—а́—ть, мечу́, ме́че—шь « lancer », cf. s. мѐтати, мѐћеш ; стл—а—ть, стел—ю́, сте́л—с—шь « étendre » (manque en serbe) ; вяз—а́—ть, вяжу́, вя́же—шь, cf. s. вѐзати, вѐжеш ; глод—а́—ть, гложу́, гло́же—шь « ronger », cf. s. глòдати, глȍђеш ; ор—а́—ть, ор—ю́, о́р—е—шь « labourer », cf. s. òрати, òреш ; хочу́, хо́че—шь, cf. s. xòhy, xòheш ; каз—а́—ть, кажу́, ка́же—шь « montrer », cf. s. кȁзати, кȁжеш ; пис—а́—ть, пишу́, пи́ше—шь « écrire », cf. s. пи́сати, пи́шеш ; иск—а́—ть, ищу́,

и́ще—шь « chercher », cf. s. и́скати, и́штеш; лиз—а́—ть, лижу́, ли́же—шь « lécher », cf. s. ли́зати, ли́жеш; низ—а́—ть, нижу́, ни́же—шь « enfiler », cf. s.
ни́зати, ни́жеш; дых—а́—ть, дышу́, ды́ше—шь (cf. дыш—а́—ть, дыш—у́, ды́ш—
а—шь) « respirer », cf. s. ди́сати, ди́шеш, etc.

Remarque. — L'accentuation radicale des premières personnes serbes
че́шем, ме́ћем, etc. n'est pas un archaïsme, mais une simple conséquence de
l'élimination des formes anciennes en —jy : les formes refaites ont pris tout
naturellement l'accentuation des autres personnes.

L'accentuation primitive du présent, présuffixale à la première personne
du singulier comme à toutes les autres, s'est pourtant conservée en russe
dans une double série de verbes :

1° Dans les onze verbes de la série алк—а́—ть, а́лчу (voir plus haut, p. 421).
Exceptionnelle si on l'oppose à celle de l'ensemble des autres verbes russes,
l'accentuation de ces onze verbes est donc, au point de vue historique, parfaitement légitime. On peut citer encore un douzième verbe : зд—а—ть, зи́жду
« bâtir ». Quant aux formes слы́шу, слы́ше—шь de слых—а́—ть « entendre », elles
empruntent simplement au verbe слыш—а́—ть l'accentuation de sa première
personne du singulier.

2° Dans une quinzaine de verbes qui accentuent la syllabe présuffixale au
thème de l'infinitif comme au thème du présent, et qui, par conséquent,
rentrent de plein droit dans la catégorie des verbes d'accentuation *fixe*.
Le témoignage du serbe prouve que, pour certains de ces verbes tout au
moins, l'accentuation de la syllabe présuffixale au thème de l'infinitif est ancienne. Plusieurs de ces verbes sont dérivés; quelques-uns, même au présent,
offrent une double conjugaison, l'une conforme au type dérivé (cf. plus bas,
2° A *a*), l'autre conforme au type primaire.

Liste complète de ces verbes :

пря́т—а—ть, пря́чу « cacher »; поя́с—а—ть, поя́шу « ceindre »; *arch.* глаго́л—
а—ть, глаго́л—ю « parler »; ре́з—а—ть, ре́жу « couper », cf. s. ре́зати; ма́з—а—
ть, ма́жу, cf. s. ма́зати; пла́к—а—ть, пла́чу « pleurer », cf. s. пла̀кати; кли́к—
а—ть, кли́чу « appeler à haute voix »; мурлы́к—а—ть, мурлы́чу « faire ron-ron »;
сы́п—а—ть, сы́плю « répandre », cf. s. си́пати;

ка́п—а—ть, ка́плю et ка́п—а—ю « goutter », cf. s. ка̀пати; кра́п—а—ть, кра́плю
et кра́п—а—ю « tacheter, dégoutter »; кудахт—а—ть, куда́хчу et куда́хт—а—ю

« glousser »; двиг–а–ть, движу et двиг–а–ю; брызг–а–ть, брызжу et брызг–
а–ю « jaillir », cf. s. брызгати « donner du lait »; прыск–а–ть, прыщу et
прыск–а–ю « asperger [1] »; мык–а–ть, мычу et мык–а–ю « sérancer », et de
même горемык–а–ть, горемычу et горемык–а–ю; рыск–а–ть, рыщу et рыск–
а–ю « trotter »; тык–а–ть, тычу et тык–а–ю « ficher ».

Remarque. — Dans tous ces verbes, sauf l'archaïque глаголю, la voyelle de
la racine est originellement *longue et d'intonation rude*.

b. L'élément terminal de la racine est vocalique.

Cette série comprend à peine vingt verbes.

*Le suffixe –н– est atone, et la voyelle thématique du présent garde son atonie
originelle.*

Si l'on s'en tenait à la constatation extérieure des faits, on pourrait dire :
l'infinitif de ces verbes porte l'accent ailleurs que sur la syllabe finale; leur
accentuation ne peut donc être que *fixe.*

L'accentuation serbe, pour la moitié des exemples tout au moins, prouve
l'atonie primitive du suffixe –н–.

чу–н–ть, чу–ю « sentir », malgré s. чујати; вѣ–н–ть, вѣ–ю « souffler »
malgré s. вијати; затѣ–н–ть, затѣ–ю, perf., « entreprendre »; лелѣ–н–ть,
лелѣ–ю « dorloter », malgré s. лелијати се; надѣ–н–ть–ся, надѣ–ю–сь « espérer »; рѣ–н–ть, рѣ–ю « couler, souffler en rafale »; сѣ–н–ть, сѣ–ю,
s. сијати; ба–н–ть, ба–ю « parler », s. бајати; ка–н–ть–ся, ка–ю–сь « se repentir », s. кајати се; ла–н–ть, ла–ю « aboyer », s. лајати; ма–н–ть, ма–ю
« fatiguer »; та–н–ть, та–ю « fondre », s. тајати; dial. ха–н–ть, ха–ю
« blâmer », s. хајати; ча–н–ть, ча–ю « espérer », s. чајати (Vuk); dial. ша–
н–ть ша–ю « brûler sans flamme ».

Remarque. — On voit également que, dans presque tous ces cas, la voyelle
de la racine est une ancienne longue.

Trois verbes offrent une exception dont l'accentuation serbe confirme l'antiquité : ils accentuent le suffixe –я– à l'infinitif et la voyelle thématique
au présent : *arch.* вопи–я́–ть, вопи–ю́, вопи–é–шь « crier », cf. s. упијати;

---

[1] La forme прыщу́, attribuée faussement par le *Dictionnaire de l'Académie* au verbe прыскать,
doit être rapportée au verbe прыщать. Cf. plus bas, p. 451, n. 2.

смѣ́–я́–ть–ся, смѣ́–ю́–сь, смѣ–é–шь–ся « rire », s. смѣ́јати се; бле–ѝ–ть, бле–ю́, бле–é–шь (*Dic. Ac.*, Daĺ), s. блéјати [1].

Sur да–ю́ et ста–ю́, voir plus loin, p. 435.

2° *Verbes dérivés, dénominatifs ou déverbatifs, le thème de l'infinitif comportant toujours un suffixe.*

Dans ces verbes, la voyelle thématique du présent garde, à toutes les personnes, son atonie originelle.

A. *Le thème du présent comporte le même suffixe que le thème de l'infinitif.*

L'accentuation de ces verbes est constamment *fixe : il suffira donc d'indiquer l'accent de l'infinitif.

a. Verbes dénominatifs en –a– (–я–), *déverbatifs itératifs en* –a– (–я–), –ва–, –ыва– (–ива–).

α. *Verbes dénominatifs en* –a– (–я–).

Le suffixe –a– (–я–) *est tonique ou atone.*

M. Roman Brandt a établi que, *sous réserve d'actions analogiques toujours possibles,* les dérivés dont le suffixe est indifféremment tonique ou atone reproduisent l'accentuation des primitifs [2]. Cet accord entre l'accentuation du dérivé et celle du primitif explique et justifie la forme tonique de la plupart des verbes dénominatifs en –a– (–я–). On en jugera par les quelques exemples qui suivent :

ду́м–а–ть, d'après ду́ма; дѣ́л–а–ть « faire », d'après дѣ́ло; здоро́в–а–ть–ся « dire bonjour », d'après здоро́вый; игр–а́–ть « jouer », d'après игра́; ка́шлять, d'après ка́шель; обѣ́д–а–ть « dîner », d'après обѣ́дъ; пелен–а́–ть « emmailloter », d'après пелена́; печа́т–а–ть « imprimer », d'après печа́ть; рабо́т–а–ть « travailler », d'après рабо́та; сва́т–а–ть « rechercher en mariage », d'après сватъ, сва́та, etc.

De cet accord entre l'accentuation du dérivé et celle du primitif on ne

---

[1] L'accentuation блé–я́–ть, блé–ю, блé–е–шь est la seule connue à Moscou; Grot donne блé–ѝ–ть, блé–е–шь.

[2] Roman Brandt, *Начертаніе славянской акцентологіи*, p. 126 et suiv.

saurait trouver de meilleur témoignage que celui des verbes en –нич–а–ть : ils reproduisent *toujours* l'accentuation des substantifs en –никъ sur lesquels ils sont formés.

Ex. : алтынничать « se faire donner abusivement de petites sommes », алтынникъ; взяточничать « prévariquer », взяточникъ; бездѣльничать « agir en fripon », бездѣльникъ; соперничать « rivaliser », соперникъ; кустарничать « pratiquer la petite industrie », кустарникъ; либеральничать « agir ou parler en libéral », *либеральникъ; любезничать « faire l'aimable », любезникъ; клеветничать « calomnier », клеветникъ; озорничать « se conduire avec insolence », озорникъ; прихотничать « faire le capricieux », прихотникъ, etc.

S'il y a désaccord entre l'accentuation du verbe dénominatif en –a– et celle du primitif, ce désaccord, tout ancien qu'il soit, s'exprime *toujours* par l'accentuation du suffixe –a– : c'est ainsi qu'on a ужас–а́–ть « effrayer », malgré ужасъ; ласк–а́–ть « caresser », malgré ласка; хвор–а́–ть « être malade », malgré хворый, etc. Mais une accentuation telle que *ужасать serait de tout point impossible.

On sait qu'il est parfois malaisé de décider si tel verbe en –a– est : 1° dérivé ou primaire; 2° dénominatif ou déverbatif itératif. Il n'est donc point surprenant que, toutes les fois qu'un dénominatif en –a– contredit l'accent du primitif, il accentue le suffixe –a–, conformément à l'analogie des déverbatifs itératifs et du type le plus usuel des verbes primaires de suffixation identique.

β. *Verbes déverbatifs itératifs en* –a– (–я–), –ва–, –ыва– (–ива–).

Les suffixes –a– (–я–) *et* –ва– *sont toujours accentués; le suffixe* –ыва– (–ива–) *est toujours atone, et l'accent frappe la syllabe qui le précède.*

Ex. : –плет–а́–ть, itératif de плес–ти́; на–чин–а́–ть, de на–ча́ть « commencer »; –бир–а́–ть, de бр–а–ть; –гиб–а́–ть, de гиб–ну–ть, etc.

–вин–я́–ть, de вин–и́–ть « accuser »; –вѣр–я́–ть, de вѣр–и–ть « croire »; –краша́–ть, de крас–и–ть « teindre »; –мѣча́–ть, de мѣт–и–ть « marquer »; –готовля́–ть, de готов–и–ть « préparer », etc.

бы–ва́–ть, de бы–ть; –би–ва́–ть, de би–ть; –сты–ва́–ть, de сты–ну–ть « se refroidir », etc.

пи́с–ыва–ть, de пис–а́–ть; ду́м–ыва–ть, de ду́м–а–ть; –и́гр–ыва–ть, de

игр–а́–ть; –торг–о́в–ыва–ть, de торг–ов–а́–ть; говар–ива–ть, de говор–
и́–ть « parler »; ха́ж–ива–ть, de хол–и́–ть « marcher »; си́ж–ива–ть, de
сид–е́–ть « être assis », etc.

Pour les itératifs de cette dernière forme, une seule exception isolée : за–,
от–, рас– et у–ку́пор–ива–ть, de за–, от–, рас– et у–ку́пор–и–ть « boucher », « déboucher ».

Les présents да–ю́ : да–é–шь et ста–ю́ : ста–é–шь n'appartiennent point,
en réalité, aux infinitifs да–ва́–ть « donner » et ста–ва́–ть « se lever », mais
aux anciennes formes да–я́–ти et ста–я́–ти; *ces deux exemples portent donc à
cinq le nombre des exceptions de la classe* III 1° B *b.*

Quant au présent –зна–ю́ : –зна–é–шь, il n'appartient pas non plus à l'infinitif зна–ва́–ть : il n'est qu'une seconde forme tonique de зна́–ю : зна́–е–шь,
forme adoptée par l'aspect imperfectif (cf. plus bas, p. 454).

b. Verbes dénominatifs en –ѣ–, *ce suffixe* –ѣ– *prenant phonétiquement le timbre*
–a– *après chuintante.*

Tous les verbes de cette série sont *inchoatifs;* presque tous sont des dérivés
d'adjectifs.

En principe, le suffixe –ѣ– (–a–) *est accentué; pourtant un assez grand nombre
de ces verbes gardent l'accentuation du primitif.*

Il y a lieu de distinguer deux cas, suivant que l'infinitif compte deux ou
plus de deux syllabes.

Si l'infinitif ne compte que deux syllabes, le suffixe est toujours accentué.

Ex. : бѣдн–ѣ́–ть « s'appauvrir »; видн–ѣ́–ть–ся « devenir visible »; гов–
ѣ́–ть « faire ses dévotions »; кисл–ѣ́–ть « s'aigrir »; сѣд–ѣ́–ть « blanchir » (des
cheveux); ум–ѣ́–ть « savoir »; муж–а́–ть, etc.

Exceptions : плѣсн–ѣ́–ть « se couvrir de moisissure », d'après плѣснь,
плѣсни; садн–ѣ́–ть « cuire, démanger », malgré садно́; cf. садн–и́–ть; чавр–
ѣ́–ть « languir », cf. les doublets чавер–ѣ́–ть et чавр–и́–ть.

Le verbe вѣтр–ѣ́–ть « sécher au vent » garde l'accentuation du primitif
вѣтеръ : cf. вѣтреный et вѣтряный, вѣтреникъ, вѣтрить; l'accentuation du
Dictionnaire de l'Académie, вѣтрѣ́ть, semble fautive : cf. за–вѣ́трѣть, про–
вѣ́трѣть.

55.

L'accentuation de dial. я́др–ѣ́–ть « aigrir » est confirmée par celle des composés на–я́дрѣть, у–я́дрѣть; cependant Daĺ propose ядрѣ́ть.

Pour вшив–ѣ́–ть et ржав–ѣ́–ть, voir ci-dessous.

Si l'infinitif compte plus de deux syllabes, le suffixe peut être accentué ou atone.

Ici encore l'accentuation du dérivé reproduit souvent celle du primitif, et cette persistance est due à ce qu'un très grand nombre de ces verbes sont formés sur des adjectifs appartenant à des séries toniques nettement déterminées. Il y a donc lieu de fonder la classification tonique de ces verbes sur une répartition méthodique des primitifs dont ils sont sortis.

α. *Le suffixe* –ѣ́– (–a–) *est accentué :*

1° *Dans les verbes formés sur des adjectifs dont le seul élément thématique est* –o–, *ou sur des substantifs, et cela quelle que soit l'accentuation du primitif.*

Ex. : голуб–ѣ́–ть « bleuir » (neut.), cf. голубо́й; дешев–ѣ́–ть « devenir meilleur marché », cf. деше́вый; дорож–а́–ть « devenir plus cher », cf. дорого́й; здоров–ѣ́–ть « se mieux porter », cf. здоро́вый [1]; матер–ѣ́–ть et матор–ѣ́–ть, « prendre de la force, devenir adulte », cf. матеро́й ou матёрый; молод–ѣ́–ть « rajeunir » (neut.), cf. молодо́й; свирѣп–ѣ́–ть « devenir féroce », cf. свирѣ́пый; солов–ѣ́–ть « devenir isabelle », cf. солово́й; хорош–ѣ́–ть « embellir » (neut.), cf. хоро́ший, etc.

вечер–ѣ́–ть « devenir sombre » (du jour), cf. ве́черъ; голод–ѣ́–ть « souffrir de la faim », cf. го́лодъ; нагот–ѣ́–ть « devenir nu », cf. нагота́; сирот–ѣ́–ть « rester orphelin », cf. сирота́; солод–ѣ́–ть « prendre un goût douceâtre » cf. со́лодъ; типун–ѣ́–ть « contracter la pépie », cf. типу́нъ, gén. –a; тороп–ѣ́–ть « perdre contenance », cf. то́ропъ et то́ропь; тягот–ѣ́–ть « graviter, peser », cf. *arch.* тягота́; холод–ѣ́–ть « se refroidir », cf. хо́лодъ, etc.

On remarquera que l'accentuation de la plupart de ces verbes reproduit celle du primitif. Quant à l'opposition tonique dont le type вечер–ѣ́–ть : ве́черъ fournit un exemple, on sait qu'elle est usuelle en dérivation; cf. вечер–о́къ : ве́черъ, образ–е́цъ : о́бразъ, времен–щи́къ : вре́мя, etc.

L'accentuation du primitif est maintenue sur la pénultième dans les *quatre*

[1] Les adjectifs деше́вый et здоро́вый peuvent être considérés, au point de vue slave, comme ne comportant point d'autre suffixe que –o–.

verbes suivants : убо́ж–ѣ̄–ть « s'appauvrir », d'après убо́гий; угрю́м–ѣ̄–ть « devenir morose », d'après угрю́мый; коро́ст–ѣ̄–ть « contracter la gale », d'après коро́ста; et юро́д–ѣ̄–ть « perdre l'esprit », d'après юро́дъ, юро́дивый, юро́дство.

2° *Dans les verbes formés sur les adjectifs en* –ный, *et cela quelle que soit l'accentuation du primitif.*

Ex. : водян–ѣ̄–ть « se charger d'eau », d'après водяно́й; леден–ѣ̄–ть « se couvrir de glace », d'après ледяно́й; mais : вѣ́трен–ѣ̄–ть, impers., « le vent s'élève », malgré вѣ́треный; ка́мен–ѣ̄–ть « se pétrifier », malgré ка́менный; зелен–ѣ̄–ть « verdir » (neutre), malgré зелёный; деревен–ѣ̄–ть « devenir dur comme du bois », malgré деревя́нный, etc.

On peut donc considérer comme exceptionnelles les accentuations : бере́мен–ѣ̄–ть « devenir enceinte », d'après бере́менная, cf. бере́мя; доро́дн–ѣ̄–ть « prendre de l'embonpoint », d'après доро́дный; et румя́н–ѣ̄–ть « rougir » (neutre), d'après румя́ный; peut-être en faut-il dire autant de па́смур–ѣ̄–ть « s'assombrir », d'après па́смурный, et цынго́т–ѣ̄–ть « contracter le scorbut », d'après цынго́тный.

β. *Le suffixe* –ѣ̄– *est atone :*

1° *Dans les verbes formés sur les adjectifs en* –а́вый (–я́вый), –и́вый, –о́вый : *ils en gardent l'accentuation.*

Ex. : крова́в–ѣ̄–ть « se remplir de sang », d'après крова́вый; худоща́в–ѣ̄–ть « maigrir », d'après худоща́вый; кудря́в–ѣ̄–ть « friser » (neutre), d'après кудря́вый; спеси́в–ѣ̄–ть « prendre de l'orgueil », d'après спеси́вый; суро́в–ѣ̄–ть « prendre de la rudesse », d'après суро́вый, etc.

De même les deux dissyllabiques вши́в–ѣ̄–ть « devenir pouilleux », d'après вши́вый, et ржа́в–ѣ̄–ть « se rouiller » d'après ржа́вый.

Les quelques adjectifs en –ивый et –овый qui n'accentuent pas l'élément suffixal –ив–, –ов– transmettent leur accentuation, quelle qu'elle soit, à leur dérivé inchoatif : ми́лостив–ѣ̄–ть « se montrer bon », d'après ми́лостивый (on aurait aussi милости́в–ѣ̄–ть suivant Daĺ); я́лов–ѣ̄–ть « ne pas être pleine » (des femelles d'animaux), d'après я́ловый; коро́стов–ѣ̄–ть « contracter la gale », d'après коро́стовый; лугов–ѣ̄–ть « se couvrir d'herbe », d'après лугово́й.

Les quatre verbes и́ндив–ѣ̄–ть « se couvrir de givre » плѣ́снев–ѣ̄–ть « se

couvrir de moisissure », прыщеⲃ–ѣ–ть « se couvrir de boutons », et тинеⲃ–
ѣ–ть « devenir vaseux » supposent des primitifs accentués sur l'initiale.

2° *Dans les verbes formés sur les adjectifs en* –áтый : ils en gardent l'accentuation.

Ex. : pop. брюхáт–ѣ–ть « devenir enceinte », d'après брюхáтая ; космáт–
ѣ–ть « se couvrir de touffes de poils », d'après космáтый, ноздревáт–ѣ–ть
« devenir spongieux ou poreux », d'après ноздревáтый, etc.

On dit pourtant богат–ѣ́–ть « s'enrichir », malgré богáтый (cf. le verbe de
sens contraire бѣ́дн–ѣ́–ть).

3° *Dans les verbes* дебéл–ѣ–ть « grossir » (neutre) *et* постыл–ѣ–ть « devenir indifférent ou odieux », d'après l'accentuation des primitifs дебéлый et
постылый ; mais on accentue le suffixe dans тяжел–ѣ́–ть « devenir lourd »,
malgré тяжéлый (cf. le neutre тяжелó).

4° *Dans les verbes composés avec le préfixe* без–.

Ex. : безсил–ѣ–ть « s'affaiblir », безýм–ѣ–ть « perdre l'esprit », о–без–
дéнеж–ѣ–ть (perf.) « rester sans argent », о–безлиствен–ѣ–ть (perf.) « rester
sans feuilles », о–безлюд–ѣ–ть (perf.) « rester sans habitants », о–безна–
рóд–ѣ–ть, même sens, о–безпáмят–ѣ–ть (perf.) « perdre la mémoire », etc.

B. *Tandis que le thème de l'infinitif comporte la suffixation* –ⲟⲃ–a– (–еⲃ–a–),
*le thème du présent ne comporte que le premier élément de cette suffixation, sous la
forme* –y– (–ю–), *devant le j du suffixe du présent.*

Au point de vue du *vocabulaire*, cette catégorie verbale doit son importance à ce que, demeurée très vivante, elle fournit à la langue de tous les
jours les divers néologismes dont celle-ci a besoin; au point de vue *tonique*,
elle doit son originalité à ce que, même quand elle accentue le suffixe –a–
au thème de l'infinitif, elle ignore le déplacement d'accent sur la finale de la
première personne singulier du présent et partant *conserve au suffixe* –jo–,
–je– *sa complète atonie primitive*.

Si de puissantes influences analogiques n'avaient imposé à un grand
nombre de ces verbes l'accentuation de leurs primitifs, ils offriraient tous une
forme tonique d'une constance parfaite : *accentuation du suffixe* –a– *au thème
de l'infinitif; accentuation du suffixe* –y– (–ю–) *au thème du présent* (cf. plus
haut, p. 420).

D'ailleurs, sauf le cas particulier des verbes formés sur les substantifs en
–ство ou–ствие et des verbes empruntés en –ир–ов–а–ть dont il sera question plus loin, cette forme tonique reste la règle pour la *très grande majorité*
des verbes en –ов–а–ть (–ев–а–ть), et cela, quelle que soit l'accentuation
des mots dont ils dérivent.

Ex. ; торг–ов–а́–ть, торг–у́–ю; гор–ев–а́–ть, гор–ю́–ю; дн–ев–а́–ть,
дн–ю́–ю « passer la journée »; колд–ов–а́–ть, колд–у́–ю « faire des sorti-
lèges »; лик–ов–а́–ть, лик–у́–ю « se réjouir »; рис–ов–а́–ть, рис–у́–ю
« dessiner »; аренд–ов–а́–ть, аренду́–ю « prendre à ferme »; имен–ов–а́–ть ;
имен–у́–ю « nommer »; повин–ов–а́–ть–ся, повин–у́–ю–сь « se soumettre »;
рекоменд–ов–а́–ть, рекоменд–у́–ю « recommander »; характериз–ов–а́–ть,
характериз–у́–ю « caractériser »[1], etc.

Mais à ces verbes accentuant le suffixe –a– de l'infinitif on en opposera
une trentaine d'autres qui, de formations diverses, *reproduisent presque toujours l'accentuation des primitifs, sans accentuer jamais les éléments suffixaux.*
On peut répartir ces verbes en deux catégories :

1° *Verbes trissyllabiques :*

вѣр–ов–а–ть, вѣр–у–ю « croire », вѣра; жа́л–ов–а–ть « traiter avec
bienveillance »; жёртв–ов–а–ть « sacrifier », жёртва; ми́л–ов–а–ть « pardonner à », mais мил–ов–а́–ть « caresser »; по́льз–ов–а–ть–ся « user de »,
по́льза; по́тч–ев–а–ть « régaler », — la forme dialectale по–поштуй (Grot,
Русское правописание[7], p. 49) attestant au moins un composé. *по–пошт–
ов–а́–ть; пра́здн–ов–а–ть « chômer », пра́здный; про́б–ов–а–ть « goûter,
essayer », про́ба, про́бный; ра́д–ов–а–ть « réjouir », радъ, ра́да; слѣд–ов–
а–ть « suivre »; сѣт–ов–а–ть « se plaindre », cf. s. сjѣта; трéб–ов–а–ть « avoir
besoin de », трéба.

2° *Verbes de plus de trois syllabes et comportant généralement un élément pré-
fixal :*

бесѣ́д–ов–а–ть, бесѣ́д–у–ю « converser », бесѣ́да; болѣзн–ов–а–ть
« avoir du chagrin, compatir », болѣзнь; доса́д–ов–а–ть « avoir du dépit »,
доса́да; зави́д–ов–а–ть « envier », видѣть, ви́дывать; исповѣ́д–ов–а–ть « con-

_____
[1] Характерпаова́ть offre un exemple remarquable d'accentuation sur la sixième syllabe à partir
du commencement du mot; cf. Roman Brandt, *op. cit.*, p. 24.

fesser », cf. испові́дывать; кома́нд–ов–а–ть « commander », кома́нда; оби́л–ов–а–ть « abonder », оби́лie; орýд–ов–а–ть « diriger », орýдie; расхо́д–ов–а–ть « dépenser », расхо́дъ; собо́р–ов–а–ть « mettre en extrême onction », собо́ръ; сов́ѣт–ов–а–ть « conseiller », сов́ѣтъ; трапéа–ов–а–ть « prendre le repas », трапéза; уро́д–ов–а–ть « estropier », уро́дъ; христо́с–ов–а–ть–ся « se donner le baiser de Pâques »; — enfin deux verbes qui accentuent le préfixe : па́мят–ов–а–ть « se souvenir », d'après па́мять, et па́сынк–ов–а–ть « épointer les bourgeons », d'après па́сынокъ.

Deux séries fort nombreuses doivent être étudiées à part : les verbes formés sur les substantifs en –ство ou –ствie; les verbes empruntés en –ир–ов–а–ть.

Verbes formés sur les substantifs en –ство ou –ствie. — Ils en conservent la forme tonique; mais, l'élément suffixal –ов– n'étant *jamais* accentué, ils reportent sur le suffixe –а– l'accent des primitifs oxytonés.

Ex. : пьа́нств–ов–а–ть, пьа́нств–у–ю « se livrer à l'ivrognerie », пьа́нство; чýвств–ов–а–ть « sentir », чýвство; блаже́нств–ов–а–ть « être heureux », блаже́нство; безд́ѣтств–ов–а–ть « vivre sans enfants », безд́ѣтство; сиро́тств–ов–а–ть « être orphelin », сиро́тство; существ–ов–а́–ть « exister », существо́; торжеств–ов–а́–ть « triompher », торжество́; а́вторств–ов–а–ть « faire le métier d'auteur », а́вторство; ва́рварств–ов–а–ть « agir en barbare », ва́рварство; ни́щенств–ов–а–ть « mendier », ни́щенство; ходáтайств–ов–а–ть « faire des démarches », ходáтайство; достáточеств–ов–а–ть « avoir ou être en quantité suffisante », достáточество; и́ночеств–ов–а–ть « vivre de la vie monastique », и́ночество, etc.; — б́ѣдств–ов–а–ть « être dans le besoin », б́ѣдствie et б́ѣдство; д́ѣйств–ов–а–ть « agir », д́ѣйствie; препа́тств–ов–а–ть « faire obstacle », препа́тствie; путешéств–ов–а–ть « voyager », путешéствie, etc.

Et de même чéств–ов–а–ть « honorer », учáств–ов–а–ть « prendre part », инáчеств–ов–а–ть « se modifier », et autres formations similaires qui ne reposent point sur des primitifs en –ство ou –ствie, mais dont l'accentuation est suffisamment justifiée par celle des mots apparentés. On peut citer encore вспомоществ–ов–а́–ть « aider » et споспѣ́шеств–ов–а́–ть « favoriser », formations isolées dont l'accentuation finale s'explique par l'analogie de verbes tels que существ–ов–а́–ть, торжеств–ов–а́–ть, etc.

A peine existe-t-il une seule exception : вдо́вств–ов–а–ть « être veuf ou veuve », malgré вдовство́.

On voit que, dans ces verbes, l'accentuation sur la quatrième syllabe à partir de la fin (type а́вторств–ов–а–ть) reste assez rare; plus rarement encore, deux fois seulement, apparaît l'accentuation sur la cinquième syllabe (достаточеств–ов–а–ть, и́ночеств–ов–а–ть).

Verbes empruntés en –ир–ов–а–ть. — Formés à l'imitation des verbes allemands en –*iren*, ils hésitent entre deux accentuations : 1° *l'accentuation sur le suffixe* –a–, conforme à celle de la très grande majorité des verbes proprement russes en –ов–а–ть; 2° *l'accentuation sur l'élément* –ир–, conforme à celle des verbes allemands en –*iren*.

Le choix entre ces deux accentuations dépend, dans une large mesure, du nombre des syllabes.

Si l'infinitif compte *quatre syllabes* seulement, l'accent sur la finale est de beaucoup le plus usuel, bien que l'accent sur l'antépénultième soit attesté par quelques exemples :

бyкси́р–ов–а́–ть « remorquer »; драпир–ов–а́–ть « draper »; лавир–ов–а́–ть « louvoyer »; лаки́р–ов–а́–ть « laquer »; меблир–ов–а́–ть « meubler »; форсир–ов–а́–ть « forcer », etc.; mais : манки́р–ов–а–ть « manquer »; марки́р–ов–а–ть « marquer [1] », etc.

Si l'infinitif compte *cinq syllabes*, l'accent sur l'antépénultième l'emporte, mais les exemples d'accentuation sur la finale restent assez nombreux :

дебюти́р–ов–а–ть « débuter »; дезерти́р–ов–а–ть « déserter »; дирижи́р–ов–а–ть « diriger »; нивели́р–ов–а–ть « niveler », etc; mais : абонир–ов–а́–ть « s'abonner »; баллотир–ов–а́–ть « nommer à l'élection »; командир–ов–а́–ть « commander »; эмалир–ов–а́–ть « émailler », etc.

Enfin, si l'infinitif compte *plus de cinq syllabes*, l'accent frappe régulièrement l'antépénultième :

анализи́р–ов–а–ть « analyser »; литографи́р–ов–а–ть « lithographier »; магнетизи́р–ов–а–ть « magnétiser »; телеграфи́р–ов–а–ть « télégraphier »; телефони́р–ов–а–ть « téléphoner », etc.

L'accentuation казематир–ов–а́–ть « casemater », attestée à la fois par Daï et le *Dictionnaire de l'Académie*, doit être considérée comme une exception assez rare.

[1] Daï accentue маркирова́ть; l'accentuation sur l'antépénultième, donnée par le *Dictionnaire de l'Académie*, semble plus conforme à l'usage courant.

La tendance actuelle de la langue est de développer, dans ces verbes, l'accentuation sur l'antépénultième, et bon nombre d'infinitifs que le *Dictionnaire de l'Académie* accentue sur la finale ont déjà reçu, dans Dal, cette accentuation de l'élément –ир–. D'autres hésitent encore entre les deux accentuations; tels, par exemple : вальсир–ов–а́–ть « valser »; волтижир–ов–а́–ть « faire des exercices de voltige »; кристализир–ов–а́–ть « cristalliser »; нейтрализир–ов–а́–ть « neutraliser », etc.

Cette hésitation même résume bien le double caractère de l'accentuation des verbes en –ов–а–ть : les exemples que nous avons cités montrent en effet que, sauf exceptions fort peu nombreuses, l'accent, à l'infinitif de ces verbes, s'est réservé deux places d'élection, la finale et l'antépénultième, *l'élément suffixal* –ов– (–ев–) *demeurant toujours atone.*

Il reste à parler des quelques spécimens *primaires* que l'identité de conjugaison autorise à rapprocher des verbes éminemment *secondaires* de cette catégorie. Dans ces verbes, dont la vraie place serait sous classe III 1° B, l'élément –ов– : –у– (–ев– : –ю–) appartient à la racine, et le suffixe du thème de l'infinitif est simplement –а– (type вяз–а́–ть). Au nombre de sept, ces verbes accentuent régulièrement, ainsi qu'il fallait s'y attendre, le suffixe –а– du thème de l'infinitif; mais ils offrent, au thème du présent, une anomalie remarquable : *ils portent l'accent sur la voyelle thématique.*

Liste de ces verbes : ков–а́–ть, ку–ю́, ку–é–шь « forger »; снов–а́–ть сну–ю́, сну–é–шь « ourdir »; сов–а́–ть, су–ю́, су–é–шь (aussi, mais moins bien, су́–ю, су́–е–шь); блев–а́–ть, блю–ю́, блю–é–шь « vomir »; плев–а́–ть, плю–ю́, плю–é–шь; клев–а́–ть, клю–ю́, клю–é–шь; жев–а́–ть, жу–ю́, жу–é–шь.

Quelques-uns ont peut-être appartenu primitivement à la classe I ou bien ont subi l'influence des verbes de cette classe : on a en effet, en vieux slave, les formes *kov–ą, snov–ą, bljŭv–ą, pljŭv–ą, žĭv–ą,* et c'est à cette circonstance qu'ils devraient l'accentuation de la voyelle thématique du présent.

La loi très générale de l'atonie de la voyelle thématique dans les verbes de la classe III souffre donc, en tout, douze exceptions : les sept verbes précités et les cinq verbes de la classe III 1° B *b* (вопи–ю́, смѣ–ю́–сь, бле–ю́ [*Dic. Ac.*, Dal]; да–ю́, ста–ю́).

Il n'est pas sans intérêt de remarquer que, dans chacun de ces verbes, le *j* du suffixe du présent est précédé d'une voyelle.

CLASSE IV. — *L'-и- suffixal du présent est accentué ou atone.*

Deux types possibles : –ю́, --и́–шь, mais aussi –ю, –и–шь (–ю́, –и–шь).

A. *Le thème de l'infinitif comporte le suffixe –и–.*

Le suffixe –и– est accentué ou atone.

Causatifs, itératifs ou dénominatifs, les verbes à suffixe –и– n'ont point de formes toniques aussi nettement arrêtées que les autres verbes de la langue.

Il convient d'étudier successivement l'accentuation du suffixe de l'infinitif et de la voyelle thématique du présent.

ACCENTUATION DE L'INFINITIF.

Dans presque tous les verbes *non dénominatifs, le suffixe –и– est accentué;* dans les autres, l'accentuation ou l'atonie de ce suffixe dépend en général : 1° *du nombre des syllabes;* 2° *du sens;* 3° *de la forme tonique du primitif.*

Infinitifs dissyllabiques. — La plupart accentuent le suffixe, mais la proportion de ceux qui accentuent la racine demeure considérable, soit d'un peu plus de 27 p. 100 : sur 526 verbes examinés, 383 accentuent le suffixe, et 143 la racine.

Parmi les verbes qui le plus constamment *accentuent le suffixe,* on peut signaler :

1° Les itératifs et les causatifs primaires : воз–и́–ть « charroyer »; нос–и́–ть « porter »; буд–и́–ть « éveiller », etc.

2° Les dénominatifs causatifs formés sur des adjectifs auxquels répondent également des inchoatifs de la classe III en –ѣ́–ть (–а́–ть) : черн–и́–ть « noircir », cf. черне́ть; пьян–и́–ть « enivrer », cf. пьяне́ть; тон–и́–ть « amincir », cf. тоне́ть; кругл–и́–ть « arrondir », cf. кругле́ть; свѣж–и́–ть « rafraichir », cf. свѣже́ть; част–и́–ть « multiplier », cf. часте́ть, etc. Mais les exceptions sont nombreuses : тепл–и–ть « chauffer », cf. тепле́ть; полн–и–ть « remplir », cf. полне́ть; мал–и–ть « rapetisser », cf. мале́ть; слаб–и–ть « affaiblir », cf. слабе́ть; стар–и–ть « vieillir », cf. старе́ть; близ–и–ть « rapprocher », cf. близе́ть; кисл–и–ть « rendre acide », cf. кисле́ть; низ–и–ть–ся « s'abaisser », cf. низе́ть; нищ–и–ть « appauvrir », cf. нища́ть; рыхл–и–ть

« rendre friable », cf. рыхлѣть. On remarquera que toutes ces exceptions ont leur justification dans l'accentuation du primitif.

3° Les intransitifs, d'ailleurs fort peu nombreux : спор–и́–ть « profiter »; бурл–и́–ть « faire tapage »; гнус–и́–ть « parler du nez »; груб–и́–ть « dire des grossièretés »; груст–и́–ть « vivre dans la tristesse »; дур–и́–ть « faire des sottises »; кут–и́–ть « mener une vie débauchée »; мудр–и́–ть « finasser »; туж–и́–ть « avoir du chagrin »; спѣш–и́–ть « se hâter »; франт–и́–ть « faire le petit-maître »; хаз–и́–ть « vivre luxueusement »; хандр–и́–ть « avoir le spleen »; ханж–и́–ть « montrer une piété affectée »; шал–и́–ть « faire des folies »; финт–и́–ть « faire des façons »; хитр–и́–ть « ruser ». A peine peut-on citer deux exceptions : сто́–и–ть « coûter », verbe primaire, et тру́с–и–ть « avoir peur ».

Quant aux infinitifs dissyllabiques *accentués sur la racine*, presque tous dénominatifs, ils doivent généralement cette accentuation à la persistance de la forme tonique du primitif : ссо́р–и–ть « fâcher », cf. ссо́ра; му́ч–и–ть « tourmenter », cf. му́ка; вѣр–и–ть, cf. вѣра; ра́н–и–ть « blesser », cf. ра́на; мы́сл–и–ть « penser », cf. мысль, etc. L'accentuation initiale du verbe чи́сл–и–ть « compter », malgré l'accentuation finale du primitif число́, doit être considérée comme une exception fort rare; il en est de même des accentuations inverses мѣст–и́–ть « placer », malgré мѣсто, et чуд–и́–ть–ся « s'étonner », malgré чу́до, à côté de l'impersonnel чу́д–и–т–ся « il semble ». — Quelques causatifs primaires accentuent aussi la racine : –ба́в–и–ть; ва́д–и–ть « attirer »; гра́б–и–ть « piller »; пла́в–и–ть « fondre ».

Infinitifs trissyllabiques. — L'accentuation de ces verbes offre un contraste marqué avec celle de la série précédente : sur 170 verbes examinés, 76 seulement accentuent le suffixe, 83 accentuent la syllabe pénultième, et 11 l'antépénultième.

Sauf exceptions assez peu nombreuses, ils conservent sans changement l'*accentuation du primitif :* l'analyse qui suit en fait foi.

La plupart des infinitifs trissyllabiques *à pénultième accentuée* reposent ou sur des primitifs trissyllabiques accentuant eux-mêmes la pénultième, ou sur des primitifs dissyllabiques accentuant la finale.

Ex. : гото́в–и–ть « préparer », cf. гото́вый; калѣ́ч–и–ть « estropier », cf. калѣ́ка; моро́з–и–ть « exposer à la gelée », cf. моро́зъ; отвѣ́т–и–ть « répondre », cf. отвѣтъ; охо́т–и–ть–ся « chasser », cf. охо́та; поко́–и–ть « tranquilliser », cf. поко́й; прока́з–и–ть « faire des folies », cf. прока́за, etc.

Accentués sur le suffixe, les infinitifs trissyllabiques peuvent être répartis en quatre catégories :

1° Les causatifs formés sur des adjectifs auxquels répondent également des inchoatifs de la classe III en –ѣ–ть : богат–и́–ть « enrichir », cf. богатѣть; весел–и́–ть « égayer », cf. веселѣть; зелен–и́–ть « verdir », cf. зеленѣть; леден–и́–ть « glacer », cf. леденѣть; молод–и́–ть « rajeunir », cf. молодѣ–ть, etc.

2° Les verbes formés sur des substantifs dissyllabiques accentués sur l'initiale (cf. plus haut, p. 436) : говор–и́–ть, го́воръ; город–и́–ть « enclore », го́родъ; колос–и́–ть–ся « épier », ко́лосъ; норов–и́–ть « chercher à plaire », но́ровъ; пепел–и́–ть « réduire en cendres », пе́пелъ; потрош–и́–ть « vider » (un animal), по́трохъ; сторож–и́–ть « surveiller », сто́рожъ; сѣмен–и́–ть « ensemencer », сѣмя, etc. Mais моро́ч–и–ть « mystifier », malgré мо́рокъ.

3° Les verbes formés sur des substantifs trissyllabiques en –a ou en –o accentués sur la finale : борон–и́–ть « herser », борона́; долот–и́–ть « tailler au ciseau », долото́; серебр–и́–ть « argenter », серебро́; сует–и́–ть « tourmenter », суета́; шелуш–и́–ть « écaler, écosser », шелуха́, etc.

4° Quelques verbes isolés, dont le premier, le troisième et peut-être le second paraissent être primaires : ворот–и́–ть « retourner »; колот–и́–ть « frapper »; волоч–и́–ть « trainer »; молот–и́–ть « battre » (le grain); станов–и́–ть « placer ».

Près de la moitié de ces verbes doivent leur trissyllabisme au « vocalisme plein » et sont des dissyllabes au point de vue panslave. Cette forme vocalique est, au contraire, assez rare dans les verbes trissyllabiques accentués sur la pénultième; sur 83 verbes étudiés, on n'en peut relever que 8 exemples : доро́ж–и–ть « canneler », d'après доро́га; коро́б–и–ть « courber »; мере́щ–и–ть–ся « briller indistinctement »; моро́з–и–ть; моро́ч–и–ть; поро́жн–и–ть « vider », d'après поро́жнiй; arch. соро́м–и–ть « couvrir de honte », d'après соро́мъ; холо́п–и–ть « tenir en servage », d'après холо́пъ.

Quant à l'accentuation *initiale* des infinitifs trissyllabiques, elle a toujours sa justification dans la forme tonique du primitif : зна́хар–и–ть « s'occuper de sorcellerie », зна́харь; ка́верз–и–ть « embrouiller une affaire », ка́верза; кле́йстер–и–ть « coller à l'amidon », кле́йстеръ; ку́пор–и–ть « boucher », ку́поръ; ла́ком–и–ть « nourrir de friandises », ла́комый; на́уз–и–ть « amorcer de cire les ruches vides », на́уза; са́хар–и–ть « sucrer », са́харъ; со́вѣст–и–ть

« amener au repentir », со́вѣсть; mar. сто́пор–и–ть « bosser », сто́поръ; та́бор–и–ть–ся « se rassembler en une troupe », та́боръ; штэ́мпел–и–ть « timbrer », штэ́мпель.

On voit qu'une bonne moitié de ces derniers verbes sont formés sur des mots d'emprunt.

Infinitifs de quatre syllabes. — Assez peu nombreux, ils gardent sans changement *l'accentuation du primitif :* бла́говѣст–и–ть « sonner » (à l'église), бла́говѣстъ; ми́лостив–и–ть « fléchir », ми́лостивый; dial. су́дорож–и–ть–ся « se hâter, s'agiter », су́дорога; моложа́в–и–ть « rajeunir », моложа́вый; партиза́н–и–ть « faire la guerre de partisans », партиза́нъ; полови́н–и–ть « partager en deux », полови́на; скоморо́ш–и–ть « faire le bouffon », скоморо́хъ; тарато́р–и–ть « bavarder sans trêve », тарато́ра; церемо́н–и–ть–ся « faire des cérémonies », церемо́нія; dial. чебота́р–и–ть « être savetier », чебота́рь; штукату́р–и–ть « enduire de stuc », штукату́ръ; эконо́м–и–ть « économiser », эконо́мъ.

Pourtant on accentue конопа́т–и–ть « calfater », malgré ко́нопать.

ACCENTUATION DU PRÉSENT.

Seront seuls en cause les présents qui correspondent à des infinitifs accentués sur le suffixe.

D'une façon générale, l'–и– suffixal est *accentué* ou *atone* suivant que le verbe est dénominatif ou non. Mais, *fixe* quand il frappe l'–и– suffixal, l'accent est *mobile* quand cette voyelle est atone; et cette mobilité d'accent est identique à celle que nous avons déjà constatée dans certains verbes de la classe III.

Verbes dénominatifs. — *L'accent est fixe.*

Ex. : гост–и́–ть, гощу́, гост–и́–шь « être en visite »; черн–и́–ть, черн–ю́, черн–и́–шь; дур–и́–ть, дур–ю́, дур–и́–шь; весел–и́–ть, весел–ю́, весел–и́–шь; говор–и́–ть, говор–ю́, говор–и́–шь; борон–и́–ть, борон–ю́, борон–и́–шь, etc.

Un assez grand nombre de verbes nettement dénominatifs, soit qu'ils aient pris le sens causatif, soit qu'ils aient subi l'influence de primitifs paroxytonés, ont l'accent mobile : жен–и́–ть « marier », жен–ю́, жён–и–шь; корм–и́–ть

« nourrir », кормлю́, ко́рм–и–шь; куп–и́–ть « acheter », куплю́, ку́п–и–шь, etc. Une liste complète en sera donnée plus loin.

Verbes itératifs et causatifs. — *L'accent est mobile : frappant la pénultième des deuxième et troisième personnes du singulier et des trois personnes du pluriel, il avance sur la finale de la première personne du singulier.*

Type : вод–и́–ть « conduire », вожу́, во́д–и–шь, cf. s. во̀дити, во̀диш.

Cette mobilité de l'accent est de tout point identique à celle qu'ont déjà révélée les verbes de la classe III 1° B *a*; quoique panslave, elle n'est point ancienne, et l'accentuation primitive frappait la syllabe présuffixale à la première personne du singulier comme à toutes les autres.

Si l'on ajoute aux verbes itératifs et causatifs ceux dont l'origine dénominative est probable ou certaine et qui pourtant n'accentuent la finale qu'à la première personne du singulier, on peut dresser une liste d'une soixantaine d'exemples :

жен–и́–ть, жен–ю́, же́н–и–шь; серд–и́–ть « fâcher » [1].

брод–и́–ть « errer »; вод–и́–ть; воз–и́–ть; отвор–и́–ть, затвор–и́–ть « ouvrir, fermer »; (про)глот–и́–ть « avaler »; гон–ю́, го́н–и–шь; клон–и́–ть « incliner »; коп–и́–ть « amasser »; корм–и́–ть; лов–и́–ть « pêcher, capturer »; лом–и́–ть « briser »; мол–и́–ть « prier »; моч–и́–ть « mouiller »; нос–и́–ть « porter »; прос–и́–ть « implorer »; рон–и́–ть « laisser tomber »; скоб–и́–ть « assujettir avec des crampons »; слон–и́–ть « appuyer »; скобл–и́–ть « doler »; по–соб–и́–ть « aider »; топ–и́–ть « submerger, chauffer »; точ–и́–ть « tourner » (au tour); ход–и́–ть « marcher ».

буд–и́–ть; –глуш–и́–ть « assourdir »; губ–и́–ть « perdre »; душ–и́–ть « étouffer » [2]; крут–и́–ть « tordre »; куп–и́–ть; –кус–и́–ть « mordre »; луп–и́–ть « peler »; пуст–и́–ть « laisser aller »; руб–и́–ть « hacher »; служ–и́–ть « servir »; ступ–и́–ть « faire un pas »; суд–и́–ть « juger »; туж–и́–ть; уч–и́–ть « instruire »; шут–и́–ть « plaisanter ».

бес–и́–ть « enrager »; леп–и́–ть « coller »; леч–и́–ть « soigner »; –стрел–и́–ть « tirer » (à l'arc, au fusil); цеп–и́–ть « accrocher ».

дав–и́–ть « comprimer »; дразн–и́–ть « taquiner »; плат–и́–ть « payer »; хвал–и́–ть « louer, vanter »; хват–и́–ть « saisir ».

люб–и́–ть « aimer ».

---

[1] Roman Brandt, *op. cit.*, p. 14, atteste également une accentuation се́рдиться justifiée par l'analogie de се́рдце.

[2] Jelsin (*Правила ударения въ русскомъ языкѣ*, p. 149) oppose душу́ : души́шь « parfumer » à душу́ : ду́шишь « étouffer ».

Enfin les trissyllabiques suivants :

волоч—и́—ть; ворот—и́—ть; желоб—и́—ть (*Dic. Ac.*) « creuser en gouttière »; колос—и́—ть—ся; колот—и́—ть; молот—и́—ть; тороп—и́—ть; станов—и́—ть.

Tandis que les dénominatifs prennent volontiers l'accentuation mobile distinctive des itératifs et des causatifs, il est au contraire fort rare que des verbes de cette seconde espèce (itératifs ou causatifs) accentuent les finales du présent; à peine pourrait-on citer deux exemples de cette anomalie : врат—и́—ть, вращу́, врат—и́—шь « tourner », verbe proprement vieux slave (la forme russe est ворот—и́—ть, voir plus haut), et рѣш—и́—ть, рѣш—у́, рѣш—и́—шь « décider », si tant est que ce dernier verbe ne soit pas dénominatif.

Il est parfois difficile, on le sait, de décider si tel verbe de suffixation —и— est dénominatif ou non; cette indétermination même, sans parler des autres causes, devait provoquer des confusions qui s'expriment, au présent, par une hésitation entre deux formes toniques, l'accentuation *fixe,* propre aux dénominatifs, et l'accentuation *mobile.*

On compte une soixantaine de verbes d'*accentuation double;* pour quelques-uns, la forme tonique est déterminée : 1° par le sens; 2° par la composition prépositionnelle; 3° par l'emploi réfléchi.

Liste des exemples :

кле—и́—ть « coller », кле—ю́, кле—и́—шь et кле́—и—шь, mais toujours кле́—и—шь—ся; крест—и́—ть « baptiser », крещу́, крест—и́—шь, крест—и́—шь—ся, mais кре́ст—и—шь et кре́ст—и—шь—ся dans le sens de « faire le signe de la croix, se signer »; черт—и́—ть « tracer », черчу́, черт—и́—шь et че́рт—и—шь; щен—и́—ть—ся « faire ses petits chiens », щен—ю́—сь, щен—и́—шь—ся et ще́н—и—шь—ся.

ряд—и́—ть « prendre à gage », ряжу́, ряд—и́—шь et ря́д—и—шь; яв—и́—ть « montrer », явлю́, яв—и́—шь et я́в—и—шь.

бож—и́—ть—ся « jurer par Dieu », бож—у́—сь, бож—и́—шь—ся et бо́ж—и—шь—ся; воп—и́—ть « gémir », воплю́, воп—и́—шь et во́п—и—шь; дроч—и́—ть « soulever », дроч—у́, дроч—и́—шь et дро́ч—и—шь; кос—и́—ть « faucher », кошу́, ко́с—и—шь, mais кос—и́—шь dans le sens de « loucher »; крош—и́—ть « hacher », крош—у́, крош—и́—шь et кро́ш—и—шь; —лож—и́—ть « étendre, coucher », —лож—у́, —ло́ж—и—шь, —ло́ж—и—шь—ся, mais toujours лож—и́—шь—ся au simple.

блуд—и́—ть « errer, forniquer », блужу́, блуд—и́—шь et блу́д—и—шь; круж—

и́–ть « tourner », круж—у́, круж—и́—шь et кру́ж—и—шь; кур–и́–ть « faire brûler, fumer », кур–ю́, кур–и́—шь et ку́р–и—шь; лул–и́–ть « étamer », лужу́, лул–и́–шь et лу́л–и–шь; –луч–и́–ть « acquérir », –луч–у́, –луч–и́—шь et –лу́ч–и–шь, mais toujours полу́ч–и–шь; прул–и́–ть « endiguer », пружу́, прул–и́–шь et пру́л–и–шь; –руч–и́–ть « confier », –руч–у́, –руч–и́–шь et –ру́ч–и–шь; стул–и́–ть « refroidir », стужу́, стул–и́–шь et сту́л–и шь, mais toujours просту́л–и–шь ся; суч–и́–ть « tordre », суч–у́, суч–и́–шь et су́ч–и–шь; суш–и́–ть « sécher », суш–у́, суш–и́–шь et су́ш–и–шь; труб–и́–ть « corner », трублю́, труб–и́–шь et тру́б–и–шь; трул–и́–ть–ся « se donner de la peine », тружу́–сь, трул–и́–шь–ся et тру́л–и–шь–ся; туп–и́–ть « émousser », туплю́, туп–и́–шь et ту́п–и–шь; тур–и́–ть « presser » тур–ю́, тур–и́–шь et ту́р–и–шь; туш–и́–ть « éteindre », туш–у́, туш–и́–шь et ту́ш–и–шь.

бѣл–и́–ть « blanchir », бѣл–ю́, бѣл–и́–шь et бѣ́л–и–шь; гнѣзл–и́–ть–ся « nicher », гнѣзжу́–сь, гнѣзл–и́–шь–ся et гнѣ́зл–и–шь–ся; дѣл–и́–ть « partager », дѣл–ю́, дѣл–и́–шь et дѣ́л–и–шь; лѣн–и́–ть–ся « faire le paresseux », лѣн–ю́–сь, лѣн–и́–шь–ся et лѣ́н–и–шь–ся; –мѣн–и́–ть « changer », –мѣн–ю́, –мѣн–и́–шь (замѣн–и́–шь) et –мѣ́н–и–шь (перемѣ́н–и–шь); мѣс–и́–ть « mélanger », мѣшу́, мѣс–и́–шь et мѣ́с–и–шь; рѣзв–и́–ть–ся « s'ébattre » рѣзвлю́–сь, рѣзв–и́–шь–ся et рѣ́зв–и–шь–сл; свѣт–и́–ть, « éclairer », свѣчу́, свѣт–и́–шь et свѣ́т–и–шь; цѣд–и́–ть « soutirer », цѣжу́, цѣд–и́–шь et цѣ́д–и–шь; цѣн–и́–ть « évaluer », цѣн–ю́, цѣн–и́–шь et цѣ́н–и–шь.

вал–и́–ть « abattre », вал–ю́, вал–и́–шь et ва́л–и–шь; вар–и́–ть « faire cuire », вар–ю́, вар–и́–шь et ва́р–и–шь; гас–и́–ть « éteindre », гаш–у́, гас–и́–шь et га́с–и–шь; дар–и́–ть « donner », дар–ю́, дар–и́–шь et да́р–и–шь (à Moscou до́р–и–шь); кад–и́–ть « encenser », кажу́, кад–и́–шь et ка́д–и–шь; кат–и́–ть « rouler », качу́, кат–и́–шь et ка́т–и–шь; ман–и́–ть « attirer par des signes », ман–ю́, ман–и́–шь et ма́н–и–шь; сад–и́–ть « asseoir » сажу́, сад–и́–шь et са́д–и–шь, mais toujours сад–и́–шь–ся, cf. лож–и́–шь–ся; тащ–и́–ть « trainer », тащ–у́, тащ–и́–шь et та́щ–и–шь; трав–и́–ть « forcer » (à la chasse), травлю́, трав–и́–шь et тра́в–и–шь.

чин–и́–ть « faire », чин–ю́, чин–и́–шь et чи́н–и–шь, mais toujours учин–и́–шь.

A ces dissyllabiques il faut ajouter les trissyllabiques suivants :

тереб–и́–ть « tirailler », тереблю́, тереб–и́–шь et тере́б–и–шь; шевел–и́–ть « remuer », шевел–ю́, шевел–и́–шь et шеве́л–и–шь.

город–и́–ть, горожу́, город–и́–шь et горо́д–и–шь; золот–и́–ть « dorer »,
золочу́, золот–и́–шь et золо́т–и–шь; корот–и́–ть « raccourcir », короч–у́,
корот–и́–шь et коро́т–и–шь; об··локот–и́–ть–ся « s'accouder », об–локочу́сь,
об–локот–и́–шь–ся et об–локо́т–и–шь–ся; хорон–и́–ть « ensevelir » хорон–
ю́, хорон–и́–шь et хоро́н–и–шь.

Quant au verbe заноз–и́–ть « piquer d'une écharde », il a l'accent normal
des dénominatifs : зано́жу, заноз–и́–шь; mais on accentue également заноз–
и–ть, d'après le primitif зано́за, d'où une seconde forme tonique au présent :
зано́жу, зано́з–и–шь.

B. *Le thème de l'infinitif comporte le suffixe –ѣ́–, ce suffixe –ѣ́– prenant phonétiquement le timbre –a– après chuintante ou* j.

Ces verbes, au nombre d'un peu plus de quatre-vingts, ont régulièrement
l'accent *fixe : à l'infinitif ils accentuent le suffixe; au présent ils accentuent l'–и–
suffixal.*

Type : гор–ѣ́–ть, гор–ю́, гор–и́–шь « brûler ».

Le suffixe du thème de l'infinitif a le timbre –ѣ́–.

Ex. : грем–ѣ́–ть, гремлю́, грем–и́–шь; гляд–ѣ́–ть, гляжу́, гляд–и́–шь
« regarder »; гор–ѣ́–ть, гор–ю́, гор–и́–шь; шум–ѣ́–ть, шумлю́, шум–и́–шь
« faire du bruit »; сид–ѣ́–ть, сижу́ сид–и́–шь, etc.

Deux verbes seulement accentuent la *racine :* вид–ѣ́–ть, ви́жу, ви́д–и–шь
« voir », cf. s. видѣти, видиши, et обид–ѣ́–ть, оби́жу, оби́д–и–шь « of-
fenser », ce dernier avec persistance de l'accent du primitif оби́да, à moins
qu'il ne faille le considérer comme un composé de вид–ѣ́–ть. L'accentuation
du simple вис–ѣ́–ть « pendre, être suspendu » est régulière; mais le composé
за–ви́с–ѣ–ть accentue la racine.

Deux verbes ont l'accent *mobile :* смотр–ѣ́–ть, смотр–ю́, смо́тр–и–шь « regarder », et терп–ѣ́–ть, терплю́, те́рп–и–шь « souffrir ». Mais le premier de
ces verbes n'est passé qu'assez tard dans la catégorie de suffixation –ѣ́– :
cf. vx. sl. *sŭmotriti,* s. смо̀трити, смо̀триш, vx. г. смотрити.

Enfin le verbe верт–ѣ́–ть « tourner » offre une *double accentuation* au présent : верчу́, верт–и́–шь, mais aussi ве́рт–и–шь et presque exclusivement
ве́рт–и–шь–ся.

Le suffixe du thème de l'infinitif a le timbre —а— (—я—) [1].

Ex. : леж–а́–ть, леж–у́, леж–и́–шь; бренч–а́–ть, бренч–у́, бренч–и́–шь
« frapper sur un corps sonore »; дрож–а́–ть, дрож–у́, дрож–и́–шь « trembler »; бо–я́–ть–ся, бо–ю́–сь, бо–и́–шь–ся « avoir peur »; сто–я́–ть, сто–
ю́, сто–и́–шь « se tenir debout »; жужж–а́–ть, жужж–у́, жужж–и́–шь « bour-
donner »; бѣж–а́–ть, бѣж и́–шь; визж–а́–ть, визж–у́, визж–и́–шь;
мыч–а́–ть, мыч–у́, мыч–и́–шь « beugler »; брюзж–а́–ть, брюзж–у́, брюзж–
и́–шь « gronder », etc.

Un seul verbe accentue la *racine*, слы́ш–а–ть, слы́ш–у « entendre »;
la voyelle de cette racine est longue.

Le verbe держ–а́–ть a l'accent *mobile* : держ–у́, де́рж–и–шь, bien que
l'accentuation serbe demeure régulière : др̌жати, др̌жиш. Au reste, sans insister
sur la valeur d'un témoignage que la langue actuelle ne confirme pas, il est
permis de faire remarquer que le *Dictionnaire de l'Académie* ne connaît point,
au présent de ce verbe, d'autre accentuation que celle des finales, держ–и́–шь
et держ–и́–шь–ся.

Quant aux trois verbes дыш–а́–ть « respirer », пыш–а́–ть « souffler bruyam-
ment » et прыщ–а́–ть (*Dic. Ac.*) « jaillir », ils doivent leur accentuation mobile
дыш–у́ : ды́ш–и–шь, пыш–у́ : пы́ш–и–шь, et прыщ–у́ : пры́щ–и–шь [2]
à l'influence des formes similaires de la classe III дыш–у́ : ды́ше–шь, de
дых–а́–ть, пышу́ : пы́ше–шь, de пых–а́–ть, прыщу́ : пры́ще–шь, de
прыск–а́–ть. Il y a donc ici confusion plutôt qu'exception.

Les verbes *athématiques* restent en dehors des quatre classes dont les différents spécimens ont été successivement passés en revue; mais il n'y a que
peu de chose à dire de l'accentuation de ces verbes, la plupart des formes
russes étant devenues monosyllabiques.

La règle d'accent est d'ailleurs très simple : *l'accent frappe toujours la terminaison*. On a donc vx. r. : еси́, ес–мы́, ес–те́, cf. s. jèси, jèсмо, jèсте;
дад–и́мъ, дад–и́те, дад–у́тъ; ѣд–и́мъ, ѣд–и́те, ѣд–я́тъ. Sur l'antiquité de ces
formes toniques, voir les hypothèses fort incertaines de Herman Hirt, *Der
indogermanische Akzent*, Strasbourg, 1895, p. 178-180.

---

[1] La plupart de ces verbes, 28 sur 35,
expriment des bruits, simple coïncidence dont
il n'y a pas à tenir compte.

[2] Le *Dictionnaire de l'Académie* donne « пры-
щáть, щу́, щешь »; il faut évidemment lire : щу́,
щишь.

Il y a lieu de compléter cette étude sommaire par l'examen des trois questions suivantes : 1° de l'accentuation de l'impératif; 2° de l'influence de l'aspect; 3° de l'influence de la composition prépositionnelle (préfixale).

1° De l'accentuation de l'impératif.

L'accentuation de l'impératif reproduit celle de la première personne singulier de l'indicatif.

Ex. : нес–и́, нес–и́–те, нес–у́; дви́–нь, дви́–нь–те, дви́–ну; мёрз–ни, мёрз–ни–те, мёрз–ну; знай, знай–те, зна́–ю; вяжи́, вяжи́–те, вяжу́; ду́м–ай, ду́м–ай–те, ду́м–а–ю; бѣл–ѣ́й, бѣл–ѣ́й–те, бѣл–ѣ́–ю; торг–у́й, торг–у́й–те, торг–у́–ю; вѣрь, вѣрь–те, вѣр–ю; сид–и́, сид–и́–те, сижу́, etc.

Vostokov ne signale qu'une seule exception, внемли́, malgré внемлю, de внимá–ть. On peut considérer aussi comme exceptionnelles les formes en –й–, –й–те, qui, dans certains verbes des classes III et IV dont la racine se termine vocaliquement, répondent à des premières personnes de l'indicatif en –ю; ces formes sont les suivantes :

бей, бе́й–те, бью, et les quatre verbes similaires; пой, по́й–те, по–ю́; дай, да́й–те, да–ю́; смѣй–ся, смѣй–те–сь, смѣ–ю́–сь; куй, ку́й–те, ку–ю́, et les six verbes similaires;

бо́й–ся, бо́й–те–сь, бо–ю́–сь; стой, сто́й–те, сто–ю́; et de même дой, пой, крой, плой à côté de до–й, кро–й, пло–й.

La substitution de –й à –и s'explique et se justifie par l'accentuation de la voyelle de la racine. Mais cette accentuation, pour quelques-uns de ces verbes, est historiquement plus régulière que ne le serait celle des finales; à ce titre, les formes смѣ́й–ся, дай, куй, etc., accentuées sur la racine, soulignent bien le caractère véritablement exceptionnel de l'indicatif accentué sur la voyelle thématique, смѣ–ю́–сь : смѣ–é–шь–ся, да–ю́ : да–é–шь, ку–ю́ : ку–é–шь, etc., de même que внемли́ souligne l'anomalie de внемлю.

2° De l'influence de l'aspect.

Composés avec une préposition ou un préfixe, les verbes de la classe III en –a–(–я–), qu'ils soient dénominatifs, déverbatifs ou même primaires, n'expriment l'aspect imperfectif qu'à la condition d'accentuer le suffixe –a–(–я–). Ceux de ces verbes qui, à l'état simple, n'accentuent pas le suffixe –a–(–я–), doivent donc, en composition prépositionnelle, accentuer ce même suffixe pour l'expression de l'aspect imperfectif; et de là, pour quelques-uns tout au moins, une double série de composés prépositionnels : les uns, d'aspect perfectif, gardent l'accentuation du simple; les autres, d'aspect imperfectif, accentuent le suffixe.

Les exemples les plus usuels sont :

бѣг–а–ть « courir »; *perfectifs* : вы́–бѣг–а ть [1], до–, за–, из–, на–, пере–, по–, про–, с–бѣг–а–ть, в– et раз–бѣг–а–ть–ся; *imperfectifs* : в–, вз–, вы–, до–, за–, из–, на–, о–, от– пере–, под–, при–, про–, с–, у–бѣг–а́–ть et раз–бѣг–а́–ть–ся.

дви́г–а–ть; *perfectifs* : вы́–двиг–а–ть, в–, до–, за–, на–, от–, пере–, по–, под–, про–, раз–, с–дви́г–а–ть; *imperfectifs* : в–, воз–, вы–, до–, за–, на–, от(о)–, пере–, по–, под–, при–, про–, раз–, с(о)–двиг–а́–ть.

кла́н–я–ть–ся « saluer »; *perfectifs* : от–, по–, рас–кла́н–я–ть–ся; *imperfectif* : по–клан–я́–ть–ся.

кли́к–а–ть; *perfectifs* : вы́–клик–ать, в–, о–, пере–, по–, с–кли́к–а–ть до– et от–кли́к–а–ть–ся; *imperfectifs* : в–, вы–, о–, пере–, с–клик–а́–ть et от–клик–а́–ть–ся.

мы́к–а–ть; *perfectifs* : вы́–мык–а–ть, из–, от–, пере–, про–, раз–, с–, у–мы́к–а–ть; *imperfectifs* : вы– et по–мык–а́–ть.

мѣ́р–я–ть « mesurer »; *perfectifs* : вы́–мѣр–я–ть, до–, из–, на–, об–, от–, пере–, при–, про–, раз–, с–, у–мѣ́р–я–ть; *imperfectifs* : вы–, до–, из–, на–, об–, от–, пере–, при–, про–, раз–, у–мѣр–я́–ть.

па́д–а–ть « tomber »; *perfectifs* : вы́–пад–а–ть, за–, на–, пере–, по–по–с–па́д–а–ть; *imperfectifs* : в–, вы–, за–, на–, нис–, о–, от–, пере–по–, под–, при–, про–, с–, у–пад–а́–ть et рас–пад–а́–ть–ся.

по́лз–а–ть « ramper »; *perfectifs* : до–, по–по́лз–а–ть; *imperfectifs* : до–, по–полз–а́–ть.

пря́д–а–ть « sauter »; *perfectif* : вос–пря́д–а–ть; *imperfectif* : вос–пряд–а́–ть.

слу́ш–а–ть; *perfectifs* : tous les composés prépositionnels; *imperfectifs* : о– et пре–слуш–а́–ть–ся.

сы́п–а–ть « répandre »; *perfectifs* : вы́–сып–а–ть, в–, до–, за–, из–, на–, о(б)–, от–, пере–, по–, под–, при–, раз–, с–, у–сы́п–а–ть; *imperfectifs* : в–, вы–, до–, за–, из–, на–, о(б)–, от–, пере–, по–, под–, при–, раз–, с–, у–сып–а́–ть.

[1] Pour l'accentuation toute spéciale des verbes perfectifs composés avec le préfixe вы–, voir plus bas, p. 455.

та́к–а–ть « dire oui »; *perfectifs* : на–, по–, про–та́к–а–ть; *imperfectif* : по–так–а́–ть.

ты́к–а–ть « ficher »; *perfectifs* : до–, за–, ис–, на–, об–, пере–, по–, рас–, у–ты́к–а–ть; *imperfectifs* : в–, вы–, до–, за–, на–, об–, пере–, по–, под–, про–, рас– с–, у–тык–а́–ть.

че́рп–а–ть; *perfectifs* : tous les composés prépositionnels; *imperfectif* : по–черп–а́–ть.

De même ре́з–а–ть, dont la double série parallèle вы́–рез–а–ть et вы–ре́з–а́–ть = вы–ре́з– ыва–ть, за–ре́з–а–ть et аа–ре́з–а́–ть, etc., est attestée par Даl, au moins pour certains composés.

Dans tous ces composés prépositionnels d'aspect imperfectif, le suffixe –а́– se maintient au thème du présent, même si le simple comporte, au présent, la forme caractéristique des verbes primaires. On opposera donc аа–двиг–а́–ю à аа–дви́жу (= за–дви́г–а–ю), пере–клик–а́–ю à пере–кли́чу, вы–мык–а́–ю à вы́–мычу, за–сып–а́–ю à за–сы́плю, па–тык–а́–ю à на–ты́чу, etc.

Les composés prépositionnels du verbe зна–ть, зна́–ю sont naturellement perfectifs : вы́–зна–ю, до–, по–, при–, со–, у–зна–ю et за–зна́–ю–сь. Quant aux imperfectifs correspondants, bien qu'ils aient le suffixe –ва– au thème de l'infinitif, ils gardent au présent la forme des perfectifs, mais transportent l'accent sur les finales : вы–, до–, по–, при–, со–, у–зна–ва́–ть, –зна–ю́, –зна–е́–шь, et за–зна–ва́–ть–ся, –зна–ю́–сь, –зна–е́–шь–ся. On sait que cette même accentuation sur les finales se retrouve dans les présents да–ю́ et ста–ю́ des itératifs да–ва́–ть et ста–ва́–ть (cf. plus haut, p. 435), et conséquemment aussi dans leurs composés prépositionnels imperfectifs; par exemple : по–да–ва́–ть, по–да–ю́, по–да–е́–шь, вста–ва́–ть, вста–ю́, вста–е́–шь, etc.

Enfin, dans deux verbes simples isolés et d'ailleurs assez rares, le suffixe –ну– apparait accentué ou atone suivant que l'aspect est perfectif ou imperfectif : au perfectif склиз–ну́–ть = скольз–ну́–ть s'oppose l'imperfectif скли́з–ну–ть = скольз–и́–ть; au perfectif соп–ну́–ть « siffler en respirant » s'oppose l'imperfectif со́п–ну–ть = соп–ѣ́–ть (Даl).

3° De l'influence de la composition prépositionnelle (préfixale).

Si l'on met à part le mouvement tonique signalé au paragraphe précédent et l'exception bien connue du préfixe вы–, on peut dire que les verbes russes gardent, en composition prépositionnelle, l'accentuation du simple.

Ex. : нес–ти́, нес–у́, нес–е́–шь : за–нес–ти́, за–нес–у́, за–нес–е́–шь;
бр–а–ть, бер–у́, бер–е́–шь : со–бр–а́–ть, со–бер–у́, со–бер–е́–шь; дви–
ну–ть, дви́–ну : ото–дви́–ну–ть, ото–дви́–ну; коло́–ть, кол–ю́, ко́л–е–
шь: рас–коло́–ть, рас–кол–ю́, рас–ко́л–е–шь; пис–а́–ть, пишу́, пи́ше–шь :
на–пис–а́–ть, на–пишу́, на–пи́ше–шь; толк–ов–а́–ть, толк–у́–ю : по–
толк–ов–а́–ть, по–толк–у́–ю; плат–и́–ть, плачу́, пла́т–и–шь : при–плат–
и́–ть, при–плачу́, при–пла́т–и–шь; леж–а́–ть, леж–у́, леж–и́–шь : при–
над–леж–а́–ть, при–над–леж–у́, при–над–леж–и́–шь, etc.

Les cas où la composition prépositionnelle modifie l'accentuation du simple
sont isolés et sans portée. Ils entraînent presque toujours un changement de
signification. On peut citer, comme étant les plus connus :

вто́р–и–ть « donner la réplique », mais по–втор–и́–ть « répéter »; туп–
и́–ть « émousser », mais по–ту́п–и–ть « baisser » (les yeux); ясн–и–ть, verbe
neutre, et ясн–и–ть–ся (Daï), mais изъ–, объ– et по–ясн–и́–ть; зр–ѣ́–ть
« voir », mais во́–зр–ѣ–ть–ся = во́–зр–и–ть–ся (terme de vénerie); вис–
ѣ́–ть « être suspendu », mais за–ви́с–ѣ–ть « dépendre », et quelques autres.

Seul, le préfixe вы– fait exception : sans influence sur la forme tonique des
imperfectifs, il est *toujours accentué* dans les perfectifs, et cela quelle que soit
l'accentuation du simple.

Ex. : нес–ти́ : вы́–нес–ти; бр–а–ть : вы́–бр–а–ть; дви́–ну–ть : вы́–дви–
ну–ть; поро́–ть : вы́–поро–ть; пис–а́–ть : вы́–пис–а–ть; ду́м–а–ть :
вы́–дум–а–ть; торг–ов–а́–ть : вы́–торг–ов–а–ть; чи́ст–и–ть : вы́–чист–
и–ть; сид–ѣ́–ть : вы́–сид–ѣ–ть, etc.

Les composés prépositionnels du verbe –я–ть méritent une mention spéciale. Ils ont une double forme au présent : –им–у́, –и́м–е–шь après об–,
от–, под–, раз–, с–et при–, — –йм–у́, –йм–е–шь (–ьм–у́, –ьм–е́–шь)
après до–, за–, на–, обо–, пере–, про–, у–, la négation не– et воз–.

Ex. : об–н–им–у́, –об–н–и́м–е–шь; от–н–им–у́ (отым–у́), от–н–и́м–е–
шь (отым–е–шь); с–н–им–у́, с–н–и́м–е–шь; прим–у́, при́м–е–шь, etc.; —
за–йм–у́, за–йм–е́–шь; обо–йм–у́, обо–йм–е–шь; не–йм–е́–тъ; воз–ьм–у́,
воз–ьм–е́–шь, etc.

Telle est, dans ses formes actuelles, l'accentuation du verbe russe. Bien qu'embarrassées d'assez nombreuses exceptions, les lois en demeurent, on l'a vu parfaitement régulières et constantes.

La plupart de ces lois sont anciennes : dépassant l'unité panslave, elles trouvent leur justification première dans les phénomènes pareils des autres langues indo-européennes dont l'accentuation nous est connue. Mais, là même où l'accentuation slave a innové, il n'est point téméraire de rechercher la raison phonétique de ces innovations. C'est ainsi, par exemple, que l'apparition de l'accent sur la finale de la première personne singulier dans les présents d'accentuation radicale (types тону́, вяжу́, ношу́), fait panslave, s'explique par une loi phonétique de déplacement que l'on peut formuler comme suit : *étant donné deux tranches consécutives d'un même mot, la première douce (schleifend) et accentuée, la seconde rude (stossend) et atone, l'accent passe de la première sur la seconde.* Cette loi a été démontrée, en ce qui concerne le lithuanien, dans une communication de M. F. de Saussure au Congrès des Orientalistes de Genève (septembre 1894); M. A. Meillet a fait remarquer, à la suite de cette communication, que la même loi s'applique au slave, et l'accentuation verbale en fournit de nombreuses illustrations.

Il suffira d'appeler l'attention du lecteur sur la possibilité de ces discussions; elles ne sauraient être abordées dans un article dont l'objet immédiat était de fournir une collection complète et un classement méthodique de tous les faits relatifs à l'accent du verbe en grand russe.

神武天皇

L'EMPEREUR ZIN-MOU.

神武天皇

L'EMPEREUR ZIN-MOU,

PAR

M. LÉON DE ROSNY.

Il n'y a pas sans doute de problème d'ethnogénie japonaise plus important que celui qui se rattache à l'histoire et à la légende de l'empereur Zin-mou [1]. Malheureusement ce problème, comme tout ceux qui touchent à des questions d'histoire ancienne, et surtout à des questions d'origine, est des plus obscurs et peut-être même des plus inextricables. On peut prétendre cependant qu'il n'est pas sans intérêt de grouper les documents de nature à l'éclaircir tant bien que mal, d'examiner la valeur des opinions qui ont été formulées à son égard et de montrer dans quelle mesure il a été abordé et entrevu par les critiques historiques du Japon. Je n'hésite pas à donner ce titre de « critiques historiques », dans l'acceptation toute moderne et toute européenne du mot, à la brillante école d'exégèse dont *Kamo Ma-buti* [2] a été l'un des glorieux fondateurs au commencement du XVIIIᵉ siècle, et qui s'est continuée avec *Moto-ori Nori-naga* [3] et avec son disciple *Hira-ta Atu-tané* [4].

L'histoire de la Chine nous offre sans doute des caractères d'authenticité qu'on trouverait difficilement ailleurs dans des conditions aussi satisfaisantes, surtout lorsqu'il s'agit des temps primitifs. Cette histoire a été discutée d'une façon très remarquable par une foule d'écrivains qui ont été des appréciateurs habiles des événements dont ils voulaient transmettre le souvenir à la postérité. Je ne crois pas néanmoins qu'il soit juste de les mettre au niveau de ce que j'ai

---

[1] Voir ci-contre un portrait de l'empereur Zin-mou emprunté à une belle édition du *Dai-Nip-pon kokü kai-byakü in-rai ki*. On peut le considérer comme reproduisant les traits du fondateur de la monarchie japonaise d'une façon au moins aussi authentique que les portraits qu'on nous donne du fameux roi Pharamond, dans quelques histoires de France à l'usage de la jeunesse studieuse et crédule.

[2] 賀茂眞淵 *Kamo Ma-buti.*
[3] 本居宣長 *Moto-ori Nori-naga.*
[4] 平篤胤 *Hirata Atutane.*

ÉCOLE DES LANGUES ORIENTALES.

58

IMPRIMERIE NATIONALE.

appelé tout à l'heure les critiques historiques du Japon. A quelques exceptions près, les annalistes chinois ont tous manqué de ce scepticisme en matière d'érudition qui empêche d'accepter à la hâte les traditions insuffisamment établies; et si des remarques ingénieuses, souvent justes et mêmes profondes, ne leur ont pas toujours fait défaut, il est bien rare qu'ils aient su tirer un parti sérieux de la philologie, ni des autres branches de la science ethnographique pour la justification de leurs doctrines. Les Japonais, au contraire, ont compris tout l'avantage que pouvait offrir l'étude en quelque sorte anatomique d'un idiome, pour jeter les bases de l'ethnogénie d'une région : et c'est à peine si l'on est en droit de prétendre que, malgré les beaux progrès de la linguistique en Occident, il se sont montrés inférieurs à nous pour découvrir, dans le domaine de la philologie, une source de faits peu ou point connus et d'observations d'une véritable portée scientifique. Il faut ajouter enfin, à l'honneur des vieux écrivains du Nippon, qu'ils ont montré dans leur manière d'enregistrer les traditions populaires une honnèteté et une impartialité des plus dignes d'éloges [1].

Les Japonais de la grande école de Mabouti, qui ont étudié d'une manière si remarquable les plus anciens documents de leur littérature et l'histoire des âges primitifs de leur nation, n'ont toutefois pas jugé à propos d'émettre une doctrine proprement dite sur la provenance de Zin-mou et de ses compagnons d'armes. Tout en ne pensant pas que les conquérants de leur pays, au VIIᵉ siècle avant notre ère, étaient de même race que les autochtones aïno, ils ont hésité à leur attribuer une origine étrangère et se sont bornés à recueillir de vieilles données généalogiques qui faisaient du premier mikado un descendant direct des divinités de leur olympe national. Les ethnographes et les orientalistes européens n'ont pas eu les mêmes hésitations : ils ont montré plus de hardiesse dans leur manière de voir, et plusieurs d'entre eux n'ont pas craint d'attribuer aux Japonais envahisseurs des iles de l'Extrême-Orient une origine continentale. Nous essayerons d'examiner ce qu'il y a lieu de maintenir dans leurs théories.

La question ethnogénique que soulève l'histoire de Zin-mou peut, je crois, se poser à peu près en ces termes : Les envahisseurs du Japon, au VIIᵉ siècle avant notre ère, étaient-ils des insulaires de l'Extrême-Orient, ou bien venaient-ils du continent asiatique ou de quelque autre région de l'Asie orientale?

---

[1] Les variantes que l'on rencontre dans le *Ni-hon Syo-ki* nous en fournissent un intéressant témoignage.

Klaproth a prétendu, non sans quelque vraisemblance, que Zin-mou était un conquérant étranger; mais l'argument qu'il a fait valoir à l'appui de son opinion est sans valeur. La preuve de l'origine étrangère de Zin-mou, d'après ce savant orientaliste [1] aurait été son nom chinois *Zin-mou* [2] « le divin guerrier ». Or ce prince n'avait pas de son vivant une telle dénomination, qui ne lui fut donnée que plus de treize siècles après sa mort par Omi-mi-foumé [3], arrière petit-fils de l'empereur Odomo, en l'an 784 de notre ère [4], en même temps qu'il dotait d'un nom chinois [5] tous ses successeurs, pour se conformer aux idées du Céleste-Empire qui étaient devenues prépondérantes dans les îles du Soleil-Levant. Le véritable nom, ou plutôt le titre impérial de Zin-mou, si l'on en croit les plus anciens documents historiques du pays, était *Kam Yamato Ivaré hiko-no mikoto* [6]. On verra plus loin ce qu'il y a lieu de penser de cette dénomination purement japonaise.

Les arguments les plus plausibles en faveur de l'origine étrangère de Zin-mou reposent sur les données historiques relatives à l'itinéraire du Sud au Nord des envahisseurs qui accompagnaient ce prince, et plus encore sur le fait que le Nippon, à cette époque, était déjà occupé par un peuple d'une importance peu contestable, d'une civilisation plus que rudimentaire et d'une origine ethnique différente des Japonais proprement dits.

Si, en dehors de ce fait, il existe dans les historiens du Yamato des allusions à l'origine étrangère de Zin-mou, ces allusions ne sont guère apparentes dans les documents primitifs, c'est-à-dire dans les ouvrages appelés *Sam-bu hon-ki* et que nous sommes habitués à désigner en Europe sous le titre de « Livres canoniques du Yamato » [7]. Les recherches entreprises depuis ces dernières années par plusieurs savants du Japon à l'effet de retrouver les tombeaux des souverains *antérieurs* à Zin-mou [8], contribuent également à rendre

---

[1] *Tableaux historiques de l'Asie*, 1826, p. 78.

[2] 神武 Zin-mou.

[3] *Ni-hon Sei-ki*, liv. v, p. 8; Moto-ori, *Ko-zi ki den*, liv. XVIII, p. 3, Comment.

[4] 漢カ様マノ謚ニ號ナ *kara-zama-no mina*, c'est-à-dire « un nom honorifique à la manière chinoise » (Moto-ori, *Ko-zi ki den*, liv. XVIII, p. 3, Comment).

[5] 淡ヲ海ヲ御ニ船子 *Aumi-no Mi-funé*.

[6] Voir ma *Civilisation japonaise*, 1883, p. 88 et suiv. — 狹サ野ス *Sanu* était le petit nom ou nom d'enfance de l'empereur Zin-mou

(所称狹野者」是年少時之号也。Moto-ori, *Ko-zi ki den*, liv. XVII. p. 91, Comment.) Il ne prit le titre de *Kam Yamato Ivaré hiko-no mikoto* que lorsqu'il se fut emparé du pays des Huit-îles (八ヤ洲ゾ *Ya-sima*).

[7] Voir, à ce sujet, mon Introduction à l'étude de la Littérature japonaise, dans les *Annales de l'Alliance scientifique*, t. XI, p. 153.

[8] Voir notamment : Kira Yosi-kazé, *Uyé-tü fumi seô-yéki*, t. I, p. 2; M. Tsouboï Syangorau, Mémoire sur l'ethnographie pré-japonaise, dans les *Annales de l'Alliance scientifique*, t. XI, p. 27 et suiv.; ma *Civilisation japonaise*, conférences

de plus en plus douteuse la solution du problème que nous avons essayé de poser sous son véritable jour.

L'occupation du Japon aux époques reculées par une population *sui generis*, différente à tous égards des Japonais actuels, est une donnée acquise aux sciences historiques et anthropologiques. Cette population, que les ethnographes désignent sous le nom d'*Aïno*[1], a survécu à ses envahisseurs : elle existe, de nos jours encore, non seulement dans la partie septentrionale de la grande île de Nippon, mais aussi plus au Nord, à Yéso, à Karafouto, sur la côte orientale de Tartarie, à la pointe sud de la péninsule du Kamtchatka et dans l'archipel des Kouriles. La dénomination même de « Kouriles » provient d'un mot aïno[2], et non point d'un mot russe comme on l'a prétendu très à tort[3]. Nous savons en plus que Zin-mou, lorsqu'il voulut s'emparer des territoires occupés par les Aïnos, eut à subir de leur part non seulement une sérieuse résistance, mais même des échecs qui auraient réduit sans doute ses projets à néant, s'il n'avait su faire usage de la ruse pour triompher de ses redoutables adversaires[4]. En tout cas, si l'on ne veut pas attribuer à ce Zin-mou et à ses compagnons d'armes une origine étrangère à l'archipel de l'Extrême-Orient, il faut supposer dans cet archipel l'existence de deux races absolument distinctes : la race aïno, répandue à cette époque dans tout le Nippon, et la race japonaise qui aurait été celle des îles les plus méridionales, telles que les Loutchou, Formose, etc.

Cette supposition a été caressée par Klaproth[5] qui attribue, comme je l'ai dit, aux Japonais une origine chinoise, et suivant lequel la mère de Zin-mou aurait été fille du roi des îles Lieou-kicou. Ces îles, au nombre de trente-trois, forment un long cordon depuis Taï-wan, qui n'est séparée de la Chine que par le détroit du Fouh-kien, jusqu'à Kiou-siou, la plus méridionale des trois grandes îles du Japon, au nord du détroit de Van Diémen.

L'argument en faveur de la provenance méridionale de Zin-mou s'appuie sur ce fait que le début de la campagne contre les Aïnos nous montre ce prince dans le Hiouga, au sud-est de l'île de Kiou-siou, où il se marie et arme

---

faites à l'École spéciale des Langues orientales, p. 91, note, et mes *Peuples orientaux connus des anciens Chinois*, 2ᵉ édit., 1886, 5p. 3 et passim.

[1] Le mot 丫イ丿 *aïno*, dans la langue des indigènes de Yéso, signifie « un homme ».

[2] 丫ル *kuru*, mot qui, comme *aïno*, signifie « hommes ». (Voir mes *Peuples orientaux connus des anciens Chinois*, p. 20.)

[3] *Voyage de Paul Ricord au Japon* (trad. de Breton), t. II, p. 191; et mes *Études asiatiques de géographie et d'histoire*, 1864, p. 62, note.

[4] Voir mes conférences publiées sous le titre de *La Civilisation japonaise*, 1883, p. 82 et suiv.

[5] *Annales des empereurs du Japon*, traduites par Isaac Titsingh, 1834, p. 1, note.

ensuite une flotte de guerre en vue de s'emparer du territoire de Tsoukousi, situé au nord de la même île.

Il semblerait que les deux « livres sacrés du Japon », le *Ko-zi ki* et le *Ni-hon Syo-ki*, qui sont, outre leur caractère religieux et canonique, les plus anciens monuments écrits des îles de l'Extrême-Orient, doivent nous fournir les moyens d'élucider tout au moins le côté géographique de la question. Ce que nous racontent ces deux livres au début de l'histoire de l'empereur Zin-mou n'est certainement pas sans valeur, mais il s'en faut de beaucoup qu'on y trouve des arguments péremptoires pour établir la provenance, chinoise ou autre, du fondateur de la monarchie japonaise. Loin de là, Zin-mou y apparaît bien plutôt comme un indigène que comme un étranger. Il ne pouvait pas d'ailleurs en être autrement dans des ouvrages composés pour soutenir un intérêt dynastique, et où l'on se proposait d'asseoir solidement la famille des mikados sur le trône imaginaire des anciennes divinités célestes et terrestres du Nippon.

Voici d'ailleurs la traduction du passage du *Ko-zi ki*[1], dans lequel ce livre nous expose les débuts de la carrière de l'empereur Zin-mou sur le sol sacré de la Grande Déesse Solaire Ama-terasoü oho-kami :

Les deux Altesses, l'auguste prince *Kam Yamato Ivare-biko*[2] et son frère aîné l'auguste prince *Itü-se*[3], alors qu'ils habitaient dans le palais de *Taka-ti-ho*[4], tinrent conseil et dirent : « En quel endroit faut-il aller pour pour prendre le mieux possible en mains le gouvernement de l'Empire? Il semble que le plus avantageux est de se diriger vers l'Est. »

En conséquence, ils partirent de *Himu-ka*[5], pour se rendre au pays de *Tükusi*[6]. Lorsqu'ils arrivèrent à *Usa*[7], dans la province de *Toyo*[8], deux indigènes[9], nommés l'un le prince d'Ousa et l'autre la princesse d'Ousa, construisirent un palais érigé « sur une seule base » et leur offrirent un grand banquet.

De cet endroit, les deux augustes frères se rendirent au palais d'*Oka-da*[10] et y demeu-

---

[1] Édition de Moto-ori Nori-naga, t. XVIII, p. 1.

[2] 神ㇰ倭ㇴ伊ィ波ク禮ㇾ眦ヒ古コ *Kamü Yamato Ivaré-biko*.

[3] 與其伊呂兄五瀨命 *Sono iro-sé Itü-sé-no mikoto.* — Itsoü-sé était l'aîné des quatre fils de *Hiko-nagisu-také U-gaya-fuki Awasézü-no Mikoto*. Les textes traditionnels ne sont pas d'accord sur l'ordre de primogéniture des autres frères de l'empereur Zin-mou (Moto-ori, *Ko-zi ki den*, t. XVII, p. 92).

[4] 高ㇰ千ㇼ穂ㇿ宮ㇾ *Taka-ti-ho-no miya.*

[5] 日向 *Hi-muka.*

[6] 筑ㇰ紫ㇴ *Tükü-si*, dans l'île des Kiou-siou.

[7] 宇ウ沙ㇵ *Usa.* — Suivant le *Wa-mei seô*, il s'agit de la circonscription d'*Usa*, dans la province de Bou-zen. C'est également le nom d'une ville; sa signification est inconnue (Moto-ori, *Ko-zi ki den*, t. XVIII, p. 11).

[8] 豊ㅂ國ㇴ *Toyo kuni.*

[9] 土ㇴ人ㇷ « hommes de la terre » ou « du pays ».

[10] 岡ㇰ田ㇰ宮ㇾ *Oka-da-no miya.*

rèrent une année. Ensuite ils poursuivirent leur marche en avant et s'établirent pendant sept années dans le palais de *Takéri* [1], dans la province d'*Agi* [2]. Puis ils partirent de cet endroit et montèrent encore jusqu'à la province de *Kibi* [3], où ils résidèrent pendant huit années au palais de *Taka-sima* [4]. Lorsqu'ils quittèrent cette localité pour poursuivre leur marche en avant, ils rencontrèrent dans le canal de *Haga-su'i* [5] un individu qui venait au devant d'eux, monté sur la carapace d'une tortue, agitant ses manches (litt. « ses ailes ») comme pour les atteindre. Alors ils lui crièrent d'approcher et lui demandèrent : « Toi, qui es-tu? ». Il répondit : « Votre serviteur est une divinité du pays ».

Ils lui dirent ensuite : « Veux-tu nous suivre et te mettre à notre service? ». Il leur répondit : « Je suis prêt à vous servir. »

En conséquence, ils lui tendirent une perche, le firent entrer dans leur vaisseau et lui conférèrent le nom honorifique de prince de *Sawoné* [6].

Lorsque les deux princes partirent de ce pays pour poursuivre leur marche en avant, ils traversèrent le Nami-haya [7] et atteignirent le port de *Sira-ha* [8].

A cette époque, le prince *Naga-süné* [9], de Tomi [10], leva une armée; et comme il l'attendait pour lui livrer bataille, Zin-mou fit prendre les boucliers qui avaient été apportés sur son vaisseau et opéra une descente à terre. On appela, pour ce motif, le lieu du débarquement *Tate-dü* [11] « le port des Boucliers ». C'est l'endroit qu'on nomme aujourd'hui le *Tate-dü* de *Kusaka* [12]. Lorsqu'eut lieu le combat avec le prince de Tomi, l'auguste prince Itsoü-sé (frère de Zin-mou) eut la main percée par une flèche mortelle du prince de Tomi. Il dit alors : « Du moment où je suis fils de la Déesse Solaire, ce n'était pas mon devoir de me battre en face du Soleil; c'est pourquoi j'ai été blessé dangereusement par la main d'un vil esclave. Désormais je ferai un tour et je l'attaquerai en tournant le dos au Soleil. » En conséquence, il se rendit dans la direction du Sud et atteignit la mer de *Ti-nu* [13] où il lava le sang de sa main. C'est pour ce motif qu'on emploie le nom de « mer de Tsi-nou ». Il continua à tourner et arriva à l'estuaire de O [14], dans le pays de *Ki* [15], et dit : « Je vais donc mourir de la blessure que m'a faite cette main d'esclave »; puis il s'effondra (c.-à-d. « il mourut ») en brave. C'est pour cette raison qu'on nomma l'estuaire « rivière de O ». La colline sépulcrale de ce prince se trouve sur le mont *Kama* [16], dans le pays de Ki [17].

[1] 理多多ケ祁リ宮ミヤ *Takéri-no miya.*

[2] 阿ノ岐キノ國クニ *Agi-no kuni.*

[3] 吉キ備ビノ國クニ *Ki-bi-no kuni.*

[4] 高タカ嶋シマノ宮ミヤ *Taka-sima-no miya.*

[5] 速ハヤ吸スヒ門ド *Haya-su'i do.*

[6] 橋サ根ヲ *Sawo-né.*

[7] 浪ナミ速ハヤ之ノ渡ワ *Nami-haya-no wa-tari.*

[8] 白シ肩カタ津ツ *Sira-kata-no tu.*

[9] 那ナ賀ガ須ス泥デ毗ビ古コ *Naga-süné hiko.*

[10] 登ト美ミ *Tomi.*

[11] 楯タ津ヅ *Taté-du.*

於今者日下之蓼津也 *Ima-ni Ku-sa-ka-no Tade-tü to na mo i'u.*

[13] 血チ沼ヌ海ミ *Ti-nu-no umi.*

[14] 男オ之ノ水ミ *O-no minato.*

[15] 紀キ國クニ *Ki-no kuni.*

[16] 竈カ山ヤ *Kama-yama.*

[17] Voir ci-contre la reproduction due à Siebold d'un dessin japonais représentant le débarquement de l'empereur Zin-mou sur le sol occupé par les populations dites aborigènes des îles de l'Extrême Orient.

L'EMPEREUR ZIN-MOU

débarquant dans l'île des Kiou-siou en l'an 663 avant notre ère.

Dans tout le passage initial de l'histoire de Zin-mou dont on vient de lire la traduction, il n'y a pas un mot qui attribue à ce prince une origine étrangère au pays dont il avait résolu d'entreprendre la conquête. A sa première étape, alors qu'il tint conseil avec son frère Itsousé, nous le trouvons déjà établi non pas dans un des petits îlots au sud du Japon, mais bien dans une des trois grandes îles de cet empire, la plus méridionale il est vrai, l'île de Kiou-siou. Le palais où eut lieu cette espèce de conseil de guerre se trouvait en effet dans le Tsoükou-si, dénomination ancienne de toute la grande île qui forme l'extrémité sud-ouest du Japon, et le nom d'*Himu-ka* qu'on y voit mentionné n'est rien autre chose que la prononciation ou plutôt l'orthographe antique de celui de la province actuelle de *Hiuga* [1]. Le palais de *Taka-ti-ho* semble, lui aussi, rappeler son édification sur la montagne appelée de nos jours encore *Taka-ti-ho yama*, bien que quelques auteurs préfèrent placer le lieu de la résidence primitive de Zin-mou sur le mont *Kiri-sima yama* [2].

La rencontre des deux divinités locales dans la région de Hayasoü'i indiquerait-elle aussi que non seulement Zin-mou n'était pas un étranger dans le pays qu'il venait conquérir, mais qu'il y jouissait déjà d'un grand prestige, puisque ces deux personnages n'ont pas la moindre hésitation à se mettre à son service et à l'aider dans sa marche envahissante. On peut répondre, il est vrai, qu'il ne faut voir là qu'un conte inventé à plaisir par les premiers apologistes du fondateur de l'empire japonais; mais on peut en dire autant de la plupart des faits que renferment les vieilles annales du Nippon, et dès lors toute discussion ethnogénique devient impossible lorsqu'elle n'a pas d'autre base que les vieilles traditions historiques. Nous verrons plus loin si un autre ordre de recherches peut projeter des lumières un peu moins vacillantes sur l'ensemble des faits relatifs à cette discussion.

Le *Ni-hon Syo-ki*, pas plus que le *Ko-zi ki*, ne renferme donc aucune allusion apparente à une origine étrangère de l'empereur Zin-mou. Ces deux livres canoniques sont d'accord pour établir en faveur de ce prince une généalogie qui remonte à la création du monde et le font descendre en ligne directe des *ten-zin* [3] « génies célestes » et des *ti-zin* [4] « génies terrestres » de l'ancien panthéon japonais [5].

---

[1] ひむか himuka = ヒウガ hiuga.
[2] Hall Chamberlain, *Records of ancient matters*, p. 111, note.
[3] 天神 Ten-zin (Amé-no kami).
[4] 地神 Ti-zin (Tuti-no kami).

[5] *Ama-térasŭ oho mi-gami*, ancêtre de l'empereur Zin-mou habitait le *Takama-no hara* (高天原), c'est-à-dire la plaine céleste ou le firmament. Tous les dieux envoyèrent les petits-fils du Ciel habiter (sur la terre) le pays

Dans le discours que les historiens indigènes mettent dans la bouche de l'auguste fondateur de l'empire du Soleil-Levant — discours qui, par parenthèse, rappelle ceux que Tite Live prête aux héros de la Rome antique et mérite un égal crédit, — Zin-mou « le Divin Guerrier » tient à déclarer tout d'abord que le Japon est un pays dont le Ciel a confié le gouvernement à ses ancêtres [1]. Ces mêmes historiens n'ont pas le moindre scrupule à admettre comme authentique les données du *Ko-zi ki* et du *Syo-ki* suivant lesquelles leur premier souverain descendait à la quatrième génération de la Grande Déesse *Ama-térasü oho-kami*, et cette même déesse, fille des deux *Réi* [2], le divin *Izanagi* et la divine *Iza-nami*, du premier dieu du panthéon japonais, le divin *Ama-no toko-tati-no mikoto* « le Génie éternellement debout dans l'empire », qui naquit au milieu d'une touffe de roseaux, alors que le Ciel et la Terre sortirent du chaos primordial.

Il ne me semble pas opportun d'établir ici comment la cosmogonie imaginée pour la circonstance tire sa source de la grande doctrine dualiste chinoise du *Yin* [3] et du *Yang* [4], doctrine introduite au Japon plusieurs siècles après la mort de Zin-mou. Il y a tout lieu de rapporter, en effet, la vulgarisation de cette cosmogonie à l'époque de l'introduction des lettres de la Chine dans les îles de l'Extrême-Orient, où elles furent accueillies et cultivées aussitôt avec un énorme enthousiasme, comme l'ont été depuis lors toutes les productions étrangères qui ont pénétré chez ce peuple dont on connaît la rare intelligence et les merveilleuses aptitudes assimilatives.

Je crois également devoir renvoyer à une autre occasion l'examen du grand problème d'histoire religieuse qui soulève la substitution du génie *Kuni toko-tati-no mikoto* [5] à l'*Amé-no kami* [6], Dieu suprême du monothéisme primitif de l'archipel japonais. J'espère arriver alors à faire reconnaître la superposition et, dans une certaine mesure, la fusion de deux antiques mythologies, dont la plus ancienne fut altérée avec intention pour servir la cause des mikados en rattachant leur dynastie aux antiques divinités du pays. Qu'il me suffise, pour l'instant, de rappeler que les historiens dont j'ai fait mention ont tous eu à

central d'*Asi-vara* 葦 原 (c'est-à-dire l'archipel japonais) qui tire son origine des roseaux et les instituèrent maîtres de ce pays (*Dai Ni-hon si*, liv. I).

[1] 我 宗 之 所 受 於 天 (*Nippon Sei-ki*, liv. I, p. 1.)

[2] Voir la notice que j'ai donnée sur *Les deux Réi*, dans le *Recueil de textes et de traductions* publié par les professeurs de l'École spéciale des Langues orientales à l'occasion du VIIIᵉ Congrès international des Orientalistes, tenu à Stockholm en 1889, t. Iᵉʳ, p. 301.

[3] 陰 *Yin*.

[4] 陽 *Yang*.

[5] 國 常 立 尊 *Kuni-toko-tati-no mikoto*.

[6] 天 神 *Amé-no kami*.

cœur d'établir le caractère essentiellement « national » de Zin-mou. Ce prince, à leurs yeux, n'est pas un envahisseur, un conquérant étranger : il n'a pris les armes que pour rentrer en possession du patrimoine de ses divins ancêtres. Aussi ont-ils grand soin de nous donner comme une date certaine celle où il fut proclamé *taï-si*[1] c'est-à-dire « héritier présomptif » de la couronne de « ses pères »[2].

Reste à savoir jusqu'à quel point nous pouvons avoir confiance dans les données de ce genre qui se rencontrent dans les annales du règne de Zin-mou et de ses successeurs immédiats. On a fait observer avec raison que les Japonais ne connaissaient pas l'art de l'écriture avant l'introduction des lettres chinoises dans leur archipel. Leur histoire primitive, de la sorte, ne repose que sur de simples traditions orales; et, quoique l'on possède des poésies japonaises d'une haute antiquité, il ne paraît pas que ces traditions aient été conservées dans des récits en vers de nature à en faciliter la mémoire. On nous dit bien que l'histoire des premiers mikados avait été apprise par cœur, comme le *Chou-king* chinois[3]; mais de telles affirmations laissent beaucoup à désirer et ouvrent très large la porte à toutes les incertitudes. Le plus probable est même que non seulement l'histoire de Zin-mou, mais aussi celle de ses successeurs immédiats a été en grande partie, sinon en totalité, une œuvre d'imagination et, qui pis est, peut-être une œuvre entreprise uniquement pour servir des intérêts personnels, ceux des détenteurs de l'autorité dans les îles de l'Extrême-Orient[4]. En dehors de ces intérêts qu'ils avaient sans doute l'ordre formel de servir dans leurs écrits, les annalistes en question semblent ne s'être pas même préoccupés de rendre leurs récits vraisemblables. On est tenté de croire qu'ils ont dû inventer un peu à la hâte une série de règnes et d'événements dans le seul but de remplir une lacune de six à sept siècles pour laquelle

---

[1] 太子 *taï-si*, litt. « grand-fils ».

[2] Zin-mou était le quatrième fils de 彦 波瀲武鸕鷀草葺不合尊 *Hiko Nagi-sa-také U-gaya-fuki Awa-sézü-no mikoto*. On prétend que ce prince mourut dans un « palais des provinces occidentales » (西州宮) et que son tombeau se trouve dans la province de Hiu-ga, sur la colline sépulcrale de 吾平山上 *A-hira-no ayé*. La mère de ce prince se nommait 玉依姫 *Tama-yori himé* (Voir *Kokü-si ryakü*, t. I, p. 3).

[3] J'ai mentionné ce fait, avec quelques détails, dans le recueil de mes conférences à l'École spéciale des Langues orientales (*La Civilisation japonaise*, p. 57 et 64).

[4] Cette manière de voir, qui diffère un peu de celle que j'ai énoncée dans des publications antérieures, résulte des nouvelles études que j'ai entreprises depuis lors sur les temps primitifs de l'histoire du Japon, à l'occasion de mon édition du *Ni-hon Syo-ki* ou « Bible du Japon ».

les informations authentiques leur faisaient défaut, et qu'ils se sont acquittés de
cette tâche de la manière la plus commode et la plus naïve. Il leur a semblé
notamment à propos d'attribuer à plusieurs des souverains dont ils ont imaginé
les règnes une longévité supérieure à celle du commun des mortels. Zin-mou,
par exemple, mourut suivant eux, à l'âge de 127 ans, et parmi les successeurs
de ce prince jusqu'au temps de la guerre de Corée on compte presque exclusivement des centenaires[1]. Ces mêmes annalistes ont été plus généreux encore
pour un des premiers ministres de la période semi-historique de leurs annales,
car ils font vivre plus de trois cents ans le fameux *Také-no uti Sukuné*[2], qui
fut conseiller de six mikados successifs, et notamment de la fameuse Zin-gò
Kwau-goù, surnommée par les orientalistes « la Sémiramis du Japon ».

Durant ces règnes plus ou moins fantaisistes, les événements qu'on nous
rapporte appartiennent parfois bien plus au domaine de la poésie qu'à celui
de la vie positive. Les mikados hypothétiques qu'on nous mentionne n'ont
vécu, à bien peu d'exceptions près, que pour jouir des beautés de la nature et
faire profiter leurs heureux sujets des bons sentiments de leur excellent caractère. Parmi les actes les plus remarquables de leur époque, nous voyons
maintes fois la Cour qui se déplace pour aller jouir au printemps du coup-
d'œil des pruniers en fleurs, ou en automne de l'épanouissement des chry-
santhèmes.

Les premiers rapports des Japonais avec le continent asiatique ont été très
vraisemblablement le départ de leur évolution civilisatrice. Il demeure toutefois bien des doutes sur la date à laquelle il faut faire remonter ces rapports.
On a, je crois, attaché d'une façon assez gratuite une certaine importance au
récit du voyage d'une mission chinoise dans les îles de l'Asie centrale, sous le

---

[1] Les trois successeurs immédiats de *Zin-
ma* sont les seuls, dans cette série, qui n'atteignent pas l'âge de cent ans. Parmi les mikados suivants, il en est plusieurs qui meurent
à un âge bien plus avancé : *Kau-gen* à 116 ans,
Kau-rei à 128, *Kau-an* à 137, *Kei-kau* à 143,
etc. Les anciens historiens, il est vrai, ne sont
pas toujours d'accord sur ces cas extraordinaires
de longévité : le *Ko-zi ki* tend à en réduire la
longueur, bien qu'il attribue, par exemple, à
l'empereur *Sui-nin* une vie de 153 ans, alors
que le *Ku-zi ki*, ailleurs moins modéré, ne le
fait vivre que 140 ans. (Voir *Dai Ni-hon si*,
t. I⁰, p. 15, 16, 17. et t. II, p. 10, 17; *Nip-

pon Sei-ki*, t. I⁰, p. 16.) L'empereur *Kei-kau*,
qui régna de l'an 71 à l'an 130 de notre ère,
et dont la longévité fut tout particulièrement
considérable, est représenté comme l'un des
souverains les plus glorieux de cette période.
« Ses mérites sont égaux à ceux de l'empereur
de Chine *Yu-le-Grand* (qui sauva la Chine de
l'irruption diluvienne à laquelle on a donné
son nom) 其功與夏禹伴矣 (*Kokü-si
ryakü*, t. I⁰, p. 14).

[2] 武內宿祢 *Také-no uti Sukuné*, mort
en l'an 390 de notre ère, sous le règne de
l'empereur *Nin-tokü Ten-wau*.

règne du terrible Chi-hoang-ti, de la dynastie des Tsin, voyage entrepris en vue
d'aller chercher au delà des mers un breuvage donnant l'immortalité. Cette
mission, à la tête de laquelle était un personnage nommé *Siu-fouh*, est bien
mentionnée par quelques historiens japonais; mais ces historiens, de date relativement récente, l'ont sans doute emprunté aux récits de Sse-ma Tsien qui
nous en a conservé le souvenir. Il me parait bien dangereux d'en tenir compte
en matière d'ethnogénie.

Les relations des anciens Japonais avec le continent asiatique sont néanmoins plus anciennes qu'on ne l'a prétendu, et il n'est pas impossible que la
connaissance de l'écriture chinoise au Nippon ne remonte à une époque sensiblement antérieure au règne de l'empereur *Wau-zin*, sous lequel on prétend
qu'un lettré coréen nommé *Wa-ni* [1] apporta à la cour du Japon plusieurs monuments de la littérature chinoise et y devint précepteur du prince impérial.
J'ai fait observer ailleurs [2] que des ambassades coréennes, plus anciennes que
ces événements [3], avaient dû signaler l'existence de l'écriture de la Chine aux
Japonais qui ne manquèrent certainement pas d'en tirer parti pour le développement de leur civilisation.

Quoi qu'il en soit, il est avéré que l'histoire de l'empereur Zin-mou n'a pu
être écrite que près de mille ans après sa mort, par l'excellente raison que
l'écriture n'existait pas plus tôt dans les îles de l'Extrême-Orient; que la tradition orale qui nous l'a conservée, et que nous trouvons consignée dans le
Ko-zi ki et dans le *Syo-ki*, ne doit être admise que sous certaines réserves;
qu'il y a des motifs pour penser que cette histoire traditionnelle du fondateur
de la monarchie japonaise a été une fabrication de nature à laisser de sérieux
doutes dans notre esprit sur la réalité des événements dont elle prétend nous
transmettre le souvenir; qu'enfin, cette tradition fût-elle vraie, il ne s'y trouve
pas d'arguments pour servir à la théorie suivant laquelle Zin-mou tirait son origine des Chinois ou de quelque autre population du continent asiatique.

Voyons maintenant si, en dehors de l'histoire proprement dite, il existe
des sources d'information auxquelles on puisse recourir pour projeter un peu

[1] 王 ヂ 仁 = *Wa-ni* (et non *Wo-nin*, comme
l'écrit Klaproth).

[2] *La Civilisation japonaise*, Conférences
faites à l'École des Langues Orientales, p. 60.

[3] La première ambassade japonaise envoyée
en Chine se rendit sur le continent en l'an 56
de notre ère, sous le règne du mikado *Sui-nin*.

(Mitsoûkouri, *Sin-sen nen-hyau*, p. 15.) La mention de cet événement, dans le *Kouang-wou ki*
du recueil des *Heou-Han chou*, à la seconde
année de l'ère impériale *tchonng-youen* (an 5
de notre ère), donne à ce fait un caractère
d'authenticité dont il y a lieu de tenir compte
(*Dai Ni-hon si*, liv. II, p. 10).

de lumière sur le problème de l'ethnogénie japonaise en général, et sur celui de l'invasion de Zin-mou en particulier.

Les naturalistes, par exemple, ont signalé un certain nombre de caractères somatologiques dont quelques-uns ne sont pas sans valeur et permettent de réunir, dans un groupe déterminé de l'espèce humaine, des populations assez semblables au point de vue des formes extérieures et qui sont disséminées sur une vaste étendue du continent asiatique. Ils ont donné à ce groupe le nom de « Race Jaune ». Une telle dénomination, empruntée à la couleur de la peau, a eu l'avantage d'être aisément comprise. Claire et explicite, en apparence du moins, elle a en outre rendu facile le premier travail de classification anthropologique, mais elle n'a pas été sans inconvénients. On peut lui reprocher, entre autres défauts, de s'appliquer à des peuples dont la parenté n'est pas établie par l'histoire, et ensuite à une foule de métissages où sa signification devient sans cesse des plus vagues et des plus douteuses [1].

D'autres caractères somatologiques qu'on constate chez les Japonais ont peut-être un peu plus d'importance et de précision. Les yeux dits « bridés » et les pommettes saillantes sont des particularités qui permettent, sans autre étude préalable, de reconnaitre avec assez de sûreté et au premier coup d'œil les habitants de la plupart des contrées de l'Asie centrale et orientale. Quant aux observations craniométriques et aux mensurages fort en honneur chez quelques anthropologistes, ils n'ont produit jusqu'à présent que des constatations en général contradictoires au sujet des peuples qui nous occupent. La grande division cranienne des hommes en brachycéphales et en dolichocéphales n'a fait qu'embrouiller le problème au lieu de l'éclaircir, et, en admettant la mésaticéphalie comme propre aux Chinois [2], les anthropologistes n'ont guère démontré rien de plus que l'inutilité des mensurations qu'ils opèrent sur les os [3].

En ce qui concerne l'ethnogénie du Japon, si nous admettons l'hypothèse que Zin-mou et ses compagnons de conquête avaient le même type que les Japonais actuels, nous pouvons peut-être en conclure qu'ils étaient apparentés aux Chinois. On rencontre cependant chez les Japonais plusieurs types assez distincts pour prévenir les conclusions trop promptes. J'ai constaté, par exemple, chez ces Asiatiques, trois types différents [4] auxquels la craniologie a

---

[1] Voir à ce sujet A. de Quatrefages, *Rapport sur les progrès de l'Anthropologie*, p. 287 et *passim*.

[2] A. de Quatrefages, *Libr. cit.*, p. 298.

[3] Un simple coup d'œil jeté sur la planche ci-contre suffira pour donner une idée de la différence de divers types japonais et de celui des Aïnos, considérés comme les autochtones des îles de l'Extrême-Orient.

[4] Dans les *Mémoires du Congrès interna-*

TYPES D'AÏNOS ET DE JAPONAIS.

cru pouvoir en ajouter un quatrième[1]. L'un de ces types rappelle à tous égards celui des Chinois. Il serait néanmoins excessif d'en tirer une déduction ethnogénique analogue à celle de Klaproth dont j'ai parlé plus haut. A partir de notre ère, et surtout cinq ou six siècles plus tard, les relations entre le Japon et la Chine, par la voie de la Corée surtout, sont devenues assez fréquentes, et on ne saurait douter qu'il ne se soit opéré de nombreux métissages. Il n'en a pas fallu davantage pour produire ces nombreux spécimens du type sinique qui ont frappé les voyageurs dans les îles de l'Extrême-Orient, et la question d'origine des conquérants des Kioû-siou reste absolument indécise. Il est de toute évidence qu'il coule du sang chinois dans les veines de plus d'un insulaire du Nippon, mais il serait excessif d'en conclure que ces insulaires doivent leur existence ethnique à des migrations continentales.

La linguistique comparée ouvre, à son tour, une large carrière à des hypothèses curieuses, vraisemblables si l'on veut, mais qui, en somme, ne sont et ne seront probablement jamais autre chose que des hypothèses. La grammaire japonaise, ou plutôt sa syntaxe, c'est-à-dire la manière de comprendre l'énonciation de la pensée et d'en mettre en ordre les formules, tend à établir une sorte de parenté chez les peuples qui occupent la zone centrale de l'Asie depuis la mer Caspienne jusqu'aux rivages du Pacifique. Quelques-unes des particularités de cette syntaxe sont si originales, si caractéristiques, qu'on n'est pas absolument sans droit de les attribuer à une source unique et étrangère aux autres grands rameaux de l'espèce humaine. On peut même prétendre que le problème de l'ethnogénie japonaise s'éclaircit dans une certaine mesure par ce fait que la langue aïno, idiome originel des populations autochthones de l'Extrême-Orient, n'appartient pas à la même famille linguistique que l'idiome dit *yamato kotoba,* c'est-à-dire l'idiome japonais pur qui, par le fait de sa pureté, est plus facile à comparer avec les autres langues asiatiques que le japonais moderne, envahi d'âge en âge par un nombre sans cesse plus considérable de mots et de locutions chinoises originelles.

La langue de Zin-mou et de ses compagnons n'était donc pas la même que celle des vaincus aïnos : elle appartenait à une souche différente, à une souche connue, au moins au point de vue grammatical, à la souche des idiomes dits tatares ou mongoliques. Où les envahisseurs avaient-ils appris cette langue,

---

tional des *Orientalistes,* session inaugurale, Paris, 1873, t. I, p. 173. — On trouve, dans le même volume, des notices de M. X. Gaultier de Claubry sur les *Rapports des Japonais avec l'Océanie*

(p. 184), de M. l'abbé Jules Pipart sur les *Rapports du Japon avec l'Amérique* (p. 187), etc.
[1] D' Paul Topinard, *L'Anthropologie,* 1877, p. 459.

si ce n'est en Chine ou dans la Tartarie? Ces envahisseurs, ou leurs ancêtres, avaient donc habité la Chine ou la Tartarie à une époque reculée sans doute, probablement même antérieure à la fondation déjà si ancienne des grands empires asiatiques, mais cependant à une époque dont on est obligé de concevoir l'existence.

Il y a certainement, dans cette manière de raisonner, quelque vraisemblance en faveur de l'origine continentale de l'émigration dirigée par l'empereur Zinmou; mais la linguistique, qui nous signale ces vraisemblances, ne peut guère nous en dire davantage, l'histoire écrite lui refusant tout concours pour développer ses aperçus rudimentaires. Nous lui devons une sorte de pressentiment de la façon suivant laquelle pourrait être résolu le problème, mais ce pressentiment n'a, à aucun titre, la portée d'une certitude. Il est fort à craindre néanmoins qu'il faille nous en contenter pour longtemps encore et peut-être pour toujours.

L'ethnographie cependant nous apporte un appoint sérieux pour fortifier nos présomptions en faveur de l'origine continentale de la nation qui s'est en quelque sorte superposée sur la race autochtone des îles du Japon au vııᵉ siècle avant notre ère. Cette science qui, sans dédaigner les caractères somatologiques d'un peuple, les relègue toutefois sur un plan secondaire pour donner la préséance aux caractères moraux et intellectuels, nous montre les Japonais sous un jour si particulier qu'il semble impossible de les confondre avec les Chinois, ni même de les rapprocher d'eux autrement que par le fait de l'adoption pendant plusieurs siècles de l'enseignement classique de la Chine dans le pays de Yamato.

Au point de vue des aptitudes, les Japonais diffèrent du tout au tout de leurs civilisateurs du continent asiatique. Tandis que ces derniers représentent la population la plus constante, la plus immuable dans ses idées qui soit sur la terre, les Japonais nous offrent à l'opposé le tableau d'un peuple essentiellement mobile dans sa manière de voir et dans ses vues civilisatrices. La Chine, les yeux sans cesse fixés sur son passé plusieurs fois millénaire, ne caresse d'autre rêve que le retour à ses institutions primitives. Dédaigneuse du reste du monde et convaincue de la supériorité de son « Empire du Milieu » sur tous les états établis « autour d'elle », elle n'a garde d'ambitionner aucun des progrès accomplis par l'Occident moderne. Elle ne laisse pénétrer qu'à contre-cœur sur son vaste territoire nos grandes créations industrielles, et nos théories politiques contemporaines, quelles qu'elles soient d'ailleurs, lui semblent à peine dignes de son dédain.

La nation japonaise, au contraire, n'a aucun scrupule, aucune hésitation à faire l'abandon de son passé et même, à l'occasion, d'en médire joyeusement. Douée de puissantes aptitudes assimilatrices, elle se jette à corps perdu dans toutes les voies nouvelles dont on lui signale l'ouverture. Elle s'est faite chinoise et confucéiste pendant un temps; elle a ensuite embrassé le bouddhisme, et peu s'en est fallu qu'elle ne devint chrétienne au siècle dernier. De nos jours, elle est volontiers sceptique en matière religieuse, libérale en matière politique, européenne dans toute la force du terme en matière de commerce et d'industrie.

Les qualités extraordinaires et les défauts souvent poussés fort loin qu'on a reconnus de nos jours chez les Japonais sont-ils la résultante, expliquée par l'atavisme, de leur origine aïno, c'est-à-dire de leur origine identique à celle des anciens autochtones des îles de l'Extrême-Orient, et viennent-ils justifier la prétention historique ou légendaire de Zin-mou d'appartenir à la famille des anciennes divinités locales du Nippon. Ce que nous savons des aptitudes de la race kourilienne ne nous permet pas de le croire. Par contre, il semble très probable que la supériorité qu'on se plait à reconnaitre aux Japonais actuels provient en grande partie du métissage auquel ils ont participé et des conditions le plus souvent excellentes dans lesquelles s'est opéré ce métissage. Tout ce qu'on a pu recueillir jusqu'à ce jour sur les rapports des Aïnos aborigènes et des Japonais conquérants, aux diverses périodes de l'histoire, vient à l'appui d'une telle appréciation ethnographique.

La grande école d'exégèse, dont Moto-ori Nori-naga a été l'un des plus illustres représentants, n'a pas eu l'idée de recourir à des sciences telles que l'anthropologie et l'ethnographie pour élucider les questions d'origine qui la préoccupaient. Ces sciences, d'ailleurs à bien des égards nouvelles parmi nous, — tout au moins dans la large acception qu'on donne aujourd'hui à leur nom, — semblent lui avoir été absolument inconnues. En revanche, elle a su découvrir par l'examen critique et philologique des vieux textes indigènes de précieuses ressources pour interpréter les légendes cosmogoniques et religieuses du Japon. L'intelligence qu'elle a acquise des livres réputés canoniques et des anciennes poésies du Yamato a ouvert une voie féconde pour des recherches ultérieures, qui seront désormais poursuivies parallèlement en Asie et en Europe. Ces recherches gagneront, en effet, à être entreprises des deux côtés suivant les principes de la méthode scientifique contemporaine, dont les Japonais commencent à connaitre assez bien les brillantes ressources et la portée.

Est-ce à dire qu'on est en droit d'espérer une solution certaine et définitive du problème qui se rattache à la personne de l'empereur Zin-mou et au récit traditionnel de ses aventures belliqueuses dans les iles de l'Extrème-Orient? Assurément non. Le problème restera à tout jamais vague, obscur, douteux, vacillant, fugitif, comme le sont d'ailleurs tous les problèmes d'histoire an-cienne et parfois même d'histoire contemporaine. Son étude n'en sera pas moins fort goûtée pour cela, et d'âge en âge elle provoquera de savants mémoires d'érudition de la plus haute envolée. Les théories fantaisistes qu'on formulera à son égard seront intéressantes, surtout si leurs auteurs ne pèchent pas complètement du côté de l'imagination. Le roman historique fait avec talent ne manque pas de valeur, et il a le mérite de ne pas faire jouer le rôle de dupe à ceux qui en font la lecture. Il n'en est malheureusement pas de même d'une foule de doctes travaux qui ont la prétention ingénue de nous apprendre des choses vraies sur l'antiquité, et qui arrivent parfois à nous en convaincre pendant un certain temps. Voltaire faisait de l'histoire le même cas, disait-il, que des cancans de son quartier, ce qui ne l'empêchait pas d'être à son heure historien, pour se délasser d'occupations plus sérieuses. Il n'y a aucun motif de condamner l'étude des vieilles chroniques du monde oriental, quand bien même il n'y aurait à en tirer que des mensonges et des inepties. Le seul devoir des orientalistes, en nous en communiquant le contenu, est de faire des efforts pour ne pas être par trop ennuyeux.

TABLE DES MATIÈRES.